中国新文学中的美国因素研究
(1911—1949)

吕周聚 著

生活·讀書·新知 三联书店

Copyright © 2023 by SDX Joint Publishing Company.
All Rights Reserved.
本作品版权由生活·读书·新知三联书店所有。
未经许可，不得翻印。

图书在版编目（CIP）数据

中国新文学中的美国因素研究：1911—1949 / 吕周聚著 . —北京：生活·读书·新知三联书店，2023.8
ISBN 978-7-108-07532-1

Ⅰ.①中⋯　Ⅱ.①吕⋯　Ⅲ.①中国文学－现代文学－文学研究－1911—1949　Ⅳ.① I206.6

中国国家版本馆 CIP 数据核字 (2023) 第 126704 号

责任编辑	黄新萍
装帧设计	刘　洋
责任印制	宋　家
出版发行	生活·讀書·新知三联书店
	（北京市东城区美术馆东街 22 号 100010）
网　　址	www.sdxjpc.com
经　　销	新华书店
制　　作	北京金舵手世纪图文设计有限公司
印　　刷	河北鹏润印刷有限公司
版　　次	2023 年 8 月北京第 1 版
	2023 年 8 月北京第 1 次印刷
开　　本	635 毫米 × 965 毫米　1/16　印张 27
字　　数	360 千字
印　　数	0,001－2,000 册
定　　价	98.00 元

（印装查询：01064002715；邮购查询：01084010542）

目 录

序　王德威　　1

绪　论　中国新文学中的美国因素　　1

第一章　现代民主意识与中国新文学的发生　　37

　　第一节　美国式民主对中国现代社会转型的影响　　38
　　第二节　新文学对美国式民主的认同　　49
　　第三节　民主意识与平民文学　　55

第二章　个性自由与文学创新　　70

　　第一节　中国人对美国自由的体验与认知　　72
　　第二节　张扬个性与表现自我　　80
　　第三节　张扬个性与文学创新　　89

第三章　实验主义与中国新文学革命　104

　　第一节　实验主义的怀疑论和工具论　106
　　第二节　历史的文学观念与文学革命　113
　　第三节　实验主义——科学的实验室的态度　118

第四章　中国现代小说中的美国因素　134

　　第一节　美国小说观念与中国小说观念之转型　140
　　第二节　心理现实主义与中国现代小说　146
　　第三节　马克·吐温与中国现代讽刺幽默小说　169
　　第四节　美国现代主义小说与中国现代派小说　174

第五章　美国戏剧对中国现代戏剧的影响　189

　　第一节　中国现代戏剧体制中的美国因素　198
　　第二节　美国小剧场与中国现代戏剧　230
　　第三节　奥尼尔与中国现代戏剧　247

第六章　中国现代诗歌中的美国因素　278

　　第一节　白话入诗——中美新诗运动的共同起点　281
　　第二节　诗体解放的共同追求　291
　　第三节　张扬自由个性意识　306
　　第四节　现代主义艺术表现手法的运用　314

第七章　旅美散文中的美国书写　331

　　第一节　呈现美国人的国民性特点　332
　　第二节　考察现代化的美国社会　361
　　第三节　展现美国亮丽的风景名胜　372
　　第四节　旅美散文游记的艺术特点　386

主要参考文献　403
后　记　415

序

谈中国与西方文学的互动，我们首先想到的是欧洲文学，但美国文学的影响一样源远流长。美国文学进入中国文人及知识分子的视野始自清末。1891年《万国公报》传教士李提摩太翻译、爱德华·贝拉米（Edward Bellamy）著的乌托邦小说《百年一觉》(*Looking Backward 2000-1887*)，可为滥觞之一。1907年旅日学生公演《黑奴吁天录》，轰动一时，所根据的正是斯托夫人（Mrs. Stowe）的畅销小说《汤姆叔叔的小屋》(*Uncle Tom's Cabin*)。与此同时，林纾翻译华盛顿·欧文（Washington Irving）的小说《拊掌录》（收有《睡洞》《李迫大梦》等）也一纸风行。

民国肇造，文化界风起云涌，文学、文字改革之声此起彼伏，欧美文学的译介风潮蔚为大观。不仅美国文学的影响与日俱增，更重要的，"美国"——作为一种文化符号、政教资源——也对中国学者、文人带来一波又一波冲击。时至今日，美国文学，以及"美国"作为一种具有象征意义的地景，不论褒贬，仍然是不可忽视的比较文学课题。

这正是吕周聚教授新书《中国新文学中的美国因素研究（1911—1949）》用力所在。吕教授开宗明义指出，中国新文学史上300余位作家中，有150多位曾在海外留学，其中30多位留学美国，如张彭春、胡适、赵元任、胡先骕、陈衡哲、任叔永、梅光迪、吴宓、冰心、刘半农、张闻天、罗家伦、汪敬熙、朱湘、康白情、梁实秋、闻一多、杨振声、林徽因、洪深、方令孺、顾毓琇、余上沅、熊佛西、赵太侔、高士其、林同济、孙大雨、王文显、张骏祥、姚克、林语堂、陈铨、穆旦、郑敏等。换句话说，现代文学具有留学背景作家的五分之一曾有美国因缘。这些作家赴美留学或游历，见证美国社会、文化的形形色色，发为文章，自然留下印记。另一方面，20世纪上半叶大量美国文学作品译为中文，也对中国现代作家产生了重要影响。

以新文学的发生为例。1910年胡适留美，先后就读于康奈尔大学与哥伦比亚大学。他不仅对当时美国各种文学运动深感兴趣，也深深向往美国文化，甚至发展出浪漫情缘。1915年以后他与梅光迪、任叔永等辩论白话文与新文学的关系，提出《文学改良刍议》，为现代文学开了先河。在文学改良号召之后的，是胡适等人对美国自由主义理念的拳拳服膺："美国"与"新文学"之间形成微妙的互喻关系。同样地，新文学第一位女作家陈衡哲也是留美学生。陈衡哲先后在瓦莎女子学院、芝加哥大学学习西洋史和西洋文学。"一战"前后美国社会经历剧变，陈衡哲耳濡目染，下笔也有了新的气象。

美国及美国文学也不只是中国自由主义者的温床。吕教授指出，陈独秀曾翻译塞缪尔·史密斯（Samuel F. Smith）的诗歌《亚美利加》（*America*），发表于《青年杂志》第1卷第2号。全诗第一节写道：

> 爱吾土兮自由乡，
> 祖宗之所埋骨，
> 先民之所夸张。
> 颂声作兮邦家光，
> 群山之隈相低昂，
> 自由之歌声抑扬！

我们不难想象美国革命的诉求，以及南北战争对平等人权的追求、对中国革命者所带来的启示。

对"五四"前卫分子而言，惠特曼（Walt Whitman）的诗歌及人格影响巨大。郭沫若曾经颂赞惠特曼《草叶集》所透露的浓郁自我意识及反抗精神，誉之为中国求新求变的灵感。田汉更明确提出要以惠特曼诗歌所唱颂的"美国精神"作为借镜，"我们因为我们的'中国精神'（Chung-Hwaism）——就是平和平等自由博爱的精神——还没有十分发生，就要纪念惠特曼，把他所高歌的美国精神（Americanism）做我们的借镜。"他甚至认为当世界左翼文学被苏联理论套牢时，美国由惠特曼、辛克莱·刘易斯（Sinclair Lewis）等所代表的自由独立及批判写实精神反而成为教条主义的解药。

吕教授还注意到美国文学对中国现代主义的影响。1934年，《现代》刊出"现代美国文学专号"，主编施蛰存独具慧眼，将美国文学的"现代性"与"民族性""独立性""创造性"联系成一气，形成巧妙的嫁接论述。他甚至宣称："在各民族的现代文学中，除了苏联之外，便只有美国是可以十足的被称为'现代'的。……被英国的传统所纠缠住的美国是已经过去了；现在的美国，是在供给着到二十世纪还可能发展出一个独立的民族文学来的例子了。这例子，对于我们的这个割断了一切过去的传统，而在独立创造中的新文学，应该是怎样有力的一个鼓励啊！"

现代派曾一度左右逢源，或者更希望在日趋分化的文坛上开辟"第三种"途径。最耐人寻味的是约翰·多斯·帕索斯（John Dos Passos）的"美国"（America）三部曲所带来的影响。"美国"由四种体裁——小说虚构、新闻报道、人物小传记、摄影镜头特写——构成，各部分之间互相交错投射，恰巧照映出美国社会如万花筒般的断裂与重组景象。这样的作品既饶富实验风格，也具有强烈的社会批判意识，曾经广受瞩目，被认为是苏联社会写实主义之外另辟蹊径的杰作。赵家璧将其中一部——《一九一九年》推荐给"新感觉派"健将穆时英，后者大受启发，糅合自身经历和社会见闻写成长篇小说《中国行进》。

吕教授笔下的美国对中国文学的影响因此是多音复调的。在他看来，文学之于美国与其立国精神息息相关。对于中国的追随者，美国可以是一种"现代"经验的场域、民主自由愿景的投射、新世界的启蒙之地，还有更重要的，是革命者的试练所。诚如施蛰存所说："在现代美国的文坛上，我们看到各种倾向的理论，各种倾向的作品都同时并存着；它们一方面是自由的辩难，另一方面又各自自由地发展着。它们之中任何一种都没有得到统治的势力，而企图把文坛包办了去，它们也任何一种都没有用政治的或社会的势力来压制敌对或不同的倾向。美国的文学，如前所述，是由于它的创造精神而可能发展的，而它的创造精神却又以自由的精神为其最主要的条件。在我们看到美国现代文坛上的那种活泼的青春气象的时候，饮水思源，我们便不得不把作为一切发展之基础的自由主义精神特别提供出来。"

基于这样的认识，吕教授展开他对个案的研究。从马克·吐温（Mark Twain）到亨利·詹姆斯（Henry James），从威廉·福克纳（William Faulkner）到厄内斯特·海明威（Ernest Hemingway），从尤金·奥尼尔（Eugene O'Neill）到田纳西·威廉斯（Tennessee Williams），美国经验从小说、诗歌、戏剧、散文各种文体渗入中国文学的肌理，不论是现代主体的欲望追求，还是芸芸众生的社会剪影，不论是地方风土的勾勒，还是国家精神的诉求，这些作品所构成的"美国"让一代又一代的中国作家、读者心向往之。

吕教授的论述洋洋洒洒，巨细靡遗，让我们理解美中文学、文化交流的绵密和多元面向，而吕教授自己何尝不是这样的中美交流下的受惠者？2007年他有机会到哈佛大学访学，亲身见证美国学院训练的丰富与严谨，同时也融入美国社会生活的春夏秋冬。我们有幸在哈佛结识，共同探讨美中文学、文化的异同。许多年后，吕教授将他的研究发展成为专著，不仅勾勒现代早期美国文化东来的线索，也注记个人阅读美国——文学的也是文化的——的心路历程。《中国新文学中的美国因素研究（1911—1949）》资料丰富，议论恳切，架构俨然。我乐见吕教授的专著出版，也从中分享他的发现和心得。是为序。

王德威

绪　论

中国新文学中的美国因素

在20世纪世界文学史上，美国文学是一匹异军突起的黑马，对中国新文学的诞生与发展均产生了重要而深远的影响。这种影响主要通过两种方式来实现：一是通过在美国的中国留学生和中国翻译家的翻译，直接接受美国文学的影响；二是通过其他国家的文学（如日本文学、英国文学、德国文学、法国文学、俄罗斯文学等）间接受到美国文学的影响。[1]据统计，中国新文学史上比较重要的作家有300余位，其中150多位曾在海外留学，这其中有30多位曾到美国留学，如张彭春、胡适、赵元任、胡先骕、陈衡哲、任叔永、梅光迪、吴宓、冰心、刘半农、张闻天、罗家伦、汪敬熙、朱湘、康白情、梁实秋、闻一多、杨振声、林徽因、洪深、方令孺、顾毓琇、余上沅、熊佛西、赵太侔、高士其、林同济、孙大雨、王文显、张骏祥、姚克、林语堂、陈铨、穆旦、郑敏等，约占有留学背景作家的五分之一。这些作家通过在美国留学，对美国社会、美国文学有着亲身的体验，他们在不同程度上接受了美国文学的影响。20世纪上半叶中国的翻译家翻译了大量的美国文学作品，对中国现代作家产生了重要影响。从发生学的角度来看，

---

[1] 19世纪末20世纪初，美国文学对英国文学、法国文学、俄罗斯文学、日本文学皆产生了重要影响，参与了这些国家的文学变化进程，中国作家通过学习借鉴这些国家的文学而间接地受到美国文学的影响。

美国是中国新文学的一个重要发源地，胡适在美国提倡文学革命，这成了中国新文学革命的导火索。从文学史的角度来看，中国现代最早的小说、诗歌皆诞生于美国。

19世纪末20世纪初，美国文学开始被翻译介绍到中国来。[1]中国翻译界对19世纪以来的美国作家作品尤为重视，对20世纪上半叶的某些作家作品的翻译则几乎与美国文坛的出版同步，30年代辛克莱·刘易斯（1930）、尤金·奥尼尔（1936）、赛珍珠（1938）三位作家先后获得诺贝尔文学奖，美国文学在世界文坛上声名鹊起，这直接引起了中国作家对美国文学的关注，随之中国文坛出现了译介美国文学的热潮。一个直接表现，就是《现代》杂志在1934年第5卷第6期上隆重推出了"现代美国文学专号"，比较系统地介绍美国文坛的重要作家和文学思潮。这一时期的翻译者尤其关注那些与中国社会、文学发展相契合的美国文学思潮及作家作品，30年代对美国左翼文学的翻译介绍，抗战时期及战后对美国纪实文学、报告文学作品的翻译介绍，均对中国文坛产生了重要影响。1945年秋，美国驻华使馆文化参赞费正清（John King Fairbank）邀请徐迟等人见面会谈，提议中美双方合作编译一套系统介绍现代美国作家作品的丛书，由中方负责组稿，美方负责提供部分翻译稿费，将来由中国出版社出版。后来这一计划得以顺利实施，丛书出版18种，"第一种是现代美国文学史论，接下去是三种长篇小说，一种中篇集，五种短篇集；后面是一种散文集，两种诗集和四种剧本；文学各个部门都有了代表作。至于作家，既有老一代的朗费罗，爱伦·坡，惠特曼，马克·吐温等，也有当年还算年轻一代而已享盛名的德莱塞，休伍·安特生，奥尼尔，海明威和萨洛

---

[1] 美国作家爱德华·贝拉米（Edward Bellamy，1850—1898）的长篇小说《百年一觉》（*Looking Backward 2000-1887*）连载于光绪十七年（1891年12月）至光绪十八年（1892年4月）的《万国公报》（上海美华书馆摆印），名曰"回头看纪略"，标注"析津来稿"。1901年林纾翻译的《黑奴吁天录》出版，这是第一部由中国人译成中文的美国小说。

扬等。另外一种各家小说合集里还选了斯坦贝克,陶乐赛·派克等;诗选中选了二十九家,并附民歌三十八首。译者都是我国文坛上进步的知名人士和有经验的翻译家。这样一套比较完整而有系统的介绍一个国家的文学代表作的成套丛书,洋洋大观,可说是我国外国文学翻译史上的一大盛举"。[1]这套丛书涉及美国文学史、小说、诗歌、散文、戏剧等诸多文体,囊括19世纪以来美国文学史上主要的作家作品,是对美国文学的一次集中而全面的翻译介绍。美国文学在中国的大量翻译传播,对中国新文学的发展产生了重要影响。

无论是美国的本土文化,还是被翻译介绍到中国来的美国文学,都以不同的方式参与了中国新文学的建构,为新文学的诞生提供了丰富的文化营养,并为新文学的发展奠定了坚实的基础,中国新文学由此而形成了一脉新的传统。那么,中国新文学主要接受了哪些美国文学因素的影响?美国文学如何成为中国新文学的构成要素?美国文学对中国新文学的发展有什么样的价值与意义?

一

胡适在1917年的《新青年》上发表了《文学改良刍议》一文,由此揭开了中国新文学运动的序幕,胡适也被视为中国新文学的开山鼻祖。胡适提出了以白话代替文言、以白话文学代替文言文学、以白话文学为正宗的主张,对以格律诗为代表的传统文学进行了颠覆与反叛。那么,胡适反叛、颠覆中国传统文学的底气来自何处?这与美国文学之间是否有内在关联?通过分析,我们可以发现二者之间的密切联系。

19世纪末20世纪初,美国文学虽然已经取得了很大的成绩,但它在世界文坛上仍未引起足够的重视。美国早在1776年就宣布独立,

---

[1] 赵家璧:《出版〈美国文学丛书〉的前前后后——回忆一套标志中美文化交流的丛书》,《读书》1980年第10期。

摆脱了英国的殖民统治，那么美国文学是否随之获得了独立的地位？20世纪初的美国学者对此持两种对立的观点：一种观点认为，由于美国曾是英国的殖民地，美国文化与英国文化一脉相承，因此美国文学是英国文学在美国的延续和发展，是英国文学的一个海外分支；另一种观点则认为，在1776年美国独立革命之后，美国文学也开始渐渐摆脱欧洲文学传统，逐步走上独立发展的道路。后一种观点与美国文学发展的现实相吻合，渐渐得到学界的认同。美国文学摆脱英国文学的束缚之后，力求建构自己的"新传统"，以前那些因为"美国味"太重而未受重视的作家，如麦尔维尔、爱默生、惠特曼、爱伦·坡、霍桑、梭罗等，开始成为美国20世纪文学新谱系里的经典作家，成为美国文学史的重要构成部分。

20世纪初，中国作家对美国及美国文学了解甚少，即使是那些比较开明的中国作家对美国文学的认识也比较有限，他们大多受美国、英国保守派观点的影响，认同美国文学是英国文学的分支，对美国文学冷眼相看。曾虚白是当时著名的报业家、作家、翻译家，曾为世界书局"ABC丛书"撰写了《美国文学ABC》一书，专门介绍美国文学，但他对美国文学的评价并不高。在他看来，"与其做美国文学，毋宁做一部俄国或意大利或西班牙或斯干狄奈维亚文学比较适当些"，他希望读者将这本书"做英国文学ABC的第三册看"[1]（曾虚白已做过两册的《英国文学ABC》）。他认为，美国文学多年来一直被视为英国文学的一个"支派"，"在翻开美国文学史以前，我们应该先要明白了解'美国文学'这个名词，在真正世界文学史上是没有独立的资格的"[2]。在他的眼里，美国文学是幼稚的、没有成熟的。"美国人的文学作品是理想的、甜蜜的、纤巧的、组织完善的，然而，它们没有抓住人生的力量。他们的诗人，除了少数的一二人以外，是浅薄的只发着月亮般

1　曾虚白：《美国文学ABC·序》，上海：世界书局，1929年。
2　曾虚白：《美国文学ABC》，上海：世界书局，1929年，第1页。

的光芒，只在技巧上求全。他们成功的小说家既不多，又是软弱，戏曲家，还没有产生。"[1]曾虚白对美国文学的认识在很大程度上受到美国保守派观点的影响，而这种观点在当时国内文坛具有一定的代表性。

然而，当时国内也有少数作家打破了这种偏见，对美国文学产生了浓厚的兴趣，并给予其高度评价，赵家璧即是其中的代表。在他看来，"美国的文学是素来被人轻视的，不但在欧洲是这样，中国也如此；所以有许多朋友劝我不必在这个浅薄的暴发户家里枉费什么时间，然而我竟然这样的枉费了"[2]。正是赵家璧的这种具有远见的慧眼识珠，不仅使他自己与美国文学结下了深厚的感情，在美国文学研究方面取得了显著成就，而且使中国新文学与美国文学发生了密切的关系，"美国文学直到十九世纪末叶，才逐渐摆脱维多利亚时代风尚和殖民主义的精神枷锁，以独特的民族风格和文学语言，崛起在新大陆的土地上。这种土生土长的以各种不同文学形式、从各个方面反映美国社会生活的现实主义文学，以及这以前十九世纪的浪漫主义文学，对我国读者认识美国的历史、社会风貌和人民思想都能起到一定的作用，其中大多数是健康的、进步的；当然不包括那些大量流行的通俗小说在内。但在当时的中国文艺界，特别在专搞外国文学者的圈子里，美国文学一直没有得到应有的重视"[3]。以赵家璧为代表的一批作家、学者以敏锐的眼光发现了美国文学的独特价值，看到了20世纪初的中国新文学与美国文学之间的相通之处——中国新文学要从上千年的中国传统文化、文学中摆脱束缚，寻求新的发展道路；美国文学要挣脱英国文学传统的束缚，寻求独立发展的空间。他们认为，美国文学已经成功地摆脱了束缚而获得独立，这给尚处在摸索期的中国新文学作家提供了莫大的启迪，自然成为中国新文学学习借鉴的榜样。

1　曾虚白：《美国文学ABC》，上海：世界书局，1929年，第7页。
2　赵家璧：《新传统·序》，上海：上海良友图书印刷公司，1936年。
3　赵家璧：《出版〈美国文学丛书〉的前前后后——回忆一套标志中美文化交流的丛书》，北京：《读书》1980年第10期。

美国文学在20世纪初进入一个自觉的时代，从1900—1916年被称为美国文化的"野性的呼唤"（The Call of the Wild）时期，在文学、音乐、绘画等领域出现了轰轰烈烈的反叛运动。在这些反叛运动中，诗歌扮演着先锋的角色。庞德是美国意象派诗歌的重要人物，也是反叛运动的积极参与者，他宣称："从1910年以来在英语诗歌领域里经历的所有发展变化几乎全都是由美国人引起的。事实上，再也没有任何理由可以把它称作是英国诗歌，而且现在也没有什么理由让我们再想到英国了。"[1] 庞德的言论虽然看起来颇为自负，但他代表了美国诗人强烈的反叛意识，同时也说明了美国诗歌在20世纪世界诗坛上产生的重要影响。1912年，受美国女权主义运动影响的哈里特·孟罗（Harriet Monroe）与朋友一起创办了诗歌刊物——《诗刊：诗的杂志》（Poetry: A Magazine of Verse），大力倡导新诗，"诗是感到压力或反叛的最后的文化媒介之一。直到1912年，一些不满的年轻诗人聚集在芝加哥和纽约的格林威治村以他们自己的方式创作诗歌。在他们眼中，过去都已经死亡，诗的生命力在于自发（spontaneity）、自我表现（self-expression）和创新（innovation）"[2]。这种反叛和创新思想对当时美国的文坛产生了重要影响。到1917年，亨利·路易斯·门肯（Henry Louis Mencken）出版《美国语言》一书，首次将美国英语视为一门独立的语言，"《美国语言》第一次系统地分析美国英语与英国英语的差异，奠定了美国语言学研究的基础。门肯并不否定英语，而是为美国英语正名，肯定了马克·吐温等著名作家将美国人民日常用语引入文学作品的合法性，从而否定一些老学者对美国英语的否定，为美国现代文学进一步使用本土语言铺平了道路"[3]。美国人继承了英语的主要传统，

1　[美]埃默里·埃利奥特主编：《哥伦比亚美国文学史》，朱通伯等译，成都：四川辞书出版社，1994年，第842页。
2　Nash Roderick: *The Call of The Wild* (1900-1916). New York: George Braziller, Inc. 1970, p.141.
3　杨仁敬：《20世纪美国文学史》，青岛：青岛出版社，2000年，第170页。

但他们并不为这个传统所束缚，而是在已有的基础上大胆地引入美国的俚语、口语，从而在词语拼写、读音和用法上形成了自己的特点，美国英语渐渐地成为一个独立的语言系统。文学是语言的艺术，文学与语言之间存在着密切关系，美国文学为美国英语的独立提供了前提与保障，而美国英语的独立则为美国文学的独立奠定了坚实的基础，美国英语的特点又赋予美国文学以独特的个性。独立后的美国英语形成了自己的特色，并渐渐开始对英国英语产生影响。到20世纪30年代，英国英语开始吸收美国词汇和新的用法，这甚至成为英国报刊的一种时尚。1930年11月，辛克莱·刘易斯获得诺贝尔文学奖，这是美国作家第一次获得此奖项，说明美国文学已达到了世界领先水平，而刘易斯获奖的一个重要原因，便是他在语言方面的成就："刘易斯是个美国人，他正以代表1.2亿生灵的新语言——美国语言——来进行写作，他提醒我们说，这个国家尚未臻于完善，尚未熔冶成一炉，它仍然处于动荡不安的青春期。"[1] 美国文学的反叛运动使美国文学获得了独立解放，在世界文坛上获得了重要的地位，"以欧洲大战为境界线的从美国的美国，到世界的美国的飞跃，在将来，也可以使成为文化的反映的文学，从国民文学到世界文学的飞跃"[2]。美国文学已由美国的文学变成了世界的文学，从此，它具有了充分的自信，以特立独行的姿态出现在世界文坛上，并成为世界文坛的领跑者。

中国新文学在20世纪初开始萌芽，此期的中美文学呈现出诸多相同之处：美国文学要摆脱英国文学的束缚，获得独立自主的地位与权利；中国的新文学先驱者不满于传统文学，试图摆脱传统文学的束缚，"自民国前六七年到民国前二年（庚戌），可算是一个时代。这个时代

---

1 ［瑞典］埃利克·阿克塞尔·卡尔费尔德：《颁奖词》，《诺贝尔文学奖颁奖词与获奖演说全集》，毛信德主编，毛信德等编译，杭州：浙江工商大学出版社，2013年，第139—140页。
2 KT：《美国文学的解放》，《国际译报》1933年第5卷第1期。

已有不满意于当时旧文学的趋向了"[1]。胡适在 1905 年就开始用白话为《竞业旬报》写白话小说和论文,这为他后来留学美国时提倡新文学革命奠定了基础。胡适于 1910 年到美国留学,这一时期美国文坛正在开展轰轰烈烈的文学反叛运动,胡适在很大程度上受到其影响与启迪。在美国留学期间,胡适对当时美国文坛上流行的各种新潮流非常感兴趣,这一点受到梅光迪的批评与反对。梅光迪在给胡适的信中指出:"今之欧美,狂澜横流,所谓'新潮流''新潮流'者,耳已闻之熟矣。有心人须立定脚根,勿为所摇。诚望足下勿剽窃此种不值钱之新潮流以哄国人也。"[2]这些新潮流在当时的美国社会上也是新生事物,带有很强的反叛性,遭到美国保守派的攻击,而在保守的梅光迪看来,这些新潮流都是"不值钱"的坏东西,是不应该把它们介绍到中国来的。在 1915 年前后,胡适开始与梅光迪等人讨论文学革命的问题,并于 1917 年在《新青年》上发表《文学改良刍议》一文,提出文学改良的"八事",拉开了中国新文学革命的序幕。可以说,胡适关于文学革命的想法主要是在美国孕育出来的,而孕育这一想法的文化土壤正是美国的文学反叛运动。由此我们不难发现,胡适颠覆、解构中国传统文学的灵感正来自美国文学的反叛运动,反叛传统成为此时期中美文学的共同特征。

自然,美国文学的反叛独立并非一蹴而就,而是经历了一个漫长的准备过程。1783 年 9 月美国独立战争结束,美国正式脱离英国的殖民统治,成为一个独立自主的国家。自此,美国文学开始渐渐偏离英国文学发展的轨道,探索适合自己发展的道路。到 19 世纪中叶,美国文学的独立意识愈来愈强烈,这在惠特曼身上得到了突出的表现。惠特曼有一种强烈的文学独立意识,他认为:"美国通过强大的英语遗

---

[1] 胡适:《〈尝试集〉自序》,《胡适学术文集·新文学运动》,姜义华主编,北京:中华书局,1993 年,第 370 页。

[2] 胡适:《一首白话诗引起的风波》,《胡适全集》第 28 卷,合肥:安徽教育出版社,2013 年,第 421 页。

产继承过来的现成的文学作品——全部丰富的传说、诗歌、历史、哲学、戏剧、经典、翻译,已经并且还继续在为另一种显然很重要的文学做好准备,那种文学将是我们自己的,有强大感染力的,新鲜的,朝气蓬勃的,将显示那充分成长起来了的男性和女性的身体——将提出事物的现代意义,将长得美丽、耐久,与美国相称,与一切家族感情相称,与曾经一同作为男孩和女孩以及曾经与我们的父母在一起的那些父母的无可比拟的同感相称。"[1] 他一方面承认美国文学与英国文学之间的承继关系,但另一方面又希望美国文学能从英国文学中脱离出来,形成一种与美国相称的"我们自己"的文学。19世纪的美国已经成为一个强大的国家,"美国在它的政治理论方面,在通俗读物方面,在殷勤好客、幅员、天然魅力、城市、船舶、机器、金钱和信用等方面,已是世界上最伟大的国家,但它仍会随时像闪电般迅速地破产的,只要别人以告诫的口吻一质问:你哪里有什么精神上的表现呢?除了那些抄来和偷来的东西?你所许诺要产生的成批的诗人、学者、演说家在哪里?你乐意仅仅跟在别的国家后面吗?它们曾长期奋斗建立自己的文学,艰苦地开辟自己的道路,有的用不太完善的语言,有的凭僧侣的权术,有的只不过要努力活下去——可是为它们的时代、事业和诗歌做出了成绩,也许那是经历了若干个羞耻和衰落的年代之后才获得的唯一实在的安慰吧。你还年轻,有着最完美的本地口语,一种自由的出版制度,一个自由的政府,世界正把它最好的东西向你传递。……呼吁新的杰出的大师来领会新的艺术、新的完善典型、新的需要吧。听命于那个最强大的诗人,让他改变你的一片荒芜吧。那时你就用不着再抚养别人的儿子了,你将有你自己的继承人,你亲身生育的、血管里流着你自己的血液的继承人"[2]。惠特曼具有一种强烈的焦

---

1 [美]惠特曼:《致爱默生》,《草叶集》(下),楚图南、李野光译,北京:人民文学出版社,1987年,第1190—1191页。
2 同上书,第1191—1192页。

虑感和忧患感,在他看来,美国在物质层面已经成为世界强国,但在精神层面它还没有形成自己的特质,缺少自己的灵魂,这种独立的灵魂只能来自美国自己的文学作品。而没有脱离英国文学影响的美国文学只是美国抚养的别人的儿子,其血缘基因是英国的而非美国的,他希望美国有自己亲身生育的、血管里流着同样血液的继承人,这就是独立发展的美国文学。他对美国文学的现状表示不满,"没有一本美国的,或者一本合众国组织契约的,或者华盛顿、杰斐逊的历史,也没有语言史或任何英语词典,没有伟大的作家,每个作家都自甘沦落,成为循规蹈矩的庸人了。诗歌中没有男子气和生殖机能,倒有些更像是阉割了的平庸的东西。我们的文学将被打扮成一个漂亮的绅士,不合我们生来的口味,不是我国土生土长的"[1]。惠特曼看到了美国文化存在的问题,大声呼吁美国要有自己的历史,要求美国要有自己的语言史和英语词典,希望产生充满野性的土生土长的美国文学,而要做到这一点,就必须摆脱外来文学传统尤其是英国文学传统的影响,"那些输入到美国来的权威、诗篇、标本、法规、名称,今天对于美国的用处就在于将它们摧毁,从而毫无羁绊地向伟大的作品和时代前进"[2]。先摧毁旧世界,再创造一个新世界,这是惠特曼推行文学革命的逻辑。他宣称:"美国诗人和文学家正从旧的传统中自由地走出来,就像我们的政治已经走出来那样,他们不承认背后有任何东西比今天他们的东西更优越。"[3]惠特曼是美国文学史上具有强烈反叛精神的诗人,"在他活时,Whitman被人猜忌愤恨,因为他解放,或是将近解放,美国人心中创造的才能,而要求读者与他共鸣,而从此犯了开辟时代的公律"[4]。惠特曼的反叛思想对20世纪初的美国文学反叛运动产生了深远

---

1 [美]惠特曼:《致爱默生》,《草叶集》(下),楚图南、李野光译,北京:人民文学出版社,1987年,第1195页。
2 同上书,第1194页。
3 同上书,第1198页。
4 [美]万·维克·布鲁克斯(Van Wyck Brooks):《批评家与少年美国》,《林语堂名著全集》第27卷,长春:东北师范大学出版社,1994年,第296页。

的影响，被当时的欧洲文化界、美国文化界尊为"美国的代表诗人"。惠特曼及其作品在20世纪初被翻译介绍到中国来，受到中国文坛的高度关注与评价。那么，惠特曼的反叛精神对中国作家产生了什么样的影响？在中国新文学中有何体现？

从时间上看，胡适应该是中国现代作家中最早直接接触到惠特曼诗歌的人，他在美国留学期间对美国的新思潮、新诗非常感兴趣，惠特曼应该进入其阅读关注的视野，但胡适在文章中并没有涉及惠特曼，这是一个非常有趣的现象。尽管如此，我们仍可从胡适的文章中发现惠特曼的影子，他提倡以白话代替文言、以自由诗代替格律诗，无论是在诗学观念还是在创作实践上都与惠特曼如出一辙，体现出一种强烈的反叛精神。

从现在掌握的材料来看，早期中国作家对惠特曼的接受是通过日本媒介进行的。日本文坛在1892年惠特曼去世时就开始关注其《草叶集》，夏目漱石在当年的《哲学研究》上发表《文坛上平民主义的代表者〈瓦尔特·惠特曼〉——关于Walt Whitman的诗》，并对其给予高度评价。此后，许多作家开始介绍惠特曼及其《草叶集》，但他们的关注点有所不同，如有岛武郎关注惠特曼的叛逆精神，白鸟省吾则关注惠特曼的民主主义思想。1919年，惠特曼一百周年诞辰之际，日本文坛出现了惠特曼研究的热潮，白鸟省吾、加藤一夫、富田碎花等组织"惠特曼纪念会"，有岛武郎周游各地，做关于惠特曼的系列演讲，这对当时在日本留学的中国学生产生了很大影响，吸引了他们关注的目光。郭沫若购买了一本有岛武郎的《叛逆集》，内有一篇《草之叶——关于惠特曼的考察》，郭沫若由此开始接触到惠特曼。有岛武郎曾留学美国，对惠特曼颇有研究，他用"叛逆"来概括评价惠特曼，这对郭沫若也产生了重要影响，在他眼中，惠特曼是反抗王道堂皇诗风的"文艺革命的匪徒"（《匪徒颂》），这样，惠特曼不仅改变了郭沫若的诗风，而且改变了他的思想，"叛逆"成为《女神》的一个重要思想主题，也成为五四时代精神的重要构成部分。

田汉于1916到1922年在日本留学,通过民众派诗人白鸟省吾接触到惠特曼。田汉将惠特曼的自由诗与中国的复兴联系到一起,在他看来,惠特曼的"不定形不押韵"可以表现新世界、新观念和新事物,他梳理了欧洲近代文艺思潮发展的脉络——从拟古主义(classism)时代到传奇主义(romanticism)时代,到写实主义(realism)时代,再到取象主义(symbolism,今译"象征主义")时代,高度肯定法国象征主义诗人威乃依(Verlaine,今译魏尔伦)对过重音律的"高踏派"(今译"高蹈派")的反叛,"破弃从来一切的规约与诗形,自辟新领土,倡所谓'不定形的诗','vers amorphes','自由诗''vers libre',于是乎天下从风,现代的新诗人都高唱'诗的解放''poetic emancipation'胜利"。法国自由诗虽是由意大利输入,但"自由诗的新运动"的源头却来自惠特曼,"因为他们法兰西这些人都很受惠特曼'那种不押韵的、解放的、律吕的散文''unrhymed, loose, rhythmic prose'的影响,不独法国,就是德国的Holz、Schlaf、Paul Ernst诸诗人,都是惠特曼的崇拜者、模仿者、神化者哩!"[1]由此来看,惠特曼的自由诗对法国象征主义诗歌产生了重要影响,在二三十年代深受法国象征主义诗歌影响的李金发、戴望舒等人的诗歌也就在一定程度上间接地受到了惠特曼诗歌的影响,他们以胡适、郭沫若的散文化新诗为反叛对象,为中国新诗发展探索出一条新的路径,反叛、创新是其基本特质。

惠特曼的自由诗理念在世界范围内产生了广泛的影响,刘延陵对惠特曼给予高度评价,并大胆断言:"惠特曼不但是美国新诗的始祖,并且可称为世界的新诗之开创之人;而且不但启发世界的新诗,就是一切艺术的新的潮流也无不受他的影响。"[2]惠特曼的影响已经远远超出了诗歌界,19世纪末20世纪初,在世界范围内出现了以反叛、创新

---

1 田汉:《平民诗人惠特曼的百年祭》,《少年中国》第1卷第1期,1919年7月15日。
2 刘延陵:《美国的新诗运动》,《诗》第1卷第2号,1922年2月15日。

为旨归的现代主义艺术潮流,这种新潮流与惠特曼的新诗之间具有密切的关系。林语堂看到了惠特曼身上体现出来的反叛精神对美国文学发展的影响,"美国艺术之破产,文学之幼稚,思想之迟滞,文学平民化之结果,'拉拉拜'诗歌之盛行,文明小说之俗不可耐,反抗领袖之稀少,都要使'少年美国'深觉不满于旧文学,而发生反抗之大潮流。于是乎有崇拜 Whitman,Mencken,Spingarn 等的一班大学学生,与19 世纪文化宣告决裂,另走他们解放的路"[1]。惠特曼给美国文学开辟出一条独立发展的新路径,这条路径与"少年美国"是相匹配的。而"少年美国"与"少年中国"之间具有一种对应的逻辑关系,惠特曼无疑会给那些试图从传统文学中寻求独立的中国新文学作家以极大的启发。由此可见,中国作家对惠特曼的诗歌艺术固然有浓厚兴趣,但对其诗歌中所表现出来的独立、反叛的"美国精神"尤为重视。

到 20 世纪 30 年代,中国作家对美国文学的认识越来越全面深入,对美国文学的评价也越来越高。1934 年,《现代》刊出"现代美国文学专号",在许多民族的现代文学中首先对历史最短的美国文学进行较为系统全面的介绍,发现了美国文学中所蕴含的"现代"性因素,"这一种先后的次序,固然未必是包含着怎样重大的意义,但究竟也不是太任意的派定。首先,我们看到,在各民族的现代文学中,除了苏联之外,便只有美国是可以十足的被称为'现代'的。……被英国的传统所纠缠住的美国是已经过去了;现在的美国,是在供给着到二十世纪还可能发展出一个独立的民族文学来的例子了。这例子,对于我们的这个割断了一切过去的传统,而在独立创造中的新文学,应该是怎样有力的一个鼓励啊!"[2] 作为《现代》杂志的主编,施蛰存独具慧眼,发现了美国文学的独特性,他将美国文学的"现代性"与其"民族性""独立性""创造性"联系在一起,并提出了美国文学的"现代"

---

1 林语堂:《批评家与美国少年·译者赘言》,《林语堂名著全集》第 27 卷,长春:东北师范大学出版社,1994 年,第 291 页。
2 施蛰存:《现代美国文学专号·导言》,《现代》第 5 卷第 6 期,1934 年 10 月 1 日。

与中国新文学的"现代"之间的关系,将美国文学的"新传统"视为中国文学的"新传统",表明美国文学对中国新文学的影响达到了一个新的高度。

中国作家站在世界文学的高度,将美国文学置于世界文学的范围内来予以考察,不仅看到了20世纪的美国文学在世界范围内产生的广泛影响,而且发现了其独特新颖的品质。美国文学推动了法国文学、苏联文学的转型发展,是真正意义上的先锋文学。许多人将波德莱尔视为西方现代主义诗歌的开山鼻祖,但实际上波德莱尔在很大程度上受到了美国作家爱伦·坡的影响,"不但在英语的短篇小说中,就是以全世界的短篇小说而论,美国的短篇小说也占着极重要的地位。因为,我们晓得,美国和法国的短篇小说是近代短篇小说所由发展的两个主要的源脉。而法国则等到一八五二至一八六五年间 K. 波特莱尔翻译了 E. 爱伦·坡的作品方才完成了近代短篇小说的艺术,而产生了 G. 莫泊桑之流的大作手。那么我们即使说美国的短篇小说是近代长篇小说的鼻祖,也不算过分夸张的"[1]。美国短篇小说"形式与技巧上的完成""幽默的成分""心理分析或性格解剖"等,对推动世界近代短篇小说的发展做出了重要贡献。[2] 赵家璧也将美国文学与英国文学放置在一起进行比较,不仅强调现代美国文学彻底摆脱了英国文学传统的束缚,而且强调其与英国文学传统相对立的一面,发现了美国文学的独特风格:"在丰足而快乐的美国西部所产生的那种轻快诙谐的美国幽默,是和英国传统根本相反,而早被勃列特·哈特称为美国文化所产生的第一颗美丽的果实。"在小说领域,德莱塞"第一个不承认在美国的文学中有所谓英国传统的存在。在他的作品中,不但充满了美国味的背景,行动着典型的美国人物,并且追随了费特曼和马克·吐温,在文字上也逐渐养成了一种独特的美国格调"。在散文领域,"福尔克

---

[1] 《美国短篇小说集·导言》,傅东华、于熙俭选译,上海:商务印书馆,1939年。
[2] 同上。

奈的散文，正像美国的文化一样是受了许多外来的影响而产生的另一种东西。他应用简单的字汇，写得独创而特殊，流畅而美丽。许多对话是黑人的，这些黑人的对话是每部书中最美丽的一部分，而在对话以外，更混杂许多黑人口里所说的那种不合英国文法的话，有时更发明许多像德文般用许多字拼合而成的新字。在叙述故事的时候，更把对话，心理描写拼合在一起，这一种形式上冲破英国束缚的勇气，比海敏威和安特生的更值得纪念"[1]。中国作家还发现了象征主义文学与美国文学之间的复杂关系，"文学上的象征主义以及这一系列的其他新兴诸运动，主要的虽然是法国的产物，但是根底上却是由于美国的爱伦·坡的启发"[2]。作家们也发现了红色30年代革命文学、左翼文学与美国文学之间的渊源关系，"革命的诗歌，甚至连最近的苏联的诗歌也包含在内，也都直接或间接地渊源于美国的惠特曼"[3]。苏联是左翼文学的发源地，对世界范围内的左翼文学都产生了重要影响，许多国家的左翼文学是在模仿苏联左翼文学，"在世界的左翼文学都不自觉的被苏联的理论所牢笼着，支配着的今日，只有美国，却甚至反过来可以影响苏联。且不论辛克莱一班人所代表的大规模的暴露文学为苏联所未曾有过，只看新起的帕索斯的作品在苏联所造成的，甚至比在美国更大的轰动，就已经够叫人诧异了。美国的左翼作家并没有奴隶似地服从着苏联的理论，而是勇敢的在创造着他们自己的东西"[4]。中国新文学通过法国文学、苏联文学等间接地接受了美国文学的影响，美国文学以另一种形式间接地参与了中国新文学的建构。

美国文学在19世纪末20世纪初开始摆脱英国文学传统的束缚而获得独立存在，在美国文学中形成了一种独立、反叛的"美国精神"，这对迫切要摆脱传统文学的束缚而获得独立存在的中国新文学产生了

1　赵家璧：《美国小说之成长》，《现代》第5卷第6期，1934年10月1日。
2　施蛰存：《现代美国文学专号·导言》，《现代》第5卷第6期，1934年10月1日。
3　同上。
4　同上。

莫大的影响，成为中国新文学作家学习借鉴的榜样，对中国新文学的诞生、发展产生了积极而重要的影响，中国新文学因此而与传统文学区别开来，具有了独立的文学特质。"霜风呼呼的吹着，月光明明的照着。我和一株顶高的树并排立着，却没有靠着！"（沈尹默：《月夜》）这首写于1917年的新诗具有丰富的象征意味，它不仅象征着诗人个人人格的独立，而且也象征着中国新文学的独立。

二

留学生文学是中国新文学的滥觞，是中国新文学的一个重要构成部分。留学生文学与其所在国家的社会、文化、文学密切相关，因此留日、留苏、留美、留欧文学形成了各自不同的特点。中国的新文学革命为何由胡适首先提出来？中国的新文学运动为何会产生于美国？通过分析可以发现，胡适所提倡的新文学革命与美国的自由主义文化语境密切相关。

美国是一个崇尚自由的国度，美国文学之所以能够取得巨大成就，与其所推崇的自由精神是密切相关的。"自由"是指个体摆脱外在的束缚，按照个人的意志来选择行动，并为个人行动的结果承担责任。对作家而言，创作自由是保证作家创作个性的基本前提，是文学创作繁荣发展的重要条件，"在现代美国的文坛上，我们看到各种倾向的理论，各种倾向的作品都同时并存着；它们一方面是自由的辩难，另一方面又各自由的发展着。它们之中任何一种都没有得到统治的势力，而企图把文坛包办了去，它们也任何一种都没有用政治的或社会的势力来压制敌对或不同的倾向。美国的文学，如前所述，是由于它的创造精神而可能发展的，而它的创造精神却又以自由的精神为其最主要的条件。在我们看到美国现代文坛上的那种活泼的青春气象的时候，饮水思源，我们便不得不把作为一切发展之基础的自由主义精神特别提供出来"[1]。在施蛰存看来，自由是创造的前提，自由主义精神是美国文学繁荣发达的根本原因，他从美国文学中受到启发，找到了中国新文学建设所必需的条件——自由。这种"不学人的，创造的，自由的精神"是美国文学的精髓，也正是中国传统文学所缺乏的精神，同时也是中国新文学所必须具备的因素。

美国的《独立宣言》赋予美国人自由平等的权利，自由女神成为美国的象征。自由女神的左手捧着一本封面刻有"1776年7月4日"字样的法典，告诉人们签署《独立宣言》的具体时间，其脚下是打碎的手铐、脚镣与锁链，象征着美国人民挣脱英国的殖民统治而获得自由。诚然，美国不是一个绝对自由的国家，美国人民的自由也是通过不断努力甚至付出生命代价才得到的。但自由已成为美国精神的重要组成部分，成为美国人推崇的价值观，"我们要用自己的脚走路，我们要用自己的手来工作，我们要发表自己的观点"[2]。这种自由精神对美国社会发展产生了重要影响。自由精神与文学创作相契合，文学创作是一种自由的精神劳动，自由是文学创作的本质与灵魂，因此，美国文学的繁荣与自由主义精神之间存在着密切的关联。那么，美国的自由主义精神对中国新文学产生了何种影响？

回溯历史我们可以发现，中国新文学革命之所以萌生于美国，与美国的自由主义文化语境有着密切关系。胡适与梅光迪、任叔永等人在美国留学期间相识，他们都接受了美国自由主义思想的影响，在日常的学习中秉持自由主义的理念。在关于文学革命问题的争论中，他们始终处于一种平等、自由的状态之中，在讨论过程中胡适是少数派，梅光迪等人是多数派，他们各不相让，就有争议的问题进行深入的讨论，正是在这种自由讨论之中，形成了各自比较系统的观点，并为之后形成的新青年派与学衡派奠定了基础。胡适在多年后回忆当年在美

---

1 施蛰存：《现代美国文学专号·导言》，《现代》第5卷第6期，1934年10月1日。
2 ［美］爱默生：《美国的文明》，孙宜学译，桂林：广西师范大学出版社，2002年，第76页。

国提倡文学革命时写道:"我回想起来,若没有那一班朋友和我讨论,若没有那一日一邮片,三日一长函的朋友切磋的乐趣,我自己的文学主张决不会经过那几层大变化,决不会渐渐结晶成一个有系统的方案,决不会慢慢的寻出一条光明的大路来。"[1] 从这一角度来说,美国的自由主义文化语境成了催生胡适关于新文学革命主张的温床。1917年后,随着胡适、梅光迪等人先后回到国内,文学革命论争的阵地由美国转移到了国内,环境的变化导致新文学论争中的自由主义精神渐渐减少。胡适文学革命的观点得到了陈独秀、钱玄同等人的支持,胡适由少数派变成了多数派。在文学革命问题上,陈独秀比胡适的态度更加激进,"鄙意容纳异议,自由讨论,固为学术发达之原则,独至改良中国文学,当以白话为正宗之说,其是非甚明,必不容反对者有讨论之余地;必以吾辈所主张者为绝对之是,而不容他人之匡正也"[2]。陈独秀的这种"专断"的激进态度在一定程度上加快了文学革命的历史进程,文学革命在短期内完成了其历史使命。那么同为新青年阵营的胡适对陈独秀的这种观点持何种态度?作为同一阵营中的同志,胡适对陈独秀的态度表现出矛盾性与复杂性。他一方面赞同陈独秀的文学革命论,另一方面又对其观点持保留态度,"适前著《文学改良刍议》之私意不过欲引起国中人士之讨论,征集其意见,以收切磋研究之益耳。……此事之是非,非一朝一夕所能定,亦非一二人所能定。甚愿国中人士能平心静气与吾辈同力研究此问题!讨论既熟,是非自明。吾辈已张革命之旗,虽不容退缩,然亦决不敢以吾辈所主张为必是而不容他人之匡正也"[3]。我们由此可以窥见胡适与陈独秀在文学革命主张上的不同之处。自由主义思想在胡适的内心已根深蒂固,回国之后他也没有放

---

[1] 胡适:《逼上梁山》,《胡适学术文集·新文学运动》,姜义华主编,北京:中华书局,1993年,第214页。
[2] 陈独秀:《陈独秀答书》,《胡适学术文集·新文学运动》,姜义华主编,北京:中华书局,1993年,第31—32页。
[3] 胡适:《寄陈独秀》,《胡适全集》1卷,合肥:安徽教育出版社,2013年,第26页。

弃自由主义思想，只不过美国式的自由主义思想移植到中国的文化土壤之后面临着严峻的生存困境，在不同程度上已发生了变异。陈独秀宣称"必不容反对者有讨论之余地""不容他人之匡正"，这意味着文学革命自由论争语境的消失，《新青年》上不发表梅光迪等人的反驳文章，其他追逐新潮的杂志也不给梅光迪等人提供发表文章的机会，梅光迪等人的观点在国内没有市场，处于"失声"状态，最后只好创办《学衡》作为自己发表言论的阵地。此后"学衡派"与"新青年派"之间虽然也发生过论争，但他们之间的论争已经不是一种自由、平等的论争，从鲁迅的《估"学衡"》中可以看出"新青年派"对"学衡派"的不屑。五四文学革命虽然是胡适、梅光迪等在美国留学时期论争的继续，但它已在许多方面发生了变化，原先的自由、平等讨论的氛围没有了，梅光迪等人的观点作为落后、反动的观点受到激烈的批判，越来越多的人将新文学与旧文学、白话与文言对立起来，并以前者来代替后者，新文学与传统文学的关系、白话与文言的关系等复杂的问题被简单化处理，新文学革命中的许多问题没有得到妥善解决，这给新文学的未来发展留下了许多后遗症，在一定程度上阻碍了新文学的发展。

自由、平等的美国精神在惠特曼的诗歌中得到了淋漓尽致的呈现，"虽然学者们有时所称的'自由诗革命'发生在20世纪早期，由那些有影响的诗人如埃兹拉·庞德、玛蕾安·摩尔、希尔达·杜利特尔（Hilda Doolittle）、威廉·卡·威廉斯等人所推动，但第一个重要的自由诗人应是沃尔特·惠特曼。在自传体系列诗诗集《草叶集》中，他使用了高度不规则的诗行。他宣布伟大的解放，放弃规则的格律形式，探索重复和复沓的旋律，运用个性化的词汇写作，这令那些思想保守的读者陷入发狂的境地。惠特曼的诗是自由的，这种自由诗受到后来诗歌的模仿"[1]。惠特曼对后来者的影响主要体现在两个方

1　Birkerts, Sven P. *Literature: The Evolving Canon*. Massachusetts: Allyn and Bacon, 1993, p.550.

面：一是对自由、平等的热情歌颂，二是对奔放不羁的自由诗形式的广泛运用。惠特曼的这种民主主义思想通过日本文学对中国新文学产生了重要影响。

日本大正时代（1912—1926），民主主义运动风起云涌，美国诗人惠特曼对这一运动产生了重要影响，并对中国新文学产生了间接影响。田汉于1916年来到日本，对日本风气正盛的民主主义运动产生了浓厚的兴趣，他通过日本民众派诗人白鸟省吾的评论集《民主的文艺的先驱》接触到惠特曼。白鸟省吾将惠特曼视为民主文艺的先驱，吸收惠特曼诗歌中的民主思想，为民众大声疾呼。这样，惠特曼诗歌中自由平等的民主精神通过白鸟省吾与田汉产生了共鸣。在田汉眼中，惠特曼是一个平民诗人，"他是他的民族的精神之道破者，他是他的民族的将来的预言者，他替他的民族、他的民族性结晶的自由平等Americanism吐冲天的意气，他的杰作的《草叶》的说文，就是这冲天的意气之象征"[1]。"他的诗立志解放世间一切困顿网罟之人，发皇'美国精神'Americanism，鼓吹'民主主义'"[2]。田汉将惠特曼视为美国国家、民族的代表，看到了其诗中所体现出来的自由、平等、民主的"美国精神"，并对这种"美国精神"产生了浓厚兴趣。田汉明确提出要以惠特曼诗歌所唱颂的"美国精神"做我们的"借镜"："我们因为我们的'中国精神'（Chung-Hwaism）——就是平和平等自由博爱的精神——还没有十分发生，就要纪念惠特曼，把他所高歌的美国精神（Americanism）做我们的借镜。"[3] 在田汉看来，"平和平等自由博爱"是"中国精神"的核心，"中国精神"与"美国精神"有相通之处，将"美国精神"作为"中国精神"的借镜可以加快"中国精神"的建构与成熟。由此来看，"平和平等自由博爱"的确在五四文学中得到了体

1　田汉：《平民诗人惠特曼的百年祭》，《少年中国》第1卷第1期，1919年7月15日。
2　同上。
3　同上。

现，成为五四时代精神的重要构成部分，也成为中国社会现代性的重要体现。郭沫若在《晨安》中向华盛顿、林肯和惠特曼致敬，"晨安！华盛顿的墓呀！林肯的墓呀！惠特曼的墓呀！啊啊！惠特曼呀！惠特曼呀！太平洋一样的惠特曼呀！"华盛顿、林肯、惠特曼是自由、平等的美国精神的象征，郭沫若将他们视为自己心中的偶像，通过他们来表达自己对自由、平等的向往与追求。郭沫若诗歌中强烈的个性意识与惠特曼的诗歌影响极为密切，"当我接近惠特曼的《草叶集》的时候，正是'五四'运动发动的那一年，个人的郁积，民族的郁积，在这时找出了喷火口，也找出了喷火的方式，我在那时差不多是狂了"[1]。通过《草叶集》，郭沫若找到了与惠特曼的灵魂共鸣，发现了适合抒发自己思想情感的诗歌形式。郭沫若《女神》第一辑作品中张扬狂放的抒情主人公形象和自由自如的诗体形式皆来自惠特曼自由诗的影响。可以说，郭沫若无论是从思想上还是从文体形式上都得到了惠特曼的真传，其作品中所体现出来的"五四"精神与"美国精神"在很大程度上存在着契合之处。我们应该看到，郭沫若《女神》中所呈现出来的自由奔放的狂飙突进精神固然与德国的狂飙突进运动有关，但与惠特曼诗歌中所体现出来的"美国精神"也具有密切关系。可以说，自新文学诞生之日起，"自由""平等"就成为其内在的精神追求，胡适的《老鸦》、周作人的《小河》、刘半农的《敲冰》等无不表现出诗人对自由、个性、反抗的向往与追求，诚如郁达夫所言，"五四运动最大的成功，第一个要算'个人'的发见。从前的人，是为君而存在，为道而存在，为父母而存在的，现在的人才晓得为自我而存在了"[2]。新文学作品中自由独立的人格与自由的文体语言形式相辅相成，新文学中涌现出来的自由诗、随想录、杂文、散文等主要文体形式无不体现

---

[1] 郭沫若：《沸羹集·序我的诗》，《郭沫若全集·文学编》第19卷，北京：人民文学出版社，1992年，第408页。

[2] 郁达夫：《中国新文学大系·散文二集·导言》，上海：良友图书印刷公司，1935年，上海文艺出版社1981年影印本，第5页。

出中国现代作家对"自由"的执着追求,"自由"精神已成为中国新文学的灵魂。

　　胡适于1917年夏天从哥伦比亚大学毕业后回国担任北京大学教授,很快成为中国新文学运动和新文化运动的领袖。他将美国的自由精神带到了中国,并在中国将其发扬光大。基于当时中国保守派思想对"自由""个性"的压抑与禁锢,胡适提出了"健全的个人主义"的思想主张,认为"社会最大的罪恶莫过于摧残个人的个性,不使他自由发展",在他看来,"发展个人的个性必须要有两个条件。第一,须使个人有自由意志。第二,须使个人承担干系,负责任"。自由不是绝对的自由,而是受到一定的限制,这种限制就是要自动承担自由发展所带来的责任与义务,两者互为存在的前提,不可或缺,"如不如此,决不能造出自己独立的人格。社会国家没有自由独立的人格,如同酒里没有酒曲,面包里少了醇,人身上少了脑筋:那种社会国家决没有改良进步的希望"[1]。在胡适看来,"自由意志"不仅是个人独立人格的核心,而且是社会国家独立发展进步的核心。随着社会影响和地位的变化,胡适对自由主义思想的主张超出了文学的范畴,开始涉及政治话题,并呼吁知识分子关心政治,探讨改革中国的社会政治。为此,他与蔡元培等人联名发表了《我们的政治主张》一文,明确提出自己的政治主张,对"'好政府'的至少涵义"进行了界定,其中的第二款就是"充分容纳个人的自由,爱护个性的发展"[2]。他将个人自由、个性发展视为立国之本,这种自由主义思想在当时社会上产生了广泛影响。与那种将国家自由与个人自由对立起来的观点不同,胡适将个人自由与国家自由、个人人格与国家人格统一起来,"现在有人对你们说:'牺牲你们个人的自由,去求国家的自由!'我对你们说:'争你们个人的自由,便是为国家争自由!争你们自己的人格,便是为国家争人

1　　胡适:《"易卜生主义"》,《新青年》第4卷第6号,1918年6月15日。
2　　蔡元培、胡适等:《我们的政治主张》,《努力周报》1922年5月14日。

格！自由平等的国家不是一群奴才建造得起来的！'"[1] 在胡适看来，如果每个人都有了自由，那么国家便有了自由；如果每个人都有了独立的人格，那么整个国家也便有了独立的人格，从个人自由入手来改造中国的国民性，进而来改变整个国家、民族的命运，这是胡适自由主义思想的基本逻辑。

胡适的这种自由主义思想在30年代的中国社会上产生了很大的影响，胡适成为自由主义阵营的领袖。这种思想在文学领域中的具体表现，便是30年代自由主义文学得到了进一步发展，自由主义文学与激进主义文学之间发生数次论争，论争的实质便是美国自由主义思想与左翼激进主义思想之间的冲突。到40年代，随着中国社会政治环境的变化，自由主义思想日渐式微，自由主义文学也渐渐淡出了人们的视线。

三

胡适提倡用白话代替文言，这成为中国新文学革命的一个重要理论，成为中国新文学诞生的重要标志，也成为衡量文学新旧的一个重要标准。那么，胡适的这一理论主张是如何提出来的？胡适关于白话代替文言的理论主张是否受到了美国文学的影响？

实际上，早在胡适提倡白话代替文言之前，白话与文言之争就已成为中国知识界关心讨论的热点问题。胡适在到美国留学之前，就已经关注、参与了白话文运动，这成为他后来提倡新文学革命的一个灵感来源。

白话与文言虽同属于汉语言系统，但它们分属于两个子系统，白话是日常生活用语（口语），文言是书面用语。在封建社会中只有有钱、有地位的贵族子弟才有机会接受教育、掌握书面语言，而大多数的平民百姓没有机会接受教育、无法掌握书面语言，成了目不识丁的

1　胡适：《介绍我自己的思想》，《新月》1930年第3卷第4期。

文盲。在等级制度森严的社会中，贵族与平民之间社会地位的悬殊导致白话（口语）与文言（书面语）的分离，语言有了阶级属性，白话成了平民化的语言，而文言则成了贵族化的语言。言文分离、平民与贵族等级制度之间形成对应关系，言文愈分离，平民与贵族之间的等级差别愈大，其结果是广大的平民百姓被剥夺了阅读的权利，无法通过阅读来接受新的知识信息，变得日渐愚昧无知，最终导致国家民族的日渐衰落。作为中国近代第一批睁眼看世界的人，黄遵宪深切地感受到言文分离给中国社会发展所带来的诸多弊端，他在1869年创作的《杂感》诗中提倡"我手写我口"，明确地提出"言文合一"的主张。到19世纪末，一部分有思想的文化先驱者在黄遵宪的基础上进一步提倡文字改革，在全国范围内创办了《演义白话报》《中国白话报》等100余种"白话报"，掀起了一场轰轰烈烈的白话文运动。1897年，裘廷梁在其《论白话为维新之本》中提出了"崇白话、废文言"的主张，白话成为维新之本。晚清时期出现的"言文合一"的白话文运动首先是一种启蒙运动，其目的是要让广大的平民百姓掌握语言文字工具，让他们通过阅读来学习新的文化知识，并由此改变他们的思想和精神，体现出一种启蒙精神和平民精神。那么，当时的这场白话文运动对胡适有何影响？

　　胡适是晚清白话文运动的亲历者，也是这场白话文运动的参与者，这为他后来提倡白话文革命奠定了基础。他在1906年就在《竞业旬报》上发表白话文章，1910年到美国留学后仍关注国内的白话文运动，并与梅光迪等人讨论文言与白话问题。到美国留学之后，胡适的阅读视野更加开阔，对西方文坛上出现的口语与书面语的论争尤为关注，并从中受到重要启发。胡适主张文字有死活，要用白话做文章，其在《文学改良刍议》提出的"八事"之一即"不避俗语俗字"。他反对言文背驰，主张言文合一，通过梳理中外文学的发展演变，发现了中国文学史上所存在的白话文学，同时也看到了欧洲文学语言的变化，"欧洲中古时，各国皆有俚语，而以拉丁文为文言，凡著作书籍皆用之，如吾国之以文言著书也。其后意大利有但丁（Dante）诸文豪，始以其国俚语著作。诸国踵兴，国语亦代起。……故今日欧洲诸国之文学，在当日应为俚语。迨诸文豪兴，始以'活文学'代拉丁之死文学，有活文学而后有言文合一之国语也"[1]。胡适从欧洲文学语言的演变中受到启发，由此得出结论："然以今世历史进化的眼光观之，则白话文学之为中国文学之正宗，又为将来文学必用之利器，可断言也（此'断言'乃自作者言之，赞成此说者今日未必甚多也）。"[2] 由此可见，欧洲诸国以俚语代替文言（拉丁文）、以活文学代替死文学的成功实践经验给胡适提供了一个极好的参照系，成为其提倡白话代替文言的一个重要的理论依据。胡适在这里只提到了以意大利为代表的欧洲诸国的语言革命和文学革命，并未提及近在咫尺的美国文坛。那么，当时的美国文坛情况如何？美国文坛的语言革命、文学是否对胡适、对中国的新文学革命产生了影响？

19世纪末20世纪初的美国文坛正处于一个动荡变革时期，年轻的美国文学正试图摆脱英国文学的束缚，成为一种独立的文学，这首先表现在其语言形式的变革上。众所周知，美国文学和英国文学同属于英语语系，长期以来美国的许多作家以模仿英国文学为能事，在语言形式上亦步亦趋，而那些以美国俚语写作的作家则受到歧视。到19世纪中叶，以惠特曼为代表的美国作家的语言意识觉醒了，惠特曼、狄金森、爱默生等人开始关注思考"口语入诗"的问题，主张用美国人的日常生活语言来进行写作，强调诗歌语言的日常生活化与口语化。惠特曼认为，"语言不是学者、辞典编辑家的抽象的构造，而是产生于源远流长的劳动、需要、联系、欢乐、感情和鉴赏，基础广阔，处于下层，接近实地。最后把它定下来的是同实地最密切的人民大众，它

1　胡适：《文学改良刍议》，《胡适学术文集·新文学运动》，姜义华主编，北京：中华书局，1993年，第28页。
2　同上。

与实际的陆地与海洋有着千丝万缕的关系，它在过去和现在都渗透一切"[1]。他看到了语言来自日常生活这一规律，指出了语言与日常生活之间的紧密关系。这就告诉我们，平民百姓才是语言的发明创造者，语言来自平民百姓的日常生活和劳动的现实需要，语言的原始形态是民间口语、俚语，民间口语、俚语是书面语言的来源，"俚语则是一种不守规范的原始成分，隐藏在所有的字句下面，也隐藏在一切诗歌的背后，并且证明在用语中永远是粗鄙的，也是用语中的新教徒主义"[2]。原始的俚语与充满野性的美国大地、充满生命活力的美国生活融为一体，呈现出美国西部牛仔、渔民、矿工千姿百态的生活面貌，这是美国文学的生命魅力之所在。惠特曼用美国俚语来抒写美国平民百姓的日常生活、工作及思想情感，其作品无论是在内容上还是在语言形式上都有别于英国文学，成为一种地地道道的平民文学、美国文学，其《草叶集》成为美国文学独立的一个重要标志，并对后来的美国文学产生了重要的影响。

到20世纪美国新诗运动时期，绝大部分诗人已充分认识到诗歌"惯用语"和日常语言的差异，以意象派掌门人自居的艾米·罗威尔曾正式发布过意象派诗歌的六条基本原理，而其六条基本原理中的第一条即为"运用日常会话的语言"[3]。美国诗人罗伯特·邓肯在《H.D.的书》中认为："意象派诗人摈弃了19世纪专门的'诗词语言'，追求普通日常语言的句法和韵律，其动力来源于但丁在他的《论俗语》中对这些日常语言的应用……"[4]由此可以发现，提倡俚语、口语入诗，

---

1 [美]惠特曼：《俚语在美国》，《惠特曼经典散文选》，胡家峦主编，长沙：湖南文艺出版社，2000年，第265—267页。
2 同上书，第263页。
3 [英]彼德·琼斯编：《意象派诗选》，裘小龙译，桂林：漓江出版社，1986年，第158页。
4 [英]彼德·琼斯编：《意象派诗选·原编者导论》，裘小龙译，桂林：漓江出版社，1986年，第26页。

在当时美国文坛上已成为一种共识。胡适在美国留学的那段时间，正值意象派诗歌运动轰轰烈烈进行之时，他非常关注意象派诗歌，曾在日记中剪辑报纸上登载的意象派诗歌理论的文章，其文学革命主张在很大程度上受到意象派诗歌理论的影响，其所提倡的文学革命主要是语言层面的革命，《文学改良刍议》的"八事"中有五项与语言密切相关，他提出的以白话（日常语言）代替文言、以白话文学为中国文学之正宗的主张与美国文坛的语言变革如出一辙。

白话（日常语言）与"五四"平民文学之间具有一定的对应关系，白话的出现与平民文学的流行成为新文学的一大景观，这种景观的出现与美国文学的影响密不可分。从英国文学传统中独立出来的美国文学带有平民文学的特质，惠特曼是美国平民文学的代表。受日本民众运动的影响，在日本留学的田汉开始关注妇女问题和劳工问题，写成《诗人与劳动问题》[1]一文，将诗歌与平民文学联系起来。在他看来，惠特曼是一个富有生命活力的平民诗人，是中国新文学的催生剂，"我们少年中国勃兴的时候，少年中国的解放文学自由诗亦同时勃兴，溯源探本，也是受了惠特曼的影响。我们要发达民众艺术，所以要纪念这个平民诗人"[2]。田汉认为中国要提倡民众艺术，必须向惠特曼学习。六逸写文章介绍惠特曼，也是将其作为平民诗人来介绍的，"其时他的环境，不外渔农的人，皆是平民的生活，所以他后来的诗情，友爱，亲密，都是由这个时代培养出来的"[3]。尽管胡适在其《文学改良刍议》中并没有明确提出平民文学的主张，但实际上其所提倡的白话文学本身就是一种平民文学。陈独秀在《新青年》上发表《文学革命论》来呼应胡适的《文学改良刍议》，提倡文学革命的三大主义，"曰推倒雕琢的阿谀的贵族文学，建设平易的抒情的国民文学。曰推倒陈腐的铺张

---

[1] 田汉：《诗人与劳动问题》，《少年中国》第1卷第8、9期，1920年2月。
[2] 田汉：《平民诗人惠特曼的百年祭》，《少年中国》第1卷第1期，1919年7月15日。
[3] 六逸：《平民诗人惠特曼》，《文学旬刊》第28期，1922年2月11日。

的古典文学，建设新鲜的立诚的写实文学。曰推倒迂晦的艰涩的山林文学，建设明了的通俗的社会文学"[1]。陈独秀在胡适的基础上进一步阐释文学革命，用大量篇幅来批判"贵族文学"，大力提倡"国民文学"，而他所提倡的"国民文学"在很大程度上是与平民文学相通的。因此，在新文学初期，白话文学、新文学与平民文学之间存在着密切关系，平民文学是新文学的一个重要构成部分。胡适主张诗人从俗歌中学习借鉴其有益成分，"现在白话诗起来了，然而做诗的人似乎还不曾晓得俗歌里有许多可以供我们取法的风格与方法，所以他们宁可学那不容易读又不容易懂的生硬文句，却不屑研究那自然流利的民歌风格。这个似乎是今日诗国的一桩缺陷罢"[2]。周作人也写文章提倡平民文学，在他看来，贵族文学多用古文，平民文学多用白话，但他看到了白话的复杂性与变化性，"白话固然适宜于'人生艺术派'的文学，也未尝不可做'纯艺术派'的文学。纯艺术派以造成纯粹艺术品为艺术唯一之目的，古文的雕章琢句，自然是最相近，但白话也未尝不可雕琢，造成一种部分的修饰的享乐的游戏的文学。那便是虽用白话也仍然是贵族的文学"。因此，白话不能作为衡量作品是否是平民文学的唯一标准，"所以平民文学应该着重与贵族文学相反的地方，是内容充实，就是普遍与真挚两件事。第一，平民文学应以普通的文体，记普遍的思想与事实。我们不必记英雄豪杰的事业，才子佳人的幸福，只应记载世间普通男女的悲欢成败。……第二，平民文学应以真挚的文体，记真挚的思想与事实"[3]。周作人强调不能仅仅以白话作为衡量平民文学的标准，而应该将白话语言与平民生活统一起来，这样的文学才是真正的平民文学，这就兼顾了语言形式与思想内容两个方面。他对白话与平民文学之间关系的分析是非常有道理的，很有预见性地指出了未来

1　陈独秀：《文学革命论》，《新青年》第2卷第6期，1917年2月1日。
2　胡适：《北京的平民文学》，《胡适学术文集·新文学运动》，姜义华主编，北京：中华书局，1993年，第422页。
3　周作人：《平民文学》，《每周评论》第5期，1919年1月19日。

新文学发展中必然会出现的问题。以白话为同一属性的新文学在后来发展过程中果然呈现出不同的路向,有的坚持为艺术而艺术的纯艺术追求,有的坚持平民文学的路线。平民文学在三四十年代得到了持续的发展,抗战时期的街头诗、街头剧运动以及延安文学皆是平民文学的延续。

通过上述分析可以发现,美国的文学独立首先表现在语言形式上,美国俚语、口语成为美国文学独立于英国文学的一个重要标志。美国文学语言形式的变革对胡适的文学革命理论产生一定的影响,受到美国文学语言形式变革的启发,胡适开始将白话代替文言上升到理论的层面来思考,他坚信文学革命首先是文学工具即语言的革命,因此他首先从语言的角度切入来提倡新文学革命。中国的新文学革命在刚开始主要是一场用白话代替文言的形式主义革命,从这一角度来说,中国的新文学革命与美国的文学独立运动之间具有诸多相同之处。尽管胡适当年在其留学日记中只提到其文学革命理论主张与意象派的"五不"理论之间具有相通之处,并未提及他所受到的惠特曼、意象派诗人的影响,但实际上,惠特曼、意象派诗人对中国新诗、中国新文学皆产生了直接的影响,"五四"诗歌界对美国新诗运动给予了这样的评论:"新诗有两个特点:形式方面是用现代语,用日常所用之语,而不限于用所谓'诗的用语'(Poetic Diction),且不死守规定的韵律。"[1] 由此来看,中国的新诗运动与美国的新诗运动之间存在着密切联系,白话和自由体成为中国新诗的基本文体特征,日常口语和平民文学成为中国新文学的基本特质。

四

中国文学在不同的历史时期皆有复古主义的思潮出现,到了近代,

---

[1] 刘延陵:《美国的新诗运动》,《诗》第 1 卷第 2 号,1922 年 2 月 15 日。

这种复古主义思潮愈加强大,"俗儒好尊古,日日故纸研;六经字所无,不敢入诗篇。古人弃糟粕,见之口流涎;沿习甘剽盗,妄造丛罪愆"(黄遵宪:《杂感》)。这种复古思想以模仿古人为宗旨,跟在古人的后面亦步亦趋,不敢越雷池一步,极大地压抑了作家的个性,束缚了作家的创新意识。而美国文学中所具有的敢于探险、勇于创新的精神,正是中国文学所缺少的,对中国新文学具有重要的借鉴意义,并且对中国新文学的萌芽、发展皆产生了重要影响。

胡适是中国新文学的首倡者,被誉为"开风气者",在他身上表现出一种大胆创新、勇于探索的精神。那么,他的这种大胆创新、勇于探索的精神来自何处?他为何敢于用白话来作诗?为何给其诗集取名《尝试集》?对于这些问题,胡适自己曾做过明确的回答:"我的决心试验白话诗,一半是朋友们一年多讨论的结果,一半也是我受的实验主义的哲学的影响。实验主义教训我们:一切学理都只是一种假设;必须要证实了(verified),然后可算是真理。证实的步骤,只是先把一个假设的理论的种种可能的结果都推想出来,然后想法子来试验这些结果是否适用,或是否能解决原来的问题。我的白话文学论不过是一个假设,这个假设的一部分(小说词曲等)已有历史的证实了;其余一部分(诗)还须等待实地试验的结果。我的白话诗的实地试验,不过是我的实验主义的一种应用。所以我的白话诗还没有写得几首,我的诗集已有了名字了,就叫做《尝试集》。"[1]胡适在哥伦比亚大学师从杜威攻读哲学博士学位,而杜威正是美国实验主义哲学的集大成者。胡适接受了杜威的实验主义哲学思想,并将之作为一种科学的方法而加以广泛运用,进行"大胆假设,小心求证"。他的白话文学革命论是实验主义哲学的一次成功的实验,而其《尝试集》则是实验的直接结果。胡适从实验主义哲学中获得了一种实验的精神,由此出发,他对

---

[1] 胡适:《逼上梁山》,《胡适学术文集·新文学运动》,姜义华主编,北京:中华书局,1993年,第214—215页。

中国的复古主义思想进行大胆质疑，反陆放翁的"尝试成功自古无"的诗句而用之，提出了"自古成功在尝试"的观点，胡适的这种"尝试"精神来源于杜威的实验主义哲学，而这种精神与中国传统的复古思想是相悖的。胡适所确立的这种探索尝试精神，已经成为新文学的一脉传统。

胡适提倡用白话作诗，遭到梅光迪等人的质疑反对。尽管他擅长用文言作诗词，但他发誓三年之内不作文言诗词，专作白话诗词。对胡适而言，用白话作诗只是一种大胆的假设，究竟是否可行，他自己心里也没有数，他知道实地试验的结果可能成功，也可能失败，"我私心以为文言决不足为吾国将来文学之利器。施耐庵曹雪芹诸人已实地证明小说之利器在于白话。今尚需人实地试验白话是否可为韵文之利器耳。……我此时练习白话韵文，颇似新习一国语言，又似新辟一文学殖民地。可惜须单身匹马而往，不能多得同志，结伴同行。然吾去志已决。公等假我数年之期。倘此新国尽是沙碛不毛之地，则我或终归老于'文言诗国'，亦未可知。倘幸而有成，则辟除荆棘之后，当开放门户迎公等同来莅止耳"[1]。胡适当年单身匹马地在文言诗国里尝试用白话作诗，没有结伴同行的同志，后面的结果如何亦不得而知，但他不惧失败，表现出一种勇闯雷区的探索者精神。在他看来，即便这种探索失败了，也是有意义的，可以告诉人们此路不通，不要在此方面再花费时间与精力。

"尝试""试验"是同义词，是一种基本的科学研究方法。科学研究是一项复杂而烦琐的工作，需要付出大量的时间与精力，通过多次的实验，经过一次又一次的尝试，方才能得出结论，或发现真理，或证明实验失败，胡适尝试用白话作诗的过程并非一帆风顺，而是经历了许多的挫折，"《去国集》里的《耶稣诞节歌》和《久雪后大风作歌》

---

[1] 胡适：《再答叔永》，《胡适学术文集·新文学运动》，姜义华主编，北京：中华书局，1993年，第347页。

都带有试验意味。后来做《自杀篇》,完全用分段作法,试验的态度更显明了"[1]。胡适的探索实验也并非都成功,其作品存在着这样或那样的问题,大多不能称为经典之作,其中甚至不乏失败之作。但胡适通过大胆探索、实验给中国诗歌发展找到了一条新的路径,告诉人们用白话也可以作诗,其《尝试集》成为中国现代文学史上第一部新诗集。胡适对自己的"实验"颇为满意:"我觉得我的《尝试集》至少有一件事可以供献给大家的。这一件可供献的事就是这本诗所代表的'实验的精神'。我们这一班人的文学革命论所以同别人不同,全在这一点试验的态度。"[2] 胡适将这种探索尝试的行为升华为"实验的精神",这种"实验的精神"不仅是胡适《尝试集》的灵魂,而且也成为中国新诗乃至中国新文学的灵魂,成为中国新文学的一脉精神传统,成为新文学之所以"新"的根本原因。此后,新诗、小说、戏剧、散文无不表现出一种大胆探索、创新的精神,中国新文学的发展呈现出日新月异的面貌。

美国人推崇"冒险"精神,这无论是在当年乘坐"五月花"号来到北美的清教徒身上,还是在后来的美国西部牛仔身上,都得到了淋漓尽致的表现,"没有冒险就没有获得"成为美国人的座右铭,也是美国精神的重要构成部分。美国人推崇个人奋斗精神,肯定个人价值,张扬个性,而冒险、个性、实验是三位一体的,这在惠特曼身上表现得尤为突出。惠特曼大胆用日常口语入诗,宣称自己的全部创作都是"语言实验"(a language experiment),其"语言实验"的重要方法就是以他所熟悉的渔夫、车夫、农夫、伐木工人、牛仔等平民百姓的日常生活语言来创作诗歌,将原来被排除在诗歌之外的俚语、口语、俗语、外来语等迎入诗歌的殿堂,最终创作出一种全新的诗歌文体形式——融日常口语与自由形式于一体的自由诗。这种自由体诗歌对美国诗歌的发展产生了重要影响,"新诗运动所造成的最显著的形式上的后果是

---

[1] 胡适《〈尝试集〉自序》,《胡适学术文集·新文学运动》,姜义华主编,北京:中华书局,1993年,第371页。
[2] 同上书,第381页。

自由诗之确立地位。至今日为止,美国现代诗歌依然绝大部分是自由诗,除了三四十年代艾略特、新批评势力占统治地位的一段时期外,很少有诗人写传统的格律诗。实际上在新诗运动兴起时,在一般读者看来,新诗是自由诗的同义语"[1]。惠特曼身上所体现出来的这种创造实验精神对中国作家具有重要的启发意义,林语堂从惠特曼等人的试验创造中悟出道理,并由衷地赞叹:"所以创造是好的,甚至于试验的创造也是好的。"[2] 而惠特曼所创立的这种新的诗歌文体形式对中国新诗的发生与发展均产生了重要影响,从胡适所大力提倡的诗体解放中,我们可以看到惠特曼诗歌的影子,这也可以从梅光迪对胡适的批判中找到佐证:"所谓白话诗者,纯拾自由诗(vers libre)及美国近年来形象主义(imagism)之唾余,而自由诗与形象主义,亦堕落之两支,乃倡之者数典忘祖,自矜创造,亦太欺国人矣。"[3] 尽管梅光迪反对胡适提倡的自由诗,但从他的这段话中,我们不难发现胡适的白话诗与美国的自由诗和意象派诗歌之间的内在联系,惠特曼的自由诗和意象派诗歌是中国自由诗的重要来源。

20世纪上半叶,中国现代小说创作取得了很大的成就,这与美国小说的影响密不可分。中国现代文学史上出现了多部关于小说作法的理论著作,而这些理论著作在很大程度上受到美国小说理论的影响。在20世纪20年代,中国翻译出版了两部美国小说理论著作,即美国戏剧小说批评家哈米顿(Clayton Hamilton)所著的《小说法程》(*Materials and Methods of Fiction*)和美国小说理论批评家佩里(Bliss Perry)的《小说的研究》(*A Study of Prose Fiction*),这两部小说理论是在总结美国小说创作的基础上形成的,涉及小说目的、性质、布局、

---

1 赵毅衡:《远游的诗神——中国古典诗歌对美国新诗运动的影响》,成都:四川人民出版社,1985年,第203页。
2 林语堂:《批评家与少年美国·译者赘言》,《林语堂名著全集》第27卷,长春:东北师范大学出版社,1994年,第293页。
3 梅光迪:《评提倡新文化者》,《梅光迪文录》,台北:联合出版中心,1968年,第2页。

人物、情节、环境、文体、风格等诸多方面，对中国现代小说的观念转型及创作皆产生了重要影响。美国小说家的探索、创新精神对中国现代小说创作产生了重要影响，如爱伦·坡的心理现实主义小说对鲁迅、陈炜谟、陈翔鹤、施蛰存等人产生了重要影响，我们在郁达夫、卞之琳、汪曾祺的小说中也不难发现亨利·詹姆斯的影子，在穆时英等人的新感觉派小说中不难发现多斯·帕索斯、海明威等人的影响。正是因为有了这种探索创新精神，中国现代小说史上出现了鲁迅、施蛰存、废名、沈从文、汪曾祺等一批文体家，出现了一批令人耳目一新的经典作品。

中国现代戏剧与美国戏剧之间具有复杂的渊源关系，美国的戏剧对中国现代戏剧的萌生与发展产生了重大而深远的影响，这种影响主要通过在美国留学学习戏剧专业的留学生来沟通完成，后来他们将美国的戏剧理论、创作等翻译介绍到中国来，使得愈来愈多的中国作家接受美国戏剧的影响，对中国现代戏剧的发展产生更加广泛而深远的影响。1908年教育家张伯苓到美国参观渔业博览会，顺便考察美国的教育，他看到美国学校中流行戏剧演出，从中悟出了戏剧在教育中的重要作用，回国后便大力提倡戏剧教育，开中国北方戏剧活动的先河。张彭春1910年到哥伦比亚大学留学，1916年回到天津主持南开新剧团，引入美国话剧的表导演体制，建立正规的编导制度，对推动中国现代戏剧发展产生了重要影响。此后，洪深、赵太侔、余上沅、熊佛西等先后到美国留学，在哈佛大学、耶鲁大学、哥伦比亚大学等学习戏剧专业，将美国新兴的现代戏剧介绍到了中国，中国现代"话剧"的命名、剧本制度的确立、导演在戏剧演出活动中重要地位的确立、现代舞台布景技术的广泛运用等无不体现出美国戏剧的影响，美国方兴未艾的富有探索精神的小剧场对中国的爱美剧运动及小剧场演出皆产生了重要影响，美国的"戏剧之父"奥尼尔对曹禺、谷剑尘等人的戏剧创作产生了深刻影响，中国现代戏剧史上出现了《雷雨》《原野》等富有表现主义特征的经典作品。

实验主义（实用主义）、推崇冒险、张扬个性，这是美国精神的重要构成部分，正是有了这种精神，19世纪以来的美国文学取得了突飞猛进的发展，取得了举世瞩目的成绩。以胡适为代表的中国作家从美国文学中"盗来"了这种精神。这种精神不仅使现代作家摆脱了中国传统文学的束缚，而且摆脱了美国文学、欧洲文学的束缚，表现出一种大胆探索、勇于创新的精神，正是在这种精神的指导下，中国新文学走出了一条自己的道路，出现了一大批经典作家，产生了一大批经典作品。

综上所述，在20世纪初，中国新文学与美国文学处于大致相同的历史背景之下，摆脱传统文学的束缚，寻求文学独立，成为它们共同的追求。从时间上来说，美国文学的文学独立运动要早于中国的新文学运动，且已取得了成功，因此，美国文学自然成为中国新文学家学习借鉴的榜样。龙詹兴在1925年翻译的《二十世纪美国文学的趋势》一文的前面附有一篇小序，谈到其翻译这篇文章的目的："我国目前文学界的航线还渺茫不定，我们如果不愿意瞎撞前驶，要看看邻船怎样航行，自己有所比较，仔细点把舵才好。这篇文章恰好示我们找寻航线的例子。"[1] 把美国文学作为中国新文学的参照系，用以确定中国新文学前进的路径，这应该是中国文人翻译介绍美国文学的基本出发点，在当时具有一定的代表性。实际上，我们除了把美国文学作为中国文学发展的参照系之外，还可以把美国文学当作学习借鉴的对象，从中学习一些有益的东西，从而推动中国新文学的发展壮大。现代作家们已充分认识到，对美国文学的学习借鉴不是仅学其外在的皮毛，而是要学习其内在的精神。施蛰存总结出美国文学的"精神"之所在："我们是更迫切的希望能够从这样的说明指示出一个新文化的建设所必须的条件来。自然，我们断断乎不是要自己亦步亦趋的去学美国，反之，我们所要学的，却正是那种不学人的，创造的，自由的精神。这种精

---

[1] ［美］靳勒著：《二十世纪美国文学的趋势》，龙詹兴译，广州：《海天潮》，1925年。

神固然不妨因环境不同而变易其姿态,但它的本质的重要,却是无论在任何民族都没有两样的。"[1] 在施蛰存看来,"创造的,自由的精神"并非美国人的精神特质,而是世界上任何民族都应具备的精神特质,自然也是中国人所应具备的精神特质,尽管由于种种原因中国人尚缺少这种精神,但我们可以通过学习借鉴美国的经验来发展这种精神。因此,美国作家所推崇的反叛与独立、自由与个性、日常口语与平民文学、实验与探索,不仅是美国文学的内核,也是中国新文学的灵魂。这些美国文学因素被输入到中国新文学之中,赋予中国新文学以生命活力,中国新文学由此摆脱了传统文学的束缚,获得了独立,并形成了一脉既不同于中国传统文学又不同于美国文学的新传统,成为世界文学大家庭的重要成员。

---

[1] 施蛰存:《现代美国文学专号·导言》,《现代》第 5 卷第 6 期,1934 年 10 月 1 日。

第一章

现代民主意识与中国新文学的发生

"民主"（Democracy）一词来源于希腊字"demos"，意即人民。民主是在一定的社会范畴内由全体人民按照自由平等和少数服从多数的原则来共同负责处理国家公共事务的社会制度。从历史的角度来说，美国的民主来源于欧洲的民主，但在后来的发展中又形成了不同于欧洲民主的东西，这种不同主要表现在"人民"外延的不同。在古希腊，"人民"是有特指的，不包括妇女、孩子和奴隶，从这一点上来说，希腊的民主只是公民大会，并非真正意义上的民主。在霍尔巴赫看来，"关于人民这个词，我并不是用它来指麻木不仁的老百姓……每一个靠其财产的收益过着体面生活的人以及每一个拥有土地的一家之主都应该被视为一个公民"[1]。除此之外的其他人则不能被视为公民，"直到他们靠努力和勤奋为自己取得地产"[2]。由此可见，按古希腊一脉传统而来的欧洲民主并不是所有人的民主，而是有产阶级的民主，无产阶级连公民的资格都没有，自然也就没有平等自由的权利。因此，欧洲的民主只是一种贵族阶级、有产阶级、特权阶级的民主，不是真正意义上的民主。美国的民主并非仅仅是贵族阶级、特权阶级、有产阶级

1　［英］安东尼·阿伯拉斯特著，《民主》（第三版），孙荣飞、段保良、文雅译，长春：吉林人民出版社，2005年，第52页。
2　同上。

的民主,而是所有国家公民的民主,"我们认为下面这些真理是不言而喻的:人人生而平等,造物者赋予他们若干不可剥夺的权利,其中包括生命权、自由权和追求幸福的权利。为了保障这些权利,人类才在他们之间建立政府,而政府之正当权力,是经被治理者的同意而产生的"。(《独立宣言》)美国在其《独立宣言》中确立了"人人生而平等"的权利,并将之贯彻落实到具体的社会现实之中。

中国经历了数千年的奴隶社会和封建社会,而无论是奴隶社会还是封建社会,其本质皆是专制统治,与民主无关。1911年,孙中山领导的辛亥革命推翻了清王朝,建立了中华民国,"民族主义""民权主义""民生主义"成为立国之本,中国的社会体制发生了历史性的转折。通过回顾考察辛亥革命的过程与中华民国的建立,我们可以发现,无论是辛亥革命还是中华民国的建立,皆与美国的社会影响密切相关。可以说,中华民国的建国理念、社会体制在很大程度上都是模仿美国的建国理念与社会体制而设计出来的。美国式的民主不仅对中华民国的建立与发展产生了根本性的影响,而且对中国新文学的诞生与发展也有着重要影响。

第一节 美国式民主对中国现代社会转型的影响

孙中山是辛亥革命的领导者,是中华民国的缔造者,被誉为中华民国的国父。多年来,学术界有人称他所领导的辛亥革命为"美国式革命",如蒋廷黻1951年在美国的演讲中认为,"自1894年起,中山先生便主张推翻君主专制建立民国,尽管当时中外上下都有人反对。……中山先生领导鼓吹共和主义主要系受美利坚合众国国体的影响。这种鼓吹促成了中华民国的诞生"[1]。那么,孙中山与美国之间有什么样的联系?辛亥革命与美国革命之间有何关联?中华民国与美国

---

1 蒋廷黻:《蒋廷黻选集》,台北:传记文学出版社,1978年,第952页。

在建国理念及体制上有何相同之处？

孙中山是一位国际性的革命活动家，曾四度环游列国，足迹遍布全球，但美国是他学习、生活、从事革命活动的一个非常重要的基地。他从1878年6月到1883年7月在夏威夷檀香山上中学，接受西方现代文化教育；1884年11月到1885年1月再次来到檀香山，立下"倾覆清廷，创建民国"的远大志向；1894年10月至1895年1月又一次来到檀香山（夏威夷于1893年并入美国，成为美国的属地）；1896年1月由檀香山转赴美国大陆，沿途目睹美国总统大选，深受启发，初步形成了三民主义思想，并开始在美国华侨中宣传革命思想；1903年9月到1904年12月经檀香山到美国大陆，联络美国洪门，在各地发表演讲，募集捐款。他于1904年在美国以英文发表的《中国问题的真解决——向美国人民呼吁》(The True Solution of Chinese Question: An Appeal to the People of the United States)控诉满清政府的十一条罪行，其中的第四条即："他们侵犯我们不可让与的生存权、自由权和财产权"，"虽然有这样多的痛苦，但我们曾用了一切方法以求与他们和好相安，结果却是徒劳无效。在这种情况之下，我们中国人民为了解除自己的痛苦、为了普遍地奠定远东与世界和平，业已下定决心，采取适当的手段以求达到那些目标，'可用和平手段即用和平手段，必须用强力时即以强力临之'"。[1] 此文的构思、观点、用语与美国的《独立宣言》有异曲同工之妙，从中不难发现美国《独立宣言》的影子。美国的《独立宣言》是将美国人民和英国殖民者对立起来，控诉英国殖民者的罪行，表明自己的革命是在迫不得已的情况下才进行的；孙中山的文章则是将中国人民与清朝统治者对立起来，控诉清朝政府的罪行，表明中国人民是在被逼无奈的情况下才进行革命的。孙中山陈述中国革命时机成熟的表现，其中一条即："中国的报纸与近来出版的书

---

[1] 孙中山：《中国问题的真解决——向美国人民呼吁》，《孙中山选集》（上），北京：人民出版社，2011年，第68、69页。

刊中也都充满着民主思想",人民对"民主"的渴求成为革命的一个重要契机,成为革命的动力。为了达到革命的成功,孙中山寻求美国人民的帮助,"为了确保我们的成功、便利我们的运动、避免不必要的牺牲、防止列强各国的误解与干涉,我们必须普遍地向文明世界的人民,特别是向美国的人民呼吁,要求你们在道义上与物质上给以同情和支援,因为你们是西方文明在日本的开拓者,因为你们是基督教的民族,因为我们要仿照你们的政府而缔造我们的新政府,尤其因为你们是自由与民主的战士"[1]。孙中山明确宣布"要仿照你们的政府而缔造我们的新政府",他确立了以美国的社会政治体制为借鉴来建立新的国家社会体制的设想,这个设想即是中华民国的雏形。1909年11月至1910年7月,在辛亥革命前夕,孙中山从美国东部行至美国西部,再到檀香山,在美国各大埠成立"中国同盟会"分会,为辛亥革命做充分的准备。1911年1月到10月,孙中山又两度周游美国大陆,筹集广州新军起义和黄花岗起义的军费;1911年7月,孙中山在美国旧金山《少年中国》晨报的办公桌上设计了中英文的"中华民国金币券","上面青天白日满地红的标徽和旗帜,也是在《少年中国》那张办公桌上设计出来。众所周知,那个标徽后来成了中国国民党的党徽和中华民国的国徽,那旗就演变成国民党的党旗和中华民国的国旗。所以可以说,《少年中国》晨报报社是孙中山革命的'发源地'"[2]。由此可见,孙中山在辛亥革命前的主要革命活动都与美国密切相关,他认同美国的社会政治体制,将美国的政治体制作为中华民国政治体制的模仿对象,美国式的民主成了孙中山发动革命的逻辑起点。

以孙中山为首的革命党提出"恢复中华,创立民国"的誓约,他们要创立的"民国"是什么样的国家?对此,孙中山做出了明确的阐

1　孙中山:《中国问题的真解决——向美国人民呼吁》,《孙中山选集》(上),北京:人民出版社,2011年,第72—73页。
2　[美]方李邦琴:《孙中山与〈少年中国〉——从美国当年的报纸看辛亥革命》,北京:北京大学出版社,2012年,第5页。

释:"何为民国?美国总统林肯氏有言曰:'民之所有,民之所治,民之所享。'此之谓民国也。"[1] 在孙中山的建国方略中,美国的国家体制——美国式的民主政体成为其建国理想,连中华民国的名字都与美国密切相关。可以说,美国式的民主成为中华民国顶层设计的一个重要来源。孙中山深受美国民主思想的影响,民主成为其追求的理想,他将之作为推翻帝制、建立现代社会的基石,模仿美国的社会体制来规划未来中国的社会体制。"民族""民权""民生"成为中华民国的立国之本,"民"成为"三民主义"的根本。换言之,孙中山的"民族""民权""民生"是从林肯的"民之所有""民之所治""民之所享"转换过来的,"三民主义"是美国的"人民主权"原则在中国的移植。

与此同时,梁启超与黄遵宪等人也到美国进行考察,他们对美国的社会环境有了亲身的体验与认识之后,提出了与孙中山不同的政治观点。在他们看来,中国只可实行君主立宪制,不能实行民主共和制,于是便有了在美国的华文报刊上进行的、发生于孙中山与梁启超之间的革命派与保皇派、民主共和制与君主立宪制之间的论争。最后,孙中山的思想主张得到了更多人的赞同,进而促成了中华民国的建立。

与已经确立民主体制的美国不同,19 世纪末的中国还是一个半封建半殖民地国家,在这个体制内,皇帝是国家的主人,人民则是皇帝的奴隶,没有任何权利可言。儒家虽然提出了"民本"思想,但这种"民本"思想只是封建帝王统治国家的一种方略,与现代民主思想之间没有什么内在联系,"古代的民本思想与近代的民主思想并无相通之义。民本思想仍然是君本位,并不是民本位,至多是'为民作主';而民主思想则是'由民作主','民为主',民是主体,是主人。……民本思想不是促进民主化,而是阻碍民主思想的发展"[2]。孙中山对以

---

1 孙中山:《建国方略》,《孙中山选集》(上),北京:人民出版社,2011 年,第 399 页。
2 丁守和:《中国传统文化与现代化问题》,《中国近代思潮论》,广州:广东人民出版社,2003 年,第 257—258 页。

"民本"为根基的中国国家体制非常熟悉,他要推翻这种封建体制,建立一个现代的民主国家,"盖国民为一国之主,为统治权之所出;而实行其权者,则发端于选举代议士。倘能按部就班,以渐而进,由幼稚而强壮,民权发达,则纯粹之民国可指日而待也"[1]。由此可见,"民本"与"民主"有着本质的区别,从"民本"到"民主"的转变,也就标志着从封建专制向现代民主制的转变。

以胡适为代表的留美学生来自封建专制的中国,美国的民主体制对于他们来说是一个新鲜而又陌生的事物,他们对美国民主体制的理解与接受有一个适应的过程。胡适于1910年年初到美国时,对美国的政治体制、政治组织、政党、总统选举团和整个的选举系统一无所知,对美国的宪法和政府结构也茫然无知,但他对美国社会充满了好奇,加之1911年中国爆发了辛亥革命,推翻了清王朝专制统治,1912年1月中华民国成立,而这一年也正是美国的大选年,威尔逊是民主党的候选人,这促使他下功夫研究美国的社会体制。他通过选修塞缪尔·奥思(Samuel P. Orth)教授的"美国政府和政党"的专题课,广泛阅读《纽约时报》《纽约论坛报》《纽约晚报》等报纸,对美国的总统大选和社会体制有了深入了解,并对美国的政治产生了浓厚的兴趣。1916年又是美国的大选之年,胡适尽管没有投票权,但他对总统选举充满了热情:"《时报》大字标题说:'威尔逊可能以极小的多数当选了。'我看了这消息高兴极了,才跑回八条街去吃早餐,早餐也觉得有味了,我那样的紧张,可说受了美国民主竞选空气的传染。"[2] 从初到美国对总统大选一无所知到对威尔逊可能当选的兴奋异常,短短5年间,胡适已对美国的社会体制有了充分的了解,并开始认同美国的民主体制。

1　孙中山:《建国方略》,《孙中山选集》(上),北京:人民出版社,2011年,第399—400页。

2　胡适:《美国的民主制度》,《胡适学术文集·哲学与文化》,姜义华主编,北京:中华书局,2001年,第720页。

胡适在1911年3月9日的日记中披露了阅读美国《独立宣言》的经历，并关注国内的辛亥革命进程。辛亥革命虽然推翻了封建帝制，但中国并没有出现社会安定的局面，而是陷入了剧烈的动荡之中——袁世凯称帝、张勋复辟，许多人对新成立的中华民国失去了信心。对此，胡适表达了自己独特的看法："辛亥革命发生于公元1911年10月，创立共和国至今还不足三载，岂能说已决无希望！岂能说'以一先进国家之标准来衡量中国，是完全不够格的'？又岂能说'中国不具备自我发展之能力'？"[1]他认同美国式的民主体制，并将之视为中国社会的未来，对新生的中华民国充满了希望，"余完全信奉威尔逊总统所言：各国人民皆有权利决定自己治国之形式，也唯有各国自己才有权利决定自救之方式。墨西哥有权革命，中国也有权利来决定自己的发展"[2]。袁世凯恢复帝制的消息传到美国，美国国内也有人支持赞同这一复辟行为，约翰霍布铿（今译约翰斯·霍普金斯）大学校长兼中国政府制宪顾问弗兰克·约翰逊·古德诺教授声明赞同此项计划，胡适对此表示不满，发表文章反驳古德诺的观点："不管袁先生当不当皇帝，这并不影响少年中国之进程（余在此并不是指任何特定之政治派别）。少年中国正在为中国建立真正之民主而努力奋斗。它相信民主；而且相信：通向民主之唯一道路即是拥有民主。统治是一门艺术，照此，统治需要经过实践之锻炼。倘若余不开口说英语，那余决学不会讲英语。倘若盎格鲁—撒克逊人从不实行民主，那他们决不会拥有民主。这是一种政治哲学，古德诺教授之流是不会理解的。古德诺教授和许多其他善意之制宪权威认为，东方人不适于民主政体，因为他们以前从不曾有过。与此相反，少年中国认为，恰恰因为中国不曾有过民主，所以她现在必须拥有民主。少年中国认为，倘若第一个中华

1　胡适：《为祖国辩护之两封信》，《胡适全集》第28卷，合肥：安徽教育出版社，2013年，第65页。
2　同上书，第65页。

共和国之寿命更长一些，那么，此时中国之民主将会有一个相当扎实的根基了。至此，四年民主政体之经验，已能让许许多多中国人明白共和主义到底是什么，不管此经验是多么地不完善。"[1] 胡适认为民主并非西方人的专利，坚信民主是中国的未来之路，是中国人追求的目标，并继续对古德诺等人的言论进行驳斥："古氏在此邦演说作文，均言中国人无共和之程度，其说甚辩，足以欺世。又以其为一国名宿也（古氏新被选为约翰霍布铿大学校长），故其言为人所深信，于我国共和前途殊有影响，不可不辨；故乘此时机作此文攻之，以投《新共和国周报》（*The New Republic*），不知能登出否？"[2] 古德诺是美国著名大学的校长，在美国社会上具有一定的影响力，他的这种言论并非仅仅代表其个人的观点，而是代表了美国相当一部分人的观点，胡适对其反动言论的驳斥非常有力。

当时国内围绕中国是走君主立宪的道路还是走民主共和的道路展开了激烈论争，远在美国的胡适非常关注国内的形势发展，并对此进行了辩证的分析，表明自己的态度："有人认为，为达到国内统一与强大，中国需要君主制；又有人认为，中国只有实施共和政体，才能创造奇迹。吾以为，上述两种主张皆是愚蠢之举。倘若缺乏吾所谓之'必要的先决条件'，那么，无论是君主制，还是共和制，皆不能救中国。吾辈之职责在于，准备这些必要的先决条件——即'造新因'。"[3] 胡适认为，单纯从理论上来讨论君主制与共和制是愚蠢的，是无法解决中国的社会问题的，因为作为两种不同的政治体制——君主制和共和制——各有利弊，关键在于如何根据国家的社会现实来合理地掌握

---

[1] 胡适：《中国与民主》，《胡适全集》第28卷，合肥：安徽教育出版社，2013年，第234—235页。

[2] 胡适：《辟古德诺谬论》，《胡适全集》第28卷，合肥：安徽教育出版社，2013年，第252页。

[3] 胡适：《论"造新因"》，《胡适全集》第28卷，合肥：安徽教育出版社，2013年，第298页。

运用体制。放眼世界，以英国为代表的君主立宪制国家发展得不错，以美国为代表的民主共和制国家也发展得很好。面对百病缠身、危在旦夕的中国，胡适要为祖国造不能亡之因，"适以为今日造因之道，首在树人；树人之道，端赖教育。故适近来别无奢望，但求归国后能以一张苦口，一支秃笔，从事于社会教育，以为百年树人之计：如是而已"[1]。胡适为此开出了"教育救国"的药方——只要有了具有现代思想的人，就会有适合中国社会现实需要的政治体制，这是有道理的，但这剂药方相对于"实业救国""科学救国"等药方见效缓慢，需要长期的投入才能有所收获。胡适提出了"树人"的观点，鲁迅提出了"立人"的观点，二者之间具有相通之处，这就是所谓的英雄所见略同。但在具体的"树人""立人"之道上，二人所提出的对策与方法还是有所不同的。

虽然远在万里之外的美国，但胡适非常关注当时国内轰轰烈烈的辛亥革命运动，并对革命持一种复杂的态度，"吾并非指责革命，因为吾相信革命是进化过程的必经阶段。可是，吾不赞成早熟之革命，因为它们通常是徒劳的，因而是一事无成的。中国有句古话，叫做'瓜熟蒂落'。果子还未成熟，即去采摘，只会弄坏果子。正是基于这个原因，吾对当前正在进行的中国之革命，不抱太多的希望。诚然，吾对这些革命者则深表同情"[2]。从进化论的角度出发，胡适反对革命，提倡改良，因此他对当时的革命不抱太多的希望，但又希望中国发生变化，对中国未来的发展趋势持乐观态度："人问今日国事大势如何。答曰，很有希望。因此次革命的中坚人物，不在激烈派，而在稳健派，即从前的守旧派。这情形大似美国建国初年的情形。美国大革命，本是激烈的民党闹起来的。后来革命虽成功，政府可闹得太不成样子。那时的美国，比今日的中国正不相上下，怕还更坏呢。……一次无血

---

1 胡适：《再论造因，寄许怡荪书》，《胡适全集》第 28 卷，合肥：安徽教育出版社，2013 年，第 306 页。
2 胡适：《论革命》，《胡适全集》第 28 卷，合肥：安徽教育出版社，2013 年，第 316 页。

的革命,推翻了临时约法(The Articles of Confederation),重造新宪法,重组新政府,遂成今日的宪法。从前的激烈派如节非生之徒,那时都变成少数的在野党(即所谓反对党——Opposition),待到十几年后才掌国权。……将来的希望,要有一个开明强硬的在野党做这稳健党的监督,要使今日的稳健不致变成明日的顽固,——如此,然后可望有一个统一共和的中国。"[1]胡适以美国革命作为参照系来观察中国革命,看到了中、美革命所面临的共同问题,对未来中国的政治走向提出了自己的设想,即以美国的政治体制作为学习借鉴的对象,希望中国有一个开明强硬的在野党来监督执政党,这样才能有一个统一共和的中国。当然,这只是胡适的一种美好的政治理想,在20世纪上半叶的中国是无法成为现实的。

与胡适一样,林语堂对于美国式的民主也充满好感,他看到了美国民主体制的特殊之处,"美国民主政体根本是基于'为最多数人谋最大幸福'这一个理想,……在美国有'最多数人'这一个理想,而不仅仅是'最多数人'这一个空虚的名词,才使一般人民体会到民主主义"[2]。他认同美国的民主体制,"我是美国民主主义的信徒,对于人民的权利和自由感到热心。……我对美国的民主政体和信仰自由感到尊敬"[3]。当然,他也发现了美国社会中存在的各种不民主的现象,并对之表示不满,"其实美国的民主政体我倒并没过分尊敬。由一般平民来执政,在我看来,多少有些发憷。美国的总统选举,直令举国若狂,而又四年一次,适如疟疾。所谓总选,便是民主党与共和党间,谁最能向人民说谎而已;谁说得高明,便由谁来做总统。此处我只指政党机关全体而言,非指总统候选人个人,因为总统候选人只是个老实君

---

[1] 胡适:《三一、国事有希望(七月十七日)》,《胡适全集》第28卷,合肥:安徽教育出版社,2013年,第406页。
[2] 林语堂:《林语堂名著全集》第15卷,长春:东北师范大学出版社,第16—17页。
[3] 同上书,第22页。

子，奔走全国，为党服务，如此而已"[1]。从表面上看来林语堂对美国式民主的态度前后矛盾，实际上这是他对美国式的民主有了更深入的了解的结果，这种认识符合美国的社会现实。从这一角度来说，美国式的民主并非一种十全十美的民主，也存在着一定的弊端与局限。

刘尊棋于1946年春受邀到美国对新闻出版事业进行为期一年的考察研究，这一时期正好是美国"冷战"凶猛的时期。作为新闻记者，刘尊棋对美国的社会体制非常感兴趣，下功夫搜集相关资料，对美国的政治选举体制进行了详细的考察，通过美国总统选举中所出现的各种现象，对美国民主政体中所存在的问题进行思考，得出了自己的结论。美国人常常自夸"谁都可以当总统"，美国历史上也的确出现过多位出身平民阶层的总统，但并不能由此得出结论说每个平民都有希望当总统，"相反地也可以说，任凭你有多大才干，任凭你如何受到大多数人民的爱戴，大财主们若不赏识你，也枉然"[2]。这是由美国的社会体制所决定的。美国的民主政治体制受法律的保护，"美国宪法规定每一个年满二十一岁的公民都有选举权；每一年满二十五岁已做了七年的公民的都有被选为众议员的资格；年满三十岁已做了九年公民者，可被选为参议员。妇女是直到一九二〇年方有选举和被选举权"[3]。宪法虽明确规定每个适龄的公民都享有选举权与被选举权，但在现实生活中并非如此，因各种复杂原因，有的人不能参加投票，有的人不愿参加投票。多年来美国政坛由民主、共和两党轮流执政，他们尽可能不让第三个政党出现在人民面前，"美国曾经有过，现在还有许多第三党，但是只要它们不顺从民主共和两党的意志，便被逼迫得无法生存。像代表工人阶级的共产党在大多数州中都被宣布为非法（虽然宪法保障它的存在）。工党和社会主义党只能在少数州

1　林语堂：《林语堂名著全集》第18卷，长春：东北师范大学出版社，第279—280页。
2　刘尊棋：《美国侧面像》，上海：士林书店，1949年，第98—99页。
3　同上书，第99页。

有竞选的资格。社会主义党的鼻祖,铁路工人领袖尤金·得布斯,在第一次大战后有很崇高的声望,曾以大总统候选人资格参加竞选,竟被捕下狱"[1]。民主、共和两党主要代表财主们的利益,"财主们的党没有固定的党员,更没有什么民主。党的最高机关是全国委员会,所有的委员都是经由党的后台老板挑拨委任的,没有一个是由党员选举的"[2]。作者看清了"美国式民主"的本质,看到了美国宪法中所规定的"民主"与现实生活中"民主"的差距,并提醒中国读者不要被"美国式民主"所麻醉。

美国的民主思想对孙中山、胡适等人产生了深远的影响,并通过他们个人对中国的社会政治体制、文化、文学转型产生影响作用。孙中山从美国那儿借鉴来了美国的社会政治体制,以此为基础建立了中华民国;胡适则将美国的民主思想发扬光大,为中国现代思想史增添了一脉新的传统,"我对美国政治的兴趣和我对美国政制的研究,以及我学生时代所目睹的两次美国大选,对我后来对[中国]政治和政府的关心,都有着决定性的影响。其后在我一生之中,除了一任四年的战时中国驻美大使之外,我甚少参与实际政治。但是在我成年以后的生命里,我对政治始终采取了我自己所说的不感兴趣的兴趣(disinterested-interest)。我认为这种兴趣是一个知识分子对社会应有的责任"[3]。胡适对政治持"不感兴趣的兴趣",既关心政治,又不参与政治,与现实政治之间保持一定的距离,能够以理性的态度来冷静地关注思考中国的社会现实问题,对政治体制中出现的问题持批判态度,这是以胡适为代表的中国现代自由知识分子所选择的对国家社会的责任承担,也是中国现代自由知识分子忧国忧民的一种新的表现。

1　刘尊棋:《美国侧面像》,上海:士林书店,1949年,第101页。
2　同上书,第102—103页。
3　胡适:《胡适口述自传》,唐德刚整理／翻译,合肥:安徽教育出版社,2005年,第39页。

第二节　新文学对美国式民主的认同

　　美国式的民主除了体现在其政治体制上之外，还在文学作品中得到了具体的表现，这主要表现为一种民主思想和民主意识，文学中的这种民主意识又反过来促进了美国民主社会政治体制的完善与发展。美国诗人惠特曼大力张扬民主意识，在他看来，美国的普通人民才是美国的代表，"别的国家通过它们的代表来显示自己……但是合众国的天才表现得最好最突出的不在行政和立法方面，也不在大使或作家，高等学校或教堂，客厅，乃至它的报纸或发明家……而是常常突出地表现在普通人民中间"[1]。在美国的普通人民身上表现出美国社会的先进性，人民才是美国的主人，民主就体现在大多数美国普通人身上。许多人认为美国发达的现代科学技术为推动世界发展做出了重大贡献，但惠特曼认为民主意识才是美国对世界文明发展所做出的重要贡献，"新世界民主主义的真正的生长特征将在卓越的文学、艺术和宗教表达中大放光辉，远远超过在它的各种共和形态、普选权和频繁选举中所表达的（尽管这些也极为重要）"[2]。文学、艺术、宗教中的民主与社会现实中的民主体制和普选制度有所不同，它是一种民主意识，是一种形而上的乌托邦理想。民主主义思想在美国文学中发扬光大，熠熠生辉，这在惠特曼的《草叶集》中表现得尤为突出，"诚然，我们若是用一个字眼来概括《草叶集》的各个部分的话，那个字眼似乎就是'民主'一词。可是这并不意味着仅局限于政治方面的民主——政治方面的民主只不过是（全人类以及）诗歌中的民主的一个部分而已。需要把'民主'这一词伸延到全人类以及文化的各个部门，尤其应该包括

1　［美］惠特曼：《〈草叶集〉初版序言》，《草叶集》（下），楚图南、李野光译，北京：人民文学出版社，1987年，第1162页。
2　［美］惠特曼：《建国百周年版序言》，《草叶集》，楚图南、李野光译，北京：人民文学出版社，1987年，第1214页。

属于道德、美术、哲学的各个部门……"[1]。惠特曼所期待的民主并不仅仅是政治民主，而是涉及社会各个领域的民主；也不仅仅是美国的民主，而是全人类都有的民主。惠特曼出身于平民阶层，对美国的普通民众了解甚深，他熟悉平民的生活需求，知道美国普通民众的内心想法，他用诗歌歌颂平民，喊出了平民的心声，并因此而被誉为民主诗人。他不仅成了平民的代表，而且成了美国的代表，其诗歌中所表现出来的民主思想不仅对美国社会发展产生极大影响，而且对中国新文学作家也产生了重要影响。

民主思想在五四时期已深入人心，与"科学"一起构成五四新文学的两翼。五四时期《新青年》《少年中国》等刊物纷纷发表文章讨论民主问题，这些文章中所涉及的民主思想来源复杂，但其中一个重要的来源就是美国的民主思想。诚如田汉所说："美国的历史虽短，伟大纯洁的人物很多，美国人所倡的言论学说，可以供世界上的人咀嚼受用的也不少，但是由美国的伟人哲士一致主倡力行、演为现在潮流的却是什么呢？不用说，是民主主义（Democracy）！（发源虽从希腊当时）"[2]。美国在19世纪末20世纪初超越英国等老牌资本主义国家而成为引人瞩目的世界强国，这与其尊崇奉行的民主主义思想密切相关。"从前英国人支配世界，物质上的就靠着'强大的海军'，精神上就靠着'自由主义'（Liberalism）。现在美国支配世界，物质上的就靠着'丰盈的资本'，精神上就靠着'民主主义'（Democracy）。"[3]由此可以发现民主思想在推动美国社会繁荣发展方面所发挥的重要作用。中国在20世纪初尚是一个愚昧落后、任人宰割的半封建半殖民地国家，如何才能改变这种愚昧落后、被动挨打的现状？这是当时的文化先驱者苦苦思考的问题。陈独秀在《青年杂志》的"发刊词"中

---

[1] [美]惠特曼：《拟议的伦敦版〈草叶集〉序》，转引自《美国文学简史》，董衡巽主编，北京：人民文学出版社，2003年，第116页。

[2] 田汉：《平民诗人惠特曼的百年祭》，《少年中国》第1卷第1期，1919年7月15日。

[3] 同上。

提出对策:"国人而欲脱蒙昧时代,羞为浅化之民也,则急起直追,当以科学与人权并重。"[1]而"人权"与"民主"是密切相关的,甚至可以说是"民主"的同义词。"民主"与"科学"成为以陈独秀为代表的新文化先驱者开出来的救国药方,"只有这两位先生可以救治中国政治上、道德上、学术上、思想上一切的黑暗"[2]。中国的新文化先驱者将"人权""民主"视为救国、立国的根本,这种内存逻辑与美国的影响是分不开的。

众所周知,五四时期中国已是"中华民国","三民主义"已成为国家的立国之本,那么,这是否意味着中国已成为一个现代的民主国家了?事实并非如此。20世纪初期的中国仍处于军阀混战之中,人民生活在水深火热之中,处于被统治地位,根本没有任何权利可言,甚至连最基本的生存权利都被剥夺了,哪有什么民主可言!换言之,"三民主义"的政体设计与中国的社会现实之间存在着很大的距离,理想与现实之间存在着剧烈的矛盾冲突。在这种情势之下,不同的人做出了不同的选择,有的选择拥护帝制,有的选择坚守民主体制。

如前所述,胡适深受美国民主政治的影响,认为美国是"世界自由民主领袖国"[3],并要在中国推行美国式的民主(他认为所谓的美国式的民主,简单地来说就是人民真正当家作主,而人民当家作主的主要表现形式就是人民手中拥有各种权利)。他怀着改造中国的满腔热血回到中国,但中国社会中普遍存在的种种不平等、非民主给他迎头泼了一盆冷水,黑暗的社会现实深深地刺痛了他,他以诗的形式记录下自己理想破灭的痛苦,并号召人们起来为争取民主而斗争:

"威权"坐在山顶上,

---

[1] 陈独秀:《敬告青年》,《青年杂志》第1卷第1号,1915年9月15日。
[2] 陈独秀:《本志罪案之答辩书》,《新青年》第6卷第1号,1919年1月15日。
[3] 胡适《美国的民主制度》,《胡适学术文集·哲学与文化》,姜义华主编,北京:中华书局,2001年,第717页。

> 指挥一班铁索锁着的奴隶替他开矿。
> 他说:"你们谁敢倔强?
> 我要把你们怎么样就怎么样!"
>
> 奴隶们做了一万年的工,
> 头颈上的铁索渐渐的磨断了。
> 他们说:"等到铁索断时,
> 我们要造反了!"
>
> 奴隶们同心合力,
> 一锄一锄的掘到山脚底。
> 山脚底挖空了,
> "威权"倒撞下来,活活的跌死!
>
> （胡适:《"威权"》）

"威权"是封建专制的同义词,他高高在上,说一不二,专断独行,对奴隶进行严酷的专制统治;奴隶们处于"威权"的残酷统治之下,身披铁索,没有任何自由,更谈不上平等、权利,但奴隶们已具有了自由、平等的民主意识,他们要造反了,他们最终同心合力挖空了山脚,让"威权"倒撞下来活活跌死。这首诗具有一定的象征意义,与中国的辛亥革命之间具有密切的关联,胡适通过奴隶们的反抗,一方面表明了对现实的强烈不满,另一方面表明了对民主、平等的强烈渴望。中华民国成立十周年了,人们"出一张红报,做几篇文章;放一天例假,发表一批勋章"来纪念它,但在胡适看来,以这种方式纪念辛亥革命无异于对革命的羞辱:

> 要脸吗?
> 这难道是革命的纪念吗?

我们那时候,
　　威权也不怕,
　　生命也不顾;
　　监狱作家乡,
　　炸弹底下来去:
肯受这种无耻的纪念吗?

别讨厌了!
可以换个法子纪念了。
大家合起来,
　　赶掉这群狼,
　　推翻这鸟政府;
　　起一个新革命,
　　造一个好政府:
那才是双十节的纪念了!

（胡适:《双十节的鬼歌》）

这首诗与《"威权"》有异曲同工之妙,"威权""群狼""鸟政府"是三个内涵相同、可以互换的近义词,将两首诗对照着来看一下,则可理解胡适对当时政府和现实的强烈不满。在胡适看来,当时的中华民国是一个挂着"民主"的招牌而实际上在行使着封建专制统治的社会,要使中华民国变成真正的民主国家,大家要联合起来"推翻这鸟政府","造一个好政府"。丑陋的社会现实将一位温文尔雅的绅士变成了一位激进的思想斗士,被人们视为"改良主义"者的胡适竟然在大声地呼唤政治暴力革命,尽管这种革命思想在胡适的作品中只是昙花一现。

　　郭沫若深受惠特曼的影响,这种影响不仅表现在那种奔放不羁的抒情风格上,而且表现在对民主思想的推崇与歌颂上。1936年郭沫若在谈到歌德、拜伦和惠特曼的长诗创作时,强调惠特曼诗歌的重要性,"尤其不能不读的是惠特曼,他的东西充满'德谟克拉西加上印度思想'的思想,和我们的时代虽有距离,但他的诗气魄的雄浑,自由,爽直,是我们所宜学的长诗"[1]。郭沫若不仅在诗中歌颂惠特曼,而且用诗的形式来歌颂民主:

> 夜!黑暗的夜!
> 要你才是"德谟克拉西!"
> 你把这全人类来拥抱:
> 再也不分甚么贫富、贵贱,
> 再也不分甚么美恶、贤愚,
> 你是贫富、贵贱、美恶、贤愚一切乱根苦蒂的大熔炉。
> 你是解放、自由、平等、安息,一切和胎乐蕊的大工师。
> 黑暗的夜!夜!
> 我真正爱你,
> 我再也不想离开你。
> 我恨的是那些外来的光明:
> 他在这无差别的世界中
> 硬要生出一些差别起。
>
> (郭沫若:《夜》)

郭沫若别出心裁地以"黑暗的夜"来隐喻"民主""平等",在黑暗的夜中,所有的东西都消除了色彩,变得没有什么差别;在民主的社会中,没有了贫富、贵贱的差别,也没有了美恶、贤愚之分,人们自由、平等、安息。郭沫若以形象的语言表达了他对"民主"的理解与渴望,当然这种消除了一切差别的"民主"也只是作者一种美好的理

---

[1] 蒲风问,郭沫若答:《郭沫若诗作谈·关于长诗》,《现世界》创刊号,1936年8月。

想而已。

　　李大钊对当时社会上存在的诸多不平等现象进行了深刻分析,发现了中国社会中之所以存在这些不平等现象的根本原因,认为当时所谓的平民政治其实是中产阶级的平民政治,并非真正的平民政治,因为只有占多数的无产阶级的平民政治才是真正的平民政治。[1]将"平民"与无产阶级等同起来,由对现实生活的不满而产生反抗,反抗国民党的专制统治,呼吁现代民主,这是无产阶级革命的民主意识。这种民主意识成为无产阶级文学的一个重要的主题,中国的民主运动开始进入一个新的历史时期。

　　美国的民主制度给世界各国追求解放的民族带来了极大的希望,自然也成为中国作家心目中民主的楷模。梁启超在美国社会进行了一番考察之后,有了自己的发现和感悟:"成功自是人权贵,创业终由道力强"[2],认为民主是美国人"创业成功"的根本保证。尽管梁启超在政治上选择了君主立宪制,成为保皇派的一员,但他仍充分肯定了民主在美国社会发展中的重要作用,并看到了民主在推动世界发展中将会发挥的重要作用。梁启超的这种矛盾的心态,在当时乃至以后的部分中国知识分子中具有一定的代表性。美国式的民主对那些曾在美国留学或到美国访问过的中国作家产生了深远的影响,成为中国作家向往追求的一种美好的理想。

第三节　民主意识与平民文学

　　自古希腊、古罗马以来,民主就是人类孜孜以求的美好理想。到了20世纪,民主成为一种世界性的潮流,"今日世界之最大主潮维

---

[1]　李守常:《平民政治与工人政治(Democracy and Ergatocracy)》,《新青年》第9卷第6期,1922年7月1日。

[2]　梁启超:《新大陆游记节录》,《饮冰室专集之二十二》,第80页。见《饮冰室合集》第7卷,北京:中华书局,1989年。

何？稍有识者，莫不知举'德谟克拉西'以对矣。'德谟克拉西'者英文为 Democracy，法文为 Democratie，兹从英文音译也。今人从义译者，日本译作民主政治，或作民本政治，或作民主主义，或作民本主义。我国除间用日译外，或译作平民政治，或译作平民主义，或译作庶民主义，至于今日尚未有一定之译名。但欲以我国适当文字，能简单的完满其意义者，殊非易事"[1]。对于中国而言，民主是西方的舶来品，中国人将 Democracy 译作平民政治、平民主义或庶民主义，强调"民"的普通性、一般性，这可能与中国的封建社会背景有一定的关系。平民是与贵族、官员相对的概念，是指普通的、没有权利的百姓。在美国，人民是指国家的公民，既包括那些拥有权力的官员，也包括没有权利的普通百姓。在美国，普通百姓和官员之间是平等的，拥有同样的权利、责任和义务。

美国的民主制度有其赖以产生的特殊的社会历史背景，"美国的民主制度基本上是美国人民处理西部的经验的产物，初期的西部民主在整个过程中倾向于产生这样一个社会，其中最明显的事实就是在社会流动性很大的情况下个人自由的兴起，其雄心壮志就是公众的自由和幸福。……美国的民主制不是来源于任何一位理论家的梦想，也不是由苏三康斯坦号带到弗吉尼亚或五月花号带到普利茅斯。它来自美国大森林，每开拓一片新边疆它就增加一分新力量。美国这种已有3个世纪历史的民主社会并不是宪法造成的，而是自由土地，是向能适应这个环境的人民开放的、富饶的天然资源造成的"[2]。这说明了美国的民主制度与英国的民主制度之间的不同，它不是对英国民主制度的移植，而是美国社会土壤自身的产物。美国是一个移民国家，是一个以平民为主的社会，因此，美国人的平民意识非常强烈，这在其文学创

---

1 谭鸣谦：《"德谟克拉西"之四面观》，《新潮》第 1 卷第 5 期，1919 年 5 月 1 日。
2 特纳：《美国历史中的边疆地区》，转引自［美］H. S. 康马杰：《美国精神》，南木等译，北京：光明日报出版社，1988 年，第 432—433 页。

作中也有突出的表现，惠特曼无疑是其中的代表。自美国宣布独立以来，民主一向是美国人的理想追求，"但是在惠特曼，平等不仅是一种政治思想，而是无限人格的真正世界的一个永恒的事实，这是一个伟大的第一个原则，惠特曼从1855年美国的民主，形成一种对外面世界的补充，即一种精神的民主受制于两个原则，一个是无限的个人，还有一个是个人的平等"[1]。惠特曼将美国民主从宪法转移到了文学，从理想变成了现实，或者说他本身就是美国民主的化身，其诗歌便是美国民主的文学实践。他宣称："为了给《草叶集》这部诗作提供基础，我抛弃了旧世界诗歌中的传统主题，使之在作品中没有出现；没有那种陈腐的装饰和关于爱情或战争的精彩情节，或者旧世界赞歌中的高大突出的人物，我可以说没有任何为艺术而艺术的东西——没有传说或神话，或传奇故事；没有婉词雅语，也没有脚韵。但是有人类及其本性在今天日趋成熟的十九世纪、特别是在今天美国的无数的事例和实际职业中的最广大的平凡形象。"[2] 在惠特曼的诗歌中，英雄、贵族不见了，水手、屠夫、铁匠、纤夫、贫民、马车夫、印刷工人、纺织女工、妓女等下层民众成为主人公，并且成为其歌咏赞美的对象。他宣称："劳动的男人和劳动的女人始终寸步不让地存在于我的每一页作品中。我要用古希腊和封建时代的诗人们所赋予他们笔下的神一般的或贵族出身的人物的英雄气概和崇高境界，来赋予美国普通的民主个人——的确，他们要比那些古人更骄傲，更有现实基础，也更加丰满。"[3] 换言之，这些平民百姓就成了美国社会的英雄人物。

惠特曼的诗歌表现出一种新的精神，这主要表现在两个方面：在诗歌取材方面，他以宇宙和人生为表现对象，以日常的人、物、言、

---

1 [美]摩育（Henry Alonzo Moyers）：《惠特曼的精神的民主》，译自《美国文学》（*American Literature*），《新闻资料》第184期，1948年。
2 [美]惠特曼：《过去历程的回顾》，《草叶集》（下），楚图南、李野光译，北京：人民文学出版社，1987年，第1251页。
3 同上书，第1263页。

行作为抒写对象,这与取材于神奇的、惊人的、非常的事实的旧诗形成了鲜明对比。在他看来,伟大的东西就是寻常的东西,寻常的东西就是伟大的东西,他自己就是最原始、最普通的东西之一,"那个最普通、最廉贱、最相近、最易遇到的就是我","他歌吟'我'时实在不是歌吟他自己,乃是以'我'代表寻常的人而歌吟'神圣的常人'。他以常人为神圣,就是打破旧诗'非神奇的、惊人的、异常的事实不能作诗'的信条之奥格瑞玛步"。这种"以常人为神圣"的思想就是一种典型的平民意识。在他那儿,"我""常人""圣人"是平等的,这也正是其诗歌以平民大众为抒写对象的理论根源;在诗歌与生活关系方面,他反对效法以前的诗人取材于希腊、罗马的神话、故事的做法,强调诗与现实人生的关系,认为"诗人的天职不在于歌吟已往的死的故事而在于歌吟现在的活的人生"[1]。惠特曼的这种平民意识对中国五四时期的平民文学思潮产生了重要影响。

五四时期平民文学的出现固然有其复杂的社会原因,但通过"民主"与"平民"之间的内在联系我们可以发现,五四时期的平民文学实际上就是民主意识的集中表现。五四时期的平民文学是与贵族文学相对的(陈独秀在《文学革命论》中提倡平民文学,反对贵族文学),平民文学的特点主要表现在两个方面:在语言形式上表现为白话文学,在思想内容上表现为人道主义、劳工神圣和民主平等的社会思潮。正因如此,才子佳人渐渐成为"五四"文学的边缘人物,而引车卖浆之徒渐渐成为"五四"文学的主人公。

胡适所提倡的白话文学革命,既是一场语言形式的革命,又是一场思想启蒙运动,是"五四"思想启蒙运动的一个重要构成部分。在封建社会,平民百姓处于社会的最底层,被剥夺了接受教育的权利,他们只能用口头语言来进行沟通交流,却无法用书面语言(文言)来进行阅读书写,无法通过书籍来接受文化知识,导致平民百姓的愚昧

---

[1] 刘延陵:《美国的新诗运动》,《诗》第1卷第2号,1922年2月15日。

落后。以胡适为代表的新文化先驱者要改变中国百姓的这种落后的现状,大力提倡以白话代替文言,主张言文合一,这样平民百姓就可以阅读写作,可以掌握相关的文化知识,最终达到开启民智的目的,使一国之民成为"新民"。当然,从历史的角度来看,"言文合一"并非胡适首倡,黄遵宪在晚清诗界革命时期就提出了"我手写我口"的主张,并在诗歌创作实践中加以实施。黄遵宪的诗歌主张与实践在很大程度上受到了平民文学的影响,"我常想黄遵宪当那么早的时代何以能有那种大胆的'我手写我口'的主张?我读了他的《山歌》的自序,又读了他五十岁时的《己亥杂诗》中叙述嘉应州民族生俗的诗和诗注,我便推想他少年时代必定受了他本乡的平民文学的影响"[1]。黄遵宪的诗歌理论主张对胡适产生了很大的启发,胡适一方面提倡白话文学,将白话文学视为文学之正宗,另一方面研究中国的平民文学,写出了一部《白话文学史》。从这一角度来说,胡适的平民文学与民间文学之间具有相通之处,他在《北京的平民文学》中提倡白话诗从民谣中汲取营养,"现在白话诗起来了,然而做诗的人似乎还不曾晓得俗歌里有许多可以供我们取法的风格与方法,所以他们宁可学那不容易读又不容易懂的生硬文句,却不屑研究那自然流利的民歌风格"[2]。胡适除了在理论上大力提倡平民文学之外,还将这种理论付诸创作实践,创作出了一批平民文学的作品。

五四时期将平民文学上升到理论的高度、予以系统阐释的是周作人。他于1919年在《每周评论》上发表了《平民文学》一文,对平民文学进行了深入分析。周作人从民主的角度来提倡平民文学,认为在民国社会里大家都是公民,处于平等的地位,不再有高低贵贱之分。平民文学是与贵族文学相对的,但在他看来,平民文学并非只是写给

1　胡适:《五十年来中国之文学》,《胡适学术文集·新文学运动》,姜义华主编,北京:中华书局,1993年,第119页。
2　胡适:《北京的平民文学》,《胡适学术文集·新文学运动》,姜义华主编,北京:中华书局,1993年,第422页。

平民看的，也并非是由平民写作出来的，衡量一种文学是不是平民文学，关键要看其是否具有平民文学的精神。平民文学在文字形式上与贵族文学并无本质区别，其区别在于内容方面。平民文学内容充实，具体表现在"普遍"与"真挚"两个方面，"普遍"是指平民文学所呈现出来的普遍的思想情感。"第一，平民文学应以普通的文体，记普遍的思想与事实。我们不必记英雄豪杰的事业，才子佳人的幸福，只应记载世间普通男女的悲欢成败。……我们不必讲偏重一面的畸形道德，只应讲说人间交互的实行道德。因为真的道德，一定普遍，决不偏枯。"在周作人看来，英雄豪杰、才子佳人并不能代表平民百姓，世间的普通男女才是平民百姓的代表，他们的悲欢成败才是平民文学的普遍思想，以这种普遍思想为底色的文学才是真正的平民文学。所谓的"真挚"是指平民文学所呈现出来的"真挚的思想与事实"，"第二，平民文学应以真挚的文体，记真挚的思想与事实。既不坐在上面，自命为才子佳人，又不立在下风，颂扬英雄豪杰，只自认是人类中的一个单体，浑（混）在人类中间，人类的事，便也是我的事"[1]。这种"真挚的思想与事实"既是个体的，又是人类的。周作人的平民文学理论是现代民主意识的体现，在他看来，每个人都是"人类中的一个单体"，是人类的一分子。周作人的平民文学观对当时的平民文学创作产生了重要影响。

平民文学理论对文学创作产生了重要影响，"五四"文坛上出现了一批平民文学作品。在诗歌领域，出现了一批平民诗歌。诗人们将关注的目光投向平民百姓，从平民百姓的日常生活中发现诗的灵感。他们以平民百姓的日常生活为表现对象，通过描述他们的日常生活来表现他们的精神面貌和人格特质，呈现出当时中国平民阶层的生活现实。人力车夫是当时城市中的一个新兴职业，他们靠出卖自己的体力赚取微薄的生活费用，处于社会的底层。人力车是当时城市中一种重要的

---

[1] 周作人：《平民文学》，《每周评论》第5号，1919年1月19日。

交通工具,是作家们外出活动经常搭乘的工具,他们对人力车夫非常熟悉,人力车夫遂成为他们关注的对象,许多作家以人力车夫为表现对象来进行创作,其中比较有代表性的为胡适、沈尹默。胡适和沈尹默以"人力车夫"为题创作出了同题诗歌,其题材、内容、表现手法具有许多相通之处。胡适以诗剧的形式来进行创作,通过车夫与乘客之间的对话来结构作品:

"车子!车子!"车来如飞。
客看车夫,忽然中心酸悲。
客问车夫,"你今年几岁?拉车拉了多少时?"
车夫答客,"今年十六,拉过三年车了,你老别多疑。"
客告车夫,"你年纪太小,我不坐你车。我坐你车,我心惨凄。"
车夫告客,"我半日没有生意,我又寒又饥。
你老的好心肠,饱不了我的饿肚皮,
我年纪小拉车,警察还不管,你老又是谁?"……

(胡适:《人力车夫》)

在题目下面,作者加了一个注释说明:"警察法令,十八岁以下,五十岁以上,皆不得为人力车夫。"按照当时的警察法令规定,十八岁以下的人不允许当人力车夫,这种规定貌似合乎"人道",却无视社会中大批无法解决温饱问题的穷人的生活现状。诗中的"客"处于一种矛盾的心理:乘坐少年拉的车属于违法行为,且看他瘦小羸弱,于心不忍;不坐他的车,少年又没有生意,连吃饭的钱都赚不着。作者通过乘客与少年车夫之间的对话,揭示出下层平民百姓艰难的生存现状,表现出一种人道主义的思想情怀。沈尹默以客观的白描手法描写在寒冷的冬日人力车夫的辛劳:

> 风吹薄冰，河水不流。
>
> 出门去，雇人力车夫，街上行人，往来很多；车马纷纷，不知干些什么。人力车上人，个个穿棉衣，个个袖手坐，还觉风吹来，身上冷不过。车夫单衣已破，他却汗珠儿颗颗往下堕。
>
> （沈尹默：《人力车夫》）

车上人与拉车人之间的穿着打扮、行为形态形成鲜明的对比，呈现出车上人与拉车人之间的贫富悬殊，通过人力车夫的辛苦劳作揭示出社会的不公。刘半农的《学徒苦》《铁匠》等诗关注下层平民百姓的生活。《铁匠》一诗"大约受了美国朗弗洛的影响。结尾很象（像）朗弗洛的《村庄的铁匠》"[1]，由此不难发现刘半农的平民诗歌与美国平民诗歌之间的内在关联。

与胡适、周作人等有所不同，康白情对诗歌的平民化主张持不同意见。在他看来，"'平民的诗'是理想，是主义；而'诗是贵族的'，却是事实，是真理"，尽管他将"平民的诗"视作一种理想和主义，但他仍然提倡创造平民诗歌："真理虽是这样，我们却仍旧不能不于诗上实写大多数的人底生活，仍旧不能不要使大多数的人都能了解，以慰藉我们底感情。所以诗尽管是贵族的，我们还是尽管要作平民的诗。"[2] 其代表作《草儿》描述农村农民耕作的场景，通过辛苦劳作的耕牛来暗示农民生活的艰难，带有平民诗歌的基本特征。受惠特曼诗歌的影响，徐志摩也创作出了一批平民题材的诗歌。卞之琳认为："在'五四'初期，徐志摩在西方诗中自然容易接近讲民主、讲人道的惠特曼和波德莱尔。他译惠特曼那一段长行自由诗是应属他较好的译诗之列，以他自己爱用的排比、堆砌的句法，正好保持了原诗的气势、节奏，他自己早期写诗也产生类似的《灰色的人生》《毒药》《红旗》等

1　刘半农：《半农诗歌集评》，北京：书目文献出版社，1984年，第20页。
2　康白情：《新诗底我见》，《少年中国》第1卷第9期，1920年3月25日。

这一路虽稍嫌浮夸的有生气作品。"[1] 艾青的诗歌也深受惠特曼的影响，其作品中表现出强烈的民主意识和平民色彩，《大堰河，我的保姆》无疑是其中的代表，作品以保姆大堰河为抒写对象，表现出一种平民文学的情怀。

在小说领域，随着现代短篇小说的出现，小说中的主人公也发生了变化，"古之小说，主角是勇将策士，侠盗赃官，妖怪神仙，佳人才子，后来则有妓女嫖客，无赖奴才之流。'五四'以后的短篇里却大抵是新的智识者登了场"[2]。鲁迅的这段话既是对当时短篇小说创作的一个概括，也是对他自己小说创作的一个总结和说明。与中国传统小说相比，鲁迅的小说无论是在题材内容上还是在人物形象上都发生了本质的变化。从题材的角度来看，鲁迅的小说主要关注知识分子和下层劳动者的命运。他笔下的知识分子大多身处下层，穷困潦倒，如孔乙己、陈士成、狂人等，与传统小说中的学而优则仕的达官贵人有着本质区别；他笔下的劳动者都是下层无产阶级，如闰土、祥林嫂、阿Q等，他们都生活在社会的最底层。从这一角度来说，鲁迅小说中的人物都是平民百姓，其小说是地地道道的平民文学。鲁迅通过对平民生活的关注发现了中国人身上的国民劣根性，对平民百姓持"哀其不幸，怒其不争"的复杂态度，并致力于对国民性的批判与改造。鲁迅也写过一篇以人力车夫为主人公的作品，即《一件小事》，记述"我"在冬天乘坐人力车外出办事，在路途中一个头发花白、衣服破烂的老女人从马路边上突然向车前横截过来，她没系扣子的破棉背心挂在车把上，车夫虽然早就有点停步，但老女人还是摔倒在地。从交通法规的角度来说，这一事件的主要责任在老女人，但车夫还是停了下来，"我"劝车夫上路离开这，但车夫并不理会"我"，而是放下车子，慢慢地将老

1　卞之琳：《〈徐志摩译诗集〉序》，原载《徐志摩译诗集》（长沙：湖南人民出版社，1989年），《卞之琳文集》（中卷），合肥：安徽教育出版社，2002年，第327页。
2　鲁迅：《〈总退却〉序》，《鲁迅全集》第4卷，北京：人民文学出版社，2012年，第638页。

女人扶起来,并问她怎么样了,老女人说摔坏了。这时车夫搀着老女人的胳膊向前面的巡警分驻所走去。作品通过"我"与车夫的对比,衬托出车夫勇于承担责任的高尚品德,显示出"我"的自私与渺小。这是鲁迅笔下少有的对平民的歌颂与赞赏。除鲁迅之外,叶圣陶的《这也是一个人》、杨振声的《渔家》《贞女》等在当时的文坛也产生了较大影响。

五四时期,胡适、鲁迅、周作人、田汉、俞平伯、康白情等人都关注过"平民文学",并写文章来讨论"平民文学",为中国现代"平民文学"的发展奠定了理论基础。1920年,田汉在《诗人与劳动问题》中提出:"近世思潮,影响于一切学术、政治、社会的解释,其潮流所荡"使"诗的王国,顿起革命",不仅诗人对于劳动阶级表示"十二分的同情",而且"诗人亦进而自为劳动者"。"在人类的存在上,最不可缺的便是劳动,不赞美讴歌这种神圣的劳动的诗人,可不算真正的诗人"。[1] 在田汉看来,诗人也是劳动者,是平民的一员。劳动光荣、"劳工神圣"成为平民文学的思想主题,而其背后隐藏的则是强烈的民主平等意识。

劳动者由卑微到神圣的身份变化与五一国际劳动节之间有密切的关系。"劳动节"又称"五一国际劳动节""国际示威游行日",是由1877年美国工人为争取八小时工作权益、改善工作和生活条件而举行罢工示威游行而引起的,1889年7月在第二国际成立大会上宣布每年的5月1日为国际劳动节,这一决定得到世界各国工人的热烈响应,从此"五一"成为一个劳动者的国际性节日。1920年5月1日,《新青年》第7卷第6号出版"劳动者纪念专号",发表蔡元培"劳工神圣"的题词,从此,"劳工神圣""劳工万岁"成为五四时期的一个响亮口号,平民由渺小的劳动者成为世界的创造者,平民身上伟大的、神圣的一面被发掘出来。作家们由关注下层平民的生活转而歌颂平民百姓的伟大:

---

[1] 田汉:《诗人与劳动问题》,《少年中国》第1卷第8、第9期,1920年2月。

世界，世界，
谁能创造世界？——
不是耶和华，
只是劳动者。
世界，世界，劳动者底世界！

劳动者，劳动者，
谁能管辖劳动者？——
劳动者没有国家，
劳动者只有世界。
劳动者，劳动者，
世界的劳动者！

（刘大白：《劳动节歌》）

劳动者的社会地位、社会形象得到了极大的提高，他们成为推动社会向前发展的英雄，成为社会历史的创造者。

尽管劳动者的身份、地位发生了很大的变化，但劳动者要真正成为国家的主人并不是一件容易的事情。在当时的社会状况下，大多数劳动者处于文盲的状态，他们首先要掌握一定的科学文化知识，才能改变自己的命运并进而改变国家的命运、真正地当家作主。为了扫除文盲，当时社会上创办了一些平民学校，给劳动阶级提供学习的机会。胡适曾创作过一首《平民学校校歌》：

靠着两只手，
拼得一身血汗，
大家努力做个人，——
不作工的不配吃饭！

> 作工即是学,
> 求学即是作工;
> 大家努力做先锋,
> 同做有意识的劳动!
>
> (胡适:《平民学校校歌》)

校歌向学员传输一种新的思想观念:通过劳动获取做人的尊严,"不作工的不配吃饭",做工光荣,求学光荣。这首诗由赵元任作曲,在学员中传唱,在社会上产生了深远的影响。1921年,在邓中夏等人创办的北京长辛店劳动补习学校里流传着一首《五一纪念歌》:"美哉自由,世界明星,拼吾热血,为他牺牲,要把强权制度一切扫除净,记取五月一日之良辰。红旗飞舞,走光明路,各尽所能,各取所需,不分贫富贵贱,责任唯互助,愿大家努力齐进取。"这首歌词由劳动补习学校的教师和北京大学的学生共同创作,表达出对自由、民主的强烈要求。诗人刘大白创作过一首《五一运动歌》,歌颂五一运动、劳动者第一成功,并殷切呼唤中国的劳动者从睡梦中醒来,为挣脱资本家的牢笼而奋斗。五四时期以"五一纪念歌"为题的作品并不少见,"劳动光荣""劳工神圣"成为此类作品的共同主题。李大钊欢呼第一次世界大战的胜利是民主主义和劳工主义的胜利,"民主主义劳工主义既然占了胜利,今后世界的人人都成了庶民,也就都成了工人"[1]。庶民与工人都是劳工阶级,劳工主义与民主主义之间具有内在的关联。

关心下层百姓的困苦生活,忧国忧民,这是中国传统知识分子的爱国情怀,这一传统在现代作家身上得到了继承与发展,诚如朱自清所言:"旧诗里原有叙述民间疾苦的诗,并有人像白居易,主张只有这种诗才是诗。可是新诗人的立场不同,不是从上层往下看,是与劳苦

---

[1] 李大钊:《庶民的胜利》,《李大钊诗文选集》,北京:人民文学出版社,1981年,第202页。

的人站在一层而代他们说话——虽然只是理论上如此。"[1] 作家们站在平民的立场上,将关注的目光投向了下层平民的苦难生活:

> 屋子里拢着炉火,
> 老爷分付开窗买水果,
> 说:"天气不冷火太热,
> 别任它烤坏了我。"
> 屋子外躺着一个叫化子,
> 咬紧了牙齿对着北风喊"要死"!
> 可怜屋外与屋里,
> 相隔只有一层薄纸!
>
> (刘半农:《相隔一层纸》)

一层薄纸隔开了富与贫、热与冷两个世界,诗人以对比的手法揭示出"民主"国家里的不公,既是对社会的批判,又是对平等民主的呼唤。读了这首诗,令人自然地想到"朱门酒肉臭,路有冻死骨"(杜甫:《自京赴奉先县咏怀五百字》)的名句。此外,刘大白的《卖布谣》《收成好》《田主来》《布谷》等以民歌的形式集中展示出贫穷落后的农村中的贫富不均,呈现出农民辛苦劳作却吃不饱、穿不暖的悲惨生活,揭示出田主对农民的残酷剥削与压榨。在这类作品中,贫富之间的差距已隐含着对立的阶级意识,这就为后来的无产阶级文学的诞生奠定了基础。在30年代出现的左翼文学中,平民意识渐渐演化成为无产阶级意识,无产阶级代替了平民,民主也由普泛的公民的民主变成了无产阶级的民主,这是马克思主义理论在中国传播的必然结果。从这一角度来说,左翼文学中的民主意识既与美国式的民主有一定的关

---

1 朱自清:《新诗的进步》,《朱自清全集》第2卷,南京:江苏教育出版社,1996年第2版,第320页。

系（平民意识），又有一定的差异。美国的民主建立在个人主义、自由主义基础之上，而左翼文学中的民主意识建立在无产阶级的基础之上，它首先要争取的是一个阶级的民主，然后才是个人的民主。

五四时期的平民文学，无论是小说还是诗歌都出现了新的变化，下层平民百姓成为作品的主人公，作品或者表现他们的日常生活，呈现他们质朴美好的品格；或者歌颂他们的神圣伟大，树立劳工神圣的观念；或者揭示他们悲惨的生活现状，控诉社会的不公，表达对平等民主的向往与追求。这些平民文学作品并非由一般平民写作而成，其作者都是当时的精英知识分子；这些作品也并非写给平民百姓看，因为此类文学作品的读者主要是知识分子和城市市民。此类平民文学表现出一种平民文学的精神，即对平民生活的关注、对民主意识的呼唤，正因如此，此类作品在当时产生了很大的社会影响，对推动中国的民主化进程产生了重要作用。

相对而言，那些从美国留学归来的作家所接受的美国影响更为深远，诚如罗素在考察中国之后所言，"我有一种印象，美国比起其他国家来说给它的学生盖上了更明显的印记；那些从英国回来的学生被所在国同化的程度远不及从美国回来的学生，这一点是可以肯定的"[1]。以胡适为代表的新文学先驱，不仅将美国的民主思想带到了中国，而且在中国大力地推动民主运动。从此，民主思想在中国深入人心，"享过自由幸福的人民，再不愿作专制皇帝的奴隶了"[2]。美国的民主思想不仅对推动中国现代社会的转型、对中华民国的建立产生了重要影响，而且对推动中国现代民主的持续发展产生了深远的影响，"我们离得很远。百十年来，我们之间接触着的也还不过是我们两大民族间的极少数极特殊的一部。但，我们坚信，太平洋是不会阻隔我们人民与人

---

[1] ［英］罗素：《中国问题》（全译本），秦悦译，上海：学林出版社，1996年12月，第174页。
[2] 李大钊：《解放后的人人》，《李大钊诗文选集》，北京：人民文学出版社，1981年，第49页。

民间的友谊的。在患难中,我们的心向往着西方。……在过去,民主润泽了我们的心;在今后,科学将会增长我们的力。让民主与科学成为结合中美两大民族的系带,光荣将永远属于公正、诚实的民族与人民"[1]。在第二次世界大战中,中、美两国成为抗击日本法西斯主义者的盟国,美国对中国人民的抗日战争给予了军事和经济方面的援助,中国的知识分子对美国充满了好感与向往。从历史的角度来说,美国的民主体制点燃了中华民国的梦想,推动了中国现代社会的转型,也成为中国新文学的一个重要构成部分。

---

[1] 唐徵:《民主颂——献给美国的独立纪念日》,《新华日报》1943年7月4日。

第二章

个性自由与文学创新

何谓"自由"？古往今来，对自由有许多不同的理解和定义，或许我们从自由的反面来理解它，会对它有更明确、深入的认识。自由的反义词是奴役、约束、束缚、羁绊，等等，摆脱了奴役、约束、束缚、羁绊即可获得自由。正因为人生活在奴役、约束、束缚、羁绊之中，才向往自由。庄子的"逍遥游"、无为而治，孔子的"己所不欲，勿施于人"，孟子的"富贵不能淫，贫贱不能移，威武不能屈"，都蕴含着自由的合理因子。西方在古希腊、古罗马时期就开始有了"自由"一词，英语中的自由 Liberty 一词即来源于拉丁语 Liberta，其含义即为从束缚中解放出来。西方社会在经历了文艺复兴之后，渐渐摆脱了中世纪的宗教黑暗统治，自由平等成为人们认同的一种价值理念，自由主义作为一种思潮开始形成。

在中国数千年的古代历史上，人民基本上没有多少政治自由可言。19世纪末20世纪初，中国被迫向西方列强开放，西方的自由主义思想随之进入中国。中国的文化先驱者接受自由的观念，并用实际行动追求自由，反抗封建统治，自由也成为晚清文学的一个关键词。1911年10月辛亥革命之后，中华民国成立，中国成为亚洲第一个民主共和国，开始了从封建专制社会向现代民主社会的转型。但民国初期，各种封建主义思想依然盛行，袁世凯复辟、张勋复辟只是其典型表现而已。因此，尽管自由已写入中华民国的宪法，但人民并不真正地享有自由的权利，当时的社会也并没有成为自由的社会。"约法上明明有言论自由，可是记者可以随便被捕，报馆可以随便被封。约法上明明有出版自由，可是印刷局可以随便被干涉，背反约法的管理印刷法可以随便颁布，邮局收下的印刷物可以随便扣留。约法上明明有书信秘密的自由，可是邮电可以随时随意派人检查。可怜中国人呵！你那里还有约法！那里还有自由！"[1]李大钊控诉了当时政府对言论自由、出版自由、书信秘密自由的严厉控制，揭示出政府的专制统治和社会的黑暗落后。

尽管当时人民所获得的自由非常有限，但已经看到自由曙光的人民对自由的渴望和追求愈加强烈，这在现代知识分子中表现得尤为突出。蔡元培在民国初期大力提倡世界观教育，"循思想自由言论自由之公例，不以一流派之哲学一宗门之教义梏其心，而惟时时悬一无方体无终始之世界观以为鹄"[2]。蔡元培在担任北京大学校长时，提倡思想自由、兼容并包、学术独立的教育方针，他所提倡的"思想自由"不仅开创了北京大学之风气，而且开创了五四时代的风气。"民国六七年北京大学所提倡的新运动，无论形式上如何五花八门，意义上只是思想的解放与个人的解放。"[3]"解放"的本质即自由，"思想的解放"和"个人的解放"实际上就是思想自由和个人自由。在五四时期，自由观念已被文学先驱者所接受并传播。"人间共同生活的关系既是以爱为基础，那么人类相互之间，自然要各尊重各自的个性。各自的个性，不受外界的侵害、束缚、压制、剥夺，便是自由。真实的自由，都是建

1　李大钊：《那里还有自由》，《李大钊诗文选集》，北京：人民文学出版社，1981年，第72页。
2　蔡元培：《教育部总长蔡元培对于新教育之意见》，《中华教育界》1912年第1卷第2期，第8页。
3　胡适：《个人自由与社会进步》，《独立评论》第150期，1935年5月20日。

立在'爱'字上的。"[1] 可以说，对自由的追求成为五四时期文学的一个重要主题，爱情自由、婚姻自由成为追求自由的基本表现形式。

众所周知，"五四"新文学中的自由思想主要是接受西方文化、文学影响的结果，五四时期的新文学先驱者大多曾在国外留学，他们接受自由主义思想的路径、来源不同，其对自由的理解、表现也就存在一定的差异。从大的方面来说，欧美是一个文化体系，其自由主义思想一脉相承，但作为后起的发达资本主义国家，美国形成了一套自己的文化体系，其自由主义思想也呈现出自己的特点。新兴的美国文化、文学对中国新文学的发生、发展产生了重要影响，成为中国现代自由主义思想的一个重要来源。

第一节　中国人对美国自由的体验与认知

在现代一般人眼中，美国是一个自由的国度，是许多人向往的地方。但美国并不是一个生而自由的国家，也并非一个绝对自由的国度，美国人的自由来自他们对自由的执着追求，这也就意味着现实中的美国人也有许多不自由。

从历史的角度来看，美国人从不自由到自由有一个发展的过程。1620年9月，牧师布莱斯特率领102位乘客乘"五月花"号前往北美大陆，其中有35位清教徒，他们此行的主要目的就是为了摆脱英国国教的残酷迫害，追求宗教自由，他们将自由的种子带到了北美大陆。1775年4月，美国人为了摆脱英国的殖民统治而进行了独立战争，列克星顿的农民向英国殖民者打响了第一枪。1776年7月大陆会议通过了由托马斯·杰弗逊执笔起草的《独立宣言》(*The Declaration of Independence*)，宣告美国成为一个自由独立的国家。1783年独立战

---

[1] 李大钊：《双十字上的新生活》，《李大钊诗文选集》，北京：人民文学出版社，1981年，第63页。

争结束，美国终于摆脱英国殖民者的统治，成为一个自由独立的国家。尽管美国成为一个自由独立的国家，但当时美国的南北各州之间的政治经济形势存在着巨大的差异，南部各州仍然存在着奴隶制，而北方十三州的新兴资产阶级则要求废除奴隶制。南北州之间的矛盾日益激化，1861年4月爆发了南北战争，到1865年4月战争结束，北方联军获得了胜利，废除了奴隶制，黑奴获得了解放，标志着美国奴隶制的彻底消灭。尽管如此，这并不意味着美国已成了一个完全自由平等的国家，因为美国是一个移民国家，各类人种杂处其间，白人至上主义盛行，少数族裔受到歧视和迫害。种族歧视是美国社会的一个毒瘤，至今没有得到很好的解决。

自由，是吸引许多移民前往美国的美好理想，但他们到美国后发现美国并非像他们原来想象的那样美好，美国社会也存在着严重的种族歧视和诸多的限制。他们既然将自由作为自己的理想追求，或者说他们认同美国人所标榜的平等自由，他们便成为追求平等自由队伍中的一员，努力争取自己的平等自由。这样，个人的理想追求与社会的远大目标相一致，推动了美国社会的向前发展。通过回顾历史可以发现，美国在不同的历史时期皆存在着严重的种族歧视问题，但种族歧视问题又是美国社会问题的高压线，不管谁碰触它，都会受到社会舆论的强烈谴责。美国人通过自己的奋力抗争，用自己的生命和鲜血换来了自由的权利。美国不是一个完全自由的国度，但相对于其他国家的人民而言，美国人所获得的自由度更大一些。从这一角度来说，美国人的历史在很大程度上就是一部追求自由的历史，这是美国历史的独特之处。

美国的自由思想对中国新文学产生影响的途径主要有两条：一是20世纪上半叶在美国留学的学生直接接受美国自由主义文化和文学的影响；二是国内文坛通过翻译介绍到中国来的美国作家作品接受美国自由主义思想的影响。

20世纪初，以胡适为代表的一批中国留学生通过"庚子赔款"来到美国留学,他们有机会直接感受、体验美国人的自由。20世纪初的中国尚是一个半封建半殖民地国家,虽然"自由"的理念已传入中国,但中国人对自由的理解、接受与美国社会还是有很大的差距。他们从一个封建专制国家来到一个民主自由的国家,对美国式的自由既陌生又好奇。众所周知,法国送给美国的自由女神像是美国的象征,也是许多到美国的中国游客所要参观的一个重要景点。胡适到纽约之后也曾去参观自由女神像,并用诗来记录这次参观的过程,表达他对自由女神的向往:

> 我们驻足甲板,半侧身子淋着雨,
> 聆听冬日之风狂暴地怒号,
> 静听那海浪缓缓地拍击,
> 纽约这座大都市之海岸;
>
> 我们搜寻一地球之星,
> 她映衬在广袤、漆黑之苍穹里,
> 显得如此之耀眼、明亮,——
> 在那一团光辉之垫座上,
> 有一簇光是如此地灿烂、出众。
> 吾同伴在耳际低语:
> "此即'自由女神'像也!"
>
> (胡适:《夜过纽约港》,1915.7)

对于胡适的这首诗,我们可做两个层次的理解:一是将其看作一首写实的诗歌,在狂风怒号的雨夜,作者和朋友一起乘坐游轮环绕自由女神参观游览,在漆黑的夜空中,"自由女神"发出灿烂的光芒。二是将其视作一首带象征色彩的作品,第一节所描写的冬天的狂风、雨水、大海,是黑暗、残暴的象征,第二节所描写的光辉灿烂的"自由女神"

像则是自由的象征,二者之间形成强烈的对比,表达出胡适对自由的向往与追求。

当年在美国留学的学生们曾创办《留美学生季报》,其内容丰富多彩,既介绍留美学生的学习生活,又介绍美国社会的各种新生事物,同时还发表他们在不同领域的研究成果。他们对于美国社会的各种思潮非常感兴趣,其中的自由主义思潮引起了他们的极大关注。"至于普通思潮——尤其是发端于美国的——一方面,季报的负担就十分重大。思潮不比专门学识,比较不易捉摸;除非身历其境,与之日常接触,否则是无法介绍的。例如美国近年来自由主义的发展,在教育一方面则有种种新试验,务求脱离资本家的垄断;在宗教方面则有所谓时代主义与基本主义的抗衡,在政治方面,则民治主义的根本理论已大有人怀疑攻击等等,都很有介绍的价值。"[1] 这些留美学生与美国人生活在一起,作为美国社会的一员,能够真切地感受到美国人的思想情感,能够深切地体验到美国社会的思想变迁,对美国的社会思潮有着切身的体会与理解。美国的自由主义思潮在教育、宗教、政治等领域都有所表现,对美国社会的发展产生了重要影响。当年在美国留学的这批中国留学生都在一定程度上接受了美国自由主义思潮的影响,他们归国后成为20世纪上半叶中国自由主义思想群体的重要成员。

"五四"前后是中国文学非常开放的时期,一方面在国外留学的学子们将美国的文学观念、文学作品翻译介绍到国内,另一方面国内的文学先驱者也大量翻译介绍美国的作家作品,因此中国的读者对美国的自由主义思想并不陌生。陈独秀曾翻译美国塞缪尔·史密斯(Samuel F. Smith)的诗歌《亚美利加》(*America*),译作发表于《青年杂志》第1卷第2号。全诗共四节,其中第一节是:

---

[1] 潘光旦:《今后之季报与留美学生》,《留美学生季报》第11卷第1号,1926年3月20日。

爱吾土兮自由乡,
祖宗之所埋骨,
先民之所夸张。
颂声作兮邦家光,
群山之隈相低昂,
自由之歌声抑扬!

"自由"是这首诗作的主题词,表达了美国人对自由的崇尚与歌颂。美国人对自由的推崇对陈独秀产生了深刻影响。1917年,陈独秀受蔡元培聘请担任北京大学文科学长,《新青年》编辑部也随之由上海搬到了北京,提倡"自由""民主""平等"遂成为《新青年》的一个重要任务,《新青年》成为传播自由主义思想的一个重要阵地,也成为中国新文学诞生的温床。蔡元培在担任北京大学校长期间提倡"思想自由,兼容并包"的办学方针,既聘请胡适、李大钊等新派人物到北京大学任教,又聘请辜鸿铭等保守派人物到北京大学任教,北京大学遂成为五四新文化运动的中心,引领了中国文化的现代转型。

林语堂出身于传教世家,1912年到圣约翰大学接受教育,1919年到美国哈佛大学留学,对美国的自由主义思想充满了向往,他曾引用惠特曼的《大路之歌》来表达自己的向往之情:

愉快地,我进行着
开路工作,
健康自由的世界
便在我的面前,
我面前长长的,棕色的大道
领着我,向我要去的地方走去,然而他的警告是不
能忘记的:
我在路上行走,你会不会对我说,

不要离开我？

你会不会说，不要冒险吧——如果你离了我，

你便会迷路的？

"我"愉快地进行开路工作，"我"所开的路通向何方？其目的地又是何处？诗人明确地告诉我们，这条路通向"健康自由的世界"，但又质疑这条路是否会限制我探索冒险的自由？受惠特曼这种自由主义思想的影响，林语堂接下来写道："只有尊重人类自由的梦想，只有恢复人类生活权利的重要性和价值，才能避免损害时代文明的威胁。我现在更相信那个拒绝舍弃一寸自由的伟大流浪者才是世界的救主。"[1] 他将自由视为人类的共同梦想，将那个拒绝舍弃一寸自由的伟大流浪者视为世界的救世主，在他看来，人类的文明世界应该是自由的，每一个人都应该为自由而努力奋斗。

田汉、郭沫若等留日学生虽没有直接受到美国自由主义思想的影响，但他们在日本留学期间也间接地受到美国自由主义思想的影响。田汉、郭沫若都受到美国诗人惠特曼的深刻影响，他们除了接受惠特曼的自由诗理论外，还对其诗歌中所表现出来的自由主义思想充满向往。在田汉看来，惠特曼的诗歌充分体现出了美国精神，他明确提出要以惠特曼所唱颂的美国精神作我们的"借镜"："我们因为我们的'中国精神'（Chung-Hwaism）——就是平和平等自由博爱的精神——还没有十分发生就要纪念惠特曼，把他所高歌的美国精神（Americanism）做我们的借镜。"[2] 在田汉看来，"平和平等自由博爱"是美国精神的实质，也是"中国精神"借鉴的榜样，虽然"中国精神"在当时还没有形成，但"平和平等自由博爱"应该是未来中国精神的本质。

1　林语堂：《林语堂名著全集》第 15 卷，长春：东北师范大学出版社，第 188—189 页。
2　田汉：《平民诗人惠特曼的百年祭》，《少年中国》第 1 卷第 1 期，1919 年 7 月 15 日。

随着时间的推移，中国作家对美国社会的了解越来越深入，对美国的自由也有了新的看法。新闻自由、言论自由是美国自由的重要构成部分，是美国人所引以为傲的，也是令许多人所向往的，但身为记者的刘尊棋在美国期间深入美国的报社进行考察，发现了美国新闻报社与资本独裁之间的内在联系，揭示出向来标榜自由的美国新闻背后的不自由。美国宪法保证每一位公民都有出版报纸的自由，但这并不等于说每一位公民都有能力创办一份报纸，因为办报纸不仅需要大笔的资金，而且需要丰富的社会资源。在美国，世界性的通讯社有三家，即"美联社""合众社"和"国际新闻社"，不仅新闻来源被这三家大通讯社所垄断，而且它们所制定的"标准化"新闻也在一定程度上限制了新闻的自由，"一个旅客乘火车或汽车从纽约出发向西岸走，每到一个站点买一份当地的报纸，在三天中他可以看到几十份日报。可是，把这几十份报纸摊开来比一比，他不仅发现许多新闻是一样的，照片是一样的，专栏文章是一样的，连环图画是一样的，甚至许多社论，许多标题，连文法用字标点符号以及版样都是一样的"[1]。作者通过具体的数字、事例分析得出结论："美国自命为'自由主义者'的人常常斥责苏联采用'统属化'（Regimentation）的政策。就是说，不许人民自由组织，自由发表意见，统治者怎样讲，人民也应怎样讲。事实上，美国新闻事业的'统属化'，可谓登峰造极。"[2]作者指出了美国"新闻自由"的假象，"美国的'新闻自由'不属于一般人民，而只是为大工业服务，首先是为新闻这个大工业本身的老板服务。政府、宪法和法院，都做得像十分公正无私似的，但是新闻工业的独占性，把一切自由都窒息了"[3]。书中配有一幅木偶戏漫画：三位新闻从业者在各自忙碌工作着，但他们的手、脚、脑袋等都拴着线，由幕后的老板操纵，他

---

[1] 刘尊棋：《美国侧面像》，上海：士林书店，1949 年，第 114—115 页。
[2] 同上书，第 116 页。
[3] 同上书，第 118 页。

们只是老板手中的木偶,听从于老板的指令。作者看到了美国宪法所赋予的新闻自由与社会现实中新闻并不自由的悖论,揭示出美国新闻自由背后所存在的问题,对我们认识美国的"新闻自由"提供了新的角度。

中国作家对美国自由的体验,使他们对美国的自由认识得更加深刻,并能对其利弊进行取舍,学习借鉴其有益的因素为我所用,利用它来改变中国的社会现实。自由主义作为一种思想来自西方,它与个人主义是密切相关的。个人主义、自由主义与中国的封建专制思想形成强烈反差,必然遭到封建保守派的反对甚至诬陷,结果导致许多中国人对个人主义、自由主义存在一定程度的误解,诚如鲁迅所言:"个人一语,入中国未三四年,号称识时之士,多引以为大诟,苟被其谥,与民贼同。意者未遑深知明察,而迷误为害人利己之义也欤?夷考其实,至不然矣。"[1]在当时很多所谓的"识时之士"看来,"个人"就是害人利己,与"民贼"相同,是应该拒绝批判的。"识时之士"尚且如此看待"个人",一般的群众对它的态度也就可想而知了。实际上,"个人主义""自由主义"并非如"识时之士"所说的那么不堪,那么可怕,"个性自由一语,乍见之,以谓必不能与社会进化相容。殊不知个性之存在,当以全体之个性为要,非可离其群而孤立者。……然则既云个性,则其为综合之个性也无疑。个性既不能孤立,则个性非单数乃复数也,亦非指一人之个性言,乃指全部之个性言也。独一个性之自由,当以一切个性之自由为前提,故曰个性也者,已综合之个性也。自由者,所综合之各个性之自由也"[2]。这种思想观点在1908年就被翻译介绍到中国来,很好地阐明了个性自由与集体自由之间的辩证关系,个性的存在以全体个性为前提,独立的个性是不存在的,个性是复数而非单数,因此个性是综合之个性,自由是综合之各个个性

---

1 鲁迅:《文化偏至论》,《鲁迅全集》第 1 卷,北京:人民文学出版社,2005 年,第 51 页。
2 石卷著:《个性自由》,反节译,《新世纪》第 49 号,1908 年 5 月 30 日。

的自由,社会是个性的集合体,社会的自由与个性的自由是同一问题的两个不同方面,二者不是对立的,而是互为依存的共同体,缺一不可。杜威对个人主义做了更深入的分析,在他看来,个人主义有两种,即假的个人主义和真的个人主义,"(1)假的个人主义就是为我主义(Egoism),他的性质是只顾自己的利益,不管群众的利益。(2)真的个人主义就是个性主义(Individuality),他的特性有两种:一是独立思想,不肯把别人的耳朵当耳朵,不肯把别人的眼睛当眼睛,不肯把别人的脑力当自己的脑力。二是个人对于自己思想信仰的结果要负完全责任,不怕权威,不怕监禁杀身,只认得真理,不认得个人的利害"[1]。杜威是胡适的博士导师,胡适除了接受杜威的实验主义哲学思想影响之外,也接受了其自由主义思想的影响,并自觉地将这种自由主义思想转化为自己的实践活动。在胡适看来,这种"真的个人主义"就是"健全的个人主义",这种思想有两个核心:一是充分发展个人的才能,二是要造成自由独立的人格。胡适将个人自由与社会进步密切联系起来,在他看来:"思想的转变是在思想自由言论自由的条件之下个人不断地努力的产儿。个人没有自由,思想又何从转变,社会又何从进步,革命又何从成功呢?"[2]胡适的这种自由主义思想对推动当时社会的发展变革产生了积极作用。

第二节　张扬个性与表现自我

所谓个性,是指人的心理、精神、性格特质,从这一角度来说,每个人都有自己的个性,这是人与人相区别的重要标准。个性的形成既有先天的因素,与遗传、血缘密切相关,同时也有后天的因素,家

---

[1] 转引自胡适:《个人自由与社会进步:再谈五四运动》,《独立评论》第150期,1935年5月12日。
[2] 同上。

庭环境、社会环境、文化教育环境等因素都会在一定程度上改变一个人的个性特质，这导致个性充满了变化性与复杂性。从根本上来说，个性是一个人先天具有的性格特质，与人的创新思维、创造能力密切相关，但不同的时代、不同的国度、不同的文化对待个性的态度是不一样的，有的尊重个性、张扬个性，有的则压抑个性、禁锢个性。对个性的不同态度与社会发展与否具有密切的关系，如果人的个性能够受到尊重，得到张扬，这个社会就会得到迅速繁荣发展，反之亦然。

从历史的角度来看，无论是中国还是西方都经历了愚昧专制、压抑人的个性的黑暗时期。在中国，漫长的封建专制压抑了人的个性，致使中国人的奴性得到了畸形的发展；在西方，宗教神权禁锢了人的个性，导致人成为神的奴隶。西方在14世纪结束了黑暗的中世纪，迎来了文艺复兴，人从神的束缚下解放出来，他们不再是神的奴隶，而是成了"宇宙之精华，万物之灵长"。文艺复兴提倡人权，反对神权；提倡人性，反对神性，大力倡导个性解放和自由平等，对西方社会乃至整个人类社会的发展产生了深远的历史影响，诚如恩格斯所言："这是一次人类从来没有经历过的最伟大的、进步的变革，是一个需要巨人而且产生了巨人——在思维能力、热情和性格方面，在多才多艺和学识渊博方面的巨人的时代。"[1] 文艺复兴的思想本质是以个人主义为基础的人文主义，尊重个性、张扬个性成为西方现代文化、文学的特质，为西方文学的繁荣发展奠定了坚实的基础。

相对于西方而言，中国所经历的专制统治的时间更为漫长。中国传统文化强调禁欲，压抑人的个性，结果导致中国人的个性意识淡薄，不敢表达自己真实的内心世界。1840年鸦片战争爆发，西方列强强迫晚清政府打开封闭已久的大门，西方的现代科学技术、文化随之进入中国，中国成为一个半封建半殖民地国家。1911年孙中山领导的辛亥

---

[1] ［德］恩格斯：《自然辩证法》，《马克思恩格斯选集》第三卷，北京：人民出版社，1975年，第445页。

革命推翻了封建专制，建立了中华民国，但封建专制思想并没有彻底退出历史舞台。19世纪末20世纪初，西方的个性主义思想开始传入中国，"个性之发展，乃社会进化之一大要件。其发展之迟者，而社会进化，亦随之而迟。其发展之速者，而社会进化，亦随之而速。夫彼主从的、臣属的、恩义的、劳力状态，诚为现社会之病源，决不足以律将来者也。将来社会之进化，全恃乎个性之自动的进步"[1]。这种思想将个性的发展与社会的发展密切联系在一起，认为个性发展与社会发展是密不可分的，只有个性发展了，社会才能得到发展，个性发展的速度与社会发展的速度是成正比的。这种思想对中国现代知识分子而言无疑是醍醐灌顶，使他们认识到个性的重要性。中国现代知识分子所接受的外来影响是多方面的，既有来自英法等老牌资本主义国家的影响，也有来自新兴的资本主义国家美国的影响。相比较而言，美国的个性主义思想对中国新文学作家所产生的影响更为直接，也更为深刻。

美国文化与西方文化之间有着复杂的关系，一方面它与西方文化有着密切的联系，是西方文化在美国的延续发展；另一方面它又是对西方文化的创新发展，呈现出与西方文化不同的特质。具体到文学创作方面，美国作家呈现出两种不同的创作追求：一种是继承西方文艺复兴以来的文学传统，极力模仿英、法等国的文学；一种是力图挣脱西方文学对他们的束缚，要求独立发展。惠特曼无疑是第二种倾向的代表，"在他的诗集《草叶》中，可以看出他的思想。第一是主张个性，主张个性之权威。……惠特曼在这诗里以为个性在本身是有机的存在，不是仅以社会的一分子而保持存在的，他以为真的生活是由本身出来，仍旧归诸本身。人的个性是至尊无上的，……他所说的个性是什么呢？个性便是人的精髓，也不是离开肉的一个概念的灵，也不是离开灵的一个肉的盲动。人的外部与内部溶［融］合的一体之中，人的存在是不用说，这个性便是在全体中的活动力之总集。倘若离了

---

[1] 石卷著：《个性自由》，反节译，《新世纪》第49号，1908年5月30日。

个性，则不成其为一个人。外面的人是常为人所见，此个性则不易见，倘若外部的人受了压迫或是继续虚伪生活的时候，这个性是要乘机发作的。惠特曼的诗是一个特质，便是这个性的动作的呼声"[1]。惠特曼被誉为"美国诗歌之父"，在他的诗中，集中地表现出强烈的个性意识，这种个性意识不仅表现出他自己的思想特质，而且呈现出美国人的精神特质。尊重个性、张扬个性，不仅成为美国社会的一种风气，而且成为美国的民族精神特质。

以胡适为代表的留美学生不仅从理论上熟悉美国人的这种个性主义思想，而且在现实生活中也有机会接触这些标榜个性意识的美国人，甚至与他们成为亲密的朋友。胡适在刚到康奈尔大学读书时借住在学校地质学教授亨利·韦莲司的家里，与教授的女儿韦莲司（Edith Clifford Williams）交往密切，并深受其思想的影响，韦莲司在一定程度上扮演了胡适在美国早期生活的导师的角色。韦莲司与胡适年龄相仿，在大学里学习美术专业，对当时欧美文坛上流行的现代主义艺术思潮表现出浓厚的兴趣，以达达主义为代表的西方现代主义艺术观念对其产生了深远的影响，她不仅在绘画领域标新立异，而且在现实生活中也是一个特立独行的另类：

> 其人极能思想，读书甚多，高洁几近狂狷，虽生富家而不事服饰；一日自剪其发，仅留二三寸许，其母与姊腹非之而无如何也，其狂如此。余戏谓之曰："昔约翰弥尔（John Stuart Mill）有言，'今人鲜敢为狂狷之行者，此真今世之隐患也'。（吾所谓狂狷乃英文之 Eccentricity）狂乃美德，非病也。"女士谓，"若有意为狂，其狂亦不足取。"余亦谓然[2]。

---

[1] 六逸：《平民诗人惠特曼》，《文学旬刊》第28期，1922年2月11日。
[2] 胡适：《韦莲司女士之狂狷》，《胡适全集》第27卷，合肥：安徽教育出版社，2013年，第527页。

韦莲司的这种"狂狷"就是独立自由、标榜个性、我行我素的表现，在胡适看来，这是一种美德，是韦莲司内在性情的自然流露。韦莲司认为，那种为狂而狂的行为是一种病态，是不足取的。胡适也赞同这一观点。在胡适眼中，韦莲司自我做主的行为与奉行"三从四德"的中国传统女性形成了强烈对比，这无疑令胡适大开眼界，原来女性还可以这样活着！他非常欣赏韦莲司这种洒脱不羁的性格，并在日记中对韦莲司的狂狷行为进行了具体的描写："女士最洒落不羁，不屑事服饰之细。欧美妇女风尚（Fashion），日新而月异，争奇斗巧，莫知所届。女士所服，数年不易。其草冠敝损，戴之如故。又以发长，修饰不易，尽剪去之，蓬首一二年矣。行道中，每为行人指目，其母屡以为言。女士曰：'彼道上之妇女日易其冠服，穷极怪异，不自以为怪异，人亦不之怪异，而独异我之不易，何哉？彼诚不自知其多变，而徒怪吾之不变耳。'女士胸襟于此可见。"[1] 韦莲司通过另类穿着打扮来标榜自己的个性，在她身上充分体现出女性解放的时代精神。在韦莲司的启蒙下，胡适内心被压抑已久的个性意识渐渐苏醒过来，并自觉地将标新立异作为自己的追求。胡适曾写作一篇题为《立异》的文章，其中有这样一段：

有人谓我大病，在于好立异以为高。其然？岂其然乎？
所谓立异者何欤？
不苟同于流俗，不随波逐流，不人云亦云。非吾心所谓是，虽斧斤在颈，不谓之是。行吾心所安，虽举世非之而不顾。——此立异者也。吾窃有慕焉，而未能几及也。
下焉者自视不同流俗，或不屑同于流俗，而必强为高奇之行，骇俗之言，以自表异；及其临大节，当大事，则颓乎无以异于乡原也。——此吾友C. W.所谓"有意为狂"者也。

---

[1] 胡适：《韦女士》，《胡适全集》第28卷，合肥：安徽教育出版社，2013年，第119页。

吾将何所择乎？吾所言行，果无愧于此人之言乎？[1]

在韦莲司的影响下，胡适表现出不同凡俗的"立异"特征，他对西方文坛出现的各种新思潮表现出浓厚的兴趣，并写文章向国内的读者介绍这些新的思想。胡适的这种思想行为遭到周围朋友的非议，梅光迪认为胡适是借西方的各种新思潮来蒙骗国内的读者。胡适的这则日记是在为自己的所作所为辩护，在他看来，坚持自己的独立思想，坚持己见，不同流合污，不随波逐流，不人云亦云，虽举世非之而不改变，才是真正的"立异"，这种"立异"是他非常向往的境界，而他尚未能达到这一境界。有些人平常自视不同流俗，或不屑于同于流俗，经常做出高奇的行为，发表惊世骇俗的言论，而到了关键时刻，却偃旗息鼓，唯唯诺诺，不敢坚持自己的思想，这是表面上假装"立异"。胡适的这段话一方面是对自我行为的辩护，另一方面则是对韦莲司的回应。

可以说，正是因为胡适有了这种"立异"的思想，他在与梅光迪、任叔永等人的书信来往中表现出不同凡俗的新见解，或者说他自觉地将这种创新作为自己的追求。早在1916年前后，他在给梅光迪等人的书信中就开始谈论救国大业，提出创建新文学的宏愿："神州文学久枯馁，百年未有健者起。新潮之来不可止，文学革命其时矣。吾辈势不容坐视，且复号召二三子，革命军前仗马箠（棰），鞭笞驱除一车鬼，再拜迎入新世纪。"[2]诗人豪情万丈，充满自信，他认为文学革命的时间到了，他们这一代有责任来倡导文学革命，而领导文学革命的重任则非他莫属。诗作表现出胡适强烈的使命感和"狂狷"的个性，这与其温文尔雅的外表形成了鲜明对比。胡适以尝试文学革命的先驱自居，他在给任叔永的和诗中写道："诗国革命何自始？要须作诗如作文。琢

1　胡适：《立异》，《胡适全集》第28卷，合肥：安徽教育出版社，2013年，第112页。
2　胡适：《送梅觐庄往哈佛大学诗》，《胡适全集》第28卷，合肥：安徽教育出版社，2013年，第268页。

镂粉饰丧元气,貌似未必诗之纯。小人行文颇大胆,诸公一一皆人英。愿共僇力莫相笑,我辈不作腐儒生。"[1]他要提倡诗国革命,提倡以作文的方式来作诗,提倡用白话作诗,这在当时的保守派看来无疑是奇谈怪论,胡说八道。梅光迪在给他的信中说:"读大作如儿时听'莲花落',真所谓革尽古今中外诗人之命者!足下诚豪健哉!盖今之西洋诗界,若足下之张革命旗者,亦数见不鲜,……大约皆足下'俗话诗'之流亚,皆喜以前无古人,后无来者自豪,皆喜诡立名字,号召徒众,以眩骇世人之耳目而已,己则从中得名士头衔以去焉。"在梅光迪看来,胡适只是借提倡白话诗之名来沽名钓誉而已,用白话作诗是根本不可能的。[2]胡适的新文学革命主张虽然遭到梅光迪等周围同学的嘲笑讽刺,但他不受周围舆论的影响,仍然坚持自己的理想追求,并作《沁园春·誓诗》以明志。此诗他前后修改两次,第一稿的下半阕写道:"文章革命何疑!且准备搴旗作健儿。要前空千古,下开百世,收他臭腐,还我神奇。为大中华,造新文学,此业吾曹欲让谁?诗材料,有簇新世界,供我驱驰。"后来他将上半阕的后半部分做了修改,第二稿为"吾狂甚,耻与天和地,作个奴厮"[3]。在第一稿中,更能显示出胡适狂狷的性格,在他看来,领导文学革命的旗手非他莫属,他要前空千古,下开百世,为中华民族创造新文学,诗歌表现出他要领导文学革命的雄心壮志和远大志向;而后来的修改稿则在一定程度上掩饰了其锋芒毕露的个性,显得比较温和。胡适的内心中有一头咆哮呐喊的革命野兽,但他却以比较理性的方式将其呈现出来,这也正呈现出胡适多元复杂的性格特征。

如果说胡适早期的文学革命主张尚是一种朦胧的、模糊的主张,

---

[1] 胡适:《依韵和叔永戏赠诗》,《胡适全集》第28卷,合肥:安徽教育出版社,2013年,第272页。

[2] 胡适:《一首白话诗引起的风波》,《胡适全集》第28卷,合肥:安徽教育出版社,2013年,第421页。

[3] 胡适:《胡适全集》第28卷,合肥:安徽教育出版社,2013年,第353—355页。

那么在经过与梅光迪等人的辩论之后,他的这种朦胧的、模糊的革命主张开始渐渐变得明晰起来。他广泛阅读中外文学史,从文学发展的历史脉络中寻找支持其文学革命主张的证据,他将当时正在流行的进化论作为自己提倡文学革命的理论依据,从进化论的角度来提倡新文学革命,极力反对模仿古人,"若能洒脱此种奴性,不作古人的诗,而惟作我自己的诗,则决不致如此失败矣"[1]。胡适将自己的文学革命主张系统化、理论化,写成了著名的《文学改良刍议》,这篇文章先后在《留美学生季报》和《新青年》上发表,成为引发中国新文学革命的导火索。

陈衡哲是通过"庚子赔款"到美国留学的第一位女留学生。她出生于一个富有开明的家庭,自幼接受良好的教育,其父尤其是其舅父引导她走出家门,接受了新式教育。但20世纪初的中国仍是一个歧视、压迫女性的社会,她虽有远大的理想与志向,却难以实现。1914年,她考取公费留学资格到美国留学,先后在瓦莎女子学院、芝加哥大学学习西洋史和西洋文学,获得学士和硕士学位。受舅父的"造命"人生观的影响,陈衡哲不满足现状,不屈从命运,执着地追求自己的理想。美国自由的社会环境给她提供了实现理想的空间,她在美国如鱼得水,自由的天性得到了发展。当胡适提倡新文学革命时,遭到周围的好朋友梅光迪等人的攻击与嘲讽,唯有陈衡哲赞同胡适的革命主张,并用白话文来进行创作,以实际行动来支持胡适,她是中国新文学史上的第一位女作家。陈衡哲的个性意识在其作品中得到了具体的表现,《运河与扬子江》是一篇带有自我寓言性质的作品,作品以"运河"与"扬子江"对话的形式展开,"运河"是人造河,其命运由别人支配,而扬子江则是通过自己的艰苦奋斗获得自己的生命,其命运由自己掌控;"运河"满足于现状,是一个"快乐的奴隶",而"扬子江"则冲决一切阻力,不顾一切地向东海奔流而去。作品中的"扬子江"无疑是作者的自我隐喻,表现出作者不愿接受命运的安排、追求自由、

---

[1] 胡适:《文学改良刍议》,《新青年》第2卷第5号,1917年1月。

张扬个性的现代女性意识。《老柏与野蔷薇》也是一篇带有寓言色彩的作品,"老柏"和"野蔷薇"互相欣赏、互相羡慕,"老柏"羡慕"野蔷薇"的美丽柔媚,觉得自己是个无用的老废物,不开花,又无风韵,在"野蔷薇"面前自惭形秽;而"野蔷薇"则敬佩"老柏"的伟大坚俊、坚贞不朽、风打不折、雨淋不腐、日炙不枯,觉得自己与"老柏"相比渺小无用。他们只看到对方的优点,却看不到自己的长处,泯灭了自我存在的价值与意义。作者通过这篇作品来批判自我压抑、自我矮化、泯灭个性的行为,从另一个角度来说,则是作者在大力提倡自我意识,张扬个性。

在美国留学期间,胡适在大力地提倡新文学革命,梅光迪等人则站对立的角度来批判胡适的新文学革命主张,表现出一种"保守"的思想。后来,以这双方为代表,形成了"新青年派"与"学衡派",两派在文学革命问题上的论争基本上是胡适与梅光迪等人在美国留学期间论争的继续。有些人认为以梅光迪为代表的"学衡派"思想保守,在早年的文学史上甚至将他们视为"反动"而进行批判,实际上,梅光迪等人在美留学期间也深受美国自由主义思想的影响,具有浓厚的个性意识。众所周知,"学衡派"因《学衡》杂志而得名,而《学衡》杂志创办于1922年1月,晚于《新青年》的创刊时间。梅光迪等人之所以要创办《学衡》杂志,是因为他们的言论文章在当时找不到发表的地方,《新青年》等新派杂志不愿意发表他们的文章,"今之主文学革命者,亦曰文学之者,在发挥个性,注重创造,须'处处有我在'而破除旧时模仿之习,易词言之,则各人有各人之文学,一切模范规律,皆可废也,然则彼等何以立说著书,高据讲席,而对于为文言者,仇雠视之,不许其有我与个性创造之自由乎"[1]。在梅光迪看来,以胡适、陈独秀为代表的文学革命者一方面提倡个性自由、注重创造,

---

[1] 梅光迪:《评提倡新文化运动者》,《梅光迪文录》,台北:联合出版中心,1968年,第2页。

另一方面又压制那些以文言来进行创作的作者,不允许他们有个性自由和创造自由,他对主张新文学者的如此做法颇为不满,他以子之矛攻子之盾——新文学革命的提倡者主张个性自由、创造自由,为何不允许提倡文言者有个性自由和创造自由的权利?这一方面彰显出文学革命者的局限,另一方面也说明梅光迪等人也有很强的个性意识。换言之,提倡"昌明国粹,融化新知"正是他们的个性之所在,也正是他们的价值之所在。在一百年之后的今天,我们回顾"新青年派"与"学衡派"之间关于文学革命问题的激烈论争,才能充分认识其思想观点的价值与意义。

第三节 张扬个性与文学创新

如前所述,张扬个性有真假之分,有的人是通过奇装异服、怪异的发型、另类的言行等外在形式来标榜自己的个性,缺少内在的思想与精神;有的人则有自己独立的思想见解,能够将独立的思想与外在的行为融为一体。个性既然是一个人区别于其他人的本质特性,那么,它就并非仅仅是一种外在的行为,而应该是一种内在的思维方式和独特的思想见解。从这一角度来说,个性意识与创新意识密切相关。"有个性的人,本身天然的就是创造,一方面有独立特行的人格,不同于众,不与世沉浮,不盲从。同时在他们前面没有统治的威权,就是上帝也可以怀疑是不是真有绝大的威力,圣经是不是一定没有错误?唯有这样的人,对于文化是有贡献的,文化的光辉也靠这种人衬托出来。"[1] 个性意味着一个人有自己独立的思想见解,并且勇于坚持自己的思想见解。这种思想见解是他经过独立思考而得出的结论,本身具有独特性和创造性,"个性本身就是创造的,凡是创造性事物,

---

1 本社:《说个性》,《自由论坛》第 2 卷第 4 期,1944 年 4 月 1 日。

就不能有执一的标准来加以限制的"[1]。个性是与群性相对的，它反对统一的标准和模式，反对盲目的崇拜和模仿，"个性本身就是创造，我们需要创造，不要盲目的崇拜和盲目的模仿"[2]。我们应该允许、提倡、鼓励每个人有其独立的个性，不能以统一的标准来压制、扼杀人的个性，因为个性是与创造密切相连的，一个人没有了个性，也就没有了创造能力。

既然个性与创新密切相关，没有了个性意识也就没有了创新意识，那么一个人若没有个性，他就不会有自己独立的思想见解，更不会坚持个人的思想见解，必然会人云亦云，缺少创新意识，成为一个唯唯诺诺、唯命是从的机器人。如果一个国家的国民都没有了个性，那么这个国家也就丧失了创新能力，导致国家没有生产能力和竞争能力，结果只能看别人的眼色行事，不能主宰自己的命运。中国近代以来的悲惨命运充分说明了这一点。闭关锁国的政治策略，禁欲主义的文化政策，压抑、禁锢了人的个性，致使"万马齐喑"，整个国家死气沉沉。在文学领域，作家们以模仿古人为能事，形成了尊古、复古的风气，黄遵宪的诗恰到好处地描写出了这些复古者的群相："俗儒好尊古，日日故纸研；六经字所无，不敢入诗篇；古人弃糟粕，见之口流涎；沿习甘剽盗，妄造丛罪愆。"（黄遵宪：《杂感》）这些人以把诗写得像古人而感到自豪，他们没有个性意识，自然也就没有创新欲望和要求。黄遵宪早年虽然接受的是中国传统文化教育，但他后来到日本、英国、美国当驻外大使的经历使他有机会直接接触西方现代文化，在西方现代文化的影响下，他眼界大开，思想观念也发生了根本性的变化。他对那些尊古拟古的腐儒不屑一顾，在他看来，"黄土同抟人，今古何愚贤"，人生而平等，古人并不比今人聪明，现代的人没有必要模仿古人写作，跟在古人的屁股后面亦步亦趋。他认为诗人应该用自己

---

[1] 本社：《说个性》，《自由论坛》第 2 卷第 4 期，1944 年 4 月 1 日。
[2] 同上。

的语言来描写自己的所见所闻,"我手写我口,古岂能拘牵!即今流俗语,我若登简编;五千年后人,惊为古斓斑"。(黄遵宪:《杂感》)"我手写我口"即作家听从自己内心的声音,用自己的语言来传达出自己的独特声音,这是一种强烈的个性意识,也是一种强烈的创新意识。正因为有了这种个性意识,黄遵宪成为晚清"诗界革命"的代表性人物,为中国传统格律诗向现代诗的转型做出了重要贡献,也为中国传统文学向现代文学的转型奠定了基础。

从历史的角度来看,美国文学也经历了一个从模仿到独立创新的过程。19世纪以前的美国文学强调学习继承以英、法文学为代表的欧洲文学传统,许多作家以模仿英国作家作为自己的创作追求。到19世纪,以惠特曼为代表的部分美国作家要求摆脱英国文学的束缚,他们以美式口语、俚语来描写美国人的生活,使美国文学形成了自己的民族特质,开始渐渐从英国文学中独立出来。惠特曼认为:"在一些卓越的大师身上,政治自由的思想是必不可少的。只要是有男人和女人的地方,自由必然为英雄人物所信奉……但诗人从来是比别的任何人都更加支持和欢迎自由的。他们是自由的呼声和讲解人。他们是若干时代以来最能与这个伟大概念相称的人……它已经被委托于他们,他们得维护它。没有什么比它更紧要的了,没有什么能歪曲或贬抑它的。伟大诗人们所采取的态度是鼓舞奴隶们,恐吓专制君主。他们的一回头,他们的一举手,他们的脚步声,都对后者充满了威慑,而给前者带来希望。"[1]在惠特曼看来,诗人与一般人有所不同,他更加支持和欢迎自由,自由既是诗人的生命,也是诗人的使命,他们是"自由的呼声和讲解人",是反对专制统治的生力军,没有了自由,诗人也就无法创作了。美国作家张扬个性,无论是在题材内容还是在艺术形式上都进行大胆创新,创作出了一批颇具影响力的作品,带动着世界文学的

---

[1] [美]惠特曼:《〈草叶集〉初版序言》,《草叶集》(下),楚图南、李野光译,北京:人民文学出版社,1987年,第1176页。

向前发展,"文学上的象征主义以及这一系列的其他新兴诸运动,主要的虽然是法国的产物,但是根底上却是由于美国的爱伦·坡的启发"。"革命的诗歌,甚至连最近的苏联的诗歌也包含在内,也都直接或间接地渊源于美国的惠特曼。"[1]爱伦·坡、惠特曼等人追求的独立创新,不仅引领着美国文学形成了一脉新的传统,而且推动了世界文学的创新发展,对中国新文学的萌芽、发展也产生了重要的影响。

20世纪30年代,美国文学已引起中国作家的高度重视,他们不仅翻译介绍美国的作家作品,而且能够上升到理论的层面来总结美国文学之所以取得如此成就的深层原因。"在现代美国的文坛中,我们看到各种倾向的理论,各种倾向的作品都同时并存着;他们一方面是自由的辩难,另一方面又各自由的发展着。他们之中任何一种都没有得到统治的势力,而企图把文坛包办了去,他们任何一种都没有用政治的或社会的势力来压制敌对或不同的倾向。美国的文学,如前所述,是由于它的创造精神而可能发展的,而它的创造精神却又以自由的精神为其最主要的条件。"[2]在施蛰存看来,美国文学之所以能够取得如此大的成就,在于美国文学有一种创造精神,而这种创造精神又是以自由精神为基本前提的。易言之,创造精神和自由精神是两位一体、缺一不可的,这就是文学创作所应遵循的基本规律。在发现了美国文学繁荣发展的内在规律之后,施蛰存认为我们应该向美国文学学习,"在我们看到美国现代文坛上的那种活泼的青春气象的时候,饮水思源,我们便不得不把作为一切发展之基础的自由主义的精神特别提供出来。……我们是更迫切的希望能够从这样的说明指示出一个新文化的建设所必需的条件。自然,我们断断乎不是要自己亦步亦趋的去学美国,反之,我们所要学的,却是那种不学人的,创造的,自由的精神。这种精神,固然不妨因环境不同而变易其姿态,但它的本质的重要,

---

1　施蛰存:《现代美国文学专号·导言》,《现代》第5卷第6期,1934年10月1日。
2　同上。

却是无论在任何民族都没有两样的"[1]。那么，中国作家是否学到了这种精神？这种精神在中国新文学中是如何体现出来的？

众所周知，胡适于1917年在《新青年》上发表的《文学改良刍议》拉开了中国新文学的序幕，为中国新文学的诞生奠定了理论基础，而《文学改良刍议》中所提出的"八不"理论与20世纪初美国文坛上出现的意象派诗歌的"五不"理论之间具有颇多相通之处。可以说，胡适所提倡的文学改良的"八事"在很大程度上受到了意象派诗歌理论的启发，是对意象派诗歌理论的成功借鉴，其理论观点充分地体现出了"创造的，自由的精神"。胡适针对当时文坛上所存在的诸多弊端提出了文学改良的"八事"，其中的第二事即"不摹仿古人"。他从进化论的角度来阐释文学随时代而变迁的道理，认为一时代有一时代之文学，主张"今日之中国，当造今日之文学，不必摹仿唐宋，亦不必摹仿周秦也"[2]。胡适的这种"不摹仿古人"的主张蕴含着创新、自由的合理因素。胡适的理论不仅为自己的文学创作奠定了基础，而且为新文学的诞生、发展奠定了基础。正是在这种创新理论的指导下，中国新文学呈现出勃勃生机，取得了令人瞩目的成就。

实际上，自19世纪鸦片战争之后，西方的现代文化如潮水般涌入中国，对中国的传统文化产生了强烈冲击。在西方现代文化的影响下，中国的文化先驱者充分地意识到：中国必须改革创新，才能找到新的出路，才能在世界上获得生存的权利，"戊戌变法""洋务运动"是这场社会变革的主要表现形式。在文学领域，梁启超等人大力倡导"诗界革命""小说界革命"和"文界革命"，表现出文学"革命"的强烈欲望和要求，只不过他们所提倡的"革命"在本质上只是一种改良，只是在一定程度改变了文学的观念、语言和形式，在一定程度上动摇了传统文学的根基，拉开了传统文学向现代文学转型的序幕。1911年

---

1 施蛰存：《现代美国文学专号·导言》，《现代》第5卷第6期，1934年10月1日。
2 胡适：《文学改良刍议》，《新青年》第2卷第5期，1917年1月。

的辛亥革命,成功地推翻了封建帝制,建立了中华民国,中国开始由封建社会向现代民主社会转型,中国的一切都在渐渐向传统告别,求新求变成为一种社会风尚,"新"成为一个非常现代、时尚的字眼,仿佛社会上的一切皆可与"新"发生关系,社会上出现了一系列以"新"开头的词汇,诸如"新思潮""新文化""新中国""新世纪""新妇女"……,整个中国呈现出万象更新的局面。陈独秀1915年9月在上海创办《青年杂志》,于1916年9月将其改名为《新青年》,大力提倡"民主"和"科学",刊发胡适的《文学改良刍议》,引发了新旧文学的论争,《新青年》成为中国新文学诞生的摇篮。中国现代文学史上早期的诗歌、话剧、小说、杂文很多都在《新青年》杂志上发表,为中国新文学的产生、发展做出了重要贡献。中国新文学一诞生就以创新作为理念追求,以"新文学"来命名自己,以二元对立的思维模式与旧文学形成对立,对旧文学进行批判与否定,以新文学来代替旧文学,无论是在语言形式上还是在思想内容上都形成了不同于传统文学的"新文学"。

"新文学"的诞生是以"自由创造"为基本前提的,这在新诗创作中表现得尤为突出。新诗又名"自由诗",是西方诗歌尤其是美国诗歌影响的产物。20世纪初,自由诗在美国文坛已是遍地开花,成为美国诗坛的主流文体形式。从文体形式上来看,惠特曼的诗歌、以庞德等为代表的意象派诗歌、以桑德堡等为代表的芝加哥诗派诗歌皆是自由诗。受美国自由诗的影响,胡适渐渐对中国传统的格律诗产生怀疑,进而批评格律诗在语言文体形式上所存在的诸多弊端,并在此基础上提出了新诗的概念。胡适是"新诗"的首倡者,他主张用白话代替文言来作诗,用自由诗来代替传统的格律诗,他的这一主张遭到梅光迪等人的反对。"我主张用白话作诗,友朋中很多反对的。其实人各有志,不必强同。我亦不必因有人反对遂不主张白话。他人亦不必都用白话作诗。白话作诗不过是我所主张'新文学'的一部分。……白话乃是我一人所要办的实地试验。倘有愿从我的,无不欢迎,却不必强拉人到我的实验室中来,他人也不必定要捣毁我的实验室。"[1]由此可见,胡适当时是抱着自由主义的态度来提倡白话新诗的——他自己下定决心尝试用白话来写诗,也欢迎其他人来进行尝试,但不会将别人强拉到自己的队伍中来,这与后来陈独秀在《文学革命论》中所表现出来的霸气的革命态度有着本质的区别。

当时在美国留学的中国学生中最早只有胡适一个人用白话写诗,但慢慢地,他周围的朋友中有人也开始尝试用白话写诗,尽管带有几分"打油"的色彩。朱经农是胡适的好朋友,他一开始反对胡适用白话作诗的主张,后来抱着游戏好玩的心态用白话作诗来回应胡适的白话诗,这并不意味着他完全接受了白话诗,在他看来,"白话诗应该立几条规则",使自由诗受到一定的文体限制,但胡适对朱经农提出的这一主张并不赞同,胡适主张"诗体的解放","有什么材料,做什么诗;有什么话,说什么话;把从前一切束缚诗神的自由的枷锁镣铐,拢统推翻:这便是'诗体的解放'。因为如此,故我们极不赞成诗的规则。还有一层,凡文的规则和诗的规则,都是那些做《古文笔法》《文章轨范》《诗学入门》《学诗初步》的人所定的。从没有一个文学家自己定下做诗做文的规则。我们做的白话诗,现在不过在尝试的时代,我们自己也还不知什么叫做白话诗的规则"[2]。胡适倡导"诗体的解放",反对给新诗确立一些"规则",这种没有任何"规则"、推翻从前一切束缚诗神自由的枷锁镣铐的诗体,便是典型的自由诗,"直到近来的新诗发生,不但打破五言七言的诗体,并且推翻词调曲谱的种种束缚;不拘格律,不拘平仄,不拘长短;有什么题目,做什么诗;诗该怎样做,就怎样做。这是第四次的诗体大解放"[3]。通过梳

---

1 胡适:《文学革命八条件》,《胡适学术文集·新文学运动》,姜义华主编,北京:中华书局,1993年,第18—19页。
2 胡适:《答朱经农》,《胡适学术文集·新文学运动》,姜义华主编,北京:中华书局,1993年,第63页。
3 胡适:《谈新诗》,《胡适学术文集·新文学运动》,姜义华主编,北京:中华书局,1993年,第389页。

理中国诗歌的历史,胡适发现了中国诗歌从"风谣体"到"骚赋体"再到词的变化,从中国诗歌发展的角度找到了提倡文体解放的合理性依据,这为其提倡"自由诗"奠定了理论基础。

现在来看,当时朱经农和胡适的两种不同诗歌观念的冲突在后来的新诗发展中得到了延续。到20世纪30年代,以闻一多为代表的现代格律诗派反对以胡适、郭沫若为代表的新诗散文化倾向,主张给新诗确立一些新的规则,探索新诗的现代格律,以使新诗与散文区别开来。闻一多、徐志摩、朱湘等人在现代格律诗的创作方面取得了一定成绩,在当时文坛上也产生了一定的影响,但现代格律诗在当时文坛仍是昙花一现,并没有持续很长时间。导致这一现象的原因是多方面的,其中诗人对自由的向往与追求是不可忽视的原因。三四十年代颇有影响的诗人艾青就极力反对给新诗确立规则,他一直是新诗散文化的倡导者与实践者。对许多新诗人而言,他们好不容易获得了文体的解放与自由,可以自由地抒写,他们愿意做一匹自由的马儿在文坛上驰骋,不愿意再勒上缰绳受任何束缚。因此,在过去了一百年之后,新诗仍是自由诗,依然不愿在文体方面确立什么规则。

诗歌的形式自由与思想自由之间有着密切的关系,胡适已充分地意识到了这一点。他认为:"文学革命的运动,不论古今中外,大概都是从'文的形式'一方面下手,大概都是先要求语言文字文体等方面的大解放。……这一次中国文学的革命运动,也是先要求语言文字和文体的解放。新文学的语言是白话的,新文学的文体是自由的,是不拘格律的。初看起来,这都是'文的形式'一方面的问题,算不得重要。却不知道形式和内容有密切的关系。形式上的束缚,使精神不能自由发展,使良好的内容不能充分表现。若想有一种新内容和新精神,不能不先打破那些束缚精神的枷锁镣铐。因此,中国近年的新诗运动可算得是一种'诗体的大解放'。因为有了这一层诗体的解放,所以丰富的材料,精密的观察,高深的理想,复杂的感情,方才能跑到诗里去。"[1] 胡适通过考察中外文学发展的历史，发现了一个文学规律，即形式自由与思想自由之间的辩证关系，形式上的束缚阻碍着精神的自由发展，文学要想有新的内容和精神，必须要有与之相对应的新的文体形式，只有达到这两个条件的文学作品才是真正意义上的新文学。

如果说胡适从形式主义的角度强调文体形式的重要性，强调有什么样的形式就会呈现什么样的内容，那么惠特曼则更加强调内容的重要性，强调有什么样的内容就会有什么样的形式。惠特曼强调科学、共和、民主、自由思想对诗歌创作的决定性作用，在他看来，"科学，在根除了古老的陈腐之谈和迷信以后，正在为诗歌、为一切艺术、甚至为传奇故事开拓出一片百倍宽敞而奇妙的蕴藏着新的性能的园地。共和制正在普及到全世界。自由，连同支持她的法制，有一天会处于至高无上的地位——无论如何会成为中心思想。只有到那时——尽管从前已有了那么多壮丽的事物，或今天还有这么多优美的东西——只有到那时才会出现真正的诗人，以及真正的诗歌。……民主已被无边的潮流和强风推广到整个时代，象地球的旋转那样势不可当，也象它那样行程远大而迅速。但是在艺术的最高阶层中，在地球上任何地方，它至今还没有一个与它相称的代表"[2]。惠特曼认为，真正的诗人、诗歌的出现是以自由社会的出现为前提的，只有在科学、民主、自由、法制、共和的现代社会中，诗人才能获得真正的创作自由，才能创作出真正的诗歌作品，这是惠特曼的一种理想追求。换言之，在惠特曼那儿，诗歌的思想自由要求与之相适应的自由的语言形式，只有自由的语言形式才能呈现出其自由的思想，这是他提倡创作自由诗的一个重要前提。

那么，诗人的自由来自何处呢？惠特曼也给了我们一个很好的答案："自由只依靠自己，不求人，不许诺什么，冷静地堂堂地坐着，积

---

1 胡适：《谈新诗》，《胡适学术文集·新文学运动》，姜义华主编，北京：中华书局，1993年，第385—386页。
2 ［美］惠特曼：《美国今天的诗歌——莎士比亚——未来》，《草叶集》（下），楚图南、李野光译，北京：人民文学出版社，1987年，第1237页。

极而泰然,从不丧失信心。"[1]自由不是从天上掉下来的,也不是别人送给你的,而是自己通过努力奋斗争取过来的;自由不仅是一种外在的行为,而且是一种内在的心灵。惠特曼的诗歌不仅在文体形式上是自由的,而且其所传达出来的思想也是自由的,或者说是对自由的一种积极的向往与追求。郭沫若在日本留学期间接触到惠特曼的诗歌,并马上被惠特曼的自由诗所吸引,"当我接近惠特曼的《草叶集》的时候,正是'五四运动'发动的那一年,个人的郁积,民族的郁积,在这时找出了喷火口,也找出了喷火的方式,我在那时差不多是狂了。民七民八之交,将近三四个月的期间差不多每天都有诗兴来猛袭,我抓着也就把它们写在纸上。当时宗白华在主编上海《时事新报》的《学灯》。他每篇都替我发表,给予了我以很大的鼓励,因而我有最初的一本诗集《女神》的集成"[2]。惠特曼的自由诗引爆了郭沫若的诗歌灵感,对郭沫若的诗歌创作产生了重要影响,他放弃了泰戈尔式的平和冲淡的诗风,而开始创作这种自由奔放的自由诗,"而尤其是惠特曼的那种把一切的旧套摆脱干净了的诗风和五四时代的暴飙突进的精神十分合拍,我是彻底地为他那雄浑的豪放的宏朗的调子所动荡了。在他的影响之下,应着白华的鞭策,我便做出了《立在地球边上怒号》《地球我的母亲》《匪徒颂》《晨安》《凤凰涅槃》《天狗》《心灯》《炉中煤》《巨炮的教训》,那些男性的粗暴的诗来"[3]。郭沫若这一时期所创作的诗歌,无论是在文体形式上还是在思想内容上都呈现出一个特点,即自由。可以说,"自由"是将郭沫若与惠特曼联系在一起的纽带与桥梁,是郭沫若与惠特曼发生共鸣的焦点。惠特曼认为:"未来的诗歌的目的在于自由地表达激情(其意义远远超过一眼就能看到的外

---

[1] [美]惠特曼:《〈草叶集〉初版序言》,《草叶集》(下),楚图南、李野光译,北京:人民文学出版社,1987年,第1177页。

[2] 郭沫若:《序:我的诗》,《郭沫若谈创作》,哈尔滨:黑龙江人民出版社,1982年,第55页。

[3] 郭沫若:《我的作诗的经过》,东京:《质文》第2卷第2期,1936年11月10日。

表),而且主要是唤醒和激发它,而不止于解释或加以修饰。象一切现代倾向那样,它直接间接地不断牵连读者,关系到你我以及每一事物的中心本质,即强大的自我。……性格,一个比风格或优美还重要得多的特征,一个始终存在但如今才排到前列的特征——乃是进步诗歌的主要标志。"[1] "自由地表达激情"是惠特曼秉持的诗歌观念,也是其诗歌创作的特点,这一特点在郭沫若那儿得到了继承与发展。在郭沫若看来:"诗之精神在其内在的韵律(Intrinsic Rhythm),内在的韵律(或曰无形律)并不是甚么平上去入,高下抑扬,强弱长短,宫商徵羽;也并不是甚么双声叠韵,甚么押在句中的韵文!这些都是外在的韵律或有形律(Extraneous Rhythm)。内在的韵律便是'情绪的自然消涨'。"[2] 郭沫若解构了外在律,以"内在律"代替了"外在律"。在他看来,"情绪的自然消涨"就是诗歌的内在韵律。换言之,只要将情绪的自然变化呈现出来就是最好的诗歌,这就是诗歌的精神,或者说是诗歌创作的规律。他甚至提出了"裸体诗"的概念,即不要任何外在形式的诗歌,这是一种全新的诗歌观念,也是一种"真正"的自由诗观念,它试图让诗歌创作摆脱一切外在形式的束缚,达到自由自如的创作境地。当然,"裸体诗"在郭沫若那儿只是一种理论设想,并未能付诸实践。但由此我们可以发现,郭沫若在胡适的基础上将自由诗推向了极致。如果说胡适只是在理论上解构了中国传统诗歌的外在格律形式,而在创作实践中尚在自觉地探索尝试各种新的押韵形式,那么,郭沫若则不仅从理论上宣布了诗歌外在韵律的灭亡,而且在创作实践中真正实现了创作的"自由"。尽管从理论上来讲郭沫若的这种"内在律"的诗歌观念值得商榷,但它诗坛上所产生的影响非常深远,今天的许多诗人仍在践行这一诗歌观念,追求一种纯自由的创作境界。

1　[美]惠特曼:《美国今天的诗歌——莎士比亚——未来》,《草叶集》(下),楚图南、李野光译,北京:人民文学出版社,1987年,第1234—1235页。
2　郭沫若:《论诗三札》,《郭沫若全集》第15卷,北京:人民文学出版社,1990年,第337页。

自由与创新不仅在诗歌领域得到具体实施,而且在其他的文体领域中也有具体的体现。在小说领域,胡适、陈衡哲等深受美国小说创作的影响,无论是在小说观念还是在创作实践上都呈现出新的气象。中国传统小说观念认为小说就是讲故事,故事要有情节、人物、环境,只要按照这种观念、模式去写,就会写出成功的小说。胡适针对当时文坛上所存在的对"短篇小说"的误解,提出了对"短篇小说"的理解与界定。在他看来:"短篇小说是用最经济的文学手段,描写事实中最精采的一段,或一方面,而能使人充分满意的文章。"[1] 相对于中国传统小说而言,这是一种全新的短篇小说观念,它强调选择事实的横断面来进行描写,突破了小说要有故事情节的限制。陈衡哲不仅是胡适新文学革命理论的赞同者,而且是新文学的大胆践行者。她在美国创作的《一日》被夏志清称为中国现代文学史上的第一部白话小说,尽管对这篇作品是否是小说,人们有不同的看法。陈衡哲自己认为《一日》只是一篇散文作品。在谈到自己的小说创作时,陈衡哲说道:"我既不是文学家,更不是什么小说家,我的小说不过是一种内心冲动的产品。他们既没有师承,也没有派别,他们是不中文学家的规矩绳墨的。他们存在的惟一理由,是真诚,是人类感情的共同与至诚。// 我每作一篇小说,必是由于内心的被扰。那时我的心中,好像有无数不能自己表现的人物,在那里硬迫软求的,要我替他们说话。他们或是小孩子,或是已死的人,或是程度甚低的苦人,或是我们所目为没有知识的万物,或是蕴苦含痛而不肯自己说话的人。他们的种类虽多,性质虽杂,但他们的喜怒哀乐却都是十分诚恳的。他们求我,迫我,搅扰我,使得我寝食不安,必待我把他们的志意情感,一一的表达出来之后,才让我恢复自由!他们是我作小说的惟一动机。他们来时,我一月可做数篇,他们若不来,我可以三年不写只字。这个搅扰我的势力,便是我所说的人类情感的共同与至诚。"[2] 陈衡哲称自己既不是文

---

1 胡适:《论短篇小说》,《新青年》第 4 卷第 5 号,1918 年 5 月 15 日。
2 陈衡哲:《小雨点·自序》,上海:上海书店出版社,1985 年,第 17—18 页。

学家，也不是小说家，这表面上来看是她的谦虚之词，但实际上这段话却表达出陈衡哲的新的文学观念。她的作品只是一种内心冲动的产品，而不是传统的以讲故事为目的的小说，因此它不符合文学家的规矩绳墨，自己当然也就不是传统意义上的文学家、小说家。陈衡哲以表现"人类情感的共同与至诚"为追求的创作观念颠覆与解构了传统的小说观念，是一种全新的现代小说观念，它以作者内心情感情绪的变化为表现对象，而不是以外在的故事情节为表现对象，因此它没有曲折离奇的故事情节，作者的情感变化成为结构全篇的线索，这种小说成为后来颇为流行的自叙传小说的雏形。《一日》截取美国女大学生一天的校园生活作为横断面来呈现美国女大学生的日常生活，在文体形式上表现出散文化小说的特征，这种散文化小说在后来得到了迅速发展，出现了废名、沈从文等一代名家。鲁迅的小说代表着中国现代短篇小说的最高成就，其小说在文体形式方面进行大胆的探索与创新，受到茅盾的高度评价。茅盾认为："在中国新文坛上，鲁迅君常常是创造'新形式'的先锋；《呐喊》里的十多篇小说几乎一篇有一篇新形式，而这些新形式又莫不给青年作者以极大的影响，必然有多数人跟上去试验。"[1] 这些新形式与鲁迅所接受的外来小说影响密切相关，鲁迅所接受的外来影响固然是多方面的，在这诸多的外来影响中我们不难发现爱伦·坡小说的影子。

20世纪初，中国戏剧领域也进行了一系列的改革，以"新剧"代替旧剧成为改革的目标。中国现代戏剧的产生、发展受到西方戏剧的多种影响，在这众多的外来影响中，美国戏剧的影响也是一种不可忽视的因素。张彭春、洪深是中国现代戏剧的先驱者，他们大力提倡现代戏剧，为现代戏剧的发展奠定了坚实的基础。张彭春、洪深等在美国留学期间学习戏剧专业，他们一方面在课堂上学习美国的现代戏剧知识，系统地掌握了现代戏剧理论；一方面参加各种戏剧演出活动，

1　雁冰：《读〈呐喊〉》，《文学》第91期，1923年10月8日。

从实践中积累丰富的经验。当时美国颇为流行的小剧场运动引起了他们的极大兴趣,并对他们产生了重要影响。小剧场除了反对商业化演出之外,还给戏剧创作与演出提供了探索尝试的空间,是一种先锋戏剧运动。美国的小剧场运动取得了很大的成就,涌现出了像尤金·奥尼尔这样优秀的作家,创作出了一批经典的作品,在世界文坛上产生了巨大的影响。奥尼尔的表现主义戏剧创作取得了丰硕成果,为他后来获得诺贝尔文学奖奠定了基础,并在世界范围内产生了广泛影响。小剧场全新的戏剧观念和演出模式引起了中国剧作家的关注,他们将"小剧场"的理论观念介绍到了中国,并在回国后积极提倡小剧场运动,大胆探索小剧场的演出方式,在中国掀起了一场小剧场运动,引领着中国现代戏剧的发展方向。中国现代戏剧打破了以京剧为代表的传统戏剧的模式化形式,赋予剧作家以自由与创造的权利,洪深、曹禺等人学习借鉴奥尼尔的戏剧观念与创作技巧,将表现主义戏剧引入中国的文坛。表现主义戏剧是一种全新的戏剧观念,"表现主义主张文艺作品对现实进行曲折的表现,以沟通内心的幻象;不是模仿自然,而是再造自然。西方一般认为文学上的表现主义是对现实主义和自然主义的一种反叛,它不是按照逻辑顺序来记录外部事件,而是谋求表现一种心理的和精神的现实"[1]。表现主义戏剧是对现实主义和自然主义的反叛,它不以外在的客观现实世界为表现对象,而是以作者的主观内在心理世界为表现对象,要表现一种心理的和精神的现实,这就需要与之相适应的新的艺术表现手段,内心独白、幻觉、心理分析等就成为表现主义戏剧必不可少的艺术表现手法。受奥尼尔的影响,洪深创作出了《赵阎王》,曹禺创作出了《原野》,这两部作品堪称中国表现主义戏剧的代表作,尤其是《原野》代表着中国现代戏剧的最高成就。

综上所述,中国新文学以旧文学为反叛对象,颠覆了旧文学的观念,打破了旧文学的种种束缚,获得了自由创作的权利。中国新文

---

[1] 伍蠡甫等:《西方现代文论选》,上海:上海译文出版社,1983年,第154页。

学作家学习借鉴美国文学的成功经验，大胆地进行探索尝试，胡适的《尝试集》便是学习借鉴美国自由诗的产物。中国新文学的发展经历了一个从解构到借鉴再到建构的复杂过程，这在诗歌领域表现得尤为具体："女神派的所谓创造是破坏，新月派的所谓创造是模仿。破坏与模仿都不是健全的现象，但这些也是不可免的现象。我们最先感觉得传统文学的陈腐，我们有意要革新它而创造新的有生命的文学，于是我们第一步应做的是破坏，第二步应做的是模仿，经过了破坏与模仿而后我们达到了最后的一步，真正的建设与创造。所以中国新诗运动是跟随着自然的步骤而发展着，一点也没有错儿，我们与其悲观，不如乐观。"[1] 破坏只是手段，而非最终目的；模仿只是学习过程中的一个环节，并非最终目的；破坏与模仿的最终目的是建设与创造，创作出具有我们自己特色的作品。新诗发展的模式具有一定的代表性，我们在小说、戏剧等文体中也可看到这一发展的模式。可以说，在经历了初期的破坏之后，中国新文学家充分认识到了建设与创造的重要性，胡适在1918年4月发表的《建设的文学革命论》中提出了"国语的文学，文学的国语"的口号，从理论上指出了新文学建设的方向，此后，建设与创造成为中国新文学发展的指南，成为中国新文学的灵魂。中国新文学正是有了这种建设与创造的精神，才取得了引人瞩目的成就。

  通过上述分析可以发现，追求独立自由、张扬个性、强调创新，是中国新文学的基本理念，也是新文学与旧文学的根本区别。新文学作家追求思想自由和创作自由，勇于表现自我，敢于张扬个性，不再以模仿古人为能事，从而赋予新文学以生机与活力。虽然20世纪上半叶的中国并没有给作家们提供真正民主自由的创作环境，但独立自由的创作理念却为作家们的创新提供了不竭的动力。于是，独立自由，张扬个性，遂成为中国新文学的一脉传统，在胡适、鲁迅等作家身上集中地呈现出来，并在后来的作家身上得到了继承与发展。

---

1 柳无忌：《为新诗辩护》，《文艺杂志》第1卷第4期，1932年9月。

第三章

实验主义与中国新文学革命

胡适于1910年到美国留学，先在康奈尔大学学习农学，后于1915年到哥伦比亚大学师从约翰·杜威（John Dewey，1859—1952）攻读哲学博士学位。杜威是美国著名的实验主义哲学家、教育家，其学说对胡适产生了重要而深远的影响。对此，胡适在其日记中曾有明确的表述："我在1915年的暑假中，发愤尽读杜威先生的著作，……我的文学革命主张也是实验主义的一种表现"。[1] 胡适拜杜威为师，说明他对杜威的实验主义非常感兴趣，他在选择跟杜威攻读博士学位之前已对杜威及其哲学有了深入的了解："杜威（John Dewey）为今日美洲第一哲学家，其学说之影响及于全国之教育心理美术诸方面者甚大，今为哥伦比亚大学哲学部长，胡、陶二君及余皆受学焉。"[2] 杜威是名校里的名师，要成为他的学生自然并不容易，因此胡适在暑假中"尽读"杜威的著作，对杜威的实验主义哲学有了深入的研究。尽管胡适的博士论文研究的并非实验主义哲学，但他却在研究中广泛运用实验主义的理论和方法，同时，他也将这套理论和方法运用于新文学革命和文学创作实践之中，从而对中国新文学的发生、发展皆产生了重要影响。

1　胡适：《胡适留学日记·自序》，海口：海南出版社，1994年，第4页。
2　胡适：《一八、杜威先生（六月十六日追记）》，《胡适全集》第28卷，合肥：安徽教育出版社，2013年，第385页。

我们甚至可以说，没有杜威的实验主义哲学就不会有胡适，当然没有胡适也就可能没有了中国的新文学革命。胡适在1917年博士毕业后回国，很快成为中国新文化界的领袖。他在中国传播杜威的实验主义哲学，并邀请杜威到中国访问。杜威于1919年5月1日到上海，1921年7月11日回美国，在中国生活了两年零两个月。在此期间，杜威在奉天、直隶、山西、山东、江苏、江西、湖北、湖南、浙江、福建、广东等省做了200余场演讲，内容涉及实验主义哲学、教育学、伦理学、政治学等领域，在中国思想界产生了广泛影响。在杜威的影响之下，中国的思想界、教育界形成了一股实验主义的热潮。

那么，胡适所推崇的杜威的实验主义哲学究竟是什么哲学？实验主义的基本内涵是什么？对于这些问题，胡适都给予了明确的回答。胡适曾写过多篇关于实验主义的文章，其主要的观点基本一致。他认为："现今欧美很有势力的一派哲学，英文叫做Pragmatism，日本人译为'实际主义'。这个名称本来也还可用。但这一派哲学里面，还有许多大同小异的区别，'实际主义'一个名目不能包括一切支派。英文原名Pragmatism本来是皮耳士（C. S. Peirce）提出的。后来詹姆士（William James）把这个主义应用到宗教经验上去，皮耳士觉得这种用法不很妥当，所以他想把他原来的主义改称为Pragmaticism以别于詹姆士的Pragmatism。英国失勒（F. C. Schiller）一派，把这个主义的范围更扩充了，本来不过是一种辩论的方法，竟变成一种真理论和实在论了……所以失勒提议改用'人本主义'（Humanism）的名称。美国杜威（John Dewey）一派，仍旧回到皮耳士所用的原意，注重方法论一方面；他又嫌詹姆士和失勒一班人太偏重个体事物和'意志'（will）的方面，所以他也不愿用Pragmatism的名称，他这一派自称为'工具主义'（Instrumentalism）又可译为'应用主义'或'器用主义'。"[1] 由

---

[1] 胡适：《实验主义》，《胡适全集》第1卷，合肥：安徽教育出版社，2013年，第277—278页。

此可见,实验主义哲学是一个庞杂的哲学流派,皮耳士、詹姆士、失勒、杜威对这一哲学的理解与界定各有侧重。作为杜威的学生,胡适自然推崇杜威的哲学观点,但作为一个哲学专业的博士生,他肯定系统地阅读、研究过这一派哲学,对其产生发展的来龙去脉有着清楚的了解。在此基础上,他对这一派哲学有了自己的理解:"因为这一派里面有许多区别,所以不能不用一个涵义最广的总名称。'实际主义'四个字可让给詹姆士独占。我们另用'实验主义'的名目来做这一派哲学的总名。就这两个名词的本义看来,'实际主义'(Pragmatism)注重实际的效果;'实验主义'(Experimentalism)虽然也注重实际的效果,但他更能点出这种哲学所最注意的是实验的方法。实验的方法就是科学家在试验室里用的方法。这一派哲学的始祖皮耳士常说他的新哲学不是别的,就是'科学试验室的态度'(the laboratory attitude of mind)。这种态度是这种哲学的各派所公认的,所以我们可用来做一个'类名'。"[1] 实验主义既是一种哲学,又是一种科学方法。胡适认为,实验主义有两个根本观念:第一是科学试验室的态度,第二是历史的态度。实验主义的哲学理论不仅对胡适的哲学研究产生了重要影响,而且对其文学活动也产生了重要影响。他将这一哲学理论灵活运用到文学实践活动之中,提出了以白话代替文言、以新文学代替旧文学的革命理论,并大胆地运用白话进行诗歌创作,成为中国新文学革命的首倡者和奠基者。可以说,中国新文学的产生与发展都与实验主义哲学息息相关。

第一节 实验主义的怀疑论和工具论

晚清时期,复古保守思想盛行,致使中国人满足现状,不思改革,在面对英、法等西方国家迅速崛起的现实时,采取闭关锁国的政

---

[1] 胡适:《实验主义》,《胡适全集》第1卷,合肥:安徽教育出版社,2013年,第278页。

策,以精神胜利法来自我安慰,结果到19世纪中叶中国沦为西方列强的殖民地,中华民族处于生死存亡的危急关头。在残酷的社会现实面前,中国的现代文化先驱者痛定思痛,苦苦思考探索救国救民的道路,先是有了洋务运动,接着有了戊戌变法,然后有了新文化革命。由此来看,19世纪中叶以来中国经历了一个由物质技术革命到社会体制革命再到文化思想革命的复杂过程。洋务运动和戊戌变法皆以失败告终,而文化思想层面的改革则得到了成功,它真正地触及了人们的灵魂,为中国新文学革命的发生奠定了基础。20世纪初,推动中国新文化思想革命的因素自然有许多,实验主义哲学便是其中一个很重要的因素,它从根本上改变了人们"从来如此便对"的思维方式,为中国新文学提供了坚实的方法论。

作为中国新文学革命的倡导者,胡适对中国传统文学观念持怀疑批判的态度,而这正是其新文学革命的逻辑起点。那么,胡适对中国传统文学观念的质疑批判的动力来自何处?与实验主义哲学有何关系?通过考察可以发现,怀疑是美国的实验主义哲学的一个重要的哲学思想,威廉·詹姆斯的实用主义"怀疑所有的绝对观念,所有固定不变的严密推理,所有的思想体系;喜爱重新考虑所有的问题;沉湎于怪癖和不拘泥于陈规;执着于艺术、感情和思想上具有感染力的事物;持有强烈的道德责任感"[1]。在詹姆斯面前,没有永恒不变的真理,他要把从前的一切拿出来重新评价,"从来如此便对"的思想观念没有了存在的基础。詹姆斯以怀疑主义的态度来质疑所有的教条,并且使怀疑主义本身成为一种教条。"他对什么绝对、原因、目的、不变原理、抽象和严密一概置之不理。他赞赏的是多元论、不确定性、切实可行、通情达理、冒险精神和机动灵活。他以效用哲学反对第一原因的哲学,以权宜哲学反对顶点哲学,以自由意志哲学反对宿命论哲学。

---

1 [美]H.S.康马杰:《美国精神》,南木等译,北京:光明日报出版社,1988年,第135页。

他对真理可以通过纯粹理性或对自然进行科学观察而获得的这种想法嗤之以鼻，理由是，事实上无法找到真理，而只能使之成为真理，真理不是静止和具有惰性的，而只是偶然成为一种思想或一种行动方针的"。[1] 怀疑主义本身成为一种教条，成为一种哲学思想和方法，这种思想和方法对胡适产生了重要的影响，胡适从中获得了一种质疑思维，敢于对中国已有的传统文学观念进行大胆质疑，对中国的传统文学进行重新评价。

怀疑主义作为一种哲学思想和方法，是有规律可循的，或者说有具体的可操作的步骤和方法。杜威对分析思想的过程进行总结，将这一过程分作五步："（一）疑难的境地；（二）指定疑难之点究竟在什么地方；（三）假定种种解决疑难的方法；（四）把每种假定所涵的结果，一一想出来，看那一个假定能够解决这个困难；（五）证实这种解决使人信用；或证明这种解决的谬误，使人不信用。"[2] 由此可见，怀疑主义既是一种抽象的哲学思想，又是一种具体可行的哲学方法。正因为其方法具体可行，因此只要愿意，每个人皆可以学习运用这一方法来进行质疑，而质疑是创新的基本前提。在杜威实验主义思想的影响下，胡适提出了"大胆假设，小心求证"的思想观点，这是怀疑主义哲学思想的另一种表述方式，"假设"是基于现实的一种设想，是对现实的一种质疑，而"求证"则是一种方法，其主要形式是探索与实验。胡适将这种思想、方法运用到学术研究之中，在许多领域都有了新的发现。在文学领域，他通过对白话文学史的考察推翻了文言文学为中国文学之正宗的观点，为提倡新文学革命奠定了坚实的基础。

胡适在1915年9月17日致梅光迪的诗中第一次提到"文学革命"："梅生梅生毋自鄙！神州文学久枯馁，百年未有健者起。新潮之

---

[1] ［美］H. S. 康马杰：《美国精神》，南木等译，北京：光明日报出版社，1988年，第138页。

[2] 胡适：《实验主义》，《胡适全集》第1卷，合肥：安徽教育出版社，2013年，第307页。

来不可止；文学革命其时矣！吾辈势不容坐视。且复号召二三子，革命军前杖马箠（棰），鞭笞驱除一车鬼，再拜迎入新世纪！"[1] 此时胡适受美国文学的影响，觉得中国文学应该革命，但他对"文学革命"尚只是一个模糊的认识，"文学革命"只是一种理论上的假设，为什么要进行"文学革命"？如何进行"文学革命"？"文学革命"的最终目的是什么？所有这一切，胡适并没有充分地思考，当然也就提不出明确的答案。但胡适在与梅光迪等人论争的过程中，对这些问题进行辩论思考，渐渐有了明确的答案，形成了一套关于文学革命的理论，在此基础上写出了《文学改良刍议》一文。

胡适在《文学改良刍议》一文中明确提出了文学改良的"八事"："一曰，须言之有物。二曰，不摹仿古人。三曰，须讲求文法。四曰，不作无病之呻吟。五曰，务去烂调套语。六曰，不用典。七曰，不讲对仗。八曰，不避俗字俗语。"[2] 这"八事"中有六个方面是与语言形式密切相关的，由此来看，胡适主要是从语言的角度切入来思考讨论文学革命的问题。在他看来，语言是一种传情达意的工具，只有用活的语言才能传达当下人的思想感情，用死了的文言绝不能做出有生命有价值的文学来。他从语言的文学功能的角度来判断语言的死活，认为只要能够恰当地表达作家思想情感的语言便是活的语言；反之，则是死的语言。在胡适看来，语言文字只是文学的表达工具，"一部中国文学史只是一部文字形式（工具）新陈代谢的历史，只是'活文学'随时起来替代了'死文学'的历史。文学的生命全靠能用一个时代的活的工具来表现一个时代的情感与思想。工具僵化了，必须另换新的，活的，这就是'文学革命'"[3] 胡适的"文学革命"理论虽然是从语言

---

1 胡适：《送梅觐庄往哈佛大学诗》，《胡适学术文集·新文学运动》，姜义华主编，北京：中华书局，1993年，第326页。
2 胡适：《文学改良刍议》，《胡适学术文集·新文学运动》，姜义华主编，北京：中华书局，1993年，第20页。
3 胡适：《逼上梁山》，《胡适学术文集·新文学运动》，姜义华主编，北京：中华书局，1993年，第200页。

形式的角度切入展开的，与形式主义理论之间有某些关联[1]，但它在本质上与形式主义理论还是有差别的，形式主义理论是将语言形式视作文学的本质，语言形式决定文学作品的思想内容，而胡适则是将语言形式视作一种工具，要根据作品所表达内容来选择不同的语言工具。胡适的这种实用主义工具论的语言形式观无疑与其所接受的实验主义哲学密切相关。

实用主义是实验主义哲学的一个重要构成部分。实验主义哲学将"实用"作为衡量评价事物的标准，只要是有实用价值的，就是有意义的；反之，则是无意义的。皮耳士认为："一个观念的意义完全在于那观念在人生行为上所发生的效果。凡试验不出什么效果来的东西，必定不能影响人生的行为。所以我们如果能完全求出承认某种观念时有那么些效果，不承认他时又有那么些效果，如此我们就有这个观念的完全意义了。除掉这些效果之外，更无别种意义。这就是我所主张的实验主义。"[2] 实用主义的哲学思想对胡适产生了很大的启发，他从现实功能的角度出发来提倡文学革命，肯定文学的现实作用。"吾以为文学在今日不当为少数文人之私产，而当以能普及最大多数之国人为一大能事。吾又以为文学不当与人事全无关系；凡世界有永久价值之文学，皆尝有大影响于世道人心者也。"[3] 胡适强调文学与社会现实人生之间的关系，强调文学与平民百姓的关系，强调文学对社会发展的影响作用，这与五四时期文学研究会所提倡的"为人生"的文学之间具有异曲同工之妙，与"为艺术而艺术"的文学观念是背道而驰的。

实用主义注重社会现实人生，善于从现实中发现问题，进而思考

---

[1] 吕周聚：《胡适与俄国形式主义学派文学史理论比较研究》，《山东社会科学》1998年第6期。

[2] 胡适：《实验主义》，《胡适全集》第1卷，合肥：安徽教育出版社，2013年，第284页。

[3] 胡适：《逼上梁山》，《胡适学术文集·新文学运动》，姜义华主编，北京：中华书局，1993年，第205页。

并解决问题。"实用主义是权宜的哲学。它开动脑筋想问题，然后根据其结果对之作出评价。它认为，'任何可供我们利用的思想，从工具角度来说，都可视为真理'，这就是工具主义名称的由来。它拒不接受各种学说和抽象概念，而建立起可实用性这个唯一的标准。"[1]胡适在《文学改良刍议》中提出的文学改良的"八事"，皆是从当时文坛的现实出发，发现文学创作中所存在的八种不良现象，并进而提出解决问题的对策。正是在实验主义哲学思想的指导之下，胡适找到了解决文学问题的关键，即语言形式。文学是语言的艺术，文学的发展演变在很大程度上表现为语言形式的变化。在中国上千年的文学发展过程中，文言渐渐与口头语言分离开来，成为一种书面语言。由于封建社会严格的等级差别，文言成为有钱有势的贵族阶级的特权，这样，以文言写成的文学作品就成为一种正宗，而用白话写作而成的文学作品则难登大雅之堂。久而久之，人们形成了一种观念，只有用文言写成的作品才是真正的、正宗的作品，白话不能用来写作文学作品；即使用白话写作，写出来的也不是正宗的文学作品。通过考察中国文学史胡适发现，在中国文学史上既有文言文学，也有白话文学。"夫白话之文学，不足以取富贵，不足以邀声誉，不列于文学之'正宗'，而卒不能废绝者，岂无故耶？岂不以此为吾国文学趋势，自然如此，故不可禁遏而日以昌大耶？愚以深信此理，故又以为今日之文学，当以白话文学为正宗。然此但是一个假设之前提，在文学史上，虽已有许多证据，如上所云，而今后之文学果出于此与否，则犹有待于今后文学家之实地证明。若今后之文人不能为吾国造一可传世之白话文学，则吾辈今日之纷纷议论，皆属枉费精力，决无以服古文家之心也。"[2]胡适对历来以文言文学为正宗的说法表示质疑，大胆地提出以白话文学为

---

1 [美]H.S.康马杰:《美国精神》，南木等译，北京：光明日报出版社，1988年，第140页。
2 胡适:《历史的文学观念论》，《胡适学术文集·新文学运动》，姜义华主编，北京：中华书局，1993年，第33页。

正宗的设想，由此出发，他对中国传统文学观念进行大胆的质疑，提出了"文学革命"的大胆假想。对胡适而言，用白话代替文言、文学应该革命，只是一个大胆的假设，究竟能否成功，他心中并没有底。然而，他有了这个大胆假设之后，开始多方小心求证。他从中国文学发展的历史中找到了白话文学存在的证据，并在此基础上写出了一部《白话文学史》，以确凿的证据证明了自己观点的正确，从而推翻了中国传统的文学观念，确立了新的文学观念，为中国的新文学革命奠定了基础。

用白话来创作诗歌，这是胡适文学革命的一个重要构成部分，也是胡适文学创作的一大创举。从文体样式的角度来看，中国是一个诗歌王国，诗歌在中国文学史上具有至高无上的地位，而小说在20世纪以前只是稗官野史，是老百姓茶余饭后的消遣方式，难登大雅之堂。二者地位之所以相差如此之大，与其所采用的语言形式密切相关。在古代，诗歌分为两种不同的形式，一种是用文言写作而成的文人诗歌，一种是用俚语传承的民间诗歌。前者成为文人墨客抒情咏怀的特权，是一种高雅的文体形式；后者则成为民间百姓传情达意的方式，是一种通俗的文体形式。在传统文学观念看来，只有用文言写成的诗歌才是诗歌，用白话写成的诗歌则只能是难登大雅之堂的民歌。胡适通过考察发现，中国文学史上存在着大量用白话写作而成的诗歌，由此出发他对传统的文学观念进行质疑，并提出了用白话写作诗歌的大胆设想。"我的决心试验白话诗，一半是朋友们一年多讨论的结果，一半也是我受的实验主义的哲学的影响。实验主义教训我们：一切学理都只是一种假设；必须要证实了（verified），然后可算是真理。证实的步骤，只是先把一个假设的理论的种种可能的结果都推想出来，然后想法子来试验这些结果是否适用，或是否能解决原来的问题。我的白话文学论不过是一个假设，这个假设的一部分（小说词曲等）已有历史的证实了；其余一部分（诗）还须等待实地试验的结果。我的白话诗的实地试验，不过是我的实验主义的一种应用。所以我的白话诗还没有写得几首，我的诗集已有了名字了，就叫做《尝试集》。"[1] 胡适刚开始提倡用白话写作诗歌时，遭到周围朋友的嘲笑，他的观点只得到陈衡哲的认可。但他不顾反对，坚持用白话写诗，后来将这些诗歌作品结集出版，这就是中国新文学史上第一部白话诗集《尝试集》，而《尝试集》的名字来自实验主义哲学。

胡适在师从杜威攻读博士学位的过程中，系统地研读了实验主义哲学，并自觉地接受了实验主义哲学的影响。他提出的以白话代替文言、以白话文学代替文言文学、以白话来写作诗歌等具有颠覆性的文学观念，皆是实验主义哲学思想影响的结果，也是实验主义方法的产物。胡适以实验主义的思想来指导自己的文学革命实践，以实验主义的方法来指导自己的诗歌创作，渐渐形成了系统而明确的文学革命思想，在诗歌创作方面取得了令人瞩目的成绩，"我们主张白话可以做诗，因为未经大家承认，只可说是一个假设的理论。我们这三年来，只是想把这个假设用来做各种实地试验，——做五言诗，做七言诗，做严格的词，做极不整齐的长短句；做有韵诗，做无韵诗，做种种音节上的试验，——要看白话是不是可以做好诗，要看白话诗是不是比文言诗要更好一点。这是我们这班白话诗人的'实验的精神'"[2]。通过胡适的这段夫子自道，我们可以发现胡适提倡的文学革命与实验主义哲学之间的密切关系，说其文学革命思想及诗歌创作实践是实验主义哲学在中国实践的产物当不为过。

第二节　历史的文学观念与文学革命

胡适提倡文学革命遭到周围朋友的反对，他为了证明其观点的正

1　胡适：《逼上梁山》，《胡适学术文集·新文学运动》，姜义华主编，北京：中华书局，1993年，第214—215页。
2　胡适：《〈尝试集〉自序》，《胡适学术文集·新文学运动》，姜义华主编，北京：中华书局，1993年，第382页。

确而四处寻求文学革命的理论依据,"历史的文学观念"便是其主张文学革命的重要理论依据。而"历史的态度"是实验主义的两个根本观念之一,由此可见胡适的文学革命主张与实验主义哲学之间的内在关联。

那么何谓"历史的态度"?其基本内涵是什么?实验主义哲学家把达尔文的进化观念运用到哲学研究上来,用之来讨论真理、道德问题,"进化观念在哲学上应用的结果,便发生了一种'历史的态度'(the genetic method)。怎么叫做'历史的态度'呢?这就是要研究事务如何发生,怎样来的,怎样变到现在的样子:这就是'历史的态度'"[1]。由此可见,"历史的态度"是进化观念与实验主义哲学观念相融合的产物,是进化论在历史学领域具体实践的产物。胡适虽然也接受了进化论的观念,但他是从实验主义哲学的立场出发来接受进化论思想的。胡适将"历史的方法"称作"祖孙的方法","他从来不把一个制度或学说看作一个孤立的东西,总把他看作一个中段:一头是他所以发生的原因,一头是他自己发生的效果;上头有他的祖父,下面有他的子孙"[2]。按照"历史的态度"来看,世间事物都是密切相连的,事物的发展演变存在着内在联系,即所谓的前有因后有果。要探讨事物的发展变化,必须全面地考察事物之间的关系,寻找它们之间的内在关联。胡适主张运用"历史的态度"来讨论"文学革命"问题,"居今日而言文学改良,当注重'历史的文学观念'。一言以蔽之,曰:一时代有一时代之文学。此时代与彼时代之间,虽皆有承前启后之关系,而决不容完全抄袭;其完全抄袭者,决不成为真文学"[3]。从这一点

---

1 胡适:《实验主义》,《胡适全集》第1卷,合肥:安徽教育出版社,2013年,第282页。

2 胡适:《杜威先生与中国》,《胡适全集》第1卷,合肥:安徽教育出版社,2013年,第361页。

3 胡适:《历史的文学观念论》,《胡适学术文集·新文学运动》,姜义华主编,北京:中华书局,1993年,第32页。

出发，胡适发现了"一时代有一时代之文学"的道理，不同时代的文学之间虽然存在着承前启后的关系，但后来的文学绝不应是对之前文学简单模仿抄袭，时代发展变化了，文学也应随着时代的变化而变化。"历史的文学观念"融合了实验主义哲学和进化论的理论，成为胡适提倡文学革命的一个重要的理论基础，成为胡适文学革命的一个重要构成部分，他在不同的文章中反复阐发这一观念，这一观念的内涵也愈来愈清晰明确。他认为："文学者，随时代而变迁者也。一时代有一时代之文学；……凡此诸时代，各因时势风会而变，各有其特长，吾辈以历史进化之眼光观之，决不可谓古人之文学皆胜于今人也。"[1] 胡适运用历史进化的文学观来审视中国文学发展的历史，发现了中国文学发展中的诸多弊端，并提出了对之进行改革的措施与办法，"既明文学进化之理，然后可言吾所谓'不摹仿古人'之说。今日之中国，当造今日之文学，不必摹仿唐宋，亦不必摹仿周秦也"[2]。既然文学是不断进化的，我们就没有必要再摹仿古人，应该像黄遵宪一样"我手写我口"。胡适提倡扔掉古人用过的陈词滥调，如何才能做到这一点呢？"吾所谓务去烂调套语者，别无他法，惟在人人以其耳目所亲见亲闻所亲身阅历之事物，一一自己铸词以形容描写之；但求其不失真，但求能达其状物写意之目的，即是工夫。"[3] 根据现实生活的发展需要自己创造词汇来表达新的事物、新的思想，这样既可以推动文学创作的发展，又可以推动语言文字本身的发展。由此出发，胡适得出了自己的结论："然以今世历史进化的眼光观之，则白话文学之为中国文学之正宗，又为将来文学必用之利器，可断言也（此'断言'乃自作者言之，赞成此说者今日未必甚多也）。以此之故，吾主张今日作文作诗，宜采用俗

---

[1] 胡适：《文学改良刍议》，《胡适学术文集·新文学运动》，姜义华主编，北京：中华书局，1993年，第21页。
[2] 同上。
[3] 同上书，第23页。

语俗字。"[1]胡适通过对历史的考察，对白话文学的未来发展做出大胆的预测，新文学一百多年发展的历史已经充分证明了胡适当年预测的正确性。尽管当时认同胡适观点的人数量有限，但这并不妨碍其观点的预见性与正确性。胡适推翻了文言文学为中国文学正宗的观念，确立了白话文学为中国文学的正宗的观念。在这一前提下，采用俗语俗字来作文作诗，就成了合理合法的行为了。

胡适运用"历史的态度"来思考中国文学发展演变的历史规律，寻找文学革命的必然性，探索以白话代替文言的合理性。他从历史的角度来考察中国文学的发展演变，从中寻找支持文学革命的历史依据。他从"韵文"与"文"两个角度梳理中国文学发展的历史，发现无论是"韵文"还是"文"皆处于不断的发展变化之中，不同时期皆有文学革命发生。"文学革命，在吾国史上非创见也。……何独于吾所持文学革命论而疑之？"[2]既然中国文学处于不断的发展变化之中，那么，当下的文学发生变化自然也是可以的；既然在中国文学历史上曾经发生过"文学革命"，那么，胡适来提倡"文学革命"自然也是可以成立的。胡适为自己倡导的"文学革命"找到了历史的依据，使其"文学革命"具有了历史的根基。他用进化理论来阐释"文学革命"："革命潮流即天演进化之迹。自其异者言之，谓之'革命'。自其循序渐进之迹言之，即谓之'进化'可也。"[3]在他看来，进化就是革命，革命就是进化，二者是同一回事。

在确定了"文学革命"的理论依据之后，胡适开始寻找提倡白话文学革命的历史证据，进行"小心求证"。他考察了中国文学史，从文学史中找到了白话文学早已存在的证据。既然白话文学自唐人小诗

---

1 胡适：《文学改良刍议》，《胡适学术文集·新文学运动》，姜义华主编，北京：中华书局，1993年，第28页。
2 胡适：《吾国历史上的文学革命》，《胡适学术文集·新文学运动》，姜义华主编，北京：中华书局，1993年，第2页。
3 同上书，第5页。

短词就早已存在，并在以后不同朝代的文学中有继承发展，且取得了丰硕成果——宋词、元代的小说戏曲、明清的语录皆是白话文学，白话文学作为一脉传统绵延不断，那么，胡适提倡白话文学自然也就具有了可行性。胡适从历史的角度来考察白话与文学创作的关系，"才认清了中国俗话文学（从宋儒的白话语录到元朝明朝的白话戏曲和白话小说）是中国的正统文学，是代表中国文学革命自然发展的趋势的"[1]，他的这一观点也得到了梅光迪的认同。但梅光迪只承认用白话可以写作通俗的小说词曲，却反对用白话可以写作高雅的诗歌。为了证明用白话也可以作诗，胡适打定主意，要用全力去试作白话诗。

"历史的态度"是科学影响哲学的结果，而实验主义则是科学方法在哲学上的实际应用。胡适用"历史的态度"来做文学革命的武器，对推动新文学革命产生了巨大的影响。"所以那历史进化的文学观，初看去好像貌不惊人，此实是一种'哥白尼的天文革命'：哥白尼用太阳中心说代替了地中心说，此说一出就使天地易位，宇宙变色；历史进化的文学观用白话正统代替了古文正统，就使那'宇宙古今之至美'从那七层宝座上倒撞下来，变成了'选学妖孽，桐城谬种'！（这两个名词是玄同创的。）从'正宗'变成了'谬种'，从'宇宙古今之至美'变成了'妖魔''妖孽'，这是我们的'哥白尼革命'。"[2] 胡适将"历史进化的文学观"比作哥白尼的天文革命，它解构了传统的文学观念，用白话正统代替了古文正统，用新的文学观念代替了旧的文学观念，"我们所谓'活的文学'的理论，在破坏方面只是说'死文字决不能产生活文学'，只是要用一种新的文学史观来打倒古文学的正统而建立白话文学为中国文学的正宗；在建设方面只是要用那向来被文人轻视的白话来做一切文学的唯一工具，要承认那流行最广而又产生了许

1　胡适：《逼上梁山》，《胡适学术文集·新文学运动》，姜义华主编，北京：中华书局，1993年，第200页。
2　胡适：《〈中国新文学大系〉第一集导言》，《胡适学术文集·新文学运动》，姜义华主编，北京：中华书局，1993年，第248—249页。

多第一流文学作品的白话是有'文学的国语'的资格的,可以用来创造中国现在和将来的新文学,并且要用那'国语的文学'来做统一全民族的语言的唯一工具"[1]。胡适在颠覆了旧的文学体系之后,开始建设新的文学体系,将"文学的国语"和"国语的文学"作为文学革命的最终目的,新文学步入了建设发展的历史时期。

第三节　实验主义——科学的实验室的态度

实验主义既是一种哲学观念,也是一种哲学方法,同时还是一种科学方法。在美国人那里,这三者是三位一体的。他们以实验主义作为一种人生的哲学理念,以实验主义方法来指导自己的人生实践,在具体的工作学习中奉行实验主义的科学精神和科学方法。

美国人信奉个人主义,提倡张扬个性,而实验主义与个人主义并不矛盾,二者反而可以相辅相成,融为一体,从这一角度来说,"实用主义是个人主义哲学。它好比在这出拯救世界的戏剧中给每个人都安排一个主角,让他们在实现自己认为有效的活动中作出努力并承担责任。它否认人可以从无条件地依赖上帝和大自然中得到安慰,它认为一个人的成败取决于自身的努力。它强调个人的特立独行而不是百般屈从,并鼓励他将自己的信仰付诸检验。……它不堪忍受权威,什么历史权威、科学权威、神学权威都不在话下;它赞赏经验的教训,而蔑视逻辑的指令"[2]。实用主义是为个人主义服务的,个人主义赋予实用主义一种独立的个性,而实用主义则赋予个人主义一种成功的基础,正因如此,实验主义强调个人的特立独行,鼓励人们将自己的理想信仰付诸实践检验,反对盲从、屈从任何的权威。实用主义赋予美国人

1　胡适:《〈中国新文学大系〉第一集导言》,《胡适学术文集·新文学运动》,姜义华主编,北京:中华书局,1993年,第254页。
2　[美]H. S. 康马杰:《美国精神》,南木等译,北京:光明日报出版社,1988年,第140页。

一种讲求实际的精神特质,"美国人思想中的数量观念说明他们非常注重实际,他们对很多问题都是讲实际的,虽然不是对所有的问题。美国人对商务往往带有浪漫色彩,但对政治、宗教、文化和科学却讲求实际。他们聪明好奇,机智灵活,总想创造新工具或新技术来适应新的情况。……美国人很乐意向印第安人或外国移民学习,而且很快加以消化吸收变成自己的东西。他们喜欢创新,不大尊重传统,对任何事情都愿意试一试。他们对各种情况的反应多半是很实际的,当他们找到解决具体问题的办法时就欢欣若狂。"[1] 美国建国的历史短,没有多少传统可言,因此美国人自然也就不大用尊重传统;美国人不满足现状,乐于从现实生活中发现问题,并进而寻找解决问题的办法,发明创造一些实用的工具来满足现实生活和工作的需要,从而改变人们的生活和工作现状,这不仅推动了美国科学技术的突飞猛进,而且极大地提高了美国的工农业生产效率,推动了美国社会的快速发展。"爱搞实验是美国性格中根深蒂固的特点,而美国的经验又进一步加深了这一特点。美国本身就是一个最大的实验场,一代又一代的开拓者,一次又一次的移民浪潮,在不断改变美国的面貌。既然每一个群体都是一场赌博,一种机会,那么美国人就是赌徒和机会主义者。……他们不喜欢老一套,总爱花样翻新,而且爱去干别人不曾干过的事情。除法律外,其他一切传统和先例他们都认为是障碍,对新奇事物则乐意接受挑战。"[2] 相对而言,中国人容易满足现状,喜欢以前的东西,把传统和先例看得极为重要,固守传统,这也正是中国人缺少科学实验精神的一个重要原因。

进入19世纪中叶,中国封闭已久的大门被迫打开,西方的现代文化和先进的科学技术传入中国,致使中国人的传统思维渐渐地发生变

---

[1] [美] H. S. 康马杰:《美国精神》,南木等译,北京:光明日报出版社,1988年,第9页。

[2] 同上书,第15页。

化。以胡适为代表的留学生主动走出国门，到西方先进国家留学，学习他们先进的现代科学和社会科学，用以推动中国社会的发展。胡适从美国实验主义哲学那儿学到了一种科学的精神，从中发现一些带有规律性的经验，并将之作为一种科学的方法予以推广。"实验的方法至少注重三件事：（一）从具体的事实与境地下手；（二）一切学说理想，一切知识，都只是待证的假设，并非天经地义；（三）一切学说与理想都须用实行来试验过；实验是真理的唯一试金石。第一件，——注意具体的境地，——使我们免去许多无谓的假问题，省去许多无意义的争论。第二件，——一切学理都看作假设，——可以解放许多'古人的奴隶'。第三件，——实验，——可以稍稍限制那上天下地的妄想冥思。实验主义只承认那一点一滴做到的进步，——步步有智慧的指导，步步有自动的实验——才是真进化。"[1]宋代著名诗人陆游有"尝试成功自古无"的诗句，这在很大程度上体现出了中国人因循守旧、缺少创新的复古思维。在胡适看来，陆游的这种观点与他所主张的实地试验主义是相悖的，针对陆游的诗句，他反其意而用之，将其稍作修改来传达自己的思想，提出了"自古成功在尝试"的主张，并作《尝试歌》以纪之：

> "尝试成功自古无"，放翁这话未必是。
> 我今为下一转语："自古成功在尝试！"
> 请看药圣尝百草，尝了一味又一味。
> 又如名医试灵药，何嫌"六百零六"次？
> 莫想小试便成功，天下无此容易事！
> 有时试到千百回，始知前功尽抛弃。
> 即使如此已无愧，即此失败便足记。

---

[1] 胡适：《杜威先生与中国》，《胡适全集》第1卷，合肥：安徽教育出版社，2013年，第361—362页。

告人"此路不通行",可使脚力莫枉费。

我生求师二十年,今得"尝试"两个字。

作诗做事要如此,虽未能到颇有志。

作《尝试歌》颂吾师:愿吾师寿千万岁![1]

此诗作于1916年,说明胡适在正式提倡文学革命主张之前,就已明确了以"尝试"为核心的实验主义思想。"'尝试'之成功与否,不在此一'尝试',而在所为尝试之事。'尝试'而失败者,固往往有之。然天下何曾有不尝试而成功者乎?"[2]胡适将实验主义的科学方法运用于自己的科学研究和文学创作实践之中,将其作为指导科学研究和文学创新的一种哲学方法。胡适用这种科学的精神和方法来指导自己的文学创作尤其是新诗创作实践,为中国新诗创作开拓出了一条新的道路。

胡适提倡用白话文学代替文言文学,并从中国文学发展史中找到了部分历史证据,即施耐庵、曹雪芹等人的文学创作已经证明用白话可创作小说,现在他要做的就是通过实验证明白话可为韵文之利器。梅光迪认同胡适的部分观点,认为文章体裁不同,小说词曲固然可以用白话,但诗歌却不能用白话。对此,胡适提出了自己的观点,他认为诗与词曲没有什么区别。"白话之能不能作诗,此一问题,全待吾辈解决。解决之法,不在乞怜古人,谓古之所无今必不可有,而在吾辈实地试验。一次'完全失败',何妨再来?若一次失败,便'期期以为不可',此岂'科学的精神'所许乎?"[3]胡适坚信可以用白话写诗,这并非他的意气用事,而是建立在充分的科学理论基础之上的。"我自信

---

1 胡适:《〈尝试歌〉自序》,《胡适全集》第28卷,合肥:安徽教育出版社,2013年,第452—453页。

2 同上书,第452页。

3 胡适:《一首白话诗引起的风波》,《胡适学术文集·新文学运动》,姜义华主编,北京:中华书局,1993年,第344页。

颇能用白话作散文,但尚未能用之于韵文。私心颇欲以数年之力,实地练习之。……我此时练习白话韵文,颇似新习一国语言,又似新辟一文学殖民地。可惜须单身匹马而往,不能多得同志,结伴同行。然吾去志已决。公等假我数年之期。倘此新国尽是沙碛不毛之地,则我或终归老于'文言诗国',亦未可知。倘幸而有成,则辟除荆棘之后,当开放门户迎公等同来莅止耳。"[1]胡适自幼接受的是中国传统文化教育,饱读四书五经,接受古典诗文的熏陶,文言已成为他得心应手的写作工具,传统的格律诗是他所熟悉的诗歌形式。对于从来未作过白话诗的胡适来讲,用白话作诗无疑是一个很大的挑战,不亚于学习一门外语,但胡适自信能够在前无古人的荒原上辟出一条通往白话诗国的道路,表现出一种先锋者所具有的一往无前的勇气。对胡适来说,用白话来作诗,既是一种理论主张,更是一种创作实践。如何将理论付诸实践?如何用白话作诗?胡适用实验主义理论作为指导,在诗歌语言、文体、格律等方面进行诸多的尝试探索,为中国新诗开拓出了一条道路。

  胡适要尝试用白话来创作诗歌,其诗歌创作首先表现为一种语言试验。他在开始时面临着许多的问题,其中一个问题就是是否可以用白话作诗。对此,他决定通过亲自试验来解决这一问题。"适去秋[2]因与友人讨论文学,颇受攻击,一时感奋,自誓三年之内专作白话诗词。私意欲借此实地试验,以观白话之是否可为韵文之利器。盖白话之可为小说之利器,已经施耐庵、曹雪芹诸人实地证明,不容更辩;今惟有韵文一类,尚待吾人之实地试验耳(古人非无以白话作诗词者。自杜工部以来,代代有之;但尚无人以全副精神专作白话诗词耳)。自立此誓以来,才六七月,课余所作,居然成集。因取放翁'尝试成功

---

1 胡适:《八、再答叔永》,《胡适全集》第28卷,合肥:安徽教育出版社,2013年,第433—434页。
2 指1916年秋,作者注。

自古无'之语，名之曰《尝试集》。尝试者，即吾所谓实地试验也。试验之效果，今尚不可知，本不当遽以之问世。所以不惮为足下言之者，以自信此尝试主义，颇有一试之价值，亦望足下以此意告国中之有志于文学革命者，请大家齐来尝试尝试耳。"[1]对胡适而言，用白话代替文言来写作诗歌说起来容易，做起来却非常难。胡适具有很深的古文修养，其早年所写的都是文言格律诗，然而这一切对他写作白话诗歌而言都成了一种很大的束缚。他首先要扔掉自己熟悉的文言而尝试自己并不熟练的白话，这其中不仅涉及语言词汇的储备，而且涉及思维方式的转换问题。语言虽是传情达意的工具，但其深层却是与思维方式密切相关的。文言与白话虽同属汉语体系，但由于文言与白话的语法规范不同，这就决定了其背后的思维方式的差异。胡适早期的所谓白话诗并非严格意义上的白话诗，而是一种文白夹杂的语言形式。在白话的句子中，时不时地出现几个文言词汇，这是从文言向白话转换的过程中必然会出现的一种语言现象。这种语言现象不仅在胡适的诗歌中存在，而且在五四时期的白话诗歌中大量地存在。胡适对这种文白夹杂的语言现象并不满意，认为这是一种革命不彻底的表现。他要将这些文言词汇驱逐出新诗的领地，这与其认定文言是死的语言的观点是密切相关的。尽管胡适后来认识到了文言白话可并存，但后人并没有重视胡适的这一观点，只是记住其关于文言是死的、白话是活的这一观点，将文言摒弃在诗歌（文学）创作之外，结果导致有价值的文言词汇并没有被继承下来，这也在很大程度上割裂了新诗与传统诗歌之间的关系。

晚清以来，随着西方的科学技术、现代文化大量涌入中国，中国社会呈现出日新月异的巨大变化，新生事物如雨后春笋一般涌现出来，这些新生事物在汉语词库中找不到相对应的词汇表达，需要有新

---

[1] 胡适：《寄陈独秀》，《胡适学术文集·新文学运动》，姜义华主编，北京：中华书局，1993年，第31页。

的词汇给它们命名，于是黄遵宪就提倡根据现实生活的需要来创造新的词汇。同时，英语、法语、德语、日语等外国语言传入中国，出现了一大批音译词，充实丰富了中国的汉语语库。面对这些新出现的词汇，人们所持的态度不同，有的排斥拒绝，有的则大胆地运用，胡适自然属于后一种。胡适大胆地将这些新名词、音译词运用到诗歌创作之中，使他的诗歌作品呈现出某种陌生感。在《送梅觐庄往哈佛大学诗》中，他运用外国的人名、地名入诗："但祝天生几牛敦（Newton），还求千百客儿文（Kelvin），辅以无数爱迭孙（Edison），……举世何妨学倍根（Bacon），我独远慕萧士比（Shakespeare）。……居东何时游康可（Concord，地名，去哈佛大学不远，参见《札记》卷六第30则），为我一吊爱谋生（Emerson），更吊霍桑（Hawthorne）与索虏（Thoreau）：此三子者皆峥嵘。应有'烟士披里纯'（Inspiration，直译有'神来'之义，梁任公以音译之，又为文论之，见《饮冰室自由书》），为君奚囊增琼英。"在此诗后面附有"自跋"加以说明："此诗凡用十一外国字：一为抽象名，十为本名。人或以为病。其实此种诗不过是文学史上一种实地试验，前不必有古人，后或可诏来者，知我罪我，当于试验之成败定之耳。"[1] 虽然以外国人名、地名入诗在晚清新派诗中就已经出现，但胡适以十一个外国的人名和地名入诗，并在后面附上其英文名字，在早期的新诗中应是一种创举，表现出其大胆尝试的精神。这首诗将当时西方社会的名人罗列出来，既表现出作者的思想倾向，也写出了哈佛大学附近的风景人物。

如果说《送梅觐庄往哈佛大学诗》是朋友间的唱和之作，其中嵌入的外国人名和地名有生硬玩笑之嫌，那么后来胡适所写的清新通俗的白话诗，就是一种严肃的实验了。胡适在美国留学期间，积极参与各种活动，对美国的社会生活及风俗人情有了更多的了解，他将自己

---

[1] 胡适：《送梅觐庄往哈佛大学诗》，《胡适全集》第28卷，合肥：安徽教育出版社，2013年，第268—269页。

的所见所闻用白话诗的形式写出来,将美国的社会风俗人情呈现在我们面前。林和民曾以英人 Sir J. F. Davis 所录华人某之《英伦诗》十首示胡适,胡适和此君而为《美国诗》或《纽约诗》:

  一阵香风过,谁家的女儿?
  裙翻驼(鸵)鸟腿,靴像野猪蹄。
  密密堆铅粉,人人嚼"肯低"。
  甘心充玩物,这病怪难医![1]

此诗写出了美国年轻女性时尚的穿着打扮,香水、短裙、皮靴、化妆、口香糖("肯低")是美国女性喜欢的东西,也是她们日常生活中必需的东西,诗中的议论句表现出胡适与美国女性在价值观、审美观上的巨大差异。除此诗之外,他还写过一组《纽约杂诗》(续):

  (一)The "New Woman"
  头上金丝发,一根都不留。
  无非争口气,不是出风头。
  生育当裁制,家庭要自由。
  头衔"新妇女",别样也风流。
  (二)The "School Ma'am"
  挺着胸脯走,堂堂女教师。
  全消脂粉气,常带讲堂威。
  但与书为伴,更无人可依。
  人间生意尽,黄叶逐风飞。[2]

---

1 胡适:《四、和一百零三年前之"英伦诗"》,《胡适全集》第 28 卷,合肥:安徽教育出版社,2013 年,第 470 页。
2 胡适:《胡适全集》第 28 卷,合肥:安徽教育出版社,2013 年,第 471—472 页。

（四）总论

四座静毋哗，听吾纽约歌。

五洲民族聚，百万富人多。

筑屋连云上，行车入地过。

"江边"园十里，最爱赫贞河。[1]

（五）Tammany Hall

赫赫"潭门内"，查儿斯茂肥。

大官多党羽，小惠到孤嫠。

有鱼皆上钓，惜米莫偷鸡。

谁人堪敌手？北地一班斯。

The "New Woman" 一诗描写美国的时代女性，她们剃光头、争自由，表现了早期女权主义者的风采；The "School Ma'am" 写学校里的女教师，她们抬头挺胸，独立自由，书卷气代替了脂粉气，表现出知识女性的性格特质，她们无疑是美国新女性的代表；《总论》写美国第一大都市纽约，将纽约移民聚集、富翁云集、高楼林立、地铁奔驰及赫贞河边美景花园等景物一一呈现在读者面前；Tammany Hall 写美国上流社会的政党之争，将美国复杂的政坛现状呈现出来。胡适在此诗后注曰："查儿斯茂肥（Charles Murphy）者，纽约城民主党首领。其党羽以潭门内堂（Tammany Hall）为机关部，其势力极大，纽约之人士欲去之而未能也。其党之手段在能以小惠得民心。此如田氏厚施、王莽下士，古今来窃国大奸皆用此法也。班斯（Wm Barnes）者，纽约省共和党首领，居赫贞河上游之瓦盆尼（Albany，纽约省会），与茂肥中分纽约省者也。"[2] 这些诗以白话写作而成，是胡适进行白话诗实验的一大收获。

---

1 胡适：《胡适全集》第28卷，合肥：安徽教育出版社，2013年，第474页。
2 胡适：《一一、纽约杂诗（续）》《胡适全集》第28卷，合肥：安徽教育出版社，2013年，第485—486页。

除了在语言方面进行大胆尝试之外，胡适还在诗歌文体方面进行大胆创新。按照中国传统的书写印刷方式，中国传统诗歌是不分行竖排的，加之没有标点符号，读者需要根据五言或七言的规律来进行断句阅读。在20世纪初部分刊物受西方印刷文化的影响，开始横写横排，诗歌也开始分行分节。受西方诗歌文体形式的影响，胡适在其创作中开始对诗歌分段。"在绮色佳五年，我虽不专治文学，但也颇读了一些西方文学书籍。无形之中，总受了不少的影响，所以我那几年的诗，胆子已大得多。《去国集》里的《耶稣诞节歌》和《久雪后大风作歌》都带有试验意味。后来做《自杀篇》，完全用分段作法，试验的态度更明显了。"[1] 胡适的《自杀篇》用分段作法，这就为新诗确立了新的文体形式，分行、分段成为现代诗歌的基本文体特征。从句式的角度来看，胡适早期的作品基本上还是五言或七言，没有摆脱传统五言诗和七言诗的模式，后来他打破这种整齐的句式，尝试用"长短句"来写作，这是他从宋词中所受到的启发。"长短句"虽然还是有较严格的平仄押韵要求，但已经接近日常生活语言。在此基础上，胡适打破了"长短句"的固定模式，使其更加接近日常口语，这样，自由诗的文体特征已基本定型了。长短不定的自由句式、分行排列、分节（行数不定）布局，遂成为后来新诗的典型的文体特征。

胡适解构了中国传统格律诗，主张废骈废律，认为传统格律中的平仄、押韵、对仗等格律因素都是"遗形物"，诗人写作完全可以忽略这些格律因素，愿意怎么写就怎么写，这才是自由诗。胡适的这种主张对后来的诗歌爱好者产生了重大影响，许多人受胡适的影响，认为自由诗就是完全自由的，完全可以不讲韵律自由书写。实际上这种观点是错误的，这既是对自由诗的误解，也是对胡适的误解。胡适虽然在理论上大力提倡自由诗，彻底否定了传统格律诗中格律的重要作用，

---

[1] 胡适：《我为什么要做白话诗——〈尝试集〉自序》，上海：《新青年》第6卷第5号，1919年5月。

但他在创作过程中并没有完全按其理论主张进行创作,而是在偷偷地进行不同押韵形式的探索。"《尝试集》里的诗,除了《看花》一首之外,没有一首没有韵的。我押韵有在句末的,有在倒数第二字的,都不用举例,还有在倒第三字的(如《应该》一首的'望着我'押'想着我',)有在倒第四字的(如《小诗》的'免'押'愿'),有在倒第三和第四字的(如《我的儿子》一首诗'教训儿子'押'孝顺儿子'),有完全在句里的(如《一颗星儿》的'我望遍天边,寻不见一点半点光明'一句中押韵七次),这都是我一时高兴的'尝试',大概我这点尝试的自由是可以不用向读者要求的。"[1] 中国传统诗歌讲究在句末(偶句)押韵,而西方诗歌的押韵则呈现出多样化的形式。受西方诗歌的影响,胡适打破了中国格律诗二、四,或一、二、四句押韵的模式,探索多种新的押韵形式。但可惜的是,胡适对押韵的这种探索尝试并没有引起后人应有的重视。胡适在理论上的主张和创作实践中的探索呈现出矛盾的状态,这种矛盾在一定程度上误导了后人,大家只记住了他的废骈废律主张,却没有看到他在押韵形式多样化方面所进行的探索与尝试。某些人可能看到了胡适对押韵形式多样化的探索,但他们并不愿意像胡适那样在押韵方面进行多方面的探索,不愿意重新给自己的诗歌创作戴上形式的枷锁。这种误导强化了自由诗的发展趋势,新诗越来越趋于自由,同时也越来越呈现出散文化的倾向。

当年和胡适一同留学美国的同学,对胡适的文学革命主张和白话诗歌创作经历了一个从反对到认同再到赞同支持的曲折过程。胡适在刚开始尝试用白话写诗时的动机比较单纯,并没有让周围的朋友都接受其观点的奢想。"《尝试集》之作,但欲实地试验白话是否可以作诗,及白话入诗有如何效果,此外别无他种奢望。试之而验,不妨多作;试之而不验,吾亦将自戒不复作。吾意甚望国中文学家都来尝试尝试,

---

[1] 胡适:《答胡怀琛的信》,《胡适学术文集·新文学运动》,姜义华主编,北京:中华书局,1993年,第410页。

庶几可见白话韵文是否有成立之价值。今尝试之期仅及年余，尝试之人仅有二三；吾辈方以'轻于尝试'自豪，而笑旁观者之不敢'轻于一试'耳！"[1] 在胡适周围的朋友中，仅有陈衡哲赞同他的观点，并以实际行动来进行白话写作的探索与尝试。"当我们还在讨论新文学问题的时候，莎菲却已开始用白话做文学了。《一日》便是文学革命讨论初期中的最早的作品。《小雨点》也是《新青年》时期最早的创作的一篇。民国六年以后莎菲也做了不少的白话诗。我们试回想那时期新文学运动的状况，试想鲁迅先生的第一篇创作——《狂人日记》——是何时发表的，试想当日有意作白话文学的人怎样稀少，便可以了解莎菲的这几篇小说在新文学运动史上的地位了。"[2] 陈衡哲（莎菲）是胡适的知音，也是中国新文学的先驱，其小说《一日》在发表时间上早于鲁迅的《狂人日记》，被人们称为中国现代第一篇白话小说。同时，她也用白话来写作诗歌，是与胡适并驾齐驱的白话新诗先锋：

月

初月曳轻云，笑隐寒林里。

不知好容光，已印清溪底。

风

夜闻雨敲窗，起视月如水。

万叶正乱飞，鸣飙落松蕊。

在这两首诗中，白话运用自然圆熟，意象清新，且富有意境，是早期新诗的优秀之作。胡适曾对陈衡哲的这两首诗做出评价："此两诗皆得

1　胡适：《答张镠子（新文学及中国旧戏）跋》，《胡适学术文集·新文学运动》，姜义华主编，北京：中华书局，1993 年，第 358 页。

2　胡适：《〈小雨点〉序》，《胡适学术文集·新文学运动》，姜义华主编，北京：中华书局，1993 年，第 513 页。

力于摩诘。摩诘长处在诗中有画。此两诗皆有画意也。"[1] 胡适指出了陈衡哲的诗与王维诗歌之间的内在联系。陈衡哲的早期作品虽然是从中国传统格律诗脱胎而来，但并不是对王维诗歌的简单模仿。从这一角度来说，陈衡哲是一位有才华的诗人，只可惜她并未在新诗创作方面付出太多精力，留给我们的新诗作品数量有限。

除了陈衡哲之外，胡适周围的朋友都反对他的白话文学革命的主张，对他的白话诗歌创作持讽刺态度。但随着他的实验成果的出现，原来持反对态度的朋友的观点渐渐发生转变，开始慢慢接受他的观点，并开始尝试用白话写诗，"余初作白话诗时，故人中如经农、叔永、觐庄皆极力反对。两月以来，余颇不事笔战，但作白话诗而已。意欲俟'实地试验'之结果，定吾所主张之是非。今虽无大效可言，然《黄蝴蝶》《尝试》《他》《赠经农》四首，皆能使经农、叔永、杏佛称许，则反对之力渐消矣。经农前日来书，不但不反对白话，且竟作白话之诗，欲再挂'白话'招牌。吾之欢喜，何待言也！"[2] 看到原来反对他的朱经农竟然开始用白话写诗，胡适的高兴之情溢于言表。胡适提倡白话文字在美国的留学生中渐渐得到了响应，"叔永后告我，谓将以白话作科学社年会演说稿。叔永乃留学界中第一古文家，今亦决然作此实地试验，可喜也。"[3] 此时，杨杏佛也开始写白话诗。"自从老胡去，这城天气凉。新屋有风阁，清福过帝王。境闲心不闲，手忙脚更忙。为我告'夫子'（赵元任也），《科学》要文章。"（杨杏佛：《寄胡明复（白话）》）赵元任见此诗后，也和作一首白话诗："自从老胡来，此地暖如汤。《科学》稿已去，'夫子'不敢当。才完就要做，忙似阎罗王。（原注"Work like h——"）幸有'辟克匿'（Picnic），那时波士顿肯白里奇

1　胡适：《胡适全集》第 28 卷，合肥：安徽教育出版社，2013 年，第 484—485 页。
2　胡适：《三八、答经农》，《胡适全集》第 28 卷，合肥：安徽教育出版社，2013 年，第 463 页。
3　胡适：《二三、白话文言之优劣比较（七月六日追记）》，《胡适全集》28 卷，合肥：安徽教育出版社，2013 年，第 393 页。

的社友还可大大的乐一场。"[1] 尽管杨杏佛和赵元任的白话诗作带有打油诗的色彩，但在胡适看来，他们的新诗创作也是文学史上的一种"实地试验"。朱经农、任叔永、杨杏佛、赵元任等人或者用白话演讲，或者用白话写诗，他们都成为中国新文学的先驱。这意味着，胡适所提倡的文学革命已经初战告捷，中国新文学已经在留美学生中生根发芽。

胡适的《尝试集》在诗歌语言、文体、韵律等方面进行了大胆的探索和尝试，为中国现代诗歌奠定了最基本的范式。从诗歌艺术的角度来看，《尝试集》中的尝试不乏失败之作，但这并不能成为否定它的理由。作为中国新诗的开拓者、奠基者，胡适用自己的创作实践为新诗开拓出了一条道路，尽管这条道路曲折不平，有时还有岔路口、死胡同。尤为重要的是，正如前文已指出的胡适通过《尝试集》给我们提供了一种科学实验的精神。这种精神成为胡适及其《尝试集》留给当时乃至后人的一份精神财富，为中国新文学提供了一种新的气质、确立了一脉传统。从此，无论是在新诗创作领域还是小说创作领域，皆涌现出了一批勇于探索尝试的作家，他们创作出了一批富有新意的文学作品，成为中国现代文学史上的"文体家"。

在新诗创作领域，以郭沫若为代表的诗人们沿着胡适确立的自由诗道路继续前行，他们的理论主张及创作实践比胡适更加激进。同时，也有李金发、闻一多等对胡适诗歌理论及创作表示不满的人，他们在不同程度上接受美国诗歌的影响，在新诗领域另辟蹊径，成为现代经典诗人。李金发在法国波德莱尔的影响下开创了中国象征主义诗歌（波德莱尔接受过爱伦·坡的影响，可以说李金发间接地受到爱伦·坡的影响）；闻一多则大力提倡新格律诗（闻一多在美国留学期间与意象派诗人来往密切，在一定程度上受到意象派诗歌的影响）。在新诗文体形式的探索方面，徐志摩无疑是集大成者，他学习借鉴西方诗歌的文

---

1 胡适：《二三、白话文言之优劣比较（七月六日追记）》，《胡适全集》28卷，合肥：安徽教育出版社，2013年，第393页。

体形式（他曾翻译过惠特曼的作品，美国的自由诗是其借鉴的一个方面），探索出了多种适合白话诗的文体形式。西方的诗歌从文体形式上也可分为格律诗与自由诗两种，但无论是格律诗还是自由诗都是讲究押韵的，只不过自由诗押韵的方式更加自由灵活而已。西方诗歌常用的押韵方法主要有三种：随韵，即一、二句押一韵，三、四句又押一韵；交韵，即一、三句押一韵，二、四句又押一韵；抱韵，即一、四句押一韵，二、三句又押一韵。徐志摩对上述三种押韵方式都进行了大胆尝试，创作出了一批优秀的作品，《先生！先生》用的是随韵，《他怕他说出口》用的是交韵，《残诗》是骈句韵体诗，《雪花的快乐》是章韵体诗，《天神似的英雄》四句同押一韵，《石虎胡同七号》六句同押一韵。此外，他还尝试各式各样的奇偶韵体诗，甚至把喜用叠句的"旧法国式"的诗也搬进来了。"徐先生试验各种外国诗体，他的才气足以驾驭这些形式，所以成绩斐然。而'无韵体'的运用更能达到自然的地步。这一体可以说已经成立在中国诗里。"[1] 徐志摩不是生搬硬套地模仿西方诗歌的文体样式，而是根据自己的需要和白话的特点来进行调整创新，"虽然一时还不能说到它们的成功与失败，它们至少开辟了几条新路"[2]。朱湘曾说徐志摩有"一种探险的精神"[3]，这应该是对徐志摩的一种中肯的评论。

在小说创作领域，以鲁迅为代表的现代小说家也表现出空前的探索与尝试精神，诚如茅盾所言："在中国新文坛上，鲁迅君常常是创造'新形式'的先锋；《呐喊》里的十多篇小说几乎一篇有一篇新形式，而这些新形式又莫不给青年作者以极大的影响，心然有多数人跟上去试验。"[4] 鲁迅的小说作品中不难发现美国心理现实主义小说的影

---

1 朱自清：《诗的形式》，《新诗杂话》，北京：生活·读书·新知三联书店，1984年，第100页。
2 陈西滢：《西滢闲话》，石家庄：河北教育出版社，1994年，第264—265页。
3 朱湘：《评徐君〈志摩的诗〉》，《小说月报》第17卷第1号，1926年1月10日。
4 茅盾：《读〈呐喊〉》，《文学周报》第91期，1923年10月8日。

子,他在小说创作中所进行的大胆实验,不仅使他自己成为著名的文体家,而且对后来的年轻作者产生了莫大的影响。沈从文是中国现代文学史上著名的小说文体家,他的小说创作也充满了探索实验精神。众所周知,胡适对于沈从文有知遇之恩,沈从文受到胡适的影响也在情理之中。沈从文声称:"我文章并不在模仿谁,我读过的每一本书上的文字我原皆可以自由使用。我文章并无何等哲学,不过是一堆习作,一种'情绪的体操'罢了。是的,这是一种'体操',属于精神或情感那方面的。一种使情感'凝聚成为渊潭,平铺成为湖泊'的体操。一种'扭曲文字试验它的韧性,重摔文字试验它的硬性'的体操。"[1]从他所标榜的情绪的体操和文体的试验上,我们可以发现胡适提倡的实验主义的影子。沈从文后来在大学里开设小说创作的课程,他上课的方式也非常具有实验性,他要求他的学生写非传统的小说,并以身作则地带领学生进行小说文体的探索实验,在他的指导之下,西南联大走出了汪曾祺这样的小说家。沈从文的小说不因循守旧,淡化故事情节,赋予小说以诗情画意,人物形象性格单纯,不追求复杂的性格变化,所有这些构成了其基本特征。

综上所述,胡适深受其导师杜威先生实验主义哲学思想的影响,实验主义哲学不仅奠定了其文学革命的理论基础,而且为其白话诗创作实践提供了科学的方法,《尝试集》便是实验主义理论和方法的结晶。实验主义哲学不仅对胡适产生了重要影响,而且通过胡适对中国新文学的产生与发展也产生了重要而深远的影响。正因如此,中国新文学本身成了一块巨大的试验田,作家们成了一个个实验家,他们在里面辛勤、自由地耕种,新文学呈现出日新月异的面貌。

---

1 沈从文:《情绪的体操》,《水星》第1卷第2期,1934年11月。

第四章

中国现代小说中的美国因素

　　20世纪上半叶，美国的小说不仅在美国文坛享有重要的地位，而且在世界文坛上也产生了巨大影响，"在两次大战之间的年代里，美国小说从与时代不合拍的狭隘地方性中一跃而成为一种具有世界性力量的文学类型"[1]。这一时期，美国文坛上出现了一批著名的小说家，他们敢于大胆探索，勇于创新，创作出了一大批具有先锋气质的作品。小说家葛特鲁德·斯泰因不墨守成规，用实验主义的方法塑造新的人物形象，呈现出人类的本性，其小说打破了传统小说的成规，成为现代主义小说的先驱。"一般来说，直到20年代美国小说家才真正变成了先锋派，才能把表现的目标与具有独创性的技巧重新结合起来。"[2]从此，美国小说在世界文坛上扮演着先锋的角色，成为各国作家学习借鉴的榜样。迅速崛起的美国小说对美国的社会生活产生了重要影响，"1910年到1945年之间的小说起到了评定生活与艺术的内在价值的作用。自然主义建立起了一个公式，这个公式说明了社会力量限制了个人的自由。作家们通过探讨妇女的、黑人的、穷人的、移民的、左派的，或者那些前程多变的'普通人'的处境，或者强化了这种秩序，

1　[美]埃默里·埃利奥特主编：《哥伦比亚美国文学史》，朱通伯等译，成都：四川辞书出版社，1994年，第708页。
2　同上。

或者否定了这种秩序。由于'清教徒'在题材上加以限制和小说技巧的发展停滞不前,小说便又作为观念试验场而出现,而表现手法的革新(诗歌领域的传统)此时也在小说中方兴未艾。在这一变化过程中,美国小说第一次成为国际艺术的一支主要力量,不再屈居于英国小说之后。伴随着作为一个政治实体的美国的崛起,美国小说得到了对其重要性的完全的确认:它既是美国国内形势的最详尽的分析,同时又是一种最具普遍性的描写。虽然有人会认为,美国文艺复兴时期的一些经典作品就已具备这一性质了,但是要知道两战期间的小说是从整体上达到这一国际水平的。美国的小说已经壮大成熟了"[1]。美国小说通过关注下层普通人的生活命运来干预社会,扩大了小说的社会影响,提高了小说的社会地位,并通过对艺术表现手法的革新探索来扩大在世界文坛上的影响,从而超越了英国小说,成为世界文坛的领导者。

当然,美国小说并非在一夜之间突然成熟,而是有一个漫长的成长发展过程。从历史的角度来看,爱伦·坡的小说创作已经具有了先锋小说的基本特质,其小说中怪异的题材、新颖的心理分析手法,在当时美国文坛上独树一帜,但可惜的是当时美国文坛并没有给予足够的重视。爱伦·坡的小说可谓墙内开花墙外香,其小说(包括诗歌)虽然在美国文坛并无太大的影响,却在遥远的法国有了知音,波德莱尔等法国作家非常推崇爱伦·坡,并花了很多的时间和精力翻译介绍他的作品。爱伦·坡的小说、诗歌对法国文学产生了重要影响,其文学观念、作品借助法国的象征主义诗歌而在世界文坛上广泛流传开来。

美国小说的迅速崛起引起了中国现代小说家的关注与重视,美国小说呈现出的独立、创新精神成为中国现代小说的榜样。作为现代著名翻译家、文学家、出版家,赵家璧敏锐地发现了美国小说的独特价值,在他看来:"在丰足而快乐的美国西部所产生的那种轻快诙谐的美

---

1 [美]埃默里·埃利奥特主编:《哥伦比亚美国文学史》,朱通伯等译,成都:四川辞书出版社,1994年,第728页。

国幽默,是和英国传统根本相反,而早被勃列特·哈特称为美国文化所产生的第一颗美丽的果实的"。他认为美国小说家德莱塞是"第一个不承认在美国的文学中有所谓英国传统的存在。在他的作品中,不但充满了美国味的背景,行动着典型的美国人物,并且追随了费特曼(惠特曼)和马克·吐温,在文字上也逐渐养成了一种独特的美国格调"[1]。德莱塞的小说通过具有美国味的背景、典型的美国人物和美国格调的文字而与英国小说区别开来,这也就意味着美国小说摆脱了英国小说传统而获得独立。美国小说的这种摆脱传统而独立的行为对中国作家产生了重大启示,他们从中窥到了中国小说如何摆脱传统小说的束缚而获得独立的密钥。由此出发,中国作家侧重强调美国小说与英国小说之间的差异,强调美国小说的独立性与创新性,希望从中发现推动中国小说发展的办法。

正因如此,美国小说成为中国现代翻译家争相译介的对象。可以说,美国文学史上那些重要的小说家及其重要作品,几乎都成为中国翻译家翻译介绍的对象,甚至同一部作品在同一时期或不同时期会有几个不同的译本。从目前所掌握的材料来看,最早被翻译到中国来的美国小说是美国作家毕拉宓(Edward Bellamy,1850—1898,今译贝拉米)的 *Looking Backward*,小说最早刊于 1881 年 12 月至 1892 年 4 月的《万国公报》,名曰《回头看纪略》,译者不详。三年后,由英国传教士李提摩太节译成书,题为《百年一觉》。1901 年,林纾翻译的《黑奴吁天录》出版,这是第一部由中国人译成中文的美国小说。1907 年,在日本东京留学的曾孝谷将《黑奴吁天录》改编成话剧在东京上演,标志着中国话剧的诞生。1907 年,林纾和魏易合作先后翻译出版了华盛顿·欧文(1783—1859)的《拊掌录》(今译《见闻札记》)、《大食故宫余载》(今译《阿尔罕伯拉》)和《旅行述异》(*Tales of a Traveller*,又译《旅行故事》)。欧文的《见闻札记》开创了美国短篇小说的传

---

1 赵家璧:《美国小说之成长》,《现代》第 5 卷 6 期,1934 年 10 月 1 日。

统，他也因此成为美国文学史上第一位享有国际声誉的美国作家。同时，鲁迅、周作人在日本翻译出版《域外小说集》，其中收入爱伦·坡的《玉虫缘》（1906）、《默》（1909）；周瘦鹃于1917年翻译出版的《欧美名家短篇小说丛刊》中，共收入14个国家的50篇作品，"计英国十八篇，法国十篇，美国七篇，俄国四篇，德国二篇，意大利、匈牙利、西班牙、瑞士、丹麦、瑞典、荷兰、芬兰、塞尔维亚等国各一篇，并于每一篇之前，附以作者的小影和小传"[1]。收入的7部美国小说包括爱伦·坡的《心声》、华盛顿·欧文的《这一番花残月缺》（*The Pride of the Village*）、施土活夫人的《惩骄》（*The History of Tiptop*）、爱得华·海尔（Edward E. Hale）的《无国之人》（*The Man Without a Country*）、白来脱哈脱（Bret Harte）的《噫，归矣》（*The Man of No Account*）、马克·吐温的《妻》、霍桑的《帷影》。《欧美名家短篇小说丛刊》在每篇的前面都附有一篇作者小传，以便让读者对小说作者有比较详细的了解。20世纪初至"五四运动"前后，中国翻译界对美国小说的翻译介绍缺少计划性和系统性，呈现出零碎化的特征，但翻译过来的这些作家囊括了美国文学史上著名的作家如爱伦·坡、霍桑、马克·吐温等，让中国读者对美国小说有了基本的了解。

进入20世纪30年代之后，随着美国小说在世界文坛上影响的扩大，中国翻译界对美国小说的翻译呈现上升势头，这主要表现在三个方面：一是翻译作品数量的大幅上升；二是翻译的计划性与系统性；三是出版与翻译的同步性（小说原作在美国的出版与在中国翻译出版的时间差越来越小）。《现代中国文学中的美国文学翻译和接受》一文比较系统地梳理了自1895年到1979年美国文学在中国的翻译和接受过程，从中可以发现，中国现代文学史上尤其重视对美国小说作品的翻译，美国较有影响的作家作品基本上都被翻译介绍到了中国。以下

---

[1] 周瘦鹃：《我翻译西方名家短篇小说的回忆》，《周瘦鹃研究资料》，王智毅编，天津：天津人民出版社，1993年，第254页。

通过三位获得过诺贝尔文学奖的作家作品在中国的翻译出版情况来窥一斑而见全豹。

赛珍珠是一位在中国生活多年的美国女作家,其小说以中国人的生活为题材,她于1938年获得诺贝尔文学奖。在赛珍珠获得诺贝尔文学奖之前,她的作品就已被翻译成中文介绍到中国来。伍蠡甫翻译了其《福地》(上海黎明书局1932年7月1日初版)、《儿子们》(上海黎明书局1932年12月20日版),郭水岩翻译了其《东风、西风》(南京线路社1933年3月初版),张万里、张铁笙翻译了其《大地》(北平志远书店1933年6月初版,上、下册)。在这一时期,赛珍珠的同一部作品出现了不同的译本,如《大地》有四个不同的译本,分别是胡仲持译本(上海开明书店1933年9月初版)、马仲殊编译本(上海中学生书局1934年3月出版)、由稚吾译本(上海启明书局1936年6月初版)及张万里和张铁笙译本(北平志远书店1933年6月初版,上、下册)。《儿子们》有两个译本,分别是伍蠡甫译本(上海黎明书局1932年12月20日版)、马仲殊编译本(上海中学生书局1934年4月版)。《母亲》也有不同的译本,分别为《结发妻》(常吟秋译,上海商务印书馆1934年11月初版)、《母亲》(万绮年译,上海仿古书局1936年5月初版)、《母亲》(绍宗汉译,上海四社出版部1934年11月初版)。由此可见其作品在当时中国文坛上的影响力。

海明威(Ernest Hemingway,1899—1961)虽然于1954年获得诺贝尔文学奖,但其作品在20世纪30年代便已受到中国翻译家的青睐。1929年,上海水沫书店出版了海明威的短篇小说集《两个杀人者》,1941年,重庆文风书店出版由冯亦代翻译的《第五纵队》(*The Fifth Column*,1938);1943年10月,由谢庆尧翻译的《非洲大雪山》(*The Snows of Kilimanjaro*,今译《乞力马扎罗的雪》)刊载在《时与潮文艺》第2卷第2期上;1944年由俊珊翻译的《小兵与将军》刊载于《时与潮文艺》第4卷第4期。

约翰·斯坦贝克(John Steinbeck,1902—1968)于1962年获得诺

贝尔文学奖，但其作品在20世纪40年代就被翻译介绍到中国来，包括《苍茫：〈愤怒的葡萄〉之一章》（秋蝉译，载《文学月报》1941年第3卷第1期）、《人与鼠》（楼风译，刊于《文艺阵地》1942年第7卷第1—3期）、《月亮下落》（马耳译，载《时与潮文艺》1943年第1卷第1期，1947年12月又由赵家璧翻译、晨光出版公司出版）、《约翰熊的耳朵》（胡仲持译，载《时与潮文艺》1943年第2卷第2期）、《菊花》（严文蔚译，载《时与潮文艺》1944年第4卷第4期）、《相持》（董秋斯译，上海骆驼书店1946年12月出版，1948年12月由上海骆驼书店再版）、《大山》（曹锡珍译，辽宁中苏友好协会1946年12月出版）、《胸甲》和《菊花》（易蓝译，载《文艺春秋》1947年第4卷第1期）、《珍珠》（任以奇译，载《文艺春秋》1948年第7卷第4期）[1]。

在这一时期，随着中国左翼文学的产生和发展，美国19世纪后半叶至20世纪上半叶的现实主义作家亨利·詹姆斯（Henry James，1843—1916）、马克·吐温（1835—1910）、欧·亨利（1862—1910）、杰克·伦敦（1876—1916）、玛格丽特·米切尔（Margaret Mitchell）、爱伦·坡（Edgar Allan Poe，1809—1849）、霍桑（Nathaniel Hawthorne，1804—1864）等人的作品也开始受到中国作家的重视，并得到大量的翻译介绍。在这一时期，以左翼文学为代表的现实主义文学日渐发展，急需得到以美国为代表的西方现实主义文学的支持。美国现实主义文学作品在中国文坛的传播，推动了中国现实主义文学的发展。

在上面提及的翻译家中，有许多本身就是作家，如周瘦鹃、鲁迅、周作人、茅盾等，他们通过翻译美国小说而从中学习借鉴其成功经验，并对自己的小说创作产生影响，这也是一个水到渠成的过程；而更多的作家通过阅读翻译过来的美国小说汲取有益的营养，并对自己的小说创作产生影响。鲁迅声称自己走上小说创作的道路"所仰仗的全在

---

1 参见《现代中国文学中的美国文学翻译和接受》。

先前看过的百来篇外国作品和一点医学上的知识，此外的准备，一点也没有"[1]。茅盾也声称自己"开始写小说时的凭借还是以前读过的一些外国小说"[2]。鲁迅、茅盾是中国现代小说史上的巨擘，其小说创作的模式具有典型性，昭示出中国现代小说家的成长道路。美国小说在很大程度上参与了中国现代小说的建构发展过程，这样，中国现代小说就带有了诸多美国小说的因素。

第一节　美国小说观念与中国小说观念之转型

小说是中国古已有之的一种文体形式。"小说"一词最早出现于《庄子·外物》："夫揭竿累，趋灌渎，守鲵鲋，其于得大鱼难矣；饰小说以干县令，其于大达亦远矣。"[3] "小说"即闲言碎语。到东汉时期，班固对"小说"做出了进一步的阐释："小说家者流，盖出于稗官。街谈巷语、道听涂说者之所造也。"[4] 小说是老百姓在茶余饭后难登大雅之堂的笑谈，在此基础上发展而来的小说形成了一种基本模式，即人物、故事、趣味成为小说的重要构成要素。到19世纪末20世纪初，西方的小说观念传入中国，对中国传统的小说观念产生巨大冲击，中国传统的小说观念发生转型，从而渐渐形成了中国现代小说观念。

中国现代作家接受的西方现代小说观念固然有许多来源，但来自美国的小说观念无疑是其中一个重要的来源。在中国现代文学史上，出版了多部关于小说作法的理论著作，而这些理论著作在很大程度上受到美国小说理论的影响。20世纪20年代，中国翻译出版了两部美

1　鲁迅：《我怎么做起小说来》，《鲁迅全集》第4卷，北京：人民文学出版社，2014年，第526页。
2　茅盾：《谈我的研究》，《中学生》第61期，1936年1月1日。
3　《庄子》，长春：吉林文史出版社，2001年，第129页。
4　[汉]班固，[唐]颜师古注：《汉书·艺文志》，北京：商务印书馆，1955年，第39页。

国小说理论著作,即美国戏剧小说批评家哈米顿所著的《小说法程》和美国小说理论批评家佩里的《小说的研究》,这两本书对中国现代小说观念的转型产生了重要影响。

哈米顿的《小说法程》于1924年由华林一翻译成中文并由商务印书馆出版,吴宓为此书校对并作序。他认为中国小说创作取得了很大的成绩,"其格律法程,实已灿然明备,特无整理分析著为专书以言之者耳。近顷国人研究西洋文学者日众,尤推重小说,翻译与模仿之作,何可胜数,惟于小说之艺术,尚鲜讲求。即西洋小说格律法程之专书,亦未见有翻译绍介或撮取编述之者,虽有一二种,亦皆止于短篇小说,是可憾也"。正是在这种背景之下,《小说法程》被翻译介绍到中国来,"按西洋论究小说法程之书虽极多,而佳者则绝少。……惟美国小说戏剧批评家哈米顿(Clayton Hamilton)所著《小说法程》*A Manual of the Art of Fiction*(原名 *Materials and Methods of Fiction*)一书,简明精当,理论实用,两皆顾及,可称善本"[1]。《小说法程》是在总结美国小说家爱伦·坡、霍桑、斯蒂文森等人的小说观念和小说创作的基础上形成的,是美国19世纪现实主义小说理论的代表性著作。全书共12章,分别论及小说的目的、性质、结构、人物、环境、情节等方面,并对写实主义小说与浪漫主义小说的差异、长篇与中篇和短篇小说的区别等问题进行了辨析。由此可见,《小说法程》涉及小说创作的诸多方面,是一部系统地探讨小说创作的理论著作,其关于小说的功能、叙事性质、叙事结构、叙事方法、人物塑造、小说文体等问题的探讨,对中国尚不发达的小说理论和小说创作来说,有很强的指导意义。中国小说作者由此对西方的小说理论有了深入了解,并从中学习借鉴西方的小说理论,在很大程度上弥补了中国小说理论的不足,在当时文坛产生很大影响也就不难理解了。

---

[1] 吴宓:《哈米顿〈小说法程〉序》,《小说法程》,哈米顿著,华林一译,上海:商务印书馆,1924年,第1页。

佩里的《小说的研究》在1925年由汤澄波翻译、商务印书馆初版，此后多次再版。这本书旨在讨论小说的艺术，最初于1902年在美国出版，此后重版多次。全书共分13章，第一章总叙小说之研究，第二章到第四章分别讨论小说与诗、戏剧、科学之间的关系与区别，第五章到第七章讨论小说的人物、布局、处境，第八章探讨小说作家，第九、十章介绍唯实主义和浪漫主义，第十一章讨论小说的形式问题，第十二章介绍短篇小说的特点，第十三章介绍现代美国小说的趋势。总之，这是一部比较全面地讨论和总结小说创作方法的理论著作。

这一时期中国文坛出版了多部关于小说研究的著作，董巽观、张资平、郁达夫、瞿世英、谢六逸、赵景深、茅盾、孙俍工、俞平伯等人均撰写过"小说作法""小说论"等著作或论文，其中的主要观点基本上来自哈米顿的《小说法程》和佩里的《小说的研究》，"可以毫不夸张地说，二三十年代中国谈小说理论的，几乎没有人不受这两本美国小说理论著作的影响"[1]。陈平原认为："小说要素三分法、叙事角度理论以及短篇小说特点，可以说是这几十年来中国小说理论界比较关注的三大问题。而这三个问题的提出，又都跟《小说艺术指南》（即《小说法程》）和《小说的研究》密切相关，这就不得不令人对这两部早已过时的著作刮目相看了。"[2] 由此可以看出，这两部小说理论著作对中国现代小说观念的转型产生了重要影响，中国现代小说创作中涉及的诸多问题，都能在这两本书中找到答案。

胡适提倡短篇小说，认为自19世纪中段以来短篇小说最通行，在他看来，"短篇小说是用最经济的文学手段，描写事实中最精彩的一段，或一方面，而能使人充分满意的文章"[3]。他将短篇小说比喻为树的

---

1 陈平原:《重提两部早该遗忘的小说论——读〈小说法程〉、〈小说的研究〉》,《陈平原小说史论集》, 石家庄: 河北人民出版社, 1997年, 第216页。
2 同上, 河北人民出版社, 1997年, 第220页。
3 胡适:《论短篇小说》,《胡适学术文集·新文学运动》, 姜义华主编, 北京: 中华书局, 1993年, 第475页。

"横截面":"一人的生活,一国的历史,一个社会的变迁,都有一个'纵剖面'和无数'横截面'。纵面看去,须从头看到尾,才可看见全部。横面截开一段,若截在要紧的所在,便可把这个'横截面'代表这个人,或这一国,或这一个社会。这种可以代表全部的部分,便是我所谓'最精彩'的部分。"[1]中国传统小说结构是纵剖面,强调有头有尾的故事情节,而现代短篇小说结构则是横截面,如同树的年轮,可以通过年轮来了解树的生长历史。同时,胡适强调短篇小说艺术的真实性,"状物写情"是全靠琐屑节目的。胡适的短篇小说观念对后来作家的创作产生了很大的影响。当然,胡适提倡的短篇小说概念并非他的首创,而是在很大程度上受到哈米顿的小说观念的影响。哈米顿认为:"短篇小说之目的,既在以最经济之法,最能动人之力,发生独一之叙事文感应。"[2]仅从字面上来看,胡适与哈米顿给短篇小说所下的定义基本相同。胡适的《论短篇小说》写于1918年,从时间上来看,胡适应该是在美国留学期间就读过哈米顿的《小说法程》。佩里讨论短篇小说"对待片断"的问题时,认为短篇小说家面临着新的问题:"他所对待的不是全体,而是片断;不是经过广漠世界的进行的迹径,而是当巡行经过时之一种特别的片面。我们已经晓得,他的故事也许是一个面貌,一个喜乐的态度,一件悲惨的事情之意笔画;它也许是可爱的梦境,也许是凶噩的梦魇,也许是一篇像音乐般令我们缠绵不舍的文字。"[3]这种短篇小说观念对中国作家也有所影响,比如徐国桢认为,"小说也就是人生的某片段的缩影","近代的短篇小说,是截取人生的某片段,加以描写,使读者可以在这某片段之中,窥悉这人生的全部

---

1 胡适:《论短篇小说》,《胡适学术文集·新文学运动》,姜义华主编,北京:中华书局,1993年,第476页。
2 [美]哈米顿:《小说法程》,华林一译,吴宓校,上海:商务印书馆发行,1924年,第162—163页。
3 [美]佩里:《小说的研究》,汤澄波译,上海:商务印书馆,1925年,第302—303页。

的大概"[1]。从徐国桢对短篇小说的界定中,我们不难发现哈米顿和佩里的影子。

1921年,由梁实秋等七人组成的清华小说研究社出版了《短篇小说作法》一书。他们在序言中指出:"这本书在中国是空前之作,所以体裁上议论上借镜于外国书的地方很多,特此声明,不敢掠美。"至于究竟借鉴了哪些外国书,他们并没有明确说明,但在后面关于"短篇小说是什么"的界定中,却指明了借鉴对象。他们认为,短篇小说不是哪一个人在哪一个时间里创造的,而是经历许多试练的结果,"坡Edgar Allan Poe 和霍桑 N. Hawthorne,不过是前此小说家的继业人"[2]。他们在此后的分析中也时常引用这两位作家的观点作为立论的基础。爱伦·坡和霍桑是美国著名小说家,其作品也是哈米顿《小说法程》的立论基础,由此不难发现《短篇小说作法》与美国小说理论之间的内在联系。虽然他们在行文中也提到英、法等国的作家及理论家,但美国作家及小说理论是其主要的理论来源,如在分析短篇小说的种类时,他们借鉴美国文学博士艾生文(T.B.Esenwein)编的分类表对短篇小说进行分类;在讲到如何搜集材料时,以美国小说家要描写盗贼的习惯和言语,便不惜降身与盗贼为伍来进行实地观察获得写作素材作为例子。他们用逆向思维来探讨短篇小说的特征,为了说清楚什么是短篇小说,他们首先来讨论什么不是短篇小说,讨论短篇小说与长篇小说的区别。"粗点说,长篇小说是扩张的,短篇小说是紧缩的。长篇小说叙述面面俱到的人生,短篇小说描写某事某人某物的最精警的一段。长篇小说容载的人物多而详,短篇小说容载的人物少而简。长篇小说的布局 Plot 非常复杂,往往有许多枝枝叶叶。短篇小说只写一桩事情或是一桩主要的事情;其余的事情——就算有,也很少,——不

---

1 徐国桢:《小说学杂论》,《红玫瑰》第5卷14期,1929年6月11日。
2 清华小说研究社编:《短篇小说作法》,《二十世纪中国小说理论资料》第二卷,严家炎编,北京:北京大学出版社,1997年,第107页。

过是辅助他，附属他。""长篇小说的背景既是那么宽泛，布局又是那么复杂，里面自然有许多闲情闲笔。短篇小说不然，他是最讲究经济的。他的机构非常单简，一切不关紧要和阻碍进行的部分，都删去无遗。人物 Character 和安置 Setting，长篇小说仔细描写，面面俱到，短篇小说则以略加涂抹，结果反增妩媚。这种紧缩，起初似乎很令作者为难但是实在讲来，他给作者以较宽之自由。"[1] 他们从题材内容、人物、结构、背景等方面来分析短篇小说与长篇小说的不同，类似的观点我们在《小说法程》和《小说的研究》中都不难发现。换言之，他们对长、短篇小说的理解与哈米顿、佩里的观点有许多相通之处，例如，他们给短篇小说做出了如下界定："短篇小说是一篇虚构的短篇叙述文；展示一件主要的事情和一个主要的人物；他的布局是有意安排定的，他的机构是简化过的，所以他能够生产一个单纯的感动力。"[2] 这一定义与哈米顿对小说的定义差不多。关于小说布局，他们引用佩里在《小说的研究》中的定义："布局就是人物之遭遇。"他们在此基础上对布局进行界定，"布局是关于人物的事实上有转机的结束。"[3] "转机"实际上就是遭遇（Happening），"要是没有一种遭遇的事实，便没有布局，便没有短篇小说"。[4] 由此不难发现梁实秋等人对小说布局的理解界定与佩里的小说理论之间的内在联系。

作家创作小说的目的是什么？或者说小说的价值是什么？哈米顿认为："稗史之目的，在以想象而连贯之事实，阐明人生之真理。"[5] 尽管华林一仍借用中国传统的"稗史"来译"小说"一词，但这个"稗史"与那个"稗史"是不一样的。中国传统的"稗史"只是老百姓茶

1　清华小说研究社编：《短篇小说作法》，严家炎编，《二十世纪中国小说理论资料》第二卷，北京：北京大学出版社，1997年，第109页。
2　同上书，第110页。
3　同上书，第118页。
4　同上书，第119页。
5　[美]哈米顿：《小说法程》，华林一译，吴宓校，上海：商务印书馆，1924年，第1页。

余饭后的谈资,难登大雅之堂,而美国的"稗史"则与人生真理发生了关联,是一种严肃的、高雅的艺术。哈米顿对小说功能的界定对中国的小说理论产生了重要的影响。梁实秋主张:"好的小说必需要有一个故事做骨干,结构要完整,要有头有尾有中部,然后作者再凭借着这故事来表现作者所了解的人性,这人性的刻画才是小说的灵魂。"[1]尽管梁实秋的文学思想主要受到白璧德新人文主义思想的影响,但其在小说观念上主要受到哈米顿的影响,从"人生"与"人性"的提法上,我们不难发现二者之间的密切联系。同样,俞平伯的小说观念也在很大程度上受到哈米顿小说的影响,他在论述中国小说时直接引用哈米顿对小说的定义:"在想象诸事实之系列里显示人生之真。"他认为:"长篇所写为纵剖面之人生,所注重为人物性格之开展,而其结构方面较松散不甚经济。短篇所写为横剖面之人生,注重在事实中—climax,人物与结构方面均极精当,故能有完全之感应,合一之印象。"[2]他在看到长篇小说与短篇小说差异性的同时,也看到了它们之间的共性,即都以显示"人生"为目的。"为人生"的小说观与五四时期"为人生"的文学研究会的主张之间不乏相通之处,这一主张在后来的小说创作中作为一脉传统被继承下来,并发扬光大。

第二节 心理现实主义与中国现代小说

爱伦·坡和亨利·詹姆斯是19世纪中叶美国著名的小说家,在当时世界文坛上扮演着先锋的角色。他们都注重表现人物复杂的心理活动和直觉,在小说文体形式方面进行积极而大胆的探索,是美国心理分析(心理现实主义)小说的奠基者。美国的心理分析小说在世界范

---

[1] 梁实秋:《现代的小说》,《二十世纪中国小说理论资料》第三卷,吴福辉编,北京:北京大学出版社,1997年,第258页。
[2] 俞平伯:《谈中国小说》,《小说月报》第19卷2号,1928年2月10日。

围内产生了广泛的影响,自然也对中国现代小说产生了重要影响。鲁迅等人借鉴美国心理分析小说的文体形式,打破了中国传统章回小说的文体样式,中国现代文坛上遂出现了心理分析体小说。

爱伦·坡(Edgar Allan Poe)是 19 世纪中叶美国小说家,欧美侦探小说的先驱,也是心理现实主义小说的奠基者,其作品大多内容颓废、形式精美、技巧圆熟,注重呈现人物复杂的潜意识。爱伦·坡的小说观念极具创意,其小说创作也极具探索性,这使得他在生前成为一个另类作家,得不到文坛的认可,在逝后才得到世界文坛的承认,"没有一个美国作家在欧洲文学上有他那样之有力的影响的。欧文使欧洲文坛认识了美国的文学,爱伦·坡却使欧洲文坛受着美国文学的重大影响了。在一九〇九年的爱伦·坡的百年生忌时,全个欧洲自伦敦到莫斯科,自克里斯丁那(Christiana)到罗马,都声明他们所得到的他的影响,且颂歌他的伟大与其成功"[1]。

爱伦·坡及其作品在 20 世纪初被介绍到中国文坛。1905 年 5 月,爱伦·坡的小说《黄金甲虫》(*The Gold-Bug*)被译成中文,以"玉虫缘"的名字在《女子世界》杂志上发表。鲁迅在日本留学时读过爱伦·坡的《黄金甲虫》,并推荐给周作人,由周作人翻译成中文。"乙巳日记中记着翻译小说的事,有《阿里巴巴和四十个强盗的故事》,以及亚伦坡的《黄金甲虫》,前者是《天方夜谭》里的一篇,后者所根据的是山县五十雄的编注本,总名'英文学研究'……这些原书都是鲁迅寄来的。"[2]《黄金甲虫》后来收入鲁迅、周作人合译的《域外小说集》第二册,这是周氏兄弟翻译的第一部美国小说。1909 年,鲁迅、周作人翻译的《域外小说集》出版,收入爱伦·坡的《默》(*Silence A Fable*),在书后的著者事略中,介绍坡"性脱略耽酒,诗文均极瑰异,

---

[1] 郑振铎:《美国文学·文学大纲》,《郑振铎全集》第 12 卷,石家庄:花山文艺出版社,1998 年,第 365 页。

[2] 周作人:《鲁迅小说里的人物》,止庵校订,北京:北京十月文艺出版社,2013 年,第 322 页。

人称鬼才。所作小说皆短篇，善写恐怖悔恨等人情之微。有自编小品集二册最佳，一名《神秘与空想之故事》，足以推见其内容矣。《默》即此中之一，自题曰寓言，盖以示幽默之力大于寂寞者"[1]。1917年3月，周瘦鹃翻译的三卷《欧美名家短篇小说丛书》由中华书局出版，收入爱伦·坡的《心声》(*The Tell-Tale Heart*)；1921年9月，茅盾（署雁冰译）翻译的《心声》发表于《东方杂志》第17卷第18号；抗战胜利后，焦菊隐翻译的爱伦·坡的《爱伦·坡故事集》和长篇小说《海上历险记》(*The Narrative of Arthur Gordon Pym of Nantucket*)由良友图书公司出版。爱伦·坡的小说在叙述方法、文体形式等方面进行了大胆的探索尝试，带有鲜明的现代主义乃至后现代主义的特质，对中国现代小说产生了重要影响。

爱伦·坡除了小说创作之外，还写过一些关于小说创作理论的文章，这些理论对中国现代的小说创作和小说批评产生了一定影响。"二十年代的中国文学批评家普遍注意到爱伦·坡评论霍桑时所提出的关于短篇小说的定义和作法，尤其是他所强调的好的短篇小说必须有一个'统一的印象'和'统一的效果'的论述。"[2]"统一的印象""统一的效果"给中国现代小说创作提供了启示。

爱伦·坡的小说可分为两种不同的类型：一类是侦探小说，他是这类小说的开创者；五四时期中国也有此类小说，但成就较小；另一类是恐怖心理小说，这类小说没有什么故事情节，"他要写的是一种情绪，一种气氛（Atmosphere），或是一个人格，而并不是一个事实。亚伦坡以后的短篇小说，却逐渐地有故事了，Plot, Seting, Character, Climax这些名词都被归纳出来作为衡量每一篇小说的尺度了"[3]。在塑造

1　周作人：《域外小说集·著者事略》，上海：中华书局有限公司，1936年，第2页。
2　盛宁：《爱伦·坡与中国现代文学》，《比较文学论文集》，张隆溪、温儒敏编选，北京：北京大学出版社，1984年，第175页。
3　施蛰存：《从亚伦坡到海敏威》，《施蛰存七十年文选》，上海：上海文艺出版社，1996年，第353—354页。

人物方面，爱伦·坡的小说有其独特之处，"它着重描写人的恐怖情绪，变态心理的冲动，从某种意义上说，它刻画出一种'丧失了人性的人'的内心世界"[1]。爱伦·坡在其作品中声称："所有的感情都以恐怖作为基础"[2]。他将怪异恐怖的故事、敏感病态的人物、心理分析的方法融为一体，形成了别具一格的心理分析小说。"坡的短篇小说叙的是神秘的事件；他的小说与故事是被称为心理的；他远在柯南道尔（Connan Doyle）诸人之前，创造了侦探小说。在他看来，一篇侦探小说，不是一个犯人究竟捉到或被罚与否的问题；这完全是一个心灵的论理部分，在一件事实之前怎样的动作的问题。"[3]爱伦·坡的侦探小说与传统的侦探小说有所不同，传统的侦探小说热衷于写曲折离奇、引人入胜的故事，而爱伦·坡的侦探小说则关注人物（犯人）复杂多变的心理，"对死亡的迷念以及倾向于表现暴力、反常和疯狂是每一个读者都熟悉的特点。然而即使坡的思想摆脱不了黑暗势力的纠缠，他也能满足当时的人们对哥特式小说和怪诞故事的爱好"[4]。爱伦·坡声称："人们将会发现，性质形容词'怪'和'异'已足以正确地暗示现在出版的这些故事的共性。……如果在我的许多作品中恐怖一直是主题，那我坚持认为那种恐怖不是日耳曼式的，而是心灵式的，——我一直仅仅是从这种恐怖合理的源头将其演绎，并仅仅是将其驱向合理的结果。"[5]他笔下的恐怖，不是单纯的外在故事情节的恐怖，而是一种内在

1　盛宁:《爱伦·坡与中国现代文学》,《比较文学论文集》,张隆溪、温儒敏编选,北京:北京大学出版社,1984年,第176页。
2　［美］爱伦·坡:《厄舍府的倒塌》,《爱伦·坡集·诗歌与故事》（上）,曹明伦译,北京:生活·读书·新知三联书店,1995年,第369页。
3　郑振铎:《美国文学·文学大纲》,《郑振铎全集》第12卷,石家庄:花山文艺出版社,1998年,第365页。
4　［美］埃默里·埃利奥特主编:《哥伦比亚美国文学史》,朱通伯等译,成都:四川辞书出版社,1994年,第215页。
5　［美］爱伦·坡:《〈怪异故事集〉序》,《爱伦·坡集:诗歌与故事》（上）,曹明伦译,北京:生活·读书·新知三联书店,1995年,第165—166页。

心灵的恐怖，或者说是外在恐怖故事在作品人物心理中产生作用，二者之间发生共鸣，从而产生出一种一加一大于二的恐怖效果。

爱伦·坡的恐怖心理小说代表作是《心声》。《心声》后来又被译作《泄密的心》，作品以第一人称叙述一个"疯子"因老人有一只兀鹰般的眼睛而欲杀掉他，从而永远摆脱老人的那只眼睛，为此"我"精心策划，连续七个晚上半夜偷偷到老人的房间来踩点，到第八天晚上终于动手杀死了老人，并将其肢解藏在地板下面。在作案过程中，"我"听到了老人心脏跳动的声音，当警察到老人家中查看时，"我"故作镇静地拉把椅子坐在藏有老人尸体的地板上，这时"我"又听到了老人心脏跳动的声音，这声音越来越大，令"我"陷入紧张疯狂状态，最后迫于这种声音的压力，"我"主动向警察指认藏匿老人尸体的地方。作品中的"我"是一个神经过敏的精神病患者，作品以第一人称来叙述"我"病态、复杂的心理世界，作品中所描述的老人心跳的声音，实际上就是"我"在作案过程中紧张的心跳，这种心跳随着故事的进程越来越强烈，最后"我"终于忍受不了这种恐怖心理而主动向警察自首。这是一种典型的恐怖心理小说，是一种不同于弗洛伊德的精神分析小说的类型。

鲁迅在一定程度上受到了爱伦·坡的影响。鲁迅早年在日本留学时就读过爱伦·坡的作品，后来他在《〈夏娃日记〉小引》中把爱伦·坡、霍桑、惠特曼等美国南北战争之前的作家视为能够发扬自己的个性、主张自我的作家，他在《狗、猫、鼠》中说："听说西洋是不很喜欢黑猫的，不知道可确；但 Edgar Allan Poe 的小说里的黑猫，却实在有点骇人。"[1]这说明鲁迅读过爱伦·坡的《黑猫》，那只被视为女巫的化身、充满强烈报复心的黑猫给鲁迅留下了深刻的印象。鲁迅自称受到安特列夫的"阴冷"的影响，实际上安特列夫在很大程度上受

---

1 鲁迅：《狗、猫、鼠》，《鲁迅全集》第二卷，北京：人民文学出版社，2014年，第241页。

到了爱伦·坡的影响。陈炜谟指出:"Leonid Andreyev 就是受过 Edgar Poe 的影响的人。他的悲剧的主人翁,——尼采式的英雄——都在他的也是 Poe 的'Silence'中演他的悲剧。不仅是因为那般把笔头插在浅沙之内的批评家用来加在他身上的'没有听见过的恐怖','太不注重实际生活','过度的表象主义'等等名词也可以加在 Edgar Poe 身上,他们才是相类似:不仅是'Rel Laugh'中所表现的血,同'The seven That Were Hanged'中所表现的死,是从'The Masque of the Bel Death'中所表现的血,同'The Pit and the Pendulum'中所表现的死的系统而来;不仅是'默','谎语','笑',中所捉住的,是继承着 Edgar Poe 的衣钵,所要把握不是事实,只是一种空气。这还是因了他们同在一条直线上,渐次演进而来,把近代人的生活的悲剧都缩拢在一间隔着黑的帷幔的,堆满报纸的编辑室,或广大的,只生着一个火炉,冷冰冰的著作室中了。"[1] A. E. 夏莫特认为安特列夫与爱伦·坡之间存在着承继关系:"他的作品完全是埃德加·爱伦·坡和梅特林克式的,既怪诞又神秘;富于象征性,往往又耸人听闻。"[2] 从这一角度来说,鲁迅与爱伦·坡、安特列夫之间的关系可作两方面的理解:一是鲁迅通过安特列夫而间接地受到了爱伦·坡的影响;二是鲁迅对爱伦·坡的喜欢促成了他对安特列夫的浓厚兴趣。通过这一视角来观察鲁迅的作品,则不难发现鲁迅作品中爱伦·坡的影子。鲁迅《呐喊》中的《狂人日记》《长明灯》《白光》等作品中可以看到爱伦·坡小说的特征——怪诞、神秘、象征、恐怖、压抑、沉默、耸人听闻的氛围,神经病态的人物。鲁迅的《狂人日记》在一定程度上受到爱伦·坡小说的影响。以往的研究者强调其与果戈理的同名小说《狂人日记》之间的关系。的确,鲁迅与果戈理的同名小说在某些方面(包括细节方

---

[1] 陈炜谟:《论坡(Edgar Poe)的小说》,《沉钟》特刊,1927 年 7 月 10 日。
[2] 转引自盛宁:《爱伦·坡与中国现代文学》,《比较文学论文集》,张隆溪、温儒敏编选,北京:北京大学出版社,1984 年,第 178 页。

面）存在着相通之处，如第一人称叙述、病态人物形象、日记体形式、荒诞的风格，等等，但果戈理的《狂人日记》带有形而下的现实主义特质（主人公患有一种妄想症，内心一直对部长的女儿存有妄想，是一种典型的"癞蛤蟆想吃天鹅肉"心理，因长期处于社会底层备受压抑，他将自己幻想为部长、西班牙皇帝，现实中的卑微与幻想中的伟大构成强烈对比，进而对不公的社会现实进行批判），而鲁迅的《狂人日记》则带有形而上的现代主义的特质（主人公患有迫害狂，主人公因反抗社会而遭到来自社会各方面的挤压，作者着重表现的是"狂人"内在的恐怖心理，主人公表面上是一个精神病患者，而实际上却是一个清醒的精神界战士）。鲁迅的《狂人日记》带有一种神秘、阴森、恐怖的色彩，这与"狂人"的敏感、紧张、恐惧的心理相吻合，而这明显地带有爱伦·坡小说的色彩。此外，鲁迅《长明灯》中的"疯子"、《白光》中的陈士成也带有这一基本特征。《白光》中的陈士成因承受不了多次科举考试失败的打击而精神失常，他跟着那道神秘的白光回到了家里，开始在屋里挖掘宝藏，结果挖出了一块人的下巴骨，"在他手里索索动弹起来，而且笑吟吟的显出笑影"，小说中陈士成在神秘、阴森、怪诞、恐怖的晚上在家里偷偷挖财宝（挖坟墓）的情节描写与爱伦·坡笔下伊杰斯晚上盗墓的情节有相似之处：伊杰斯从坟墓中表妹口中卸下全部牙齿，而陈士成则从地下挖出一块下巴骨。爱伦·坡的《过早埋葬》描写叙述人被活埋的恐怖体验，其前半部分叙述关于死而复活的恐怖故事，这与鲁迅《起死》中的怪诞描写具有异曲同工之处，只不过前者强调死而复活的现实的和医学的依据，使之更加接近现实，这样其恐怖感也就更强，而后者则更接近神话，庄子念一通咒语即可让死去多年的骷髅复活；其后半部分叙述"我"的死亡的经历，这与鲁迅《野草》中关于"我"死后经历的叙述非常相似，且二者都是通过梦境的形式来呈现这一独特的场景。

以陈炜谟为代表的浅草—沉钟社作家热衷于翻译外国文学作品，他们的文学创作在很大程度上受到外国文学的影响。"一九二四年中发祥于上海的浅草社,其实也是'为艺术而艺术'的作家团体,但他们的季刊,每一期都显示着努力:向外,在摄取异域的营养,向内,在挖掘自己的魂灵,要发见心里的眼睛和喉舌,来凝视这世界,将真和美歌唱给寂寞的人们。韩君格、孔襄我、胡絮若、高世华、林如稷、徐丹歌、顾瑊、莎子、亚士、陈翔鹤、陈炜谟、竹影女士,都是小说方面的工作者;连后来是中国最为杰出的抒情诗人冯至,也曾发表他幽婉的名篇。次年,中枢移入北京,社员好像走散了一些,《浅草》季刊改为篇页较少的《沉钟》周刊了,但锐气并不稍衰"。[1] 在众多的外国作家中,爱伦·坡无疑是他们所喜欢的一位,他们的小说创作在很大程度上受到了爱伦·坡小说的影响,"向内挖掘自己的魂灵",便是其集中表现。1927年《沉钟》出版特刊,集中介绍爱伦·坡和 E. T. A. 霍夫曼的作品,并在首页上刊登爱伦·坡的照片。特刊收入陈炜谟翻译的爱伦·坡的小说 Eleonora 和 ligeia,杨晦翻译的爱伦·坡的长诗《乌鸦》。此外还收入陈炜谟的《论坡(Edgar Poe)的小说》,它对爱伦·坡的小说创作进行了系统的介绍:"Edgar Poe 的小说并不是不从观察,即是普通所谓经验,得来的暗示。天生他的那一双手,也并不是专门要去做分析的工作,用理智去分析。他有时确乎是理智的,他的艺术确乎是一种 Conscious(自觉的)艺术,他的著作也从经验;但他的经验是一种奇怪的经验,一种恐怖的,一种神秘的,说是经验,还不如说是一种'世界'罢?他自觉着他的恐怖,用理智去镇压下他的感情,用一种说是科学的,或者还不如说是精细的人所有的冷静去分析他的幻想,在我们的眼前呈展出他的古怪奇兀的世界。"[2] 爱伦·坡呈现给我们的不是一个客观的、现实的世界,而是一个主观的、荒诞的、虚幻的世界,这是他与传统现实主义文学的不同之处,

---

[1] 鲁迅:《中国新文学大系·小说二集序》,《鲁迅全集》第 6 卷,北京:人民文学出版社,2014 年,第 250—251 页。

[2] 陈炜谟:《论坡(Edgar Poe)的小说》,《沉钟》特刊,1927 年 7 月 10 日。

"种种的恐怖搅扰着他。他的世界是一种想像的世界;这样的世界是常浮现在像他那样的一个神经性的人的面前的。人性和自然界中的例外(exceptions),奇迹(Curiosities),死,坟墓,这是他所当心的。在Edgar Poe,想像似乎是常驻足在坟墓,和忘不掉了的死者身上。"[1]这种想象与其神经质的性格密切相关,他笔下所呈现出来的往往是怪异的人性和超常的自然,怪诞、死亡成为其小说的主题。爱伦·坡的小说寻找"效果",强调"效果"的重要性,"我想想看或者它是要靠事实或腔调才能弄出——或者是要由平常的事实与特别的腔调,或者正相反,或者事实和腔调两者都要特别才好——随后我就在我四围寻找,(或者还不如说是在自己的内心里寻找,)找那样的事实和腔调的连合,像那可以帮助我用最好的方法结构出那效果的"[2]。他要寻找的"效果"由"事实和腔调"混合而成,但所谓的"事实和腔调"并非现实中客观存在的,而是存在于作者的内心中,因此只能在作者自己的内心里寻找。爱伦·坡着重表现人的复杂隐秘的内心世界,为现代小说创造出了一种新的小说类型,"近代的小说一方面在量上增加,一方面在等类上也愈见丰富了。小说不但能摄取外形,它还能摄取内心;它不但能表示生活之诸相(Types of life),还能摄住一种抽象的,超平凡的空气(Atmospheres);它是能从外面的东西渐渐移来抓住内里的灵魂;这正如 Leonid Andreyev 的意见,因为近代人的生活的本身,在它是最悲剧的方面,是从外表的活动离得更远而且更远了,陷入灵魂的深处亦更深而更深了,深入那沉默中,深入那是内心的生活的特性的外表看来是平静的状况中"[3]。陈炜谟对爱伦·坡进行了较为全面的介绍,这说明其对爱伦·坡及其作品有着深入的了解。沉钟社作家对爱伦·坡的这种喜欢、了解必然会对其小说创作产生一定影响。

1　陈炜谟:《论坡(Edgar Poe)的小说》,《沉钟》特刊,1927年7月10日。
2　同上。
3　同上。

陈翔鹤的小说创作受到爱伦·坡小说的影响,在其作品中可以发现爱伦·坡小说的痕迹。陈翔鹤写过一些爱情小说,这些爱情小说与爱伦·坡的爱情小说有诸多相似之处。爱情是爱伦·坡小说的一个重要题材,但他笔下的爱情非常独特,"他的世界是一个神经质的,荒凉的世界;而点缀在这世界中,使他在荒凉中看出美丽,使他的寂寞的心里感到了新的快乐的震压,便是这女人。但是这是何等的一个挣扎呢!她们都是病苦的,将萎的花朵,明明看出了这花朵的美丽,而又觉察了这美丽立刻就要萎去;一种致命的病痛这正缠着她,她将要随这病苦以消逝。啊,这是何等地'不能忘掉',何等地'恐怖',何等地要靠一种'意志的力'来战胜困难,捉住这美丽,瞪眼望定她,要把空想变成实在,把抽象变为具体!然而这正是 Poesque 的世界"[1]。陈翔鹤概括出了爱伦·坡爱情小说中女主人公的特点——荒凉而又美丽,寂寞而又快乐,年轻而又病态。如果由此出发来考察陈翔鹤的小说,则不难发现二者的某些相通之处。陈翔鹤的《西风吹到了枕边——记梦并呈晦》描写了一个怪诞的梦境——"我"被迫与素不相识的"她"结婚,"她"从小就失去了父母,在叔父家长大,没有接受过教育,因此觉得很是悲哀,而"悲哀"成为他们内心的共鸣,"你我都是同样的遭逢不幸,除我比你多认得几个字而外,其余没有什么"。因为有了共同的人生经历,他们之间有了共同的语言:"姑娘,这样看来,大约你是能够了解的,人生是何等的辛苦,人间是何等的不幸啊!我在外面空跑了若干年!"小说中的男主人公因为"悲哀"而对女主人公产生同情进而产生好感,这种怪诞的梦境和悲观的主题与爱伦·坡的小说不乏相通之处:"一醒转来时,只见案上的油灯已经燃到最后的一滴了,屋子里阴暗暗的,令人想起爱伦·坡的恐怖故事的背景来。"[2] 这个结尾,很明确地昭示了作品与爱伦·坡小说之间的密切

1　陈炜谟:《论坡(Edgar Poe)的小说》,《沉钟》特刊,1927年7月10日。
2　陈翔鹤:《西风吹到了枕边——记梦并呈晦》,《沉钟》第4期,1926年9月26日。

关系。《悼——》是一部爱情小说，作品中的男主人公"我"遇到了自己喜欢的姑娘秀，虽然两人地位悬殊，一个是文人，一个是使女，但"我"为秀的秀丽所诱惑，最终娶秀为妻。二人结婚后有过一段蜜月的生活，但好日子很快过去，"我"只在晚上迷恋秀的肉体，而在白天则对她持冷漠的态度。二人之间没有共同的语言，处于冷暴力的状态，秀因为受到心灵的压抑而生病，最后忧郁而死。在丧失了妻子之后，"我"每日沉湎于对妻子的怀念之中，失业后只好靠变卖家里的东西维持生计，"到了最近，所剩得的，只是一厚册的 E. A. Poe 的故事和三、四本 Strindberg 的剧本了，对于这两位我平时最挚爱倾折的先贤，到了此时，无论如何，也是实在不忍放弃"[1]。作品结尾这一看似无意的交代，揭示出了作者（作品中的"我"）与爱伦·坡之间隐秘的关系——爱伦·坡的作品是他舍不得卖掉的珍爱之物。这部作品的题材内容及艺术氛围颇有爱伦·坡小说的风味。因为爱伦·坡是一个神经性的人，因此他笔下的人物也沾染着这种神经质的性格，"他的小说中的女人也是如此：她们都是病态的，给千百的不知名的病苦得要死了；但她们是光耀的，用着像音乐一般的调子谈话，她们是深沉而且光亮，像梦境一般；同时像水晶一样，她们是神秘而且完美：这般 Poesque 的女人"[2]。受爱伦·坡作品的影响，陈翔鹤的作品中的男女主人公也都带有神经质的特质。《悼——》中的"我"是一个神经质的男人，经常一个人呆坐着，脑子里充满各种怪异的想法，"因为在那里有许多恐怖的，怪诞的幻像等着我，使我颤栗，头晕，甚至于疯狂魔症"。作品中的秀也带有爱伦·坡小说中女性人物的病态特征："大约是因为营养不良的原故罢，头发是黄黄的，在她娟秀的眉目间，颜色也老是显得十分苍白；但是从她那口角上所浮起来的处女的，婉变和悦的微笑，和那有时因羞讪而泛浮于两颊的红晕，却不能不说是非

1　陈翔鹤：《悼——》，《沉钟》第 2 期，1926 年 8 月 11 日。
2　陈炜谟：《论坡（Edgar Poe）的小说》，《沉钟》特刊，1927 年 7 月 10 日。

常的动人。"(《悼——》)陈翔鹤的《眼睛》也是一部爱情题材的小说,与坡的《心声》相似,两部作品中的主人公都是精神病患者,且都是因为"眼睛"而陷入疯狂。《心声》中的男主人公因看到老人那只像兀鹰的眼睛而感到恐惧害怕,最后设计杀死并肢解了老人;《眼睛》中的男主人公则因到医院里碰到一个眼睛有媚力的护士而对其产生相思病,进而陷入精神狂躁:"我所需要的,又是何等的微小啊,我只不过需要那一对,那一对流动而确又含有强烈媚力的眼睛,——我只是一人在想,(像这样的想已经不知道有几多时了)我将要将它带回家里去,用水晶和上面镶有红玉的宝匣将它盛藏着,并且要尽心尽力将它看守着,一直以到自己的死亡或发狂。"(《眼睛》)这两部作品皆以"眼睛"作为出发点,虽然其着重点有所不同,一个是描写恐怖的眼睛,一个是描写有诱惑媚力的眼睛,但表现主人公因"眼睛"而精神发狂的内容是一样的,二者可谓异曲同工。

郁达夫小说创作固然受到日本私小说的影响,但在其作品中我们也不难发现爱伦·坡的影子。郁达夫主张:"艺术所追求的是形式和精神上的美","美的追求是艺术的核心",他将美视为艺术的第一要素,将情感视为艺术的第二要素,同情和爱情都包括在情感之内。"艺术中间,美的要素是外延的,情的要素是内在的。"[1] "情"既然成了艺术的第二要素,那么在文学作品中表现"情",自然也就成了文学创作的主要任务。在郁达夫看来,"文艺是天才的创造物,不可以规矩来测量的;……因为天才的作品都是 abnormal,eccentric,甚至有 unreasonable 的地方,以常人的眼光来看,终究是不能理解的"[2]。郁达夫这种唯美主义的文艺观与爱伦·坡的文艺主张之间具有诸多相通之处。郁达夫的小说是一种自叙传小说(又被称为心理情绪小说),其作品淡化故事情节,以人物(或作者自己)的内在心理情绪为主要表现

---

1 郁达夫:《艺术与国家》,《创造周报》第 7 期,1923 年 6 月 23 日。
2 郁达夫:《艺文私见》,《创造季刊》第 1 卷 1 期,1922 年 3 月 15 日。

对象，着力呈现人物复杂隐秘的内在精神世界。其早期作品以写爱情为主，作品中的主人公大多为男性青年知识分子，他们具有共同的特点——空虚的心理世界、病态的心理，是青春期忧郁症患者。《银灰色的死》《沉沦》等作品堪称这方面的代表作，作品中的男主人公处于青春期，身处异国他乡，对日本女性充满向往与追求，但中国的弱国地位使他们备受歧视，欲望受到压抑而导致心理发生扭曲变态。他们神经敏感，内心脆弱，沉迷于肉体，表现出一种病态的美。

施蛰存受弗洛伊德的精神分析学说的影响，创作出一批典型的心理分析小说。与此同时，他也创作过一些心理恐怖小说。如果仔细考察则会发现，这类心理恐怖小说与其心理分析小说有所不同，它们不是运用弗洛伊德的精神分析学说理论作为指导写作出来的，而是在很大程度上受到了爱伦·坡小说的影响。施蛰存曾说："而我这时正在耽读爱仑坡的小说和诗。他们办了一个半月刊，题名《无轨列车》，要我也做些文章，于是我在第一期上写了几段《委巷寓言》，在第四期上写了一篇完全摹仿爱仑坡的小说《妮侬》。"[1] 诚如作者所言，《妮侬》（署名安华）是一部模仿爱伦·坡小说的作品，无论是在整体氛围上，还是在人物设置上，都带有爱伦·坡小说的影子。作品以第一人称"我"来叙述，以回忆的方式展开故事，写"我"与妮侬之间神秘、怪诞的爱情故事。"我"回忆与妮侬幽会的幸福美好的时光，此时的妮侬年轻漂亮，浑身充满了魅力，"你有着庄严的形相，你底脸，你底嘴，你底腮，如幽谷中的百合，你有深黑而光泽的发，如夕照中的鸦。你有精湛的眼，如水滨的鸽。你有孪生的小鹿俯伏在喜马拉雅山万古不融的积雪似的胸前，你有着云石，白玉和象牙的肢体，你是个封闭着的花园"。（《妮侬》）然而，好景不长，在他们步入洞房之后，这种美好、甜蜜很快消失殆尽。"就在这洞房中第一个黎明，当晓日底红光穿过了

---

[1] 施蛰存：《我的创作生活之历程》，《施蛰存七十年文选》，上海：上海文艺出版社，1996年，第56页。

粉霞窗幔而临照到床头的时候,我用凝滞的目光回看共枕同衾的妮侬,真的,有多么怪!我从她娇羞的眉宇间,发见了新的残毁。"从此,这"残毁"一天天变大,"我"惊叹:"我所曾爱过的,不啊,不是这个人呀!""我"对妮侬的冷漠致使妮侬忧郁生病,最终吐血而死。在临终之前,妮侬要将自己鲜艳的红色永久地遗留在她的画像上。"我亲看着她火炎的唇,火炎的脸,它们是这般地红,这般地可怕,啊,我不知将找什么来比拟这怪异的色彩,但是,还有更红的,更红的血从她薄薄的唇间不住地滴下来,滴下来,啊,那红,那红,从唇边滴下来,如殒逝的星,如飘下枯枝的蔷薇,如黄金海仑胸前的宝石滴下着光芒。"(《妮侬》)作者通过这样一个爱情悲剧来思考"形相底毁灭""彩色底消逝""声音底沦没""馨香底亡佚"。作者以第一人称来叙述,旨在表现"我"始爱终弃的复杂心理。"我不能不记得,那时候,那憎厌的心情消逝而景恋的情怀生长的一刹那。我知道,我底心,在一方面,我将如何向你忏悔,可是,在又一方面,我也明白,无疑地,我应当向你如何表示着终生的感恩,而你也应当向我如何地显现你对于我的新的欢喜。"(《妮侬》)这部小说与陈翔鹤的《悼——》无论是在题材内容上还是在整体氛围上都有许多相同之处,作品中"我"的神经质、神秘而又恐怖的氛围无不带有爱伦·坡的影子。

1920年9月,茅盾翻译的《心声》(署雁冰译)发表于《东方杂志》第17卷第18号,在所附的《译者识》中,茅盾对爱伦·坡的小说进行了点评。他认为爱伦·坡的小说"著重玄想","主力不在美化","独成一家,与俗殊咸酸","朦胧的恐怖愈加恐怖;模糊的可怕愈加可怕",爱伦·坡的这种"朦胧的恐怖""模糊的可怕"在茅盾的作品中也时有体现。茅盾的散文《叩门》与爱伦·坡的《乌鸦》之间具有相通之处,二者都写半夜听到神秘的声响,爱伦·坡《乌鸦》中打开门发现了一只会说话的怪异的乌鸦,而《叩门》中打开门看到的则是一只黑狗,空虚、寂寞、孤独、恐怖、神秘是两部作品的共同主题。

周瘦鹃是著名的鸳鸯蝴蝶派小说家,但其小说已不同于传统的章回小说，而是带有西方现代小说的特征，这与他阅读翻译美国现代小说有着密切的关系。周瘦鹃对翻译对象的选择与其鸳鸯蝴蝶派的创作风格之间有着密切关系，他选择普通读者喜爱的作品来进行翻译，对那些充满哀情、神秘、怪异的作品情有独钟，如《帷影》《这一番花残月缺》《噫，归矣》。同时，他所选译的小说皆出自名家，华盛顿·欧文、爱伦·坡、霍桑等中国读者熟知的作家是他喜爱的作家。即便中国读者不太熟悉的作家也进入了他的视野，如爱德华·海尔（Edward E. Hale，1822—1909），在美国是知名度很高的小说家，其小说《无国之人》被认为是"美国人最喜爱的短篇小说之一"；再如布赖特·哈特（Brete Harte），他于19世纪60年代成名，其小说描写出丰富多彩的底层人民的生活，具有浓郁的美国西部地方特色，被认为是美国现实主义文学的起源。而在这些美国作家中，周瘦鹃受爱伦·坡的影响尤大。周瘦鹃用第一人称来进行叙述，所描写的爱情故事缠绵悱恻，主人公大都带有病态的心理，无论是在题材内容还是在艺术形式上都受到爱伦·坡小说的影响。

在中国现代文学史上，受到爱伦·坡影响的作家并不少见。除了前面提到的几位作家之外，李健吾也在一定程度上受到爱伦·坡的影响。李健吾的《关家的末裔》与坡的《厄舍屋的倒塌》，李健吾的短篇小说集《坛子》中的《影》《最全的一个梦》《在第二个女子的面前》与坡的小说《影》之间都有一定的关联。

亨利·詹姆斯是美国著名的小说家和小说理论家，他在创作实践中大胆探索，将小说上升到艺术的高度予以认识，其小说理论著作《小说的艺术》在世界文坛上产生了深远的影响。他突破了传统现实主义小说的局限，提出了心理现实主义的概念，不再以客观外在现实为表现对象，而是以主观内在心理世界为表现对象，意识、情感、情绪、经验等抽象的东西成为小说的表现对象，他将自己的这种观念付诸文学创作实践，创作出了一批颇具新意的作品。他在为自己的这些作品所写的序言中阐释自己的创作经验："贯穿《罗德里克》一书的兴趣的中心是罗兰·马利特的意识；小说的戏剧性就在于罗兰·马利特这个人物意识的戏剧性——为了能够使它像灯光明亮的固定的大布景之支撑全剧的演出那样维系着全书的情节，我当然把他的意识写得十分敏锐。你在这样做的同时，你也就在使这意识本身的曲折变化——严格地说是它在这方面的曲折变化——变得生动有趣了，因为该曲折变化其实正是构成你的主题的要素。"[1] 以人物的"意识"作为作品的中心，着重表现意识本身的曲折变化而不是叙述故事情节的曲折变化，这是亨利·詹姆斯的全新探索。他以《一位女士的画像》为例来谈论如何表现主题、塑造人物。"把问题的中心放在少女本人的意识中，你就可以得到你所能期望的最有趣、最美好的困难了。……完全依靠她和她个人的心理变化，把故事进行下去，记住，这就需要你真正来'创造'她。"[2] 作者不再是通过人物的外在语言行为来塑造人物形象，而是通过人物的心理变化来"创造"人物形象，并将故事进行下去，这无疑是一种大胆的尝试。小说表现对象由外而内的变化，不仅改变了小说的叙述方式，而且创造出了新的小说文体样式，如心理分析小说、意识流小说、内心独白小说等。

詹姆斯的小说作品数量不少，有长篇小说十余种，短篇小说五六十种，但翻译到中国来的并不多，计有《黛茜·米勒》（林疑今译，中华书局出版。还有另一译名《邰赛密勒维特》，雪樵译，刊于《文艺月刊》1935年第7卷第2期）、《四次会面》（有两个译本，分别收入1936年上海生活书店出版的由骞先艾与陈家麟翻译的《美国短篇小说集》和1937年商务印书馆出版的由傅东华和于熙俭选译的《美国短篇小说集》）、《诗人的信件》（于绍方译，重庆人生出版社1945年出版）。相比其文学作品而言，其小说理论《小说的艺术》传入中国更

1　[美] 亨利·詹姆斯：《小说的艺术》，朱雯、乔伜、朱乃长等译，上海：上海译文出版社，2001年，第275页。

2　同上书，第290页。

早,产生的影响也更大。1921年清华小说研究社编写的《短篇小说作法》中就有多处涉及詹姆斯的小说理论,如其中"人物"一章引用詹姆斯的观点来强调小说人物的重要性,认为人物是小说的胚胎,这与以往强调小说布局是不一样的。1924年由华林一翻译、吴宓校对的美国小说理论家哈米顿的《小说法程》中也多处涉及詹姆斯的小说理论,并给予詹姆斯以很高评价。1927年,黄仲苏在《东方杂志》发表《小说之艺术》一文,论及詹姆斯小说理论的重要观点,如小说的"真实性"及艺术想象等。[1] 1927年郑振铎编写的《文学大纲》中列出"美国文学"一章,对詹姆斯给予了重点介绍,认为他不仅是一个短篇小说的有力的作家,而且还是一个深入的文学批评家。[2] 1929年,曾虚白出版《美国文学ABC》,详细地介绍了詹姆斯及其作品,认为"他是个解析心理的专家"[3],在肯定其优点的同时,也指出了其作品的不足。1932年《矛盾》第3、4期合刊发表了沃尔布鲁克(H. M. Walbrook)著、由之翻译的《亨利詹姆士底小说》,文章系统介绍了詹姆斯的小说创作,认为詹姆斯小说的根本在于"实则蛰伏于吾人所谓生命的嚣扰之下的那种思想与情感的内在活动,足以唤起且形成各种言论与行动,观察与性情,且常居于吾人对于人类喜戚的一切见闻的中心"[4]。1947年,萧乾发表文章介绍詹姆斯的小说创作,肯定了其小说的价值与贡献:"詹姆士这一辈小说家的主要贡献是把他们的注意力由情节引到情绪,由戏剧引到诗感上面去。这是当代小说转向的一个枢纽",同时也指出了其局限:"他代表当代英美小说所有的弱点(颓废,隐晦,远离现实,偏重形式,和一种难医的抑郁症)。"[5] 萧乾在其另一篇文章

1　黄仲苏:《小说之艺术》,《东方杂志》第24卷第22号,1927年11月25日。
2　郑振铎:《文学大纲》(四),上海:商务印书馆,1927年,第565页。
3　曾虚白:《美国文学ABC》,上海:世界书局,1929年,第117页。
4　H. M. Walbrook:《亨利詹姆士底小说》,由之译,《矛盾》第3、4期合刊,1932年12月5日。
5　萧乾:《詹姆士的四杰作:兼论心理小说之长短》,《文学杂志》第2卷第1期,1947年6月1日。

《小说艺术的止境》中也论及詹姆斯,称其重心灵轻情节的心理小说为"透明体",认为他的小说"有情节做骨骼,有人物作精神气,又有他那无比的曲绕蜿蜒的文体作皮肤衣裳"[1]。通过这些不完全的统计可以发现,詹姆斯的小说理论在20世纪上半叶的中国文坛得到了广泛的翻译介绍,其小说观念为中国的读者(作者)所熟知。詹姆斯的小说理论对中国的现代小说创作产生了重要影响,这种影响主要表现在两个方面:在表现题材上,作家们开始关注人的内在精神世界,产生了一批心境小说、心理分析小说;在文体形式上,作品不再以故事情节为主要表现内容,而是以作品中人物或作者的思想情绪为主要内容,淡化故事情节,表现出一种散文化倾向,从而形成了现代散文化小说。

从历史的角度来看,中国现代文学史上最早的小说作品一面世,就表现出与传统小说不同的形态。陈衡哲是当年留美学生中第一个站出来支持胡适文学革命的人,也是第一个用白话来写小说的作者(她的《小雨点》发表的时间要早于《狂人日记》)。陈衡哲的小说不同于中国传统小说,呈现出现代心理小说的基本特质。陈衡哲在《小雨点·自序》中说:"我既不是文学家,更不是什么小说家,我的小说不过是一种内心冲动的产品。他们既没有师承,也没有派别,它们是不中文学家的规矩绳墨的。他们存在的唯一理由,是真诚,是人类感情的共同与至诚。"尽管她声称自己没有师承,也没有派别,但从其作品中不难发现美国心理小说的影子。陈衡哲声称:"我每作一篇小说,必是由于内心的被扰。那时我的心中,好像有无数不能自己表现的人物,在那里硬迫软求的,要我替他们说话。他们或是小孩子,或是已死的人,或是程度甚低的苦人,或是我们所目为没有智识的万物,或是蕴苦含痛而不肯自己说话的人。他们的种类虽多,性质虽杂,但他们的喜怒哀乐却都是十分诚恳的。他们求我,迫我,搅扰我,使得我寝食

---

[1] 萧乾:《小说艺术的止境》,《二十世纪中国小说理论资料》第四卷,钱理群编,北京:北京大学出版社,1997年,第421页。

不安,必待我把他们的志意情感,一一的表达出来之后,才让我恢复自由!他们是我作小说的唯一动机。他们来时,我一月可作数篇,他们若不来,我可以三年不写只字。这个搅扰我的势力,便是我所说的人类情感的共同与至诚。"[1] "人类情感的共同与至诚"是其小说创作的动力来源,也是其小说创作的主要内容。当然,严格来说陈衡哲小说着重表现的并非一般意义上的情感,她所着力表现的是一种哲理的思想,其《扬子江》《小雨点》通过寓言的形式表现出一种不安于现状、反抗现状的思想,主人公不愿屈从于命运的安排,要自己掌握自己的命运,"造命"是其作品的主要思想。阿英认为:"她的创作中所表现的思想,显然是代表了五四运动初期的青年的思想。对于人生的态度,虽然是向上的,虽然是奋斗的,究竟是不免于朦胧的。只晓得不满意于现实,只晓得为生活而奋斗,战术与战略,以及不幸的生命的起源,以及政治的,经济的,历史的背景,是不曾加以精细的考察的。就是这一时期运动的主要意义,是一种反封建的思想的民族资产阶级的黎明运动,很多的青年也不曾理解。五四初期的一般青年的心理现象就是如此。她所表现的,就是这个时代青年的潜在的生命的活跃的力的爆发,抗斗的生命的基本力量。"[2] 从这个角度来说,陈衡哲的小说不仅表达出了她个人的思想情感,而且发出了五四时代知识女性的共同心声。

  由外向内的转变,是中国现代小说的一个重要特征,由此而带来了小说文体的变化——淡化故事情节,趋向于诗化和散文化。19世纪末,亨利·詹姆斯在畅想未来的小说发展时曾指出:"在当今世界上,于我们这个时代,在诸多引人注目的文学事件之中,冗长的散文体故事正在变成长势迅速而猖獗、其发展远出始料所及的最特殊的一个例子。它是一种在其幼年时期很难预卜它的未来的文学形式。"[3] 站

---

1 陈衡哲:《小雨点·自序》,上海:上海书店,1985年影印版,第17—18页。
2 阿英:《阿英全集》第2卷,合肥:安徽教育出版社,2003年,第327页。
3 [美]亨利·詹姆斯:《小说的艺术》,朱雯、乔佖、朱乃长等译,上海:上海译文出版社,2001年,第32页。

在一百多年之后的今天来看，亨利·詹姆斯是一位天才的预言家，当年他的预言今天都变成了现实——散文体已成为一种重要的文体形式。从这一角度来看，中国现代最初的小说就是一种散文体故事，这是它与中国古代章回体小说区别开来的一个重要标准。多年来，学术界视鲁迅的《狂人日记》为中国现代第一部白话小说，而无论是从思想内容还是从文体形式的角度来看，《狂人日记》都是一部典型的心理小说。《狂人日记》以日记体的形式表现狂人复杂的内心世界，为了达到这一目的，作者运用意识流、内心独白、梦境描写等艺术表现手法，作品没有连贯的故事情节，呈现出散文化的倾向。从此，散文化小说就成为中国现代小说发展的一种重要的文体样式，出现了郁达夫、废名、沈从文、汪曾祺等一批著名的散文小说家。郁达夫在其小说理论文章中多次提及詹姆斯，其小说作品中甚至出现了詹姆斯小说中的人物（《蜃楼》），这充分说明郁达夫的小说创作深受詹姆斯的影响。废名的早期小说不以叙述故事为主，而是以表现少男少女之间朦胧的情爱为主，力求表现男女主人公那种淡淡的情愁和忧伤，带有浓郁的抒情色彩，作品中呈现出一种悠远的意境。加之作者用简洁、富有节奏的语言来进行写作，作品具有一种诗情画意，被人誉为"诗体小说"，这与詹姆斯的小说理论之间具有密切的关联。

20世纪40年代初，卞之琳在西南联大任教，开设关于亨利·詹姆斯的小说课程，他还用英文试写过《亨利·詹姆斯小说八讲》。在亨利·詹姆斯的影响下，他动手写了一部长篇小说，这就是1941年暑假动笔、1943年暑假完成初稿的《山山水水》。初稿完成后，他反复修改，也曾将之译成英文，但最终并没有出版，由于社会形势的变化，他将其付之一炬。在写作修改期间，他曾把其中的部分章节单独发表在《文阵丛刊》《明日文艺》《文艺复兴》《观察》《小说》等刊物上，这是我们今天所能看到的《山山水水》的残存部分。从这些残存的部分中，我们可以看到亨利·詹姆斯对卞之琳的深刻影响。不同于传统的小说，《山山水水》淡化故事情节，带有鲜明的抒情气息，蕴含着深刻的哲理意味,"含有山水相隔和相接的矛盾统一意味"[1]。作者以一对青年男女悲欢离合的爱情故事作为主线,穿织起从抗日战争开始到"皖南事变"约近三年间各阶层知识分子回环往复的思想感情和复杂难明的心理反应。作品分上、下两编,共四卷,第一、三卷假设故事地点是两个战区中心城市,即武汉和延安,第二、四卷假设故事地点在两个大后方的城市,即成都和昆明。受亨利·詹姆斯的影响,作者"把虚构的人物、情节以至机构、学校等等明放在真实地点,本是外国小说惯用的办法,谁也不会当真,而去穿凿附会,捕风捉影,可是在中国,一般小说作者与读者不习惯,实无必要而宁取'A 城''B 街''C 校'之类,所以用得着声明一下。"[2] 作者之所以要特别声明一下,一是暗示作品与外国小说之间的密切关系,二是启发读者要习惯阅读新的小说。作者声称:"这里我倒有意采用了亨利·詹姆士'翻新'的表现虚构故事的技巧——'视点'或角度运用。第一卷的'编造中心'(compositional centre,也是詹姆士小说艺术学术语),是女中心人物林未匀。照这个办法,为求'逼真',若有其人其事,不造成小说作者俨然无所不在、无所不晓的上帝式虚假印象,让一切人物、事物都是这一位局中人的耳闻目睹。"作者没有选用第一人称叙述的方法,而是用了第三人称,"这样,照詹姆士的这个办法,有便于不只从她的眼里看人物、事物,而有时可以把她推前去一点,使她不只是'观察员'、'见证人',而且又名符其实是局中人,成为被观察的对象,只是还顺了她观看的方向(角度)。脱出詹姆士的严格规定,第三卷的'编造中心'就相反,改为男中心人物梅纶年,变成了对映。而二、四卷则更改为由未匀和纶年综合成'主导觉知'(Presiding intelligence)而且甚至于回复到小说作者的传统手法,进行无所不在、无所不晓的上帝式安排了。不过这似还可以说从单角度、双角度以至多角度的安排吧"[3]。

---

[1] 卞之琳:《卞之琳文集》上卷,合肥:安徽教育出版社,2002 年,第 264 页。
[2] 同上。
[3] 同上书,第 264—265 页。

今天我们虽然无法看到作品的全貌，但通过作者的回忆自白，我们可以发现亨利·詹姆斯的小说理论对卞之琳小说创作所产生的重要影响。当然，作者并不是完全照搬照套亨利·詹姆斯的小说理论，而是有所取舍，作品的叙述视角呈现出复杂性和变化性，这无疑是一种大胆的探索与实验，具有了先锋小说的基本特质。

1945年，卞之琳组织西南联大的学生翻译了六部欧美现代作家的作品，组成"舶来小书"，他的《小说六种》作为丛书的序介绍了班雅曼·贡思当、亨利·詹姆斯、大卫·加奈特、桑敦·槐尔德、凯塞玲·坡特五人的作品，这为当时的作家尤其是西南联大的作家群提供了了解亨利·詹姆斯的契机，西南联大作家群体受到亨利·詹姆斯的影响也就水到渠成。与卞之琳交往密切的冯至在同时期写出著名的现代主义小说《伍子胥》，从中不难发现詹姆斯小说及理论的影子。当时在西南联大任教的沈从文给学生开设关于小说写作的课程，他给学生们讲授一种新的小说观念，认为小说是"用文字很恰当地记录下来的人事"，这"人事"包括两个部分，"一是社会现象，便是说人与人相互之间的种种关系；二是梦的现象，便是说人的心或意识的单独种种活动。单是第一部分容易成为日常报纸记事，单是第二部分又容易成为诗歌。必须把人事和梦两种成分相混合，用语言文字来好好装饰剪裁，处理得极其恰当，才可望成为一个小说"[1]。沈从文将"梦的现象"当作小说表现的对象，他追求社会现象与梦的现象的融合，这与亨利·詹姆斯的"经验论"有诸多相通之处。沈从文提倡一种新的小说实验，要求学生创作与以前小说不一样的小说，在文体上表现出一种散文化倾向。汪曾祺也受到过亨利·詹姆斯的影响，他曾声称亨利·詹姆斯的小说是他读过的最难读的小说。1947年，汪曾祺作《短篇小说的本质——在解鞋带和刷牙的时候之四》，在谈到长篇小说时他

---

[1] 沈从文：《短篇小说（五月二日在西南联大国文学会讲）》，《沈从文全集》第16卷，太原：北岳文艺出版社，2012年，第493页。

认为:"人的一生是散漫的,不很连贯,充满偶然,千头万绪,兔起鹘落,从来没有一个人每一秒钟相当于小说的一段,一句,一字,一标点,或一空格,而长篇小说首先得悍然不顾这个情形。"在谈到短篇小说时,他也提出了自己的看法:"我们宁可一个短篇小说像诗,像散文,像戏,什么也不像也行。可是不愿意它太像个小说,那只有注定它的死灭。我们那种旧小说,那种标准的短篇小说,必然将是个历史上的东西。""'事'的本身在短篇小说中的地位行将越来越不重要",他认为现代的合理的短篇小说观念应当是:"一个短篇小说是一种思索方式,一种情感形态,是人类智慧的一种模样。或者:一个短篇小说,不多,也不少。"[1] 汪曾祺的小说观念来自沈从文,作为沈从文在西南联大时期的学生,汪曾祺很好地理解并继承了沈从文的小说观念,并在散文化小说创作方面取得了令人瞩目的成就。汪曾祺在谈到自己的创作时曾说:"我要形式,不是文字或故事的形式,是人生,人生本身的形式,或者说与人的心理恰巧相合的形式。(吴尔芙,詹姆士,远一点的如契诃夫,我相信他们努力的是这个。)"[2] 由此可见,汪曾祺对小说的理解及界定固然受到沈从文的影响,但从中也不难看到亨利·詹姆斯的影子。在小说创作实践上,汪曾祺也深受亨利·詹姆斯的影响。汪曾祺曾以同一题材、同一题目前后创作过两部作品,即《复仇》。第一部《复仇——给一个孩子讲的故事》发表在 1941 年 3 月 2 日的《大公报》上,作品以第三人称"他"来叙述故事,讲述"他"为了寻找杀父仇人来到一座庙中,无意中见到了杀父亲的仇人,最后放弃了复仇的故事。作品着重叙述"他"在庙中的所见所闻所做,同时插入"他"离家前的回忆,交代过去的父亲,现实描写与脑中回忆相互穿插,构成全篇。第二部《复仇》发表于《文艺复兴》1946 年第 1 卷

---

[1] 汪曾祺:《短篇小说的本质》,《益世报·文学周刊》,1947 年 5 月 31 日第 43 期。
[2] 唐湜:《虔诚的纳蕤思——谈汪曾祺的小说》,《二十世纪中国小说理论资料》第四卷,钱理群编,北京:北京大学出版社,1997 年,第 489 页。

第4期，它在前一部的基础上改写而成，虽然题材、故事、内容完全相同，但在叙述形式上却发生了很大的变化。作品仍然是用第三人称"他"来叙述，但叙述的中心却发生了转移，原来是以描写现实为中心，现在却以"他"的回忆为中心。作者通过"他"的回忆来交代他的过去，他的父亲、母亲、妹妹；通过描写梦境来呈现其恐惧紧张的内心世界。作品的现实性减弱了，神秘性和抒情性大大增强。通过这两部作品的比较，我们可以发现亨利·詹姆斯对汪曾祺小说创作的复杂影响。

第三节 马克·吐温与中国现代讽刺幽默小说

中国现代小说史上有一种讽刺幽默小说，代表作家有鲁迅、张天翼、老舍等，他们的小说创作在一定程度上受到了马克·吐温等人的讽刺小说的影响。

马克·吐温（Mark Twain，1835—1910）是美国批判现实主义小说的奠基人，被誉为美国文学界的林肯、美国的萧伯纳，其小说关注社会现实，颇具幽默讽刺色彩，深受读者欢迎，不仅在美国文坛，而且在世界文坛上产生了重要影响。

马克·吐温的小说在20世纪初开始引起中国文坛的关注。早在1906年《绣像小说》第70期上就刊载过其小说《山家奇遇》（现译《加利福尼亚人的故事》），到20年代以后，曾虚白的《美国文学ABC》（上海世界书局，1929）、张越瑞编译的《美利坚文学》（上海商务印书馆，1934）都介绍过马克·吐温及其作品。1932年，由月祺翻译的《汤姆莎耶》（*The Adventures of Tom Sawyer*，现译《汤姆索亚历险记》）由上海开明书店出版，此后又出版了四个不同的译本；1949年由铎声、国振合译的《顽童流浪记》（*The Adventures of Huckleberry Finn*，现译《哈克贝利·费恩历险记》）由上海光明书店出版。此外，其短篇小说《拇指印痕》（郑典谟译）、《关于理发匠》（胡仲持译）等也都被译成中文。1935年正值马克·吐温100周年诞辰,《文学》号一卷四在"一九三五年世界文人生卒纪念专辑"中发表胡仲持的《美国小说家马克·吐温》,该文对马克·吐温的生平、创作历程及主要作品进行了比较全面的介绍。

鲁迅的小说带有讽刺幽默色彩,这与他所接受的马克·吐温的影响密切相关。鲁迅对美国文学多有了解,他从邻居搬家的废弃物中发现了马克·吐温的晚年作品《夏娃日记》(Eve's Diary),遂请冯雪峰找李兰将它译成中文(1931年由上海湖风出版社出版),并为《夏娃日记》的中译本写了《小引》。在《〈夏娃日记〉小引》中,他提到了马克·吐温、爱伦·坡、霍桑、惠特曼、霍威尔斯、亨利·詹姆斯等美国作家。"玛克·土温(Mark Twain)无须多说,只要一翻美国文学史,便知道他是前世纪末至现世纪初有名的幽默家(Humorist)。不但一看他的作品,要令人眉开眼笑,就是他那笔名,也含有一些滑稽之感。"[1] 鲁迅发现了马克·吐温作品风格的前后变化:"作品很为当时所欢迎,他即被看作讲笑话的好手;但到一九一六年他的遗著《The Mysterious Stranger》一出版,却分明证实了他是很深的厌世思想的怀抱者了。"鲁迅发现了其作品表现出"含着哀怨而在嘻笑"的特点,并分析其形成这一特点的深层社会原因——在美国南北战争之后,"美国已成了产业主义的社会,个性都得铸在一个模子里,不再能主张自我了。如果主张,就要受迫害。这时的作家之所注意,已非应该怎样发挥自己的个性,而是怎样写去,才能有人爱读,卖掉原稿,得到声名。连有名如荷惠勒(W. D. Howells)的,也以为文学者的能为世间所容,是在他给人以娱乐。于是有些野性未驯的,便站不住了,有的跑到外国,如詹谟士(Henry James),有的讲讲笑话,就是玛克·土温"[2]。由此鲁迅得出结论:"他的成了幽默家,是为了生活,而在幽默中又含着

---

[1] 鲁迅:《〈夏娃日记〉小引》,《鲁迅全集》第4卷,北京:人民文学出版社,2016年,第340页。
[2] 同上书,第340—341页。

哀怨，含着讽刺，则是不甘于这样的生活的缘故了。……这《夏娃日记》(*Eve's Diary*)出版于一九〇六年，是他的晚年之作，虽然不过一种小品，但仍是在天真中露出弱点，叙述里夹着讥评，形成那时的美国姑娘，而作者以为是一切女性的肖像，但脸上的笑影，却分明是有了年纪的了。幸而靠了作者的纯熟的手腕，令人一时难以看出，仍不失为活泼泼的作品；又得译者将丰神传达，而且朴素无华，几乎要令人觉得倘使夏娃用中文来做日记，恐怕也就如此一样：更加值得一看了。"[1] 鲁迅总结出了马克·吐温小说"含着哀怨而在嘻笑"的特点——表面上是嘻笑，内心里却是哀怨，表面与内里形成一种艺术张力，产生一种独特的艺术效果。实际上，鲁迅的小说也具有同样的特点，他笔下的《阿Q正传》便是典型的代表。鲁迅在塑造阿Q这一人物形象时，一方面写阿Q的滑稽、可笑，另一方面又揭示其身上所体现出来的国民劣根性，"哀其不幸，怒其不争"是鲁迅对阿Q这些处于社会底层的小人物所持的双重态度，读者在读了《阿Q正传》之后，也会透过其嘻笑的外表而感受到其悲剧的内涵，在笑完之后产生一种沉重的难以言说的心情。鲁迅与马克·吐温的不同之处在于：马克·吐温对美国社会的认识及其表现有一个过程，这使得他前后态度不一，其小说所呈现出来的风格也不同；而鲁迅对中国社会的认识则非常深刻，由于他所面对的是阿Q这样的中国百姓，他的态度一开始便带有双重性和复杂性，以幽默、滑稽的笔触来描写阿Q们荒诞可笑的行为，而在内心里却对阿Q的思想行为持否定批判态度，这就构成了鲁迅"含着哀怨而在嘻笑"的讽刺风格。鲁迅小说中的讽刺和其杂文中的讽刺有所不同。小说如《阿Q正传》之类面对的是社会底层的小人物，鲁迅呈现出表里不一的特点；而在其杂文中，鲁迅所面对的大多是知识分子，便采用冷酷的讽刺，表里如一，如同匕首投枪，往

---

[1] 鲁迅：《〈夏娃日记〉小引》，《鲁迅全集》第4卷，北京：人民文学出版社，2016年，第341页。

往一击致命。

老舍的小说具有一种讽刺幽默色彩，这种讽刺幽默与马克·吐温有某些相似之处，即表现出一种"含着哀怨而在嬉笑"的特点。老舍曾说："您看我挺爱笑不是？因为我悲观。"[1]在他这儿，"笑"与"悲观"之间发生了逻辑上的关联，"悲观"成了"笑"的根源。在一般人看来，笑是与喜剧密切相关的。在老舍看来："幽默的人只会悲观，因为他最后的领悟是人生的矛盾。"[2]幽默是智慧的体现，有智慧的人观察现实人生，常常能发现领悟现实人生的种种矛盾，而这些矛盾又无不是一种难以解决的悖论，人生呈现出一种怪圈，而人在这种悖论怪圈面前是无能为力的，由是而产生一种悲观的思想，面对这种悲观又不愿以悲观对之，于是幽默产生了。这样，表面上的笑与实质上的悲观就成了一个有机整体，是同一事物的两个不同方面。《猫城记》和《抱孙》是老舍的两部颇具讽刺幽默色彩的作品。《猫城记》用科幻的笔法写"我"只身一人来到猫国的奇葩经历，以荒诞的手法描写猫国人的愚昧落后，借猫国来象征当时的中国社会，作品具有浓郁的幽默讽刺色彩。《抱孙》写王老太太一心想抱孙子，但总是事与愿违，愿望与事实之间构成一种反讽。作品用幽默的语言描写王老太太送儿媳妇到医院里接生的场景，王老太太的想法与医院大夫的要求之间产生矛盾冲突，王老太太渴望抱孙子而采取的一系列反科学行为，导致孙子和儿媳妇双双死亡。作品将王老太太落后愚昧的思想观念呈现出来，将哀怨与嬉笑融为一体。老舍这种"含泪的微笑"，在其《老张的哲学》《赵子曰》《离婚》等早期作品中展露无遗。

除马克·吐温之外，欧文也是一位具有讽刺幽默特点的作家。他致力于发掘北美早期移民的传说故事，其作品内容主要是游记、随笔

---

[1] 老舍：《又是一年芳草绿》，《老舍全集》第15卷，北京：人民文学出版社，2013年，第266页。

[2] 老舍：《"幽默"的危险》，《老舍全集》第17卷，北京：人民文学出版社，2013年，第107页。

和传奇故事集,他的传奇故事充满了新奇,在幽默之中饱含善意的批评和讽刺,给读者带来了阅读快感,让人"拊掌"称奇,这正是林纾以宋代邢居实的幽默故事集《拊掌录》来命名其所翻译的《见闻札记》的原因。叶圣陶之所以走上文学创作的道路,与接受欧文的影响密切相关。1907年,叶圣陶进入苏州公立第一中学堂学习,学校开设英文课程,选择欧文的《见闻札记》作为英文教材,叶圣陶通过阅读学习《见闻札记》而对欧文新奇幽默的文风产生浓厚的兴趣。"那富于诗趣的描写,那看似平淡而实有深味的叙述,当时以为都不是读过的一些书中所有,爱赏不已","华盛顿欧文的文趣(现在想起来就是'风格'了)很打动了我。我曾经这样想过,若用这种文趣写文字,那多么好呢!"[1] 在谈到自己为何会创作"为人生"的小说时,他说道:"当时仿佛觉得对于不满意不顺眼的现象总得'讽'它一下。讽了这一面,我期望的是在那一面,就可以不言而喻。所以我的期望常常包含在没有说出来的部分里。"[2] 他的《潘先生在难中》是这方面的代表作。作品描写潘先生在军阀混战中带着老婆孩子乘坐火车经过千辛万苦从让里小镇逃难到了上海,刚刚安顿下来,他又怕丢掉教职而返回让里;为了迎合教育局长,他带着恐慌的心情撰写送给学生家属的开学通告;听到前线形势吃紧的消息后,他又非常紧张,一方面到红十字会领取红十字旗和徽章来保佑自己,另一方面在晚上到洋人的红房子里避难。当战争结束后,他欣然受邀撰写牌坊上欢迎杜统帅凯旋的大字。作品通过潘先生前后态度行为的矛盾变化,一方面控诉了军阀混战给百姓带来的灾难与痛苦,另一方面揭示出潘先生内心的恐惧与自私。作者对以潘先生为代表的现代小知识分子自私的本质进行了讽刺与批判,讽刺中又隐含着无奈与叹息,因为这是人之常性。

---

[1] 叶圣陶:《杂谈我的写作》,《叶圣陶研究资料》,刘增人、冯光廉编,北京:北京十月文艺出版社,1988年,第244—245页。

[2] 叶圣陶:《〈叶圣陶选集〉自序》,《叶圣陶研究资料》,刘增人、冯光廉编,北京:北京十月文艺出版社,1988年,第57页。

可以说,"含着哀怨而在嘻笑"是中国现代讽刺幽默小说的基本特点。这在张天翼的讽刺小说也有所表现。张天翼的《包氏父子》写老包"望子成龙"的心态和小包不求上进的行为,父子二人的思想行为正好相反,构成一种反讽关系,在对父子二人进行讽刺批判的同时,也表现出作者对下层百姓的同情。沙汀创作出了一系列讽刺小说,《在其香居茶馆里》是其代表之作。作品叙述军阀混战时期在回龙镇其香居茶馆里发生的故事。为逃避上战场当炮灰,许多有钱有势人家的子弟可以设法逃避兵役,邢么吵吵的二儿子缓役了四次,且从不出半文壮丁钱,只因邢么吵吵的大哥是全县极有威望的耆宿,其舅子是县里的财务委员。这次县里来了新县长,声称要认真整顿"役政",负责兵役的联保主任方治国为了保住自己的官位,赶紧上了封密告,将么吵吵的二儿子捉进城去服兵役。为此,么吵吵在其香居茶馆中与方治国理论,揭示出方治国借征兵之机收取钱财的贪婪行为。正当二人在茶馆里大打出手时,蒋门神从县城里带来了好消息——么吵吵的二儿子因报数报错了,队长说他没有资格打国仗,被打了一百军棍后开革了。作者通过这一带有喜剧性的结局揭露出新县长言行不一的嘴脸,暴露出国民党政府的黑暗与腐败。作者给联保主任取名"治国",无疑也带有强烈的讽刺意味。

幽默讽刺小说是中国现代文学史上一个独特的小说类型,从事此类小说创作的作家人数有限,这一类型小说的数量也并不太多。此类作品在一定程度上接受了以马克·吐温为代表的美国讽刺小说的影响,形成了独特的风格特点。

第四节　美国现代主义小说与中国现代派小说

如前所述,美国文学自独立以来就开始尝试摆脱英国文学传统的束缚,探索各种不同的艺术表现手法,在叙述方面打破了传统的第三人称叙事视角,运用第一人称来进行叙述,采用心理独白的方式来表现主人公复杂的内心世界，从而完成了由外在叙述向内在叙述的转型，爱伦·坡无疑是这方面的先驱，其小说创作不仅对美国文坛产生了重要影响，而且对欧洲乃至世界文坛都产生了深远的影响。到20世纪初叶，美国小说的先锋性、探索性更加突出。"20年代的美国小说都是实验性的，充满了颓废和失望的色彩，但并不绝望。它从自然主义逐渐转向现代派的先锋主义，表现了美国生活中的错位、失落和幻灭情绪。青年作家从斯坦因、庞德和乔伊斯的作品和欧洲已建立的现代主义传统得到启发，将现代主义技巧与美国神话结合起来。他们吸取了现代派文化衰退的经验，改变了按编年史的线性叙事手法，采用了艺术形式与历史脱钩的方法，既表现了现代美国生活与传统的割裂和挫折，又揭示了现代化带来的欣欣向荣的生活。他们不断探索更新的表现模式，使人物抽象化，具有历史错位意识和心理创伤，模糊了自然景观，为揭示美国现实生活提供了一种合适的话语。"[1]这一时期的美国小说无论是在思想内涵方面还是在艺术形式方面都具有了现代主义的鲜明特征，对刚刚诞生的中国现代小说产生了重要的影响，中国现代小说家模仿美国小说的艺术形式来进行创作，中国现代文坛上出现了不同于传统小说的文体样式和艺术表现形式。

从历史的角度来看，现代主义小说是伴随着现代都市生活而产生的。到19世纪末，尤其在经历了第一次世界大战之后，美国的经济、文化呈现出繁荣发展的局面，美国已超越英、法等欧洲国家成为世界上最发达的资本主义国家，其典型特征便是涌现出了一大批现代化的大都市，如纽约、芝加哥等。在这些都市中居住着大批的现代作家，他们以现代都市生活为基础，创作出具有创新价值的现代主义小说。"许多小说吸取了欧洲小说的现代主义技巧，表现美国生活新的'时空连续统一体'，揭示了社会生活变化的节奏、变动的意识、城市生活的涣散和混乱。在作家的心目中，现代主义就是与新的生活方式相

---

[1] 杨仁敬：《20世纪美国文学史》，青岛：青岛出版社，2003年，第217页。

适应的新的艺术形式。美国本身就是现代的中心。"[1] 这些现代主义小说达到了形式与内容的统一,其丰富多彩的艺术形式与五彩缤纷的现实生活是相辅相成的。美国的小说与美国的经济一样,成为世界的领跑者。

现代都市生活与传统的乡村生活有所不同。与乡村生活的宁静、缓慢相比,都市生活喧哗嘈杂、节奏快速、杂乱无章,这种新的都市生活给作家们提出了新的要求,作家要表现这种新的都市生活,就必须具有一种适应这种生活的意识,必须具有一种能表现这一生活状态的艺术形式。因此,作家们抛弃了传统的小说叙述方式和文体样式,转而创造出新的文体样式和文体风格。"现代派风格的一大特色是断裂性,即与过去的价值观和艺术形式脱钩,切断与历史的联系,将一些互不相关的引文、格言或典故融为一体。其次是零碎性。他们认为个人的生活经历是由联系松散的碎片或瞬间的闪念组成的,它们彼此是对立的或差别很大的。文学作品要用各种方法表现这种零碎性,有时加以讽刺,有时进行抨击,具有失望的情绪,又能完成它们的自我组合和个人与社会的交流。"[2] "断裂性""零碎性"是现代主义小说的两个基本特征。"断裂"强调与传统的对立,是对传统观念、艺术表现形式的颠覆与重构;"零碎"则是将一些互不相关的引文、格言、典故堆放在一起,使之构成一个新的有机整体,表面上看杂乱无章,各部分之间毫无关联,实际上各部分之间形成一种互文关系,产生一种互文的艺术张力,每一部分都具有特殊的作用。多斯·帕索斯的《美国》三部曲是现代主义小说的代表之作。作品的文体形式非常独特,由四种体裁构成:一是虚构的故事,作品中有12个人物,每个人物都有自己的故事,这些故事并不完整,也不连贯,各自成篇,偶有关联,是一种组合体;二是"新闻片",选用报纸新闻标题、消息、广告、标语口

---

1 杨仁敬:《20世纪美国文学史》,青岛:青岛出版社,2003年,第215页。
2 同上书,第217页。

号、电台流行歌曲、官方文件、诗歌节选和粗俗俚语等，共68篇；三是人物小传，涉及20世纪初到20年代末美国著名的政治家、企业家、科学家、艺术家、新闻记者、工会领袖、知识分子等；四是"摄影机镜头"，是用意识流手法写成的51篇短文，没有标点符号，全部用小写字母写成。由此来看，《美国》三部曲就是一个大杂烩，由各种不同的文体片段构成，经过作者的刻意安排，各部分之间互相融合，构成一个有机整体，这种独特的文体形式与当时美国的都市社会生活相得益彰，充分地表现出美国社会的断裂、美国人价值观念的混乱。

19世纪末20世纪初，中国进入半封建半殖民地社会，中国社会呈现出畸形发展的态势，一方面大部分地区都是落后的传统乡村社会，另一方面现代化的大都市如上海、北京等迅速地繁荣发展，这就为中国现代主义文学的诞生与发展提供了社会文化土壤。正是在这样的背景之下，中国出现了自己的以现代都市生活为表现对象的都市文学。鲁迅、穆时英等现代作家都生活在北京、上海等现代都市中，体验着现代都市生活的节奏与环境，写出了具有鲜明现代主义特征的小说作品。

随着现代工业化社会的到来，人们的生活日益呈现出同质化的趋势；而随着现代交通工具和传媒工具的发展，文学的发展日益呈现出全球化的趋势。现代都市生活在本质上具有相似之处，断裂化、零碎化是其基本特征。与此相适应，中国的现代主义小说在艺术形式上也呈现出与美国现代主义小说相同的特征，或者说美国的现代主义小说的文体形式对中国现代小说创作产生了一定影响。穆时英那些以现代都市生活为题材的作品着重表现现代都市人的复杂精神世界，抓住现代都市人那种孤独寂寞、躁动不安的情绪，将之用小说的形式呈现出来。《上海的狐步舞》在最初发表时题目后用括号标明"一个片断"，这个"片断"可以有两种不同的理解，一是它是一部长篇小说中的一个部分，二是它是对上海都市生活的片断化的呈现，这两种理解都有一定道理。从近几年发掘的史料来看，穆时英后期创作过一部未完成的长篇小说《行进中国》，主要内容是呈现现代都市生活，《上海狐步舞》应是其中的一部分。从另一方面来看，无论是《行进中国》还是《上海的狐步舞》，皆是对现代都市生活的片断化、零碎化的艺术呈现。黑婴的小说与穆时英的小说具有相同的风格，是对现代都市生活的艺术呈现，其小说《帝国的女儿》叙述日本姑娘勉子在大都市中耐不住孤独寂寞到咖啡店里诱惑中国小伙子的故事，表达对日本下层女性的同情，作品中这样描写嘈杂、零乱的都市生活：

> 路上的人的确很多。看啦，西洋人，支那人，马来人，印度人……
>
> 人多，车也多。汽车，人力车，马车……
>
> 人多，车多，声便嘈杂。听啦，闲得没事的人在说话；汽车的号筒啵啵啵地响；马蹄在柏油路上踏踏踏地向前奔。
>
> （黑婴：《帝国的女儿》）

作品通过勉子的眼睛、耳朵来看、来听，将其所感受到的东西呈现出来，马路上的人多、车多、声杂与勉子的孤独、寂寞形成强烈的对比。通过外在环境的描写来表现主人公的内心世界，产生了很好的艺术效果，读者所看到的皆是现代都市中杂乱化、片断化、零碎化的意象，缺少整体感。

鲁迅的小说带有鲜明的现代主义色彩，这也正是茅盾称鲁迅是中国新文坛上"创造'新形式'的先锋"的主要原因。[1]那么，鲁迅小说中的现代主义色彩来自何处？他为何会创造出那么多的新形式？鲁迅声称他之所以走上小说创作的道路，主要是受到其所阅读的百来篇外国小说的影响的结果，而在其所阅读的外国小说中，美国小说是一个重要的组成部分。鲁迅在小说创作上进行大胆的探索创新，打破了传

---

[1] 雁冰：《读〈呐喊〉》，《文学旬刊》第91期，1923年10月8日。

统小说的文体限制。他将小说与散文、戏剧等不同的文体嫁接在一起，创造出新的小说文体样式——日记体小说、手记体小说、独白体小说、戏剧体小说，鲁迅因此而被誉为"文体家"。鲁迅的《故事新编》是一部带有现代主义文体特征的小说集，内收的作品在文体形式上非常独特，"不足称为'文学概论'之所谓小说"[1]，作者在叙事时常常信口开河，这样他就打破了时空的限制，打通古代与现代的界限，将古代与现代融为一体。在《理水》中，作者让古人开口说现代的话，那些生活在文化山上的学者用英语对话——"古貌林！""好杜有图！""古鲁几哩……""O.K！"这看起来荒唐可笑，但却产生了一种独特的艺术张力。作者将神话、传说、典故等不同的文本糅合在一起，不同的文本之间形成了一种互文关系，间接隐晦地表现出鲁迅对现实的不满与批判。

海明威的小说具有一种独特的文体风格。"海明威将可有可无的形容词删去，使用电报式的短句，直截了当，平白易懂，对话简洁凝练，具有朴实的美感。……同时，海明威从西方现代派画家中吸取了直觉的表现手法，从视觉、听觉、嗅觉和触觉来描写动作，塑造人物形象，用光、色和声构成纯真而深沉的意境。不仅如此，他还运用联想和内心独白来展示人物的心态。"[2] 1954 年，海明威获得诺贝尔文学奖，颁奖词如是说："海明威作为我们这一时代伟大的文体创造者之一，在近 25 年的美国和欧洲的叙事艺术中具有明显的重要性。这个重要性的具体表现，主要在于他那生动的对话、插话和停顿。这种独特表现似乎容易模仿，却难以达到。他以精湛的技巧，再现了口语中的微妙之处。"[3] 海明威虽然在 1954 年获得诺贝尔文学奖，但早在其获奖之前，其作品就已被大量地翻译介绍到中国来，成为中国的作家及读

---

1 鲁迅:《故事新编·序言》,《鲁迅全集》第二卷，北京：人民文学出版社，2014 年，第 354 页。

2 杨仁敬:《20 世纪美国文学史》，青岛：青岛出版社，2003 年，第 245 页。

3 肖洛主编:《诺贝尔文学奖要介》，哈尔滨：黑龙江人民出版社，1992 年，第 650 页。

者非常熟悉的美国作家。中国的评论家早就注意到了海明威小说独特的文体风格,并给予高度的评价。"海明威成为一种叙述与对话方式的创造者,那种方式,在另外一班人手里已很快地演化为近代美国小说中最典型,最令人兴奋的特点——一种平顺紧密,简要,流畅的写法,只要一尝其滋味,就会觉得比任何写法都有香味的。"[1] 海明威的这种小说文体引起了中国小说家的极大兴趣,他们纷纷模仿这种文体风格来进行创作,穆时英、黑婴等人的小说创作在一定程度上受到海明威的影响。穆时英的小说语言简练而带有跳跃性,他在叙述场景时采用了不同于传统小说的表达方式,不是详细地描写景物特征,而是将各种不同的景物意象并置在一起:

> 上了白漆的街树的腿,电杆木的腿,一切静物的腿……Revue似的,把擦满了粉的大腿交叉地伸出来的姑娘们……白漆的腿的行列。沿着那条静悄悄的大路,从住宅的窗里,都会的眼珠子似的,穿过了纱窗,偷溜了出来淡红的,紫的,绿的,处处的灯光。
>
> (穆时英:《上海的狐步舞》)

这段对现代大都市上海夜晚街景的描写非常传神,街树、电杆木、姑娘们的大腿、不同颜色的灯光,如同诗歌意象一样并置在一起,互相碰撞,呈现出十里洋场特有的味道。句子之间的跳跃与现代都市生活的快速节奏相映成趣,"腿"与"光"的交织则呈现出现代舞场里的暧昧情调。在《夜总会里的五个人》中,穆时英也大量地运用这种语言形式:

> 白的台布,白的台布,白的台布,白的台布……白的——
> 白的台布上面放着:黑的啤酒,黑的咖啡,……黑的,黑的……

---

[1] 邓克翔:《海明威》,《长歌》第1卷第6期,1949年6月1日。

> 白的台布旁边坐着的穿晚礼服的男子：黑的和白的一堆：黑头发，白脸，黑眼珠子，白领子，黑领结，白的浆褶衬衫，黑外褂，白背心，黑裤子，……黑的和白的……
>
> 白的台布后边站着侍者，白衣服，黑帽子，白裤子上一条黑镶边……

这一段语言简洁精练，却把夜总会里的场景很好地呈现出来，黑白颜色互相映衬，衬托出两种不同的心情。

1895年，电影作为一种新的艺术种类诞生了，并在20世纪初的美国得到了快速的发展。早期的电影从文学中汲取了有益的营养，但随着电影的成熟，电影渐渐形成了一套以蒙太奇为核心的电影语言，并反过来对文学创作尤其是小说创作产生了重要的影响。帕索斯的小说创作成功地吸收了电影的蒙太奇艺术表现手法，有意识地借用电影艺术表现手法来丰富小说的创作手法，从而推动了小说文体形式的发展。"帕索斯的工作，就在把时代背景，时代中心人物和作者本身的行动，大量地渗入到故事里，打破了旧形式的束缚，而引用了新的技巧，把写实主义作品领到了一条簇新的路上去。他的方法，是在故事的叙述以外，把这三种增重故事真实性的东西，在形式上，各个的叙述，而应用了艺术手段的结果，同样可以使读者发生一种谐和的印象。"[1]这三种增重故事真实性的东西即"新闻片"（Newsreal）、"传记"和"影戏眼"（The Camera Eye），赵家璧、杜衡在其文章中对这三种方法进行了详细的介绍。帕索斯对电影蒙太奇手法的成功运用，使其小说创作具有了现代主义的特质。"多斯·帕索斯吸取了欧洲的现代派技巧，将法国电影的蒙太奇手法引入小说创作，大胆地改进叙事艺术，使长篇小说的叙事技巧和方法多样化，将以描写人物个人生活变迁为中心的小说，变成个人参与的群体的全景式的画面，没有情节，没有单独的

---

[1] 赵家璧：《帕索斯》，《现代》第4卷第1期，1933年11月1日。

主人公，小说的虚构的描写与非小说的事实片断交织在一起，并以民歌、俗话、俚语、广告语、日常口语巧妙地构成文学语言的有机体。"[1] 帕索斯小说的这一特点对中国现代主义小说产生了重要影响。

穆时英的小说大量地运用电影蒙太奇的表现手法，这一方面与其有意地从电影中接受有益的表现手法有关，另一方面也与其所接受的帕索斯的现代主义小说影响有关。在30年代的上海，看电影是一种时尚，穆时英等人经常出入于电影院中，观赏国内外各种新上映的电影，并从中感受到了电影的强大的艺术表现力。受帕索斯小说的启发，他在小说创作中有意识地借鉴运用电影蒙太奇的表现手法，这使其小说无论是在场景的呈现方面，还是在人物的表现方面，以及情节的推动方面，都呈现出一种强烈的电影感。《上海的狐步舞》开头这样描写上海的夜景：

> 沪西，大月亮爬在天边，照着大原野，浅灰的原野，铺上银灰的月亮，再嵌着深灰的树影和村庄的一大堆一大堆的影子。原野上，铁轨画着弧线，沿着天空直伸到那边儿的水平线下去。

这段文字由一个个物象组合而成，如同一个个拼接在一起的蒙太奇镜头，具体形象而又充满动感，呈现出上海凄冷的夜景，为整部作品奠定了一个悲凉的基调。《夜总会里的五个人》完全可以当作一部电影脚本来看，作者以空间并置的方式来安排结构，语言叙述充满了镜头画面感。

帕索斯的小说在结构上与传统小说有所不同，它不再是采用以时间为线索的线性结构来进行叙述，而是采用一种"横断"结构，从而形成一种"横断小说"。"横断小说"是指小说打破了传统的按时间发展来安排故事的线性结构方式，而采用空间并置的结构方式。"横断小

---

[1] 杨仁敬：《20世纪美国文学史》，青岛：青岛出版社，2003年，第266页。

说"并非帕索斯首创，在爱伦·坡那儿就有了横断小说的结构："在爱伦·坡以前，没有人曾经像他那样，从整个人生中切下一个断片来给人看。爱伦·坡的短篇所采用的却是这个手法，而这正是现代所有的优秀短篇小说作者一致遵循的途径，因此爱伦·坡被批评家尊为'短篇小说之父'。莫泊桑、契诃夫、海明威等人的小说，全是奉这方法为圭臬的。"[1] 帕索斯在爱伦·坡的基础上将"横断小说"发扬光大，形成了独特的文体结构。"所有用横断手法的小说家，都用并列的方法写几个不同的人的不同的生活的，这些人物的不同点，大约都是职业上的性情上的或是生活方式上的，可是帕索斯挑选人物，就站在很明确的阶级立场上了，所以他挑选的人物间的相互的差别不是程度上的而是性质上的。"[2] 穆时英的《夜总会里的五个人》就是一部典型的"横断小说"。小说第一部分叙述在同一时间（"一九三二年四月六日星期六下午"）在五个不同的地方发生的事情：一是叙述金业交易所内标金风跌，商人胡均益因此而破产；二是叙述在校园池旁苦等林妮娜的郑萍，结果等来的却是林妮娜和长腿汪；三是叙述走在霞飞路上年老色衰的黄黛茜，在听到路人议论她年龄大之后慨叹青春的消逝；四是叙述在书房里的季洁面对各种不同译本的《哈姆雷特》，心中感到迷茫，"你是什么？我是什么？什么是你？什么是我？"成为困惑他的问题；五是叙述在市政府办公室里的一等秘书缪宗旦，在兢兢业业地工作了五年之后，突然收到市长的撤职书。这五个人职业、性格、年龄各不相同，但他们有一个共同点，即都是生活中的失败者，他们有一个共同的动作——把上面的牙齿咬紧了下嘴唇，嘴唇碎了的时候，心也碎了。第二部分叙述在同一时间——"星期六晚上"——在不同地点不同人物的生活，先是写饭店里的场景，饭店里的节目单是：

1　叶灵凤：《诗人小说家爱伦·坡》，《叶灵凤散文选集》，天津：百花文艺出版社，1992年，第166页。
2　赵家璧：《从横断小说谈到杜司·帕索斯》，《作家》第2卷第1期，1936年10月15日。

1. 一顿丰盛的晚宴,里面要有冰水和冰淇淋;
2. 找恋人;
3. 进夜总会;
4. 一顿滋补的点心,冰水,冰淇淋和水果绝对禁止。

人们沉迷于酒色之中,星期六的晚上,成了没有理性的日子,成了法官也想犯罪的日子,成了上帝也想进地狱的日子;再写街景,大街上五光十色的霓虹灯、闪烁的烟酒广告、卖报的儿童交织成一幅带有色彩的动感的都市画面;后写"皇后夜总会",写一位漂亮的小姐和一位穿夜礼服的绅士在门口买了一只哈巴狗进入夜总会。第三部分写皇后夜总会里"五个快乐的人",他们五个人一一粉墨登场:先是身着夜礼服的胡均益和打扮漂亮的黄黛茜,他们的出现引起了人们的关注与议论,通过别人的语言来交代二人的当下处境——黄黛茜的年老与"金子大王"胡均益的破产;接着进来的是喝得醉醺醺的郑萍,他到夜总会里找林妮娜,林妮娜为了避免尴尬,拉着长腿汪离开夜总会;林妮娜和长腿汪在旋转门口遇到了刚要进来的缪宗旦和芝君,而芝君是长腿汪的前女友;芝君在夜总会里看到了坐在角落里孤独的季洁。人们在夜总会里喝酒跳舞,寻欢作乐,喝醉了的郑萍则给孤独的季洁讲笑话。凌晨四点,夜总会结束了,里面只剩下了胡均益、黄黛茜、缪宗旦、芝君、郑萍、季洁和约翰生,他们一个个像破了的气球,垂头丧气地走出夜总会,胡均益用手枪结束了自己的生命。第四部分写同一时间——一九三二年四月十日——"四个送殡的人"郑萍、缪宗旦、黄黛茜、季洁到万国公墓给胡均益送葬。作品的四个部分讲在四个不同的地方发生的故事,它不像传统小说以时间为线索来安排结构,也不是以故事情节的发展为线索来安排结构,而是将不同的空间并置在一起,通过叙述同一群人物在同一时间不同空间中的所作所为,来表现夜总会里的五个人的共同命运:胡均益失去了他的八十万家产,郑萍失去了自己的女朋友,黄黛茜失去了青春,缪宗旦失去了工作,季洁失去了自己人生的乐趣与方向；他们表面上的快乐与实质上的痛苦构成人生的两面。

同为30年代上海作家，叶灵凤对穆时英的创作颇为了解。他认为："穆时英的形式古怪是学杜斯·帕索斯。杜斯·帕索斯写小说比海明威早，看的人不多，但他写小说的方法很怪，在作品中很多时会加插一段报纸新闻，我们当时就喜欢搞那样一种形式。"[1]这说明，帕索斯的小说不仅对穆时英产生了影响，而且对当时相当一部分作家产生了影响。赵家璧是美国小说研究专家，他将帕索斯的"美国"三部曲之一《一九一九年》推荐给穆时英，"穆借去看了，就准备按杜斯·帕索斯的方法写中国，把时代背景，时代中心人物，作者自身经历和小说故事的叙述，融合在一起写个独创性的长篇。这部小说后改称《中国行进》"[2]。黑婴是穆时英的好友，二人之间有着密切交往，黑婴在回忆录中也谈到穆时英小说与帕索斯小说之间的关系，黑婴曾到穆时英家里拜访，见到他桌子上新写的长篇小说《中国：一九三一》的手稿。"我读了几页手稿，发现《中国：一九三一》的写作方法采取了美国作家约翰·杜斯·帕索斯（John Dos Passos）的手法，把时代背景、人物故事、作家自己的见闻分别叙写，表面看来各成章节，实际上互有关联，组成一幅巨大的时代风云画卷。帕索斯有一部小说名为《一九一九年》，穆时英小说为《中国：一九三一》，不无蛛丝马迹可寻。可是，穆时英从事这样的小说创作，毕竟是力不从心，只写了很少的部分就搁笔了。"[3]相对前期创作而言，穆时英的后期作品更讲究艺术形式和技巧，"在这里，我们显然地看出，文学作品中的各种新鲜的手法都对作者成为一种新鲜的诱惑。时英是各种手法都尝试，而且，

---

1 叶灵凤：《三十年代文坛上的一颗彗星——叶灵凤先生谈穆时英》，《穆时英全集》第三卷，北京：北京十月文艺出版社，2008年，第496页。
2 赵家璧：《致严家炎函》，《穆时英全集》第三卷，北京：北京十月文艺出版社，2008年，第525页。
3 黑婴：《我见到的穆时英》，《新文学史料》1989年第3期。

凭借他的才智，他是差不多在每一种手法的尝试上都获得可观的造就。同时，那一种就内容而选择形式的能力在这里依然保持着。"[1] 以前我们仅仅看到穆时英小说与日本新感觉派之间的密切关系，而没有看到他所接受的美国小说的影响，这样就无法说清穆时英小说与新感觉派小说之间在文体形式上的差异。

美国的现代主义小说家在小说语言形式方面进行了大胆的探索尝试，他们打破传统的语法规范，对语言进行新的排列组合。"能够表现语言的破坏力的最常用的手法是分裂法，可称为文学上的蒙太奇，即两段文字相互穿插拼接，并无理性轨迹可循，以暗示杂乱无章的同时性。多斯·帕索斯的《美国》三部曲充满了以报纸、广告、歌曲和诗歌中剪裁来的零星段落。构成海明威的《在我们的时代》(*In Our Time*)的则是一系列各不相关的小故事，突然开始又突然结束，它们之间的联系靠读者拼接。而出自福克纳模仿意识流的得意之作的段落，其句子完全属于不同的世界。"[2] 这种语言形式具有一种陌生化的艺术效果，会产生一种独特的艺术张力。20世纪30年代的中国作家纷纷模仿这种语言形式。穆时英的《上海的狐步舞》无疑是这方面的代表作，作品这样叙述跑马场里面的场景和人物：

> 独身者坐在角隅里拿黑咖啡刺激着自家儿的神经。酒味，香水味，英腿蛋的气味，烟味……暗角上站着白衣侍者。椅子是凌乱的，可是整齐的圆桌子的队伍。翡翠坠子拖到肩上，伸着的胳膊。女子的笑脸和男子的衬衫的白领。男子的脸和蓬松的头发。精致的鞋跟，鞋跟，鞋跟，鞋跟，鞋跟。飘荡的袍角，飘荡的裙子，当中是一片光滑的地板。呜呜地冲着人家嚷，那只 saxophone

---

[1] 杜衡：《关于穆时英的创作》，《现代出版界》第9期，1933年2月1日。
[2] ［美］埃默里·埃利奥特主编：《哥伦比亚美国文学史》，朱通伯等译，成都：四川辞书出版社，1994年，第721页。

伸长了脖子，张着大嘴。蔚蓝的黄昏笼罩着全场。

（穆时英：《上海的狐步舞》）

这段话非常具有镜头感，每句话都呈现出一个具体的画面，相当于一个镜头，不同的镜头（画面）组合在一起，形成一个有机的片断，读者甚至能从句子中感受到镜头的动感，文字形象生动地呈现出现代都市上层人物纸醉金迷的奢靡生活。这段话在后面又差不多重复了一遍，只不过其句子的顺序颠倒了一下：

蔚蓝的黄昏笼罩着全场，一只saxophone正伸长了脖子，张着大嘴，呜呜地冲着他们嚷。当中那片光滑的地板上，飘动的裙子，飘动的袍角，精致的鞋跟，鞋跟，鞋跟，鞋跟，鞋跟。蓬松的头发和男子的脸，男子衬衫的白领和女子的脸。伸着的胳膊，翡翠坠子拖到肩上。整齐的圆桌子的队伍，椅子却是零乱的。暗角上站着白衣侍者。酒味，香水味，英腿蛋的气味，烟味……独身者坐在角隅里拿黑咖啡刺激着自家儿的神经。

如同电影镜头又倒着放了一遍，人物、声音、色彩、画面依旧，但却并不觉得累赘，这与传统的小说表现手法是不同的。作者在描述华东饭店的场景时也运用了同样的艺术表现手法：

二楼：白漆房间，古铜色的雅片香味，麻将牌，四郎探母，长三骂淌白小娼妇，古龙香水和淫欲味，白衣侍者，娼妓搞客，绑票匪，阴谋和诡计，白俄浪人……

（穆时英：《上海的狐步舞》）

这段话中画面丰富，里面有远镜头、近镜头、特写镜头，呈现出华东饭店内部的繁华与喧嚣，这段话紧接着重复了三次，分别用来呈现二、

三、四楼同样的场景,可谓色、声、味俱全,表现出十里洋场的堕落与罪恶,彰显了"上海,造在地狱上的天堂"这一主题。

穆时英的小说《本埠新闻栏编辑室里一札废稿上的故事》在文体形式上进行了大胆探索,他将一札废弃的新闻稿引入小说:

> 今晨三时许,皇宫舞场中一舞女名林八妹者无故受人殴打,该舞场主因凶手系有名流氓,不惟不加驱逐,反将此舞女押送警所,谓其捣乱营业云。记者目击之余,愤不能平,兹将各情,分志如下,望社会人士,或能为正义而有所表示也。

小说中的"我"由这札废弃的新闻稿入手,找当时在场的人进行采访调查,通过各方的深入调查,揭示出故事的真相。各种不同的文体形成一种互文关系,构成一个新的小说文本,新颖别致,具有创造力和吸引力。

帕索斯、海明威等美国作家在小说创作实践中进行大胆探索与尝试,创造出了一种新的、极具先锋性的小说文体形式,这种新的小说文体形式对以穆时英为代表的中国现代作家产生了重要影响。在他们的影响下,穆时英等人在小说文体上进行大胆的创新,创作出了中国的现代主义小说,为中国现代小说发展做出了重要贡献。

第五章

美国戏剧对中国现代戏剧的影响

　　19世纪末20世纪初，从西方传入中国的一切对于中国人来说都是陌生的、新奇的，中国人对这些新生事物所持的态度是非常复杂的。对于深受进化论影响的中国现代知识分子来说，"新"就是进化的同义词，他们唯新是瞻，以"新"来命名那些新生事物，诸如"新民""新中国""新青年""新文化""新文学"等，"新"成了一种时尚，成了中国现代知识分子对未来的一种美好的寄托与向往。20世纪初，当西方戏剧刚传入中国的时候，人们叫它新戏、新剧、改良新戏，等等，尽管名字不同，其基本含义是相同的。到1928年，洪深提议用"话剧"来命名这种新的现代舞台艺术形式，这一提议得到田汉、欧阳予倩等人的赞同，从此之后，中国有了"话剧"这一独立的艺术门类，中国戏剧发展进入了一个新的历史时期。

　　毋庸置疑，中国现代戏剧是西方的舶来品，是受西方戏剧的影响而产生的。从历史的角度来看，中国早期的话剧是由中国在国外的留学生创作出来的。这些留学生本身对戏剧具有浓厚的兴趣，在国外留学时又深受外国戏剧的影响，从而走上了戏剧创作的道路。可以说，中国现代戏剧在发展过程中接受了来自日、英、法、美等国戏剧的诸多影响，这些不同的外来影响赋予中国现代戏剧以不同的特点。

　　从这一角度来说，中国现代戏剧与美国戏剧之间具有复杂的渊源关系，美国的戏剧对中国现代戏剧的萌生与发展产生了重大而深远的影响，这种影响主要通过在美国留学学习戏剧专业的学生来沟通完成，后来他们将美国的戏剧理论、作品、演出等翻译介绍到中国来，使得愈来愈多的中国作家了解美国的戏剧，并开始接受美国戏剧的影响，对中国现代戏剧的发展产生了更加广泛而深远的影响。

既然要探讨美国戏剧对中国现代戏剧的影响，那么我们就首先要对美国戏剧的发展有一个基本的了解。相对于小说、诗歌而言，美国戏剧发展较为缓慢。从殖民地时期到美国独立战争时期，美国戏剧经历了从萌芽到初具规模这一发展历程，"有了自己的剧作家，写当地题材和主题，塑造当地人物形象，有的作品像《时髦》等已经引起了世界剧坛的瞩目。不过，从整体来看，他们的作品成就没有超出欧洲戏剧传统，但在戏剧演出方面却有独创。例如，白人化装成黑人演戏，船上演出和汤姆演出等，都是美国特有的，在西方戏剧界里是独树一帜的，这是美国对世界戏剧的贡献"[1]。19世纪，主要受欧洲戏剧影响，美国产生了以演员为中心的戏剧活动，后来出现了以营利为目的的辛迪加式的演出公司，上演一些满足下层市民低级趣味需求的戏剧。20世纪初，美国戏剧发生了很大的变化，随着商业化戏剧的渐渐衰落，在1911—1919年出现了一场轰轰烈烈的小剧场运动，如玩具剧场（Toy Theatre）、新剧院（New Theatre）、邻里剧院（Neighborhood Playhouse）、华盛顿广场演员剧团（Washington Square Players）、普罗文斯敦演员剧团（Provincetown Players）等一批著名的小剧院，它们上演美国戏剧，培养了一大批优秀的剧作家。这些小剧场具有实验的性质，不以营利为目的，以追求戏剧艺术、提高戏剧的社会地位为目标，大胆地进行戏剧探索，培养了一大批年轻剧作家，引领了美国戏剧的改革，带动了美国戏剧的快速发展。到20世纪20年代，美国戏剧渐渐成熟，其主要表现之一就是摆脱了欧洲戏剧的影响，开始寻求

1　郭继德：《美国戏剧史》，天津：南开大学出版社，2011年，第22页。

戏剧的民族化；到30年代，美国的戏剧已取得令人瞩目的成绩，其代表作家尤金·奥尼尔在1936年获得诺贝尔文学奖。

与美国戏剧快速发展同步的，是美国大学的戏剧专业培养体制的发展与成熟。1905年，哈佛大学的倍克（George Pierce Baker，又译为贝克）教授开设了"47号戏剧研习班"，教授戏剧课程，戏剧正式步入美国大学的课堂，改变了戏剧不受重视的状况，提高了戏剧的社会地位。倍克的戏剧课程吸引了大批青年学生，培养出了一大批著名作家，如尤金·奥尼尔、多斯·帕索斯、西德尼·霍华德等。1925年，倍克离开哈佛到耶鲁大学任教，帮助耶鲁大学筹建戏剧学院，兼任戏剧系主任。他的主要著作有《莎士比亚作为剧作家的发展》(*The Development of Shakespeare as a Dramatist*)（1907）和《戏剧技巧》(*Dramatic Technique*)（1919）。此外，他还编辑了《47讲习班剧本》(*Plays of the 47 Workshop*)（1918—1925）等。倍克教授不仅为美国培养了一大批戏剧人才，而且奠定了小剧场运动的基础，为美国现代戏剧的发展做出了重要贡献。与此同时，哥伦比亚大学的马修斯（Brander Matthews）教授也开设戏剧课程，培养了一批作家，"他与当时哈佛的白克教授（G. P. Baker）同为现代美国两大戏剧学者……马修士在戏剧批评上，毫无疑义的是位大师，古人所说'著作等身'，马教授可谓受之无愧了……至于在这里要附带介绍的白克教授，完全是一个戏剧技术的名师，他的国际地位虽不如马修士，然而差不多美国现在所有的名编剧家，导演家，都是出于他的门墙"[1]。哈佛、耶鲁、哥伦比亚等名校设立的戏剧专业、开设的戏剧课程为美国戏剧的繁荣发展奠定了坚实的基础，不仅为美国剧坛培养了一大批作家，而且为中国培养了一批戏剧人才。中国现代文学史上有一个很有趣的现象，在国外大学接受过系统专业训练的小说家、诗人寥寥无几，而在美国大

---

[1] 熊佛西：《学习戏剧的一段回忆》，《熊佛西戏剧文集》（下），上海：上海文艺出版社，2000年11月，第1000—1001页。

学接受系统专业训练的戏剧家却有一大批,如张彭春、洪深、余上沅、赵太侔、熊佛西、王文显、张骏祥、姚克等。他们不仅接受了美国大学戏剧专业的系统训练,具备了系统的戏剧理论知识,而且在美国观看种种戏剧演出,参加戏剧排演活动,深受美国戏剧演出的熏陶,对美国的戏剧演出实践了如指掌,这不仅为他们回国后的戏剧创作与演出打下了深厚的基础,而且也使中国现代戏剧发展具有了众多的美国因素。

中国的这批戏剧家如何与美国戏剧发生了关联?美国戏剧对他们产生了什么样的影响?这是一个非常有趣的话题。从时间的角度来看,较早接触美国戏剧并受其影响而在国内从事戏剧活动的是张伯苓和张彭春。张伯苓是中国现代著名教育家,创办了南开中学、南开大学、南开女中等学校,并重视戏剧在学校教育中的重要作用。1908年,张伯苓被推举为直隶代表到美国参观渔业博览会,顺便考察美国的教育。他发现美国校园里有各种戏剧活动,认识到戏剧在教育中的重要地位。回国后张伯苓便大力提倡戏剧教育,在1909年编导了新剧《用非所学》,并将其搬上了南开学校的舞台,开中国北方话剧活动之先河。南开学校于1914年成立南开新剧团,下设编纂、演作、布景、审定等部门,以培养人才和改良社会为宗旨,演出了一批新剧,在社会上产生了广泛影响。后来,张伯苓于1917年秋到美国哥伦比亚大学研究教育,1918年严修、范静生也到达美国,他们遂一起考察美国的私立高等教育,1918年底回到天津后着手创办了南开大学。众所周知,南开大学重视学生的演剧活动,从这里走出了曹禺等著名的戏剧家。张伯苓的弟弟张彭春于1910年考取第二届"庚款"留学生,并赴哥伦比亚大学深造,1915年获哥伦比亚大学教育学硕士和文学硕士学位。他在哥伦比亚大学读书期间对戏剧非常感兴趣,并深受挪威剧作家易卜生的影响。张彭春于1916年回到天津,主持南开新剧团,引入美国话剧的表导演体制,建立正规的编导制度,从1916年到1918年,南开新剧团先后演出了《一念差》《恩仇记》《醒》《反哺泪》《平民钟》《新村正》等剧作。这些剧目的演出以及排练方法,对推动中国话剧的发展产生了重要作用。

洪深是中国现代戏剧史上重量级的人物,他不仅在戏剧创作方面取得了丰硕的成果,而且在戏剧表、导演方面也取得了令人瞩目的成绩,为中国现代戏剧的发展做出了突出贡献,而他所取得的这些成就都与他在美国所接受的戏剧训练密切相关。洪深于1916年到美国留学,先在俄亥俄州立大学学习烧瓷工程,后于1919年到哈佛大学跟随倍克教授学习戏剧。当时倍克教授选拔学生的方式非常独特,他不重视考试,而是重视学生的创作实践,要求报考的学生提交自己创作的两部戏剧作品作为录取的参考。洪深以英文多幕话剧《为之有室》和独幕剧《回去》顺利通过了倍克的考核,于1919年夏天转入倍克主持的英文课程"47号戏剧研习班"。除了学习、讨论戏剧理论之外,该课程还强调学生的演出实践,并为学生提供演出的机会。后来洪深详细地介绍了他在哈佛大学的求学经历和倍克教授的授课形式:

> 他也不取上课的形式,只围着圆桌坐谈,反复讨论辩难而已。他的考录学生的方法,便是叫他们每人投寄一部创作多幕剧;一部创作独幕剧;由他亲自阅读,从作品里鉴别出那作者是否暗示着天才可以从事戏剧,是否来读他的课程可以获得益处。在三百人当中只取十一人,自然是极难中选的了,所以在哈佛,能够有资格读"英文四十七",即算是一种荣誉。我那年投寄的,一部便是《为之有室》,一部是描写欧战火线后情形的独幕剧唤作《回去》(The Return)的。总算被录取了,我真是喜欢到了不得。[1]

由此可见,倍克教授的戏剧课堂并不是按部就班地讲授戏剧理论,而

1　洪深:《中国新文学大系·戏剧集·导言》,上海:上海文艺出版社,2003年,第58页。

是重视培养学生的戏剧创新能力和实践能力，师生之间的讨论辩难自然会产生出灵感的火花，会对相关戏剧理论有新的认识；以作品优劣而不是以考试成绩高低来决定学生的取舍，这是一种新的录取形式；除了上课之外，学生还可以上演自己的作品，亲自动手布置剧院的舞台布景、灯光设备等，这些都是在书本上学不到，而对戏剧演出来说又是极其重要的东西。

因为洪深有过戏剧演出的经验，他知道自己需要在哪些方面进行提升，需要学习哪些有用的知识，因此，他除了在哈佛大学上课、参加戏剧排演活动之外，还到波士顿的其他学校拜师学艺：

> 我虽极喜登台，但关于表演的艺术，已往并不曾受过严格的训练；尤其在发音方面。每遇情感热烈慷慨激奋的时候，便觉得声音脆弱，不能应付裕如。波士顿本是文化中心；音乐，艺术，表演等学校很多，而训练发音最有成绩的，当推坎雷 S.S. Curry 博士所主办的"波士顿表演学校"。他那时已有九十余岁，久已退老，由他的夫人代任校长，而她也有六十多岁了。校中本也有诗歌文学音乐艺术等的初步功课，但我因为在其他学校都已读过，便不再复读，只专习训练发音的三门必要功课，为发音练习，表演练习，与跳舞（根本的步法，并不是交际舞）。我先决定不会晓得，训练发音，先须训练身体；而跳舞乃是训练表演的根本。因为凡是发音优美的，身体须是继续在自然状态之中；倘有一筋一肌拘束紧张，喉音便容易疲倦而嘶哑；跳舞是使得全身各部宽弛活动的。又表演时坐有坐法，立有立法，行有行法，跳舞是致导一切动作有节奏，圆曲而美观的。……波士顿还有一个职业的小剧场，名为 Copley Square Theater，一两个星期换一次剧目，是一群英国艺人举办的；专演英国名剧，如萧伯纳、品耐罗等的作品；那里也附设一个"戏院学校"（School of Theater）。恰巧那半年倍克教授因事赴欧洲，我便改入这里来学习，不但戏剧的一切，

并且那戏院营业和管理方面的一切。这里是和爱美团体不同了；什么事，用不着慌张就可以做成；排演也省力；后台布置调度，不但迅速而且经济；但是许多物事，到底不如爱美剧团那样考究与顶真了。在这里，从来不读书，从来不上课，从来没有人来教导你；你只张大眼睛看人家怎样做，你自己也动手做而已。在职业的戏剧团体里，你从来不学习，你是偷习的。在这里，从屋顶的储藏室，到地底下的盥洗室，我都停留过数天至数星期。前台的事，如排节目，登广告，发宣传稿，预售座位，结算票价，招待领座，打扫清洁，收存衣帽，甚至盥洗室里掌管毛巾肥皂，我都亲自做过。后台当然更是不必说了；有空就去，望着他们做这个，做那个。[1]

通过洪深的自述可以发现，洪深在哈佛大学学习期间，不仅接受了系统扎实的戏剧理论训练，而且具有了丰富的戏剧实践经验，这为其后来的戏剧创作与演出奠定了坚实的基础。

1922 年，洪深从美国回到中国，参加了戏剧协社，他以其在美国期间养成的戏剧观念与经验来观察国内的戏剧演出，发现了当时剧坛上盛行的文明戏存在的诸多弊端，于是从剧本创作、舞台演出、导演制建立等方面对文明戏进行大胆改革，形成了完善的话剧艺术体制。他在 1924 年将王尔德《温德米尔夫人的扇子》改编成四幕剧《少奶奶的扇子》，发表于《东方杂志》第 21 卷第 25 号。1924 年 5 月，此剧由上海戏剧协社首次演出，由洪深导演并兼演剧中的刘伯英一角。此剧的成功上演，标志着繁荣一时的文明戏的结束，话剧作为现代舞台样式在我国正式形成。在洪深的努力下，中国戏剧界建立了正规的导演制度，并实现了男女同台演出。1928 年，洪深创造性地将英文 Drama

---

[1] 洪深：《中国新文学大系·戏剧集·导言》，上海：上海文艺出版社，2003 年，第 58—59 页。

译为"话剧",与原来的"新剧""文明戏""爱美剧"区别开来,中国现代戏剧从此有了正规的名字。可以说,中国现代戏剧虽然不是在洪深手中创立,却是在他手中成熟。中国现代戏剧体系的成熟,自然与洪深在美国所学的一整套戏剧理论密切相关,这也就意味着美国戏剧与中国现代戏剧之间存在着一种内在的渊源关系。

赵太侔是现代著名戏剧家。他考取公费到美国留学,于1919年到哥伦比亚大学攻读西洋文学,后入该校研究院专攻西洋戏剧,并获得硕士学位。1925年回国后被聘为北京艺术专门学校教授兼戏剧系主任,同时被北京大学聘任为讲师,主讲戏剧理论课程。余上沅在北京大学英文系上学时就参加爱美剧的演出活动,后来于1923年到美国留学,先在卡内基大学艺术学院学习戏剧专业,后来转到哥伦比亚大学专攻西洋戏剧文学及剧场艺术,同时在阿美利加戏剧艺术学院格迪斯技术所兼修舞台技术,并为《晨报》副刊撰稿介绍美国的戏剧理论和戏剧动态。余上沅于1925年回到中国,先在北京组织"中国戏剧社",后在北京美专(后改为北京艺术专科学校)开办戏剧系,并讲授现代戏剧艺术、舞台设计及表演、排演等相关课程。他翻译了倍克教授的《戏剧技巧》一书,对中国现代戏剧的发展产生了重要影响。熊佛西是著名的现代戏剧教育家、剧作家,他上中学时就参加文明戏的演出活动,对现代戏剧有着浓厚的兴趣。他于1919年考入燕京大学学习教育、文学,课余参加戏剧演出活动,1921年他与沈雁冰、陈大悲、欧阳予倩等组织"民众戏剧社",倡导"爱美剧",1924年9月赴美国哥伦比亚大学研究院师从著名戏剧大师马修斯学习戏剧专业,并获硕士学位。1926年回国后,熊佛西先后任北京国立艺术专科学校戏剧系主任、燕京大学教授等职。他们三人差不多同时期在哥伦比亚大学上学,选修与戏剧相关的专业,并成为好朋友,这也就为他们后来提倡"国剧运动"奠定了基础(他们三人是"国剧运动"的核心人物),也为他们回国后联手办戏剧学校、推动中国戏剧的发展提供了契机。

王文显(1886—1968,John. Wong-Quincey),出生于英国,1915

年伦敦大学毕业，同年回国，1921年在清华学堂任教，1927年到哈佛大学戏剧系师从倍克教授学习编剧，用英文创作《北京政变》《委曲求全》两部喜剧。这两部作品后来被李健吾翻译成中文，《北京政变》译为《梦里京华》。《委曲求全》1929年由倍克教授导演，先后在耶鲁大学剧院及马萨诸塞州福莱特俱乐部演出，受到好评。1928年清华学堂改名为"国立清华大学"，王文显担任外文系主任、教授，讲授"外国戏剧""近代戏剧""莎士比亚"等课程，培养出了曹禺、李健吾等戏剧人才。除前两部作品外，他还有《白狼计》《猎人手册》《老吴》《媒人》《皮货店》等作品。

张骏祥（1910—1996）于1927年入北京师范大学英文系学习，1928年转入清华大学西洋文学系，1936年到美国留学，在耶鲁大学戏剧研究院专修导演、编剧、布景灯光等科目；1939年秋回国，任教于四川江安国立戏剧专科学校，教授导演、舞台美术等课程，创作了《边城故事》《小城故事》《美国总统号》《万世师表》等，并导演了《蜕变》《以身作则》《北京人》《安魂曲》《牛郎织女》等话剧作品。

姚克（1905—1991）于1937年到耶鲁大学戏剧学院进修，1940年回国，1941年和费穆一起创建了天风剧团，演出了《浮尘若梦》《十字街头》《梅花梦》等，编写了历史剧《清宫怨》。上海沦陷后，姚克创作了《楚霸王》《美人计》《蝴蝶梦》《西施》《秦始皇》《银海沧桑》等历史剧，并撰写专著《怎样演出戏剧》等。此外，姚克还积极参加当时的戏剧活动，与黄佐临等组建了苦干剧团，任总干事。

通过上面的简单梳理可以发现，20世纪上半叶正是美国戏剧繁荣发展的时期——戏剧家人才辈出，现代剧院层出不穷，戏剧演出日新月异，在世界范围内产生了广泛的影响。也是在这一时期，中国的一批留学生来到美国，在哈佛大学、哥伦比亚大学、耶鲁大学等著名大学学习戏剧专业，接受戏剧专业的系统教育，不仅掌握了先进的戏剧理论知识，而且观摩、参与了美国的戏剧实践。他们回国后积极参加中国现代戏剧运动，成为中国现代戏剧发展的领导者，他们以在美国学习掌握的戏剧理论及实践经验来指导中国现代戏剧的发展,从而使得中国现代戏剧具有了丰富的美国因素。

第一节　中国现代戏剧体制中的美国因素

从时间的角度来看,中国早期的现代戏剧应该是于 20 世纪初产生于日本,由当年在日本的中国留学生创作演出,因此,日本现代戏剧对中国现代戏剧的产生发展具有特殊的意义。但即便如此,我们也能从早期的中国现代戏剧中发现美国戏剧的影子:一方面,日本现代戏剧本身就是受欧美现代戏剧的影响而产生的,日本戏剧中必然带有很多欧美戏剧的因素,中国留日学生在学习日本戏剧的过程中自然会有意无意地受到欧美戏剧的影响;另一方面,中国留日学生的戏剧活动中直接体现出一些美国戏剧因素,无论是在题材内容方面还是在艺术形式方面。

春柳社是由中国留日学生于 1906 年冬在日本东京组建的一个综合性文艺团体,主要成员有李叔同、曾孝谷、欧阳予倩等,他们在 1907 年 6 月 1 日在本乡座上演根据美国斯托夫人的小说《汤姆叔叔的小屋》改编的五幕剧《黑奴吁天录》。剧本由曾孝谷根据中译本《汤姆叔叔的小屋》改编而成,作者选择原小说的开头部分加以改编,由时为东京艺术学校学生的曾孝谷、李叔同设计布景,由谢杭白扮演乔治,李叔同饰演爱米柳夫人,曾孝谷扮演意里赛,欧阳予倩扮演小乔治和一个舞女,李涛痕扮演黑奴商人海留。演出获得成功,在当地产生很大影响。作为参演者,欧阳予倩认为,这个剧有完整的剧本,"整个戏全部用的是口语对话,没有朗诵,没有加唱,还没有独白、旁白,当时采取的是纯粹的话剧形式。……《黑奴吁天录》这个戏,虽然是根据小说改编的,我认为可以看作中国话剧第一个创作的剧本"[1]。《黑奴吁天

---

[1] 欧阳予倩:《忆春柳》,《欧阳予倩全集》第 6 卷,上海:上海文艺出版社,1990 年,第 150—152 页。

录》是一出由中国人创作、演出的话剧作品。有的人可能会认为,《黑奴吁天录》只是根据美国小说改编而成的,除此之外与美国戏剧没有什么联系,实际上问题并不这么简单。《黑奴吁天录》这部话剧作品不仅改编自美国小说,而且带有浓重的"汤姆演出"意味。何谓"汤姆演出"?"汤姆演出是改编成剧本的《汤姆叔叔的小屋》(Uncle Tom's Cabin)长期演出'轰动世界'的产物。斯托夫人的同名小说于1852年一发表,就被改编成几种剧本,乔治·艾肯(George L. Aiken,1830—1876)的改编本最有特色;于1852年9月27日开始在纽约市上演,成为'世界上最轰动的作品',它全面揭示了黑人过着的惨不忍睹的奴隶生活状况,塑造了一个善良、诚实、憨厚、乐于助人的汤姆这个光辉的艺术人物形象,在美国内战爆发前夕,特别能触动观众的心灵。此剧久演不衰,慢慢形成了汤姆演出之说,参加演出的演员被称为'汤姆派'演员。"[1]此后,由王钟声、刘艺舟于1907年9月在上海创办的春阳社也于此年10月在南市永锡堂上演了由许啸天改编的《黑奴吁天录》。春阳社与春柳社的演出有所不同,"它较多地保留了改良戏曲的某些特征,用锣鼓唱皮黄,采用了分幕、对白等欧洲戏剧形式,舞台灯光、布景、服饰逼近真实;剧场和舞台设施较为先进,剧目的思想内容进步,明显地有异于旧剧及改良戏曲"[2]。由此可见,"汤姆演出"是美国戏剧界对世界戏剧做出的一个重要贡献,在世界范围内产生了广泛影响,春柳社、春阳社推出的《黑奴吁天录》,是世界范围内"汤姆演出"的一个有机构成部分。这也充分说明,中国现代最早的戏剧演出活动尽管出现在日本,但与美国戏剧之间存在着密切的关系。

春柳社1907年在东京排演的戏剧《黑奴吁天录》,是中国现代戏剧的开端。这种以对话和动作表情为主要形式来传情达意的戏剧与中

---

1 郭继德:《美国戏剧史》,天津:南开大学出版社,2011年,第23页。
2 刘平:《中国话剧百年图文志》,武汉:武汉出版社,2007年,第11页。

国传统以唱为主的戏剧区别开来，被人们称为"新剧"，又被称为"文明戏"。1919年，欧阳予倩、陈大悲等提倡爱美剧（amateur）——中国现代早期戏剧基本上都是业余性质，实行幕表（脚本）制，没有专业的剧本，也没有专业的排演体系。

所谓"幕表制"，是指戏剧创作和演出的一种方法。"幕表制"只有一个大致的故事情节，没有具体的细节内容，也没有固定的台词。这个演出提纲悬挂在舞台后面，演员上台演出前看一眼，到台上后临时即兴编织对话，因此同一剧目在不同的场次演出时内容、对话都会发生一定的变化。实际上，"幕表制"也是西方的舶来品。在16世纪，意大利盛行艺术喜剧（Commedia dell'arte），"在这个时代，一篇剧上演时，在台后即贴了一张剧中的情节概要，一半叙述，一半说明。这种概要，后来戏剧学上替它取了个专门名词，即所谓脚本（Scenario）了。优人未入舞台之先，先看了这篇Scenario，然后出台表演，演时随意科白"[1]。实行幕表制演出的戏剧既有优点，也有局限。幕表制给演员提供了表演的空间，演员在台上可根据情况随意发挥，演员成为戏剧演出的中心。但这给戏剧演出带来了一定的弊端，有时因演员情绪不好故意找茬，或者即兴表演胡编乱造而闹出不少笑话。"新剧每每未经排练，即贸然开演。某日，余在某社后台参观，是时所演之《秋瑾》将开幕。饰秋瑾者愁眉不展，絮絮向悬幕表者叩问，说白如何？表情如何？其人答曰：'汝随便说说，随便做做，可也。'而值台者催迫频仍。饰秋瑾者忽曰：'哎哟，这个秋瑾还是男的还是女的？'余闻之，肚肠几乎笑断。"[2]当时新剧演出的混乱状况由此可见一般。洪深于1913—1916年在清华学堂读书，是校园戏剧的活跃分子，当时他们用的也是"幕表制"。通过参加演出，他认识到了当时校园戏剧存在的问

---

[1] ［美］汉米尔顿：《戏剧论》，张伯符译述，上海：上海社会科学出版社，2017年，第11页。

[2] 香如：《新剧界笑话种种（三续）》，《繁华杂志》1915年第5期。

题:"一向在清华里所用的剧本,都不过是一张幕表;将全剧的经过分为若干景,极简单地说明某景应有某几人登场,大约做些什么事,从来不将台辞对话写下来的……到表演的时候,各人发挥自己的议论,那会说话的,便尽量地'插蜡烛';但求得彩,不顾情理;个人的风头出足,而将全剧的情绪与意旨,都打翻了。"[1] "幕表制"的这些弊端导致文明戏的演出不讲章法,不顾剧情,常常以失败告终。这种情况不是仅仅在一两部戏剧演出中存在,而是当时戏剧演出中普遍存在的状况。

文明戏是中国现代戏剧发展的初级阶段,虽然取得了一定成绩,但也存在着诸多问题,最主要的问题就是没有剧本,这一问题在很大程度上制约着中国现代戏剧的进一步发展。这一状况在留美归来的张彭春、洪深等人那儿得到了改变。在洪深到哈佛大学学习戏剧之前,张彭春就在哥伦比亚大学学习戏剧。深受美国戏剧影响的张彭春早就认识到了剧本对于话剧演出的重要性,并自己动手创作剧本。1918年10月,南开新剧团编演话剧《新村正》,剧本发表于1919年5月、9月、10月出版的《春柳》杂志第6、7、8期,发表时署名"天津南开学校新剧团编",发表时所在的栏目为"新剧脚本"。据当时参加演出的陆善忱回忆,此剧是由张彭春提供故事情节,师生们合作完成的。作品在开头交代人物(按出场次序列出来)、时间(民国六年)、地点(一、二、四、五幕周家庄,三幕县城内)。第一幕先交代布景,然后人物出场:周媪年逾五旬,携侄女李玉如及儿妇吴瑛自外入,玉与瑛均年近二十,品貌端庄,衣裙整洁。三人之间展开对话,交代去车站接在上海上学的李壮图未果,后周味农(年约六旬,须发半白,由内室上)出来参与对话,后李壮图(为周味农的侄子,李玉如的胞兄,年逾二十,短须,持手杖)被仆人接回家,四人对话;然后周万年自外押行李回来,参与对话。通过对话可以发现,李壮图在上海读了三

---

[1] 洪深:《戏剧的人生》,《洪深文集》第一卷,北京:中国戏剧出版社,1988年,第476页。

年的洋学堂,其价值观与周氏父子不同,这为以后的冲突埋下了伏笔。即便用今天的眼光来看,这也是一个结构非常完整的剧本了。

以南开新剧团为代表的北方戏剧演出活动有自己的特点,即强调剧本的重要性,重视排演,发挥导演的重要作用,这对于当时国内的话剧创作与演出也产生了一定影响。针对文明戏演出中的问题,春柳社同人试图通过编写脚本来规范演出,改变混乱的演出现状,提高演出效果。"自有新剧以来,从事脚本者,仅春柳、开明两社,其他团体多不喜为之,盖脚本戏实较无脚本者为难演也。"[1] 他们已经认识到"幕表制"的局限性,并开始强调剧本在演出中的重要作用。

真正从理论上强调剧本的重要性,并以身作则地创作剧本的是洪深。洪深虽然在清华学堂读书时就不满于当时的"幕表制"而开始创作有对话的剧本,但他真正地认识到剧本的重要性是在美国留学期间。如前所述,洪深在哈佛大学接受系统的戏剧专业训练,是倍克教授唯一的中国学生。洪深于1922年从美国回国,当时国内剧坛陷入泥潭,流行一时的文明戏呈现出衰落之势:"所谓文明戏,是整个的倒坍了。戏与演员,同时退化,同时失败的。讲到戏,那已经试验过,成立的,好的剧本,先只是不肯严格的读熟遵守,渐至完全弃掷不顾,仅是极简单的,利用一点情节了。戏剧的取材,不但不直接向人生里寻觅(所谓创作),甚至外国的好剧本小说,亦无能使用,而专取坊间流行的弹词唱本,如《珍珠塔》《珍珠衫》《三笑姻缘》等,第三四流腐败的故事了。在表演的时候,因欲博取观众的拍掌或发笑,往往任意动作,任意发言,什么剧情、身份、性格,甚至情理,一切都不管,所演的戏竟至全无意识,不及儿戏了。"[2] 洪深以在美国所接受的专业戏剧标准来审视国内的戏剧现状,发现了"文明戏"的诸多问题:

---

[1] 鹧鸪:《纪愚园义务戏〈社会钟〉》,《鞠部丛刊·粉墨月旦》,上海:交通图书馆,1918年11月。

[2] 洪深:《从中国的新戏说到话剧》,《洪深研究专集》,孙青纹编,杭州:浙江文艺出版社,1986年,第170—171页。

（一）从来没有一部编写完全的剧本的，只将一张很简单的幕表，贴在后台上场处。（二）有时连这张幕表，也不肯郑重遵守。（三）绝对不排练，不试演，不充分预备的。（四）有时演员上场，甚至连全剧的情节，还不大清楚。（五）演员在外面，过了很放荡的生活，到台上时，疲倦，想瞌睡，没有精神。（六）新进的演员，未受教育，亦无大志，目的只在混饭吃。（七）没有艺术的目的，自好者仅知保全饭碗，不良者欲借戏为工具，以获得不正当的出名。（八）即有要好努力的演员，也只能自顾自，无术使全部改善。（九）布景道具灯光编剧等，不顾事实，不计情理。[1]

这些问题正是导致"文明戏"从职业的变成业余的、从恭维的变成鄙贱的名词的主要原因。在洪深所指出的文明戏的九项问题中，前四项与剧本密切相关，没有剧本，或者有剧本而不严格按照剧本来进行排演，是导致文明戏衰落的主要原因。"所以演戏而没有编写完毕的剧本，或不严格的遵守剧本，结果必致演成无意识的乱胡闹。就使作者最初曾诚恳地有艺术目的，也是徒然了。幕表戏的艺术，全是偶然的事，十有九次，是没有把握的。——剧本，遵守剧本，研究剧本，努力编写好的剧本。——剧本是戏剧的生命！没有剧本，其余什么艺术，主义，什么与人生的关系，一切都不必谈了。爱美剧与文明戏根本的不同，就是爱美剧尊重剧本，文明戏没有剧本。"[2] 洪深的这段话无疑是要宣布幕表制戏剧、文明戏的死刑，他将剧本视为戏剧的生命，没有剧本，就没有戏剧，从理论上明确了剧本在戏剧活动中的核心地位。

鉴于文明戏存在着如此多的问题，鉴于文明戏这个名词在当时人们的心目中已成为贬义词，洪深在1928年给中国现代戏剧起了一个新

1　洪深：《从中国的新戏说到话剧》，《洪深研究专集》，孙青纹编，杭州：浙江文艺出版社，1986年，第171页。

2　同上，第175—176页。

的名字——话剧,并对话剧做出了明确界定:

> 话剧,是用那成片段的,剧中人的谈话,所组成的戏剧。(这类谈话,术语叫做对话。)前数节所述春柳社的新戏,以及文明戏爱美剧等,都应当老实地称作话剧的,有时那话剧,也许包含着一段音乐,或一节跳舞。但音乐跳舞,只是一种附属品帮助品,话剧表达故事的方法,主要是用对话。不像在Opera里,主要须用乐歌,或在B(R)ussian Ballet里,主要是用跳舞的。写剧本的时候,固然除对话而外,还须说明剧中人的个性状貌,动作表情。但这种说明,原只为指导演员及出演者(导演布景师灯光道具管理员等等),用不着给剧场里观众知道的。……凡预备登场的话剧,其事实情节,人物个性,空气情调,意义问题等一切,统须间接的借剧中人在台上的对话,传达出来的。话剧的生命,就是对话。写剧就是将剧中人说的话,客观地记录下来。对话不妨是文学的(即选练字句),甚或诗歌的,但是与当时人们所说的话,必须有多少相似,不宜过于奇怪特别,使得听的人,会注意感觉到,剧中对话,与普通人生所说的话,相去太远了。[1]

洪深明确了话剧的基本特点——对话是话剧的生命,这种对话不是幕表戏、文明戏中演员在舞台上的即兴发挥、胡编乱造,而是通过剧本明确规定好了的,这实际上就明确了剧本在话剧演出活动中的核心地位。

洪深对剧本重要性的强调得到了业内人士的共同认可,欧阳予倩等人也改变了原来不重视剧本的做法,转而强调剧本在戏剧活动中的重要性。欧阳予倩接纳洪深加入民众戏剧社,二人成了好朋友、好同事,他赞同洪深对"话剧"的命名,其戏剧观念也在很大程度上受到

---

[1] 洪深:《从中国的新戏说到话剧》,《洪深研究专集》,孙青纹编,杭州:浙江文艺出版社,1986年,第176—177页。

洪深的影响。他对话剧和文明新戏（白话戏）的区别进行了具体说明：

> （一）文明戏没有剧本，话剧是有完全剧本；（二）文明戏即令有剧本也是照旧戏或传奇的方法来组织，专以敷衍情节为主，话剧是根据戏剧的原则，用分析的技巧，表现具体的情绪，进展整个的行为；（三）文明戏虽有许多不近人情的地方，亦能描写现实，但是文明戏的写实，不过真菜真嚼嚼水上台，真烧纸锭哭亲夫之类，话剧的写实是用锐敏的观察，整齐的排列，精当的对话，显出作者的中心思想，描写的是社会某种生活人物的某种性格，时代的某种精神；（四）文明戏多以低等滑稽，迎合低级社会之心理，话剧是拿严格的批评态度，站在社会前面，代表民众的呼声；（五）文明戏以浅薄的教训将就观客，话剧是以艺术的精神领导观众。[1]

欧阳予倩将剧本的有无、剧本的差异作为话剧与文明戏的主要区别，而话剧的写实精神、代表民众的呼声、艺术的精神等特质也都与剧本密切相关，它们是剧本的有机构成部分。

洪深反对不问剧本的需要，千篇一律地偏重应用某一项技术工具到一切的剧本中去，结果造成"喧宾夺主"的"工具的游戏"。"因为舞台装置、灯光、表演等等——是的，表演也在内——只是戏剧艺术创作的工具，都应当在上演某一剧本时服务于那一剧本的。如果戏剧艺术应有'中心'的话，'剧本中心论'是一个比较妥当的说法；换言之，戏剧艺术创作中最重要的是剧作者（对于他在本剧中所记录描写的某些人事）的哲学、见解、态度和主张。"[2] 洪深明确提出了"剧本中

---

[1] 欧阳予倩：《戏剧改革之理论与实际》，《戏剧》第 1 期，1929 年 5 月 25 日。
[2] 洪深：《戏剧导演的初步知识》，《洪深文集》第三卷，北京：中国戏剧出版社，1960 年，第 395 页。

心论"的主张,对剧本在戏剧艺术中的作用做出了明确的阐释,确定了剧本在戏剧艺术中的中心位置,戏剧艺术的一切技术工具诸如舞台装置、灯光、表演等都要服从剧本的需要,都要围绕着剧本来展开。

洪深不仅在理论上强调剧本的重要性,而且用实际行动创作出了大批剧本,如《赵阎王》《少奶奶的扇子》《五奎桥》等在当时产生了重要影响。他在文章中这样介绍自己的编剧方法:

> 三年的烧瓷工程的训练,使得我编剧的方法,也似乎刻板而呆笨了。在未动手之前,我先得将原料,精密地查考与分析一番;非是我完全了解和认得的东西,不敢取来使用——对于我所不大熟悉的生活,决不肯冒昧乱写的。在入手编制的时候,我总是将所希望的最后效果,预先决定了,而后谨守范围地细心耐气地再去寻取具体的方法。我甚怕或有多余浪费;好像制造一种化学组合品,所用的原料,件件应有作用——那剧本里每个人物,每件人事,每句对话,必须有他存在的必要——凡无益的东西就是有害的。我又怕或有疏忽遗漏;好像构造一座机器窑,千端万绪,须得一项一项去布置——剧本中潦草了一个小节目,那全剧的进展,便会显得不灵活的。一部完成的作品,我又要求它的前提和答案,像几何学习题那样前后呼应合于逻辑,牵强偶合"硬转弯",终竟是于心未安的。所以我的编剧,从来不是"白热时""一气呵成",而是慢慢的累积;从来不曾"飞扬",而只是脚踏实地一步一步的笨做。即如《五奎桥》,我一总写了四遍:第一遍,将大的段落布置好,写成一张大纲;第二遍,规定了每个段落里事实的先后与情感的程度;第三第四遍,比较的算是容易了,写对话与修改辞句。[1]

---

[1] 洪深:《戏剧的人生》,《洪深文集》第一卷,北京:中国戏剧出版社,1988年,第479—480页。

洪深的夫子自道使我们了解了他的编剧方法。他用科学的态度和方法来编写剧本——认真搜集材料，仔细构思作品结构，斟酌作品中的细节，考虑作品内容之间的逻辑关系，这对许多作者来说具有很大的启发性和借鉴性。在洪深的带领下，戏剧界人士日益重视剧本的创作，并创作出了大批剧本，从而推动了中国话剧的繁荣发展。20世纪30年代中国电影兴起，洪深加入了电影界，担任中华电影学校校长。"可是洪深入了电影界两年，并没有多大贡献，除非在剧本方面。那时的电影界也和文明戏一样，只用幕表而不用详细的脚本的。洪深是第一个主张并且写出剧本的人，后来人家觉得剧本的须要了，好些人采用洪深所创的格式。"[1]洪深在电影界创立了电影剧本写作的基本范式，这是他对中国电影发展所做出的重要贡献。

　　从张彭春到洪深，这些留美归来的戏剧精英将他们在美国留学时所学到的戏剧理论知识及实践经验应用于中国的现代戏剧活动，一方面在实践层面创作出了一批优秀的剧本，为中国现代话剧的演出提供了坚实的基础，对中国现代话剧剧本的创作提供了模板；另一方面在理论层面强调剧本的重要地位，传授剧本的写作方法，探讨剧本在戏剧活动中的作用，确立了剧本在戏剧活动中的核心地位。现代剧本制度的确立，不仅要求剧作家重视剧本的创作，而且要求演员必须严格按照剧本来进行排演，这样就改变了文明戏时期以演员为核心的局面，推动了中国戏剧从文明戏到话剧的转型发展。

　　在中国早期的话剧演出中，演员、布景设计人员等各行其是，随意发挥，缺少统一的指挥与安排，因此这些演出如同一盘散沙，缺少凝聚力与生命力。究其原因，就在于缺少优秀的导演，没有严格的导演制度。戏剧演出是一种综合性艺术行为，涉及剧本、排练、布景、灯光、演出等诸多方面，导演对于戏剧演出来说，就如同战场上指挥

1　洪深：《中国新文学大系·戏剧集·导言》，上海：上海文艺出版社，2003年，第88页。

千军万马的统帅,缺少了他,戏剧演出就成了一群乌合之众。中国现代戏剧导演制度的确立,经历了一个探索发展的过程。

现代戏剧是一种综合性艺术,涉及剧本、演员、观众、舞台等诸多方面。戏剧导演即以剧本为基础,以演员表演为主体,综合运用舞台道具、灯光、布景、音响等艺术工具,在舞台上进行艺术创造的戏剧活动。可以说,现代戏剧导演是伴随着具有综合艺术功能的戏剧而出现的。"在剧本写作完毕以后的戏剧艺术的创作,是由若干人分担着进行的。主要而绝对不能缺少的是演员。而演员除了那甚少见的二三角色的戏本以外,就有若干数的多人。又如果戏的演出不预备是过于简陋而还企图适当地运用舞台物质工具以补充增加戏的感动力,那就得有舞台装置、照明、道具、服装等的设计者与管理人。又如果欲用音乐伴奏,便更得有音乐的设计与伴奏者。这样聚合多人在一起工作,可能的是:多人有不同的见解,甚至有竞胜的私心,某些人的或某一二部门的工作有了畸形的发展,结果乃至破坏全剧印象的统一,妨碍剧本的命题的建立。因此戏剧的演出必须有一个深切理解而且真实同情于原作的主题,同时又熟悉各种舞台工具的功能并能预计本剧内每种工具应有的发挥程度的权威者来统筹、配合、调节各方面的努力,以求演出时不致有'辞不达意''文不对题',甚或'歪曲原作'的流弊。这样一个权威者,不论是否称为导演,在任何戏剧的艺术创作中,无有不存在的。"[1] 导演在戏剧演出活动中扮演着调配、指挥的角色,发挥着黏合剂的作用,将原来各自独立的部分——剧本、演员、舞台设计等融为一体,使之成为一个均衡的、完美的艺术生命体。导演在戏剧演出活动中具有权威性,各个部门、各种人等皆要听从导演的指挥。洪深的这段话中已经隐含着"导演中心论"的观点,是现代"导演中心论"的萌芽。

---

[1] 洪深:《戏剧导演的初步知识》,《洪深文集》第三卷,北京:中国戏剧出版社,1960年,394页。

在中国现代戏剧发展过程中，最早强调导演在戏剧演出中重要作用的人是南开新剧团的张彭春。张彭春早年在哥伦比亚大学学习教育，同时选修了一些戏剧方面的课程，观摩了一些戏剧演出，对美国的戏剧演出体制非常熟悉。他于1916年回到南开后，担任新剧团的副团长，开始自觉地运用在美国所学到的戏剧理论及实践经验来指导南开新剧团的戏剧演出活动。在为新剧团排演《娜拉》等戏剧时，他开始采用较为正规、严格的导演制。1916年，南开新剧团上演了张彭春于1915年在美国创作的《醒》，他不仅上台扮演剧中的卢君在，而且自己担任导演。后来他又导演了《一念差》等剧。张彭春将他在美国学到的戏剧排演方法与制度运用到南开戏剧的排演之中，探索出了一条适用于南开戏剧演出的路子，形成了一套具有中国特色的演出体制，在当时产生了很好的效果，对当时乃至以后的中国戏剧演出，都具有重要的理论价值和实践意义。在这一时期，在北京大学任教的宋春舫也开始翻译介绍欧洲的戏剧理论，强调导演在演剧中的重要性。

张彭春当年的排演方法并没有形成系统完整的理论文字保留下来，但我们可以通过其南开弟子及其他人所写的关于南开戏剧演出的文章来略窥一斑。20世纪30年代被称为"电影皇帝"的金焰于1922—1927年曾在南开学校就读，并参加了南开新剧团的演出活动，他在后来的文章中回忆张彭春当年的导演活动，给我们展现出了张彭春作为导演的风采："彭春老师排戏严格极了，我看过他排《压迫》、《可怜的斐迦》、《获虎之夜》，一进排演场，他什么都预先规定好了。无论是台词或是台步，甚至于台词的轻重音。这和我后来到上海参加田汉领导的南国社排戏时可以即兴表演，演出时甚至也还允许自由发挥，完全是两回事。当时我就想，看来张彭春是另有所师的。"[1] 金焰看到了张

---

1 转引自黄殿祺：《曹禺的恩师张彭春》，《话剧在北方奠基人之一——张彭春》，北京：中国戏剧出版社，2007年，第221页。

彭春与田汉等人的不同之处，他的这个"另有所师"指的就是张彭春在美国所接受的系统严格的戏剧训练。1926年，南开校庆时南开新剧团复演《一圆钱》，"剧情内容并不奇特，但演技却很精湛，人物扮演惟妙惟肖，舞台效果真实生动"[1]。演出之所以成功，除了剧团成员的刻苦排练之外，与张彭春的精心导演也是密不可分的。1929年，南开新剧团上演根据英国高尔斯华绥剧本改编的《争强》，此剧由张彭春导演，演出之后广受好评。刚从英国伯明翰大学学成归国的黄佐临看了演出后，将其与原著进行比较，给予了充分肯定："这戏全篇大致，南开新剧团都弄得十分圆满。其中的意义，亦能清清楚楚地传达到观众眼前，不稍暗昧。大成铁矿董事长安敦一与罢工领袖罗大为各相作敌，表演来，精神充足，畅而有力。各董事与安敦一之喧哗，众工人与罗大为之不睦，均在第一幕中便可一目了然，使听者脑筋中有了深刻的印象。这不能不说是张仲述先生的导演手术高强，与南开新剧团的表演灵巧。"[2] 黄佐临在英国留学时学习的是戏剧专业，对英国戏剧非常熟悉，他在看了张彭春导演的《争强》之后，自然地会将其与英国版的同名剧进行比较，通过比较发现其优劣。能得到同行的好评，这说明张彭春在戏剧导演方面已取得了相当的成绩，形成了一套自己的导演方法与风格。

1935年年初，梅兰芳应邀到苏联进行演出，张彭春受邀担任剧团的剧目总导演和随团顾问。在莫斯科和列宁格勒演出期间，他在完成剧团的演出工作之余，经常到当地剧院观看戏剧演出，回国后撰写了《苏俄戏剧的趋势》一文。在文中，他对苏联十月革命后戏剧发展所取得的成就给予了高度评价，对苏联戏剧在继承传统的基础上所进行的大胆实验给予了充分肯定，并反观中国戏剧，指出了中国戏剧发展所

---

[1] 胡立家：《半世纪前的南开话剧活动》，《话剧在北方奠基人之一——张彭春》，黄殿祺编著，北京：中国戏剧出版社，2007年，第266页。

[2] 黄佐临：《南开公演〈争强〉与原著之比较》，《话剧在北方奠基人之一——张彭春》，黄殿祺编著，北京：中国戏剧出版社，2007年，第184页。

面临的三种困难：一是中国人还没有养成欣赏话剧的习惯；二是中国话剧发展存在着经济困难；三是导演缺乏相当的训练。"话剧在一般人的眼中以为是只要能说话就能上演。所以，你演我也演。岂不知这么一来实在糟蹋话剧的价值了。他们马虎的出演，对动作的姿式，语调的高低，布景的合适，及其他基本的演剧术都未能有相当的训练，所以话剧之失败并非偶然的。"[1] 国人没有养成欣赏话剧的习惯、话剧发展缺少经济支持，这都是阻碍话剧发展的外在因素，而导演缺乏相当的训练则是阻碍话剧发展的内在因素。正因为缺少优秀的导演，动作、语调、布景等未经排演就匆匆登场，结果导致话剧演出粗制滥造，话剧演出走上恶性循环的道路。1935年年底，张彭春在陪同梅兰芳到苏联演出之后回到南开大学，选择莫里哀的《悭吝人》举行募捐演出。该剧由曹禺翻译成中文，更名为《财狂》。经过改编之后，戏剧人物和情境都趋于中国化，去掉了一些枝节，保留了主要情节、场景，全剧浓缩成三幕，无论是对话还是情节都更符合中国人的审美趣味。本剧由张彭春导演，由南开新剧团的成员参与演出。在排演过程中，张彭春认真指导，一丝不苟，"对每个演员的台词、音调、眼神、面部表情，甚至一些细微的动作，张先生都不轻易放过，给以严格的指导，直到他满意，才能通过。剧中曹禺和严仁颖（海怪）的戏最多，他们的追、跑、打等场面中每一台步，每一方位，都要反复修改。尤其是对主角更是加倍严格。当符合他的要求时，他就高兴地和曹禺拥抱在一起。……在彩排和第一次演出时，张先生还亲自为我们几个较主要的角色化了装，连眉毛、眼尾纹和抬头纹都认真地勾画。对服装颜色、衣上的补丁也都仔细推敲设计"[2]。张彭春对整部作品了然于心，从改编剧本到演员排练、从化装到服装，他都给予具体细致的指导，充分

---

1 张彭春：《苏俄戏剧的趋势》，《人生与文学》第1卷第3期，1935年6月10日。
2 鹿笃桐：《深切怀念张彭春老师》，黄殿祺编著，《话剧在北方奠基人之一——张彭春》，北京：中国戏剧出版社，2007年，第209页。

体现出一个优秀导演应有的态度与责任、职责与能力，以及在戏剧演出活动中的重要地位。在《财狂》演出之后，社会上有很多批评意见，张彭春认为他们应该有自己的标准，并将之概括为两个原则和四种精神。所谓的两个原则，即：

> 谈艺术，必须知道两个原则：第一，是"一"（unity）和"多"（variety）的原则。特别是戏剧，一定要在"多"中求"一"，"一"中求"多"。如果我们只作到了"多"，忘掉了"一"，就会失掉逻辑的连锁，发生松散的弊病。不过，我们只有概念，缺乏各方面的发展，那就太单调，太干燥。这只算达到"一"的目的，没有得到"多"的好处。在舞台上，无论多少句话，若干动作，几许线条，举凡灯光，表情，化装等，都要合乎"一"和"多"的原则。
>
> 第二，是"动韵"的原则。我们明瞭了"一"和"多"的原则，还不够用，因为"一"和"多"的道理是静态的。所以我们知道"一"和"多"，有了逻辑的连锁，还须注意到"动韵"。凡是生长的，必不死板，必有"动韵"。舞台上的缓急，大小，高低，动静，显晦，虚实等，都应该有种"生动"的意味。这种"味儿"就是由"动韵"得来。
>
> 得到"多"中的"一"的成绩，要靠理智力；求得"一"中的"多"的收获，却凭想象力。如要把握"动韵"，须有敏感。理智力、想象力和敏感，是从事戏剧的主要条件，也是一切艺术的根本。

所谓的四种精神，即：

> 工作精神可分四点来说：一、是"稳"，二、是"准"，三、是"狠"，四、是"群"。"稳"是不慌，深刻。"准"是有一定的安排。"狠"是咬住牙根，拼命的干，要干到"见血"，"见线"的

程度。讲到"群"字，不只剧团的演员，职员，甚至工友都要作到好处。我们剧团里面没有"明星"，个个演员都是主角。[1]

两个原则和四种精神，既是《财狂》一剧演出的经验总结，也是张彭春多年戏剧导演活动的经验总结，他将这些经验上升到戏剧美学的高度来予以强调，为中国的戏剧导演理论奠定了基础。

洪深对推行中国话剧演出的导演制也做出了重要贡献。洪深既是剧作家，又是演员，同时又担任导演。洪深在刚担任导演时有自己的艺术追求，但他导演的第一部作品以失败告终。"我回国后第一次导演的戏就是《赵阎王》，同台合作演出的都是过去演文明戏的演员。我当时的意图是想通过导演来改变他们的一成不变的形式主义的表演方法，结果我失败了。"[2] 演出失败的原因不外三个方面：一是当时文明戏已形成的固定的演出套路难以改变；二是当时文明戏的演出不重视导演；三是洪深缺少导演的经验。1923年，洪深结识了欧阳予倩，经欧阳予倩介绍加入了上海戏剧协社，被委以重任——担任排演部主任，欧阳予倩在《剧本汇刊》一集的序文中记载了此事："洪君入社之第一日，谷君剑尘即以其排演主任一席嘱洪君，洪君毅然不辞，且约曰：'诸君以是命不佞者，于排演时当严守其纪律，有不惬于不佞之主张者，毕事而后斟酌之。盖凡对于排演主任者应如是也。'佥曰：然！自洪君入社，实行男女合演，计所排演者为：《终身大事》,《泼妇》,《好儿子》,《少奶奶的扇子》，共四剧。自演《少奶奶的扇子》后，新剧男女合演之必要，渐能为人所信，而吾社之试验亦有相当之成绩。"[3] 排演部主任

1　张彭春：《关于演剧应注意的几点——原则和精神》，《南开校友》第1卷第3期，1935年12月15日。
2　马彦祥：《话剧运动的先行官》,《洪深——回忆洪深专辑》，北京：中国文史出版社，1991年，第19页。
3　洪深：《中国新文学大系·戏剧集·导言》，上海：上海文艺出版社，2003年，第62页。

是当时剧社中设置的一个新职位，其职责作用与导演基本上相同。排演部主任在剧团中具有重要地位，剧团诸人皆要服从他的指挥。

洪深加入戏剧协社后所做的一件重要事情，就是严格推行排演制度，规范演员的表演，确立导演的中心地位。1924年年初，洪深在导演话剧《好儿子》时，通过日常排演来确立导演的权威。"他向全体社员'约法三章'：演员必须严肃对待排戏，不得迟到早退、无故缺席，同时要求演员在讨论剧本统一认识以后，必须熟读台词后再进行排练。在排练场上，演员要服从导演指挥，不得自行其是，随意'发挥'；一旦戏搬上了舞台演出，更不容许离开剧本台词，兴之所至，各凭灵感，胡诌乱编。"[1] 洪深与全体社员的"约法三章"，一方面为社员们明确了排演工作的基本要求，另一方面也确立了导演的权威与地位，同时也确定了排演的基本方法与任务。戏剧演出因为有了这些章法的约束而与文明戏区别开来，具有了艺术的基本特质。洪深为戏剧协社规定了严格的规章制度，提出了演员在台上的"十不可"，诸如"不可偷懒，不细听不理会剧中人说的话"，"不可做无宗旨的举动……引起观众的误会"，"形容不可过火，宜求自然"，"不可自私自利，独出一个人的风头"等。[2] 洪深对演员这些的规矩与约束，提高了他们的职业素养和演出水平，使他们趋向职业化。

在明确了排演的重要地位及作用后，洪深开始探讨排演的基本方法。"夫排演必有其道焉，道者为何？即将剧中之主义、对话、动作、表情、化装、布景之力，一一为之传出，而其间尤宜了解编者之本旨，于剧情不可有丝毫之增减"[3]，导演的基本方法，就是将剧中的主题、对话、动作、表情、化装、布景等融会贯通，使之成为一个有机的生命体，赋予它以艺术生命力，即在"多"中求"一"，将"多"统一于

1　鲁思：《洪深先生二三事》，《新文学史料》1983年第1期。
2　洪深：《演员在台上的十不可》，《时事新报》1923年9月22日。
3　洪深：《致唐越石君论排演及布景书》，《时事新报》1923年10月23日。

"一"。如何才能在具体的排演过程中正确地处理"多"与"一"的关系？排演的实际效果如何？排演在演出过程中所起的作用如何？这都是一些值得思考的实际问题。通过当时发表的部分关于戏剧演出的评论，我们可以得知洪深排演的实际效果如何。当时《申报》发表了一篇《观戏剧社演〈好儿子〉述评》一文，谈到了对洪深导演的《好儿子》一剧的具体观感：

> 第一夕排演时，因剧员对脚本极生，故不能充分演出，仅将阿妈购菜起，至丁氏回家止，加以训练，并整理起立，站立，之地位，剧员剧词，声浪高低缓急，悉由洪君指导，甚有一句话，练至十数次者，其他若一举手，一踏步，一转身，亦俱有一定之程序，排演毕，洪君与诸剧员已额汗涔涔矣。余于是微语同伴S女士，戏剧果应如是排演耶？夫若是剧员不亦太苦，S女士笑答曰，中国今日之戏剧，是无艺术之戏剧，是失败的戏剧，戏剧何以无艺术，戏剧何以至失败，则均蹈未排演之病耳，乌合之众，不足以敌久练之军，今日白话剧之不敌京剧，其故一在有训练的，一在绝对的无训练，尖团字音，必须咬正，歌曲台步，必须纯熟，一剧之成，良非易易，故近日提倡爱美剧者，盛倡"以习京剧所下之工夫，用之于练白话剧"之议，戏剧协社，不过系实行是议之一耳。但余对S女士之论调，不无怀疑，盖如是排演，毋乃太滞，即以时间精力论，亦不经济，该社男女演员虽能服从排演者之命令，俯仰由人，但动作僵硬，念词亦几如鹦鹉弄舌，不堪入耳，余颇为之失望，深自引责，以为戏剧协社苟服膺从此种排演，敢断定将来必无好戏可观，良不若吾校开纪念会时，绝对未加排演之戏剧，尚活泼而含有生气焉，该社之克享盛名，其殆道途听说，不足深信乎，于是昔日之信仰，一变而为冷静嗤笑之态度矣，二日后，S女士又以柬招余往，至则见剧员不仅动作表情，已无生硬牵强之弊，且已出神入化，纯熟异常，一启齿，一发音，处

处含有美感，且有余味，能将剧情曲曲传出，显者显，隐者现，绝无过火及矫揉造作之弊，极自然之妙，如应云卫君，劝友代销假币神情，及谷剑尘君念"……硝酸……毒药……"及"唉……惭愧……惭愧"发音之沉痛，确能赚人眼泪不少，据S女士云，谷君"硝酸毒药"四字，每夕由洪君纠正，并认真练习，日必数回，颇下苦功，于是余又一变观念，以为戏剧果非若是排演不可，非若是排演，剧必无系统而不能成名剧，为祝戏剧协社诸演员，秉其热诚，努力前进。[1]

文章中的"余"以观摩者的身份观看洪深指导演员们排演，第一天看到的排演效果并不好，演员们动作僵硬，对白如鹦鹉学舌难以入耳，"余"对于戏剧协社的态度由敬仰而变为嗤笑；两天后"余"又受邀去观摩排演，这次看到的效果与之前相比发生了质的变化，演员们动作纯熟，启齿发音富有美感，能自然地将剧情传达出来，表演富有艺术感染力，此时"余"的观念又为之一变——戏剧必须经过严格排演才能成名剧，由此也揭示出导演在戏剧排演过程中不可或缺的重要作用。通过这段话，我们也可发现洪深作为导演的具体职责与任务：引导演员正确地理解剧本，在此基础上进行角色分配，引导演员根据剧中人物的性格来理解台词，演员起立站立的位置、发音的轻重缓急、举手投足等动作细节无不非常讲究，反复练习，即便像应云卫、谷剑尘等著名演员也皆在导演的指导下刻苦排练。由此不难发现，《好儿子》之所以能够成功，与洪深作为排演部主任的精心指导与辛苦付出是密不可分的。而洪深则谦虚地认为，戏剧协社演出之所以获得成功，并不是他个人的功劳，而是集体合作的结果，有五个方面的原因，即组织的合理、责任的平均、劳作的精神、生活的刻苦、社员间的感情融洽。

---

1 洪深：《中国新文学大系·戏剧集·导言》，上海：上海文艺出版社，2003年，第62—63页。

洪深的观点是有道理的，因为现代戏剧是一种综合性的艺术活动，需要所有人的精诚合作，任何个人都不能脱离整体而存在。

1924年戏剧协社上演的《少奶奶的扇子》充分展示了洪深的导演才华。此剧是洪深根据王尔德的《温德米尔夫人的扇子》改编而成，在改编过程中，他没有生搬硬套，而是从方便中国观众欣赏、接受的角度出发，把人物、时间、地点以及剧情都中国化了。在排演过程中，他明确规定导演的责任，进一步完善了排演制度。他要求化装、服饰、姿态、声调等应服从剧中规定情境的要求，不能刻意做作模仿；他教导演员要学会揣摩人物心理，将人物复杂矛盾的心理世界和性格自然地呈现出来；他要求演员要严格遵守舞台制度和剧本情境，不允许擅自随意发挥；他还将剧本、舞台设计、人物表演、灯光、道具等融为一体，使之成为一个完美的艺术整体。此剧于1924年4月在上海职工教育馆上演，深受观众欢迎，在社会上产生了很大反响。对此，洪深有着清醒的认识："国内戏剧界久已感觉到须要向西洋效习的改译外国剧的技术，表演时动作与发音的技术，处理布景，光影，大小道具的技术，化装与服装的技术，甚至广告宣传的技术，到表演《少奶奶的扇子》的时候，都获得了相当的满意的实践了。所以他们的成功，是整个'社'的成功，而不是洪深个人的成功。"[1] 导演的职责就是充分调动剧团内部所有人的积极性，充分发挥每个人的主观能动性，使"多"化为"一"。如果只是导演一个人成功，那么最多是"一"的成功；只有让"多"成功，那才是真正的成功。《少奶奶的扇子》演出成功的意义在于，中国的戏剧演出开始有了一套比较系统的排演方法和体系，这套排演方法和体系既借鉴了美国的戏剧理论和方法，又结合中国社会的实际情况进行了适当调整，是一套中西合璧的理论方法。洪深通过自己的排演实践为中国的戏剧导演总结了一套成功的经验，探索出

---

[1] 洪深：《中国新文学大系·戏剧集·导言》，上海：上海文艺出版社，2003年，第63—64页。

了一条成功的路子,"自从洪深起,中国的话剧才开始有了专业导演的职务,演出的统一性才被特别强调起来"[1]。田汉认为洪深导演王尔德的《少奶奶的扇子》,"奠定了中国话剧表导演艺术方面初步的规模"[2]。茅盾当年在上海也看过一些文明戏的演出,包括一些学生排演过的外国戏剧,但他在看了《少奶奶的扇子》演出之后有了新的感受:"只有这一次演出《少奶奶的扇子》,才是中国第一次严格地按照欧美各国演出话剧的方式来演出的:有立体布景,有道具,有导演,有舞台监督。我们也是头一次听到'导演'这个词。看了洪深导演的这个戏,很觉得了不起,当时就轰动了上海滩。"[3]《少奶奶的扇子》的成功上演,一方面标志着洪深的导演艺术日渐成熟,另一方面则标志着话剧导演制度的趋于成形。

洪深在戏剧协社的排演实践及成功演出具有积极的意义,一方面为中国的戏剧排演积累了丰富的经验,另一方面在一定程度上改变了原来文明戏演出的诸多弊端。但文明戏多年形成的弊端并不容易彻底清除,一有时机它们便会死灰复燃。1926年以后,戏剧协社的部分演员在成名之后渐渐重蹈文明戏的覆辙:"闹意气,争地位,抢主角,不尽本分,不肯刻苦(排戏须用汽车接送了),对于戏剧,完全抱着高兴主义(我是高兴才来玩玩的,那个敢再提起纪律)!所以在表演和管理方面,一齐都退步了。"[4]戏剧界的这些新问题令洪深非常失望,"至此他才明白,单有一些实践的舞台技术,是不够的;是必然会走到旧式票房那条路上去了;戏剧运动便完全没有意义了!洪深在这时候,

---

1 张庚:《半个世纪的战斗经历——中国话剧运动史的一个轮廓》,《张庚文录》第二卷,长沙:湖南文艺出版社,2003年,第288页。
2 田汉:《忆洪深兄》,孙青纹编,《洪深研究专集》,杭州:浙江文艺出版社,1986年,第30页。
3 茅盾:《文学与政治的交错——回忆录(六)》,《新文学史料》1980年第1期。
4 洪深:《中国新文学大系·戏剧集·导言》,上海:上海文艺出版社,2003年,第84页。

失去了自信心,他觉得协社的无望,也觉得他自己不能够领导中国的戏剧运动了"[1]。在这种情况下,他于1928年冬毅然脱离戏剧协社而加入田汉领导的南国社。戏剧协社在表演和管理方面的退步说明洪深所探索的导演方法尚未形成一种广为接受的严格的制度,导演制度的确立还有很远的路要走。

戏剧导演作为一种工作职责或工作角色早已有之,但其作为一个专业的核心岗位则是随着作为综合艺术的戏剧的出现而产生的。在中国现代戏剧发展史上,张彭春、洪深等人身兼数职,既是剧作家,又是演员,同时还是导演。他们将在美国所学到的相关戏剧理论及实践经验运用于中国的戏剧演出活动之中,通过多次的演出活动积累了丰富的戏剧经验,这使他们成为戏剧演出活动的全才,能够适应现代戏剧发展的新形势,胜任日益重要的导演岗位的职责需求。他们丰富的戏剧导演实践为其积累了丰富的导演经验,他们又自觉地将这些导演经验加以整理概括,使之上升到戏剧导演理论的高度,从而为中国现代戏剧导演理论奠定了基础,并为现代导演制度的确立进行了大胆的探索。

无论是中国还是西方的传统戏剧都有舞台布景,但随着电器的发明和灯光等在舞台上的广泛运用,现代戏剧的舞台布景和传统戏剧的舞台布景相比发生了很大的变化,并渐渐形成了一套理论规范与应用体制。现代布景涉及建筑、照明、舞美设计等方面,它们已经成了戏剧不可缺少的有机组成部分,并对戏剧的演出效果产生了重要的影响。

所谓布景有两重意义:一是布置安排景物,作动词;二是根据需要安排在舞台上的景物,作名词。戏剧布景能够为剧中人物活动及剧情发展提供环境,对衬托剧情发展、表现人物性格具有重要的作用。欧洲17~19世纪剧坛的布景主要是由摆放在舞台两侧的多组景片构

---

[1] 洪深:《中国新文学大系·戏剧集·导言》,上海:上海文艺出版社,2003年,第86页。

成。"这种景片一般是根据绘画'透视'原理绘制图案,获得景物实体的效果,并使观众产生它通向天幕'深处'的纵深效果(纵深感)。但是,这种布景往往是类型化的,与每部戏剧的舞台的情境和演员的表演,并没有直接的联系。"[1]到19世纪下半叶,现实主义戏剧美学原则盛行,传统的戏剧布景与现实主义的要求之间发生矛盾,于是,舞台上出现了拆掉"第四堵墙"的真实的室内景,即"厢式布景"。所谓的"厢式布景"是指戏台布景常常被设计成一间房子或一间房子的一部分,上有大梁、天花板,有门窗,里面摆放着真实的家具等道具。"厢式布景"使舞台美术从透视效果的平面绘景转向真实的、立体的空间环境,这种"厢式布景"在美国小剧场演出中大量出现,并对中国的现代戏剧产生了深远影响,中国许多现代戏剧的布景都采用了"厢式布景",从而改变了中国传统戏剧的布景模式。

现代舞台灯光技术等是与现代科学技术发展同步的,日新月异的现代科学技术为舞台灯光艺术的发展提供了前提与条件。从这一角度来说,美国日益发达的科学技术为美国戏剧舞台技术的创新发展提供了条件,这使得美国的戏剧舞台技术在世界剧坛上处于领先的地位。张彭春、洪深、余上沅、赵太侔、熊佛西等在美国学习戏剧专业,有机会亲身领略美国现代化的舞台技术,并从中学习借鉴其成功的经验。洪深除了在哈佛大学的课堂上学习戏剧理论之外,还到哈佛大学的实验剧场里进行实践。那些具体而又琐碎的舞台技术都是在课堂上无法学到的,只有通过亲身的舞台实践才能灵活掌握,并融会贯通地加以运用。此外,洪深还到波士顿的剧院里"偷习",通过观摩剧院里的演出来学习有关舞台布景的技术。通过参加这些舞台实践活动,洪深熟练地掌握了现代舞台布景技术,为其后来的舞台布景实践积累了丰富的经验。同样,余上沅、熊佛西、赵太侔等除了在哥伦比亚大学的课堂上学习戏剧理论之外,还经常到纽约的剧院里观看演出,从中学习

---

[1] 田本相主编:《中国现代比较戏剧史》,北京:文化艺术出版社,1993年,第238页。

关于舞台管理、布景的相关方法与技术。在回国之前，他们在纽约进行实地调查、考察："纽约的东边，纽约的西边，犹太人的区域，意大利人的区域，我们都得去。辗转托人介绍去调查各种剧院的内容，去访问他们的办法，去求教他们的总理；上颜料店去，上电器公司去，上玻璃店去，上布店去，上衣装店去，上五金店去，上照相馆去，上演员聚餐的饭馆去，上胶铺去，上石灰铺去，上假金珠店去，上化装用品店去，上承做布景厂去，上画店去，上书店去，……这样整整跑了两个月。"[1] 他们在这两个月里学到了许多关于舞台布景的技术和方法，而这些东西都是在课堂上或书本里学不到的，这为他们回国后的戏剧舞台布景实践打下了坚实的基础。

在西方戏剧界，背景、电光、服装等布景因素在易卜生之前并不受重视。到了 19 世纪之后，随着电的发明，它们却成为戏剧活动不可或缺的重要构成部分。对布景发展做出重要贡献的是欧洲的两位戏剧泰斗，一位是马克斯·雷英哈德（Max Reinhardt），一位是戈登克雷，他们的布景理论及技术对美国戏剧界产生了很大影响。美国人在欧洲戏剧的基础上将布景技术加以发扬光大，并成为这方面的后起之秀。"后起的有美国的宗诗（Robert E. Jones），休木（Sam Hume），及赵太侔余上沅的老师盖迪斯（Norman-Bel Geddes）。他们的主张虽然不一致，但是最要紧的目的亦不过想借背景的排布，电光的配合，服装的整齐，颜色的调和，来暗示的辅助剧中的情节，动作及个性，使全剧成为更美丽的艺术品。我对于这些东西已有相当的信仰。我以为他们，除了剧本与演员外，是近代舞台上不可缺少的。"[2] 熊佛西在哥伦比亚大学学习戏剧期间，热心于学习美国现代化的舞台布景，重视其在戏剧活动中的重要地位，在他那儿，布景技术不再是可有可无的东西，它

---

[1] 余上沅：《余上沅致张嘉铸书》，《国剧运动》，余上沅编，上海：新月书店，1927年，第 275 页。

[2] 熊佛西：《论剧》，《国剧运动》，余上沅编，上海：新月书店，1927 年，第 50 页。

与剧本和演员一样，成为现代戏剧不可缺少的因素。

20世纪初中国的文明戏演出中虽也有布景，但大多比较简陋，有的甚至粗制滥造，布景设计与剧情发展相矛盾，有的甚至闹出了笑话："某社串演某剧，其布景适两旁无门，客来倒茶，饰仆役者，不能进内，乃剥开中间彩布之裂缝，挨身攒入。其时但闻台下喊曰：攒狗洞！攒狗洞！"[1] 这种布景不但无助于戏剧的演出，反而成为戏剧演出的累赘，使演出的艺术效果大打折扣。类似的笑话在当时并不少见，这说明当时中国戏剧中布景的运用还处于一个比较低级、业余的阶段。

1916年，张彭春从哥伦比亚大学回到南开学校，担任南开新剧团的副团长，开始用他在美国所学习掌握的布景方法来指导南开新剧团的戏剧演出。他将在美国比较新颖的"厢式布景"借鉴过来加以实际应用，改变了中国传统戏剧的布景方式。从南开新剧团演出的《一元钱》《新村正》等的剧照来看，其舞台布景上出现了街道、房子、卧室、客厅、大堂、庭园等真实景物，布景错落有致，构成一个立体的空间环境，与剧情发展及演员表演相呼应，给人一种身临其境的真实感觉，强化了戏剧的艺术感染力。

1918年10月10日，张彭春导演的《新村正》在南开学校瑞庭礼堂演出，剧中所用布景已不再是中国传统的写意风格，而是一种西方化的写实风格。剧本共分五幕，每幕布景各异，第一幕是"周宅厅房"，第二幕是"关帝庙前"，第三幕是"吴宅待客室"，第四幕是"周宅厅房"，第五幕是"车站"。第一幕开篇即交代布景："周宅厅房，中设炕床，床后横案，案上置瓶镜等物。横案后即闪屏，上有'务本堂'匾额，屏后左端，可通内室。厅右壁有门，通书房；左壁之旁，即通于外；左右壁前，各置几一椅二，闪屏及两壁均有字画。"（原文无标点，标点为作者所加）剧本中的布景只是一个大致的设想提示，及至

---

[1] 钱香如：《新剧界笑话种种（续）》，《繁华杂志》1914年第4期。

演出时，这些虚拟的布景设想就具体化了。李德温作为南开的学生，曾写过一篇文章专门来记录此剧演出时的布景："既而振铃开幕，则客厅一所，几椅咸备。中设一榻，榻后横几，几一端置瓶，一端置石镜，而玉如意位其中。榻有琴几，别左右。南面上有额，曰'务本堂'，旁有联一副（余忘其文）。左有门通书室，入右转后，则达内室焉。骤视之，无不惊异，此即富翁周味农之家也。"[1]这一幕布景是展示剧中富翁周味农家中的陈设情况，其中所置道具与周味农的身份地位相符，且具有中国特色。这样的布景之所以能够被观众记录下来，主要是因为其独特新奇，给观众留下了深刻的印象。作者认为第二幕的布景最好，并将其详细地叙述出来：

> 第二幕之布景，则为一荒村。树林阴翳，黄茅紫蒉丛生于其间。败屋数间，皆毁瓦颓垣，楹柱皆不完。而竹篱乔木，俨然一野景也。天色蔚蓝，以竹为篷，糊以纸，涂以青，而以蓝色之电灯反映之，如真天然，而鲜丽之色盖有加焉。有古井一，井围为淡黄色，若经久剥蚀之。麻石旁有贫妇一，浣衣且汲水，方其垂绳于井中也；井之深若非寻丈已也，既汲而出水则盈桶，何技之巧而竟如斯也！村皆贫而无衣食者，老幼皆褴褛污秽，一若乞丐，此即剧所谓关帝庙之一带是也。[2]

作者在看了这个舞台布景之后，深受感动。"余初之睹此贫民也，不禁怜悯心生，而泫然泣下，忘其为幻伪也，以其布景之奇巧，居民之苦困，实地实情。"[3]由此可见，《新村正》一剧的舞台布景设计巧妙，既有真实性，又有艺术性，能够感染打动观众。从演出效果来

---

1 李德温：《记国庆日本校新剧之布景》，《话剧在北方奠基人之一——张彭春》，黄殿祺编，北京：中国戏剧出版社，2007年，第175页。
2 同上。
3 同上。

看,演出时的舞台布景设计与剧本中的布景设计基本相一致,这说明剧本在排演过程中得到了应有的尊重,并对排演产生了很好的指导作用。

张彭春在排演《财狂》时邀请林徽因设计布景。"布景是立体的、全台的。台右一座精致的楼阁,白石栏杆绕着斑痕的石墙,台左一座小亭,倾斜的亭阶伸到台旁。院中石桌石凳雅洁疏静,楼中花瓶装点秀美。这布景再衬上一个曲折的游廊,蔚蓝的天空,深远的树,这是一幅好图画。灯光的色调,明暗快慢;映影的错综,疏密;化装的形似,润泽;都是经过深沉的想象,细心的体会,才能做到的。剧本导演既富经验,又不丝毫苟且,照顾到动作的小点,又计划到表演的全局。举凡演员的姿势、神情和语调,全要恰到好处。"[1] 林徽因是著名建筑学家,在美国留学时曾在耶鲁大学戏剧学院学习舞台美术设计,她既熟悉美国的戏剧舞台设计,又精通中国传统的建筑艺术,由她设计的舞台布景,既具有中国传统建筑的特色,又与剧本的主旨及剧情的需要相吻合。张彭春与林徽因的合作,可谓是名导演与名设计师的强强联合,《财狂》演出的效果自然也非同一般。

除了张彭春之外,从美国归来的洪深也重视舞台布景的设计与布置。1924年,洪深在上海戏剧协社导演《少奶奶的扇子》,"用硬片做布景,真窗真门,台上有屋顶;灯光按时间气氛而变换,都是创举"[2]。洪深强调布景与现实人生、舞台演出之间的和谐一致。"在布景道具方面,虽比较的自由,可以用印象及象征等方法。但愈是用了这种'远人的'背景,愈须在表演时候,注意对话及描写性格,使人生意味,格外浓厚,观众在目眩五色中,仍能认识全剧所表现的是人生

---

[1] 巩思文:《〈财狂〉改编本的新贡献》,《话剧在北方奠基人之———张彭春》,黄殿祺编,北京:中国戏剧出版社,2007年,第206页。
[2] 应云卫:《回忆上海戏剧协社》,《洪深研究专集》,孙青纹编,杭州:浙江文艺出版社,1986年,第67页。

的。"[1] 这一时期的布景在整体风格上与西方戏剧追求现实主义的风格相一致，与中国传统戏剧重抽象的布景有了很大区别。这种现实主义风格的布景追求真实性、逼真性，有的甚至直接将实物搬上舞台，这给观众以新奇感。但现实风格的布景大大提高了布景的难度，同时也提高了布景的造价，这对当时缺乏经费、无经济支持的剧团而言无疑是一个很大的困难和压力。

布景并非直接地将相关物件道具搬上舞台那么简单，而是有着一套复杂的理论和操作方法。赵太侔在美国读书时曾深入地研究布景问题，他一方面强调布景的重要性，另一方面又强调布景要服从剧本的需要，要按照剧本所安排的场景要求、布景说明来进行设计，只有从剧本出发，吃透领悟剧本，才能设计出与剧本相吻合、能够衬托剧情发展、强化人物性格的布景。布景工作本身非常烦琐、复杂，涉及图案、设计、营造、装置等诸多环节，这些环节皆应服从全剧的需要，通过合理调配形成一个有机的整体。

赵太侔将布景工作分作四步：一、图案；二、设计；三、营造；四、装置。在他看来："图案是一种意境的表现。它是一个各部分相关的有机体；它是形状，色彩，合成的一个结体。一切形状色彩须都是这个结体的重要成分；任何形状色彩的变化必须起于这个有机体的要求。这样方能明确的表现它的意义，深切的引起人的同感。……景，光，服饰，以及三种的组合，是他的媒介，剧本是他的出发点；运用他的媒介，表现剧本的意义，是他的标的。"[2] 赵太侔认为，图案非常重要，但要从剧本出发来进行设计。为此，他详细介绍阅读剧本的方法。他认为剧本要先读三遍：第一遍单读对话，把剧本所描写的布景、动作、表情等挡住不看，免得受其影响；第二遍，确定剧本的基

---

[1] 洪深：《从中国的新戏说到话剧》，《洪深研究专集》，孙青纹编，杭州：浙江文艺出版社，1986年，第177页。

[2] 赵太侔：《布景》，《国剧运动》，余上沅编，上海：新月书店，1927年，第135—136页。

本观念,从大处着眼,决定哪一种动作的线索是贯串全剧的主干,哪一景是全剧的最高点,哪几景根本促成这一景;第三遍,读剧本里关于动作、表情的说明,但布景却不能读,免得束缚创造的想象,并随时将自己的感想记录下来,并将一切细节纳入到同基本观念一致的轨道上去,将那些无关主旨的东西都去掉,这时,你的观念已经具了形体,你可以用抽象的图案表现出来,"你不要先把实体物——门,窗,桌,山,树,等等——充塞了你的心境;先从抽象处着想,从明暗,虚实,动静处着想。看布景道具如实体,看演员如动体,看光如结合动静二体的气韵……"[1] 在设计图案时,应顾念到舞台的面积比例——宽、高、深、浅,形态——线条的表情,色彩——情绪的刺激。有了图案之后,便可开始设计工作。"你根据了图案,定出重要布景和道具的部位,配进次要的。规定各项的大小比例,计算出门是应该向里或是向外开……。戏一幕一幕增加了紧张,景也应该一次一次随了增加。这自然有些法术:你可以变更景的比例,有加大的地方。你可以将色彩逐次加重。你可以将灯光逐次加强。你也可以将模糊的形体逐渐变真切。"[2] 在设计完成后,要估量一下,看它是否合乎戏剧、审美、技术、经济条件。至于第三步营造和第四步装置则都比较简单。赵太侔对如何从剧本出发来设计图案做出了详细的说明,为后来者提供了可靠的技术理论指导。

戏剧演出大多在室内晚上进行,这样灯光就成了戏剧演出必不可少的构成部分。灯光在戏剧演出中的作用可分为两个方面:一是简单的照明,让观众能够看清楚舞台上的布景及人物的动作;二是艺术化的衬托,通过灯光的明暗及色彩变化来营造独特的舞台环境,推动剧情发展,强化人物形象特征。张彭春在导演《财狂》时就灵活地运用灯光。"平常上演新剧,舞台上总挂上一张高高的宽宽的幕。这张幕把观众和布景完全的隔绝开,丝毫的道理都没有。所以《财狂》上演

---

[1] 赵太侔:《布景》,《国剧运动》,余上沅编,上海:新月书店,1927年,第137页。
[2] 同上书,第137—138页。

时，便毅然的把那新剧的幕废了。这次公演纯用灯光，表示开场和收场。开场前，本剧导演者拿着一只（面）铜锣，闪到台后。几个适度的锣声，观众们入了座，这才减去灯光。在暗淡中使观众和舞台接近了。同时，演员们走进舞台，布置妥当。只等灯光一亮，观众们便到另一境界；这确有些'在人意中，出人意外'之妙。"[1]张彭春巧妙地运用灯光去掉了第四堵墙——幕，拉近了舞台和观众之间的距离；利用灯光的明暗来表示开场与收场，这都是很有创意的运用。

现代灯光既有一套复杂的理论，又有一套复杂的运用方法，赵太侔曾专门著文来讨论光影问题。他考察了灯光在舞台上运用的历史，认为舞台光影经历了两次革命：1781年发明的煤气灯是舞台光影史上的第一个革命，尽管它在19世纪初才被应用到舞台上去；电气的产生与运用是舞台光影的第二次革命，"以前的舞台光只供给了'亮'的一个要求，现在的进步可以供结（给）各种幻景的要求——风云雷电，晦明晨夕，斜阳落月，野火炊烟……——换言之，可以供给模仿自然的要求了"[2]。19世纪电的发明给人类提供了新的能源，改变了人类的生活方式和工作方式，也给戏剧布景带来了革命。电灯的发明运用给戏剧布景提供了新的工具，它可以将现实生活中的事物真实地再现出来，极大地提高了布景的艺术表现力和感染力。赵太侔认为："艺术表现的价值，全在告诉人它是什么，不在它是假充的什么——这是一切艺术的根本问题。"[3]因此，他反对运用光影来模仿自然，主张学习自然的方法，发挥光影的神奇。"向着这个趋势走去，舞台上的光具，不久便要酝酿出第三次革命的。现时正在发明中的各种光源，折光镜，综合制度 Synthetic lighting system，已出现的X光反射光灯，曲线反光

1　巩思文：《〈财狂〉改编本的新贡献》，《话剧在北方奠基人之一——张彭春》，黄殿祺编，北京：中国戏剧出版社，2007年，第206—207页。
2　赵太侔：《光影》，《国剧运动》，余上沅编，第140—141页。
3　同上书，上海：新月书店，1927年，第141页。

灯,特别是韦尔弗雷的光琴Clavilux,可算是这个运动的先声。"[1]在赵太侔看来,如果仅仅用灯光来模仿自然,那就极大地限制了灯光的作用,光影具有强大的艺术表现力,可以将剧作家想象虚构出来的场景境界化为具体可见的景观,将原来的不可能变为可能。随着折光镜、X反射光灯、曲线反光灯的发明应用,尤其是光琴(即利用光敏元件制造出来的电子乐器)的发明,给人们展示出了光影在舞台上应用的无限空间与可能。赵太侔认为,光在舞台上的作用主要表现在五个方面:"一,照耀着舞台和演员;二,表示时间,季候,天气;三,用光的明暗,色彩,来绘画背景;四,烘托出演员及背景的实体;五,帮助表演,象征化戏剧的意义,加强它的心理作用。"[2]赵太侔认为,一种光可以包含几种功用,或全部的功用,他以亚辟亚(Adolphe Appia)排演《特里斯坦与伊索尔德》最后一幕中灯光的运用为例来说明之,并得出自己的结论:"所以光要用得经济,用得精到,它能帮助戏剧家表现,能帮助图案家写景,能帮助演员表演。"[3]

现代戏剧舞台对于光的要求是双方面的。"一,是创造家的想象要表现一种什么景象;二,是工匠的技能要怎么样来表现这种景象。光具的发展是完全来应付这两种要求的。"[4]这两个方面是相辅相成的,有了戏剧家艺术想象表现的需求,就会有发明家的科学发明;反之,科学家有了新的光具的发明,也会给戏剧舞台带来新的艺术表现力,二者的通力合作推动了现代舞台灯光布景艺术的发展。赵太侔在文章中介绍了关于现代舞台灯光的普通设备以及各种光具的效能。他认为在舞台光具中,最重要的要算控制光的机械——电闸板Switchboard与光机Dimmers,前一种是管光的开闭的,后一种是管光的明暗的。作

---

[1] 赵太侔:《光影》,《国剧运动》,余上沅编,上海:新月书店,1927年,第141—142页。
[2] 同上书,第143页。
[3] 同上书,第144页。
[4] 同上书,第142页。

者详细介绍了电闸板摆放的位置、具体的用法、数量等；同时，作者对节光机也给予了介绍，节光机"是用阻电线制成的，有的是方筒，有的像圆饼，它能将两千多瓦特的灯从极亮慢慢的暗到没有光。知道电学的人，自然很容易了解它的构造的，并没有甚么奥妙。不过舞台光最大的伸缩力，是全要依靠它。所以在现代剧院里，它是最少不得的"[1]。这些光具设备在美国剧院中已成了普及应用的设备，但对当时中国的剧院和观众来说则是一种陌生的、带有神奇效果的工具。在当时，这些新的灯具设备大多需要进口，因此价格昂贵，一般剧院中难以见到它的身影。

赵太侔还对舞台灯光进行了详细介绍。他将舞台灯光分为两类——固定的与移动的，前者包括两种：伏光与顶光。"这一类包括着一，伏光者，是舞台前缘，安在槽里的那一横排，光是斜着向上射的；二，顶光：那也是横排的，安在槽里的，恰像伏光翻了身，倒挂在顶梁上，它的光是向下射的。……伏光与顶光，差不多每排都有三条电路，每条连贯一种不同的色光。这三种色平常总是白，红或黄，和蓝。"[2]固定的灯光具有一定的局限性，大部分倾向将此类灯移到台外去，许多是用远射灯来代替它，安在正面包厢的前边，向着台口平射过来。移动灯光又分两类："一种是散射光 Flood lights，是敞口的；一种是聚射光 Spot lights，是带凸面镜的。两种都有浅槽，可以插色胶片；都可立在地下，各处移动，或悬在铁轴上。另外还有一种'幼'聚射光'Baby' Spotlight，光力虽弱，而其用则甚大。这几种光也可以接连到节光机上，受它的节制。这一类都是后起新进，要布较复杂一点或较有兴趣一点的光影，是离不开它们的。"[3]光可分为自然光和人造光，舞台上运用的灯光都属于人造光，通过不同的方

1　赵太侔:《光影》,《国剧运动》, 余上沅编, 上海: 新月书店, 1927 年, 第 145 页。
2　同上书, 第 145—146 页。
3　同上书, 第 147 页。

法，可以创造出不同色彩的灯光，产生不同的艺术效果。"光的色彩，普通有三种方法制成——染色，胶片，玻璃。光度小的灯（二十五至四十瓦特）可以用染料。光度大的就不能，百瓦以上的灯，颜色便立不住，因为热度太高。所以较大的灯就必须用色胶片或色玻璃插在灯口。"[1] "光色同颜色一样，是可以配合的。你若有红黄蓝三种颜料的原色，你可以配合出许多别的色来，你若有红绿蓝三种光的原色，你也可以配合出一切的光色来，只要你的材料纯正，运用得法。"[2] 赵太侔在美国留学时对这些灯具、功能及运用方法都非常熟悉，他对舞台灯光的种类、功能、作用的详细介绍对国内的戏剧从业者来说无疑是一种科学普及与戏剧启蒙。

20世纪初，美国的戏剧舞台布景技术已处于世界领先的位置，美国的舞台布景家发明了许多先进的灯具设备，利用它们创造出奇特的舞台布景效果。张彭春、洪深、赵太侔、熊佛西、余上沅等人在美国留学期间，学习掌握了关于舞台布景的先进技术与方法，并将他们介绍到国内，这使得当时中国关于舞台布景技术的理论方法与美国处于同一地位，但当时中国处于战乱动荡之中，经济落后，许多剧院没有钱来购买这些先进的灯具设备，致使中国的舞台布景理论与实际运用之间存在着很大的距离。

第二节　美国小剧场与中国现代戏剧

小剧场又称小戏院，有两层含义：从数量的角度来看，小剧场规模小，大的小剧场容纳数百人，小的只容纳数十人；剧场里的演员等工作人员少，且基本上是业余演员。从性质的角度来看，小剧场与传统剧场有所不同："一，反对营利主义，提高戏剧的位置；二，重实验

1　赵太侔：《光影》，《国剧运动》，余上沅编，上海：新月书店，1927年，第147页。
2　同上。

的精神，使得戏剧可以容易进步；三，容易举办，不比得大戏院要费很大的资本，很大的工程。"[1] 小剧场以探索戏剧艺术为旨归，带有先锋的性质。

小剧场最早出现在19世纪末期的欧洲。1887年，法国的益多安（Antoine）在巴黎建设"自由戏院"，这是小戏院的第一个急先锋，其性质完全是试验的、冒险的，不以追求商业演出利益为目的；之后，类似的小剧院不断出现。1890年，俄国的斯坦尼斯拉夫斯基在莫斯科创设"艺术戏院"；1891年，英国的格林在伦敦创设"独立戏院"。此外，德国的莱因哈特（即雷英哈德）在柏林创设小戏院，富克斯在慕尼黑创设小戏院。从此以后，小戏院渐渐发达起来，差不多布满了欧洲的各大都市，形成了一场规模浩大、影响深远的世界性的小剧场运动。

20世纪初，小剧场运动在美国生根发芽。"一九一二年，这一种小戏院运动，渡海过去，到了美国。在这一年，美国同时出来了三个小戏院：一个在芝加哥（Chicago），一个在波士顿（Boston），一个在纽约（New York）。这以后美国小戏院的发达，真有一日千里之势。现在美国已经有了五十来个小戏院；他的内部的组织，都不在欧洲的小戏院之下。而且在美国的小戏院，比较的更加来得通俗一些，不限定要上等社会的人可以进去。其中还有一个小戏院，完全的可以自由进去，不收看费。还有一种可以拆卸的戏院（Collapsible Theatre）可以随意的搬动。这都是欧洲所没有的。而且美国的小戏院，有几个带设着'戏剧实验室'（Dramatic Laboratory），用科学的方法去研究戏剧，把关于戏剧上种种的布置与构造，细细的去分析并且实验起来。在卡内奇工业学校（Carnegie Institute of Technology, Pittsburgh）里面，现在有一个'实验戏院'（Laboratory Theatre），专门是为研究戏剧用的。在哈佛大学（Harvard University）也有一个'工场戏院'（Workshop

---

1 宋春舫：《小戏院的意义由来及现状》，《东方杂志》第17卷第8期，1920年4月25日。

Theatre），是倍格教授（Prof. G. P. Baker）所管理的，里面有一班专门去学习戏剧的学生。"[1] 由此可见，小剧场到美国后找到了适合它生长的文化土壤，在美国得到了快速的发展，在数年之内不仅在数量上超过了欧洲大陆，而且有了自己的创新与发展，它进入了著名大学的校园，成为大学里开设的专业。此后，美国小剧场更是驶上了快车道。"第二次世界大战前不久，美国小剧院运动已有了相当的基础。一九四〇年就有五十万这类非职业演剧团体存在，其中大约有一千个是民众团体。"[2] 由此我们可以得出结论，小剧场在20世纪上半叶的美国得到了繁荣发展，相对于欧洲的小剧场来说是后来者居上，无论是在数量上还是在艺术探索上都在世界剧坛上处于领先的地位。这些小戏院组织形式虽各不相同，但它们的宗旨是一样的，即反对戏剧的商业化，以实验的精神来探索现代戏剧艺术的发展。在这场运动中，涌现出了一批著名的剧作家、演员、导演，他们带领着现代戏剧向前发展，对中国的戏剧发展产生了重要影响。

作为世界性小剧场运动的一个有机构成部分，中国现代小剧场的发展自然受到世界范围内小剧场运动的影响，其中受到美国小剧场的影响尤大。中国的戏剧人与美国的小剧场运动结缘，主要有两个方面的原因：一方面得力于宋春舫等人对美国小剧场的大力介绍，宋春舫在1920年发表的《小戏院的意义由来及现状》[3] 就以大量的篇幅介绍了美国的小剧场的产生与发展，使中国的读者对美国的小剧场运动有了基本的了解。后来又出现了大量介绍、翻译美国小剧场的文章，如滕若渠的《一九二一年的海外剧场消息·美国消息》[4]、陈治策的《欧美

1　宋春舫：《小戏院的意义由来及现状》，《东方杂志》第17卷第8号，1920年4月25日。
2　《美国小剧场运动》，凌波译自美国妇女杂志，《广播周报》第288期，复刊第92期，1948年6月20日。
3　宋春舫：《小戏院的意义由来及现状》，《东方杂志》第17卷第8期，1920年4月25日。
4　滕若渠：《一九二一年的海外剧场消息·美国消息》，《戏剧》第1卷第3期，1921年7月30日。

各国的近代小剧场》[1]、冯国英的《美国的剧场协会》[2]等对美国的小剧场运动进行了较为详细的介绍；汪仲贤翻译的爱登的《美国最近组织的"小剧场"：沙拉沟斯（Syracus）的公众剧场》[3]和达德利·迪吉斯的《美国的剧场公会》[4]、陈治策翻译的威廉姆斯的《小戏院公演预算》[5]、陈飞译的《论当代小剧场》[6]、凌波译自美国妇女杂志的《美国小剧场运动》[7]等涉及美国小剧场的方方面面，通过这些译介文章，热衷于现代戏剧的中国剧作家、演员对美国小剧场的特点及发展有了比较详细的了解，并从中借鉴有益的东西来发展中国的现代戏剧。另一方面得力于张彭春、洪深、熊佛西、余上沅、赵太侔等留美学生在美国的学习与实践。他们在美国留学期间，正是美国小剧场运动发展突飞猛进的时期，他们热爱戏剧，在美国大学里选修的专业又都与戏剧有关，而美国大学里的戏剧课堂与实验剧场又正是小剧场运动的探索者与领导者，这使他们不仅接受了美国大学戏剧专业的系统训练，而且成为美国小剧场运动的参与者与亲历者，为他们回国后发展中国的小剧场储备了丰富的理论知识，积累了丰富的实践经验。

尽管在20世纪初中国就出现了文明戏，在五四时期也展开了戏剧改良问题的讨论，但中国的现代戏剧发展缓慢，所取得的成绩及产生的社会影响比较有限，无法与以京剧为代表的传统戏剧相抗衡。如何

---

1 陈治策：《欧美各国的近代小剧场》，《戏剧岗位》第1卷第5—6期，1940年5月1日。
2 冯国英：《美国的剧场协会》，《戏剧》第2卷第3—4期，1931年2月。
3 ［美］爱登（Horace A. Eaton）：《美国最近组织的"小剧场"：沙拉沟斯（Syracus）的公众剧场》，汪仲贤译，《戏剧》第1卷第2期，1921年6月30日。
4 ［美］达德利·迪吉斯（Dudley Digges）：《美国的剧场公会》，汪仲贤译，《戏剧》第1卷第4期，1921年8月31日。
5 威廉姆斯（Frank H. Williams）：《小戏院公演预算》，陈治策译，《戏剧与文艺》第1卷第12期，1930年9月1日。
6 《论当代小剧场》，陈飞译，《海潮》第2期，1946年5月30日。
7 《美国小剧场运动》，凌波译自美国妇女杂志，《广播周报》第288期，复刊第92期，1948年6月20日。

改良中国传统戏剧,如何发展中国现代戏剧,这是当时剧坛先驱者苦苦思考的问题。在这种情况下,部分有识之士将引导中国现代戏剧发展的希望寄托在了国外风起云涌的小剧场身上。"我们现在讲改良中国戏剧,这一种小戏院是最可以做的事情。第一是因为他容易举办,第二是因为,假使我们中国的戏剧若要改良,这一种实验的与同反对营业主义的精神,也断断是少不来的。"[1] 20世纪初的中国现代剧坛面临着许多困境:参与的人数有限,且大多是业余爱好者,真正热爱且精通现代戏剧的人就更少;缺少排练演出场所,中国虽有剧院,但这些剧院基本上都是传统的戏台,只适合演出传统戏剧,不适合现代戏剧的演出,况且要租用这样的剧院需要不菲的费用,要建设新的现代剧院则花费更大。在这种现实情况下,小剧场就成了最适合中国现代戏剧发展的形式,自然也就成了中国现代戏剧人的最佳选择,发展小剧场成了现代戏剧人的共识。民众戏剧社宣称:"我们知道,法国在19世纪初就有一个恩塔纳(Antorne)建立了一个自由剧场,尽力做宣传艺术戏剧的运动,到底造成了法国的现代戏剧。英国在19世纪末20世纪初的戏剧家也都尽力宣传英国的自由戏院的运动,到底也建立了英国的现代剧。自由戏院是要拿艺术化的戏剧表现人类高尚的理想;和营业性质的戏院、消闲主义的戏剧很有过一番冲突:初时虽只有一小部分的听客,但至终把一般人的艺术观念提高。我们翻开各国的近代戏剧史,到处都见有这种的自由戏院运动,很勇猛而有成绩。"[2] 民众戏剧社要通过学习借鉴西方的小剧院来发展中国的现代戏剧,他们的这种观点在当时剧坛具有代表性和普遍性。

以京剧为代表的中国传统戏剧是一种职业化、商业化的戏剧演出形式,演员专业化、音乐专业化、舞台专业化,不经过多年严格刻苦的训练,演员们是无法登台演出的。同时,京剧演出又形成了一群相

---

[1] 宋春舫:《小戏院的意义由来及现状》,《东方杂志》第17卷第8号,1920年4月25日。
[2] 《民众戏剧社宣言》,《戏剧》第1卷第1期,1921年5月31日。

对稳定的观众——"票友",他们大多是有钱有闲阶层,喜欢捧角,这就为专业化、商业化的戏剧演出奠定了经济基础。20世纪初文明戏虽然是现代戏剧,但其演出模式基本上是职业化、商业化的。所谓的职业化,是指文明戏的演员以演出文明戏作为自己的职业,以此来挣钱养家糊口;所谓的商业化,是指文明戏主要依靠票房收入而生存。这种职业化、商业化的戏剧演出模式在很大程度上阻碍了现代戏剧的艺术创新与发展。洪深等人深刻地认识到了文明戏所存在的诸多局限,自觉地学习美国的小剧场经验,以美国的小剧场为学习榜样,将发展中国的小剧场作为自己的奋斗目标与追求。

20世纪初,戏剧作为一个专业步入美国高等院校的殿堂,以哈佛大学为代表的美国高等院校开设戏剧专业,招收戏剧专业的本科生和研究生。除了在课堂上系统地讲解戏剧理论之外,他们还开设实验剧场,为学生们提供将理论转化为实践的实习机会,当时匹兹堡卡内基技术学院戏剧专科的实验小剧场、哈佛大学戏剧系倍克教授主持的"47号戏剧研习班"等皆是美国大学实验剧场的先行者,对美国的小剧场运动乃至对美国戏剧的发展都产生了深远而重要的影响。洪深、余上沅等在美国留学学习戏剧专业,他们除了在课堂上系统地学习戏剧的相关理论知识之外,还有机会到学校的实验剧场进行实践,将他们自己创作的作品搬上舞台,并亲身实践与剧场有关的各种工作,动手操作各种舞台技术设施,这使他们对美国的小剧场运作有着切身的体会,积累了大量的小剧场演出经验,为他们回国后提倡、推广小剧场运动奠定了坚实的基础。

受家庭环境影响,洪深自幼对戏剧有着浓厚的兴趣。1912年考入清华学堂之后,他对现代戏剧产生了兴趣,在学校里参加编剧演剧活动,是学校里戏剧活动的活跃分子;1916年夏,他抱着实业救国的远大理想到美国留学,在俄亥俄州立大学学习陶瓷工程专业,课余仍对戏剧抱有热情,阅读了大量与戏剧有关的书籍。在俄亥俄州立大学第三年,洪深参加当地组织的"中华夜"活动,排演了一出由他根据中国小说《一缕麻》改编而成的英文剧 The Wedded Husband（《为之有室》）。剧中的两个男角色由中国学生扮演，两个女角色由两位美国女同学扮演，演出后在当地产生了不小影响。1919年巴黎和会后，他写了一部三幕英文剧 Rainbow（《虹》），表达对巴黎和会将青岛及胶济铁路等划给日本的强烈抗议。由于他对戏剧的浓厚兴趣，加之当时美国小剧场运动的影响，他放弃了实业救国的理想，于1919年考入哈佛大学学习戏剧专业，是留美学生中第一个专门学习戏剧专业的人。他立志要当中国的易卜生，以戏剧为武器来改造中国社会。"他在哈佛大学专攻戏剧和文学，成为美国著名的倍克教授惟一的中国学生。同时，他还到职业团体去学习表演和管理。从前台到后台的各种工作，从登广告、卖戏票，到招待领座、收存衣帽，甚至在盥洗室里掌管手巾肥皂，他都亲自一一做过。他为回国开拓话剧事业，进行了踏踏实实、一丝不苟的全面学习。"[1]

洪深在哈佛大学学习期间，师从倍克教授学习戏剧专业。从他所写的文章中，我们可以了解他与小剧场是如何结缘的。倍克教授是美国著名的戏剧学教授，他大胆地进行教学改革，不是根据考生的考试成绩而是根据考生的写作能力来取舍学生；上课时也不是按部就班地讲课，而是与学生一起进行讨论；注重考察学生的创作能力、启发学生的思辨能力，鼓励学生参加戏剧排演活动。如果说课堂上的讨论使洪深系统地掌握了戏剧编撰的理论与方法，那么"47号戏剧研习班"附设的实验剧场则给洪深提供了将自己所学的理论知识转化为实践能力、将自己的创作搬上舞台实验场的机会。在这个实验剧场里，洪深学到了在课堂上所无法学到的关于小剧场运作的相关知识。通过亲身实践，洪深加深了对美国小剧场的了解，并积累了丰富的剧场经验。

除了在哈佛大学学习之外，洪深还到"波士顿表演学校"（School

---

[1] 阳翰笙：《怀念洪深同志（代序）》，洪钤编，《洪深文抄》，北京：人民文学出版社，2005年，第1—2页。

of Theater）学习,在波士顿表演学校拜坎雷（S. S. Curry）博士为师学习发音;他到波士顿职业小剧场（Copley Square Theater）实习,学习"不但戏剧的一切,并且那戏院营业和管理方面的一切"。在职业小剧场的实习令洪深大开眼界,从前台到后台,从演员、导演到剧场杂役,他都仔细观察,亲自动手去做,通过长期的"偷习",对小剧场的方方面面都深入观察,对小剧场运行的各个环节了然于心。可以说,洪深在哈佛大学实验剧场和波士顿职业小剧场的实习所学到的戏剧方面的知识比他在课堂上所学到的要丰富得多。此时美国的小剧场演出已经非常成熟,形成了一整套正规的排练、演出、舞台技术、运营的机制和方法,而所有这一切正是中国国内的戏剧界所匮乏的。洪深将他所学到的这些关于小剧场的理论及方法带回到国内,对中国戏剧摆脱文明戏的弊端、走上专业演出的道路,做出了重要的贡献。

余上沅从1923年到1925年在美国留学,先在匹兹堡的卡内基技术工程学院戏剧系学习,后来转学到纽约哥伦比亚大学学习戏剧专业。余上沅对卡内基学院的戏剧专科进行了较为详细的介绍:"这一科是专为以戏剧艺术为职业的人设的,所以学校便抱定这个目的去训练男女学生,叫他们将来可以做演员,编剧家,导演员或舞台监督。大学共分四年,第一二年普通,第三四年分系。发音,表情,读剧,演剧,是四年不断的。第一年男生须习布景及舞台上各项杂工,女生须习制作服装。学生的工作,与一般戏院的一样,须要切实动手,不能只知理论。因各人兴趣之不同,到了第三年便开始分系,有的侧重导演,有的侧重编剧,有的侧重演剧。毕业时还给予戏剧学士的学位,有了戏剧学士学位之后,还可继续在大学院研究;有了特别贡献时,学校颁给戏剧硕士学位。"[1]卡内基技术工程学院戏剧系具有自己的办学特色,第一二年不分专业,到第三四年才分专业。除了系统地学习戏剧相关的理论知识之外,特别强调通过舞台实践培养学生的动手能力。

---

1 余上沅:《芹献·三、卡内基的戏剧专科》,《晨报副刊》1923年12月3日。

"戏剧专科另有戏院一座,可容四百看客。舞台大小适度,绿室设备完全。上自布景灯光,下至剧中零件,全由学生自理。每月平均总有两期公演,学生们一一预备,而观其成功,这是何等乐趣!功课做完之后,眼睛里看的是图画与雕刻的成绩,耳朵里听的是音乐的节奏,一种优美的环境,又与人以不少的'烟士披里纯'。"[1]这座戏院是戏剧专业的实验剧场,也是当时美国国内著名的小剧场,它给学生们提供实践的舞台,学生们在这里将自己在课堂上所学的知识一一操练,将自己创作的剧本搬上舞台,剧院的运行管理全由学生自理,这无疑给学生提供了一个探索试验的自由空间,为学生毕业之后从事戏剧活动积累了丰富的实践经验。

在中国现代文学史上,从事中国现代戏剧活动的人数并不少,但像洪深、余上沅这样在大学里接受过系统的戏剧专业训练、具有扎实的戏剧理论功底和戏剧创作能力,同时又亲自参与小剧场演出活动的人并不多见,正是他们将美国的小剧场的理论方法及实践经验带回到中国来,对推动中国的小剧场发展做出了重要贡献。

美国的小剧场运动一开始是以"业余演剧"(Amateur)的姿态出现的,与当时专业的大剧院演出形成鲜明的反差。专业的大剧院演出以赚钱为目的,是一种典型的商业戏剧活动;而小剧场则以戏剧艺术探索为目的,演员是非专业的,因此美国的小剧场演出也被称为"业余戏剧活动"。宋春舫将Amateur根据其发音翻译成"爱美剧"。洪深对这个译名给予了高度评价:"他不但依稀译了这个字的音,不但译了普通字典所规定的意义,并且译了近二十五年来,欧美戏剧艺术者,劳动努力了,所赠与这个字的意义和威权了。"[2]正因如此,"爱美剧"这个名称在当时得到中国戏剧界的共同认可,大家纷纷用这个名词来

---

1 余上沅:《芹献·三、卡内基的戏剧专科》,《晨报副刊》1923年12月3日。
2 洪深:《从中国的"新戏"说到"话剧"》,《现代戏剧》第1卷第1期,马彦祥主编,上海:上海光华书局印行,1929年5月5日出版。

指称当时富有探索创新精神的戏剧创作及演出活动。从此,"爱美剧"取代了流行一时的文明戏,中国现代戏剧进入了一个新的发展时期。

在洪深看来,"爱美剧"的好处,"就是一方面能给与戏剧者根本的艺术知识与训练,一方面并不限制束缚他们制造的天才。爱美戏剧的空气,就可以使得戏剧艺术生长与发育的。所以在欧美,爱美剧这个名辞,至少代表对于戏剧艺术诚恳的努力,而一些没有营业戏剧者底目的,希望,顾虑,以及'投时所好'这类政策的"[1]。从这一角度来看,"爱美剧"虽然是非职业化的业余演出,但它走的却是一条现代戏剧专业化的道路。它不仅可以提供系统的戏剧知识和专业训练,而且能够提供自由创作的空间,从而带动现代戏剧艺术向前发展。由此也就不难理解 20 年代剧坛上为何"爱美剧"享有美名且成为戏剧人追随的对象。

陈大悲是提倡"爱美剧"的先驱者,也是"爱美剧"的具体实践者。他于 1921 年在蒲伯英主编的《晨报副刊》上连载《爱美的戏剧》,后来于 1922 年结集出版。他在前言中交代了写这些文章的材料的来源:"我编这部书的材料,多半是从雪尔敦陈霭底《剧场新运动》(Sheldon Cheney's The New Movement in Theater)、爱默生泰勒底《爱美的舞台实施法》(Emerson Taylor's Practical Stage Directing for Amateurs)、维廉兰恩佛尔泼底《二十世纪的剧场》(William Lyon Phelps' The Twentieth Century Theater)等几部书里取得来的,其余还有四五种参考的书。我起先原想专译《爱美的舞台实施法》,因为这部书专为美国人而作,与中国情形很多不合,不如拿人家先进国底戏剧书做基础,编一部专为中国人灌输常识而且可以眼前实用的书,比较的有些收获底希望。"[2] 从陈大悲的夫子自道中,我们可以发现其《爱美的

---

1 洪深:《从中国的"新戏"说到"话剧"》,《现代戏剧》第 1 卷第 1 期,马彦祥主编,上海:上海光华书局印行,1929 年 5 月 5 日出版。
2 陈大悲:《编述底大意》,《爱美的戏剧》,上海:上海书店出版社,2011 年,第 3 页。

戏剧》一书的内容主要是参考了当时美国人所撰写的关于小剧场、爱美剧的书籍材料，其主要戏剧理论及方法皆来自美国。《爱美的戏剧》共分八章：第一章为"概论"，介绍爱美剧的概念及其由来、研究的必要；第二章为"选择剧本底讨论"，讨论如何选择剧本；第三章为"爱美的剧社组织法"，讨论如何组织剧社；第四章为"爱美的戏剧排演法"，介绍如何排演戏剧；第五章为"演剧人必备的资产"，讨论演剧人应具备的素质与修养；第六章为"爱美的化妆术"，介绍如何化妆；第七章为"爱美的舞台与布景"，介绍剧场、舞台、布景、服装、灯光、后台、乐队等基本常识；第八章为"结论"。这本书系统地介绍了爱美剧的性质以及剧作、导演、表演、舞美等方面的知识，并对中国当时剧坛的现状进行分析，指出了中国剧坛存在的弊端，提出了具有可行性的建议，强调剧本、导演的重要性，反对"名角制""台柱制"，强调集体合作，反对类型化、脸谱化的"分派制"，主张学习西方的现实主义。这是一本普及性的小册子，对于爱美剧在中国的推广产生了重要作用。

在爱美剧运动中，各地涌现出了一批著名的戏剧社团，如上海戏剧协社、辛酉剧社、南国社、民艺剧社、剧艺社、葳娜社等。陈大悲的《幽兰女士》、欧阳予倩的《泼妇》、汪仲贤的《好儿子》、洪深的《赵阎王》、胡适的《终身大事》等成为这些戏剧社团经常上演的剧目。此外，爱美剧运动在各个学校里迅速开展，南开大学、清华大学、燕京大学、暨南大学、复旦大学、东吴大学、东南大学等都有学生组织的业余演出剧团，他们自编、自导、自演，在当时社会上产生了广泛影响。这些社团学校对于戏剧艺术做出了"诚恳的努力"，"他们的艺术，虽还没有成熟，但是他们对于戏剧的一点点贡献，已经可以使得'爱美剧'三个字，成为社会上流行的一种好名辞"[1]。正因为"爱美剧"

---

[1] 洪深：《从中国的"新戏"说到"话剧"》，《现代戏剧》第1卷第1期，马彦祥主编，上海：上海光华书局印行，1929年5月出版。

在社会上得到了观众的认可，于是一些职业演"文明戏"的人也来凑热闹，都打着爱美剧的招牌来演出，但他们只学了爱美剧的一些皮毛，并没有学到精髓。这样，爱美剧就失去了其原来的意义，那些真正的爱美剧的提倡者对爱美剧的现状非常不满，反而不用这个名词了。正是在这样的背景下，洪深退出了上海戏剧协社，加入了田汉领导的南国社。洪深在1928年以"话剧"来命名现代戏剧，爱美剧在流行了数年之后，也成为一个过时的名词。

洪深对美国小剧场有着深入了解，他又是中国小剧场运动的提倡者与参与者，他将中美两国的小剧场放在一起进行比较，很容易就发现了二者之间的差距。在洪深看来，在中国还不曾有过一个爱美剧团可以与欧美有成绩的爱美剧团相媲美，中国的爱美剧虽然取得了一些成就，但也存在着许多问题。中国爱美剧运动的意义在于，中国总算有几个人肯诚恳地跟着走这条路，"在出演的时候，至少用一个编写完全的剧本。至少遵守这个剧本，不准许那演戏的人，随他的高兴，更改剧中的字句。至少要注意到一点排演和登场的技术。而同时是'非职业'的，从事的人不受取车马费或酬劳。这是爱美剧最低的限度了"[1]。由此不难发现，美国的小剧场运动对中国现代戏剧的发展产生了积极的正面的影响，中国剧坛开始出现尊重剧本、严格排演、追求艺术、不受金钱束缚的新气象。这也预示着，中国现代戏剧开始渐渐步入正途，中国戏剧人有了自己明确的追求目标。

综观中国的小剧场运动，其在理论方面所取得的成绩要大于其在实践层面所取得的成绩，而且与美国的小剧场运动有很大的差别。为何会出现这种情况？

通过考察可以发现，戏剧的排演是一种非常费钱的艺术活动，没有一定的经济基础，戏剧是无法存活的，这也正是传统的剧院都以盈

---

[1] 洪深：《从中国的"新戏"说到"话剧"》，《现代戏剧》第1卷第1期，马彦祥主编，上海：上海光华书局印行，1929年5月出版。

利为目的的主要原因。美国的小剧场不以盈利为目的而能够生存发展，其主要原因在于其参与者大多有一定的经济基础，部分戏剧爱好者比较富有，愿意投入自己的钱而不求回报。中国则缺少这样一种戏剧氛围和社会条件，那些提倡、参与小剧场运动的戏剧人大多是穷知识分子，他们通过工作或写作所赚取的钱寥寥无几，没有多余的钱投入小剧场；而那些有钱人则大多是传统戏剧的拥趸，对小剧场不感兴趣，这导致中国的小剧场运动步履艰难。洪深、余上沅、赵太侔、熊佛西等人从美国回到中国后，最迫切渴望的就是拥有自己的小剧场，然而这对他们来说却成了一个可望而不可即的理想。他们在文章中经常抱怨没有合适的演出场所，准备筹建的剧院又因资金问题而遥遥无期。但这些困难并没有阻止他们对戏剧艺术的执着追求，他们在小剧场之路上奋力前行，终于有了一定的收获：陈大悲、蒲伯英等创办的北京人艺戏剧专门学校拥有了专供学生实习演出的新明剧场，赵太侔、余上沅、熊佛西等在国立北京艺术专门学校有了实验演剧的小礼堂，田汉主持的南国艺术大学有了自己的小剧场，欧阳予倩主持的广东戏剧研究所也有了自己的小剧场。

北京人艺戏剧专门学校成立于1922年，蒲伯英任校长，陈大悲任教务长，是中国现代话剧史上第一所戏剧专门学校，以提高戏剧艺术、造就戏剧专业人才、辅助社会教育为办学宗旨。蒲伯英、陈大悲都对现代戏剧有着浓厚的兴趣，陈大悲大力提倡爱美剧，爱美剧的观念对学校的课程设置及运作方式皆产生了重要影响。既然要推动爱美剧的发展，那就要有自己的小剧场。而学校成立后没有固定的演出场所，不利于学生的学习与实践，于是，蒲伯英决定出资建造新明剧场，并于1923年5月建成，进行了首次实习公演，演出五幕话剧《英雄与美人》。新明剧场是附属于学校的实验剧场，运用先进的方法进行管理，为学生们提供了排练演出的舞台，但可惜的是学校由于陷入人事纠纷和经济困难而于1924年停办。尽管北京人艺戏剧专门学校存在的时间很短，但它所奉行的爱美剧的观念、所推行的实验剧场演出在当时产生了广泛影响。他们用美国大学戏剧专业的教学方法授课,培养出了一批戏剧人才,如吴瑞燕、徐公美、徐葆炎、万籁天、芳信等,展示出中国小剧场运动的初步成绩。

1925年春,余上沅、赵太侔、闻一多等抱着提倡"国剧运动"的理想回到国内,准备施展拳脚实现他们的戏剧理想,但回国之后迎接他们的并非鲜花和掌声,而是落后严酷的社会现实。他们要提倡"国剧运动",却面临着诸多困难——优秀剧本的匮乏、高素质演员的缺少、设备的限制、经济的限制,都制约着戏剧的发展,这些困状在余上沅的《戏剧的困难》一文中得到了集中的展现。中国严酷的社会环境给他们的理想之火浇了一盆冷水,他们的戏剧之路备受挫折,但这并未彻底击垮他们的理想追求。好在天无绝人之路,正当他们走投无路时,1918年成立的北京美术学校改名为国立北京艺术专门学校,他们通过游说在学校里增设了戏剧系,赵太侔任主任,余上沅任教授。学校于1925年10月向社会招生,其学科建设、课程设置、培养目标基本上是按照美国戏剧教育模式进行的:"一方面,是理论课与实践课并重,另一方面是坚持戏剧公演活动,以检验和校正课堂知识。"[1]熊佛西回国后,接替赵太侔接办戏剧系,其办学理念与模式仍是美国式的。"余上沅当年回国从事戏剧教育,原拟有一个规划。他在美国卡内基大学美术学院戏剧专科学戏,回国后,就把他的主任教授史蒂芬斯、副教授华拉斯的一套办学方针、制度、教学方法运用到创办北京国立艺专戏剧系和艺术学院戏剧系方面来。后因种种关系而未完全实现。当他就任剧校校长时原规划仍以他母校卡内基大学戏剧专科为模式,只因当时国民党梦想快出'为我所用'的戏剧人才,而限定学制为二年毕业,他便把原拟规划压缩在二年内完成……这个规划后来终于实现了。"[2]除了在课程设置方面模仿卡内基大学的戏剧专业外,余上沅还模

---

1 吴戈:《中美戏剧交流的文化解读》,昆明:云南大学出版社,2006年,第89页。
2 阎折梧编:《中国现代话剧教育史稿》,上海:华东师范大学出版社,1986年,第154页。

仿卡内基大学实验剧场的方式为学生提供实习演出的舞台。学校里有一个小礼堂,用来作为师生排演的舞台,给学生们提供舞台实践的空间。学生们有机会将自己在课堂上所学到的理论知识付诸实践,定期在小礼堂举行公演,将排演的成果展示给观众,在社会上产生了很大影响。

1932年1月,熊佛西应晏阳初平民教育会的邀请,带领部分师生到河北定县农村开展戏剧大众化实验。他们在农村开办戏剧学习班,培训农民演员,建立农村剧团,并在定县东不落岗村和西建阳村设计"农民露天剧场"。"农民露天剧场"的设计理念非常新颖,它打破了传统室内剧场的设计理念,将舞台从室内搬到了室外。"我们要借形式的解放而改正观众与演员的态度,把观众那隔岸观火的态度,变成自身参加活动的态度。要使各个观众不感觉在看戏,而感觉在参加表演、参加活动。剧场中没有一个旁观者,都是活动者;所表演的内容不是他或他们的事,而是我们大家的事。为要达到这种目的,我们打破了'幕线',即台上台下打成一片,演员观众不分;演员可以表演于台下,观众可以活动于台上;演员与观众,观众与演员,整个融化成一体。"[1]这种露天剧场的设计是熊佛西的一种因地制宜的新探索,它由农民动手打造,每个剧场用极少的金钱(一百元钱)建造而成,打破了室内剧场的传统舞台模式,取消了舞台与观众席之间的界线,这样台上台下就成为一个整体,整个剧场成为一个舞台;演员与观众的界线打破了,观众不再仅是观众,也是成了戏剧的参与者,可以在台上活动,这样观众与演员就融为了一体。对于为何采用观众与演员混合起来的演出方法,熊佛西也给予了具体的分析:"在一方面,我们是呼应着'由分析走入综合'的一般哲学上的潮流,目的是使观众在与演员的混合之中不感觉在旁观,而感觉实际的在参加戏剧活动,以增强戏剧的力量,更深刻的表现戏剧的教育功能;而另一方面,实在是为了要适

---

[1] 熊佛西:《戏剧的解放与新生》,《北平晨报·剧刊》1936年1月12日。

应农民的喜好。农民是不习惯于坐在黑洞洞的屋子里看戏的。他们对于戏剧的传统的观念也有一部分是很狂放的,这主要的是由于一般的会戏,如高跷、旱船、龙灯之类所造成。这些东西我们都知道是在观众当中流动着表演的,自由、奔放、生动、泼辣,在直觉上使观者感到与演者的混合。这种表演的方法,我们认为是最理想的新式演出法,虽说其内含的意义并不值得我们注意。"[1] 这种演出方法,既照顾到了农民的喜好和习惯,又适应了世界剧坛发展的最新主潮,既传统又现代。他们用这种方法演出了《王四》《喇叭》《鸟国》《过渡》等作品,不断探索演员与观众混合演出的方式,总结出了四种基本的模式,即"台上台下沟通式""观众包围演员式""演员包围观众式""流动式",在剧本、表演、舞台装饰、灯光、音乐等方面进行大胆创新,改变了传统剧场的演出形式。这种露天剧场是一个全新的模式,是一种大胆的探索创新,带有先锋性和实验性。定县东不落岗村实验农民剧团在露天剧场的演出,形成了一套自己的特点,演出效果不错,深受广大农民欢迎。可惜的是,"七七事变"后华北沦陷,演出基地被战火摧毁,熊佛西只能离开定县,流落大西南,华北农村的戏剧实验也就到此结束了。

　　田汉早年在日本留学时就开始戏剧创作,回国后仍然积极参与当时的戏剧活动,创作了大量戏剧作品。1927年他成立南国社,计划组织南国剧场、南国出版部,创办南国艺术学院。后两项皆已付诸实施,唯独南国剧场没有着落,其原因在于修建剧场需要大量的资金,而他们自己没有资金,又不愿乞怜于他人。在这种情况下,他们只好布置小剧场。他们的小剧场看起来只"像一个有钱人家的大建筑的窗户",许多人认为它不像剧场,但孙师毅并不如此认为,在他看来,这个剧场虽然简陋,"但是,这不妨碍说它是一个剧场:有座席,也有舞

---

[1] 熊佛西:《观众与演员混合的新式演出法》,《现代戏剧家熊佛西》,北京:中国戏剧出版社,1985年,第300页。

台,台上可以将这个时代所需要的艺术剧作上演,场中也可以坐好几十个热心于这个运动的观客,舞台上的说话与动作,可以使你很清晰与不模糊地听得与看见。勃洛立特利亚(Proletariat)的艺术者,只好在'窗户'里做戏,这是事实所决定的我们运命,但它自身的运命的终结,也必然就在不远的将来"[1]。洪深于1928年加入南国社,而这正是南国社小剧场开始运行的时期,洪深的加入必然会对南国社的小剧场的建立、管理发挥一些指导作用。南国社的小剧场在戏剧艺术上富有探索精神,在思想内容上则倾向于无产阶级文学。"我们的小剧场运动,不是单纯为艺术的,也不是单纯为革命的。它是基于'艺术的革命'与'革命的艺术'二者交错之一种新的运动之建设的信念上的。"[2]这就告诉我们,早期的左翼戏剧与小剧场也是密不可分的,它是"艺术的革命"与"革命的艺术"的合一。

与田汉等人拒绝官方的津贴和资本家的帮助不同,欧阳予倩主张借用官方的资助来发展戏剧。他于1929年到广东,成立了广东戏剧研究所(1929—1931)。他的这一行为引来部分业内人士的非议,但他不为所动。尽管广东戏剧研究所带有一定的官方背景,但这并不影响他们对戏剧艺术的追求。他们出版刊物《戏剧》,开设小剧场,为学生提供排演的舞台,对推动中国现代戏剧的发展做出了一定贡献。

1929年,余上沅、赵元任、丁西林、熊佛西等组织业余的"小剧院",针对当时戏剧演出中存在的诸如演员、导演缺乏正规的专业训练、演出商业化等问题进行修正,自编、自导、自演了一批作品,如丁西林的《一只马蜂》《求婚》,余上沅的《兵变》等,在社会上产生了一定影响,培养了白杨等一批著名演员。

通过上面的分析可以发现,20世纪30年代中国现代剧坛上已经

---

1 转引自赵铭彝:《介绍南国小剧场》,《贡献》第2卷第5期,1928年4月15日。
2 阎折梧:《我们的小剧场运动发端》,《南国的戏剧》,上海:萌芽书店,1929年,第28页。

涌现出了几个比较知名的小剧场，这些小剧场的出现与美国小剧场运动的影响是密切相关的，它们的运作管理模式基本上是参照美国小剧场的模式来进行的。这些小剧场隶属于专门的艺术院校，学校为小剧场提供理论支持、培养人才，小剧场则为学生提供演出实践的舞台，二者互相促进，相得益彰。这些小剧场为当时的戏剧探索演出提供了舞台空间，在当时社会上产生了较为广泛的影响。然而，由于种种原因，这些小剧场存在的时间都比较短暂，它们也就不可能为中国现代戏剧的发展提供更多的支持。同时，相对于偌大国家，这几个小剧场影响的范围也比较有限。相对于美国成千上万的小剧场而言，中国的小剧场发展太缓慢了，由此也可以看出小剧场在中国生存的艰难。

第三节　奥尼尔与中国现代戏剧

尤金·奥尼尔（Eugene O'Neill，1888—1953）是美国杰出的剧作家，被誉为"美国的戏剧之父"。他出生于纽约一个演员世家，从小跟着父亲的剧团到各地巡回演出，深受戏剧的熏陶，对戏剧产生了浓厚的兴趣。尤金·奥尼尔于1906年考入普林斯顿大学，一年后因触犯校规被休学一年，过了一年之后他没有回到学校，而是选择在社会上从事各种工作。从1907年至1911年，奥尼尔在美国、南美、非洲等地过着流浪漂泊生活，挖过金矿，当过搬运工、水手等，耽溺于酒与女人，这为他以后的戏剧创作积累了丰富的生活素材。1912年，他得了肺结核进入疗养院治病休养，这成为他一生的转折点。在疗养院治疗期间，他安静下来倾听自己的内心世界，过去经历过的各种生活体验涌上心头，他要以戏剧的形式将自己内心涌动的各种生活体验呈现出来。奥尼尔在1913年秋天出院后开始戏剧创作，一年之内创作了12部独幕剧和3部多幕剧，这些习作中的大多数都被他毁弃了。1914年，他选择了其中的部分剧作以《渴及其他独幕集》（*Thirst and Other One Act Plays*）为名自费出版。他听从好友的劝告于1914年秋进入哈佛大学"47号戏剧研习班"师从倍克教授攻读戏剧专业,在学习相关戏剧理论的同时,又到实验剧场里进行舞台实践,为之后的戏剧创作奠定了坚实的理论基础和丰富的舞台经验。1915年暑假后,因遇到经济困难,奥尼尔没有回到哈佛大学继续上学,而是到了纽约著名的格林威治村,与作家、艺人、社会主义者、无政府主义者等生活在一起,过着一种波希米亚式的生活。1916年,他与喜爱戏剧的朋友柯克(George Cram Cook)等一起组织了一个演出剧团,"把伏尔斯的渔场,改装为舞台,以没有背的长椅子作(做)成座席,他们就称这为埠头剧场(The Wharf Theatre)。这剧场的构造非常简单,不过一间容得八九十人的一座小屋而已。就在这自然的氛围气中,表演奥尼尔的海洋剧,这一个剧团到了一九一六年才名为普鲁凡斯通剧团(The Provincetown Players)。这一团柯克的指导的精神就是美国演剧的复兴,不,可说诞生美国演剧的母亲"[1]。奥尼尔早期的作品《东航加迪夫》就在这个小剧场上演,并且获得成功。可以说,这个小剧场给奥尼尔提供了施展才华的舞台,奥尼尔从这儿走向美国剧坛,并且走向世界舞台。

综观奥尼尔的戏剧创作,大致可分为三个阶段:第一个阶段从1913年到1919年,主要以其早年的航海生活为题材,主要作品有《东航加迪夫》(1914)、《渴》(1914)、《天边外》(1918)、《遥远的归途》(1917)和《加勒比斯之月》(1917)等,此时期的作品主要为独幕剧,具有鲜明的现实主义特色;第二个阶段从1920年到1938年,这是他创作的高潮期,创作了20余部作品,主要作品有《琼斯皇》(1920)、《安娜·克利斯蒂》(1920)、《毛猿》(1922)、《大神布朗》(1925)、《榆树下的欲望》(1924)、《奇异的插曲》(1927)和《悲悼》(1931)等,此时期的作品大多为多幕剧,充满了探索创新精神,他成功地将表现主义、象征主义、心理分析等融为一体,表现出鲜明的现

---

[1] 俞念远:《奥尼尔的生涯及其作品——一九三六年诺贝尔文学奖金的获得者》,上海:《文学》第8卷第2期,1937年2月1号。

代主义特征；第三个阶段从1939年至1953年，此时期由于身体状况欠佳，创作作品数量较少，主要作品有《送冰的人来了》（1946）和自传性作品《进入黑夜的漫长旅程》（1941）等，此时期作品将现实主义和现代主义结合起来，表现出一种恢宏的气势。奥尼尔一生共创作了49部剧作，其余的未完成的稿子都被他销毁了。奥尼尔对美国戏剧的发展做出了突出贡献，他一生获得四次普利策奖，"由于他那体现了传统悲剧概念的剧作所具有的魅力、真挚和深沉的激情"，而于1936年获得诺贝尔文学奖。

奥尼尔的剧作不仅在美国文坛产生了重要的影响，在世界文坛上也产生了广泛影响，自然也对中国现代戏剧产生了重要影响。中国戏剧界对奥尼尔的接受主要有两种方式：一种是通过在美国学习戏剧专业的留学生们直接带入中国。洪深与奥尼尔同是哈佛大学"47号戏剧研习班"的学生，皆师从倍克教授学习戏剧，洪深在哈佛大学读书时奥尼尔已经成名，他自然会对奥尼尔关注有加。另一种是通过翻译介绍了解奥尼尔及其作品。1922年奥尼尔被介绍到中国，其作品在三四十年代成为中国文坛的热门翻译介绍对象，对洪深、曹禺等人的戏剧创作产生了重要影响。

五四时期，挪威作家易卜生的"问题剧"对中国现代戏剧产生了重要的影响。当时《新青年》刊出了"《易卜生》专号"，文坛上展开了关于"问题剧"的讨论，社会问题剧成为当时戏剧创作的主体。在铺天盖地的"易卜生热"中，从太平洋彼岸传来了一丝清新的凉风。茅盾在1922年发表的文章《美国文坛近状》中介绍美国"有创造新艺术精神"的作家，除了介绍四位新进小说家外，在戏剧方面提到了尤金·奥尼尔："剧本方面，新作家Eugene O'Neill着实受人欢迎，算得是美国戏剧界的第一人才。"[1] 茅盾以敏锐的眼光看到了奥尼尔戏剧创作的独特之处，并称其为美国戏剧界的"第一人才"。茅盾对奥尼尔的

---

1 沈雁冰：《美国文坛近状》，《小说月报》第13卷第5期，1922年5月10日。

介绍虽然只有短短一句话,却拉开了中国文坛关注奥尼尔的序幕。此后,大量介绍奥尼尔的戏剧创作的文章发表,对其剧作的翻译也大量出现。

胡逸云在1924年8月24日的《世界日报》"周刊之六"发表《介绍奥尼尔及其著作》一文,对奥尼尔的生平及创作进行介绍。余上沅在哥伦比亚大学攻读戏剧专业期间,对奥尼尔非常感兴趣,大量阅读了奥尼尔的作品,于1924年写下了《今日之美国编剧家奥尼尔》一文,收入1927年北新书局出版的《戏剧论集》。在文中,他介绍了奥尼尔的5部戏剧作品:《天边外》《琼斯皇》《安娜·克利斯蒂》《毛猿》和《最初的人》,同时还对奥尼尔的创作进行了评论,"奥尼尔的笔姿风度,和他的剧中人物,无一不蓬蓬勃勃,充满生气。奥尼尔的编剧技术,极为精绝,且有新的创造"[1]。

奥尼尔对以中国为代表的东方文化充满向往,他于1928年11月到中国进行访问,但中国的贫穷落后令他大失所望,可谓乘兴而来、扫兴而归。奥尼尔造访中国虽然不尽如人意,却引发了中国文坛的"奥尼尔译介热"。此后,关于奥尼尔的介绍及其作品的翻译,成为文坛的一个热门话题。张嘉铸在奥尼尔访问中国时曾对其做过一次专访,后来以《沃尼尔》为题发表在《新月》上。张嘉铸认为奥尼尔"是个诗人,一个人性的观察者"[2],这可谓抓住了奥尼尔戏剧创作的本质特点,是对奥尼尔的中肯评价。同一时期,还有一位写过多篇文章介绍奥尼尔的作者,即胡春冰。他翻译整理了圣约翰·厄尔文(St. John Ervine)、佩里顿·麦克斯韦(Perriton Maxwell)等关于"戏剧将否灭亡"等问题的观点而写成《戏剧生存问题之论战》[3]一文,发表于1929年的《戏剧》第1卷第2期,其中就有关于奥尼尔的内容。同期还发

---

[1] 余上沅:《今日之美国编剧家奥尼尔》,《余上沅戏剧论文集》,武汉:长江文艺出版社,1986年,第84页。
[2] 张嘉铸:《沃尼尔》,《新月》第1卷第11号,1929年1月10日。
[3] 《戏剧生存问题之论战》,春冰,《戏剧》第1卷第2期,1929年7月25日。

表了胡春冰的《英美剧坛的今朝》，文中也有关于奥尼尔的内容。胡春冰的《欧尼儿与〈奇异的插曲〉》发表于《戏剧》第 1 卷第 5 期，分析《奇异的插曲》"在戏剧形式上的革命意义"。此外，赵景深的《奥尼尔与得利赛》发表于《小说月报》第 21 卷第 3 号，黄英（阿英）的《奥尼尔的戏剧》刊登于《青年界》第 2 卷第 1 期（1932 年 3 月 20 日）。这些文章皆对奥尼尔及其作品给予了高度评价。袁昌英的《庄士帝与赵阎王》发表于《独立评论》（1932 年 11 月 20 日），研究奥尼尔对洪深戏剧创作的影响。1934 年 10 月，《现代》第 5 卷第 6 期刊出"现代美国文学专号"，顾仲彝发表了《戏剧家奥尼尔》一文。顾仲彝认为，奥尼尔的作品"启示人类向上的奋斗"，人物"以社会一员的资格出现，而只是作为'一个个人'"，他是一个"实验者"，"打破了许多戏剧的规则，但他从不打破戏剧的基本定律"，肯定了奥尼尔的戏剧实验与创新。1935 年 9 月 2 日，萧乾在《大公报》发表《奥尼尔及其〈白朗大神〉》一文，认为奥尼尔"以强烈的个性刻印到每篇作品上，拒绝摹拟和揣忆，题旨也不容易捉摸"，形成一种"奥尼尔味"，概括出了奥尼尔戏剧作品的个性特点。

　　1936 年，奥尼尔获得诺贝尔文学奖，1936 年、1937 年中国文坛又出现了一股"奥尼尔热"，许多刊物纷纷刊发奥尼尔的照片，奥尼尔成为中国读者熟悉的美国作家。与此同时，许多刊物上发表与奥尼尔有关的各类文章，这些文章大致可归为三类：第一类是关于奥尼尔获得诺贝尔文学奖的介绍，如英明的《奥尼尔荣获诺贝尔文学奖金》[1]、拓人的《最近得诺贝尔文学奖金的奥尼尔》[2]、予且的《奥尼尔》[3]等，这些文章在传播奥尼尔获得诺贝尔文学奖消息的同时，也对奥尼尔及其作品给予高度评价；第二类是关于奥尼尔作品的介绍与评价，其《琼

1　英明：《奥尼尔荣获诺贝尔文学奖金》，《礼拜六》第 668 期，1936 年 11 月 28 日。
2　拓人：《最近得诺贝尔文学奖金的奥尼尔》，《中国学生》第 3 卷第 13 期，1936 年 11 月 20 日。
3　予且：《奥尼尔》，《光华附中半月刊》第 4 卷第 9-10 期，1936 年 12 月 10 日。

斯皇》《天边外》等受到关注；第三类是对奥尼尔戏剧创作的详细介绍与深度评价，如俞念远的《奥尼尔的生涯及其作品——一九三六年诺贝尔文学奖金的获得者》[1]，巩思文的《美国戏剧家奥尼尔》[2]，王思曾译的《奥尼尔的剧作技巧》，[3]赵家璧的《友琴·奥尼尔》等。从整体上看，这些文章涉及奥尼尔的生平、创作、评价、研究等诸多方面，是对奥尼尔的全方位展示。可以说，这一时期中国文坛对奥尼尔已有深入的介绍与研究，对其作品的评价也恰如其分。曹泰来分析奥尼尔戏剧的艺术形式，"他表面上是推翻传统观念与形式，触犯现成的规律，然而实际上一切戏剧的定理已尽在其中"；"奥尼尔戏剧的真价，乃在乎他的诗人精深想象，解释人类永远向上之心念与永恒的挣扎底光荣"[5]。此后，国内文坛对奥尼尔的介绍评论不断，一直持续到20世纪40年代后期。

除了介绍奥尼尔及其作品外，中国文坛在20世纪30年代开始出现奥尼尔戏剧作品的翻译热。1930年，如琳翻译的奥尼尔的独幕剧《捕鲸》发表于《戏剧》第2卷第1期，马彦祥翻译的《还乡》发表于《新月》第3卷第10期，古有成翻译的独幕剧集《加力比斯之月》由上海商务印书馆于1930年12月出版。1931年，古有成翻译了《天边外》（商务印书馆）、《不同》（《当代文艺》第1卷第2—3期连载）；钱歌川翻译了《卡利甫之月》，发表于《现代文学评论》（第2卷第1—2期），同年，中华书局出版英汉对照版，译者撰写了《译者冗言》和《奥尼尔评传》；1934年10月《现代》第5卷第6期刊出"现代美国

---

1 俞念远：《奥尼尔的生涯及其作品——一九三六年诺贝尔文学奖金的获得者》，《文学》第8卷第2期，1937年2月1号。
2 巩思文：《美国戏剧家奥尼尔》，《月报》第1卷第1期，1937年1月15日。
3 ［美］温瑟（S. K. Winther）：《奥尼尔的剧作技巧》，王思曾译，《文艺月刊》第10卷第4—5期，1937年5月1日。
4 赵家璧：《友琴·奥尼尔》，《文学》第8卷第3期，1937年3月1日。
5 曹泰来：《奥尼尔的戏剧》，《国闻周报》第14卷第3期，1937年1月11日。

文学专号",袁昌英翻译奥尼尔的《绳子》;1936年11月王实味翻译的《奇异的插曲》由上海中华书局出版。由此可见,中国文坛翻译出版的奥尼尔作品与美国文坛出版的奥尼尔作品在时间上基本同步,这充分说明中国文坛对奥尼尔及其作品的重视与关注。

对奥尼尔及其作品的介绍也好,对其作品的翻译也好,固然都可以促进中国读者对奥尼尔及其作品的了解,但这只是文字层面的了解,而戏剧的生命是体现在舞台上的。换言之,只有将奥尼尔的作品搬上舞台,那才能说奥尼尔的作品真正地来到了中国。在奥尼尔的作品中,最先被搬上中国舞台的是其独幕剧《捕鲸》。1930年,由熊佛西导演的奥尼尔的独幕剧《捕鲸》由北平国立艺术学院戏剧系演出,1931年第78期《华北画刊》刊发消息,附有演出的舞台照片及全体演职人员的合影,这是奥尼尔的作品首次在中国上演。此后,奥尼尔的作品被陆续搬上中国舞台。邵惟、向培良导演的奥尼尔的独幕剧《战区内》(*In the Zone*)由上海劳动大学那波剧社于1931年6月30日公演;1932年,独幕剧《东航加迪夫》(*Bound East for Cardiff*)由上海复旦大学的复旦预科剧社演出;1934年元旦,奥尼尔的长剧《天边外》由拓声剧团在上海西藏路的宁波同乡礼堂演出,这是奥尼尔的长剧第一次被搬上中国舞台;1934年,由洪深、顾仲彝合译的长剧《琼斯皇》由复旦剧社演出;1936年5月5日到7日,马彦祥翻译并导演的《早餐之前》(*Before Breakfast*)在小剧场中正堂以联合剧社的名义公演;马彦祥将奥尼尔的独幕剧《漫长的归程》(*The Long Voyage Home*)改译为《还乡》,并由自己导演,于1936年6月26日到28日在南京国立戏剧学校上演。奥尼尔的5部独幕剧、2部长剧在20世纪30年代先后被搬上中国舞台,这使得中国观众有机会近距离地欣赏奥尼尔的戏剧演出,亲自体验其戏剧的舞台演出效果,尽管有的剧目演出并不成功,但至少说明奥尼尔的作品在当时已成为中国戏剧界关注的对象,当时几乎没有哪个外国剧作家在中国的影响力可以和奥尼尔相提并论。

歌德将古往今来的戏剧情节归纳为36种模式,基本上都是围绕人性展开的。人性的善恶冲突、欲望变化构成戏剧情节的核心,并推动戏剧情节的变化发展。奥尼尔在歌德的基础上将这一理论发扬光大,以人性作为自己剧作的表现主题。其作品的这一特点,对中国作家也产生了重要影响。洪深借奥尼尔之口来表达对人性的看法:"人生无时无刻不在改变演化之中。改得最少最慢的是人类的生理构造。改得最显著的是社会的组织与制度。人能爱,能恨,能怒,能惧,能贪,能妒;这个是不变的。但因社会环境的改变,爱什么,恨什么,怒什么,惧什么,贪什么,妒什么,这个却在时时改变的。新环境磨炼出新个性,培养出新人格。"[1] 爱、恨、怒、惧、贪、妒等是人性的本质,是永恒不变的,在任何一个人身上都存在;但爱、恨、怒、惧、贪、妒不是抽象的存在,而是一种个体化、差异化的客观存在,不同的人的爱、恨、怒、惧、贪、妒是有所差别的,即便同一个人的爱、恨、怒、惧、贪、妒在不同的时空中也会有所变化。换言之,人性具有"恒"与"变"两个方面,所谓的"恒"是指人性中永恒的本能,所谓的"变"是指人性随着外在时空环境的变化而发生变化。人性的这种复杂性为戏剧创作提供了用之不竭的素材,对人性的表现也就成为戏剧创作的永恒的主题。这既是奥尼尔的观点,也是洪深所认同的观点。

作家创作戏剧的目的是什么?一部剧作创作演出之后有什么价值和意义?对此,洪深在借奥尼尔之口阐释了这一问题。在他看来,一出戏最重要的是其中心思想,"就是那作者阅历了人生,受了人事的刺激,所发生的对于社会的一个主张一个见解一个哲学;简单的讲就是他对于大众要说的一句话"[2]。奥尼尔的剧作善于从人性的角度切入来关注人物的命运,呈现人物复杂多变的性格,形成了独具特色的主题模式——人物被各种本能欲望所操纵,最终以悲剧而结局。他笔下的人

---

[1] 洪深:《欧尼尔与洪深——一度想象的对话》,《洪深研究专集》,孙青纹编,杭州:浙江文艺出版社,1986年,第203页。
[2] 同上书,第200页。

物总是屈服于命运和各种不可知、不可抵御的神秘力量。"奥尼尔剧本中的人物多是水手、黑人，或在精神上和性格上有着显易特征的人物。剧情大都也是在命运、欲望、自然的支配之下的无望的挣扎。所以大都是悲剧，而且是人性的悲剧，并且将性格和情感强调得极深刻、极紧张，对于人物的处置也是极残酷、极不留情。因此他的剧本大都带着原始的气息，火一样的热情，以及绝望的苦闷。他的戏剧空气始终是沉郁、浓重，绝不轻松飘忽。这正是他的特长。"[1] 人性本身是非常复杂的，奥尼尔关注与表现的人性主要在以下三个方面。

首先，是对古老的冤孽——情欲的关注与表现。歌德将戏剧情节归纳为 36 种模式，第 35 种即"恋爱的罪恶"。恋爱是人的精神心理与肉体生理的合一，二者缺一不可。人的原始的情欲本能（力比多）常常摆脱理性的控制而泛滥，从而导致人与人之间的情斗与情杀，酿成人间的惨祸。奥尼尔受弗洛伊德精神分析学说影响甚大，他善于运用心理分析手法来呈现人物的潜意识世界，人类原始的本能欲望成为其关注表现的对象，《榆树下的欲望》（1924）、《奇异的插曲》（1928）是其中的代表作，作者通过对人的欲望本能的呈现，探讨人生与社会的悲剧。而其《悲悼三部曲》（*Mourning Becomes Electra*）（1931）则竭力表现人物的恋父、恋母情结，描写家庭骨肉间复仇残杀的悲剧，人物之间的乱伦、妒忌、情杀、复仇成为作品的主题。洪深借奥尼尔之口阐明这部作品的创作主旨："说明一个人在性生活方面极容易形成变态，而因为性变态的原故，往往可以使得至亲骨肉互相水火。母与女同爱一个男子，母成功了，女当然是恨母；母一定是厌恶自己的丈夫，而女一定是爱护她的父亲；母想占有她自己的儿子，女便在母与子之间，挑拨离间，也要占有，甚而至于'欲'她自己的同胞兄弟。（这是前面所说的第卅五种情节）。这个母与女的冲突，是一贯而有联系性

---

[1] 叶灵凤：《奥尼尔》，《叶灵凤散文选集》，苇明、乃福编，天津：百花文艺出版社，1992 年，第 122 页。

的。"[1] 洪深认为这部作品是"用最新的科学知识,来解释最老的人事纠纷"[2],这所谓的"最新的科学知识"即弗洛伊德的精神分析学说,所谓的"最老的人事纠纷"即人的原始本能欲望所引发的相关人物之间的冲突。奥尼尔剧作的这种主题模式对中国现代戏剧创作产生了一定的影响,中国现代戏剧中也出现了性变态、乱伦的主题模式。

白薇的《打出幽灵塔》发表于1928年的《奔流》杂志,属于一部"革命加恋爱"模式的作品。作品中的胡荣生是一个土豪,风流成性,成为农协革命的对象。作品描写胡家内部父女、母子之间的三角乱伦故事。胡荣生多年前强奸了18岁的萧森,萧森生下女儿萧月林,相约女儿由胡家抚养,萧森去法国读书。女儿被胡家送进育婴堂,后来辗转被胡荣生收养,成为他的养女。萧月林长大后花容月貌,胡荣生采取各种手段对其进行骚扰,并要纳其为妾;胡荣生的儿子胡巧鸣对萧月林也充满好感,不断地追求她,并要与她结婚。表面上看父子二人同时爱上了一个女人,实质上却是一个父亲爱上女儿、哥哥爱上妹妹的乱伦故事。与此同时,胡荣生的七姨太郑少梅耐不住寂寞,爱上了胡荣生的儿子胡巧鸣,这样,郑少梅、萧月林又同时爱上了一个男人——母亲爱上了儿子,妹妹爱上了哥哥。胡巧鸣喜欢萧月林,萧月林又喜欢自小一起长大的凌侠,这样三人之间又形成一个三角恋爱关系。最后,父子为了争夺萧月林而翻脸,父亲用刀亲手杀死了自己的儿子。对于萧森、萧月林、胡巧鸣、郑少梅来说,胡荣生是一个可怕的幽灵,胡家是可怕的幽灵塔,他们被围困在这个家庭之中,他们要打出幽灵塔,获得新生。这样,作品将现实的革命要求与个人的情感欲望融合在一起,人物之间的爱恨情仇成为作品的主要内容。

曹禺的戏剧创作在很大程度上受到奥尼尔的影响,其对人性的思

---

[1] 洪深:《欧尼尔与洪深——一度想象的对话》,《洪深研究专集》,孙青纹编,杭州:浙江文艺出版社,1986年,第204页。
[2] 同上书,第198页。

考与表现深得奥尼尔的真谛。从戏剧结构与主题模式来看，《雷雨》与《榆树下的欲望》之间不乏相通之处。《雷雨》是一部充满神秘色彩的作品，而这种神秘色彩与人物的原始本能欲望密切相关。曹禺在谈到创作这部作品的缘起时说道："然而在起首，我初次有了《雷雨》一个模糊的影象的时候，逗起我的兴趣的，只是一两段情节，几个人物，一种复杂而又原始的情绪。"[1] 这"复杂而又原始的情绪"应该就是弗洛伊德的原始本能力比多。这部作品是围绕着性欲望的冲突展开的，性本能欲望的冲突构成了这部作品的核心。剧作中的周朴园与侍萍相恋，但由于侍萍是周家的女仆，二人地位相差悬殊，导致周家的极力反对，虽然他们已经有了孩子，但侍萍仍被周家在除夕之夜赶出家门；后来周朴园与门当户对且接受过现代教育的繁漪结了婚，但周朴园对繁漪非常冷漠，内心里依然惦念着侍萍。备受冷落、性欲得不到满足的繁漪便与周朴园的长子周萍私通，犯下了乱伦之罪；侍萍被迫离开周家后投河自杀，被人救起，后来嫁给鲁贵，生了女儿四凤；四凤长大后又在周家当佣人，漂亮的四凤引起周萍与周冲两兄弟的爱慕，繁漪为了将周萍掌握在自己手里，设计让自己的儿子周冲来追求四凤，后来事情败露，致使周冲、四凤在雷雨之夜双双毙命，最终导致两个家庭家破人亡。这部作品中虽然也穿插着以鲁大海为首的工人阶级与周朴园的矛盾冲突，但其引人入胜之处仍在于性欲望引发的各色人物之间的矛盾冲突，最能打动人的仍是性变态导致的家庭悲剧。诚如作者所言："我是个贫穷的主人，但我请了看戏的宾客升到上帝的座，来怜悯地俯视着这堆在下面蠕动的生物，他们怎样盲目地争执着，泥鳅似的在情感的火坑里打着昏迷的滚，用尽心力来拯救自己，而不知千刀刃的深渊在眼前张着巨大的口。他们正如一匹跌在泽沼里的羸马，愈挣扎，愈深沉地陷落在死亡的泥沼里。"[2] 深不可测的情欲成了阴森可怕的

1　曹禺：《〈雷雨〉序》，《曹禺戏剧集一：雷雨》，吴文森编，上海：文化生活出版社，1936年，第4页。
2　同上，第6—7页。

沼泽，爱情与死亡成了这部作品的主题。如果说《雷雨》呈现的是一场熊熊燃烧的欲火，那么点燃这场欲火的便是繁漪。在繁漪的身上，我们能够看到奥尼尔《榆树下的欲望》中爱碧的影子。曹禺的《原野》虽是一部表现家族复仇题材的作品，但也涉及古老的情欲的表现。仇虎与花金子之间的"爱情"充满了怪异味道，一方面他们之间的确有爱情的基础，金子差一点嫁给仇虎；另一方面，他们俩又都把肉体的结合视为对焦家的报复，金子是为了报复焦母对自己的仇视，而仇虎则是为了给焦大星戴绿帽子以羞辱焦家。情欲与复仇融合为一体，形成一种诡异的氛围，也成了作品的主题。

谷剑尘的《绅董》也涉及古老的情欲这一主题。作品中的范之祺在谋害了自己的哥哥之后，又看上了嫂子黛语楼的美色。正因如此，范之祺既不愿杀了她，也不愿卖掉她，而是想把她据为己有。他爱她，求她，但她拒绝了他，最终招来了杀身之祸。谋杀与情欲相伴相随，构成了这部作品的思想主题。

古老的情欲是人的动物性的根本，它顽劣难驯，自导自演了一出出人间的悲剧。以这一主题为表现对象的戏剧作品大多充满了神秘色彩，而这神秘色彩在很大程度上来自难以准确言说的力比多。

其次，罪恶的报复，表现家族之间的仇恨，也是人性的重要构成部分。奥尼尔的《悲悼三部曲》用弗洛伊德的精神分析学说演绎古希腊悲剧人物俄瑞斯忒亚·厄拉克特拉为父亲报仇的故事。女主人公克莉斯丁忍受不了孤独与寂寞而爱上了卜兰特，并毒死了自己的丈夫孟南。女儿莱维尼亚具有恋父情结，她打着为父亲报仇的旗号对母亲进行报复；儿子奥林具有恋母情结，在得知母亲的奸情后杀死了卜兰特，致使母亲最后自杀身亡。由于情欲的作用，夫妻、母女、母子之间互相仇杀，最终导致家庭的分崩瓦解，复仇是全剧的主题。这种复仇主题模式对中国现代戏剧产生了重要影响，但中国剧作家并非简单地模仿，而是根据中国的社会境况加以创新发展，围绕着家族之间结仇—复仇的模式展开。结仇—复仇既有一定的模式，如起因大多为谋财害命、霸人妻女,又千变万化,故事情节曲折跌宕,充分表现出人性的复杂与丑恶。

曹禺的《原野》是一部描写两个家族之间结仇—复仇故事的作品,旨在探索表现复杂的人性。他在创作《原野》时给自己提出新的要求:探索勤劳一生但命运坎坷、悲惨的社会下层人的"心理"。他借鉴表现主义"心理暴露"的艺术表现手法来呈现仇虎复杂的内心世界。仇家与焦家原是世交,后来焦阎王看上了仇家的财产,便联合土匪洪老设计陷害、活埋了仇虎的父亲,卖了仇虎的妹妹,抢了仇虎家的地,烧了他家的房子,诬告他们是土匪,送仇虎进衙门,叫人打瘸了他的腿。两个家庭之间由此结下了深仇大恨,原本的世交成为世仇。仇虎在监狱里被关了 8 年,后来从监狱中逃出来找焦阎王报仇,而这时焦阎王已经死了,仇虎为失去了复仇目标而痛苦不已。然而,中国"父债子还"的传统观念深植于仇虎的心中,仇虎便将其仇恨发泄到了焦阎王的家人身上。焦大星是仇虎儿时的玩伴,本分老实,与他的父亲不是一路人,金子也求仇虎不要杀大星,但在仇虎看来,大星是阎王的儿子,父亲死了儿偿命,这是天经地义的。为此,仇虎杀死了焦大星,又设计让焦母杖死了自己的孙子小黑子,带走了大星的媳妇花金子,让焦家家破人亡。他要让焦母一个人孤独地活着,让她生不如死。最后,仇虎自杀身亡,两个家庭都家破人亡。由此,我们不难发现复仇的可怕力量。

谷剑尘的《绅董》也是一部带有家族复仇色彩的作品。作品中的范之祺为了钱财勾结邱叔枚,谋害了自己的哥哥、嫂子,侄女昭月刚开始被蒙在鼓里,后来得知真相后便采取行动为父报仇。她虽然没有亲手杀死范之祺和邱叔枚,但亲眼目睹两个恶人痛苦地死去,也算为父亲报了仇。这部作品在情节及内涵上比较简单,但也能够表现出人性的复杂。

复仇是人的一种非正常的心理行为,是一种巨大的精神能量,它能使一个正常人的性格发生扭曲变形,为了达到复仇的目的而不惜一切代价,甚至于献出自己的生命,因此复仇题材的作品大多以惨烈的悲剧告终。

再次,贪求也是人类的本性,许多人可以为了不可遏止的欲念而牺牲一切,而这也成为戏剧作品透视人性的一个重要角度。人具有各种不同的欲求,基于人的基本生存需求的欲望是合理的,而有些欲望一旦过度化、极致化,就成了贪婪。剧作家通过描写人的贪婪,可以创作出优秀的作品,呈现出复杂的人性。

奥尼尔虽然继承了古希腊悲剧的传统,但他并没有简单地照搬照套,而是在继承的基础上有所创新。其《榆树下的欲望》写爱碧为了金钱嫁给76岁的农场主卡伯特,围绕着农场的继承权上演了一幕夫妻、母子、父子之间尔虞我诈的悲剧,充分表现出了人性的贪得无厌。受奥尼尔的影响,洪深也在思考复杂的人性,在他看来:"希腊的悲剧大都利用前面所说第十四种剧情:人们无论如何努力,决不能抵敌那已定的命运,纵然人们这样不断地不甘休地努力也(未)见得是悲壮雄伟。但在我,解释做'一切都由于社会环境',环境当然包括人和人的已往的历史的关系,以及一个人的生理状态在内。而社会的环境,不是可以用科学的方法改造的么?"[1]洪深强调人性的变化、欲望的消长与外在的社会环境之间的密切联系。洪深的《赵阎王》是一部聚焦于复杂人性与外在环境关系的作品,作品写军营中的营长嗜赌成性,打骂士兵,克扣军饷,是一个典型的小军阀形象。赵大等人参军的主要目的,就是为了能有口饭吃,他们是在用自己的生命来换取少得可怜的军饷,而士兵们半年领不到军饷,温饱都成了问题。作者着重表现赵大在饥饿和金钱面前的心理变化,当老李来劝说赵大一起偷军饷逃走时,赵大不仅拒绝,而且与在营长屋里翻找军饷的老李打了起来,帮助士兵将老李抓了起来。但当他看到营长私藏的大把军饷时,尤其是在受到营长的打骂威吓之

---

[1] 洪深:《欧尼尔与洪深——一度想象的对话》,《洪深研究专集》,孙青纹编,杭州:浙江文艺出版社,1986年,第204页。

后，心里产生了矛盾冲突：一方面他惦念着营长对自己的好处，另一方面他又经受不起这么多钱的诱惑，最后还是抢了军饷，并开枪打伤营长而逃。赵大抢军饷有两方面的原因：一是外在环境（社会的不公、军队内部的黑暗）的逼迫，二是其内心里对金钱的强烈欲望。作者在谈到写作《赵阎王》的目的时说道："想说明世上没有所谓天生好人或天生坏人，好人坏人都是环境造成的；人的行为是相当复杂的，他可能在某些事情上表现得很好，而在某些事情上表现得很坏，甚至在同样事情上，某些时候表现得很好，某些时候表现得很坏。剧本最后一则对话，剧中的另一人物批评赵阎王说：'你做好人心太坏，做坏人心太好'，正是我对军阀时代一般当兵者的看法。"[1] 赵大是一个身处军中底层的士兵，深受军阀的压榨与虐待，他一方面杀人不眨眼，因而获得"阎王"的称号；另一方面又具有正常人的心理，有良心，忠诚，对曾帮助过自己的营长感恩戴德，"做好人心太坏，做坏人心太好"，恰到好处地概括出了赵大复杂的心理世界。赵阎王最终被阎王所追杀，这非常具有反讽意味，不仅控诉了军阀的惨无人道和社会的暗无天日，而且表现出了理性在金钱欲望面前的无力与无奈。

　　谷剑尘的《绅董》中的范之祺是一个被金钱与物质财富异化的典型人物。早年他进大学，出国留学，毕业回来结婚，都是哥哥出钱相助，但他却恩将仇报，为了霸占哥哥的钱财，串通邱叔枚买通伙计，设计将哥哥骗到冷僻的地方杀死，将哥哥的钱财据为己有。他和邱叔枚达成协议，事成之后由范之祺每年给他五百块钱的津贴，期限十年。但范之祺是个吝啬鬼，原来答应给邱叔枚的钱不兑现，最后邱叔枚撕破了脸皮，不仅将当年范之祺的恶行告诉了律师，并且亲手枪杀了他。范之祺钱迷心窍，无恶不作，农民因天灾交不起租到城里来请愿，范之祺买通保安团开枪镇压请愿的农民，致使农民死的死、伤的伤，血

---

[1] 洪深：《〈洪深剧作选〉后记》，《洪深文集》第二卷，北京：中国戏剧出版社，1988年，第636页。

流成河。在金钱的异化下，范之祺的性格发生扭曲变形，从一个正常人沦为吃人的魔鬼。同样，《原野》中的焦阎王也是一个被金钱异化的典型，作品虽没有将其作为主要人物来塑造，但他却是所有罪恶的源头。他为了钱财而设计谋害了自己的好朋友仇荣，致使仇荣家破人亡。焦阎王虽然死了，但他的滔天恶行引来了仇虎的疯狂报复，上演了一幕幕人间惨剧。

受奥尼尔剧作理念的影响，中国现代剧作家对人性的表现摆脱了善与恶的二元对立模式，力图将复杂的人性呈现出来。在他们笔下，人性不是固定不变的，而是充满了变化，人物成了天使与魔鬼的混合体，情欲、复仇、贪欲成了作品的主题。他们着重表现人物是如何在外在环境的影响下由天使而变成了魔鬼，这一变化过程充满了神秘色彩，也是最能吸引观众之处。

奥尼尔的戏剧创作之所以能在美国乃至世界范围内产生广泛而重要的影响，一个重要原因在于其剧作在很大程度上改变了传统戏剧的写作方法，表现出新的戏剧观念和新的艺术形式。奥尼尔早期的创作受到易卜生戏剧的影响，关注社会现实，带有鲜明的现实主义风格，后来受到奥古斯特·斯特林堡表现主义剧作的影响，开始运用表现主义的艺术手法，创作出多部表现主义作品，《琼斯皇帝》（1920）、《毛猿》（1922）、《上帝的儿女都有翅膀》（1924）、《大神布朗》（1926）等是其中的代表。此类作品"通过扭曲现实，打破时空观念，将人物内心世界赤裸裸地展现在舞台上，曲折地揭示社会本质，寻觅人生价值"[1]，呈现出迥异于现实主义的风格。奥尼尔在20世纪20年代开始被介绍到中国，此一时期正是其创作由现实主义向表现主义转变的时期，其作品的创新精神及表现主义艺术形式影响了中国戏剧界的创作。

以复杂的心理世界为表现对象，注重心理世界的艺术呈现，这是表现主义戏剧的第一个艺术特点。现实主义更多关注人的外在行为，

---

[1] 郭继德：《奥尼尔剧作选·前言》，北京：人民文学出版社，2007年，第4页。

而表现主义则着重通过人物的动作、语言表现人的内在精神。由于表现对象不同,它们运用的艺术表现手法也就不同。"表现主义戏剧侧重表现人的精神历程,为直观再现人的深层心理及精神历程,表现主义往往采用多重人格、内心独白、幻觉、梦境等手法。"[1]

以弗洛伊德的精神分析学说为代表的现代心理学发现了人的复杂隐秘的精神世界,他将人的心理世界分为三个不同的层次,即意识(Conscious)、前意识(Preconscious)(又称下意识)和潜意识(Unconscious)(又称无意识)。意识即人自己能觉察到的心理活动,又叫自觉,处于心理结构的最上层,它与外在现实世界密切相联,用语言逻辑来概括表现外在事物。前意识是一种可以随时被回忆起来且能召唤到意识层面的心理活动,它处于意识和潜意识的中间地带,是调节意识与潜意识的中介机制。潜意识则是不被觉察、受到压抑的心理活动,是一种原始、神秘的巨大心理能量,包括人的各种原始的本能、欲望,它们不被社会的道德、法律所接纳,被深深地压抑在阴暗、神秘的角落里,但它们时刻都在蠢蠢欲动。与这三种心理层次相对应,弗洛伊德提出了人格结构理论,即超我(Superego)、自我(Ego)和本我(Id)。超我遵循理性原则,自我遵循现实原则,本我遵循享乐原则。潜意识的发现和提出不仅在精神疾病的治疗方面具有重要的意义,而且对文艺创作产生了巨大的影响,它给创作者提供了一个全新的表现对象,而这个新的表现对象的复杂、神秘一点也不亚于外在的客观世界。

潜意识学说引起了中国戏剧家的好奇,成为他们探索的对象。"中国表现主义剧作家,同样致力于人的深层心理的直观再现。为了在舞台上展示人物的种种心理状态和心灵搏击,必须采用变形的手法,把复杂的心理状态和潜意识,幻化为复杂的人格系列,从而表现为,对自我进行多层次复杂结构的分析。多重自我除代表人的意识心理活动

---

[1] 张浩:《二十世纪中国戏剧中的表现主义》,《西方文艺思潮与二十世纪中国文学》,乐黛云、王宁主编,北京:中国社会科学出版社,1990年,第387页。

外，还代表着潜意识和无意识的心理活动，因此，表现主义戏剧往往采用多重自我刻画的手法，来直观地表现人们的各种复杂意识。"[1]伯颜的《宋江》是一部历史剧，是以历史人物宋江及其故事演绎而成的一部作品。它与传统意义上的历史剧有所不同，不追求历史人物的真实性，仅是借用宋江这一历史人物来表现作者的主观意图。因此，作者笔下的宋江不是传统意义上急公好义的梁山好汉，而是一个徘徊于理想世界与现实世界之间的烦闷者，他在"随俗浮沉"还是"遗世独立"之间犹豫彷徨。"所谓玉帝的神光，乃是被重重叠叠的罪恶密密包罗了的良心的光辉。在我们的人生路上走，也不能'随俗浮沉'，也不能'遗世独立'，'走到他们中间去'，借着玉帝万能的神力，把现实的世界化为玲珑光洁水晶一样的透明世界。"作品中这段说明者的独白，透出了作者的创作目的——以表现宋江复杂矛盾的心理世界为主，揭示宋江复杂的性格特征。作品开头交代时代（宋政和某年秋）、地点（山东郓城还道村九天玄女庙，殿前森林）、背景（舞台上老柏十余株，枝干参天。左侧露神殿之一角。林后峻岭巍峨，悬崖壁立。时方九月，遍地落叶纵横。新月之光自左射出。全台光线作暗绿色，夜之神秘的空气涨满全台）。这一背景介绍充满了神秘色彩，与奥尼尔的《琼斯皇》有相通之处。剧本选取宋江杀了阎婆惜之后逃亡的故事来予以加工改写，但其重点并不在于叙述曲折的故事情节，而是着重呈现人物紧张恐惧的内心世界。"宋江神色仓皇，负包裹，腰短刀，提木棒，自右急趋上。左右顾盼，若深恐有人追蹑者。侧耳远听，寂寥无声，知追者已远。稍觉安心，释所负置阶上，取巾拭汗，坐石上稍息。忽闻人声自远渐近，颜色突变，若触电然，侧耳远听，益觉慌张，急趋殿前，逾窗将入，忽又踌躇少顷。人声渐近，三四人谈笑而来。宋江乃毅然决意，急取包裹短棒，推窗直入，随手掩门。"此段文字细腻地描

---

[1] 张浩：《二十世纪中国戏剧中的表现主义》，《西方文艺思潮与二十世纪中国文学》，乐黛云、王宁主编，北京：中国社会科学出版社，1990年，第388页。

绘出宋江在逃亡过程中慌张、恐惧的心理。作者在表现宋江的恐惧心理的同时，也通过对话来表现三个捕役的复杂心理，他们各有想法，有的要捉宋江到县衙门去邀功请赏，有的认为自己与宋江无冤无仇不愿费力抓捕宋江，有的则对宋江的武功怀有恐惧心理。人物复杂的心理世界是这部作品的主要内容。

幻觉是人的感觉器官在缺少外在客观刺激的情况下产生的一种主体知觉体验，其特征与真实的知觉体验相似，但它在本质上是虚幻的。幻觉的主要表现形式是幻听与幻视。幻觉是一种精神疾病，但正常人有时在恐慌、疲惫的情况下也会产生幻觉。幻觉是人类的一种复杂的心理活动，它既是表现主义戏剧的表现对象，同时也是表现主义的一种重要的艺术表现手法。"幻觉也是表现主义戏剧经常使用的心理外化为动作的手法。幻觉使戏剧场面呈现出一种异常状态，从而更有利于表现剧中人物的异常心态。"[1]奥尼尔在《琼斯皇》中呈现了琼斯皇在逃亡过程中产生的幻觉，这一手法对中国现代戏剧创作产生了重要影响，在部分戏剧作品中得到了借鉴运用。

最早借用幻觉艺术手法的是洪深，他在《赵阎王》中运用幻觉的表现方式呈现赵大恐惧的内心世界。赵大在抢了营里的军饷、枪击营长之后逃到了黑森林中，面对黑暗的森林和后面的追兵，他陷入极度恐慌之中，在恐怖之中他看到了满脸是血的营长，见到了小马，并与他们对话、搏斗。此种幻觉在第二幕到第八幕中多次出现，表明赵大在极度恐惧中神志不清，难以分辨现实与幻觉。后来洪深谈道："洪深的《赵阎王》，第一幕颇有精彩——尤其是字句的凝练，对话非常有力。第二幕以后，他借用了欧尼尔底《琼斯皇》中的背景与事实——如在林子中转圈，神经错乱而见幻境，众人击鼓追赶等等——除了题材本身的意义外，别的无甚可观。"[2]洪深承认《赵阎王》在很大程度上

---

[1] 张浩：《二十世纪中国戏剧中的表现主义》，《西方文艺思潮与二十世纪中国文学》，乐黛云、王宁主编，北京：中国社会科学出版社，1990年，第391页。
[2] 洪深：《中国新文学大系·戏剧集·导言》，上海：良友图书公司，1936年，第70页。

是对《琼斯皇》的模仿之作,这种模仿既表现在题材内容上,也表现在艺术表现手法上。这部作品上演后社会反响一般,当时中国观众对这种艺术手法非常陌生,还无法欣赏这种带有现代主义色彩的戏剧演出。

无独有偶,曹禺的《原野》中也借鉴了《琼斯皇》的故事情节和艺术表现手法。表现主义强调表现人的内心世界,以人的本能和潜意识为表现对象,为了达到这一目的,表现主义大量运用内心独白、幻觉、梦境、潜台词等手法。如前所述,奥尼尔的《琼斯皇》共有8场戏,其中6场用了独白和幻觉,以表现琼斯逃进森林后那种恐惧、紧张的心理。《原野》第三幕成功地借鉴了这一艺术表现手法,但它不是简单地照搬,而是成功地将表现主义手法与中国传统的艺术形式结合起来。如《琼斯皇》中西印度群岛土人咚咚的手鼓声变成了老神庙里的击鼓声,刚果巫师的跳神变成了中国的阎罗宝殿和牛头马面;同时,曹禺也没有让仇虎一个人在森林里长篇大段地独白,而是让他和金子进行对话,这样既能表现出仇虎的复杂心理世界,又避免了个人独白的单调与沉闷,更符合中国观众的欣赏口味。1937年,曹禺在文化生活出版社出版的《原野》"附记"中说:"写第三幕比较麻烦,其中有两个手法,一个是鼓声,一个是有两景用放枪的尾,我采用了欧尼尔氏在《琼斯皇帝》所用的,原来我不觉得,写完了,读两遍,我忽然发现无意中受了他的影响。这两个手法确实是欧尼尔的,我应该在此地声明,如若用得适当,这是欧尼尔的天才,不是我的创造。至于那些人形,我再三申诉,并不是鬼。为着表明这是仇虎的幻相,我利用了第二个人。花氏在他的身旁。除了她在森林里的恐惧她是一点也未觉出那些幻相的存在的。"[1] 在第二幕的结尾,作者用枪声来表达危急与紧张:"忽然听见远处两声枪响,又一声,接着枪声忽密,幕渐落,快闭时,枪声更密。"仇虎和金子逃到森林中,在恐慌之中听到了远处传来的单调的鼓声,这是庙里祈求小黑子活命的鼓声,在半夜里越打越

---

1 曹禺:《原野·附记》,《文丛》第1卷5号,1937年7月15日。

响，仇虎在焦母和侦缉队的追击下，在良心的拷问下，陷入幻觉，看到了持伞打灯笼的人形，并向他打听如何走出林子；在紧张恐惧之中，仇虎和金子迷了路，怎么也走不出森林，心焦的仇虎又陷入恐怖的幻觉之中，看到了两手举着小黑子的焦母的幻影，这鼓声是催命的鼓，它不是叫黑子的魂，而是催仇虎的命。仇虎陷入仇恨与忏悔的纠结之中不能自拔，内心经受着痛苦的折磨与煎熬。他看到了父亲被焦阎王、洪原等活埋的场景，遂拔出枪来向虚幻的阎王人形连开三枪；后来仇虎又看到了自己在监狱里服刑劳动、挨狱警鞭打的幻景，又拔出枪来向狱警的幻影连开两枪；仇虎在幻觉中听见有人在唱"初一十五庙门开，牛头马面两边排"，看见庙前的判官在审理仇家与焦家的官司，屈死的妹妹向阎罗哭诉焦家的恶行，父亲仇荣也在哭诉自己如何被焦阎王活埋，然而，判官、小鬼被焦阎王买通，只听焦阎王的一面之词，不仅宣判妹妹、父亲有罪，而且还要拔仇虎的舌头，让焦阎王上天堂，仇虎在愤慨之中朝阎罗连开三枪。仇虎只能在虚幻之中朝自己的仇敌开枪复仇，显示出他在现实中的无力与无奈，也揭示出社会的黑暗。这些幻形只有仇虎自己能够看到，而与他在一起的金子却无法看到。幻觉手法的成功运用，丰富了《原野》的艺术表现手法，拓展了剧作的表现空间，赋予剧作以丰富的艺术内涵。

谷剑尘的《绅董》也成功地运用了幻觉的艺术表现手法来进行创作。范之祺为了钱财谋杀亲哥哥的恶行暴露后，害怕其占有的钱财不保，害怕自己"绅董"的名声受损，害怕侄女找他报仇，精神陷入无比的恐惧之中。他借酒浇愁，酒后神魂颠倒，出现了幻觉。他将仆人范升当作自己去世的哥哥的鬼魂，时而跪在地上哭诉自己如何杀了哥哥，祈求哥哥的宽恕，时而向哥哥的鬼魂开枪，想要他的命。第三幕写范之祺为追击哥哥而在晚上 10 点光景来到一片荒野，秋景萧瑟，他在极度恐惧疲劳之中，又出现了幻觉，看到树后转出一位艳装的少妇，面有怒容，倒竖娥眉，圆睁杏眼，这就是被他陷害死的嫂子黛语楼；范之祺与女鬼对话，交代自己为何、如何杀死了哥哥，又因为向黛语楼求爱遭到拒绝、知道她怀有大哥的儿子而在安胎散里加上慢性烂肺剂害死了她,女鬼追着他不放。刹那间追击的人变成了一位白发老者,这位白发老者就是以前的金业大王伍建章,因为赚了范之祺二十多万两银子且差点让他身败名裂,范之祺因此对伍建章怀恨在心,他借伍建章生急病而死的机会,与大流氓老乌联手诬陷伍建章的儿子杀了自己的父亲,以忤逆罪将伍建章的儿子正法,让金业大王抛骨露尸,断种绝代。白发老者持杖追击范之祺,在追击过程中老者不见了,又出现了一位露胸挺腹、手里持刀的短衣小伙子,他就是大流氓老乌。在官厅审问伍建章儿子时,他被屈打成招,并指老乌是他的同伙,范之祺为了保住自己,买通官厅,判处老乌死刑。老乌的鬼魂刚离去,舞台上又出现了大头鬼、小头鬼、男鬼、女鬼等众多冤死的鬼魂,他们都是被范之祺借保安团之手打死的农民。农民的首领黄老三从树后走出,双手捧着铁耙,对着范之祺的头砍去,范连滚带爬地避开,并向黄老三交代自己如何联络保安团来镇压手无寸铁、捧香请愿的农民,黄老三的鬼魂在范之祺的恐吓下步入树林,而后又出现了更多个鬼魂来向范之祺索命。剧作中的这些鬼魂只有动作没有言语,他们的出现构成一种恐怖的幻觉场景,一方面让范之祺交代为何、如何杀死了他们,另一方面呈现出范之祺谋财害命之后恐惧紧张的内心世界。

梦是人的一种不自觉的虚幻意识,是幻觉的一种存在形式。人在梦境中所见的人、事、物、景等皆是虚幻的存在,是潜意识的主要构成部分和表现形式。"在表现主义剧作家看来,梦的内容,不仅揭示了心理的真实,而且使心理真实形成动作,戏剧舞台正好可以让梦的形式直接呈现,使戏剧直接反映出无意识的幻想中那种非连贯的散漫的场景。因此,梦可以说是表现主义戏剧最恰当、最独特的表现手法。"[1]伯彦的《宋江》写宋江受到捕役的追赶而躲进庙里,在疲劳中睡着了,

---

[1] 张浩:《二十世纪中国戏剧中的表现主义》,《西方文艺思潮与二十世纪中国文学》,乐黛云、王宁主编,北京:中国社会科学出版社,1990年,第390页。

然后做了一个梦。在梦中，宋江成了宋星主，玄女奉玉帝的旨意率仙女下凡来找宋江，通过他们之间的对话交代宋江被追捕的原因，对当时黑暗的社会进行了深刻的抨击。玄女给宋江带来三卷天书，让他替天行道，嘱咐他为国家尽忠仗义，为生民造幸福，去邪归正。宋江表态务必好好地体贴天心，努力去走人生的大路。舞台上，玄女率众仙女自右侧树林离场，宋江翘首远望，失足跌倒，大叫而醒。这个梦境充满了神秘色彩，宋江的身份由此发生变化。

由于人的心理世界是抽象的、不可见的，须通过人物具体的语言动作方能将其呈现出来。《琼斯皇》中大量地运用内心独白和戏剧动作来表现琼斯皇紧张恐惧的复杂心理。"内心独白多追求一种内在的戏剧，表现人与命运、人与自己的精神追求、物质欲望满足之间的矛盾。因此，表现主义戏剧的内心独白，不再是用来推动情节的发展和演变的行动，而是试图直接与观众进行交流，把复杂的心理感情通过独白表现出来，并直接成为戏剧的情节和演员的动作。同时，为表达起伏的感情需要，内心独白有时是一大段抒情性的独白，有时又是不连贯的由一两个词组成的短语，有时又是强烈的狂想式的呐喊。"[1]洪深在《赵阎王》中也借鉴了内心独白这一艺术表现手法。全剧共分9幕，其中第二幕到第八幕都是赵大一个人在舞台上独白表演，控诉军阀的惨无人道，揭露社会的黑暗。通过比较可以发现，无论在题材内容、故事情节还是在结构安排、艺术表现手法上，《赵阎王》与《琼斯皇》之间有诸多相似之处。因此，张嘉铸认为："洪深先生的《赵阎王》，我们认为是沃尼尔的 Emperor Jones 改本。"[2]袁昌英则认为："《赵阎王》的确是《庄士皇帝》的儿子。"[3]实际上，《赵阎王》在中国上演后效果一般，因为中国观众对赵阎王一个人在舞台上长篇大段的独白形式难

1　张浩：《二十世纪中国戏剧中的表现主义》，《西方文艺思潮与二十世纪中国文学》，乐黛云、王宁主编，北京：中国社会科学出版社，1990年，第393页。
2　张嘉铸：《沃尼尔》，《新月》第1卷第11号，1929年1月10日。
3　袁昌英：《庄士皇帝与赵阎王》，《独立评论》第27号，1932年11月20日。

以接受，对作品中的表现主义手法也难以理解。尽管如此，这并不意味着《琼斯皇》对中国现代戏剧影响的结束。《赵阎王》给中国现代戏剧播下了表现主义的火种，此后不同时期都有人探索运用这一艺术手法来进行创作，其中谷剑尘的《绅董》颇具代表性。《绅董》的第三幕写范之祺一个人逃到荒野树林中，陷入恐慌之中，他一个人在舞台上进行了长篇独白（舞台虽有人形的鬼魂，但他们都沉默不语），将其以前所做的各种恶行表白出来，为自己的罪行辩护解脱，表现出其贪婪残忍的内心世界。

通过梦境、幻觉、内心独白来呈现人物复杂的内心世界，这是表现主义戏剧的基本特点。这些新的艺术表现手法极大地改变了中国现代戏剧的特质，不仅拓展了中国现代戏剧的表现空间，而且丰富了中国现代戏剧的表现手段。

对象征手法的运用，是表现主义戏剧的第二个艺术特点。表现主义戏剧是一种全新的戏剧观念，与现实主义戏剧有着本质的区别。"所谓表现主义戏剧的基本特点是：充满不真实的古怪气氛，人物的行动发生在梦幻中，一切都被歪曲或过于简单化了。冲突的种种因素都用象征的手法来表现。"[1] 洪深也曾对表现主义做出界定，在他看来，"'表现主义'的简单解释，是'注重意义，不求形似'；……如果那作者不仅是报告了事物所引起觉官的印象，并且将他自己对于事物的内心意象或观念，用象征表达出来；这象征虽不必与任何外在的事物相像，但确是描画了作者的意义：这就是表现"[2]。由此来看，用象征的手法来表现人的复杂多变、充满神秘色彩的内心世界，是表现主义的一个基本特点。受奥尼尔表现主义戏剧影响，中国现代戏剧发展史上也出现了大量运用象征手法的戏剧作品，呈现出鲜明的表现主义特征。

---

1 杨仁敬：《20世纪美国文学史》，青岛：青岛出版社，2003年，第202页。
2 洪深：《"表现主义"的戏剧及其作者》，《洪深戏剧论文集》，上海：东方出版中心，2011年，第76页。

如上所述，表现主义戏剧以表现人的复杂的内在心理世界为追求，而人的复杂的深层心理世界千变万化，是一种看不见、摸不着的抽象的、虚幻的存在。如何才能将这种抽象的、虚幻的存在呈现在读者的面前？这就需要寻找与之相适应的艺术表现手法。经过探索作家们发现，运用象征的艺术手法，通过具有象征暗示功能的人物、事物、场景、符号等可以将人物复杂的深层心理世界呈现出来，将抽象的、虚幻的存在转化为可视、可闻、可感的具象化存在。表现主义反对印象主义那种原子分析式的琐细的手法，而代之以巨大的、包容一切的感情。"地球立足于这种感情之中，存在是一种巨大的幻象，幻象之中既有感情，也有人。情感和人形成核心和始原。……人的心和一切事物紧密相连，人的心和世界一样，都是在相同的节拍中跳动。为此，就需要对艺术世界进行确确实实的再塑造。这就要创造一个崭新的世界图像。这种图像和那种靠经验而能把握的自然主义的图像毫无共同之处，和印象派那种割裂的狭小范围也毫无共同之处，这一图像必定是单纯的，真实的，因而也是美的。"[1] 表现主义戏剧大胆地借鉴运用象征主义的艺术表现手法，创造出一个个崭新的"世界图像"，从而大大地丰富了自己的艺术表现力。

奥尼尔早期的戏剧创作受易卜生的社会问题剧影响很大，呈现出鲜明的现实主义特征，到其创作中期则开始运用象征主义的艺术表现手法，渐渐摆脱现实主义的模式，其作品内涵由单一而趋向复杂，其艺术风格由明朗而趋向朦胧。"应用象征主义，他可以得到更多的伸缩自如的能力，增加他戏剧的幻想性。"[2] 象征手法的运用赋予了奥尼尔的作品以新的艺术特质。"奥尼尔的作品富有试验的性质，所以对被传统规律束缚得奄奄一息的美国戏剧，能给予新生及新鲜的动力，大都归

1　［德］埃德施米特：《创作中的表现主义》，伍蠡甫主编，《西方现代文论选》，上海：上海译文出版社，1983年，第151页。

2　［美］温瑟（S. K. Winther）：《奥尼尔的剧作技巧》，王思曾译，《文艺月刊》第10卷第4—5期，1937年5月1日。

功于他勇敢的创造的应用象征主义。"[1]可以说，象征手法的大量运用，改变了奥尼尔的艺术风格，赋予其作品以丰富的思想内涵。

奥尼尔剧作中象征手法的运用大致可分为两种情况：一是题目具有象征意蕴，如《网》《渴》《雾》等，全剧成为一个象征意象，此类情况数量较少；二是剧作中的人物、场景等具有象征功能，由此增加整部作品的内涵，此类情况数量较多，且运用非常成功，产生了很好的艺术效果。《天边外》每幕都有一个外景和一个内景，二者互相交替，象征着牢狱与自由之间的冲突。在《上帝之子皆生翼》（即《上帝的儿女都有翅膀》）中，幕启后舞台上出现的是三条狭窄的街道，"在往左方去的街上，全是白脸的；在往右方去的街上，全是黑脸的"。这象征着不同种族间的冲突。"街道上有八个孩子，四个男的，四个女的。男孩子黑白各半，女孩子也是同样。"这暗示着不同性别之间的冲突。在《大神布朗》中，他用面具作为象征，产生了很好的艺术效果，这一技巧在后来的《拉撒路笑了》中得到了发扬光大。奥尼尔对面具的运用与中国传统戏剧的脸谱有相通之处，皆具有象征暗示功能。二者的差异在于，奥尼尔笔下的面具充满了变化，而中国传统戏剧中的脸谱相对比较固定单一，是一种模式化的东西。如《拉撒路笑了》用不同的面具代表不同的年龄和性情，人生中的七个时期都用不同的面具表现出来："每一时期用七种不同的面具，代表各种普通的性格：例如愚笨的，无知识的；快乐的，热望的；自寻痛苦的，内省的；骄傲的，自恃的；谄媚的，虚伪的；怀恨的，残酷的；烦恼的，消极的。"[2]多种面具的灵活运用可以呈现出人物复杂多变的心理世界和性格特点，避免了人物性格的雷同化、简单化和模式化。"这种象征主义不仅是本身复杂，沿着剧情的发展，上述各种型式与其他型式合在一起，创造

---

[1] ［美］温瑟（S. K. Winther）：《奥尼尔的剧作技巧》，王思曾译，《文艺月刊》第10卷第4—5期，1937年5月1日。

[2] 同上。

出复杂的象征群,把全部西方文化史中交战的各种生命力,都下了一个解释。本剧变成了用文字,动作,图画,和哑剧表达出来的,对于生命的一种象征的解释。"[1]《发电机》(Dynamo)用旁白对于人毕生寻求意义的奋斗——为无意义的寻求意义——做出了象征性的阐释。象征与事实的融合是奥尼尔追求的艺术境界,现实主义技巧只是用来组织布局的方法,是达到象征主义目的的方法,这样,事实就具有了象征的功能,也就具有了普遍性。《榆树下的欲望》中的"榆树"暗示了新英格兰的清教徒,表现清教徒被压抑、扭曲的欲望与痛苦。"象征主义的应用,增加了奥尼尔的散文不少的诗意,普遍化了他的主题,向他的写实主义里,加入了情绪的成分。他借着这个方法,在写作中可以随时舍弃了散文那种规则的逻辑的语言,采用描写心理的富于想象力的语言。他在描绘角色的时候,能够忠实于他的写实主义,同时把活动在意识圈上,或者伏在潜意识内,有时痛苦的活跃起来的,那些奇异的警告,直觉,与怪诞的意念暗示出来。"[2]

洪深对表现主义戏剧有着清醒的认识。在他看来,表现主义对戏剧的影响首先体现在剧本的上演上,"Craig, Reinhardt, Piscator 这些人,(虽因剧本的缺乏,大半仍用旧有的。仿效人生的,如莎士比亚等的作品,)都曾放胆地使用布景光影颜色服装声音动作等舞台工具;(在布景方面,有时只是几条线几个角,几层平台,几架梯步,几干圆柱,几座屏风,几重悬幕;有时甚至全是歪曲的形状,诡异的色彩,)不事模仿,惟欲暗示(依据他们自己所见解的)生活的背景;借以说明着重象征剧中人的情感或心理。"[3] 舞台上的布景不再以模仿为追求,而是以暗示为旨归,通过具有象征功能的布景来呈现剧中人物的情感

1　[美]温瑟(S. K. Winther):《奥尼尔的剧作技巧》,王思曾译,《文艺月刊》第10卷第4—5期,1937年5月1日。
2　同上。
3　洪深:《"表现主义"的戏剧及其作者》,《洪深戏剧论文集》,上海:东方出版中心,2011年,第77页。

或心理，这是象征手法与表现主义戏剧的初次结缘；而后出现了适合演出的表现主义剧本："故事呢，只是短促支离不连续的片段；对话呢，大部是紧缩吞吐不完全的呼喊；人物呢，均是笼统的典型的代表的，没有特别各殊的性格，（常时不用姓名，只称为男子女子医生警官等等。）取材虽从人生，在开始的时候虽未必不与人生相像；但往往实际的事物，突变为梦幻的；自觉的行为，突变为不自觉的；在一场之内，顷刻之间，现实的可成为不可思议的怪诞，似乎是复杂混乱极了。这因为作者，只求把握住人生的精要，而毫不介意地忽略了细目了；只望概括人生的各方面各阶段，而随意地转换了观点和'感觉的层位'了；为欲使得人生的意义格外明了，却是将人事极度的简单化了。"[1]表现主义剧本中的故事、对话、人物、取材等都与现实主义剧本有所不同，它不再追求细节的真实，而是以象征的方式来整体地把握呈现人生、故事、人物、场景趋于简单，都具有象征暗示功能。

奥尼尔的《琼斯皇》中大量地运用了象征的手法，这些象征手法对洪深、曹禺等人的戏剧创作产生了重要的影响。琼斯是一个杀人犯，越狱后逃亡到非洲，不到两年的时间就变成了当地土著人的皇帝。他残暴地统治、压榨当地土著人，并将自己神化来对土著人进行愚昧欺骗，用他的话说："小偷小摸早晚得让你银铛入狱。大搂大抢他们就封你当皇上，等你一咽气，他们还会把你放在名人堂里。"他的残暴统治激起了土著人的反抗，他在恐惧之中离开皇宫，开始自己有计划的逃亡。然而，由于慌不择路，他走错了路线，没有找到原来藏好的食物，只好饿着肚子逃进了黑暗的森林中。"从远处山峦传来微弱而坚定的咚咚击鼓声，低沉而有节奏。开始时，节拍同正常的脉搏跳动相一致——每分钟七十二跳——随后逐渐加快速度，一直不停地直到全剧终了。"黑暗的森林、非洲鼓声都是象征：黑暗的森林象征着黑暗的社

---

[1] 洪深:《"表现主义"的戏剧及其作者》，《洪深戏剧论文集》，上海：东方出版中心，2011年，第77页。

会现实人生，里面充满了神秘与恐惧；鼓声则象征着追击、包围与死亡，鼓声的节奏与琼斯皇内心跳动的节奏相一致，将琼斯皇紧张、恐惧的内心世界形象化地呈现在观众的面前。洪深的《赵阎王》和曹禺的《原野》中也都有森林和鼓声，其功能也是一种象征作用，由此可以看出这两部作品与《琼斯皇》之间的内在联系。

曹禺剧作的题目大多具有象征意义，如《雷雨》《日出》《北京人》《原野》等，通过自然界中的景物和动物来隐喻复杂的人性，表现人物复杂的思想情感。在谈到《雷雨》时，作者写道："我不能断定雷雨的推动是由于神鬼，起于命运或源于那种显明的力量。情感上雷雨所象征的对我是一种神秘的吸引，一种抓牢了我心灵的魔。《雷雨》所显示的，并不是因果，并不是报应，而是我所觉得的天地间的'残忍'（这种自然的'冷酷'与四凤与周冲的遭际最足以代表他们的死亡，自己并无过咎。）如若读者肯细心体会这番心意，这篇戏虽然有时为几段较紧张的场面或一两个性格吸引了注意，但连绵不断地若有若无地闪示这一点隐秘——这种种宇宙里斗争的'残忍'和'冷酷'。在这斗争的背后或有一个主宰来使用它的管辖。这主宰，希伯来的先知赞它为'上帝'，希腊的戏剧家们称它为'命运'，近代人们抛弃了这些迷离恍惚的观念，直截了当地叫它为'自然的法则'。"[1] 由此可见，"雷雨"既是情绪的象征，又是"自然法则"的象征；既是恐惧的象征，也是死亡的象征。同时，"雷雨"也是夏天的象征："夏天是个烦躁多事的季节，苦热会逼走人的理智。在夏天，炎热高高升起，天空郁结成一块烧红了的铁，人们会时常不由己地，更归回原始的野蛮的路，流着血，不是恨便是爱，不是爱便是恨；一切都走向极端，要如电如雷地轰轰地烧一场，中间不容易有一条折中的路。"[2] "雷雨"又是繁漪性格及命

---

[1] 曹禺：《〈雷雨〉序》，《曹禺戏剧集一：雷雨》，吴文森编，上海：文化生活出版社，1936年，第5页。
[2] 同上书，第8页。

运的象征:"她的生命烧到电火一样地白热,也有它一样的短促。情感,郁热,境遇激成一朵艳丽的火花,当着火星也消灭时,她的生机也顿时化为乌有。"[1]

《原野》也是一部充满象征主义色彩的作品,作品的题目本身就具有象征意味。作者在"序幕"中写道:"大地是沉郁的,生命藏在里面。泥土散着香,禾根在土里暗暗滋长。巨树在黄昏里伸出乱发似的枝丫,秋蝉在上面有声无力地振动着翅翼。巨树有庞大的躯干,爬满年老而龟裂的木纹,矗立在莽莽苍苍的原野中,它象征着严肃、险恶、反抗与幽郁,仿佛是那被禁梏的普饶密休士,羁绊在石岩上。"[2]作者赋予"原野"以象征内涵——"大地""泥土"象征着生命,"巨树"则象征普罗米修斯,充满反抗、严肃与忧郁。作品中的仇虎就是原野的具体化身,他身上充满了反抗精神,最后宁愿自杀,也不愿再被关进监狱。其他人物如白傻子、焦阎王、花金子等名字也都具有一定的暗示功能。仇虎是仇恨、复仇、力量、威猛的象征,金子是魅惑和强悍的象征,白傻子是愚昧的象征,而阎王则是死亡、凶狠、残暴的象征。仇虎和花金子向往的那铺着黄金的地方,象征着新生与美好;黑森林阴森恐怖,"这里盘踞着生命的恐怖,原始人想象的荒唐;于是森林里到处蹲伏着恐惧,无数的矮而胖的灌树似乎在草里伺藏着,像多少无头的战鬼,风来时,滚来滚去,如一堆一堆黑团团的肉球"。(曹禺:《原野》第三幕第一景)森林象征着困境、绝望、黑暗、死亡与恐惧。这样,《原野》就形成了一个复杂的象征系统,呈现出复杂的思想内涵。

谷剑尘的《绅董》第三幕中的布景也借鉴了《琼斯皇》的手法,具有象征意义:"前面一带荒野,连天几棵大树——树枝丫杈突伸作

---

[1] 曹禺:《〈雷雨〉序》,《曹禺戏剧集一:雷雨》,吴文森编,上海:文化生活出版社,1936年,第8页。

[2] 曹禺:《原野·序幕》,《曹禺戏剧选》,北京:人民文学出版社,1997年,第371页。

恶魔攫人之状。野草蔓延，深可没踝。草里寒虫唧唧，树上饥鸟鸣侣，显然是一片秋景也。"这种场景描写带有世纪末的色彩，象征着恐惧与死亡。

象征主义手法的成功运用，让中国现代戏剧摆脱了早期社会问题剧的单一模式而变得丰富多彩，它不仅丰富了现代戏剧的艺术表现手法，而且拓展了现代戏剧的艺术表现空间，现代戏剧不仅可以表现外在的社会现实，而且可以表现人的神秘复杂的心理世界。同时，象征手法还延伸了舞台的空间，现代戏剧不再受舞台物理空间的限制，可以表现人物内在的精神空间。中国现代戏剧因此而获得了丰富的艺术表现力，具有了先锋特质。

综上所述，以张彭春、洪深、余上沅、熊佛西、赵太侔等为代表的留美学生通过在哈佛大学、哥伦比亚大学、耶鲁大学等学习戏剧专业，接受了现代戏剧理论专业的系统训练，打下了坚实的戏剧理论基础；他们在剧院里的舞台实习为他们后来从事戏剧排演活动积累了丰富的实践经验。以奥尼尔为代表的美国剧作家及其作品被翻译介绍到中国来，对中国的现代戏剧创作产生了深远的影响。在美国戏剧的影响下，中国现代戏剧渐渐形成了一套自己的戏剧体制，在剧本创作、排演、舞台技术等方面形成了自己的一套体系，改变了文明戏的诸多弊端，在爱美剧、小剧场运动中取得了可观的成绩。

第六章

中国现代诗歌中的美国因素

众所周知,胡适是中国新诗的首倡者,其《尝试集》是中国现代文学史上第一部白话诗集。那么,为何是由胡适来首倡白话新诗?为何中国现代第一部白话诗集会诞生于美国?这与胡适留学时的美国诗坛是否有联系?换言之,美国的诗歌是否对胡适提倡白话新诗产生了影响?进而言之,美国的诗歌是否对中国新诗的发生、发展产生了影响?中国现代诗歌中有哪些美国因素?思考这些问题,对于探讨中国现代诗歌的发展规律、厘清美国诗歌与中国新诗之间的关系具有重要的意义。

要探讨这一问题,我们首先要考察一下19世纪末20世纪初美国诗坛的状况。胡适于1910年来到美国留学,从1916年开始思考用白话文写新诗的问题,这一时期正是美国新诗运动蓬勃发展的时候。19世纪末以来,美国文学的独立意识愈来愈强烈,文坛上出现了爱伦·坡、惠特曼、庞德、艾米·罗威尔、桑德堡等著名诗人,美国诗歌渐渐摆脱了以英国为代表的欧洲大陆诗歌传统的束缚,在语言、文体、艺术表现形式等方面形成了自己独特的风格,开始走出美国,首先在欧洲文坛产生重大影响,继而在世界诗坛上产生了广泛影响,渐渐成为世界诗坛的领跑者。当时的欧洲文化界、美国文化界视惠特曼为"美国的代表诗人"、"美国民性"和"民主主义精神"的体现者和代言人。[1] 在 20 世纪的第二个十年间，美国诗坛上出现了几个重要的历史事件："一九一二年赫里·蒙罗（Harriet Monroe）女士开始在芝加哥出版她的《诗歌》杂志，'新诗'这名词就为人所知道了。一九一四年 Les Imagistes 第一期在纽约出版，已故的 Amy Lowell, Robert Frost 和 Vachel Lindsay 各人都出版了两卷新作。The Spoon River Anthology, Edgar Lee Masters 作，由从前在《圣路易报》上发表过的诗什编成，出版于一九一五年。在这些作品中差不多都可以寻出'新诗'所包含底一切特质。Lowell 女士主张形式的自由，向陈句滥调挑战；Masters 则是对生活底隐面和不大值得赞叹的方面及性欲抑制的描写，处处有种审慎的企图依照某种原理去从事。就是 Lindsay，他的小热昏式态度害及他的精诚，是英文诗之音乐大家和其他各国之歌谣底深湛的研究者。"[2]《诗歌》杂志的出版是美国诗歌史上的一个重大事件，标志着美国诗歌界发生了巨大的变化，"新诗"成为美国文坛的一个新生事物，《诗歌》杂志聚集了以意象派诗人和芝加哥派诗人为主的大批诗人，美国诗歌进入了一个新的时代。意象派诗人庞德自豪地宣称："从 1910 年以来在英语诗歌领域里经历的所有发展变化几乎全都是由美国人引起的。事实上，再没有任何理由可以把它称作英国诗歌，而且现在也没有任何理由让我们再想到英国了。"[3] 以庞德为代表的美国意象派诗歌不仅已经独立于英国诗歌而存在，而且在一定程度上超越了英国诗歌；后来随着庞德来到英国，意象派诗歌开始进入英国，并逐渐在世界范围内产生了广泛影响。

胡适正是在美国诗坛发生巨大变化的时候来到美国，并对美国新

1　［美］勃卢克斯著，林语堂译，《批评家与少年美国》，《中外文学关系史资料汇编·下》（1898—1937），贾植芳、陈思和编，桂林：广西师范大学出版社，2004 年，第 672 页。

2　［美］威廉·B. 凯恩斯（William B. Cairns）著，史东译，《大战后的美国文学》，《广西青年》第 4 期，1932 年 11 月 30 日。

3　［美］埃默里·埃利奥特主编，《哥伦比亚美国文学史》，朱通伯等译，成都：四川辞书出版社，1994 年，第 842 页。

诗产生了浓厚兴趣。他自觉地学习借鉴美国新诗运动中的理论来推动中国诗歌界的革命，他大力提倡的"新诗"一词并非他的发明，而是来自美国诗坛；他的新诗理论中的许多观点，都能在美国新诗理论中找到源头。

在美国文坛上，新诗是成熟较晚的一个文类。"1912年比哪一年都能标志美国诗中的一个富饶时期的开端。……'新诗'的来临，比散文中类似的运动迟了好多，因为它的孕育时期相当长久：新诗并不是早熟的天才光芒万丈的表现。"[1]正因为其孕育的时间长，它后来的崛起就有了坚实丰厚的基础。"诗是感到压力和起来反叛的最后的文化媒介之一。1912年，一些不满的年轻诗人聚集在芝加哥和纽约的格林威治村开始了反叛之举。在他们眼中，过去都是死的，诗的生命力在于自发（spontaneity）、自我表现（self-expression）和革新（innovation）。"[2]美国的诗歌运动表现出强烈的反叛意识，其首要任务是摆脱英国传统诗歌的束缚，获得独立存在的地位。从这一角度来看，中国新诗诞生的历史语境与美国新诗具有诸多相似之处。胡适所提倡的白话新诗运动也表现出强烈的反叛意识，其首要任务是反叛中国传统诗歌，用新的语言形式代替旧的语言形式来进行创作。美国新诗革命运动与胡适所提倡的新诗革命无论是在时间上还是在观念主张上都有诸多契合之处，这是胡适乃至中国现代诗人接受美国诗歌影响的一个重要文化背景。

美国的新诗运动不仅对胡适的诗歌理论及创作产生了重要影响，而且对此后中国新诗的发展产生了重要影响。继胡适之后，许多中国诗人——如朱湘、闻一多、林徽因、郑敏、穆旦等——先后到美国来求学，直接接受美国诗歌的影响；此外，许多诗人如郭沫若等则间接

1　［英］马库斯·埃里夫：《美国的文学》，方杰译，香港：今日世界出版社，1975年，第234页。

2　Nash Roderick: *The Call of The Wild* (*1900-1916*). New York: George Braziller, Inc., 1970, p. 141.

地通过阅读接受美国诗歌的影响。从这一角度来说，中国新诗的发生与发展与美国新诗运动之间存在着密不可分的关系。梁实秋认为中国的白话文运动的导火索是外国的影响，在胡适提倡白话文运动的同时，外国也有一个文学革命的运动，美国、英国有一部分的诗家联合起来，"号为'影像主义者'，罗威尔女士佛莱琪儿等属之，这一派唯一的特点，即在不用陈腐文字，不表现陈腐思想。我想，这一派十年前在美国声势最盛的时候，我们中国留美的学生一定不免要受其影响。试细按影像主义者的宣言，列有六条戒条，主要的如不用典，不用陈腐的套语，几乎条条都与我们中国倡导白话文的主旨吻合，所以我想，白话文运动是由外国影响而起。随着白话文运动以俱来的便是新式标点，新式标点完全是模仿外国，也可为旁证"[1]。梁实秋在20世纪30年代便指出了美国意象派诗歌（影像主义者）与中国新文学革命和新诗运动之间的内在关系。

除了意象派诗歌之外，惠特曼也对中国新诗产生了巨大影响。"中国新诗形式的发展，除了内在因素之外，也许就可以说，极大地得益于美国民主主义诗人惠特曼。郭沫若、徐志摩、艾青等大家都不同程度地跟着惠特曼而迈出自己成功的第一步。"[2] 此外，以桑德堡为代表的芝加哥诗派也对中国现代诗歌的发展产生了重要影响。由此观之，中国新诗的产生与发展与美国新诗的影响是密切相关的，要探讨中国新诗的产生、发展，必须分析美国诗歌对中国新诗产生的影响。

第一节 白话入诗——中美新诗运动的共同起点

在19世纪末20世纪初，中美文坛上都出现了一场轰轰烈烈的白

---

1 梁实秋：《现代中国文学之浪漫的趋势》，《梁实秋论文学》，台湾：时报文化出版事业有限公司，1978年，第6页。

2 曾小逸主编：《走向世界文学——中国现代作家与外国文学》，长沙：湖南文艺出版社，1986年，第537—538页。

话文运动,这在诗歌领域表现得尤为突出,且最终以白话入诗而宣告胜利结束。

早年的美国是英国的殖民地,当年英国的清教徒乘坐"五月花"号来到美国,也将英国的文化传统带到了美国。从这一角度来说,英国的文化传统自然也就成为美国文化的一个重要来源,美国尤其是新英格兰地区的许多地名、习俗都与英国相同,由此可以窥一斑而见全豹。从文学的角度来说,早期的美国文学传承了英国文学的传统,其典型表现即"言文分离",文学创作尤其是诗歌创作具有一套格式化的语言,这套语言体系是英国文学在长期的发展过程中形成的。从国家政体的角度来说,美国在1776年就脱离了英国的殖民统治,成为一个独立的国家;但从文化的角度来说,直到19世纪中叶美国的作家才开始具有明确的文化独立意识。爱默生在1837年发表《美国学者》的著名演讲,宣告美国文学已经脱离英国文学而独立,告诫美国作家不要再模仿英国文学,不要盲目地追随英国文学传统,主张建立美国独立的民族文化与文学,呼吁确立新大陆精神。可以说,爱默生奠定了美国文学独立的理论基础。

然而,美国文学要从英国文学中独立出来并非易事。因为文学是语言的艺术,美国文学要从英国文学中独立出来,首先要有一套不同于英国的、与美国人的现实生活相适应的语言体系。那么,当时的美国是否已经具有了不同于英国的语言体系?

美国和英国的语言同属英语语系,这是事实,但并不等于说美国英语和英国英语是完全一样的。两国的地理环境(美国的国土幅员辽阔,有各种不同于英国的动物、植物、山川、河流)不同,这必然会产生出不同的词汇;两国的人种构成不同——美国是一个移民国家,其人员构成要比英国复杂得多,来自世界各地的移民将自己的语言文化带到美国,丰富了美国英语的词汇;这些来自世界各地的移民到美国后说英语的发音不尽相同,致使美国英语的发音也与英国英语有了很大差异。因此,美国人在日常生活中的口语(俗语、谚语、俚语)

富有地方色彩和民族特色。在这一时期，惠特曼、爱默生、狄金森等人都开始注意到"口语入诗"的问题，提倡用口语来写作诗歌，追求诗歌语言的日常生活化与口语化。惠特曼大量运用口语、俚语来进行诗歌创作，形成了一种新的诗歌风格，对后来的诗歌创作产生了深远的影响。

惠特曼出身于平民家庭，其一生经历丰富，游历过美国各州，与牛仔、伐木工、战士、渔民、矿工等一起生活，对平民生活和民间口语了如指掌。他对语言有着自觉而深刻的认识，开始尝试将民间口语引入诗歌创作，用民间口语来代替传统的诗歌专用术语。在他看来："英语是乐于表现庄严的美国的……它刚健、丰满而富弹性。它在一个历经变迁因而从来不乏政治自由思想（它是一切自由的主导精神）的种族的粗壮根株上吸收了一些更加精致、更加轻快、更加微妙、更加优美的语言的用词。它是一种有抵抗力的强大语言……它是一种明明白白的口语。它是那些骄傲而沉郁的种族以及所有勇于进取的人的语言。它是最适于表达发育、信念、自尊、自由、公正、平等、友好、充足、谨慎、果断和勇气的一种语言。它是一种颇能状人之所难状的表达工具。"[1] 在惠特曼这儿，语言并不仅仅是语言，语言是与民族精神、民族气质密切相关的。换言之，美国英语就是美国的民族精神和民族气质的具体表现。这种口语化的英语与传统的英语是有所不同的，"语言不是学者、辞典编辑家的抽象的构造，而是产生于源远流长的劳动、需要、联系、欢乐、感情和鉴赏，基础广阔，处于下层，接近实地。最后把它定下来的是同实地最密切的人民大众，它与实际的陆地与海洋有着千丝万缕的关系，它在过去和现在都渗透一切"[2]。语言的原始状态是日常生活化的口语，源于人民大众日常生活、劳动、思想情

---

[1] ［美］惠特曼：《〈草叶集〉初版序言》，《草叶集》（下），楚图南、李野光译，北京：人民文学出版社，1987年，第1186—1187页。

[2] ［美］惠特曼：《美国的俚语》，《惠特曼经典散文选》，胡家峦主编，长沙：湖南文艺出版社，2000年，第265—267页。

感交流的现实需要，后来经过文人的吸收加工成为书面化的语言，从这一角度来说，民间口语是书面语言的源头活水。书面语言要遵循严格的语法规范，这些规范无疑会在很大程度上束缚诗人的创造力；而口语来自民间，常常不受语法规范的束缚，充满了野性与活力，与诗人的创造力更加契合。美国是一个移民国家，其国民来自世界各地，他们也便将世界各地的口语、俚语带到了美国，而"俚语则是一种不守规范的原始成分，隐藏在所有的字句下面，也隐藏在一切诗歌的背后，并且证明在用语中永远是粗鄙的，也是用语中的新教徒主义"[1]。这样，美国英语成了语言的大杂烩，来自世界各地的口语、俚语经过转化进入美国的英语系统，一方面丰富了美国英语，另一方面也推动了美国英语的快速发展。惠特曼宣称自己的全部创作都是"语言实验"[2]（a language experiment），其"语言实验"的重要目标就是将船工、农夫、牛仔、车夫、伐木工人等普通劳动者和下里巴人的那些难登大雅之堂的日常口语引入诗歌的殿堂，在诗歌创作中大量地运用口语、外来语、俚语、俗语等，最终以日常口语代替了传统的书面语言（固定的、套路化的陈词滥调）。由此可见，惠特曼提倡的口语入诗不仅改变了美国诗歌的发展方向，而且加快了美国英语脱离英国英语的速度，在美国语言的独立运动中扮演了先锋的角色。从此，美国诗歌呈现出新的活力，进入了一个全新的历史发展时期。

美国的白话诗运动并非在一夜之间完成，而是经历了一个漫长的过程，这从惠特曼的《草叶集》的出版过程中可以看出来。惠特曼的《草叶集》于1855年出版，共收入12首诗歌，诗集出版后并没有得到当时读者的认可。但随着时间的推移，《草叶集》不仅收入的作品数量不断增加，且在社会上产生的影响也越来越大。"过去五十年到八十年

---

1 [美]惠特曼：《俚语在美国》，《惠特曼经典散文选》，胡家峦主编，长沙：湖南文艺出版社，2000年，第263页。
2 Richard Gray: *American Poetry of the Twentieth Century*, Cambridge University Press, 1976. P.27.

大为流行并在目前达到了顶点的诗歌,无视于古代杰作或一切来自中世纪的东西,已经成为并仍然是一种(象音乐一样的)表面好听的辞句,它范围较窄,但公平地说也完全是悦耳的、逗人喜爱的、流畅而轻松的,在艺术技巧上取得了较高的成就。最重要的一点是,它零碎不全,是经过挑选的。它厌恶而胆小地不敢涉足刚健、普遍、民主的领域。"[1] 至19世纪末,《草叶集》已经得到美国读者的广泛认可,惠特曼也被视为美国诗歌的奠基者与开拓者。

到20世纪初,美国掀起了一场轰轰烈烈的新诗运动,意象派诗歌是这场运动的核心。意象派诗人在惠特曼的基础上进一步探讨口语入诗的问题,他们充分认识到诗歌"惯用语"和日常语言的差异,他们的目标是彻底改造这种"言文"分离的状态,"摈弃19世纪专门的'诗词语言',追求普通日常语言的句法和韵律"[2]。以意象派掌门人自居的艾米·罗威尔曾正式颁布过意象派诗歌的六条基本原理,而胡适在美国留学时就读过它们,他在当年的留学日记中记述道:

> 总之,尽管"新诗人"关于在其诗作中达到一个新的更高境界的向往遭到了荒谬可笑的失败,但人们不禁要赞赏他们诗作中的虎虎生气。至少他们追求真实、自然;他们反对生活中及诗歌中的矫揉造作。……《印象派诗人》前言所介绍的六条印象主义原则即为:
>
> 1. 用最普通的词,但必须是最确切的词;不用近乎确切的词,也不用纯粹修饰性的词。
>
> 2. 创造新韵律,并将其作为新的表达方式,不照搬旧韵律,因为那只是旧模式的反映。我们不坚执"自由体"为诗歌写作的

1　[美]惠特曼:《美国今天的诗歌——莎士比亚——未来》,《草叶集》(下),楚图南、李野光译,北京:人民文学出版社,1987年,第1234页。
2　[英]彼得·琼斯编:《意象派诗选·原编者导论》,裘小龙译,《意象派诗选》,桂林:漓江出版社,1986年,第26页。

唯一方法，我们之所以力倡它，是因为它代表了自由的原则。我们相信诗人的个性在自由体诗中比在传统格律诗中得到了更好的表达。就诗歌而言，一种新的节奏意味着一种新思想。

3. 允许绝对自由地选择诗的主题。

4. 给出一种印象（因此得名"印象派"）。我们不是画家，但我们相信诗应表达出准确的个性，而非模糊的共性，不管其用词是多么的华丽，声音是多么的响亮。

5. 创作出确切、明朗、具体的诗歌，而不是模糊和不明朗的东西。

6. 最后，我们大多数人都认为浓缩是诗的核心。

（摘自《纽约时报》*Book Shechor*）

胡适在引文后注明："此派与我所主张多相似之处。"[1] 这就告诉我们，胡适当年在美国留学时不仅阅读过意象派（印象派）的诗歌理论及作品，而且赞同意象派的诗歌理论主张。意象派诗歌的六条基本原理与胡适所提倡的文学改良的"八事"之间具有许多契合之处，意象派的诗歌与胡适所提倡的白话新诗之间也有许多相通之处，而这些契合、相通之处的根本或者说前提就是对口语（白话）的共同认识。换言之，他们都是从语言（口语、白话）的角度切入来探讨文学革命和新诗革命的问题的，口语（白话）是二者之间发生关联的纽带。

意象派的诗歌理论为何会引起胡适的关注？这在很大程度上与中国传统诗歌的语言形式有关。中国传统诗歌是格律诗，在经过长期发展之后，其语言形式渐渐公式化，作者只要套用一定的格律形式即可写出诗歌作品，这就是所谓的"熟读唐诗三百首，不会作诗也会吟"。这种诗歌创作实际上只是一种形式的模仿，缺少艺术创新的价值。到

---

[1] 胡适：《二、印象派诗人的六条原理》，曹伯言整理，《胡适全集》第28卷，合肥：安徽教育出版社，2003年，第495—496页。

晚清时期这种模仿达到了极致,"俗儒好尊古,日日故纸研;六经字所无,不敢入诗篇。古人弃糟粕,见之口流涎;沿习甘剽盗,妄造丛罪愆"[1]。传统格律诗用文言写作而成,在多年的发展中形成了"言文分离"的局面,许多诗人以运用佶屈聱牙的偏僻语言写作为能事,中国诗歌失掉了与民间的联系,渐渐走进了死胡同。正是在这样的背景下,黄遵宪、梁启超等人提倡"诗界革命"。黄遵宪提出了"我手写我口"的主张,开始尝试用民间口语来写作诗歌。黄遵宪所提倡的"诗界革命"虽曰"革命",但其本质只是一种改良,而正是这种改良拉开了中国语言革命和诗歌革命的序幕。此后,中国出现了一场规模不小的白话文运动,胡适也正是在这一时期开始关注白话文问题。他到美国留学后,对这一问题依然有浓厚的兴趣,并与周围的朋友讨论白话文革命的问题。而当时美国诗坛上正在进行的"口语入诗"运动,无疑为胡适提供了一个现实的灵感和参照。意象派诗歌六条基本原理的第一条即为"运用日常会话的语言"[2],这与胡适所提倡的用白话来写作诗歌具有一种密切的对应关系。"意象派诗人摈弃了19世纪专门的'诗词语言',追求普通日常语言的句法和韵律,其动力来源于但丁在他的《论俗语》中对这些日常语言的应用……"[3]意象派诗人的这种诗歌理论主张和诗歌创作实践均对胡适产生了启发,他从美国诗歌的发展中找到了尝试用白话写诗的榜样。

胡适用白话写诗的想法遭到梅光迪等朋友的质疑与反对,在他们看来,诗歌(韵文)只能用文言写作,白话根本不可能用来写作诗歌,但胡适依然坚持走自己的路。"我自信颇能用白话作散文,但尚未能用

---

[1] 黄遵宪:《杂感》,《黄遵宪诗选》,刘逸生主编,李小松选注,香港:三联书店香港分店,1987年,第23页。

[2] [英]彼得·琼斯编:《〈意象主义诗人(1915)〉·序言》,裘小龙译,《意象派诗选》,桂林:漓江出版社,1986年,第158页。

[3] [英]彼得·琼斯编:《意象派诗选》,裘小龙译,桂林:漓江出版社,1986年,第26页。

之于韵文。私心颇欲以数年之力,实地练习之。"[1] 胡适对用白话来作韵文颇有信心,胡适的这种"自信"来自何处? 胡适提到了实验主义理论和中国文学史上存在过的白话诗歌这两个依据,美国轰轰烈烈的白话诗运动也应该是胡适自信的一个重要来源,因为它使胡适看到了英语白话诗歌的实际存在,这对胡适来说无疑是一个巨大的启迪:美国的诗歌可以用口语来写作,中国的诗歌为何不能用白话来写作?

胡适与梅光迪等人就白话入诗、文学革命等问题展开了一场激烈的争论,白话自始至终都是这场争论的焦点。在争论的过程中,刚开始胡适非常孤立,除了陈衡哲赞同他的观点之外,其余的朋友皆反对其观点。胡适单枪匹马地尝试用白话来写诗,其早期的作品也受到朋友们的批评。任叔永在给胡适的信中对其白话诗进行批判:"……足下此次试验之结果,乃完全失败是也。盖足下所作,白话则诚白话矣,韵则有韵矣,然却不可谓之诗。盖诗词之为物,除有韵之外,必须有和谐之音调,审美之辞句,非如宝玉所云'押韵就好'也。"[2] 在任叔永看来,胡适这些用白话写成的作品根本就不是诗,白话根本就不可能用来写诗。"要之,白话自有白话用处(如作小说演说等),然却不能用之于诗。如凡白话皆可为诗,则吾国之京调高腔何一非诗? 吾人何必说西方有长诗,东方无长诗? 但将高调京腔表面而出之,即可与西方之莎士比亚、米而顿、邓耐生等比肩,有是事乎?"[3] 任叔永认为白话可以用来写小说作学说,但不能用来写作诗歌,他承认文学应该改革,但并非是对语言进行改革。"乌乎,适之! 吾人今日言文学革命,乃诚见今日文学有不可不改革之处,非特文言白话之争而已。……今日假定足下之文学革命成功,将令吾国作诗者皆京调高腔,而陶谢

---

[1] 胡适:《再答叔永》(1916年8月4日),曹伯言整理,《胡适日记全编》第2卷,合肥:安徽教育出版社,2001年,第459页。

[2] 胡适:《一首白话诗引起的风波》,曹伯言整理,《胡适全集》第28卷,合肥:安徽教育出版社,2003年,第423页。

[3] 同上。

李杜之流，永不复见于神州，则足下之功又何如哉！心所谓危，不敢不告。……足下若听见，则请他方面讲文学革命，勿徒以白话诗为事矣。"[1]他以老朋友的姿态，语重心长地劝告胡适不要用白话来写作诗歌，否则会贻笑大方。对于任叔永等人的好心劝告，胡适并没有接受。胡适不赞同他们的观点，他要通过自己的试验来证明白话可以作为诗歌的利器。渐渐地周围的朋友如任叔永、赵元任等开始接受他的观点，也尝试用白话来写诗，胡适开始有了志道同合的朋友。

胡适将其对文学革命的思考加以系统梳理，写成文章，这就是今天我们所看到的《文学改良刍议》。这篇文章最先在《留美学生季报》上发表，后来在1917年的《新青年》上发表。这篇文章的核心观点就是要用白话代替文言，这也是胡适提倡的文学革命的核心问题。这篇文章在《新青年》发表之后，并没有引起广泛关注，因为在保守派看来，胡适的这种观点简直是胡说八道，根本不值一驳。后来，《新青年》编辑部导演了"双簧信"事件，渐渐引起文坛的关注，并演变成一场波澜壮阔的白话文革命运动，从而改变了中国文学发展的历史进程。

当时，以胡适、陈独秀为代表的革命派和以林纾等为代表的保守派就文学革命、白话入诗等问题展开了激烈论争。在论争的过程中，保守主义者反对用白话写作诗歌，而以康白情、沈尹默等为代表的革命派则赞同胡适的观点，并开始用白话创作诗歌。至此，白话新诗由星星之火燎原成一场轰轰烈烈的新诗运动。到1918年，胡适发表了《建设的文学革命论》一文，提出以"国语的文学，文学的国语"作为文学革命的宗旨，在他看来，"我所主张的'文学的国语'，即是中国今日比较的最普通的白话。这种国语的语法文法，全用白话的语法文法。但随时随地不妨再用文言里两音以上的字"[2]。他要将白话上升到国

---

[1] 胡适：《一首白话诗引起的风波》，曹伯言整理，《胡适全集》第28卷，合肥：安徽教育出版社，2003年，第423—424页。

[2] 胡适：《胡适复朱经农》(1918年7月14日)，《胡适论学往来书信选》(上)，杜春和、韩荣芳、耿来金等编，石家庄：河北人民出版社，1998年，第403页。

家的层面，将白话与国家命运、民族精神联系在一起，白话成为国家的语言，在这种主张中我们不难看到惠特曼的影子。这篇文章的发表，不仅标志着白话文运动的胜利，而且标志着白话新诗的胜利。

到"五四"文学时期，美国的新诗运动依然是中国新诗界关注的对象。刘延陵对美国的新诗运动做出如下评价："新诗有两个特点：形式方面是用现代语，用日常所用之语，而不限于用所谓'诗的用语'（Poetic Diction），且不死守规定的韵律……"[1] 美国诗歌语言的日常化、口语化特征无疑为中国新诗树立了成功的典范，成为中国新诗人学习的榜样。

胡适以二元论的思维模式来提倡文学革命，要求以白话代替文言；在用白话写诗的过程中，为了达到白话入诗的目的，只要是白话就将其收入诗中，不加仔细斟酌。1916年梅光迪在与胡适论战时就发现了这一问题，梅光迪认为："诗文截然两途。诗之文字（poetic diction）与文之文字（prose diction），自有诗文以来（无论中西）已分道而驰。泰西诗界革命家最剧烈者莫如 Wordsworth，其生平主张诗文文字（diction）一体最力（不但此也，渠且谓诗之文字与寻常语言 ordinary speech 无异），然观其诗，则诗并非文也。"[2] 在他看来，诗的文字与文的文字是有所不同的，在白话中也应仔细甄别"诗之文字"与"文之文字"，选用富有诗意的语言，摒弃散文化的语言。梅光迪的这一观点并未引起胡适的足够重视，致使胡适的诗歌创作中呈现出一种散文化倾向——虽然用的是白话，但这种白话缺少诗意。胡适诗歌中存在的这一问题，在后来的新诗创作中得到延续，因此，"新诗运动最早的几年，大家注重的是'白话'，不是'诗'，大家努力的是如何摆脱旧诗的藩篱，不是如何建设新诗的根基"，"侧重白话一方面，而未

---

[1] 刘延陵：《美国的新诗运动》，《诗》第1卷第2号，1922年2月15日，第31页。
[2] 《梅光迪复胡适》（1916年1月25日），《胡适论学往来书信选》（下），杜春和、韩荣芳、耿来金等编，石家庄：河北人民出版社，1998年，第1199页。

曾注意到诗的艺术和原理一方面"[1]。在俞平伯看来,"白话诗可惜掉了底下一个字"[2],结果最后只剩下白话,而缺少了诗意。梁实秋、俞平伯对新诗的评价是客观的、公正的,他们指出了早期新诗创作中存在的弊端。但梁实秋、俞平伯的观点并未引起诗坛的重视,散文化倾向成为百年新诗发展中始终存在的一大弊端。实际上,这一弊端在新诗初期就有机会解决的,但诗人们错过了这一机会,这是新诗发展的一大遗憾。

回顾历史,我们会发现,惠特曼等提倡"口语入诗"改变了美国诗歌发展的历史格局,奠定了美国现代诗歌的基础,美国的新诗由此进入繁荣发展时期;受美国现代诗歌的影响,胡适提倡白话入诗、以白话代替文言,这是胡适提倡的文学革命的核心观点。胡适提倡用白话写诗,改变了中国传统的诗歌写作模式,揭开了中国新诗发展的新篇章。

第二节　诗体解放的共同追求

从诗歌文体发展史的角度来看,中西方诗坛上都出现过格律诗体。中国有五、七言格律诗,英语诗歌中有十四行诗。格律诗皆有严格固定的句式与体式,写作者必须按照这些格律形式来进行写作。从这一角度来说,格律诗对作者的写作自由有一定的束缚作用,在一定程度上限制了诗人对语言形式的创新。惠特曼被视为美国自由体诗的奠基者与开创者,以他为代表的美国诗人不愿受格律的束缚,要求摆脱格律诗的束缚,尝试创作自由体诗(free verse)。20世纪初,以庞德为代表的意象派诗人将惠特曼的自由体诗发扬光大,自由诗成为美国诗坛

---

[1] 梁实秋:《新诗的格调及其他》,《中国现代诗论》(上编),杨匡汉、刘福春编,广州:花城出版社,1985年,第142页。

[2] 俞平伯:《社会上对于新诗的各种心理观》,《新潮》第2卷第1号,1919年10月,第169页。

上的主要文体样式，并在世界文坛上产生广泛影响，进而对中国的新诗革命产生了重要影响。

惠特曼是美国自由体诗歌的创造者。"虽然学者们有时称为的'自由诗革命'发生在 20 世纪早期，有影响的代表诗人是庞德、玛蕾安·摩尔、H.D.、威廉·卡·威廉斯等人。主要的自由诗独创者却是惠特曼。在他的自传体系列诗诗集《草叶集》中，他使用了高度非规则的诗行。他宣布伟大的解放，放弃规则的格律程式。……惠特曼的诗是自由的，受到了后来诗歌的效仿。"[1] 20 世纪初，惠特曼的作品被翻译介绍到中国来，对惠特曼的翻译介绍成为当时中国文坛的一大热点。1919 年田汉在《少年中国》创刊号上发表《平民诗人惠特曼的百年祭》；1922 年谢六逸在《文学旬刊》第 28 期发表《平民诗人惠特曼》；1928 年《新月》第 1 卷第 6 号刊出《近代英美诗选》栏目，介绍了 20 世纪美国著名诗人爱伦·坡、惠特曼、庞德、卡洛斯、威廉斯、E.E. 肯明斯、金斯堡等；1931 年杨昌溪在《现代文学评论》第 1 卷第 4 号"现代世界文坛逸话"栏中发表《〈草叶集〉的出版纪念与惠特曼》；1934 年 10 月 1 日《现代》第 5 卷第 6 号发表邵洵美的《现代美国诗坛概观》，惠特曼是其介绍的重点对象；《文学》月刊第 8 卷第 2 号"补白"栏刊发《辛克莱论惠特曼》的译文[2]。从这些文章题目可以看出，在 20 世纪上半叶，惠特曼是中国诗坛关注的重要对象。

在这一时期，中国诗人对惠特曼的认识也大致统一，是将他视为自由诗体的创立者来评价的。在刘延陵看来，惠特曼是一位诗体的解放者："他首先打破诗之形式上与音韵上的一切格律而以单纯的白话作诗，所以他是诗体的解放者，为'新诗'的形式之开创之人。"[3] 郑振铎肯定惠特曼在诗歌文体上的创新："他乃是世界上最伟大的一个散文诗

---

[1] Birkerts, Sven P. *Literature: The Evolving Canon*. Massachusetts: Allyn and Bacon, 1993. p.550.
[2] 此文是辛克莱《拜金艺术》的第八十章。
[3] 刘延陵：《美国的新诗运动》，《诗》第 1 卷第 2 号，1922 年 2 月 15 日。

作家。他歌咏民主,他歌咏自我。他的势力在思想界也是很大的。……惠特曼他以为自己发现了一种新式的诗——散文诗——把一切旧的韵律的拘束完全打翻了。他真的是如此。但他的伟大还不在创造了一种新的诗式,而在他自己乃是一个新的伟大的诗人,具有无限的力与弘伟的思想。"[1] 郑振铎用"散文诗"来称呼惠特曼创造的新式诗体,这在很大程度上道出了中国新诗与散文诗之间的关系,同时也说明了惠特曼对中国新诗产生的巨大影响。朱复认为:"惠特曼可以代表新兴的美国,他的诗歌是讴唱美国,也是称颂现代人,并且,他的体裁开创了现代诗人艺术的先河,为'自由体诗'的先进作家。"[2] 邵洵美认为,惠特曼"用自由与粗糙的词句代替了严密与柔和的格调"[3]。1944年3月由楚图南翻译的惠特曼的《大路之歌》由重庆读书出版社出版,在《译序》中作者对惠特曼给予了高度评价:"不但是在形式方面,汪洋浩渺,创造了近代所有自由诗的新风格,为千载以来的诗坛,开辟了自来少有天才敢于漫游或闯入的异域。即在内容或主题方面,也算是近代文化所孕育了的德谟克拉西的概念,所能发展到的最高,也是最完美的表露……不单是那广阔深厚,无边无际的平等博爱的心情,为自来的诗人所少有,即题材的普遍而广泛的应用,主题的复杂而多方面,也足以说明了这是一个近代的新社会的诗人。"[4] 由此可见,在中国诗人和理论家的眼里,惠特曼就是"自由诗"的奠基者与开创者,大家热衷于讨论的都是惠特曼自由诗的特点。那么,惠特曼提倡、创作的自由诗(散文诗)是否对中国的新诗(散文诗)产生了影响?二者之间是如何发生关联的?

从诗歌创作实践的角度来看,惠特曼对中国自由诗的发展产生了

---

[1] 郑振铎:《美国文学·文学大纲》,《郑振铎全集》第12卷,石家庄:花山文艺出版社,1998年,第379页。

[2] 朱复:《现代美国诗概论》,《小说月报》第21卷第5号,1930年5月10日。

[3] 邵洵美:《现代美国诗坛概观》,《现代》第5卷第6期,1934年10月1日。

[4] 楚图南:《大路之歌·译序》,重庆:重庆读书出版社,1944年3月。

重要影响，郭沫若无疑是其中的代表。郭沫若虽然没有到过美国，但他的诗歌创作在很大程度上受到惠特曼的影响。1919年秋，尚在日本留学的郭沫若通过有岛武郎接触到了惠特曼，并立刻喜欢上了惠特曼及其作品。他翻译的惠特曼的《从那滚滚大洋的群众里》在1919年12月3日《时事新报·学灯》上发表，他翻译的《草之叶》[1]在1928年10月鲁迅主编的《奔流》第5期上发表。郭沫若在接触惠特曼之前就已开始了诗歌创作，但在接受惠特曼的影响之后，诗歌创作风格发生了很大的转变。"总之，在我自己的作诗的经验上，是先受了太戈尔诸人的影响力主冲淡，后来又受了惠特曼的影响才奔放起来的。"[2] 郭沫若的早期新诗深受泰戈尔的影响，呈现出冲淡恬静的风格，这些小诗在一定程度上还带有中国传统五言、七言诗的影子，如《Venus》《春愁》等，句式整齐，偶句押韵，虽是用白话写成，但在文体上还不是自由诗。在受到惠特曼的影响之后，郭沫若的诗风及诗体形式皆发生了巨大变化："而尤其是惠特曼的那种把一切旧套摆脱干净了的诗风和五四时代的暴飙突进的精神十分合拍，我是彻底地为他那雄浑的豪放的宏朗的调子所激荡了。在他的影响下，应着白华的鞭策，我便做出了《立在地球边上怒号》《地球，我的母亲》《匪徒颂》《晨安》《凤凰涅槃》《天狗》《心灯》《炉中煤》《巨炮的教训》等那些男性的粗暴的诗来。"[3] 在这些诗歌中，郭沫若彻底打破了中国传统的格律诗形式，以自由的形式来抒发内心躁动不安的情绪。在他看来，中国传统格律诗中的押韵、平仄、对仗等都是外在韵律，是可有可无的不重要的东西。他认为："更从积极的方面而言，诗之精神在其内在的韵律（Intrinsic Rhythm），内在的韵律（或曰无形律）并

1　《草之叶》是《草叶集》的日文翻译者有岛武郎撰写的一篇关于《草叶集》的长篇评论。
2　郭沫若：《我的作诗的经过》，《郭沫若全集·文学编》第16卷，北京：人民文学出版社，1989年，第220页。
3　同上书，第216页。

不是甚么平上去入,高下抑扬,强弱长短,宫商徵羽;也并不是甚么双声叠韵,甚么押在句中的韵文!这些都是外在的韵律或有形律(Extraneous Rhythm)。内在的韵律便是'情绪的自然消涨'。"[1] 既然"情绪的自然消涨"便是诗歌内在的韵律,那么诗人只要将自己的情绪自然地宣泄出来就会获得一种相对应的韵律,而这种韵律的呈现就是自由诗。因此,自由诗就是根据诗人情绪的变化而赋予其不同的语言形式,这种语言形式没有固定的套路,句式长短不定,篇幅可长可短。在中国现代文学史上,郭沫若的《女神》向来被称作"五四"精神的象征,而实际上《女神》共分三辑,其中真正能够与"五四"精神相契合,或者说呈现出狂飙突进的"五四"时代精神的作品恰恰是受惠特曼影响而创作出来的。这种自由诗体与五四时期自由的思想、精神发生强烈共振,二者相辅相成,才铸成文学史上的奇观。自由诗虽是由胡适提出来的,却在郭沫若手中成熟,而这一切都与惠特曼的影响密不可分。

继郭沫若之后,中国诗坛上出现了另一位重要的自由体诗人——艾青。他在郭沫若的基础上将自由诗发扬光大,成为一代大师。艾青的诗歌创作在很大程度上受到惠特曼的影响,他对惠特曼倍加赞赏:"在近代,以写'自由诗'而博得声誉的,是合众国民主诗人惠特曼。当时的合众国,是以一个年轻的、充满朝气的、纯朴人的姿态出现在世界上的。惠特曼成了这个新兴的国家的代言人。"[2] 艾青提倡诗歌的散文化,这与惠特曼的诗歌主张一脉相承。尽管自五四时期人们就发现了新诗中的散文化倾向,并将之视为新诗发展中的弊端而予以批判,但艾青不为之所动,仍然继续追求诗歌的散文化,这与惠特曼的影响不无关系。艾青在1939年声称:"我们喜欢惠特曼,凡尔哈仑。和其

---

1 郭沫若:《论诗三札》,《郭沫若全集·文学编》第15卷,北京:人民文学出版社,1990年,第336—337页。
2 艾青:《诗的形式问题——反对诗的形式主义倾向》,杨匡汉、刘福春编,《中国现代诗论》(下编),广州:花城出版社,1986年,第34页。

他许多现代诗人,我们喜爱《穿裤子的云》的作者,最大的原因当是由于他们把诗带到更新的领域,更高的境地。"[1] 这个"更新的领域,更高的境地"便是自由诗、散文诗。艾青认为天才的散文家常常是韵文的意识的破坏者,在他看来,散文先天比韵文美,而口语是散文的。这些观点,一方面与郭沫若的诗歌观念相通,另一方面则与惠特曼的观点相一致。艾青反对给诗歌定型,反对诗的形式主义倾向,由此出发,艾青创作的诗歌也就是一种散文化的诗歌,汪洋恣肆,自由奔放,在形式上大开大阖,不受外在韵律的束缚,呈现出一种散文化的倾向。其早期作品《大堰河——我的保姆》运用大量排比句写作而成,与惠特曼的诗歌不乏相通之处。而这种排比句的大量运用,在其诗歌中随处可见。应该说,艾青是自由诗理论的践行者,他不仅在理论上提倡诗歌散文美,而且在诗歌创作中将之变成了现实,正因如此,他被称作现代新诗的集大成者。

意象派诗歌是在惠特曼自由诗的基础上发展而来的,是美国自由诗的集大成者。在胡适的文章中,我们很难看到惠特曼的名字。胡适所提倡的自由诗主要来自美国意象派诗歌的影响。意象派诗歌是一个比较复杂的存在,它一方面继承发展了惠特曼的自由诗体诗歌,另一方面又在一定程度上接受了中国传统诗歌的影响。在诗歌文体上,以庞德为代表的意象派诗人更加明确地提倡自由诗,"自由诗的定义是:一种建筑在节奏上的诗。音乐中的节奏是一回事,诗歌中的节奏完全是另一回事。因为我们讨论的不是调子而是节奏,这是起伏和节奏的完美的平衡感"[2]。在庞德和威廉斯看来:"常规的音律是以希腊文和拉丁文中的音长形式为依据而类推出来的,所以破坏了言语的自然模式。……这一情况实质上仍然妨碍着写作通顺易懂的英语诗歌,当然

---

[1] 艾青:《诗的散文美》,《诗论》,北京:人民文学出版社,1980年,第154页。
[2] [英]彼得·琼斯编:《〈意象主义诗人(1916)〉序》,裘小龙译,《意象派诗选》,桂林:漓江出版社,1986年,第162页。

更谈不上写作语言自然流畅的诗歌了。"[1] 英语传统诗歌的韵律是在希腊文和拉丁文的音长形式的基础上形成的,其固定的韵律形式破坏了语言的自然模式,这成为自由诗反叛的对象。"一种语言的实际用法如果与僵硬的诗律规则相悖,它要保持本身特色就必然要摆脱这些规则。更确切地说,它必然会采用一套它能够适应的新规则,找到另一种讲话和写作的方式。正是由于英语(特别是美国英语)拒绝适应传统的标准诗律,英语自由诗才能应运而生。但是,'自由诗'这个术语可能会引起误解。由于它是一种艺术形式,诗歌的'自由'就不能是一种没有任何限制或者没有任何指导原则的'自由'。"[2] 英语自由诗抛弃了传统诗歌韵律,而代之以"可变音步",这是英语自由诗产生的基本前提,但自由诗并非完全自由,它仍需受到一定语言形式的限制。

意象派诗歌提倡自由诗,强调语言的自然流畅,胡适也正是从这一角度切入来提倡新诗创作的。胡适认为,古今中外的文学革命运动都是首先要求语言文字和文体的大解放。"欧洲三百年前各国国语的文学起来代替拉丁文学时,是语言文字的大解放;十八、十九世纪法国嚣俄、英国华次活(Wordsworth)等人所提倡的文学改革,是诗的语言文字的解放;近几十年来西洋诗界的革命,是语言文字和文体的解放。"[3] 而惠特曼的自由诗、以庞德为代表的意象派诗歌无疑是西洋诗界文体解放运动的重要构成部分。胡适将新诗文体解放称作诗体的第四次解放,认为它"不但打破五言七言的诗体,并且推翻词调曲谱的种种束缚;不拘格律,不拘平仄,不拘长短;有什么题目,做什么诗;诗该怎样做,就怎样做"[4]。押韵、平仄、对仗等传统格律中最重要的因

1　周式中、孙宏、谭天健、雷树田编:《世界诗学百科全书》之"自由诗"条目,西安:陕西人民出版社,1999 年,第 1004—1005 页。
2　同上书,第 1005 页。
3　胡适:《谈新诗——八年来一件大事》,姜义华主编,《胡适学术文集·新文学运动》,北京:中华书局,1993 年,第 385 页。
4　同上书,第 389 页。

素在胡适这儿都成了可有可无的东西。那么,自由诗是否就是完全自由、不受任何限制的?并非如此。在胡适看来,诗的最重要的因素是语言的自然。"诗的音节全靠两个重要分子:一是语言的自然节奏,二是每句内部所用字的自然和谐。至于句末的韵脚,句中的平仄,都是不重要的事。语气自然,用字和谐,就是句末无韵也不要紧。"[1] 语言的"自然节奏"和用字的"自然和谐"是自由诗要遵循的基本原则,也是自由诗的基本语言形式特征。当然,我们也要看到,在胡适那儿,不仅"音节""节奏"等术语来自英语诗歌,而且其强调"语言自然"的观点也与意象派诗歌理论之间具有相通之处。从这一角度来看,"语言自然"是美国和中国自由诗产生的重要前提,或者说是自由诗的最基本的语言文体特征。

胡适在美国提出用白话写诗的主张时遭到梅光迪等人的反对。在梅光迪看来:"所谓白话诗者,纯拾自由诗(Verslibre)及美国近年来形象主义(Imagism)之余唾。而自由诗与形象主义,亦堕落派之两支,乃倡之者数典忘祖,自矜创造。亦太欺国人矣。"[2] 梅光迪是胡适在美国留学期间的老乡、挚友,对美国文坛尤其是诗界的情况有所了解,熟悉胡适诗歌理论的来源,尽管其言论显得保守,但他给我们提供了关于胡适的诗歌理论主张与美国自由诗及意象派诗歌之间内在关系的佐证。

胡适虽然从理论上搞清楚了自由诗的关键是"语言自然",但在实际创作中要做到这一点并非易事。胡适自幼接受中国传统格律诗的熏陶,已经习惯了中国传统诗歌的语言文体形式,要摆脱格律诗的形式而写出自由体诗歌需要有一个过程。胡适的诗歌带有从传统格律诗向自由诗转型的鲜明特征,他认为自己在美国所作的诗歌实在不过是一

1　胡适:《谈新诗——八年来一件大事》,姜义华主编,《胡适学术文集·新文学运动》,北京:中华书局,1993年,第392页。

2　梅光迪:《评提倡新文化者》,赵家璧主编,郑振铎编选,《中国新文学大系·文学论争集》,良友图书印刷公司,1935年,上海:上海文艺出版社,1981年影印本,第129页。

些刷洗过的旧诗,意识到这些诗歌作品的问题:基本上是五言诗和七言诗,句法整齐,不符合语言的自然,经常截长补短,牺牲白话的字和白话的文法来迁就五言、七言的句法;在音节上,缺少变化,没有自然的音节,不能随着内容的变化而变化,"因此,我到北京以后所做的诗,认定一个主义:若要做真正的白话诗,若要充分采用白话的字、白话的文法和白话的自然音节,非做长短不一的白话诗不可。这种主张,可叫做'诗体的大解放'。诗体的大解放,就是把从前一切束缚自由的枷锁镣铐,一切打破:有什么话,说什么话;话怎么说,就怎么说"[1]。胡适在1917年于哥伦比亚大学博士毕业后来到北京大学任教,以此为界,其诗歌创作发生了很大的变化,前期诗歌带有浓重的传统诗歌的影子,是未完全解放的新诗;而后期诗歌则摆脱了传统诗歌的束缚,是解放了的新诗。这种文体变化在其翻译作品中也有所呈现。胡适在美国留学时阅读过许多美国诗歌,并选择部分作品将之翻译成中文诗歌,如在1914年9月翻译爱默生的《康可歌》、1915年4月20日翻译肯基姆的《墓门行》、1918年3月1日翻译《老洛伯》、1919年2月26日翻译《关不住了!》,从文体形式上来看,前两首诗套用中国传统的五言古诗和骚体诗的形式,后两首则是用白话自由体,胡适称《关不住了!》是自己"'新诗'成立的纪元",可能是因为他从这首译诗中感悟出了自由诗的真谛。对照原文来看,胡适的这首译诗无论是在内容上还是在形式上都与原诗吻合,形神兼备,可以说是达到了信、达、雅的标准。从文体的角度来看,这首译诗共三节,每节四行,二、四行押韵,每行长短不定,语言自然流畅,虽杂以口语交流,却不乏诗意,符合胡适所追求的"自然节奏"和"自然和谐"的标准,是胡适心目中理想的自由诗模板。

美国意象派诗人主张"无形式本身就是一种形式"(formlessness is

---

[1] 胡适:《我为什么要做白话诗?——〈尝试集〉自序》,《新青年》第6卷第5号,1919年5月。

itself a form），反对赋予诗歌以固定的文体形式。这种观点也得到中国新诗人的赞成与拥护。郭沫若、艾青都主张自由诗，反对给诗歌定型，因此他们二人历来被视为中国自由诗的代表性作家。艾米·罗威尔极力"为自由诗辩护"，这一观点受到中国诗人们的高度关注。闻一多称罗威尔为"首屈一指"的"伟大的女诗人"、意象派的"旗手"。[1] 闻一多在美国留学时与意象派诗人有过比较密切的交往，意象派诗歌对其诗歌理论主张及诗歌创作也产生了重要影响，他所提倡的"三美"理论（音乐美、绘画美、建筑美）中不乏意象派诗歌的影子，其诗歌作品如《色彩》等也不难看到意象派诗歌的痕迹。

在意象派诗歌盛行的同时，美国文坛上还有一个著名的"芝加哥诗派"，它是20世纪初美国"新诗运动"的重要构成部分。"这派诗人中的两个人——卡尔·桑德堡和韦彻尔·林德赛是美国诗歌史上最有成就的朗诵家。桑德堡用吉他伴奏，二十年代长期在全国巡回演出。他又是一个民歌咏唱家，他的朗诵会夹唱夹诵，名噪一时。……林德赛的伴奏工具很特别——他朗诵时拍击手鼓。他的诗吸收了爵士乐的特点，节奏效果强烈。关于他的朗诵之魔力，有近乎传奇的记载。"[2] 朗诵诗在美国文坛成为一种流行的诗歌文体和诗歌表演方式，诗人甚至可以通过举行诗歌朗诵会来赚取一定的经济收入。到"二战"之后，朗诵诗更加普及。"于是在欧美，诗的朗诵运动，已再被提出并且付诸实践了。在巴黎的法兰西剧院每星期日早上有'诗晨'，由那个剧院的名角轮流朗诵法国最著名的诗，美国的林德赛（V. Linday）与桑德堡（Carell Sandburg），英国有叶芝（W. B. Yeats），西班牙有洛尔加（F. C. Lorca）。他们或旅行朗诵，或抱瑟登台，或组织剧团，到处演唱

---

[1] 1922年8月17日闻一多给清华文学社的信《致亲爱的朋友们》，他在信中指出："胡适博士的'八不主义'并不尽是他的发明，他或许是复制了以伟大的女流诗人Amy Lowel为旗手的'新'诗人Imagist的信条。"见《闻一多全集》第12卷《书信》，武汉：湖北人民出版社，1993年，第55页。

[2] 赵毅衡：《诗朗诵在美国》，《诗刊》，1981年3月。

诗歌及演出诗剧,最近欧美唱片公司出了不少诗唱片,无线电的诗节目也极多……歌林公司已经出了两套诗朗诵唱片,名为'诗歌的声音'(The Voice of Poetry),……而最值得注意的,是逝世已有八、九年的伊利诺亥州,春地的诗人林德赛,他生时旅行全美国各地朗诵他自己的诗,著名的是《刚果河》、《中国的夜莺》、《圣达飞的旅程》、《威廉波茨将军》等,曾由哥伦比亚大学灌音,正在由美国全国英文教员大会翻印分三张十二吋的唱片,正式出售。"[1]

众所周知,20世纪40年代中国文坛上出现了一场颇具规模的朗诵诗运动。这场运动的出现,与美国朗诵诗运动之间具有密切的内在联系。现代朗诵诗是自由诗中的一个变种,其语言通俗易懂,节奏鲜明,音调和谐,易于上口,感情真挚,具有强烈的感染力,可直接向听众朗诵,也可用于舞台表演。作为一种诗歌文体,朗诵诗既是中国社会现实生活需要的产物,也是美国诗歌影响的产物。这一时期,中国的诗人们大力翻译介绍美国的朗诵诗,从中学习其创作技巧。徐迟在1933年《现代》第4卷第2期上发表译作《圣达飞的旅程》,此文前面附有《诗人 VACHEL LINDSAY》一文,对美国诗人林德赛及其诗歌创作进行介绍:"在职业上,他不是诗人而是演讲的职业者。他在美洲巡行着,作教育的演说,同时背诵他的诗。"[2] 徐迟认为,林德赛的诗是强有力的音的结构,是可以引吭高歌的。"在《Congo之河》与《圣达飞的旅程》两诗的旁边,他用较小的字说明着读他的诗的时候的声音的法则。例如读 Rachel Jane 的莺鸟之声,需用'美妙的低声,或朗读,或歌唱'的方法念那九行的小诗的。而黑人的行句上的读法是'大声的或用如铜的低声部音'的法则。汽车驶动的读法是'渐渐的快而渐渐的高亮'。这些他都特别加以注语的。"[3] 徐迟所翻译的林德赛的

1　高兰:《诗的朗诵与朗诵的诗》,《中国现代诗论》(上),杨匡汉、刘福春编,广州:花城出版社,1985年,第436—437页。
2　徐迟:《诗人 VACHEL LINDSAY》,《现代》第4卷第2期,1933年12月1日。
3　同上。

《圣达飞的旅程》无疑给中国诗人提供了朗诵诗创作的样板,中国的诗人可以学习借鉴林德赛朗诵诗创作的基本方法来创作自己的朗诵诗作品。卡尔·桑德堡的代表作《芝加哥》打破了传统诗歌的写作模式,用口语写作而成,将诗与散文的句子混合在一起:

> 世界的屠宰场
> 器具制造所,小麦的堆积地
> 纵横之铁道的玩弄者与国家的运输所;
> 骚乱的,嘎声的,喧嚣的,
> 逞卖膂力的都市:
> 他们告诉我,你是邪恶的都市,我相信他们,因为我曾看见你底
> 涂脂抹粉的女人在瓦斯灯下勾引田舍间出来的少年。
> 他们又告诉我你是不正的都市,我回说,是的,我曾真实地看见
> 强盗杀人,自由地逃走了,再去杀人。
> 他们又告诉我你是野蛮的都市,我底回答是:在妇人与孩子底脸上
> 我曾看见了饥饿的颜色。
>
> (《支加哥》,施蛰存译,《现代》,1933 年第 3 卷第 1 期)

表面上看,诗行的排列杂乱无章,它与芝加哥杂乱无章的都市生活和诗人对现代都市生活复杂的情感态度相映成趣,成为一种有意味的形式,形式与内容达到了完美融合。"正如他以前的美国诗人惠特曼(Walt Whitman)一样,他突破了历来对于诗的题材之选择的传统的范畴,把一切与日常生活接触的所见所闻都利用了。他底音律,也和他底题材一样,是非传统的诗底音律。那是与他底土语及五弦琴不可分离的。用读普通各种英诗的方法来读他底诗,它们诚然不会给你音节,

但倘若你能够用那比普通英语更慢的美国中西部土音来吟诵呢？自然，它们会都是很和谐、很美的诗！"[1] 施蛰存对《芝加哥》一诗的高度评价，说明中国诗人对美国的朗诵诗已有深入的了解。

中国的朗诵诗是应抗日战争的现实需要而产生，并在抗战时期繁荣发展的一种诗歌文体形式。1937年"七七事变"之后，中国进入了全面抗战时期，抗战的严峻局势要求全体民众共同参与，将日本侵略者驱逐出中国。为了让全国民众尤其是广大农民了解抗战、参与抗战，需要通过通俗易懂的文艺形式来宣传抗战，"必须在抗战的实践中，把诗歌朗读和诗歌大众化紧密地连系起来，这一种朗读工作，才真正能完成他的任务，也就是说，必须在诗歌大众化的实践中，把诗歌朗读的工作执行起来，才真能使诗歌朗读运动，收到它的真正的效果"[2]。正是在这样的背景下，文坛上掀起了一场轰轰烈烈的朗诵诗运动。

但是，在写作朗诵诗的过程中也存在着一些问题，即部分诗人不了解朗诵诗的特点和要求，没有明确朗诵诗的受众对象，结果写出来的作品不受大众的欢迎。"朗读诗，是以在大众集会的场合朗读给大众听为目的的。在现在的阶段中，朗读诗运动是大众化的一条基本路线。不过，直到现在，这一条道路，还没能走得很远。朗读诗，必须考虑到朗读的条件，他不惜用音乐的帮助，但是，他必须是大众的情感的大众口语的表现。朗读诗运动的实践，在现在中国，是使诗人克服自己的过去的个人主义的种种缺点，而走向大众化的道路，而同时，也就是要把大众水准提高。"[3] "大众"这一受众对象在很大程度上决定了朗诵诗的特点，即表达的情感必须与老百姓息息相通，语言要口语化，

---

[1] 施蛰存：《支加哥诗人卡尔·桑德堡》，《现代》第3卷第1期，1933年。
[2] 穆木天：《诗歌朗读与诗歌大众化》，《穆木天诗文集》，蔡清富、穆立立编，长春：时代文艺出版社，1985年，第361页。
[3] 穆木天：《诗歌的形态和体裁》，《穆木天诗文集》，蔡清富、穆立立编，长春：时代文艺出版社，1985年，第385页。

要通俗易懂，形式必须能够抓住观众，只有这样，才能达到朗诵诗的目的。中美社会文化的差异，在很大程度上决定了中美朗诵诗之间的不同——美国的朗诵诗更多的是一种个人主义思想情感的表达，而中国的朗诵诗则是文学大众化运动的一个有机构成部分。朱自清写有一篇《美国的朗诵诗》来介绍美国的朗诵诗。在他看来："美国诗人麦克里希在《诗与公众世界》一文（一九三八？）里指出现在'私有世界'和'公众世界'已经渐渐打通，政治生活已经变成私人生活的部分；那就是说私人生活是不能脱离政治的。集体化似乎不会限于这个动乱的时代，这趋势将要延续下去，发展下去，虽然在各时代各地域的方式也许不一样。那么，朗诵诗也会跟着延续下去，发展下去，存在下去。美国也已经有了朗诵诗，一九四四年出的达文鲍特的《我的国家》（有杨周翰先生译本）那首长诗，就专为朗诵而作；那里面强调'一切人是一个人'，'此处的自由就是各处的自由'，就是威尔基所鼓吹的'四海一家'。"[1] 美国诗人是从个人主义立场出发来写作的，而中国诗人则是从大众的、民主的、国家的立场出发写作的，由此来看，穆木天所提出的关于诗人克服自己过去的个人主义种种缺点的要求也就可以理解了。

从文体形式的角度来说，朗诵诗是自由诗的一种，但朗诵诗有其自身的特性，即要有强烈的节奏感。"说也奇怪，无论桑德堡还是金斯堡，他们的诗都是惠特曼式的自由诗——无传统音步、格律，无韵，诗行很长，叫人觉得它们很难念出什么节奏。但偏偏是这种诗在朗诵中取得了最佳效果，其节奏之鲜明能与吉他的伴奏合拍。"[2] 朗诵诗的这一特点要求诗人在创作朗诵诗时必须重视诗的节奏与韵律，使语言的节奏与诗人的情感节奏发生共鸣，这样才能产生强烈的艺术感染力。中国现代朗诵诗在一定程度上纠正了前期诗歌散文化的倾向——"而

---

[1] 朱自清：《论朗诵诗》，《观察》第3卷第1期，1947年8月30日。
[2] 赵毅衡：《诗朗诵在美国》，《诗刊》，1981年3月。

朗诵诗的提倡更是诗的散文化的一个显著的节目。不过话说回来，民间形式暗示格律的需要，朗诵诗虽在散文化，但为了便于朗诵，也多少需要格律。所以散文化民间化同时还促进了格律的发展。这正是所谓的矛盾的发展。"[1] 由此可见，朗诵诗在一定程度上消除了诗歌散文化的弊端，这是现代朗诵诗对中国现代新诗发展所做出的一大贡献。

自惠特曼提倡尝试自由诗写作，到20世纪初意象派和芝加哥诗派对自由诗的发扬光大，自由诗在美国得到了迅速发展。在美国的新诗运动中，虽然诗人们在题材内容、美学风格、艺术手法等方面各有千秋，但他们大都"同样地采取着自由或比较自由的格调"[2]，自由诗已成为美国诗坛的主流文体形式，"新诗运动所造成的最显著的形式上的后果是自由诗之确立地位。至今日为止，美国现代诗歌依然绝大部分是自由诗，除了三四十年代艾略特、新批评势力占统治地位的一段时期外，很少有诗人写传统的格律诗。实际上在新诗运动兴起时，在一般读者看来，新诗是自由诗的同义语"[3]。美国诗人所确立的自由诗理论及创作实践，对以胡适、郭沫若为代表的中国诗人产生了重大影响，胡适新诗革命的灵感无疑与美国的新诗革命息息相关，而郭沫若的《女神》中那些表现出"五四"时代精神的作品则来自惠特曼的直接影响。可以说，中国自由诗是在美国自由诗的影响下而产生的，而其后来的发展也受到美国自由诗的影响。

当然，以胡适、郭沫若为代表的中国诗人在接受美国自由诗影响时对美国的自由诗存在着一定的误解。在胡适、郭沫若看来，所谓自由诗就是将押韵、平仄、对仗等外在律统统消灭，不讲究文体形式，想怎么写就怎么写，这才是自由诗。这种观点在反叛传统格律诗方面有一定道理，但它引导现代新诗走向了另一个极端，最终导致诗歌散

1　朱自清：《抗战与诗》，《新诗杂话》，北京：生活·读书·新知三联书店，1984年10月，第39页。
2　邵洵美：《现代美国诗坛概观》，《现代》第5卷第6期，1934年10月1日。
3　赵毅衡：《远游的诗神》，成都：四川人民出版社，1985年，第203页。

文化。诗与散文是两种不同的文体，它们之间是存在着一定差异的。惠特曼虽然提倡自由诗，但也强调诗歌韵律的重要性，他认为："诗的特性并不在于韵脚或形式的均匀或对事物的抽象的表白，也不在于忧郁的申诉或善意的教诲，而是这些以及其他许多内容的生命，并且是寓于灵魂之中的。韵的好处是它为一种更美妙更丰饶的韵律播下种子，而均匀性能将自己导入扎在看不见的土壤中的根子里。完美的诗的韵脚和均匀性表现节奏规律的自由产生，并从它们像枝头的丁香或玫瑰那样精确而毫无拘束地长出蓓蕾，并且像栗子、柑桔、甜瓜、梨子的坚实形状那样构成自己的形状，并且放出缥缈的香气来。最精美的诗歌或讲演或朗诵的流畅性和装饰不是独立而是有所凭依的。一切的美都来自美的血液和一个美的头脑。"[1] 可见惠特曼并非完全忽视诗的韵律，而是强调韵的重要性。

第三节 张扬自由个性意识

自由诗这一文体何以会在美国产生并在美国文坛得以发扬光大？这是一个很有趣的问题。诗歌文体表面上看只是一种语言艺术形式，但这种形式背后却蕴含着丰富的意识形态因素。换言之，自由诗是一种有特殊意味的诗歌形式。美国在摆脱英国的殖民统治后，将"自由"作为自己的建国理念，自由观念深入人心。正是这种自由观念催生了美国的自由诗体，或者说自由诗体是美国人的自由观念在诗歌文体中的具体存在与呈现。而中国的自由诗首先由在美国留学的胡适提出来，而不是由其他人提出来，这与胡适在美国所接受的自由主义思想理念是密切相关的。

形式主义理论认为，形式即内容。换言之，不同的形式所呈现出

---

[1] ［美］惠特曼：《〈草叶集〉初版序言》，《草叶集》（下），楚图南、李野光译，北京：人民文学出版社，1987年，第1168—1169页。

来的内容是不同的,这就要求形式与内容和谐一致。艾米·罗威尔声称:"我们并不坚持认为'自由诗'是写诗的唯一的方法。我们把它作为自由的一种原则来奋斗。我们相信,一个诗人的独特性在自由诗中也许会比在传统的形式中常常得到更好的表达,在诗歌中,一种新的节奏意味着一个新的思想。"[1]艾米·罗威尔将"节奏"与"思想"密切联系起来,认为新的"节奏"与新的"思想"是不可分离的,诗人的独特性体现在内容和形式两个方面。这正是自由诗成立的基本前提。

胡适接受了意象派诗歌理论的影响,强调诗歌形式与思想内容的统一。"新文学的语言是白话的,新文学的文体是自由的,是不拘格律的。初看起来,这都是'文的形式'一方面的问题,算不得重要。却不知道形式和内容有密切的关系。形式上的束缚,使精神不能自由发展,使良好的内容不能充分表现。若想有一种新内容和新精神,不能不先打破那些束缚精神的枷锁镣铐。因此,中国近年的新诗运动可算得是一种'诗体的大解放'。因为有了这一层诗体的解放,所以丰富的材料,精密的观察,高深的理想,复杂的情感,方才能跑到诗里去。"[2]在胡适看来,传统格律诗的文体形式对新内容、新精神是一种制约,严重地束缚了精神的自由发展,要想很好地表现新内容、新精神,必须打破旧的、僵化的文体形式,创造与新内容、新精神相契合的新的文体形式,这种新的文体形式即自由诗。由此可见,胡适是从精神自由发展的角度来提倡自由诗的,他认为自由诗与精神自由是同一事物的两个不同方面。

自由诗没有固定的文体形式,诗人可以自由地创造,根据自己的需要随意赋形,从这一角度来说,每一首自由诗的文体形式都是独一

---

1 [英]彼得·琼斯编:《〈意象主义诗人(1916)〉序》,裘小龙译,《意象派诗选》,桂林:漓江出版社,1986年,第158页。

2 胡适:《谈新诗》,《胡适学术文集·新文学运动》,姜义华主编,北京:中华书局,1993年,第385—386页。

无二的,都是诗人个性的具体体现。这种独一无二的文体形式与诗人独特的思想情感、独特的个性意识之间存在着对应关系。"未来的诗歌的目的在于自由地表达激情(其意义远远超过一眼就能看到的外表),而且主要是唤醒和激发它,而不止于解释或加以修饰。像一切现代倾向那样,它直接间接地不断牵连读者,关系到你我以及每一事物的中心本质,即强大的自我。……性格,一个比风格或优美还重要得多的特征,一个始终存在但如今才排到前列的特征——乃是进步诗歌的主要标志。"[1] 惠特曼将"自由地表达激情"视作未来进步诗歌的主要标志,他强调自我表现,张扬个性意识,其《自我之歌》可视为其理论宣言。作品以"我赞美我自己,歌唱我自己"开头,以汪洋恣肆的笔触来表现自我的激情:

> 华尔特·惠特曼,一个宇宙,
> 曼哈顿的儿子,狂乱、肥壮、多欲、能吃、能喝、善于繁殖,
> 不是感伤主义者,不凌驾于男人和女人之上,
> 不谦恭也不放肆。

这是一个自由放荡、不愿忍受束缚、没有受过社会污染的原生态的自我,他将这个原始的、赤裸裸的自我的肉体和灵魂呈现在读者的面前。惠特曼自信自己是一个具有开创性的诗人,他以伟大的诗人自许,在他看来,"最伟大的诗人所特有的主要不是一种鲜明的风格,而是一条思想和事物的不增不减的渠道,同时是他本身的自由渠道。他向他的艺术宣誓:我不愿多管,我不高兴让我的写作中有什么雅致、新颖或着眼于效果的东西像帷幕一样把我和别人分隔开来。我不要任何东西挡在中间。……我所体验和描绘的东西将从我的笔底不带任何笔墨痕

---

[1] [美]惠特曼:《美国今天的诗歌——莎士比亚——未来》,《草叶集》(下),楚图南、李野光译,北京:人民文学出版社,1987年,第1234—1235页。

迹地向外流淌"[1]。他追求一种自由的写作，不愿多管，更不愿受管，他要自由地直接与社会联系，他要将自己体验到的东西自然地呈现出来，反对进行任何加工雕饰，由此不难发现郭沫若"诗是写出来的、不是做出来的"这一主张的理论来源。

惠特曼的诗歌表现出鲜明的自由主义思想，他提倡张扬个性，尊重个性。"他所说的个性是什么呢？个性便是人的精髓，也不是离开肉的一个概念的灵，也不是离开灵的一个肉的盲动。人的外部与内部溶合的一体之中，人的存在是不用说，这个性便是在全体中的活动力之总集。倘若离了个性，则不成其为一个人。外面的人是常为人所见，此个性则不易见，倘若外部的人受了压迫或是继续虚伪生活的时候，这个性是要乘机发作的。惠特曼的诗是一个特质，便是这个性的动作的呼声。"[2]尊重个性，张扬个性，追求个性自由，追求灵与肉的合一，这是《草叶集》的主题思想。惠特曼认为诗歌是情绪的"直写""叫喊"，"整部《草叶集》不能被认为主要是一种智慧的或学术性的作品或诗歌，而要更多地看作出自感情和体魄的激烈的叫喊"[3]。惠特曼的这种诗歌观念对郭沫若产生了巨大的影响。郭沫若认为："诗是表情的文字，真情流露的文字自然成诗。新诗便是不假修饰，随情绪之纯真的表现而表现以文字。"[4]在郭沫若那儿，"情"是"情绪"，是一种激情，带有非理性的色彩。由此出发，他解构了诗歌的外在律，提出内在律的诗学观念，认为传统格律诗中的押韵、平仄、对仗等都是诗歌的外在韵律，都是不重要的，诗歌的本质在于其内在的韵律，而内在的韵

1　[美]惠特曼：《〈草叶集〉初版序言》，《草叶集》（下），楚图南、李野光译，北京：人民文学出版社，1987年，第1172—1173页。

2　六逸：《平民诗人惠特曼》，《文学旬刊》第28期，1922年2月11日。

3　惠特曼：《建国百年版序言》，《草叶集》，楚图南、李野光译，北京：人民文学出版社，1987年，第1224页。

4　郭沫若：《与元弟论诗通讯》，《郭沫若谈创作》，哈尔滨：黑龙江人民出版社，1982年，第12—13页。

律便是所谓"情绪的自然消涨",诗人只要用语言将自然消涨的情绪表现出来就可以了。这种诗歌观念在五四时期不乏知音。著名湖畔派诗人汪静之声称:"我写诗时根本没有想到反封建问题,我只是情动于中而形于言,完全是盲目的,不自觉的。"[1] 正是听从内心的呼唤,汪静之写出了纯真优美的爱情诗,表达出那个时代青年人的共同心声。

从时间上来看,最早影响郭沫若的美国诗人是朗费罗。朗费罗是第一个被翻译介绍到中国来的美国诗人,其《人生颂》是最早被译成汉语的英语诗歌,但他真正对中国诗歌产生影响较晚。郭沫若在出国留学之前就读过朗费罗的作品,并唤醒了自己内心中的诗神:"民国二年进了高等学校的实科,英文读本仍然是匡伯伦。大约是在卷四或卷五里面,发现了美国的朗费洛(Longfellow)的《箭与歌》(Arrow and Song)那首两节的短诗,一个字也没有翻字典的必要便念懂了。那诗使我感觉着异常的清新,我就好像第一次才和'诗'见了面的一样。……就这样一个简单的对仗式的反复,使我悟到了诗歌的真实精神。"[2] 郭沫若从《箭与歌》中领悟到了"诗歌的真实精神",这对他具有一种诗歌启蒙的意义,其早期诗歌呈现出来的清新质朴、浪漫美好、简洁流畅的诗风与朗费罗的影响是密切相关的。应该说,朗费罗的诗歌催生了郭沫若心中诗的萌芽,但只是唤醒了郭沫若那个比较理性的自我,而其潜意识的本我,则要等到惠特曼的呼唤才能醒来。

到日本留学之后,郭沫若有机会接触到了惠特曼的诗歌作品。"在大学二年,正当我开始向《学灯》投稿的时候,我无心地买了一本有岛武郎的《叛逆者》。所介绍的三位艺术家,是法国的雕刻家罗丹(Rodin)、画家米勒(Millet)、美国的诗人惠特曼(Whitman)。因此,又使我和惠特曼的《草叶集》接近了。他那豪放的自由诗使我开了闸

---

[1] 汪静之:《回忆湖畔诗社》,《诗刊》1979年第7期。
[2] 郭沫若:《我的作诗的经过》,《郭沫若全集·文学编》第16卷,北京:人民文学出版社,1989年,第211页。

的作诗欲又受了一阵暴风雨般的煽动。"¹ 郭沫若是一位性格复杂的诗人，但从根本上来说，他的性格偏于主观、偏于冲动，善于表现自我，具有强烈的个性，在这方面他与惠特曼具有诸多相似之处。他从惠特曼的诗歌中找到了共鸣，从中发现原来诗歌还可以这样写。"当我接近惠特曼的《草叶集》的时候，正是'五四'运动发动的那一年，个人的郁积，民族的郁积，在这时找出了喷火口，也找出了喷火的方式，我在那时差不多是狂了。民七民八之交，将近三四个月的期间差不多每天都有诗兴来猛袭，我抓着也就把它们写在纸上。"² 郭沫若的激情一发而不可收，这激情既是个人的激情，也是民族的激情，带有鲜明的时代特征，这与惠特曼的诗歌有许多相同之处。

惠特曼是一个特立独行、桀骜不驯的诗人，在他身上表现出一种泛神论思想："同时人们只有意识到自己内在的至尊时才能是好的或崇高的。你觉得风暴、肢解、残酷的战斗、遭难、自然力的肆虐、海洋的威力、大自然的运动，以及人类的渴望、尊严、仇恨与爱的剧痛——所有这些的伟大之处何在呢？就在于灵魂中有某种东西在说：继续暴怒吧，继续急转吧，我到处在践踏着大师，天空痉挛和海洋碎裂的大师，自然、情感、死亡以及一切恐怖和一切痛苦的大师。"³ 这种泛神论思想对郭沫若产生了很大影响。在接触惠特曼之前，郭沫若已通过庄子、泰戈尔、歌德等对泛神论有所了解。"我那时候不知从几时起又和美国的惠特曼的《草叶集》，德国的华格纳的歌剧接近了，两人也都是有点泛神论的色彩的，而尤其是惠特曼的那种把一切的旧套摆脱干净了的诗风和五四时代的暴飙突进的精神十分合拍，我是彻底

---

1 郭沫若：《创造十年》，《郭沫若全集·文学编》第12卷，北京：人民文学出版社，1992年，第67页。
2 郭沫若：《沸羹集·序我的诗》，《郭沫若全集·文学编》第19卷，北京：人民文学出版社，1992年，第408页。
3 [美]惠特曼：《〈草叶集〉初版序言》，《草叶集》（下），楚图南、李野光译，北京：人民文学出版社，1987年，第1173—1174页。

地为他那雄浑的豪放的宏朗的调子所动荡了。在他的影响之下，应着白华的鞭策，我便做出了《立在地球边上怒号》、《地球，我的母亲》、《匪徒颂》、《晨安》、《凤凰涅槃》、《天狗》、《心灯》、《炉中煤》、《巨炮的教训》等那些男性的粗暴的诗来。"[1] 这种泛神论的思想符合五四时期中国社会的现实需要，成为"五四"时代精神的一个重要构成部分。郭沫若从泛神论思想中得到了一种巨大的反叛力量。

> 无数的白云正在空中怒涌，
> 啊啊！好幅壮丽的北冰洋的情景哟！
> 无限的太平洋提起他全身的力量来要把地球推倒。
> 啊啊！我眼前来了的滚滚的洪涛哟！
> 啊啊，不断的毁坏，不断的创造，不断的努力哟！
> 啊啊！力哟！力哟！
> 力的绘画，力的舞蹈，力的音乐，力的诗歌，力的律吕哟！
>
> （郭沫若：《立在地球边上怒号》）

这种"力"既是强大的毁坏力，也是强大的创造力。他宣称"我崇拜偶像破坏者，崇拜我！我又是个偶像破坏者哟！"（郭沫若：《我是个偶像崇拜者》）这种破坏／创造、解构／建构的思想正是"五四"的时代精神。以往我们在讨论郭沫若《女神》中的泛神论思想时更多强调其所接受的欧洲泛神论思想的影响，而实际上在这一点上他也受到了惠特曼泛神论思想的影响。泛神论思想赋予郭沫若诗歌一种自由自在、不受束缚的形式，或者说其自由的文体形式本身就是泛神论思想的外在存在形式。

郭沫若的诗歌风格不断地处于变化之中。"我的短短的做诗的经

---

[1] 郭沫若：《我的作诗的经过》，《郭沫若全集·文学编》第 16 卷，北京：人民文学出版社，1989 年，第 216 页。

过,本有三四段的变化。第一段是太戈尔式,第一段时期在'五四'以前,做的诗是崇尚清淡、简短,所留下的成绩极少。第二段是惠特曼式,这一段时期正在'五四'的高潮中,做的诗是崇尚豪放、粗暴,要算是我最可纪念的一段时期。第三段便是歌德式了,不知怎的把第二期的热情失掉了,而成为韵文的游戏者。"[1] 在他的心目中,他最满意的还是第二阶段惠特曼式的诗歌创作,这一时期的诗歌不仅呈现出了郭沫若强烈的个性意识,而且表现出了"五四"的时代精神。"五四"时代精神在郭沫若的诗歌中得到了最充分的体现。"郭沫若在中国新文学史上是第一个可以称得起伟大的诗人。他是伟大的五四启蒙时代的诗歌方面的代表者……他的诗比谁都出色地表现了五四精神,他常用'暴躁凌厉之气'来概说的'五四'战斗的精神。在内容上,表现自我,张扬个性,完成所谓'人的自觉',在形式上,摆脱旧诗格律的镣铐而趋向自由诗,这就是当时所要求于新诗的。这就是'五四'精神在文学上的爆发。"[2] 胡适受意象派诗歌的影响,提倡自由诗在内容和形式上的有机统一,认为自由诗的形式能够表现出诗人自由的精神和个性,为自由诗奠定了坚实的理论基础。郭沫若受惠特曼诗歌的影响,在胡适的基础上进一步提倡自由诗,提出了"内在律"的诗学观念,对推动自由诗的发展产生了重要影响。郭沫若的诗歌具有强烈的个性意识,这种个性意识与"五四"时代精神互相作用,郭沫若的这些作品也就成为"五四"时代精神的象征。从这一角度来说,新诗虽不是由郭沫若首创,却在他手中成熟。自此,追求个性和创新成为中国现代诗人的共识,于是,中国新诗处于一个不断的发展变化之中,原来"江山代有才人出,各领风骚数百年",现在的"才人"只能"各领风骚三五年"了。

---

1 郭沫若:《创造十年》,《郭沫若全集·文学编》第 12 卷,北京:人民文学出版社,1992 年,第 76—77 页。
2 周扬:《郭沫若和他的〈女神〉》,《解放日报》,1941 年 11 月 16 日。

美国的新诗运动之所以能够成功,美国新诗之所以能在世界范围内产生广泛影响,是因为以惠特曼为代表的美国诗人推崇并践行创新的诗歌观念,追求自由独立的精神。中国现代诗人借鉴美国诗歌,除了学习美国诗歌的艺术技巧,还学习美国诗人的自由创新的精神,中国的新诗才真正地具有了自己的艺术生命。

第四节　现代主义艺术表现手法的运用

20世纪上半叶,美国的诗歌日新月异,名流辈出,其中最有影响的便是以庞德为代表的意象诗派、以桑德堡为代表的芝加哥诗派,他们在诗歌艺术上进行大胆的探索创新,创作出了许多经典之作。他们在诗歌艺术上的探索处于世界文坛的前列,是一种先锋行为,是现代主义文学思潮的重要构成部分,"与其说这些诗人的作品在现代主义的范围之外,不如说现代主义在他们当中的构成颇不相同"[1]。美国诗歌颇具新意的现代主义艺术表现手法对中国的现代诗歌产生了重要影响。

胡适受意象派诗歌理论的影响而提倡新诗,而意象派诗歌属于现代主义的范畴,从这一角度来说,胡适的新诗理论在一定程度上带有现代主义的因素,其对传统的颠覆、解构、反叛,本质上就是一种现代主义行为。但由于他在诗歌创作方面所花的时间精力有限,在写完《尝试集》后基本退出了诗歌创作领域。后来真正领悟了意象派诗歌的艺术技巧的,是以闻一多为代表的新格律派诗人和以施蛰存为代表的现代派诗人。

意象派诗人虽然倡导自由诗,但他们非常重视诗歌的形式因素。艾米·罗威尔指出:"正是'节奏'这一点迷惑了许多评论家,最后一些人全给搞糊涂了,甚至说意象主义者抛弃了节奏,而节奏恰恰是他

---

[1] [美]埃默里·埃利奥特主编:《哥伦比亚美国文学史》,成都:四川辞书出版社,1994年,第765页。

们技巧中最重要的特点。"[1] 虽然她曾追求诗歌的自由化、创作"多音式散文"、尝试诗歌的散文化，但她的创作依然坚持诗歌的节奏和韵律。意象派的这种观点对闻一多产生了很大的影响，正是在这一基础上，闻一多提倡新格律诗，提出了著名的"三美"理论。

闻一多于 1912 年到清华学堂上学，1920 年开始写作新诗，1922～1925 年留学美国。在美国读书期间，他学的是美术专业，但他仍对诗歌情有独钟。他与意象派诗人有较密切的往来，曾与艾米·罗威尔一起参加晚宴，听她朗读自己的诗歌作品，并对其诗歌作品及理论表现出浓厚的兴趣。此外，他与蒙罗（Harriet Monroe）、娣简丝（Eunice Tietjens）也有直接的交往。在这一时期，闻一多的诗歌创作处于喷发期，所创作的作品收入 1923 年出版的诗集《红烛》之中。他与梁实秋等人通过书信来交流关于新诗的看法，对胡适、郭沫若等人的自由诗表示不满。闻一多认为："我们的新诗——我是说'白话诗'——太模糊，太单薄，太骨感；它需要意象派诗歌的那种更深更暖的色彩来润色，诗歌需要高度浓缩。我想抄录罗威尔女士的《风和银》来说明我的观点。……把这些诗歌和我们杂志上发表的所有平淡乏味的东西进行比较。"[2] 在闻一多看来，意象派诗歌无疑是成功的典范，他将中国早期的新诗与意象派的诗歌进行比照，从中发现了中国早期新诗存在的问题，他要以意象派诗歌为学习借鉴的范本，以之来匡正中国新诗发展中的诸多弊端。当然，闻一多不是简单地模仿照搬意象派诗歌，而是着重学习借鉴其艺术表现手法。闻一多的《忘掉她》受到狄丝黛尔的《让她被忘掉》的启迪。"他（闻一多）说事情往往如此，只要不是抄袭，模仿，受点影响启发是可以的。……他接着说在美国学诗时就很喜欢现代女诗人狄丝黛尔的诗。他写的悼念他女儿立瑛的《忘掉

1　[英]彼得·琼斯编：《〈意象主义诗人（1916）〉序》，裘小龙译，《意象派诗选》，桂林：漓江出版社，1986 年，第 162 页。

2　闻一多：《致亲爱的朋友们》（1922 年 8 月 27 日），《闻一多全集》第 12 卷《书信》，武汉：湖北人民出版社，1993 年，第 55 页。

她》，就是受了狄丝黛尔的 *Let It Be Forgotten* 的影响写的。原诗他记不清，不能全部背出，只能背出'Time is a kind friend, he will make us old'几句。"[1] 将这两首诗放在一起比较，就会发现，二者不仅在题目上存在着一定的关联，而且在内容及形式上也存在着密切联系。但闻一多并不是简单地模仿，而是从意象、表现手法等艺术层面对狄丝黛尔的作品进行借鉴：

忘掉她

闻一多

忘掉她，像一朵忘掉的花，——
那朝霞在花瓣上，
那花心的一缕香——
忘掉她，像一朵忘掉的花！
忘掉她，像一朵忘掉的花！
像春风里一出梦，
像梦里的一声钟，
忘掉她，像一朵忘掉的花！
忘掉她，像一朵忘掉的花！
听蟋蟀唱得多好，
看墓草长得多高；
忘掉她，像一朵忘掉的花！
忘掉她，像一朵忘掉的花！
她已经忘记了你，
她什么都记不起；

1　薛诚之：《闻一多与外国诗歌》，许毓峰等编，《闻一多研究资料》，太原：北岳文艺出版社，1986年，第586页。

忘掉她，像一朵忘掉的花！
忘掉她，像一朵忘掉的花！
年华那朋友真好，
他明天就教你老；
忘掉她，像一朵忘掉的花！

忘掉她，像一朵忘掉的花！
如果是有人要问，
就说没有那个人；
忘掉她，像一朵忘掉的花！

忘掉她，像一朵忘掉的花！
像春风里一出梦，
像梦里的一声钟，
忘掉她，像一朵忘掉的花！

Let It Be Forgotten

By Sarah Teasdale

Let it be forgotten, as a flower is forgotten,
Forgotten as a fire that once was singing gold.
Let it be forgotten forever and ever,
Time is a kind friend, he will make us old.
If anyone asks, say it was forgotten
Long and long ago,
As a flower, as a fire, as a hushed footfall
In a long-forgotten snow.

这两首诗都是以"花"为核心意象构思而成，运用的都是象征的表现手法，狄丝黛尔的《让它被忘记》中的"它"是一个抽象的符号，具有丰富的哲理内涵；而闻一多的《忘掉她》中的"她"是一个具象，是他去世的爱女，诗中所表达的对爱女的感情凄惨动人，字面上虽是要忘掉她，实际上却是将其深深地铭刻在心里，永远不能忘记。《让它被忘记》简洁浓缩，节奏感强；《忘掉她》反复咏叹，每节的押韵方式不同，具有新格律诗的基本特点。

1922年年底闻一多读到了弗莱契的《在蛮夷的中国诗人》(*Chinese Poet among Barbarians*)，他在给朋友的信中表达了对弗莱契的喜爱之情："快乐烧焦了我的心脏，我的血烧沸了，要涨破了我周身的血管！我跳着，我叫着。跳不完、叫不尽的快乐我还要写给你。啊！快乐！快乐！"[1] 他后来又阅读了弗莱契的诗集《生命之树》。弗莱契的诗歌对闻一多产生了很大的影响；"弗莱契唤醒了我的色彩的感觉。我现在正作一首长诗，名《秋林》——一篇色彩的研究。"[2] 闻一多在美国留学期间所学的专业是美术，并表现出在美术方面的才华。学美术之人对色彩本就非常敏感，而弗莱契的诗歌唤醒了他对色彩的感觉，这种感觉应该是诗人对色彩的敏感，他要用语言来表现色彩，在诗中用色彩来表达自己的思想情感。虽然在闻一多的诗集中找不到名曰"秋林"的作品，但其《秋色》和《色彩》两诗皆与色彩有关，应该是受弗莱契诗歌影响的产物。

意象派诗人对诗歌节奏、色彩及结构的相关论述对闻一多产生了重大影响，这应该是其"三美"理论（"音乐的美""绘画的美""建筑的美"）的灵感来源。当然，闻一多具有深厚的传统诗歌修养，中国传统中的音乐、色彩、结构对他也有一定的影响。而"三美"理论就是闻一多所提倡的新格律诗的核心。易言之，诗歌只要具备了这"三美"，便是新格律诗。闻一多要以新格律诗来纠正早期新诗发展中的散

---

1 闻一多：《致梁实秋》(1922年12月1日)，《闻一多全集》第12卷，武汉：湖北人民出版社，1993年，第117页。
2 同上书，第118页。

文化倾向，在当时诗坛上产生了广泛影响。以徐志摩为代表的新月派诗人在新格律诗的创作方面取得了显著成绩，但可惜的是他们的这种尝试由于种种原因没能继续下去。

20世纪30年代围绕《现代》杂志形成了一个以施蛰存、徐迟等为代表的现代诗派，这些人也受到意象派诗歌的影响。徐迟曾在《现代》上发表《意象派的七个诗人》，介绍了意象派诗歌主张的六条基本原理，他认为："意象派是自由诗所依赖的，故意象派不独是解放了形式与内容以为功，意象是一种实验。"[1]后来他又在《现代》第5卷第6期发表《哀慈拉·邦德及其同人》一文，介绍庞德在英国的文艺活动及影响。徐迟对意象派诗歌的翻译介绍，让中国诗人能够了解意象派诗歌的基本特点，扩大了意象派诗歌在当时文坛上的影响。作为《现代》杂志的主编，施蛰存的诗歌观念在很大程度上影响了杂志的诗风，他在《现代》上以"意象抒情诗"为题（《现代》第1卷第2期）发表了《银鱼》《桥洞》《夏日小景》《卫生》《祝英台》五首小诗，这些作品通过简洁清新的意象呈现作者的思想情感，带有意象派诗歌的特点。

> 横陈在菜市上的银鱼，
> 土耳其风的女浴场。
>
> 银鱼，堆成了柔白的床巾，
> 魅人的小眼睛从四面八方投过来。
>
> 银鱼，初恋的少女，
> 连心都要袒露出来了。
>
> （施蛰存：《银鱼》）

---

[1] 徐迟：《意象派的七个诗人》，《现代》第4卷第6期，1934年4月1日。

作者将"银鱼"和浴场里"初恋的少女"并置在一起，用"银鱼"这一意象来隐喻穿着浴衣的少女，意象新颖独特。在施蛰存的影响下，《现代》杂志上发表了一批具有意象抒情诗风格的作品。"《现代》诗人的运用形象思维，往往采取一种若断若续的手法，或说跳跃的手法。从一个概念转移到另一个概念，不用逻辑思维的顺序。或者有些比喻用得很新奇或隐晦。这些都使读者感到难于理解。"[1] 由于意象派诗歌与中国传统诗歌有着复杂的渊源关系，中国诗人能够很好地理解并接受意象派诗歌的理论，并将之付诸创作实践。

20世纪30年代出现的现代诗派在文坛上产生了很大影响，很多人认为现代派诗是一种颇具新意的诗歌形式，但孙作云不这么认为。在他看来："实在说现代派诗是一种混血儿，在形式上说是美国新意象派诗的形式，在意境和思想态度他们取了十九世纪法国象征派诗人的态度。新意象派诗无异议的是都市的文学，他们之取舍题材，是以物质的标准来取舍。这是美国资本主义都市的诗作。中国的现代派诗只是袭取了新意象派诗的外衣，或形式，而骨子里仍是传统的意境。所以现代派诗中，我们很难找出描写都市，描写机械文明的作品。在内容上，是横亘着一种悲观的虚无的思想，一种绝望的呻吟。他们所写的多绝望的欢情，失望的恐怖，过去的迷恋。他们写自然的美，写人情的悲欢离合，写往古的追怀，但他们不曾写现社会。他们的眼睛，看到天堂，看到地狱，但莫有瞥到现实。现实对他们是一种恐怖，威胁。诗神走到这里便站下脚跟，不敢再踏进一步。在一方面，我们很清楚地看到他们为文句而歪曲了或牺牲了'意思'，又确是一种新的为艺术而艺术。"[2] 孙作云认为中国现代派诗只是学到了美国意象派的外在形式，而其骨子里仍是传统诗歌的意境，缺少现代的精神，这是有一

1　施蛰存：《〈现代〉杂忆》，《沙上的脚迹》，沈阳：辽宁教育出版社，1995年，第37页。
2　孙作云：《论"现代派"诗》，《中国现代诗论》（上），杨匡汉、刘福春编，广州：花城出版社，1985年，第226—227页。

定道理的。

　　从文学发生学的角度来看，中国30年代的现代主义诗歌是受法国象征主义诗歌的影响而产生的，李金发、戴望舒等都深受法国象征主义诗歌的影响。那么，以波德莱尔为代表的法国象征主义诗歌来自何处呢？叶灵凤认为，美国诗人爱伦·坡的诗歌理论及创作对波德莱尔产生了重要影响。"他的诗论，曾深深的影响了法国象征主义文学。大诗人波特莱尔是他的作品爱读者，曾经翻译过他的作品。现代法国意象派大诗人梵乐希，他所写的有名的《诗论》，也有些是复述爱伦·坡《诗的原理》里的见解。"[1] 近年来学术界发现了波德莱尔、马拉美与爱伦·坡在文学上的密切关系。波德莱尔曾连续17年翻译爱伦·坡的作品，而马拉美更是视爱伦·坡为自己的伟大导师。爱伦·坡认为；"文字的诗可以简单界说为美的有韵律的创造。它的唯一裁判者是趣味。对于智力或对于良心，它只有间接的关系。除了在偶然的情况下，它对于道义或对于真理，也都没有任何的牵连。"[2] 这种唯美主义的诗学观与颓废主义的思想主题在波德莱尔、马拉美的作品中得到了继承与发展。从这一角度来说，中国现代主义诗人是通过波德莱尔、马拉美间接地受到了爱伦·坡的影响，在李金发、戴望舒等人的诗歌中能够看到爱伦·坡的影子——唯美、神秘、颓废，充满象征意味。

　　除了通过法国象征主义诗歌间接地受到爱伦·坡的影响之外，中国现代诗人还通过翻译爱伦·坡的作品而直接受到其影响。爱伦·坡的著名长诗《乌鸦》(*The Raven*)被翻译介绍到中国。"我们读了《乌鸦》的诗，仿佛是置身于不可知的一个黑地，听着巫术者在说话。他以富于色彩及暗示的力，以美及阴暗及恐怖的暗示，用神秘或象征的笔法，刺激着人的情绪。他在诗歌方面，影响最大。法国的两个大诗

---

[1] 叶灵凤：《诗人小说家爱伦·坡》，《叶灵凤散文选集》，苇明、乃福编，天津：百花文艺出版社，1992年，第166页。

[2] ［美］爱伦·坡：《诗的原理》，《西方文论选》（下卷），伍蠡甫主编，上海：上海译文出版社，1979年，第501页。

人鲍特莱尔及梅拉尔美都译他的诗而显然地受有他的启示及感兴。"[1] 无独有偶,胡适也有一首《乌鸦》,胡适笔下那只"我不能呢呢喃喃的讨人家欢喜"的乌鸦,与爱伦·坡笔下的那只"严肃的乌鸦"一样富有个性:"他毫无谦恭的礼仪,也毫不停步或迟疑,却摆出贵族的神气,跑到我房门顶上呆,在我门顶的智慧女神雅典娜的像上呆,呆在那里,再不下来。"(爱伦·坡:《乌鸦》)无论是在中国还是在美国,乌鸦皆被视为不祥之物,而在爱伦·坡和胡适笔下的却被赋予了新的内涵,成了独立个性的象征,它不会阿谀奉承,不会见风使舵,虽然叫出来的声音(说出来的话)令人讨厌,但却富含人生哲理。

象征作为一种表现手法在惠特曼的诗歌中也大量出现。"我自己原先用以描绘它们并终于像现在这样确立了的词语就是'暗示性'这个词。我很少作过什么修饰和加工,即使有一点的话;而且按照我的计划也不能这样做。读者总要发挥自己的作用,就像我发挥了我的作用那样。我并不怎样力求说明和展示自己的主题或思想,而主要是引导你读者进入那个主题或思想的气氛中——让你去自己飞翔。另一个动力性的词是'伙伴之爱',它适用于所有的国家,并且比以往的用法带有更加庄重而肯定的意思。其它带暗号性的词要算'鼓舞'、'满意'和'期望'了。"[2] "暗示性"是惠特曼追求的一种艺术效果,也是他经常运用的一种表现手法,"暗示"与象征之间具有内在关系,象征、暗示经常在一起运用。暗示是象征的主要功能,它不明确地表达作者的意旨,而是通过具体的意象来间接含蓄地呈现自己的思想情感,给予读者想象参与的空间。到意象派诗歌那里,象征成为一种主要的艺术表现手法,通过具体的意象来呈现作者复杂的思想情感,因此意象派诗歌也就具有了朦胧晦涩的意味。从广义的角度来看,意象

---

[1] 郑振铎:《美国文学·文学大纲》,《郑振铎全集》第12卷,石家庄:花山文艺出版社,1998年,第372页。

[2] [美]惠特曼:《过去历程的回顾》,《草叶集》(下),楚图南、李野光译,北京:人民文学出版社,1987年,第1261页。

派诗歌是西方象征主义文艺运动的一个重要构成部分。以胡适、闻一多为代表的中国诗人接受了美国意象派诗歌的影响，在创作中运用象征暗示的手法来进行创作，如胡适的《蝴蝶》一诗中"蝴蝶"就是一个具有丰富内涵的意象，具有象征暗示功能；闻一多的《色彩》用"红""白""绿""黄""黑"等色彩意象来象征生命的不同历程，呈现出人生的不同面相，具有深刻的哲理内涵。

艾略特的诗歌与意象派诗歌之间既有一定联系，又有不同之处。艾略特反对浪漫主义表现自我的个性化主张，提出了"非个人化"的理论主张，其代表作《荒原》是一首用象征手法写成的经典作品，后来经赵罗蕤翻译成中文，于1937年在中国出版发行，并在当时的文坛上产生了很大的影响。徐志摩受到艾略特的影响，其《西窗》在正文前有一行英文："In Imitation of T.S. Eliot"，告诉我们其与艾略特之间的直接关系。《西窗》在一定程度上受到了艾略特《序诗》的影响，二者在意象、表现手法及思想意蕴等方面皆有相似之处。孙大雨在1931年发表的一千余行的长诗《自己的写照》与艾略特的《荒原》之间也存在密切的联系。陈梦家认为，《自己的写照》"是一首精心结构的惊人的长诗，是最近新诗中一件可以纪念的创造。他有阔大的概念从整个的纽约城的严密深切的观感中，托出一个现代人错综的意识。新的词藻，新的想象，与那雄浑的气魄，都是给人惊讶的"[1]。此外，以穆旦为首的中国新诗派诗人也在很大程度上受到艾略特诗歌的影响。袁可嘉反对当时诗坛上流行的浪漫主义和现实主义，提出了新的诗学主张，认为"现代诗歌是一现实、象征、玄学的新的综合传统"[2]。他们笔下呈现出来的是满目疮痍的战争现实，而这种现实与艾略特笔下的"荒原"一致；他们反对浪漫主义的泛情，提倡诗歌"非个人化"；他们不以呈现社会现实为目的，而是用象征的手法，通过残酷的社会现实来思考人的社会性存在和战争本

1 　陈梦家：《新月诗选·序言》，北京：解放军文艺出版社，2000年，第9页。
2 　袁可嘉：《新诗现代化》，《大公报·星期文艺》1947年3月30日。

身，表现出一种深刻的哲理内涵。

　　作为现代主义诗歌的表现手法，象征最早可以追溯到爱伦·坡那里。爱伦·坡的《诗歌原理》为现代主义诗歌奠定了理论基础，而其诗歌创作则为现代主义诗歌提供了可资借鉴学习的模板。爱伦·坡的诗歌理论和创作在世界文坛上产生了重要影响，中国现代诗人也通过间接或直接的方式接受其影响，于是象征也成为中国现代诗歌的一种重要的表现手法，并形成了中国的象征主义诗歌流派和现代主义诗歌流派。

　　与艾略特的晦涩、沉重、严肃不同，20世纪西方诗坛上出现了一种带有现代主义色彩的轻松诗，又叫轻诗，即英文"light verse"。轻松诗作为一种诗体形式或诗歌风格，在西方有着悠久的历史，进入20世纪后得到了进一步发展。诗人杜运燮对"轻诗"进行过阐释："这个名字，是从英文'light verse'译来的。40年代，我曾把它译为'轻松诗'，也在文章中介绍过。……轻诗，在西方有悠久的历史。何谓轻诗？我没有仔细研究过，只是觉得并不等于中国的打油诗。美国艾布拉姆斯编的《文学名词汇编》这样说：'轻诗使用平常说话的语气和宽松的态度，欢快地、滑稽地、以至怪诞地处理一些题材或者带有善意的讽刺。'《英汉辞海》的解释是，'这种诗体主要是为了取乐和给人助兴而写，常具有机智、优雅和抒情的美的特点。'着眼点是轻快性、机智、风趣，目的主要是逗趣，给人愉快。我最早是在20世纪40年代读奥登诗时接触到的。我喜欢他的那种轻松幽默，带有喜剧色彩，内含微讽的手法，觉得可以很容易用之于写讽刺诗，加入严肃的内容。"[1] 20世纪出现的轻松诗与传统轻松诗的不同之处在于，它是运用反讽、悖论等现代表现手法来表达诗人对社会现实和人生的严肃思考，其语言形式是轻松愉快的，但其内涵却是严肃沉重的。诚如杜运燮所言："面对人生万象，我也看到可笑、可悲、可憎的一面，心中也有强

---

[1] 杜运燮：《杜运燮六十年诗选·自序》，北京：人民文学出版社，2000年，第3—4页。

烈的憾动,却只能用讽刺、幽默、微讽的手法表达。"[1] 以杜运燮、穆旦等为代表的中国新诗派诗人深受奥登、桑德堡等人的影响,创作出了一批轻松诗。

W.H.奥登(Wystan Hugh Auden)于 1907 年出生于美国纽约,1925 年进入牛津大学攻读文学专业,毕业后留在英国,从 1930 年到 1935 年在中学教书,1939 年又回到美国,并于 1946 年加入美国国籍。鉴于奥登这种复杂身份,有些人将他视为英国诗人,有些人则将他视为美国诗人。奥登在 30 年代写过一些轻松诗,其轻松诗在很大程度上受到美国轻松诗的影响。由此来看,杜运燮、穆旦等九叶派诗人固然受到奥登轻松诗的影响,但也可以说他们是受到了美国轻松诗的影响。

实际上,早在奥登之前,美国诗坛上就出现了轻松诗。惠特曼的诗歌充满了乐观情绪,其作品语言轻松愉快,幽默风趣,这种风格在以桑德堡、林德赛为代表的芝加哥派诗人那里得到了继承发展,并对中国诗人产生影响。唐湜认为,杜运燮的诗有过模仿美国轻松诗的痕迹,如《树》《雾》《号兵》等,"两首轻松诗似乎也不太成功,因为人物的刻划不十分深,不十分有力;不过,那些人物的轮廓对我们还是亲切的。无疑的,这是一个很好的起点,让我们由此出发,去代替小说刻划人物去,让我们的市民、农人以歌谣的亲切外衣挂在群众的嘴上。马凡陀的山歌与轻松诗有点相近,但在人物的描写上不见得有什么成就。美国的马斯脱有一册《匙河集》,描写匙河镇上的各式各样人物,辛辣又深刻,还有哲理味的结语,是一个好榜样。美国新诗人对人物的素绘特别有兴趣,这在写作未来的资本主义史诗是一个很好的准备,现在已有人在尝试写作机械世纪的史诗了,那是卡尔·桑德堡,他的《芝加哥》在某些方面继承了魏尔哈仑歌颂新文明的精神,而在另一方面又继承了人物诗的新传统。在匆促的都市生活里,读小说似乎是太烦重的工作,那么,这种写人物的轻松诗就是最好的体裁,好

---

[1] 杜运燮:《杜运燮六十年诗选·自序》,北京:人民文学出版社,2000 年,第 3 页。

像是小说的大兵团里派出来的轻骑兵"[1]。唐湜提到的马斯脱就是芝加哥派诗人埃德加·李·马斯特斯（Edgar Lee Masters，1869—1950）。他于1915年出版《匙河集》，在当时文坛上产生了很大影响。作品模仿悼亡诗的形式，给"匙河镇"上各种各样的小人物写了214首墓志铭，呈现出这些小人物卑微的一生，幽默轻松，富有理趣。杜运燮有一首类似题材与写法的《被遗弃在路旁的死老总》：

> 给我一个墓，
> 黑馒头般的墓，
> 平的也可以，
> 像个小菜圃，
> 或者像一堆粪土，
> 都可以，都可以，
> 只要有个墓，
> 只要不暴露。

作者以死者的口吻写下自己的遗嘱，所提出的要求非常卑微——只要一个墓，死后能够埋入土内即可，但其语气严肃庄重，理由充足，二者之间产生一种张力，在轻松幽默的背后透露着凄凉的人生悲剧，控诉了战争的残酷与生命的低贱。杜运燮还写过一首《一个有名字的兵——轻松诗（Light verse）试作》，作者以貌似轻松幽默的语言写张必胜的带有悲剧色彩的一生。他一生做过两次人，一次是在家里种田，另一次是当兵，他在家里叫"铁牛麻子"，老实得出名，像铁牛一样能干，犁田割稻样样都行，样样都比人家多一倍，讨个老婆成为母亲和他的最大愿望。正在这一愿望即将实现时，城里"抽壮丁"，他被抓去

---

[1] 唐湜：《杜运燮的〈诗四十首〉》，《新意度集》，北京：生活·读书·新知三联书店，1990年，第55—56页。

顶替，谁也没有通知，这样他就由"麻子"变成了张必胜。在军队里他什么活都干，他上过三次火线，三次都没见到鬼子，第一次丢了个大拇指，第二、三次被打中了腿，他在野地里躺了十天十夜，腿上长满了蛆，身旁的草都吃得精光，还淋过一次夜雨，被发现后锯掉了一条腿。

  有一天排长请吃茶，说，
    "现在你可以回家娶老婆。"
  麻子的眼前忽然变得漆黑：
    这是第一次他真正想到"老婆"。

  爆竹游行闹过了一夜，
    说是日本鬼子已经投降，
  麻子说不出心里想什么，
    到附近灌了几杯白干。

  "胜利"转眼过了三个月，
    他梦见回过两次家乡，
  第二次到那里就没有回来，
    有人奇怪他为什么要死在路旁。
    （杜运燮：《一个有名字的兵——轻松诗（Light verse）试作》）

杜运燮的诗具有强烈的现实感，他能从现实生活中发现诗的灵魂，并将之用轻松的语言呈现出来。在《我是尾巴》一诗前面附有一段小序："根据目下一些人的奇怪说法，因某人的政见有些与共产党的相同，他就是共产党的尾巴；而如果不幸我的意见恰好也与某人一样（比如要求团结，要求和平），那我便被目为共产党的尾巴的尾巴；而如果不幸，你的意见又跟我们一样，那你便算是共产党的尾巴的尾巴的尾巴了。就是有这个'灵感',我写下了这首短诗。"诗人借用这种荒诞的逻辑推理来写诗:"啊,信上帝的都是耶稣的尾巴,孝顺父母的都是孔子的尾巴,你也是尾巴,他也是尾巴,南洋没有人不是一个尾巴。"

除了杜运燮之外,穆旦也以轻松幽默的笔调塑造出一些令人难忘的人物形象。

> 不知道自己是最可爱的人,
> 只听长官说他们太愚笨,
> 当富人和猫狗正在用餐,
> 是长官派他们看守着大门。
>
> 不过到城里来出一出丑,
> 因而抛下家里的田地荒芜,
> 国家的法律要他们捐出自由:
> 同样是挑柴,挑米,修盖房屋。
>
> (穆旦:《农民兵》)

"最可爱的人"与"太愚笨"、在长官眼里连猫狗都不如,这之间形成了巨大的反差,产生了一种反讽效果,不仅写出了农民兵可怜的战时命运,而且揭示出"法律""长官"的丑恶嘴脸。中国新诗派诗人的这些以小人物为表现对象的作品与《匙河集》的艺术表现手法有许多相通之处。

抗日战争时期,国统区物资匮乏,导致物价飞涨,许多政府要员利用手中的权力大发国难财,而平民百姓则生活在水深火热之中。中国新诗派诗人将这一沉重的社会话题用轻松的笔触呈现出来,表达自己愤怒而又无奈的情感。杜运燮有一首《追物价的人》,这是他试写的第一首轻松诗,此诗写出了抗战时期物价飞涨、民不聊生的社会现实。

物价已是抗战的红人。
从前同我一样,用腿走,
现在不但有汽车,坐飞机,
还结识了不少要人,阔人,
他们都捧他,搂他,提拔他,
他的身体便如灰一般轻,
飞。但我得赶上他,不能落伍。
抗战是伟大的时代,不能落伍。
虽然我已经把温暖的家丢掉,
把好衣服厚衣服,把心爱的书丢掉,
还把妻子儿女的嫩肉丢掉,
但我还是太重,太重,走不动,
让物价在报纸上,陈列窗里,
统计家的笔下,随便嘲笑我。
啊,是我不行,我还存有太多的肉,
还有菜色的妻子儿女,她们也有肉,
还有重重补丁的破衣,它们也太重,
这些都应该丢掉。为了抗战,
为了抗战我们都应该不落伍,
看看人家物价在飞,赶快迎头赶上,
即使是轻如鸿毛的死,
也不要计较,就是不要落伍。

(杜运燮:《追物价的人》)

这首诗发表后产生了很大的反响,作品"采取了颠倒的写法,把人人痛恨的物价说成是大家追求的红人,巧妙在于从事实的真实说,这句句是反话,而从心理的真实说,则句句是真话。由此形成的一种反讽效果是现代派诗中特有的"[1]。运用反讽手法来创作轻松诗,通过轻松幽默的语言风格来批判各种不正常的社会现象,这成了抗战时期中国新诗派诗人创作的共同特点。生活在同样的社会环境之中,穆旦也以反讽的笔调来消解巨大的压力。

> 长期的诱惑:意志已混乱,
> 你借此倾覆了社会的公平,
> 凡是敌人的敌人你一一谋害,
> 你的私生子却得到太容易的成功。
>
> 无主的命案,未曾提防的
> 叛变,最远的乡村都卷进,
> 我们的英雄还击而不见对手,
> 他们受辱而死:却由于你的阴影。
>
> (穆旦:《通货膨胀》)

除了杜运燮、穆旦等新诗派诗人之外,袁水拍(马凡陀)也写过一些带有讽刺色彩的作品,后来结集为《马凡陀的山歌》出版,部分作品在一定程度上受到了美国轻松诗的影响。但从整体上来看,《马凡陀的山歌》中的作品大多是运用传统的讽刺手法写作而成,比较浅显直白。

综上所述,中国新诗的发生、发展与美国诗歌的影响是密不可分的,中国自由诗的观念、文体形式、个性意识及艺术形式皆与美国的新诗有着千丝万缕的内在联系。在中国新诗发展的不同历史时期,我们能看到惠特曼、艾略特、奥登等美国诗人及意象派诗歌、芝加哥诗派等美国现代诗潮流的影子,他们对诗歌的探索与创新已成为中国新诗中的一脉传统。

---

[1] 袁可嘉:《西方现代派诗与九叶诗人》,《半个世纪的脚印——袁可嘉诗文选》,北京:人民文学出版社,1994年,第317页。

第七章

旅美散文中的美国书写

　　1783年9月，美国的独立战争结束，此后美国进入了一个快速发展时期。到19世纪末20世纪初，美国已成为世界强国。20世纪上半叶，美国虽经历了两次世界大战，但其综合国力非但没有削弱，反而迅速增强，很快超越英、法等老牌资本主义国家，成为世界超级大国。日益强大的美国吸引了全世界关注的目光，一方面许多国家掀起了移民潮，美国成为大批移民的目的地；另一方面，美国成为留学生的目的地，世界各地的大批学生慕名前往美国留学；此外，到美国旅游观光的游客也越来越多，人们争相目睹这个世界上最发达的国家是什么样子。在这涌入美国的人潮中，就包括着大量的中国移民、留学生和游客。

　　从历史的角度来看，在1840年之前就有少量中国人来到美国进行贸易活动；1849年美国西部发现"金山"后，大批中国人来到美国旧金山淘金；此后，美国开发西部，大批华人来到美国修筑铁路，为美国西部开发做出了重要贡献。这些早期到美国来的中国人大多没有接受过文化教育，在美国从事苦力工作，身处美国社会的最底层。1847年，容闳等三人跟随勃朗牧师到美国留学，揭开了中国学生留美的历史篇章，此后一批又一批的中国学生赴美学习。到20世纪上半叶，随着中美两国交往的密切，许多新闻记者、学者到美国交流访学。这些留美学生及到美国访问的记者、学者写下了大量的游记散文,美国的社会、政治、经济、历史、文化、风景成为他们书写的对象。在这些游记散文中,呈现出了一个清晰的他者眼中的美国形象。

容闳是第一位到美国留学的中国学生,其《西风东渐》(*My Life in China and America*)记录了中国人对美国的感受与印象,该书于1901年用英文写作而成,后由恽铁樵、徐凤石翻译成中文出版。在容闳的积极斡旋之下,在李鸿章、曾国藩的支持下,清政府于1872年~1875年间派出四批共120名留美幼童,这些人归国后为晚清的洋务运动做出了重要贡献。梁启超于1903年在美国游历八个月,将其在美国的所见所闻写成《新大陆游记》。后来,随着中美之间庚子赔款协议的签订,中国向美国派遣了大批留学生,他们到美国后一边在学校里学习,一边深入美国的社会,对美国的社会文化有了多方面的了解,并且通过文字将他们的所见所闻、所思所感记录下来,如胡适的《海外留学日记》。随着中美交往的密切,三四十年代有一批记者、学者到美国,也将他们在美国的见闻记录下来。这些文字大多以游记的形式出版,如伍庄的《美国游记》、由云龙的《游美笔谈》、严仁颖的《旅美鳞爪》、张其昀的《旅美见闻录》、王一之的《旅美观察谈》、谢扶雅的《游美心痕》、王国辅的《旅美调查记》、黄珍吾的《游美考察记》、费孝通的《初访美国》、刘尊棋的《美国侧面像》等。通过阅读这些旅美散文,我们能深切地感受到他们对美国的发现与思考。

第一节 呈现美国人的国民性特点

进入18世纪中叶之后,面对西方国家的日益强大,清朝政府却采取了愚蠢的鸵鸟政策。晚清的统治者认为,中国地大物博,无须与外国人进行贸易;相反,要严格控制国人与外国人的交往,并于1757年开始实行"一口通商"政策,这是中国正式实行闭关锁国政策的开始。闭关锁国政策的执行,表面上起到了抵御外国经济入侵的作用,短期内保护了中国的地方经济，实质上却关闭了中国与外国经济文化交流的大门，削弱了中国与外国进行正常竞争的能力，助长了中国人夜郎自大的心态，致使中国的综合国力日渐衰落，中国由一个庞大的帝国渐渐沦为任人宰割的羔羊。在这一过程中，出现了一个非常有趣的现象：伴随着国家势力的迅速衰落，中国人"老子天下第一"的民族自豪感却越发强大。中国人的这一心态体现在许多方面，其中一个重要方面便是对外国人的认识。到19世纪中叶，随着鸦片战争的结束，中国封闭已久的大门被西方的洋枪洋炮轰开，成批的外国人到中国来传教、经商，面对这些长相和中国人迥异的外国人，中国人采取了一种妖魔化的态度，将他们视为妖魔鬼怪，其结果是阻碍了国人与外国人的正常交流，加剧了国人与外国人之间的冲突，酿成了一些重大的历史事件，在一定程度上改变了中国社会发展的方向。

20世纪初，中国派往美国的留学生人数越来越多，到美国参加各种活动的公务人员日益增多。这些人都是知识分子，他们善于观察思考，并将自己的所见所闻、所思所考记录下来。美国人是否是妖魔鬼怪？他们有什么特点？与我们相比，他们有哪些不同之处？这些是身处美国的中国留学生非常感兴趣的问题，并出现在他们的散文游记中。他们与美国人打交道，可以近距离地观察美国人，对美国人有了新的认识。他们对美国人的认识不满足于表面上的观察，而是力求通过一些日常生活细节和行为来深入美国人的精神世界，思考美国人的国民性特点。20世纪初的美国已进入现代化社会，当时美国社会最盛行的东西，一是钢琴，二是摩托车，三是电光影戏。"钢琴为应接室最主要之陈列品，十年以来，几为居家者所必备。美民音乐上嗜好，若是其深，可以觇其国民性之高尚优美。"[1]他们经常把中国人和美国人放在一起比较，看到的大多皆是美国人正面的、积极向上的精神特质。

美国曾是一片"蛮荒之地"，那些克服重重险阻来到美国的移民

---

[1] 王一之：《旅美观察谈》，上海：申报馆，1919年，第4页。

必须与大自然顽强斗争，靠着辛勤的劳动和坚强的毅力才能生存下来。长此以往，美国人形成了自己独特的性格特征，"《旅美观察谈》一书，不啻中国人眼光中所包藏之一美利坚。……欧洲各大邦，美术家所施色彩，法主淡雅，英主富丽，均是以象其国民性。独美利坚，与上不同。毁之者病其浮躁，斥其火气过重；誉之者感其热力，羡其生动灵活。彼此互有所短长也。说者谓新大陆人民，其冒险渡航之始，均属贫困无聊，生存竞争，悉视旧邦为甚。故其长处在'勇往'在'活泼'。而其短处即在心性之'粗率'与'浮躁'也。"[1]王一之通过对美国早期移民特征的分析，概括出了美国人性格的基本特点，既肯定了其"勇往""活泼"的优点，又指出了其"粗率""浮躁"的缺点，为我们认识美国人的国民性提供了一个窗口。"美国人从他们的祖先血脉里，承受了开辟进取的精神，至今还是勇进敢为，意气轩昂，好大夸功，不忧郁，不失望；这是他们社会畅茂的一大原素。"[2]谢扶雅将美国人的这一性格与美国社会的发展联系起来，认为正是美国人的勇敢乐观成就了美国社会的繁荣发展，这一分析是很有见地的。

谢扶雅详细考察了美国新英格兰名字的来历，梳理出英国人到美国殖民的历史，从中发现了美国先民的过人之处：

（1）冒险开拓的精神　出国之种种挫折，海程中之种种险况，且不说它。抵美后，与气候战，与荆榛战，与岩礁战，与非我族类之土人战。此非有宗教的精神作后盾，不能坚持至最后之胜利。几辈商人的前车复辙，是极明瞭的比较。

（2）战胜内心的恐慌　物质的艰难，尤益以精神的恐惧。英国政府是否将加以压迫？自己即渴望的教会自由制，是否可以成功？英伦教会是否要发展势力到这里来？种种皆足惴惴不安。然

---

[1] 王一之：《旅美观察谈·封面小志》，上海：申报馆，1919年。
[2] 谢扶雅：《游美心痕》，上海：世界书局，1929年，第47页。

他们不失望,不落胆,拼命做去,以底于成。[1]

抗战时期,费孝通乘坐美国的军机前往美国,在东非的"昆明"落地休息时参观美军的兵站,一位少校带领他们参观由意大利破军营改建而成的现代化兵站。在费孝通看来,这个兵站设施先进,生活条件优裕,还有投降的意大利士兵在侍候他们,这位少校却并不满足这种生活,说自己想离开这个地方,其原因既不是想家,也不是生活条件不好,而是他不想过安逸的日子,想再去找个破军营建设兵站。听了这话,费孝通感到一点异乡的怪味:"这是美国几百年传下'向西去'的拓荒精神显然是深入了他们的血液。新鲜,冒险,硬干,向前,加上了他们特具的组织力,在这短短的几百年中,开辟了一个新大陆。现在这精神又使他们在世界各个角落里得到表现的机会了。"[2]

美国人有一种独特的全民参与的体育运动——美式足球,又叫美式橄榄球,它虽然起源于英国,但却在美国得到了迅速发展,各个州、主要的城市乃至学校都有自己的球队,每当有赛事时,观众云集,万人空巷。谢扶雅曾在文章中介绍美国的三所大学哈佛、耶鲁、普林斯顿之间的美国足球比赛。

(1)此球战比其他各种球战更需合作精神。篮球足球等,固亦需巧妙之合作,所谓"过渡"(Pass)。但个人的特长,亦极能显然出。垒球更然。美国足球则几乎全恃全队合作力之如何而决胜负;故此技最能养成合作精神。

(2)此球战之激烈,远超他种球战以上;质言之,简直是打仗,不是游戏。球员均用厚衣裹腿,坚兜裹头,俨同盔甲全装;而相冲相搏之猛烈,足令书生吓倒。两军必随带医生若干,以备

---

1 谢扶雅:《游美心痕》,上海:世界书局,1929年,第135—136页。
2 费孝通:《在东非的昆明》,《费孝通域外随笔》,北京:群言出版社,2000年,第11页。

创伤。战场中常有因烈门扑踬而晕绝者。此种好勇尚武愍不畏死的精神,文绉绉的中国人不可不看!

(3)此技不但为此邦学校生活的中心,直成了全校群众之一种宗教化的目的物。每逢球战,两校之师生,先后同学,乃至学生家属,均对之怀最高度之企望。[1]

美式足球是美国大学的传统体育项目,也是美国人普遍喜欢的比赛项目,可以说是美国的国粹。美式足球体现出美国人的团结合作、尚武争胜、热情狂欢的性格特征。美式足球的球星在美国可谓家喻户晓,他们不仅收入可观,而且有着很高的社会地位和社会影响力。

与对强力推崇密切相关的,便是美国人的英雄崇拜。所谓英雄,是指那些勇武过人、智力超群之人,他们能够用自己的力量、智慧改变现实的处境,造福社会。在美国的发展历史上,出现了一大批的英雄人物,他们为美国社会的发展做出了重要的贡献,成为美国人崇拜的对象。乔治·华盛顿(George Washington,1732—1799)、亚伯拉罕·林肯(Abraham Lincoln,1809—1865)、托马斯·杰弗逊(Thomas Jefferson,1743—1826)等开国元勋是美国社会的英雄,他们身上充分体现了美国人的国民特性,美国人给予他们以极大的荣耀,给他们保存故居、修建墓地和纪念碑等供后人瞻仰,还有许多城市、著名的品牌以他们的名字命名。所有这些,对在美国的中国人而言都有一种巨大的吸引力,成为他们书写的对象,并通过他们来思考、发现美国人的国民性。

杰弗逊是中国作家笔下常见的人物。伍庄对杰弗逊充满敬意,他到达啫化臣(今译杰弗逊)地(Jefferson City),参观啫化臣与门罗及法国代表签约的铜像,这座铜像是纪念1803年美国政府向法国收买美洲属地之约,通过这个条约,美国从法国手中购买了北自加拿大、南至墨西哥的美国中部,即Montana、Idaho、Wyoming、North Dakota、

---

[1] 谢扶雅:《游美心痕》,上海:世界书局,1929年,第146—147页。

South Dakota、Nebraska、Kansas、Oklahoma、Iowa、Missouri、Arkansas、Louisiana 十二省，与卡罗罅度（Colorado）省之北部，及 Minnesota 省之大部分，仅用十五兆元。此区域占美国现在版图的三分之一，Jefferson 扩大了美国的版图，为美国的发展壮大做出了重要贡献。作者由此而联想到中国蒙、藏皆失，东北四省也沦为日本占领地的现实，不禁大发感慨，一方面对国民党政府充满失望与不满，另一方面则对杰弗逊充满敬仰之情。作者到圣路易斯市，再游杰弗逊纪念碑亭，参观坐落于森林公园内的纪念碑，描述其宏伟的建筑，呈现出美国的城市景观。

张其昀认为："欲知美国，不可不知哲斐孙（杰弗逊）。"在他看来："哲斐孙所以不朽之故，不仅在其伟大的成就，而尤其对于人生之态度，他实可称为美国作风的代表人物。"[1]张其昀于 1944 年 10 月 16 日从波士顿只身南游，乘火车三小时到达杰弗逊的总统山庄故居——夏洛茨维尔（Charlotte ville），将自己的所见所闻以游记的形式记录下来。他在文中详细介绍了杰弗逊的生平及其故乡，他还拜谒了杰弗逊的墓。"墓志铭系其生前自撰，曰'美国独立宣言之撰作者，维金尼亚省宗教自由条例之起草者，维金尼亚大学之创办者，哲斐孙长眠此地。'用寥寥几句话，概括自己的生平，可以想见此老之风趣。"[2]杰弗逊是美国 1776 年 7 月 4 日发布的《独立宣言》的起草者之一，其手稿现保存在华盛顿的博物馆中，这篇宣言可以看作杰弗逊的政治哲学的纲领，张其昀将其要点归纳为四项："一为宇宙与人生均有自然的理法，人与人间有良心，有善意，凭其良心可以行善。二为天赋人权之说，自由之心与生命俱来，自由之意义为政治上之自决。三为政府功用在乎保障民权，谋大多数人的幸福，而非维护少数人之利益与权利。四为政府权力得自人民，应由民选代表组织政府，少数宜服从多数之

1　张其昀：《旅美见闻录》，上海：商务印书馆，1948 年，第 59 页。
2　同上书，第 60 页。

统治，多数宜尊重少数之权利。如果大多数人民不满意于现政府，则改造政府无可避免，是即所谓革命。革命大义不仅为政府之更迭，而当为政制之革新。"[1] "哲氏逝世已百余年，而声誉日隆，有加无已。华府有哲斐孙纪念堂，临波多麦河，与华盛顿纪念塔，林肯纪念堂鼎立而三，同为国魂之所寄托。"[2] 杰弗逊的崇高人格与哲学思想成为美国的国魂，成为美国人的楷模。

美国是一个崇尚英雄的国度，他们崇尚那些对美国社会做出重要贡献的人物。美国宣布参加"二战"之后，国内形势也发生了很大的变化，"随着南太平洋上面的紧张，新大陆上涌起了英雄主义，这恐怕是民主国家大众动态的一个大改变。麦克阿瑟的胸章，在纽约支加哥华盛顿三市，快要卖到一百万枚；他的故乡，立了麦克阿瑟街；美国军官学校里立了麦克阿瑟铜像，许多美国新生的小孩子，都起名麦克阿瑟。击落日机六架的黑尔少校（Edward O. Hare），得到罗斯福总统的勋章以后，回到故乡圣路易士城，民众挤满街上，用彩车来迎接他。最近美国海陆军部由前线调回不少有功的官兵，颁发勋章之后，给假休息，他们到处都成了民族英雄。一般的青年女子，最喜欢穿军服的兵士"[3]。

除了这些令人尊敬的英雄之外，还有许多普通的美国百姓也为战争做出了重要贡献。费孝通对美国人身上所表现出来的勇敢与爱国精神大加赞赏。他受邀参观一个美国农场家庭，寡言鲜笑的男主人应征去冰天雪地的冰岛修筑军事基地刚回来，作者问他为何有这样的好家庭还愿意去受苦，他回答说："可是苦也好，不苦也好，我们不去，这样好的家也没有了。"第二天，有一位曾轰炸过西西里的邻居少年来做客，他回家休假，马上又要返回前线。"他们讲起本村从军的人，屈指

---

[1] 张其昀：《旅美见闻录》，上海：商务印书馆，1948年，第60页。
[2] 同上书，第65页。
[3] 严仁颖：《旅美鳞爪》，台北：文海出版社，1966年，第17页。

一算已有几十个，有的已经死了，有的已经失踪，有的还在前线。后方的人自己的子弟，朋友，爱人在那里肉搏，怎会有心为非作恶？对国家多一分损失，也就等于给自己骨肉多一分被害的机会。家家户户为战事尽力。战事和他们是这样亲密！"[1]

早期移民怀揣美好的梦想来到美国，希望在美国建立幸福的家园，创造出美好的人生，他们的这种梦想大多成为现实。富于梦想，乐观向上，成为美国人的精神特质，他们对自己的日常生活有一个美好的期待，"汽车大王亨利福特曾说，每一个人应准备一些钱造一所房子，买一片田地，并且自备一辆汽车，这种理想在美国可说已经达到"[2]。

如前所述，美国是一个移民国家，而这些来自世界各地的移民大多都是当地的平民阶级，他们为了摆脱自己的生活困境、改变自己的人生命运而远涉重洋，来到美国。移民的平民身份，在很大程度上决定了美国人的诚实朴素的国民性特征，而很少见到贵族化的倾向。

1620年，第一批英国清教徒在美国普利茅斯登陆，开启了美国历史的新篇章。他们的宗教身份背景为美国社会发展奠定了一个基调，从这个意义上来说，美国是一个宗教化的国家。清教徒英文为Puritan，来自拉丁文的Purus，意为"圣洁"。他们信奉加尔文主义，认为《圣经》是唯一的最高权威。由此出发，他们提倡禁欲和节俭，反对享乐奢华的生活。谢扶雅认为：清教徒带来了一种勤恳朴实的性格，"彼等反抗教会之仪式与外表，谓人生宜崇朴实而斥浮华；（好似我国墨翟一派的思想）又因初入异地蛮荒，开拓荆榛，筚路蓝缕，环境益逼之使建成勤俭工作之精神——此遂成美国人一向重视作工之观念"[3]。谢扶雅从宗教的角度考察美国的国民性特点，可谓抓住了根本。

由云龙将美国人与欧洲人和中国人放在一起进行比较，从中发现

1　费孝通：《费孝通域外随笔》，北京：群言出版社，2000年，第34页。
2　张其昀：《旅美见闻录》，上海：商务印书馆，1948年，第2页。
3　谢扶雅：《游美心痕》，上海：世界书局，1929年，第110—111页。

美国人的特质,"美国人性质活泼,礼仪简便,不似欧人之拘泥,欧洲人过美者,常讥其脱略,而美人夷然,殆亦自由平等之习惯欤。然和蔼恳挚,胸怀坦易,不似吾国繁缛,拘牵文饰琐屑之费时费财也"[1]。由云龙通过观察美国人日常生活的穿着打扮、礼仪行为,揭示出美国人朴实随意的性格特点。

朴实不仅是美国平民百姓的特质,也是美国上流人物的特质,因为当时美国的上流人物大多来自平民百姓,很少由世袭而成。严仁颖以《大公报》记者的身份采访美国总统罗斯福的夫人,通过近距离的观察与交流,描述出总统夫人朴实无华的性格特征。严仁颖第一次到白宫采访总统夫人时写道:"这位美国一品夫人(First Lady in America)给我的印象是非常地和蔼而爽直。高高的身体走起路来更显得忙碌。那天她穿着草绿色的便服,并没有任何的装饰。含笑的面孔上已经起了些许绉纹,立刻使我想到她的不平凡的生活。"[2]这位总统夫人身着便服、没有任何装饰的打扮与其显赫的地位不尽一致,令记者大发感慨。严仁颖让夫人谈谈罗斯福总统。"她说'罗总统有极大的自制力',这种自制力是他事业成功的大原因,此外她说罗总统善于观察,对于各种事务都非常小心,这样常使的判断正确而谨严。随着他的关于观察的美德,他并且时时在体会人同情人,因而又造出了他的另一个美德——愿意接受别人的建议。每次当他出去考察回来的时候,他总要携带回来许多的新意见。所以他常常在快乐中度生活,这也许是他处处成功的一个原因吧。"[3]严仁颖参加学术建国第十三次讨论会,会议邀请罗斯福总统夫人参加并做演讲,这是他第二次采访总统夫人。总统夫人做了题目为"中国留美学生对于中美关系上的责任"的精彩演讲,演讲结束后回答了来宾提出的问题,然后便离开了会场。"记者

---

1 由云龙:《游美笔谈》,昆明:云南崇文印书馆,1926年,第89—90页。
2 严仁颖:《旅美鳞爪》,台北:文海出版社,1966年,第29—30页。
3 同上书,第30页。

把她送出万国大厦,才知道她没有车子,赶快在街上叫了一辆黄汽车(Taxi),当记者预付了车资的时候,她又连声道谢。"[1]总统夫人出来参加中国留学生组织的会议不仅没有保镖随从,甚至接送的专车也没有,由中国记者给她预付出租车的车资,充分体现出总统夫人平民化的风格,这与蒋夫人宋美龄在美国的奢华摆谱形成了强烈的反差对比。作者秉笔直书,有感而发,但其文章发表出来时与原稿已有了一些出入。"有一点必须声明的是:有几篇通讯,因了中美两国的战时检查,和动笔时原文,已小有出入。如同在《春天的烦恼》一篇里,当时我曾批评美国战时的许多矛盾措施,又如在《再访白宫》一篇里,我曾把罗斯福夫人所谈对蒋夫人的印象,详细记出。这些在重庆大公报版面上刊出时,已经发觉出失掉了的字句。这些,事实上无法补全,实在也没有补全的必要了。"[2]至于删掉的是哪些文字,作者并没有交代,我们也无法查证,这就给读者留下了想象的空间。1944年6月2日,严仁颖和在华盛顿的中国同学受美国国务院的邀请第二次到白宫采访罗斯福总统夫人,这也是他第三次采访总统夫人。在记者笔下,此时的白宫与之前相比,增加了不少战时气氛,不再公开招待一般老百姓作普通的参观。"我们就一同穿过了白宫,走到后面的草地上,在一株小松树前面开始拍照,先由来宾和总统夫人一一握手,然后由各位女同学和她谈话,再由各位男同学和她谈话。夫人的谈风很健,并且常常带着和蔼的微笑。"[3]严仁颖通过三次对总统夫人的访谈,呈现了其朴实无华、和蔼可亲、平易近人的性格特点。

清教徒崇尚商业活动,在商业活动中珍惜信誉,诚实守信,绝不坑蒙拐骗,正因如此,诚实成为美国人的性格特质。伍庄和他的美国朋友夏士文一起开车从美国西部到东部进行自驾游,他们的汽车

1　严仁颖:《旅美鳞爪》,台北:文海出版社,1966年,第58页。
2　严仁颖:《旅美鳞爪·篇前》,台北:文海出版社,1966年。
3　严仁颖:《旅美鳞爪》,台北:文海出版社,1966年,第96页。

在从科罗拉多省到堪萨斯省的途中出了故障,夏士文步行到古烈治(Coolidge)雇一机器师,另用一车将车拖到机器房,经一小时修理,清理机件积沙,车子修好了,"仅费工金七毫半,可见美国人之纯厚,取工值之老实。若使为中国工匠者,遇此半途坏车,欲行不得,有不要挟重值者乎?"[1] 伍庄通过这一具体事件来比较中美两国商人的差异,对美国人的诚实给予高度评价。王一之认为,华盛顿是美国的开国总统,他身上最为可贵的品质是其"诚"。"游美而至于华盛顿之故居,一则可知美利坚之能有今日,赖有此人。再则可知华盛顿之能有今日,赖有此不可磨灭不可颠扑之美德耳。"[2] "美民之富有'本分心',不独办公者如是,即寻常习俗中,无往不足略窥其微。……若美国人好管闲事,彼固人人以扶助他人为职志也。彼以'欺生'为可耻,以愚弄乡曲为可鄙,以侵犯妇人为无勇,以旁观袖手为无能。而对妇人,对乡曲,对当地之生客,对他人有急难处,尤以不加凌侮,用实力相扶助,为其自身本分上应有事也。"[3] 美国人的这种国民性与阿Q式的中国国民性相比,形成了鲜明的差别。

美国人以其亲身经验作为判断事务的标准,讲求实事求是,不人云亦云。费孝通到一家美国农场做客,男主人对他们很热诚,但他始终不随意恭维他们,说起中国,他就不很说话,因为他没有到过中国,也没和中国人接触过(这是他第一次见到中国人),他表示:"有很多东西,好的或是坏的,我不能相信,我没有意见。"这是美国拓荒精神的表现,"他们生活在事实里,成功失败就靠自己的判断。经验告诉他们最可靠的判断是根据看得见、摸得到的事实。很多人觉得美国人是最耳软,血热,有时会胡干,这是好莱坞电影上的美国,不是真正的美国。真正的美国人是像我们那位主人一般的人"。[4] 当费孝通和老

1　伍庄:《美国游记》,[美]三藩:世界日报社,1936年,第22页。
2　王一之:《旅美观察谈》,上海:申报馆,1919年,第9页。
3　同上书,第132页。
4　费孝通:《费孝通域外随笔》,北京:群言出版社,2000年,第35页。

徐提议请他们一家吃中国菜时,女主人和两位小姐非常高兴,男主人并不做声,他不反对,可是他屡次声明,他最喜欢的是自己家里的菜,别国的菜他全不在意,当他品尝了老徐做的拿手好菜红烧鸡和红烧白菜之后,脸上露出了满意的微笑,吃了一块又一块,大声说:"中国东西真好,从此我知道了。"由此作者情不自禁地发表感慨:"他尝着了,他有了经验,他不怕下断语了。他决定了他的态度,也就负责了,不容易再改了——让我们记着,美国人是相信事实的。我们有好的,他们自然会赏识我们的。"[1] 费孝通从社会学的角度观察美国社会和美国人,通过切身交往加深了对美国人的认识,由此得出的结论既符合美国人的精神特质,又具有理论指导意义。

美国人务实肯干,这与早期清教徒的教义密切相关。"彼等以锻炼意志力为贵,崇实际,恶相像,轻理论,尚功利,——此遂成美国独特之实用主义(思想上)又优胜主义(事业上)(Pragmatism and Efficiency)。"[2] 由此可见,在美国盛行的实用主义思想与其所信奉的宗教思想有着密切的关系。在张其昀看来,"美国民族还有一种特色,就是理想虽高而能脚踏实地,崇尚中庸,不喜极端,这种精神与中华民族颇有默契"[3]。费孝通对美国人的富有心生羡慕,但他知道,美国人的富有并不是从天上掉下来的,而是他们经过辛苦的劳动创造出来的,他引用罗素的文章来描述林肯的父亲早年艰苦的拓荒生活,通过将戏剧《烟草路》中所呈现出来的美国南部生产烟草农民的穷苦生活与纽约繁华的百老汇大道进行对比发现美国人的特点,"不但他们愿意记得他们的祖先曾在饥饿里靠火鸡过日子,他们的父母曾在荒凉的沙地上求生存,而且他愿意向你说,用节日来纪念,用名剧来广播,为的是要使每个人觉得努力是有收获的。……美国的历史其实就是一部不靠

---

1 费孝通:《费孝通域外随笔》,北京:群言出版社,2000年,第36页。
2 谢扶雅:《游美心痕》,上海:世界书局,1929年,第111页。
3 张其昀:《旅美见闻录》,上海:商务印书馆,1948年,第14页。

祖宗余荫，靠自己，不买账，拼命、刻苦创造出来的纪录"[1]。

王一之认为，美国人重视黄金和时间，因而有"黄金时间"之说。美国人珍惜时间，这从华尔街行人走路的步态姿势中即可看出。因为珍惜时间，美国人在吃饭时也较简单，王一之详细介绍了美国的两种餐馆，一为"自动 Automat 饭店"，一为"自便 Selfservice 饭店"，这两种饭店可免消耗时间，作者对其进行了详细的描述：

> 自动饭店，四壁皆磁砖砌成，熟视之每边各分数十格，其分格大小，颇若我国南货店或药店内，北墙面柜之无数小抽斗。特彼每格无木屉，仅悬玻璃加铜框之小门耳。小门上嵌小磁牌，标列菜名菜价，其价以五仙镍币累计……顾客按数投入门旁孔隙，将与孔隙处相关连之机柄，用力向外一抽，则门自开，食品自可随手得之矣。[2]

> 自便饭店之规模，常不能如自动饭店之宏壮也。自动饭店，开间甚大，方桌圆椅之多，仿佛我国之大茶馆。自便饭店，仅于白石长台之旁，骈列单脚高凳无数，食客到时，各据其一。纷向长台内侧之店夥，任意点取数物以果腹。其状颇似我国之吃柜台酒者，不过在彼可得一坐耳。[3]

> 亦有于进门处，见有"请各自便"之揭示者，揭示之旁，置洋铁长方茶盘无数，来客各取其一，鱼贯而进。若汤若鱼若肉若蔬果，排列成一线，迨至点取终了，各人茶盘中，满置碗与碟，在我华人之眼光中，不啻一群之侍役也。若初到美者，及门而望之，必更讶其侍役之多矣。[4]

1　费孝通：《费孝通域外随笔》，北京：群言出版社，2000年，第60页。
2　王一之：《旅美观察谈》，上海：申报馆，1919年，第54—55页。
3　同上书，第55页。
4　同上。

作者在详细地描述了美国的两种新式餐馆之后，大发感慨："上述各食店，惟第一类，颇令人感新奇，若第二类，我华人士所不屑为也。美人不以劳动为耻，故自便饭店中，逐日枉顾者尚大有其人，若在中国，此等处所，将为下流社会人物所集处。尊重时间之感想，必不能于此小店，发生丝毫之效力也。"[1]

美国人崇尚创办实业，追求物质化，这也是美国工业发达的一个重要原因。"美国对于资本主义的信仰，更是普遍而绝对，比信他们的上帝更坚决到百二十分。这真是美国民族的唯一特征，迥非他国所能望其项背。大不列颠虽也是正统的资本主义国家，究竟是还有一个劳动党，陪衬陪衬。美国则民主共和两党，竟清一色地站在资本主义的上面；劳动阶级只看风色投票罢了。"[2]

美国奉行经济自由主义，提倡自由竞争，这无疑给某些不法之徒提供了空间与机会。"翻开美国历史一看，早年工商业间的所谓'竞争'真是无异于'械斗'，所采取的手段从雇用流氓动武起，一直到欺骗敲诈，无奇不有。在铁路建筑时代，这种竞争表现得十分露骨。官商勾结，买空卖空，投机取巧，名目真是写不尽。"[3]以一艘二桅小帆船起家的铁道大王凡德俾尔特的竞争手段比海盗还毒辣，而石油大王洛克菲勒竟然将"哄诈"作为教导儿子的原则，这是他们竞争获胜的法宝。美国的社会经济环境赋予美国人以复杂的性格特征，给美国人提供了展现复杂人性的舞台空间。

经过8年的独立战争，美国终于摆脱了英国的殖民统治，成为一个独立的国家。独立、自由、平等是《独立宣言》的关键词，是《独立宣言》的核心内容，也是美国建国理念的框架与基础。独立、自由、平等不仅写入美国的宪法，而且深入美国人的人心，成为他们的精神

1　王一之：《旅美观察谈》，上海：申报馆，1919年，第55—56页。
2　谢扶雅：《游美心痕》，上海：世界书局，1929年，第157页。
3　费孝通：《费孝通域外随笔》，北京：群言出版社，2000年，第82页。

支柱与国民性特质。

当那些习惯了封建社会环境的中国人来到崇尚独立、自由、平等的美国之后,他们对美国人的追求感到新奇乃至震惊。胡适在留学日记中记下了他初读美国《独立宣言》的感受:"昨日读美国独立檄文,细细读之,觉一字一句皆扪之有棱,且处处为民请命,义正词严,真千古至文。"[1] 独立、自由、平等的观念从此深入胡适的脑海,并成为他终生追求的目标,他也因此而成为中国现代自由主义知识分子的精神领袖。王一之对美国人尊崇的独立、自由、平等也感触颇深:"若我华人,其痛心于家庭之羁绊,与不良社会之黑暗者,则莫不以西方自由为光明正大,其以国内不规则自由裂冠毁冕之举,窃引为大憾者,则又以西方自由有分际有轨范为可艳羡。若不游美则已,一履新大陆,固莫不抱种种之乐观云。"[2] 美国人的独立、自由、平等启蒙了王一之,他将中国与美国对比,从中彰显出美国社会的独立、自由、平等,衬托出中国社会的黑暗与落后。在王一之看来,美国人追求的独立、自由、平等,也应该是中国人追求的目标。

从历史的角度来看,美国人对独立、自由、平等的渴望与早期移民具有密切的内在联系。他们离开英国远涉重洋来到新大陆,其主要的原因在于他们所信奉的教义受到英国天主教的排斥,他们为了宗教信仰自由而离开英国,来到尚是蛮荒的美国新大陆。"所谓自由信仰就是要求摆脱基督教在欧洲大陆和权力相结合成的教会。他们并不是要摆脱宗教,而是要在自由的空气中充分发展他们所认识的基督精神。他们厌恶借宗教之名而形成统治人的权力和仪式。"[3] 这种自由信仰不仅是早年清教徒的精神特质,而且成为后来美国人的共同追求。在早期移民身上,体现出一种自律自助的精神,"清教徒之宗教观,以为人

---

[1] 胡适:《留学日记》,《胡适全集》第 27 卷,合肥:安徽教育出版社,2013 年,第 119 页。

[2] 王一之:《旅美观察谈》,上海:申报馆,1919 年,第 1 页。

[3] 费孝通:《费孝通域外随笔》,北京:群言出版社,2000 年,第 137 页。

人应对上帝负责,各人应尽自己之职守,律己宜严;教会应由平信徒组成,非主教长老所宜统辖独揽或包办——此遂成美国自由独立平等之国民性"[1]。反抗束缚、崇尚"自由发展"遂成为美国人的精神本质。"彼等主张人人有自由奋发之权,在不害别人之范围内,应充分发扬自力。故在政治及经济上,人民有权自由发展,政府不应加以干涉取缔——此遂成美国之民治主义(政治上)与资本主义(经济上)。"[2] 谢扶雅从宗教的角度来考察美国人的自由民主的精神特质,可谓抓住了关键。独立、自由、平等的自由主义思想理念成为"美国梦"的重要构成部分,成为众多移民精神特质的最大公约数,"但是在美国的国旗号召之下,凝集了各族的成分,掩盖了各族的殊异,而成为泱泱大风的美国民族。因为这些移民,有一种同样的动机,就是反对虐政,争取自由,以新大陆为其理想的园地,矗立在纽约港口的自由神像,便是美国建国的象征"[3]。在美国的民族性问题上,张其昀认为美国是自由、平等、博爱革命潮流中的先锋,他以自由、平等、博爱、中庸四点为纲领,来分析美国人的国民性,"西洋文化的理想便是负责任的自由(responsible freedom)。罗斯福总统曾经标举四大自由,一曰言论自由,二曰宗教自由,三曰免于贫乏之自由,四曰免于恐惧之自由。四者互相关联,任去其一,则其他三者亦失了保障"[4]。自由体现在美国人生活的方方面面,已内化为美国人的精神特质,成为美国人国民性的重要构成部分。

除了宗教方面的原因之外,特定的社会生活环境也在很大程度上决定了美国人自由独立的精神特质。早期的美国移民面临着非常严酷的生活环境,那时的北美大地还是一片荒原,温饱都成了极大的问题,他们还要面对印第安人的袭击,"生活得靠自己,土地得自己开垦,生

1　谢扶雅:《游美心痕》,上海:世界书局,1929年,第110页。
2　同上书,第111页。
3　张其昀:《旅美见闻录》,上海:商务印书馆,1948年,第15页。
4　同上书,第14页。

命得自己保护。在这种环境中最可以依恃的只有自己的体力和机警。他们必须在最低的生活程度中谋取自足的经济活动。这样便产生了广大的自恃自足的不与人苟同的自由农民"。[1]费孝通从社会学的角度分析美国人精神特质形成的原因，揭示出外在生存环境对美国人的性格所产生的重要影响。"美国是个年轻的国家。几十年前，这个天府之国有的是机会。谁有本领谁就能出头。白手起家的人在一生中可以成为百万巨富。在这充满着机会的世界中，自然养成一种独来独往的气魄：合则留，不合则去。大家拿出真颜色出来。因之，他们最重视的是不受牵掣，这是美国个人主义的根源。所谓民主，所谓自由，就是说大家干大家的，比个雌雄。他们到现在还是相信最好的经济机构就是每个人都能自由竞争的方式。"[2]他从社会学的角度来考察美国人的性格特点，认为美国人的性格是在拓殖时代的乡村生活中养成的，"那种粗放旷达的生活环境养成了独来独往，不卑不亢，自负自骄，耐苦耐劳的性格。这性格归结于它们崇尚平等，爱好自由的精神"[3]。美国的社会经济体制与美国人的性格是密切相关的，粗犷松散的生活环境养成了美国人自由散漫的性格特点，而自由散漫的性格又造就了自由松散的社会体制和经济体制，因此，"我们与其说是爱好自由的人到美洲来，不如说是到了美洲的人才充分认识自由的可贵"[4]。

　　自由是相对的，而不是绝对的。在20世纪上半叶，美国人的自由也是有限的，或者说相当一部分人得不到所谓的自由与平等。但相对而言，当时的美国人所享有的自由要比中国人多。从一个不自由的封建国度来到一个相对自由的国度，这些留美的学生、记者对美国人的自由感受非常深刻。在男女问题上，中国人受封建礼教的影响讲究男女之大防，男女授受不亲，男女之间不能自由交往，婚姻都是由父

---

[1] 费孝通：《费孝通域外随笔》，北京：群言出版社，2000年，第64—65页。
[2] 费孝通：《费孝通域外随笔》，北京：群言出版社，2000年，第32页。
[3] 同上书，第56页。
[4] 同上书，第66页。

母包办，而美国的男女之间可以自由交往，"相抱跳舞，在他们不过是社交方式的一种罢了。他们不知'贞'为何解，'淫'为何义，只要相爱，一到某种程度，便可成为夫妻，明朝爱断，便可解除婚媾。不过我看他们结婚，大有分寸，绝不似我们今日青年男女的盲目相从。我们今日青年男女社交的机会少，而结合反骤，他们社交的机会多，而结合较慢。他们性教育及常识颇充分，而我国则异常缺乏。我国青年士女，一相谈话，一为过从，便联想到夫妻，他们男女的交往，几视同同性一样。加以美国的社会，崇尚自由独立，苟无碍乎公众治安，尽可自由自在，你也不去干涉人家，人家也绝不来干涉你"[1]。自由恋爱、自由结婚、自由离婚成为美国人的生活方式，而所有这一切，皆成为彼时中国人艳羡的对象。

　　自由体现在许多方面，言论自由是其中一个重要部分。而言论自由又与新闻自由、出版自由密切联系在一起。在美国，自由是每个人的权利，同时每个人的自由又都受到一定程度的限制，即便是总统也不例外。张其昀对美国总统杰弗逊充满敬意，他记述道："在哲氏第一次竞选总统的时候，他自己曾吃了报界的眼前亏，所受侮辱颇深，但哲氏坚信报纸是民主政治命脉所关，不以一朝之愤而忘终身之忧，对于言论自由的信念，始终不变，他曾说，报纸是国家的言路，人民可以利用报纸以监督政府，政府也可以利用报纸把政务实际的情况，充分报告于国民。"[2] 杰弗逊晚年致力于创办弗吉尼亚大学，"当时该大学之学制颇为新颖，如课程采取选课制，大学各部分重要职员采取轮流制与选举制，学生考试采取荣誉制，不用监考，大学课程中废除宗教一门，以实践宗教自由之信条，又增设农业与政治学之课程，均开美国各大学之先例"[3]。他提倡宗教自由，废除宗教课程，因此弗吉尼亚大

1　谢扶雅：《游美心痕》，上海：世界书局，1929年，第50—51页。
2　张其昀：《旅美见闻录》，上海：商务印书馆，1948年，第62页。
3　同上书，第63页。

学成为首所脱离宗教而存在的高校,这为学校之后的自由发展奠定了基础。

美国是一个有清教背景的国家,但清教到美国之后却渐渐发生了变化,由充满清规戒律的清教渐渐向世俗化的宗教变化。如前所述,最早来到美国的移民是英国的清教徒。"美洲建国始于英国清净教徒(The Puritans)之避地西来。清净教徒者,痛恨英国国教(The Anglican Church-Episcoplian)之邪侈腐败,而欲扫除清净之者也。英国大革命即起于此。及王政复辟,清净教徒结会西迁,将于新大陆立一清净新国,故名其土曰'新英兰'。其初建之时,社会政权多在教士之手。故其初俗崇礼义,尊天,笃行,以卫道自任。其遗风所被,至于今日,尚有存者。今所谓美国之'清净教风'(Puritanism)者是也。此风在今日已失其宗教的性质,但是一种极陋隘的道德观念。其极端流于守旧俗,排异说,与新兴之潮流为仇。故'Puritanism'一字每含讽刺,非褒词矣。"[1]清教徒思想保守,将宗教、道德、政治化为一体,与美国快速发展的社会难以同步,"此'清净教风'之一结果在于此邦人之狭义的私德观念,往往以个人私德细行与政治能力混合言之,甚至使其对于政治公仆私德之爱憎,转移其对于其人政策之爱憎"[2]。以宗教思想来挟持道德思想和政治思想,必然成为社会发展的障碍,"此种陋见最足阻碍社会之进步。如今之新体戏剧,小说,多直写男女之事不为之隐讳,其在欧洲久能通行无忌者,至此邦乃不能出版,不能演唱。又如'生育裁制'之论,久倡于欧洲,如荷兰乃以政府命令施行之,而在此邦则倡此说者有拘囚之刑,刊布之书有销毁之罚。可谓顽固矣!"[3]胡适指出了清教思想在美国社会发展中的负面作用及影响。胡适的这种看法直接影响到他对基督教的态度。胡适在美国留学期间

---

[1] 胡适:《一二、美国之清净教风》,《胡适全集》第28卷,合肥:安徽教育出版社,2013年,第486页。
[2] 同上。
[3] 同上书,第487页。

曾参加中国基督教学生会组织的夏令会，这种活动的宗旨就是向未受洗的群众宣传基督教思想，动员他们加入教会。胡适在1911年6月18日的日记中写道："第五日：讨论会，题为'祖先崇拜'（Ancestor Worship）。经课。Father Hutchington 说教，讲'马太福音'第二十章一至十六节，极明白动人。下午绍唐为余陈说耶稣教大义约三时之久，余大为所动。自今日为始，余为耶稣信徒矣。是夜 Mr. Mercer 演说其一身所历，甚动人，余为堕泪。听众亦皆堕泪。会终有七人起立自愿为耶稣信徒，其一人即我也。"[1]胡适通过这次活动，深受基督教教义的影响，决定参加教会，成为耶稣的信徒，他在6月17日给章希吕、6月21日给许怡荪的信中皆提及此事。但他后来终于没有受洗成为一个基督徒。胡适在1919年10月追记此事，对此予以说明："此书所云'遂为耶氏之徒'一层，后竟不成事实。然此书所记他们用'感情的'手段来捉人，实是真情。后来我细想此事，深恨其玩这种'把戏'，故起一种反动。"[2]胡适的日记一方面道出了自己对基督教的复杂态度，另一方面也呈现出美国基督教的复杂面相。正因为清教思想保守，渐渐成为美国社会发展的障碍，随着美国社会的发展，清教思想本身也在不断发展变化。

美国是一个移民国家，来自世界各地的移民也带来了不同的宗教信仰，因此，各种不同的宗教派别层出不穷，各种不同风格的教堂随处可见，充分体现出了宗教信仰的自由。由于到美国留学、访问的中国人大多没有宗教背景，因此他们对美国的宗教关注较少，在他们的作品中较少涉及美国的宗教问题。谢扶雅是一个例外，他早年在日本留学期间受洗成为基督教徒，1925年受美国国际青年会协会的邀请，从上海出发，由西美、中美而东美，在芝加哥大学和哈佛大学游学，

---

[1] 胡适：《留学日记》，《胡适全集》第27卷，合肥：安徽教育出版社，2013年，第150页。

[2] 同上书，第154页。

于1927年正月经加拿大回到上海。对于此次访美，他感受颇深："但自问此一载有余之留美，实较少年时之留东六载，收获超过十倍。"[1]作者在美国游历时间长，见闻甚广，记录的内容也非常丰富。"本书由陆续游历的笔记十数篇而成，其顺序大抵照记下来时间的先后，其地域大抵由西而东。这小册子并不是一本有系统的美国通志，也不能算是正式的游历报告，只不过随所闻见，拉杂记下的一种感想录罢了。"[2]谢扶雅本身是基督教徒，与宗教有着密切关系，对美国的宗教非常感兴趣。"至于彼都宗教方面，历来坊间的游记中，多不道及。其实他们既奉基督教为国教，创国者尤为一流热心的清教徒，在历史上，国情上，社会事实上，皆与宗教有深密不可掩没的关系，观光者岂容一笔抹杀之？"[3]通过近距离观察，谢扶雅对美国的宗教有了新的发现。在他看来，美国表面上教堂林立，教徒众多，但他们的信仰大多数建立在沙滩之上。"死后登天堂，来生得幸福，是他们的中心祈愿。他们依然把宗教和道德截断，把天道和人事分开。换言之，他们的宗教，一向以上帝为出发点，一旦上帝观念动摇，宗教全部便都崩颓，人心奔放，成为洪水猛兽。近来宗教界有识之士，正努力改造方向，使宗教以人为出发点，以社会为对象，而合宗教与道德于一炉。"[4]美国人信奉宗教，但又不被宗教束缚，他们秉持实用主义的立场，对宗教进行改革，让宗教服务于人的需求，灵活地处理宗教与道德、天道与人事之间的关系。在美国，宗教与自由并行不悖，自由的宗教非但没有成为美国社会发展的阻碍，反而在一定程度上推动了美国社会的发展。

与自由密切相关的，是平等。自由与平等互为因果，自由是平等的前提，平等是自由的保证，正因为美国人享有较大的自由，美国人之间也就具有了平等。"美国自建国以来，可称为一'无阶级'的民

---

[1] 谢扶雅：《游美心痕·序》，上海：世界书局，1929年，第5页。
[2] 同上书，第6页。
[3] 同上。
[4] 同上书，第53—54页。

族，废除世袭特权，泯除阶级意识，社会制度不分层次，民族生活活泼调和，……由大选证明合众国为世界上最能合众之国家。美国国基所以能特别巩固，未始不由于平素能提倡公道，注重平等。"[1] 这种平等主要是不同阶级之间的平等，对于来自等级观念根深蒂固的中国作者而言，能够切身体验美国社会的平等是一种很独特的经历。"'平等'的精神，终要算在美国社会上应用最广了。官吏和人民，教授和学生，雇主和工役，相见握手言欢，绝无贵贱身份的轩轾。尝见教员与生徒，混合玩戏，嘻嘻哈哈，绝不见有师生的大防；不过教员绝不因此，在功课上分数上为学生徇情枉法；其他职业阶级之关系，亦皆类此。他们办事自办事，社交自社交，一方面真能平等，一方面真守职权。至于男女夫妻的平等，更不消说；乃至父子翁媳间，也像同等朋友，相互噱谈谐谑，恬不为怪。……不过他们的平等观，并非数量的，乃是本质的。"[2] 作者这种所谓本质上的平等，实际上就是思想、精神、人格上的平等。诚然，美国的平等也只是相对的，而非绝对的，在美国也存在着不平等的社会现象，尤其是白人与有色人种之间存在着严重的不平等。尽管如此，美国人仍然将平等作为自己的理想追求，平等的思想在美国深入人心，成为美国人的思想特质和国民特质。

中国人到美国之后感受最深的，便是男女之间的平等。在中国封建社会中，女性处于社会、家庭的底层，要遵守"三从四德"，没有地位，也没有权利。但在美国，女性却享有很高的社会地位，"美国之尊崇妇女，已成第二天性。故妇女在社会上，恒多特权"[3]。在各种公共场所，"女士优先"已成为男士们遵守的礼仪。20世纪上半叶，电影在美国繁荣发展，"其最著之名伶，岁入乃十数倍于美国总统。有名璧克馥者，女伶之翘楚也，乃为影戏界三大巨魁之一，其初家甚寒素，故

1　张其昀：《旅美见闻录》，上海：商务印书馆，1948年，第15页。
2　谢扶雅：《游美心痕》，上海：世界书局，1929年，第51—52页。
3　由云龙：《游美笔谈》，昆明：云南崇文书馆，1926年，第86页。

其描摹贫寒幼女之状态,实非其他女伶之所能及,然在他国,以一贫家女子,欲恃一己之才之美,一跃而为巨富,其难盖若登天,而在美国,固无往而不显其男女平等之微象矣"[1]。作者深入探讨美国女性受到尊重的原因,认为表面上看是女权党活动的效果,实际上并非如此简单,因为英国等国家也有女权党,但英国等国家并未出现如此现象。在作者看来,美国与英国等欧西国家不同。"谓为美国发见之初,自欧徙美,女子独少,将援物稀为贵之例以为证乎?则每届大战之后,国中男子必不能如女子之能倖存也。嗣某校长语予曰,美国小学教员,均以妇人充之。男子童年入学,即尝教以敬礼师长,尊崇妇女之道。久而久之,乃不期然而然也,此言最为近理。此诚美国女尊男抑之绝大原因也。"[2] 从教育的角度来寻找问题的答案,这种观点不无道理。但美国女性受到社会尊重、享有男女平等的权利,应该是多种因素综合而成的结果,并且美国女性的平等权利也是经过努力而争取到的,其间也经历了一个复杂而漫长的过程。

"二战"时期,战争给美国女性带来了新的机遇,"除男子外,海陆空军均有女子加入服务,在军营中一同进餐,享受同等待遇。……战时人力缺乏,女子就业机会增多,工厂商店男女并肩工作,公务员中书记一级差不多全由女子担任,总计全国职业妇女人数达一千五百万之众"[3]。战争期间大量的成年男性上了战场,这给美国女性提供了参军、就业的机会。费孝通发现美国现实生活中的女性与美国电影中的女性完全不同,美国电影中的女性除了跳舞、交男朋友、结婚、离婚之外没有别的事情,而美国社会中的已婚女性不仅要照顾家庭,还要工作,还有社会责任感。"在这次战事中,女子的贡献实在是大。职业女子的数目在1940年是1200万,到今年(即1944年。——

---

[1] 王一之:《旅美观察谈》,上海:申报馆,1919年,第4页。
[2] 同上书,第5页。
[3] 张其昀:《旅美见闻录》,上海:商务印书馆,1948年,第7—8页。

笔者注）已增加到1700万。三年中有500万本来在家里工作的女子动员到各种战事职业中去了。"[1]这些女性以自己的努力证明了女性在冶铁、机器制造、运输业等领域都可以做得和男性一样好，由此费孝通发出慨叹，认为这种阵势是女权发展的最好机会。

林语堂认为，美国是女人和小孩子的国土。在美国，每个女人都有机会发展自己，在经过长时间的推想后，他自愿勇敢地承认："女人不过是跟男人们相同的人类罢了。她们同样具有判断错误的能力，只要你给她们同样的阅世经验和接触；她们同样有能力去作有效率的工作和保持冷静的头脑，只要你给她们同样的商业训练；她们能够具有同样的社会眼光，只要你不把她关闭在家庭里；最后，她们也具有治理得好和坏的能力，因为如果用女人们来治理这个世界，她们至少不会比男人们在欧洲那样弄得更加糟。"[2]林语堂承认美国的女性与男性一样，她们具有各种能力，只要给她们机会，她们就会做得和男人一样好，至少不会比男性差。在这一方面，王一之所持观点与林语堂相同。他认为，美国是妇女尤其是美人与才媛的乐土，中国人认为红颜薄命，女子无才便是德，而在美国，正好与此相反，作者以下议院兰金女士为例来予以说明。兰金贤而多才，"其就议员职时，年方三十有五，其在任期内发表政见，为地方谋福利，视其他两院名议员，绝无愧色，且美议员在议场中，于寻常议事时，双方各执一见，从事争辩责难，叫嚣之习，时不能免，惟彼女子之任议员，或则敷陈己见，挥洒自如，使全场顿露整齐严肃之容；或则力挠众议，声泪俱下，致旁坐咸侧身倾耳而听。此非美国之女子，其才能智识，或有胜于一般之男子也。此以美民尊重女权，男子咸礼让自居，不为过甚之举耳"[3]。兰金只是美国广大女性中的一员，在她身上体现出美国女性巾帼不让须眉的

1　费孝通：《费孝通域外随笔》，北京：群言出版社，2000年，第27页。
2　林语堂：《美国人》，《林语堂名著全集》第十五卷，长春：东北师范大学出版社，1994年，第14—15页。
3　王一之：《旅美观察谈》，上海：申报馆1919年，第3页。

性格特点，也体现出美国社会男女平等的价值观念。伍庄参观"奥埃奥（Iowa）省公署"，在详细介绍了公署的建筑特点之后，描述了公署陈列室内悬挂的议员像，并从中有所发现："每届议员均有百余人，然在二三十年前者，其议员之像十之八九皆有须，无须者甚少。且绝无女议员。其后递年而降，则有须者渐少，而无须者渐多。至最近十年间，女议员亦渐多，有多至七八人者。可知美国之风气，在二三十年前，尚推重老成，最近则女权始盛也。"[1]

中国作家们通过实地考察发现，美国并非一个完全自由平等的社会，美国也存在着各种不自由不平等的社会现象。费孝通考察了美国社会的经济自由主义，认为美国的自由竞争确实给人们带来了成功的机会，但"他们是自由竞争的结果，可也是自由竞争的结束"[2]，竞争产生了托拉斯，随着托拉斯的出现，小工商业者大多成为竞争的牺牲品。费孝通由此发现了科学与民主之间的矛盾冲突："科学发达，技术日新月异；新技术扩大了生产的规模，大规模生产能利用新技术，出品好、成本低；可是大规模生产需要资本大。于是大鱼吃小鱼，吃得愈自由，小鱼被吃得愈快。经济自由的结果是能享受这自由的人数愈来愈少。"[3]作者指出了美国经济自由主义发展的悖论：自由竞争导致越来越多的人失去了自由，自由只成了极少数人的权利。换言之，自由竞争的结果不仅限制了自由，而且阻碍了平等。

刘尊棋在看到美国女性社会地位提高的同时，也发现了美国女性所面临的新的问题。"从表面上看，美国男子是特别尊重女人的。'太太和商店雇主永远是对的。'演讲的人总是：'小姐太太和先生们。'谁都要让路和好位子给女人；她们在前面走。上下汽车必是男子开关车门。有男子在，她们是不自己穿脱大衣的。但是这些表面的尊崇并不能掩盖美国妇女在家庭受奴役，在市场上被贩卖，以及在一般政治经

1　伍庄：《美国游记》，[美]三藩：世界日报社，1936年，第100页。
2　费孝通：《费孝通域外随笔》，北京：群言出版社，2000年，第83页。
3　同上书，第84页。

济活动中受歧视和压迫的事实。"[1] 尽管如此，我们必须承认，从世界范围来看，当时美国妇女所享有的自由在世界上是领先的。"二战"时期，美国妇女的工作机会大大增加，她们走出家庭，进入工厂，为抗击法西斯主义做出了重要的贡献。虽然妇女在战争期间的工作效率并不低于男工，但在战后复员过程中首先被裁减的仍是她们。尽管如此，这些有了社会工作经历的女性已经充分认识到自己的能力，也充分认识到女性对于社会的重要性，许多妇女参加了战后的政治运动，积极参与民主改革，要求公平正义，这在很大程度上提高了美国妇女的社会地位，为世界范围内的妇女运动提供了可资借鉴的榜样。

20世纪上半叶的美国社会中也存在着诸多不平等的社会现象，其中一个重要的方面就是种族歧视。"在美国人的心中，终横着一个种族的偏见。西方的物质文明，表现于两途，一是机械方面，一是肉体方面。因为太看重了肉体的缘故，皮肤的黑白，眼珠的红绿，毛发的青蓝，于他们都成了重要深刻的鸿沟。"[2] 少数族裔在美国备受歧视，造成种族间的矛盾与冲突，这成为美国社会的一个重要问题。作为记者，刘尊棋在美国南方游历了七个州，有意识地观察思考美国社会中的"黑人问题"，深刻地感受到了美国的种族歧视，指出了美国社会存在的巨大鸿沟。"'有颜色的人'——这是美国对黑人最客气的称谓。在整个南方，凡是黑白人公用的车位、饭房、旅馆、厕所，门口的牌子上分别写着'专为白人'或'专为有颜色的人'字样。但一般白人则不这样称呼黑人，他们通常只称'尼格罗'、'尼格尔'、'尼格拉'、'孔恩'，还有'达尔基'、乌鸦、铁铲猴子、烟囱等，无数其他的诨名。"[3] 种族歧视在美国南方普遍存在。"从华盛顿起，向西划一条线。在这条线以南的所有地方，一切公共场所、交通工具、娱乐场

---

1 刘尊棋：《美国侧面像》，上海：士林书店，1949年，第55页。
2 谢扶雅：《游美心痕》，上海：世界书局，1929年，第33页。
3 刘尊棋：《美国侧面像》，上海：士林书店，1949年，第25页。

所、学校、教堂、医院等,或者是完全不许黑人进去,或者黑白人分别出入,分别座次,不得混淆。"[1] 黑人在被"解放"了 80 多年后,在美国南方还处于这么一种非人的生活处境,不禁令人感慨唏嘘。作者通过具体的数据揭示出黑人在产业中遭受的歧视、剥削与压迫,还发现了黑人遭受不公的根本原因:"黑人在美国政治、社会和司法上所受歧视,比较在经济上更来得显著,是尽人皆知的事。占全国十分之一的黑人,没有一个国会议员,甚至没有一个州议员。事实上他们是被剥夺了选举权和被选举权的。不错,美国宪法增订条款明文规定了黑人的这些权利,即使南方十一州也没有禁止他们选举的立法。但是仅只三套武器就把他们关在民主的铁门外面了。"[2] 这三套武器就是"白色初选""人头税"和"暴力殴打"。"有人说美国的黑人问题,应该称做'白人的问题'。这话只有一半真理。在我看来,这是美国资本主义的问题。美国的生产和分配制度不改变,'黑人问题'永远不会彻底解决的。如果把黑人与白人对立起来处理这个问题,那恐怕是正上了资本家学者的当,永远搞不清楚的。"[3] 作者把黑人问题、种族歧视与美国的社会政治制度联系起来,一方面固然指出了解决问题的方向,另一方面也说明了解决问题的无望,这也正是直到今天美国社会中"黑人问题"、种族歧视依然存在的重要原因。

中国人在美国也是少数族裔,也受到歧视。刘尊棋在其书中记录了中国人在美国受歧视的故事:老舍和曹禺受美国国务院邀请到美国参观访问,他们结伴乘坐公共汽车游历美国南方,途经一个小站,在小饮店买了一套热狗,还没吃完就拿着热狗去上车,"不料刚出店门,迎面来了个彪形大汉,瞪了他两人一眼,接着猛力把他们一推,几乎推倒在地上。那个大汉头也不回,冲进店里大吼:'你们这些家伙,谁

---

[1] 刘尊棋:《美国侧面像》,上海:士林书店,1948 年,第 27 页。
[2] 同上书,第 33—34 页。
[3] 同上书,第 39 页。

叫你们把我的热狗卖给这两个有颜色的人呢？'"[1] 老舍、曹禺在中国是家喻户晓的名作家，是美国国务院邀请的客人，在美国竟然遭遇这样的经历。刘尊棋在美国的现实生活中也遇到了歧视。他乘坐公共汽车从纽约到南方，途经肯塔基州的路易维尔市，第一次在汽车站发现有两个休息室和四个厕所入口，这时他不知该如何选择。"虽然事先有人告诉我，只要不是黑人，就可以走进白人的地方去，但我看到'专为白人'的牌子时，不免踌躇起来，我不是白人，怎么好'僭妄'呢？那里不是分明有'专为有颜色的人'的地方么？但自尊心又不允许我忍受这种歧视。我正在两个入口之间迟疑张望时，一个白人拍了我的肩头一下，轻轻告诉我，可以到那'专为白人'的里面去。我谢谢了他的好意，但好奇心和反抗心终于驱使我在这第一次经验中走入了另一个门。"[2] 作者的这种矛盾心理很好地体现出了中国人在美国生活的尴尬处境：作为少数族裔，他们不得不对种族歧视忍气吞声。

以黑人为代表的少数族裔对平等的执着追求成为推动美国社会向前发展的动力，但在现代旅美散文中，中国作家较少涉及这一领域，其中原因，有待观察思考。

美国人具有乐观开放、幽默机智的精神特质。作为中国幽默的首倡者，林语堂对"幽默"有自己的理解，在他看来，"'幽默'一词与中国的老词儿'滑稽'，两者常有颇多混乱之处。滑稽一词包括低级的笑谈，意思只是指一个人存心想逗笑。我想使幽默一词指的是'亦庄亦谐'，其存心则在于'悲天悯人'"[3]。林语堂还从国家政体的角度思考美国人的幽默问题，在他看来："民主国的总统会笑，而独裁者总是那么严肃——牙床凸出，下颌鼓起，下唇缩进，像煞是在做一些非

1　刘尊棋：《美国侧面像》，上海：士林书店，1948年，第24页。
2　同上书，第27页。
3　林语堂：《论幽默》，《林语堂名著全集》第十卷，长春：东北师范大学出版社，1994年，第294页。

可等闲的事情,好像没有他们,世界便不成为世界。"[1]民主政体中的总统是选民用自己的选票选举出来的,因此总统对待百姓的态度自然和蔼可亲,面带微笑;而独裁者则是专制政体的产物,独裁者专权独断,高高在上,视百姓为家奴,自然骄横蛮野,面相丑陋。美国人富有幽默感,他们自然选择具有幽默感的人来当他们的总统。"因为幽默一定和明达及合理的精神联系在一起,再加上心智上的一些会辨别矛盾、愚笨和坏逻辑的微妙力量,使之成为人类智能的最高形式"[2],幽默是人类智慧的最高形式,幽默也就成了衡量一个人是否具有智慧的标准,甚至可以成为衡量一个国家文化是否发达的标准。王一之认为,要改变中国人的性格,让中国人由静及动。"欲求因势而利导之,则滑稽之兴趣与审美之情绪两端,殆彼改良社会者所当深加之意也。"[3]

中国作家常常从中国人的立场来观察美国人的国民性,将中美两国的国民性放在一起进行比较。"中国人的天性是平坦优游,美国人是活泼急进。中国人重情义,重包容;美国人尚自由,尚独立。中国人以'中庸'为处世接物的方针,美国人是奔走极端,工作时拼命工作,玩时拼命玩,喝酒时拼命一喝,打架时拼命一打。他们的生活是海涛式的,忽地高腾数丈,忽地低陷深渊。中国人的生活是湖面式的,一片浩浩,静漾无澜。中国人的伦理基乎礼,美国人的伦理基乎爱。中国人的夫妇关系,以贞操为重;美国人的夫妇关系,以爱情为主。中国人讲人情,美国人守秩序;中国人论天理,美国人重律法。试想两方的素质与背景,如此悬殊,其所推演出来的社会组织习惯及各种制度方法,与夫一切人事现象,自不能不有大相径庭之处。"[4]谢扶雅对中美两国人民的性格特点的概括是准确的。国民性的差异导致国家、社

---

1 林语堂:《论幽默感》,《林语堂名著全集》第二十一卷,长春:东北师范大学出版社,1994年,第80页。
2 同上书,第80—81页。
3 王一之:《旅美观察谈》,上海:申报馆,1919年,第5页。
4 谢扶雅:《游美心痕》,上海:世界书局,1929年,第46—47页。

会、文化的差异，而国家、社会、文化的差异又反过来强化了国民性的差异。

现代旅美游记的作者身份比较复杂，他们之中有大学教授，有社会学家，有新闻记者，有政界官员，他们视野开阔，知识渊博，长于观察思考，能够透过现象看到本质。这些人在美国时间较长，对美国人及其生活有着较深入的了解，在实地观察、体验的基础上书写美国人的国民性。他们没有把复杂的问题简单化，在看到美国国民性中好的一面——乐观勇敢、富有探险精神，诚实朴素、务实肯干，崇尚独立自由平等，幽默诙谐、机智可爱——的同时，也看到了诸如种族歧视、男女不平等等诸多问题，从而把美国人复杂的国民性真实地呈现在中国读者面前。中国作家对美国国民性的观察与思考也带有一种实用的目的，意图借他山之石来攻玉，以美国人的国民性作为镜子来反观中国人的国民性，进而改造中国人的国民性。

第二节　考察现代化的美国社会

美国在脱离英国殖民统治之后，社会、政治、经济迅速发展，在20世纪上半叶取代英、法、德等老牌资本主义国家，成为世界上最先进的国家。

对于来自半殖民地半封建社会的中国作家来说，他们到美国后感受最深刻的便是美国的民主政治体制。谢扶雅写道："自初即建民治根基，殖民不久，即办教育，设议会，自选州长。在开辟草莱之镰刀时期，即不忘文教宪政的建设。其后十三州殖民地之所以能一举成功，豁然立新国家，实受殖民时期打定根基之赐。"[1] 当年清教徒为脱离英国教会的迫害而来到北美，在他们的思想中就带有对民主的渴望与追求。后来，林肯当选总统，在美国南北战争时期发表了《解放黑人奴隶宣

---

[1] 谢扶雅：《游美心痕》，上海：世界书局，1929年，第136页。

言》，给南方的黑人奴隶带来了希望，导致许多黑人脱离南方军队，加入北方军队；他于1864年提出了"民有""民治""民享"的口号，不仅极大地鼓舞了北方军队的士气，加速了北方军队胜利的进程，而且奠定了美国社会民主政体的基础，美国终成为一个民主政体的国家。林语堂于1919年到哈佛大学留学，30年代后又到美国定居写作，对美国社会有着深入的了解。他认同美国的社会体制，宣称："我是美国民主主义的信徒，对于人民的权利和自由感到热心。……我对美国的民主政体和信仰自由感到尊敬。我对于美国报纸批评他们的官吏那种自由感到欣悦，同时对美国官吏以良好的幽默意识来对付舆论的批评又感到钦佩。"[1] 林语堂认为美国政体是一种高度浪漫型的民主政体，"在美国有'最多数人'这一个理想，而不仅仅是'最多数人'这一个空虚的名词，才使一般人民体会到民主主义"[2]。民主政体的主人是民众，民主政体遵循"少数服从多数，多数尊重少数"的原则，因此在美国"最多数人"是一个实体的存在，而不是一个空洞的名词。

美国的民主政体不是一经确立就一劳永逸，而是经历了一代又一代人的坚守与维护。1789年，杰弗逊奉华盛顿总统之命从驻法大使任上回国担任国务卿，此时汉密尔顿任财政部长，他们两人主张不同，甚至针锋相对，以他俩为核心形成了两个不同的派别，由此而成为美国共和党与民主党的基础。"美国两大政党实在建国之始已经脱胎。汉氏倾向于中央集权，称为联邦派，即后来的共和党。哲氏倾向地方分权，称为共和派，即后来的民主党。在经济方面，汉氏锐意奖进工商，哲氏特重农民生计。实则集权分权，农业与工业，喻鸟之双翼，车之两轮，分则两端，合为一体，美国国基之巩固，由于其政治与经济制

---

[1] 林语堂：《我爱美国的什么》，《林语堂名著全集》第十五卷，长春：东北师范大学出版社，1994年，第22页。

[2] 林语堂：《美国人》，《林语堂名著全集》第十五卷，长春：东北师范大学出版社，1994年，第17页。

度，常能保持平衡，而不落于偏枯。"[1]

作为民治国家，美国的"民有""民治""民享"体现在社会的方方面面。伍庄以记者的身份参观堪萨斯省的省会吐碧卡（Topeka），深切感受到中美两国民与官的关系的不同。"予等人游吐碧卡之省公署，门外无兵守卫，任人民出入，真是平民政治。反观我国省长公署，卫兵荷枪，防守森严，展转询问不得入门者，相去不可以道里计。我国公署正门皆南向，盖朝堂旧制，天子南面而治也。"[2] 以前中国的官府被称为"衙门"，"衙门"系由"牙门"转化而来。"牙门"在古代是一个军事术语，指军队驻扎营地的大门。在营地大门前摆放以木头、石头等雕刻的兽牙等物，以示威武，彰显其权力与地位。后来，这一名称逐渐用来指称官府。官府门前有站岗的士兵，无关人员不经允许不得入内，"衙门"成了隔开官府与百姓的一道鸿沟，由此也体现出中国封建社会专制体制的特点与弊端。在美国，各级政府机关是为民众服务的机构，民众可自由出入参观，充分体现出美国的"三民主义"精神。伍庄参观合众国的联邦议会，在大厅里见到陈列的各种人物铜像，在大堂中放置着华盛顿、杰弗逊、林肯等重要人物的铜像，旁室放置的也都是于国家有功之人的铜像，"由各省送来者，有政治家，有军人，有科学发明家，有开密士失必河之工程师，有南北战时之南方军事领袖，如啫化臣，爹核士，罗拔李等均在焉，有战争时之看护妇焉，有手执十字架及教堂之宗教家焉，有沃哥暇麻省燕甸人焉，合一炉而冶之，总计有四五十像焉。予观此，益足证明美国之民主政治，确是务达民意，亦确是无有阶级，观此等铜像石像之陈列，可寻味也"[3]。对国家建设发展有贡献的普通百姓也能进入联邦议会陈列室，受人们的瞻仰，体现出民主的精神，这与中国官府的布局结构形成极大反差。

1　张其昀：《旅美见闻录》，上海：商务印书馆，1948年，第61页。
2　伍庄：《美国游记》，[美]三藩：世界日报社，1936年，第30—31页。
3　同上书，第125页。

美国的建国历史虽然很短，但他们在短期内创办了一大批世界一流大学，不仅为美国社会的发展做出了突出贡献，而且对中国社会的发展也产生了重要影响。从1872年晚清政府向美国派遣第一批留美幼童到20世纪上半叶中国政府向美国派出多批留学生，加上一部分自费到美国留学的学生，美国大学为中国培养了一大批现代化的人才。这些学生学成后大多回到中国，成为各个领域的领军人物，晚清的洋务运动、中华民国的建立、五四新文化运动中皆可看到他们的身影。

中国的教育虽有悠久的历史，但传统的私塾教育只传授儒家的"四书五经"等传统文化，很少涉及科学技术方面的内容。这种教学方式和内容难以适应现代社会发展的要求，于是在19世纪末20世纪初中国也出现了洋学堂。相对于西方的现代高等教育，中国的现代高等教育起步晚，无论是在大学的数量上还是在大学的教学质量上都无法与美国相比。中国的留学生对美国的大学有直接的接触和了解，尤其是那些在国内读过大学又到美国留学的人，对中美大学之间的差异感受更加深切，他们将美国的大学作为重要的学习对象来考察。

谢扶雅从宗教的角度考察美国高等教育发达的原因。他认为，早期来到美洲的清教徒重视教育与传道，"彼等既为反对教会制度之不良而出奔，故来美后，即着手于共和制教会之组织（即公理宗）。彼等又深信普遍教育之重要，侨居不久，即有哈佛大学及其他中学之设。又信播道异族为基督之遗训，故劈头便向土人（即红印度种）传道，时在一六四六年"[1]。美国早期的大学大多为私立性质，这些私立大学又大多与教会密切相关，由神学院一步步发展壮大，成为今天的综合性大学。以常春藤为代表的美国超一流大学历史悠久、办学制度灵活、经费充裕，在美国的高等教育中充当着领头羊的角色。

伍庄和他的朋友驾车从美国西部游历到美国东部，沿路参观了许多美国的著名大学，诸如西北大学、芝加哥大学、哥伦比亚大学、哈

---

[1] 谢扶雅：《游美心痕》，上海：世界书局，1929年，第111—112页。

佛大学、耶鲁大学等，对这些学校进行了较为全面的介绍，包括学校所在地、建校发展历史、学生及教工人数、学校著名的专业等多方面的内容。作者在参观西北大学之后，作了如下记录："六月六号，游亚云士顿（Evanston）之西北大学，此埠离芝城一十五里，地颇清静，树木甚多。此大学在从前不甚著名，近二十五年间，始逐渐扩充，名亦渐著。现有学生约三千人，另分一校在芝城市内。全校学科，以医科为最佳，音乐科之学生亦不少，且以女生为多。"[1] 游历芝加哥大学后，记道："此大学成立于一八五七年，由士的运德勒士 Steven Douglas（即与林肯竞选总统之人）送地建筑，至一八八六年，因财力不继，曾停办四年。一八九〇年复开。至一八九五年以后，得煤油大王洛基花罅 Rockfeller 之资助，基础始固。"[2] 作者详细介绍了学校的新礼堂、万国公寓、东方学院等建筑，"现全校教职员，共有八百人，校内各种学科皆备，而以法律科为最著。全校学生一万余人，惟中国学生现在只有二十人左右而已"[3]。对哥伦比亚大学的介绍如下："纽约哥伦比亚大学，创立于一七五四年，校址为英皇佐治第二所给。其校初名为 King's College，译义即王者学校。美革命时停办，至一七八四年复开。始改今名。至一九一二年加纽约二字，名纽约哥伦比亚大学。一八九一年以前，学科简单，只有法律。一八九一年以后，增多各种学科，近二十年间始建校舍，历年所得捐款，凡八十兆〇五十万元。学生最多时有三万七千余人，近两年稍减，约一万七千人乃至二万人。教员一千八百余人。"[4] 哥伦比亚大学在 19 世纪末 20 世纪初就有如此大的规模，这不能不令人惊叹。伍庄参观哈华（今译"哈佛"）大学（Harvard University）。"哈华大学在检别治埠 Cambridge，旧译剑桥，从英国名。检与剑译音，别治译义，即桥也。英国之剑桥大学，在英

1　伍庄：《美国游记》，[美] 三藩：世界日报社，1936 年，第 69 页。
2　同上书，第 70 页。
3　同上书，第 72 页。
4　同上书，第 146—147 页。

国之 Cambridge 埠，此埠即用英国埠名为名。哈华大学之创办人津哈华 John Harvard 富而有学问，少时居编士温也省，后迁纽英伦。该校创办于一六三六年，津哈华则以一六三八年因肺病卒于查士埠。遗嘱将所有遗产书籍均送给该大学。历年所得捐款日多，至今核计该校之建筑费与所存现款，约在一百〇八兆元之外。美国最富之大学也。现有学生八千五百人，教职员一千五百九十二人，藏书甚富，有中国书籍甚多。"[1]西北大学、芝加哥大学、哥伦比亚大学、哈佛大学在20世纪30年代已经成为世界一流大学，无论是其办学规模还是教学质量，都已经成为世界高等教育中的佼佼者。

　　游历参观美国著名大学也是谢扶雅的一个重要任务。他详细地介绍了哈佛大学的发展历史，在他看来，"哈佛大学是美国学校的鼻祖，是美国文化的初基，是美国生命的根源，是美国历史的第一页"[2]。三百年来，哈佛大学桃李满天下，学生遍布美国政治、法律、教育、军队、经济等领域，出了数任总统，对美国社会发展产生了重要影响，"然哈佛之特征，尤在处处以表显发扬光大老祖宗清教徒之精神为己任。……故观美国而不观哈佛者，难乎与言此邦立国之本矣"[3]。作者也游历了芝加哥大学，并有了新的发现："芝大全部，今共有学生九千余人，外国学生亦有四五百人之多，来自三十余国籍。此诚可谓一国际大学。教室之中，黑、白、黄、棕的脸孔和头发，掩映成趣，不啻全世界的缩影，然最使我感奋者，则有两种学生大足以表现美国人活泼进取的精神：一是白发皤然的老翁与老妪，一是盲目和跛脚的残废者。"[4]20世纪20年代，芝加哥大学已经成为一所国际化的大学，来自30多个国家的学生在此学习，学生中包括白发皤然的老翁与老妪、盲目和跛脚的残疾人，这除了显示出美国人活泼进取的精神之外，也充分显示出

1　伍庄：《美国游记》，[美]三藩：世界日报社，1936年，第159页。
2　谢扶雅：《游美心痕》，第108页。
3　同上书，第113页。
4　同上书，上海：世界书局，1929年，第72页。

芝加哥大学自由平等的教育理念。作者在看到美国大学的先进性、现代性的特质之外，也看到了部分美国大学的弊端和保守的一面。例如，普林斯顿大学不收黑人学生入学，哈佛大学在这一时期仍然是一所男校，拒绝男女同校。

张其昀身为浙江大学教授，又在哈佛大学做学术访问，对美国的高等教育尤其感兴趣。当时哈佛大学成立了一个委员会，研究战后美国教育改革方案，委员会共12人，经两年的研究，撰写出《自由社会中之通才教育》的报告，该报告被作者视为"北美学府之一枚指南针"。何谓"通才教育"？"通才教育即希腊人所谓自由教育（Liberal education，或译人文教育），惟自由教育一名，沿习已久，不免滥用，易滋误会，故本书改称通才教育，以别于专才教育。教育必须兼顾通才与专才两方面，保持平衡，不使偏枯。专才教育之目的为分工，通才教育之目的为统一，统一与分工，为自由社会所不容偏废者。顾两者之关系非为并行之双轨，而为同根之树木。通才教育为其根干，专才教育乃其枝叶。其根干愈强固者，则其枝叶亦愈繁茂。学河之道亦然，通与专，就业与做人，两者必须兼备于一身。通才教育可分为三部分，即人文学社会科学与自然科学，是皆人类之精神遗产。语其功用，一为了解自己，一为了解他人，一为了解宇宙。合知己知人与知天，而成为心之训练，其目的在于养成学生思考力表达力判断力以及辨别各种价值之能力。有通才教育以训练人心，复有专才教育以训练耳目手足，如是方可期为健全之社会健全之公民。"[1] 作者关注哈佛大学的教学改革，这种改革不仅表现在课程设置等方面，更是表现在教育理念的改革上，即大学教育的最终目的是什么、大学要培养什么样的人才。作者将哈佛大学的教学改革与美国的民治社会体制联系起来，在作者看来，民治是"自由人之社会"，只有人人有自由，人人有尊严，这样的社会才是一个真正的民治社会。人的自由从何而来？诚如

---

[1] 张其昀：《旅美见闻录》，上海：商务印书馆，1948年，第32页。

卢梭所言,人生而是自由的,却无往不在枷锁中。人须有一种自由的理念,然后通过努力奋斗而得到。换言之,自由人是通过启蒙教育而培养出来的。哈佛大学所提倡的"通才教育"是"自由社会中通才教育","通才教育"即"自由教育""人文教育",它不重视对学生的知识技能的训练,而强调对学生自由人文精神的熏陶与培养,正因如此,哈佛大学培养出来的不是匠人、技术工人,而是具有独立自由思想的自由人,这些人毕业后走向社会,成为引领社会向前发展的先锋。作者认为,政治本于教育,而"通才教育"是奠定民治的基本。"通才教育"与"专才教育"是两种不同的教育理念,前者重视学生的人文精神培养,后者重视学生的专业知识技能训练;前者培养出来的学生大多具有人文关怀精神,而后者培养出来的学生则大多具有专业领域的素养。将"通才教育"与"专才教育"结合起来,才能培养出全面健康的国民,进而构建出健全的社会。哈佛大学提倡的"通才教育"无疑是一种先进的教育理念,它代表着一种现代教育精神和发展趋势,也许这正是哈佛大学能够成为世界超一流大学的原因吧。

20世纪上半叶,美国已经成为世界上的超级大国。而超级大国的重要标志,便是其强大的经济基础和发达的工业。在这一时期,美国出现了一大批世界著名企业,无论是其生产技术、工艺还是其生产规模,都处于世界领先的水平。而处在同一时期的中国,工业刚刚起步,基础薄弱,设施落后,许多领域尚处于荒芜状态。从落后的中国来到先进的美国,中国留学生、作家对美国先进的工业倍加羡慕,美国的先进企业自然成为他们参观访问的对象。

伍庄在朋友的陪伴下探访了圣路易的啤酒厂、芝加哥的屠宰厂、匹兹堡的钢铁厂等著名企业,对其工厂、生产设备、工艺、产品、人员等进行了较为详细的介绍。圣路易的晏海士波士(Anhueseser-Busch Brewing),又名翁埫公司,是德国人于1840年创办的啤酒公司,每日做工的工人有25000人,年产150万桶啤酒,是当时世界上"最大最著名最美善之啤酒公司"。作者参观芝加哥的屠场暗亚公司(Armour

Packing Co.），此公司于1867年由菲立·暗亚（Phillip Armour）创立，是芝加哥最大的屠宰厂，也是全世界最大的屠宰厂，在全世界有350家分公司，其中有24家均有机器屠猪牛羊，在总公司做工者有1万人，如果连各分公司的工人都算上，则有6万人；总公司每月屠宰猪57000头。伍庄想参观匹兹堡由卡耐基创办的钢铁厂，因工厂停工而没成行，"必珠卜为工厂埠，烟蔽天日，如大雾焉，隔十丈恒不见。因其地势在四面山中，烟为山所阻，四面不通风，故烟气常困聚于埠内，加倍难散也。……予以为必珠卜非人住地也"[1]。通过当年匹兹堡严重的污染状况，我们可以窥见匹兹堡钢铁厂的生产规模之大。美国发达的钢铁工业和公路交通，为汽车工业的发展提供了基础。据1934年的调查，"全美国有汽车二千一百余万架（不包括货车），平均每六个人即有一架车"。伍庄参观底特律的轩利阔汽车厂，"有一千一百益架之地，楼宇所占地，则七十万方尺。厂内车轨之长有九十二里焉，其车制分部工作，一部分工作完，则输送到第二部分，其输运机道，亦有二十五里焉。经完此二十五里输运道之后，全车之制造即成矣。复将全车运到厂内之码头"[2]。作者介绍了汽车厂的流水作业，其规模之大，生产速度之快，产量之大，产品样式之翻新，在当时堪称世界奇迹。到20世纪30年代，美国的汽车工业已非常发达，汽车已成为美国人日常的交通工具，在很大程度上改变了美国人的生活方式和工作方式。而处于同一时期的中国，汽车尚是少数有钱人的奢侈品。

新闻出版业是美国企业的一个重要构成部分，其中的报纸出版业形成了一个个托拉斯，对美国的社会舆论产生重要的影响。这些新闻报社具有特殊性，它们既是企业，以企业的方式运转，又是精神的殿堂，遵循新闻出版自由的原则，对社会进行监督。作为记者，伍庄对美国的报纸出版业尤为感兴趣，每到一城，都会去当地有名的报社参

1　伍庄：《美国游记》，[美]三藩：世界日报社，1936年，第113页。
2　同上书，第87页。

观。到积彩(底特律)后,便去参观《积彩新闻报》(Detroit News,即《底特律新闻》),"其编辑部记者共有一百九十五人,专画图画之美术家有十五人,摄影师有二十二人,广告部有二百五十人。馆内自设藏书楼,藏书有二万八千册。藏新旧杂志有五千种,收罗各种图书极多,积存新旧报料有二百万种。一九二〇年自办播音台,在报馆内传播新闻。最近又自办有最新式之无线电影相机,能收摄全世界之相片"[1]。通过这段描述我们可以发现,《积彩新闻报》在当时已颇具规模,在许多方面处于世界领先水平。到芝加哥后,他便去参观《朱标日报》(Chicago Tribune,即《芝加哥论坛报》),此报于 1847 年 6 月 10 日创办,是芝加哥各报中最大者,在全美报馆中也很有名,每日刊发 75 万份。谢扶雅也曾参观《芝加哥论坛报》社,在他看来,美国社会之所以如此蓬勃发展,与科学应用密切相关,他以芝加哥的报馆为例来说明科技对报业发展所产生的重要影响,由此而发表感慨:"试想科学应用的普遍如此,又加以组织力之伟大,其势安得不吞山岳而移日星!大工厂商店等之活动,自全城而全国而分布于全世,联络贯串,臂使指应,其精密周整之统系,不啻人身之神经,因此运用灵敏,办事神速。"[2] 20 世纪初的美国报业已非常发达,出现了许多大的报业集团,这些报社从业人数众多,规模庞大,内部分工细致明确,采访、编辑、出版、发行、广告运转自如,浑然一体,加之具有自由的社会环境,又大量运用现代科学技术,它们保持了在世界新闻界的领先地位。而反观中国的新闻报业,无论是在从业人数还是在办报规模上,都无法与美国报业相提并论。因此,对国内新闻行业有所接触了解的伍庄难免发表感慨,慨叹国内新闻界的落后:"回念我中国之报纸,汗流浃背焉。我中国最大之报,虽亦有值数百万元者,其销报之数,虽亦有过二十万份者,然比之朱标,已小巫见大巫。而况我国之报,言论不能

1　伍庄:《美国游记》,[美]三藩:世界日报社,1936 年,第 89 页。
2　谢扶雅:《游美心痕》,上海:世界书局,1929 年,第 55—56 页。

自由，价值数百万元之报，岂肯牺牲其资产，以供无道政府之查抄？故对于国政之败坏，只得噤若寒蝉。除卖商场广告外，言论无些须价值。"[1] 伍庄指出了中国报业落后的根本原因——民国政府的专制统治致使缺少言论自由的社会环境，新闻报纸只能苟且生存，既不能发展壮大，也不能在社会上产生广泛影响。

美国的企业为什么能够发展得这么好，这么快？这是中国作家们热心思考的一个问题。在张其昀看来，美国的企业之所以发展得好，是因为他们懂得充分利用一切有利的因素，除了市场经济规律之外，他们将人作为一个重要的因素来加以利用。伍庄在介绍了轩利阔汽车厂的基本情况后，又对厂方在管理工人方面的做法进行了介绍："工人约七万名，其自夸待工人最厚。工人最少之工金，每星期亦有三十元，每日只工作八小时。因加厚工金之故，每年多支三千万元。"[2] 厂家给工人提供优厚的工资、优越的工作环境、保障工人的身体健康、实行八小时工作制，以此换取工人对工厂的忠心，激发工人的自豪感和工作热情，极大地提高了生产效率。"二战"时期，美国在欧洲和亚洲战场同时参战，花费了大量的人力和物力，但美国不仅没有因此而衰败，反而得到了快速的发展，工业、经济呈现出繁荣发展的局面。"美国这次参战，出力最多，牺牲巨大，所得到的赔偿不是物质方面，而在于能利用德国人的脑力。前方刚刚停战，美国已有专家二百人奉政府之命立刻进入德国，去考察德国战时科学的新发展，或者实地参观工厂机器，或者个别探询技术专家，或者搜寻文件蓝图，旨在把德国人的发明秘密，从人造汽油到罐头鱼的制法，凡有一长可取者，尽量搬到美国来，以期有裨益于工业界及民众。这种吸收工作异常敏捷，据说一部分的德国秘密发明曾经用于对日作战。日本的科学和工业当然赶不上德国，但美国以为日本工业亦间有可采之处，并不忽视。这种虚

1 　伍庄：《美国游记》，[美]三藩：世界日报社，1936年，第73页。
2 　同上书，第88页。

心求智精益求精的精神,是极可重视的。"[1]张其昀为我们揭示了美国在经历残酷的"二战"之后仍然能够快速发展的深层原因,德国和日本是发动第二次世界大战的罪魁祸首,也是当时世界上经济军事非常发达的国家,他们的许多科学技术均处于世界领先水平。"二战"结束后,美国将战败国德国、日本的科学家接过来为自己所用,学习借鉴他们先进的科学技术,从而推动了美国的科学技术与工业生产的快速发展。

20世纪上半叶,中国的大部分区域尚处于刀耕火种的农业社会,与美国日益繁荣发达的工业社会相比,简直是天壤之别。中国作家对美国现代化企业的记述描写,不仅让国内读者了解了美国企业发展的现状,而且寄托着一种美好的理想,即希望中国也能成为一个现代化的工业国家。只不过这种美好的理想要成为现实,还有很长的路要走。

第三节　展现美国亮丽的风景名胜

风景名胜大致可分作两类:一类是自然风光,包括自然天成的山河湖海、动植物、天文气象等;一类是人文景观,是人类智慧和行为的结晶,包括历史遗迹、名人故居、园林建筑、博物馆纪念馆等。美国地大物博,既有瑰丽的自然风光,又有丰富的人文景观,给游客提供了丰富多彩的观光选择。

谢扶雅乘火车外出旅行,"从达考德州(Dakota)起,经闵尼索德州(Minasota)而至伊立诺州(Illinois)之芝加哥,皆是一片平原,旷邈坦荡,恍似山东直隶一带景象。太阳的黄淡,飞鸟的迂缓,田中的稻根,处处显出寒冬枯老沉寂的气概。各地车站的建筑,质而不华。每车站内,必有电报室,电报分普通电,日信,夜电,夜信四种,夜信最廉,较之普通电为五与一之比。……交通之便利,消息之敏捷,

---

[1] 张其昀:《旅美见闻录》,上海:商务印书馆,1948年,第13—14页。

令人想象物质文明与人生关系之重要也"[1]。作者寥寥几笔，将美国中北部的平原风光呈现出来。这一区域是美国传统的农业主产地，一望无际的农田里残存的稻根显示出中部大地的广袤与冬季的荒芜。

谢扶雅还专门游历过一些美国著名的景点。黄石公园（Yellowstone National Park）是美国的第一个国家公园，于1872年3月1日正式命名。"黄石公园在岳鸣州（Wyoming）内，从历文斯登站经五十英里而达，全园面积，如一大县城，名为黄石，其色苍老，如我们黄河之水，有一种伟大沉着宽宏的象征，美国人视此为国魂表示之一，由内务部加以保护，不许侵占损坏，赐以'国园'之称。"[2]作者没有对黄石公园的风光进行具体细致的描绘，只是对其作一大概的介绍，但将其视为美国的"国魂""国园"，彰显出黄石公园在美国人心目中的重要地位。

谢扶雅游奈加拉大瀑布（Niagara Falls，即尼亚加拉大瀑布），在交代了其历史及所属国家的变化后，详细描绘了其美景。

> 马蹄瀑（Horse Shoe Falls）好似澄练在空，浩浩无垠。绿岛（又名浴岛）好似天仙缟袂之飞舞。新娘披衫瀑（Bridal veil falls）美如其名，"皜皜乎不可尚已"。万风洞（Cave of Winds）阴气森森，冰天窨地，叠瀑腾蛟，怪石蹲虎。三姊妹岛（Three Sisters Island）幽邃而复苍茫，惜不知得名何自。鲁南岛（Luna Island）则南山之雷殷殷，可谓诵李白"飞湍瀑流争喧豗，砯崖转石万壑雷"之句。山羊岛下之长桥，乃一九〇一年所成，为伟大的建筑之一。桥下白湍回旋，桥上汽车驰骋。岛上有四百种不同之花木，使植物学家珍奇惊叹。然最足印人心脑者，要以观光园（Prospect Park）前之瀑为正宗。奇观超世，无笔可描。咳呀，竟是千万堆白雪作一起，无穷尽的倾盆倒下，冷艳销铄碧空，银沫飞溅万丈，

1　谢扶雅：《游美心痕》，上海：世界书局，1929年，第36—37页。
2　同上书，第31页。

列岛萧森而震胆落,游客寒噤而怯衣单。下望满壑笼照蒸雾,又好似地底烈火狂烧,地面沸汤四溢。更不知哄哄然声从何处而来,浑似靠近战场,听四十二吋径口的铁炮,连珠放射,附和着百万貔貅猛进冲锋的呐喊。天然之伟大如此,惟有穆然膜拜,他复何言!"[1]

由云龙也曾游览奈加拉大瀑布,他从巴付洛(Buffalo,今译布法罗,又称水牛城)乘摩托车到大瀑布,先到美国边境悬崖边,"即见白雾腾腾,珠沫飞溅,泉水直涌而下,高可数百尺,声如震霆,达数里外。然系右侧之瀑,尚非正面也,此处有地道,可通至流水下方,建有石室,室内备雨衣皮履油帽木杖之属,可著衣拄杖,径至瀑布下,仰视飞瀑腾空而下,水气迷漫,不可逼视,奇观也",然后又过境加拿大参观正面的瀑布,"全流豁然在目,前阔三里余,高六百六十尺,流下时常作五色虹彩状。右方之水,略带青色,左侧纯为白色,与大壑中积雪融为一色。隔半里许,飞沫即溅人面,风起云涌,壮丽宏阔,足以拓人心胸"[2]。

与谢扶雅、由云龙描绘美国中北部的自然风光不同,张其昀为我们描绘了美国南部的自然风光。张其昀从重庆启程前往美国,搭乘美军飞机到美国迈阿密,中间几经周转到达佛罗里达。"美国佛罗里达州(Florida)突出于墨西哥湾与大西洋之间,有'半岛州'之称,迈阿密为是州最南之良港,可容航巨舶,其空港则当南北美交通之要冲。地近热带(北纬二十五度),橘柚满园,近且试种中国桐树。英挺之椰林,明洁之沙滩,显海国之情趣。冬季气候温和,北方诸大城之游人麇集于此,故旅馆特多。自珍珠港事变以后,若干宏敞之旅舍多为政府租用,权充海军与空军之营房。"[3]

---

[1] 谢扶雅:《游美心痕》,上海:世界书局,1929年,第101—103页。
[2] 由云龙:《游美笔谈》,昆明:云南崇文印书馆,1926年,第83—84页。
[3] 张其昀:《旅美见闻录》,上海:商务印书馆,1948年,第96页。

在大量的旅美散文游记中，专门描述美国自然风景的篇章很少，究其原因，不外乎主客观两方面的原因：从客观方面来讲，美国地域广阔，交通不便，如果没有汽车，要到那些自然风光独特之地旅游，极为不便；从主观方面来讲，中国留学生、访问学者抱着救国的目的到美国留学、访学，他们主要的时间用来学习和工作，少有闲心和时间去游山玩水。

相对于美国的自然风光而言，中国的留学生和访问学者更关注美国的人文风光，在他们笔下可以见到许多美国的名人故居、都市风光。

美国建国的历史并不悠久，但他们非常重视人文遗迹，将名人故居及有历史纪念意义的地方保护下来，以供后人参观瞻仰。他们有强烈的历史意识和文物保护意识，上自名人故居，下至百姓居住过的民宅，无不成为保护对象。所有这些保护下来的人文遗迹，也都成为供游人参观的景观。伍庄和朋友一起驾车到达新墨西哥省的省会山打斐（Santa Fe，今译"圣达菲"）。"此埠旧屋极多，盖为美西最古之埠，故特保存旧屋，以供游人赏览。有悬广告于门前，声明此为旧屋，请人入览者。其道路亦狭隘而劣陋。除省长公署前稍为堂皇，兼有树木外，余多荒劣。从前人口有十余万，现仅余二三万人。"[1]山打斐作为美国西部古镇，经历了历史的沧桑和人口的变迁，旧屋被保留下来，成为供人参观的景点，体现出当地政府的历史意识和人文意识。作者将所经历的不同地区加以对比："自抵恳士后，所见之埠渐密，比之亚镴笋拿纽墨西哥卡罗镴度之地旷人稀，行半日不见一埠者，真有天渊之隔。"[2]通过这样的描述，我们可以看到美国不同地区的人文风貌，也可从中发现美国社会经济发展的不平衡。

美国人普遍具有英雄情结，他们崇拜英雄，崇拜那些对美国社会发展做出重大贡献、对美国社会发展产生重要影响的名人，他们给这

1　伍庄：《美国游记》，[美]三藩：世界日报社，1936年，第17页。
2　同上书，第27页。

些名人保留故居，修建纪念馆、纪念碑，以此表达敬仰之情。因此，在美国各地，随处可见各式各样的名人故居、名人纪念馆、纪念碑。受美国文化的影响，中国访客到美国后也会对美国的这些名人故居、纪念馆、纪念碑产生浓厚的兴趣，通过这些人文景观来了解美国的历史和社会。

伍庄对美国的名人故居非常感兴趣，他在士冰坏（Springfield，今译"斯普林菲尔德"，又称春田市）参观林肯住宅："乃一平常民居，方广不过三十余尺，宅旁有美蔀树 Maple Tree，极高而秀，甚肖林肯之身裁。林肯现无遗产，亦无子孙，仅存此宅，美国人宝之。"[1] 身为总统的林肯的故居只是一处"方广不过三十余尺"的平民住宅，此外别无其他房产，这既显示出林肯生前拮据的生活状况，也显示出林肯高贵的人格特质——他没有利用手中的权力来为自己谋取钱财，这也正是美国人敬仰他、纪念他的重要原因。伍庄游览了两个纪念碑，一为华盛顿纪念碑，一为林肯纪念碑：

> 华盛顿纪念碑，建于一八四八年，到一八八五年始告成。经三十余年之工程矣。地基横直仅五十五尺，碑为四方形，高五百五十五尺五寸，碑顶横直三十五尺，碑内有升降机，又有螺旋梯，凡九百级。碑前为一长式公园，与国会后门正相对。……林肯纪念碑，则在华盛顿纪念碑之后，亦正相对照。如纪念堂式焉。与华盛顿碑之仅为一枝华表露立天际者，气象不同。闻其建筑费三百万，由美政府拨款。一九二二年五月卅号始告成。纪念堂长二百〇一尺十寸，深一百三十二尺，高七十九尺十寸。墙基深入地中四十五尺。堂由地台至顶五十七尺。堂之四面，共排石柱三十八条，每条高四十四尺，径七尺。望之，气象极宏伟也。林肯石像则在堂之正中，石像之台高八尺，横长十九尺，深十尺，

---

[1] 伍庄：《美国游记》，[美]三藩：世界日报社，1936年，第63页。

石像高十九尺。四壁则刻林肯格言。[1]

华盛顿和林肯都曾任美国总统，对美国的繁荣发展做出了突出贡献，美国人建造纪念碑来纪念他们，将他们的光辉事迹和高尚人格留传下来，这既是美国的人文景观，同时又是美国人巨大的精神财富。

美国地域广阔，人口数量较少，大多集中在大中城市，偏远的乡村则人口稀少，平常要想见到一个人都比较困难。中国的留学生和访问学者基本上都在城市里学习工作，对现代都市生活比较熟悉。他们关心都市生活，也通过散文游记将美国现代化的大都市呈现在读者的面前。

华盛顿特区是美国的首都所在地，自然也就成了中国作家参观访问的首选之地。伍庄在作品中介绍美国首都华盛顿的历史，描述其城市格局——哥伦比亚特区（District of Columbia）横直约有十里，原来属于美利仑（Maryland，今译"马里兰"）省，于1790年划为特别行政区，直接隶属于中央政府，预备在此修建国都，"美国当一七七六年在费城独立之后，一七八八年议定宪法，始举总统，华盛顿就第一任总统，在纽约，为一七八九年。就第二任总统，则回费城，为一七九三年。盖此时华盛顿国都之建设尚未完备也。至约翰亚丹President John Adams 继华盛顿为总统，一八〇〇年华盛顿之白宫始告成。此时始由费城迁到华盛顿为国都，则已在独立后二十余年矣"[2]。伍庄参观美国总统府，并对其进行详细描述："美国总统府，又称白宫，因其用白石筑成也。但原始之石色为灰色，不是白色，因经过一次火灾，石色变焉。改建时，仍用原墙，粉以白色，以掩火灾之痕，始名曰白宫。实为美总统办公之地，兼住宅也。总统府为美京政府楼宇建筑之最早者，在一七九二年十月十三号奠基，至一八〇〇年十一月告

1　伍庄：《美国游记》，[美]三藩：世界日报社，1936年，第129—130页。
2　同上书，第123页。

成,其式样则依照爱尔兰旧王宫而成者也。华盛顿未及居之,至第二任总统约翰亚丹始居焉。一八一四年被英兵纵火焚烧,仅剩四壁,后修筑之。总统府所占地域殊不多,不如国会远甚,堂皇宏伟更不如,与寻常住宅无异。……楼宇极矮,园林亦狭,楼上有蓝厅,楼下有红绿厅,皆为会客之所,开放以供游览焉。正座为总统住眷,不开放,有卫士二人守之。偏院游人憧憧往来,真是平民主义矣。"[1] 白宫虽为总统办公及居住之地,但其建筑并不奢华宏伟,占地面积不大,与寻常住宅无异,且对外开放,游人可到偏院参观,充分体现出平民主义精神。严仁颖于1942年10月14日下午3点在白宫受到美国总统罗斯福夫人的接见,他对白宫进行了如下描写:"白宫,这个举世瞩目的政治舞台的一角,并不像我的想象那么样地辉煌华丽,一所白色的大楼,被片片绿茵所包围。在四周围绕着黑色的铁栏杆,使我联想到长安街的怀仁堂,但是不见了昂首的大石狮,更没有朱色金环的大门。栏杆外面,四面都有全副武装的兵士在守卫;栏杆里停着十几部不同颜色的汽车。"[2] 严仁颖在进入白宫之前将白宫想象得富丽堂皇,这是因为其脑海中有中国皇家宫殿的影子,作者将白宫与中国的皇家宫殿进行比较,从外表差异发现其蕴藏的国家体制与理念的巨大差异。

无论是从区域面积还是从人口数量上来看,纽约都是当时世界上最大的都市。纽约市区有许多著名的人文景观,自由女神像便是其中之一。自由女神像是美国的象征,是游客到纽约必看的景观。伍庄在游览了自由女神像之后,进行了详细的描述。

> 纽约海口之自由神,即哥伦比亚女神,系德法战争后,一八七二年至一八八二年,由法国人民发起,捐款制造,送与美

---

1 伍庄:《美国游记》,[美]三藩:世界日报社,1936年,第128—129页。
2 严仁颖:《旅美鳞爪》,台北:文海出版社,1966年,第29页。

国者。共捐得七十万元，由某美术家画成此自由神像，用铜铸之。全身分开各部分分铸，至一八八六年十月廿八号始制成，运到美国，始再勘合成整个。其勘合之机关与枢纽，极为巧妙而稳固。美国政府择地于哈慎河中。建筑此安置自由神之地基，亦费十万元。其像高一百五十一尺一寸，由右眼至左眼，距离二尺五寸；由左耳至右耳，距离十尺；鼻长四尺五。其像连座高三百〇五尺半，其座丁方六十四尺，头之内部通用容纳四十四人。全像重量四十五万磅。其手执之灯，用意是普照大千世界，佛理也。像之腰围三十五尺，手掌十六尺半。（由手颈至手指）第二指长八尺，头由眼至顶十七尺三寸。右臂横过十二尺，右手长四十二尺，指甲长十三寸，阔十寸。由升降机上行一百七十级至头，其手执"一七七六年七月四号"字样。即美国离英独立之日也。从前可由自由神之头内再拾级上至其手掌，现在手臂稍有裂痕，为免危险之故，关闭之不得再上。[1]

作者详细介绍了自由女神像的来历、铸造方法、大小尺寸。自由女神手举的火把寓意是普照大千世界，但并非作者所理解的佛理，而是西方启蒙思想的象征。

纽约市区尤其是曼哈顿区高楼林立，成为一道独特的景观，对于未见过摩天大楼的中国访客来说无疑具有很大的吸引力。伍庄在参观了纽约市区之后这样介绍纽约的摩天大楼：

纽约市有最高楼，过五百尺以上者十二座，过六百尺以上者十六座，过七百尺以上者四座，过八百尺以上者二座，过一千尺以上者一座。另有一座名坎排士的，Empire State Bldg. 高一千二百四十八尺，凡一百〇两层，建筑于一九二七年，告成

---

[1] 伍庄：《美国游记》，[美]三藩：世界日报社，1936年，第149—150页。

于一九三二年,为世界楼宇之最高者。偶登之,俯瞰一切,如登天堂。[1]

居住在这个世界最大都市中的人们的生活是什么样子的?中国作家对此也充满了好奇,并在文章中加以描述。作为世界上最大的城市,纽约具有运营线路最长、最复杂的地铁系统。纽约地铁在 20 世纪初开始运行,到 30 年代已建成四通八达的运行路线,成为纽约人非常方便的出行工具。纽约地铁对中国访客来说如同地下迷宫,是一个陌生而又奇怪的东西。伍庄乘坐了纽约地铁,留下了不好的印象。他将纽约的"地底车"视为地狱,表示自己最厌恶乘"地底车",不理解讲卫生的美国人,何以喜欢"地底车"。但他对美国"地底车"的功用进行了说明:"然纽约市中之忙人,则无不乘地底车者,盖有汽车亦不便用,因街道繁盛,行车不能速,交通灯又阻碍之,办事赶时间,则汽车无用焉。地底车急行无阻,地底车半小时可达者,汽车有时一小时不能达也。此纽约地底车之功用也。然则予谓之'赶投胎',彼辈之用心,非予等闲人所能解也。"[2] 伍庄能够理解纽约人建造地铁的目的,但他对地铁表示厌恶,主要原因在于两种不同的生活方式与态度的冲突。彼时的中国人尤其是有闲阶层,大多踱着四方步过着悠闲的日子,他们习惯了农业社会缓慢的生活节奏,不能理解、更不愿接受美国人现代都市社会的快速生活节奏。无独有偶,谢扶雅在描写了芝加哥的交通之后也发出感叹:"一言以蔽之,美国人的生活,一个忙字罢了。无论在商店买物,在旅馆候宿,在邮局寄包件,在影戏院买票,在公事房接洽事务,在理发店剃头,没有不拥挤人满:所以'鱼贯'(Line up)一语,成为美国日常口头禅。"[3]

---

1 伍庄:《美国游记》,[美]三藩:世界日报社,1936 年,第 151 页。
2 同上书,第 151 页。
3 谢扶雅:《游美心痕》,上海:世界书局,1929 年,第 44 页。

王一之在参观纽约之后,记述了美国纽约贫民窟中的抢劫行为、红灯区、卖酒处、疫病等丑陋可怕之事物,比较客观公正地比较了中美两国的优劣。当然,文中有时也体现出作者的愚昧与无知,作者对美国社会的了解有一定局限,对世界发展的趋势把握不准。"故在今日,纽约等大城市,屡传掠人幽禁,被逼为娼之举,此等黑暗情状,诚足骇人听闻。……孰谓文明极点之地,而即无极野蛮之痛苦哉。"[1]作者记述在纽约发生的种种可怕之事,旨在告诫国内的读者或在美国留学的中国人留心注意这些事情,以免受到损害,并提出防范的措施与办法。

刘尊棋于1947年春获卡耐基国际和平基金会的奖助金到美国对新闻出版事业做一年的考察研究,他以新闻从业者的眼光观察纽约,在他笔下纽约成了一个大百货店:"高热的政治气候,贫穷的深渊,罪恶的森林,财富的金字塔,虚荣和享乐的迷宫——构成了纽约这个世界最大的百货店。在这个大百货店里,'保持忙碌'成为每一个人生活的必要原则。从证券交易所到地下电车,人人都像抓住一分一秒在忙碌。有钱的忙于享受。小人物们也只有忙碌,方能生活和忘掉生活的苦闷。"[2]由于这一时期美国正在支持国民党政府与共产党进行内战,作者用左翼眼光观察美国社会,更加关注美国社会中黑暗落后的东西,对美国社会持批判态度。

波士顿是马萨诸塞州的首府所在地,是美国历史最悠久的城市。伍庄到波士顿参观,介绍了波士顿人民在美国摆脱英国殖民统治中所发挥的重要作用——发端于1773年的茶党运动发出了波士顿人民要求摆脱英国殖民统治的愤怒呼声;1775年4月19日列克星顿的农民向英国殖民者打响了第一枪,由此拉开了美国独立战争的序幕。作者称波士顿为美国革命的策源地,也是美国文化的最高地,这是符合历史

---

[1] 王一之:《旅美观察谈》,上海:申报馆,1919年,第62页。
[2] 刘尊棋:《美国侧面像》,上海:士林书店,1949年,第10页。

事实的，是对波士顿恰如其分的评价。谢扶雅游历波士顿，介绍著名建筑卫廉黑石馆（Wm. Blankstone House）、流经波士顿的查尔斯河、波士顿公园、位于屈来芒街（Tremont Street）的公墓，凭吊独立战争时的战场"Breed's Hill"，介绍麻省公署、公立图书馆等名胜，呈现出波士顿悠久的历史和繁多的人文景观。读者可以将其视为导游说明，根据书中所示来参观游览波士顿的名胜古迹。

位于伊利诺伊州的芝加哥是美国第三大城市，是美国的交通枢纽，城内的许多企业都冠于全球。"他因全国火车，交辏于此，故来往输运之数量，占全世界的第一。他有世界最大的屠宰场，叫做协和屠场（Union Stockyard），每日宰杀牛羊猪犊不下七八千匹。他制造世界最多的开矿机器和农具。他的电力之运用，与水道之装置，亦占世界第一。"[1]芝加哥是一座现代工业化城市，工业的快速发展也带来了环境污染问题："然在这样大城市中，尽许他日光暗淡，空气混浊，市声嚣杂，事务繁纷，而居民身体状况，却大致强健活泼，即使妇女，也是冬不畏寒，夏不畏暑，憧憧往来，矻矻工作；可知其卫生设备之周到，与教育常识之充分。"[2]由于在美国限于身份及工作等因素，作者所看到的还只是芝加哥表面的、美好的一面，无法深入到社会底层去观察了解美国社会。关于协和屠场，谢扶雅是这样描写的："协和屠场之面积，广袤数里，牲畜之毕命于此者，迄今不知凡几；我们东方人参观及此，终不禁油然有远庖厨之思！他们自设铁轨车辆，宰杀之后，运输至中央车站，与火车龙头相衔接，载送至各处。规模之大，可见一斑。"[3]美国作家辛克莱在1905年发表的长篇小说《屠场》描写的就是芝加哥的协和屠宰场，他揭示出屠宰场内恶劣的工作环境和工人所受到的非人待遇，由此而引发美国社会的广泛关注，迫使美国政府出

1　谢扶雅：《游美心痕》，上海：世界书局，1929年，第38页。
2　同上书，第39页。
3　同上书，第41页。

台《纯净食品及药物管理法》,成立食品和药品监督管理局,推动了美国社会的向前发展。城市是近代物质文明发达的产物,"一投身于芝加哥:看啊,数十层的凌云建筑,鳞次栉比,纵横街道上的人山人海,千万辆汽车的电掣风驰,大商店中的百货炫耀,大工厂内的机械喧腾,把天地弄得烟雾沉沉,把人生弄得头昏颠倒!而调剂之品,则惟电影院内的五光十色,与跳舞台上的擗踊摇曳。处这样环境中的人生,自不能不养成紧张,活动,竞争,进取的精神;而成功的枢机,端系乎一个字——Efficiency。'压佛伸西'的能率愈大,成功便愈大,反之便不能免于淘汰之列了!"[1] 现代化都市五光十色,物质生活丰富,能够极大地满足人们的欲望要求,人们的生活节奏加快,对效率的要求越来越高,竞争日趋激烈,这就给人们带来了很大的精神压力。

位于美国西北部、与加拿大相邻的西雅图是一个新兴的城市,在中国作家的散文游记中也有所描述:"西雅图(或称舍路)是三十年前新辟的城市,昔日巉岩蔓草,而今锦绣繁华,与旧金山(即三藩市)并称为美国西门,然骎骎乎有驾而上之之势。全埠恍似香港,而面积过之。居民四十万,为华盛顿州之首府,华盛顿大学,即设立于此。中国人侨居于此者,约千人。"[2] 作为城市,西雅图兴起于19世纪50年代。它位于太平洋沿岸,既拥有湖光山色,又拥有海洋景观,物产丰富,工业发达,发展迅速,呈现出勃勃生机。西雅图是美国本土距离中国大陆最近的城市,在以轮船为主要运输工具的年代,许多中国人是乘坐轮船从西雅图登陆美国,再由西雅图转往他地,因此许多作家的笔下都出现过西雅图的身影。问笔是第一批在西雅图上岸的中国学生,西雅图给他留下了深刻的印象,他在《金山笔记》中写道:"最令我们看不惯的,街道上没有人拉的车子,没有叫卖的锣鼓声音,也没有拖着脚步,噪杂溜荡的人群。只见到处都是汽车电车,轰轰然地去,

---

[1] 谢扶雅:《游美心痕》,上海:世界书局,1929年,第37—38页。
[2] 同上书,第28页。

轰轰然地来，单调极了。同时，那些立体的建筑，柏油的马路，便是走着也像在跑的美国人，都是那般高大，宽整，雄伟，使我们觉得仿佛走进了一个大人国，在这里是不会有谁为一两个钢板计较的。"[1] 作者将西雅图与中国的上海、日本的横滨和东京进行比较，从中发现它们之间的差异："叫人羡慕的是那些依山望海的住宅，全是些富丽的楼房。每一家门前都有那么一块绿盈盈的草地，草地周围培植着各种高贵的花木。柏油的马路，像一条一条青色的缎带，镶着绿枝绿叶，在山腰上盘绕，从住宅牵到住宅。看山，山是一团翠绿；望水，水是一遍碧蓝。所谓天堂，所谓乐园，大约也不过这样了。"[2] 作者所描述的这片住宅，是西雅图著名的富人区，湖光山色，风景绮丽，美妙无比，是西雅图的独特景观，堪称人间的天堂与乐园。

中国作家大量地描写介绍美国的人文风光，一方面与他们生活学习的环境有关，这些人文风光大多都在城市之中，比较容易接触到；另一方面，这些人文风光彰显出美国辉煌的历史，通过名人故居、名人纪念碑、博物馆、现代化的都市，可以寻找到美国繁荣发达的内部根源，找到可供我们学习借鉴的精神资源。

中国作家对美国社会的观察、体验、认识是多方面的，美国社会给中国作家留下的印象基本上是美好的，中国作家对美国社会的评价的基本上是正面的，除了饮食这一点之外。在王一之看来，美国有"七长一短"，所谓"七长"，"市政之完善，一也；建筑术之进步，二也；游民之稀少，三也；营业之得其法，四也；交际法之善事讲求，不以其细而忽视之，五也；民智之发达，咸知爱人如己，绝非闭关自守者流，六也；民气之蓬勃不可遏，与'群众'势力之不可侮，七也。其所缺者，惟烹制术不能十分进步而已"[3]。王一之认为，中国人到了美

---

1 陶亢德编：《欧风美雨》，上海：宇宙风社，1937年，第110页。
2 同上书，第110—111页。
3 王一之：《旅美观察谈》，上海：申报馆，1919年，第168页。

国有许多不方便之事,其中最重要的一事,便是饮食。作者比较中美在饮食上的差异,得出结论:"美利坚在世界各国,实为后起之秀,而其烹调上程度之低,知识之浅,又万不足之望欧西各文明国之肩背。"[1]作者从历史的角度来寻找美国人饮食简单的原因:"方新大陆初发见时,欧洲移民,相率来美,大抵男子居多,妇人绝少。主中馈者,百不得一焉。男子既为投荒冒险之侪,自无意于锦衣玉食。美国又为草昧未开之土,开门七事,自更不能望其美备,因陋就简,相习成风,虽其后生聚日众,渐有尽室以行,举家相从者,然新大陆筚路蓝缕之风,迄今尚能于饮食一端见之。"[2]

20世纪上半叶,中美之间保持着友好往来,中国人将美国视为自己的友好伙伴,将美国视为中国未来发展的榜样。因此,中国作家在书写美国时,对美国抱有一种强烈的好感,他们对美国人、美国社会的认识带有一种主观的情感。中国向以兄弟之称来称呼邻邦,而西方各国则以姊妹之称来称呼邻邦。"记者旅美时,在某会演说,曾援此义别创一说曰,我华彼美,实为太平洋岸两大洲之两大国,一为华赡,于其本名见之。一为美丽,于其译名见之。此绝妙之姊妹花,如能相互提携,固当世独一无二之俊侣也。"[3]中国人对美国及美国人持有一种美好的想象,王一之比较中日两国翻译者对 United States of America 的不同翻译,从中发现中国翻译者对美国的独特理解:"北美洲合众国,日人译之曰'米',华人译之曰'美',各有无限之深意也。米字象形,美国为基督教盛行之国,米字中之横竖两画,颇类基督教之十字架,上下四点又若画图中十字架旁,有光棱若干条,向各方面射出者。此义昔为国会大图书馆秘书长米博士言之。彼竟以米字,为其英文姓 Rice 之译文焉,其欣喜之状,有非寸楮所能尽宣也。我国译文为

1　王一之:《旅美观察谈》,上海:申报馆,1919年,第2页。
2　同上书,第2—3页。
3　同上书,第1页。

美,美字可以会意得之。不履美国者,必不能知其凑巧处。盖在美利坚,向有一种恶形丑态之黑面奴,为其他文明国所罕见也。黑奴之特征在丑恶,不仅在其肤色之暗黑,亚美两洲近热带之民族,肤色亦甚黑,但其面貌却有甚端正甚美丽者,故在美民之心理中,别有一种不可思议之偏见,以为丑劣辈皆可贱可奴,容貌端正或美丽而白皙者,皆若可尊可贵之天骄子矣。美恶本由比较而生,新大陆因有黑奴之可厌憎,而奄有北美四十八州之白皙儿,遂觉可别称之为美民。'美'字之名其国,一若天造地设,不容稍事改易者,宁非字学家极新奇之美谈乎?"[1] 同是 United States of America,日本人将之译为"米国",中国人将其译为"美国",两种不同的译名背后隐含着译者对这个国家的不同理解与想象。从"美国"这个译名中,我们不难发现中国作家对美国及美国人的美好想象。

第四节 旅美散文游记的艺术特点

20世纪上半叶,中国作家创作的旅美散文游记数量不少,从题材内容上来讲,它们是对美国社会生活的真实的再现,与美国的社会生活密切相关;从艺术形式的角度来看,它们也在一定程度上受到美国散文的影响,与美国散文之间存有千丝万缕的联系。从总体上来说,中国现代旅美散文游记呈现出一些共同的艺术特点,主要表现在以下几个方面。

中国现代作家在美国游历期间写下的散文游记,很少是纯粹的山水游记。他们的写作有着非常明确的实用目的——借他山之石以攻玉,希望将美国先进的人文理念、现代化的社会观念介绍到中国,以美国作为一面镜子来反观落后的中国社会,借此来改变中国落后的现状。

20世纪上半叶有机会去美国的中国人寥寥无几,他们大多是受国

---

[1] 王一之:《旅美观察谈》,上海:申报馆,1919年,第81页。

家或单位派遣到美国去学习交流的，间或也有少部分人自费到美国求学、游学。他们在内心深处负有一种特殊的历史使命，如同去西天取经的唐僧，要将美国现代化的工厂企业、科学技术和先进的思想观念介绍给国内的读者，使国内的读者对美国社会有一些基本的了解，其最终目的是学习借鉴美国有用的东西，改变中国愚昧落后的社会现实，推动中国社会的繁荣发展，诚如萧立坤所言："要记得大多数的同胞，无机会到美国去考察观光，都期望我们将美国和美国人的印象，带回来转告他们。"[1] 王一之所看到的美国是一个多元的、复杂的社会。"旅美观察谈一书，不啻中国人眼光中所包藏之一美利坚。……负笈游美诸少年，方见接踵向西行，苟能舍其所短，而服膺其所特长者，是即中国之福。亦作此书者区区之愿望也。"[2] 正如前文所说，美国社会非常复杂，既有其现代先进的一面，也有其落后的一面，但作者们力求将美国现代先进的一面呈现出来，将美国先进的思想观念、文化、科技介绍到中国来，为我所用，服务于造福中国的伟大事业。

王国辅的《旅美调查记》是一部关于美国产业状况调查的专书。"本书产业之调查特注重产业状况、市场情形、进出数目、最近统计及中美贸易之关系等，使读者了然于该业之趋势所在而有以借鉴，至技术一层，让之专家，恕未详。"[3] 作者受四川省派遣赴美调查，故他主要选择那些与四川有关系的产业进行调查记述，带有明确的目的性。在美国期间，他游历了26个州，书中所记多系确见确闻。全书共分四编：第一编"美国重要产业及其对我关系"，着重记述美国的棉业状况、棉纱纺织业、生丝状况、丝织业、美国进口茶之现状、烟业、糖业等产业，分析其与中国之关系；第二编"美国农业与交通"，介绍美国之农业机械、铁路及其他通运机关；第三编"在美华侨及对美贸易

1　萧立坤：《游美指南》，上海：中华书局，1947年，第2页。
2　王一之：《旅美观察谈·封面小志》，上海：申报馆，1919年版。
3　王国辅：《旅美调查记·凡例》，上海：商务印书馆，1915年，第1页。

之指南",介绍在美华侨的现状、旅美须知、中美间之运费和关税有关的法律等;第四编"旅美见闻随笔",介绍美国的旅馆、餐馆、住宅、街道、火车、公园、商店、服装等日常生活,同时还介绍选举、反对之习惯、女尊男卑、伦常之变、美国人之性质等与政治、道德相关的内容,可谓五花八门,无所不包。作者在如实调查美国产业的同时,又将他在美国的见闻以随笔的形式书写下来:"故特选其有关于殊风异俗,其人之优越处,可作他山之攻错者,标题而骈集之。欲知外情者,读前篇旅美须知后,更不可不浏览及此也。"[1] 作者的此类书写能帮助国内读者较为全面地了解美国的风俗人情及社会世态,对于读者来说,亦可将其作为旅游指南来阅读。

由云龙早年曾阅读梁启超的《新大陆游记》,对美国心生向往,蓄志到美国一游。他于1919年从上海乘坐日本"皇后号"到温哥华,经加拿大到美国纽约,以纽约为中心访问美国各地,"南至华盛顿、费拉特而费等地,北至波士顿、哈佛耳等地,西经芝加哥等地到加利福尼亚",重点参观考察美国的实业和教育,"惟惜居留光阴无多,加以学识谫陋,不获窥见彼方政教之源,以为吾国择从之准,徒就见闻所及,随笔纪述"[2]。其考察的目的非常明确。

黄珍吾早年追随孙中山参加革命,是黄埔军校第一期学员,后一直在军中服役,1937年被派往美国考察,著有《游美考察记》一书。这是一部全面考察记述美国社会的著作,作者在《自叙》中写道:"自十九世纪中叶以还,世界文明进化,集中科学,而科学精华,集中泰西。我国近百年来,鉴于国步日蹙,亦既尽抉陈藩,力追遥辙,而最近科学洪流,实汇撼于新大陆之两岸,纷纶光怪,不法昨故,游学者日趋益新,溉长滋大,夫岂偶然!珍吾游美目的,虽侧重于考察军事,而政治经济诸端,乃得因便随加参证,诚为幸事。"[3] 陈仪给此书作序,

---

[1] 王国辅:《旅美调查记》,上海:商务印书馆,1915年,第119页。
[2] 由云龙:《游美笔谈·弁言》,昆明:云南崇文印书馆,1926年,第1页。
[3] 黄珍吾:《游美考察记·自叙》,重庆:南方印刷所,1940年。

在序中指出，他山之石可以攻玉，在当世国家中，美国是最富强者，而近数十年来的发展速度惊人，"则其一切措施，实足为吾人抗战建国之借鉴"[1]。作为军人，黄珍吾赴美负有特殊使命，其考察的重点对象是美国的军事。他在书中对美国的军事进行了详细的介绍，分为"陆军机械化之现状与趋势""海岸炮兵与防空队之编成""陆军步兵师之新编制""空军"等四个方面，作者对美军的编制、武器配备、部队类型等进行了详细的介绍，掌握了美国军事发展的最新动向，为处于抗战时期的中国军事发展提供了借鉴。此外，作者还对美国的政治、行政、教育、经济、工业动员计划、外交政策、政党、民众公意等进行了全面、系统、深入的介绍。

伍庄在其《美国游记》前附《美国游记写成自题两章》，交代了《美国游记》写作的背景与成因，阐明自己的写作初衷。

> 八十天行万七里，
> 百篇短札百篇诗。
> 观风问俗经重译，
> 察政知情用再思。
> 大好河山资感慨，
> 些微文字费奔驰。
> 求名不是鲰生事，
> 聊备遗忘仔细推。
> 亦是天书亦罪言，
> 有人传诵有人燔。
> 只因职责非攻伐，
> 不为聪明报怨冤。
> 执两用中犹择善，

---

[1] 黄珍吾：《游美考察记·序》，重庆：南方印刷所，1940年。

计功谋利讵图存。

寻常勿作辐轩记,

一阐提应拔钝根。

作者在 80 天的时间内穿越美国东西大陆,察政知情,并非为了个人的名利,而是要拿美国先进的东西来为我所用,救亡图存。梁朝杰在给《美国游记》所写的序中更直接提出了"漫游不忘救国"的主张[1],这既是对《美国游记》的评价,也是对当时旅美游记的期望。伍庄在行文中有时直接发表议论,在赞美美国社会先进的同时,也对中国国内黑暗落后的社会现实进行批判,尽管其政治思想显得有些保守落后。

一部分中国作家以记者身份在美国进行调查采访,他们以新闻报道的方式介绍美国,而新闻报道的基本要求便是客观真实。

伍庄曾在国内创办《雷风》杂志,因直斥国民党政府对济南惨案的软弱媚敌而被禁,"予因国内黑暗,无政治可言,乃飘然去国,渡太平洋来美"[2]。他于 1928 年(戊辰年)5 月到美国旧金山任《世界日报》笔政,1935 年(乙亥年)夏回国,留美 7 年,一直在旧金山的博浪楼中撰写新闻评论。在回国之前,伍庄动了游历美国的念头。1935 年 1 月,他到罗生(Los Angeles,今译"洛杉矶")准备乘火车游历美国东部,由于出车祸受伤,在朋友夏士文(Col Fred Husman,夏士文是美国上校军官,"三十年前,曾随康南海先生,又曾任保皇会所办新蔍干城学校教练。其对中国人感情素佳,对吾党尤挚"[3])家养伤。夏士文建议他乘车出游,"所过城市乡村,多为火车不到之地。昼行夜宿,更不至抹煞风光。行止自由,所向如意,虽费时间,实从容不迫也"[4]。夏士文主动提议开车带他出游,伍庄接受了他的建议。他们在 5 月 17

---

1 伍庄:《美国游记·梁序》,[美]三藩:世界日报社,1936 年。
2 伍庄:《美国游记》,[美]三藩:世界日报社,1936 年,第 2 页。
3 同上书,第 1—2 页。
4 同上书,第 1 页。

日开始出发东行,伍庄将此行的所见所闻记下来,先在《世界日报》上发表,后来结集出版,即《美国游记》。作者认为游记"干燥",无登载之价值,但他所写的这些游记,"干燥中或有些少趣味也。附以诗词,未免文人气习,然谅有同好者。盖散文纪载,有时不及韵言,取其词少而含义丰。寄感慨也。因并写寄之"[1]。作者是新闻记者,每到一处,都要探访当地著名人物的故居,瞻仰名人墓碑,参观当地的著名企业和著名大学,描写当地的风俗人情和风景,介绍当地的人口情况,尤其是当地华人的数量与职业等,并附照片予以说明;有时在某些篇章中插入诗篇,以诗的形式抒发自己的感想。可谓图文并茂,有很强的可读性。伍庄应是第一个自驾游历美国的中国记者,他乘坐美国朋友夏士文的车,从罗生(洛杉矶)到亚罅笋拿(亚利桑那),经新墨西哥、卡罗罅度(科罗拉多)、恳士(堪萨斯)、蔑梳利(密苏里)、圣路易、芝加哥、积彩(底特律)、奥埃奥(艾奥瓦)、必珠卜(匹兹堡)、华盛顿、费城、纽约,最后到达波士顿。作者每日记述具体的起止时间,汽车经过的地方(注有英文名和中文名,其中大部分中文名读起来很奇怪,因作者为广东人,其英文发音为粤式英语,与后来通用的英语译音有较大差异),所走公路的名字,里程数,起点与终点,在何处午餐,在何处住宿。当时的读者完全可以将其视为一份翔实的"旅游攻略"。

严仁颖(1913—1953)是天津人,南开大学毕业,于1936年初夏到上海《大公报》任体育记者,1941年11月29日从重庆到美国大学进修,同时担任《大公报》驻美特派记者,1945年10月4日从美国返回天津。旅美期间,他到美国各地采访,为《大公报》采写了大量通讯、特写以及人物专访,在社会上产生了广泛影响,于1947年9月初以"旅美鳞爪"为名由《大公报》出版部结集出版,内收通讯22篇。作者在美国生活近四年,一边在学校听课,一边打工挣钱交学费,一

1　伍庄:《美国游记》,[美]三藩:世界日报社,1936年,第3页。

边采访写文章。"在这一半的记者生活里,我要搜集材料,访问各界,拍打电报,写寄通讯。还要参观报馆,联络同业。所以写通讯的时间,已是有限。并且因了太平洋上战火的阻隔,寄回祖国的通讯,而尚不失去时间性的,为数实在不多,现在把它们集成小册,刊印问世。这些篇通讯,既不能说明我在美国的工作成绩,更不能代表我对当时问题的思潮。片片断断,零零碎碎,我只好名之为'鳞爪'——用它们来反映战时美国的动态和中美关系的演进吧。"[1] 作者是以记者的身份、眼光来观察美国社会的,因此他所写的《赛珍珠会见记》《访问罗斯福夫人》《蒋夫人在纽约》等通讯无不追求客观性与真实性。

张其昀(1900—1985)于1943年6月受美国国务院的邀请,代表国立浙江大学赴美国研究考察,于1945年10月回国。张其昀在美国两年多,除旅行观察外,大部分时间都在哈佛大学自修,间或撰文报告在美国的见闻,前后计有12篇,作者将其合为一编,于1946年在商务印书馆出版。作者在自序中写道:"方今空运时代,太平洋成为中美两国共有之湖泊,此后两国政治经济学术文化关系愈臻密切。本书虽篇幅无多,而各篇大旨务在探究是邦政教之大原与民族之精神,觇国采风,不无可取。"[2] 作者是以学者的身份到美国进行学术交流的,站在国家的立场角度来进行观察,其写作材料大多来自在美国期间的阅读与咨询,通过具体的事实、数据来说话,较少实地调查采访,写作的题目大多较宏观,与当时中美两国的时政密切相关。他在这些文章中提供了可资中国政府学习借鉴的措施与办法,这也是他归国后得到国民党政府重用的一个原因吧。

张其昀在介绍美国的民生时,对美国人的日常生活非常感兴趣。"早餐橘子汁或咖啡,一盘麦片粥,一瓶牛奶,午餐香肠煮黄豆和牛奶,晚餐番茄汁火腿炒蛋和牛奶,这是美国最简单的菜单,几乎不问

---

1 严仁颖:《旅美鳞爪·篇前》,台北:文海出版社,1966年。
2 张其昀:《旅美见闻录·自序》,上海:商务印书馆,1948年,第1页。

贫穷，人人都可享受。它的优点是食物种类复杂，富于滋养，不仅仅是糊口果腹而已。战时星期二五称为无肉日，菜场不卖鲜肉，但火腿香肠并无限制，鱼亦可吃。"[1] 尽管是特殊的战争时期，美国人的日常饮食种类仍是丰富，且富有营养。美国人的衣着也非常考究，"美国人所穿的衣服差不多都是从百货商店买来，因为男女服装都是用机器制造，由专家设计，材料、剪裁、颜色、线条、纽扣、花边等等，无不刻意求精，日新月异，而价格要比手工自做便宜得多"[2]。美国家庭的浴室非常讲究，家庭里有洗衣机、洗碗机、冰箱等家用电器；看电影成为美国人的娱乐方式；美国人周末旅行，空中旅行已渐成风气。"南北战争以后是铁路时代，第一次大战以后是汽车时代，第二次世界大战以后是空运时代。最新式的飞机内部装有温度调节器和声音防止器，有厨房和电话，并且可看电影，舒服极了。"[3] 高度发达的科学技术为美国人提供了现代化的家用电器和交通工具，美国人的生活舒适而安逸。同时，美国的医药卫生业也得到快速的发展，美国人的平均寿命为64岁，比1901年增加了15岁。张其昀对美国的介绍基本上通过具体的观察和准确的数字说话，较少掺杂主观的思想感情，一方面呈现出美国社会物质生活的富足和先进，另一方面也反衬出中国社会物质生活的贫穷落后。中美都是日本侵略的受害国，但两国情况有所不同。日本虽然轰炸了美国夏威夷的珍珠港，但战火并未燃烧到美国本土，因此美国人能过着和平安稳的生活，而中国的大片河山处于日本侵略者的铁蹄蹂躏之下，广大百姓流离失所，民不聊生，二者之间形成了强烈的对比。读者从张其昀的文章中可感受到其对国家富强、百姓富裕的美好愿望。

与张其昀同行的费孝通（1910—2005）也写下了一些旅美见闻。

---

[1] 张其昀：《旅美见闻录》，上海：商务印书馆，1948年，第1页。
[2] 同上书，第2页。
[3] 同上书，第3页。

他以第一人称叙述他在美国的所见所闻，并经常发表自己的感慨。他在迈阿密和同伴一起参观美国出租车司机精致的家和花园，当听到出租车司机的太太声称自己是"苦人家"之后，费孝通由衷地感慨道：美国是真富！他默默地在心上勾出了一张漫画："一个小巧的花园，肥健的太太手上拿着一个药瓶，瓶上写着维他命 ABC，半裸着在晒太阳；一个大肚子男人弯着腰在种花，门前停着一辆待租的 TAXI。我想将这张漫画标题为'美国的苦人家'。"[1] 美国"苦人家"的生活尚且如此优裕安逸，富人家的生活就可想而知了。

1947年春，刘尊棋（1911—1993）获得卡内基国际和平基金会的奖助金，到美国对新闻出版业进行10个月的考察研究，他在纽约花去了大部分时间，并两次横越美国大陆，看过十几个大小城市，周游了南方几个落后的州，到了以波士顿为中心的东北部。通过游历考察，他写下了一本小册子《美国侧面像》。"对于一个错综复杂和万花筒般的美国，这样短短时间的观察，不会得到很深刻的认识。不是以新闻记者的资格，我也没有会见过几个大人物。这本小册子里所写的不过就我耳闻目见所及，特别就与小人物们生活有关的事情，来试绘一幅美国的侧面像而已。"[2] 作者虽然不是以新闻记者的身份进行采访，却是以新闻记者的眼光来观察美国的社会生活，关注美国"小人物"的命运。与之前那些关注美国社会优越性的游记相比，作者更多地关注美国社会中的阴暗面，发现了美国社会中诸多不合理的现象。作者通过大量的考察、阅读与美国人交往聊天来了解他们的生活状况和内心想法，通过具体的事例、客观的数据来说明问题。一般人认为美国女性在家庭和社会上受人尊重，享有很高的地位，但作者却通过具体的数据说明美国女性在社会和家庭中的地位并不像人们所说的那么高，指出美国妇女大多被束缚在家务上，在政治、经济地位上都不及男性。

---

1 费孝通：《一张漫画》，《费孝通域外随笔》，北京：群言出版社，2000年，第17页。
2 刘尊棋：《美国侧面像》，上海：士林书店，1949年，第1页。

"这个最老的民主国家,直到一九二〇年为止,妇女在宪法上并没有选举和被选举权。一九二〇年通过了宪法第十九条补充条款后,直到现在,美国还没有一个女参议员;而四百三十五个众议员中本届也只有七个女子。只有一个妇女担任过州长。这就是为什么关于'同工同酬'的立法迟迟不能在国会通过的原因之一。"[1]

中国现代旅美游记散文的作者大致不外乎两种类型:一是学者(包括留学生),二是新闻记者。他们都有丰富的文化知识,对中、美两个国家皆有较深刻的了解。他们在此基础上进行写作,在写作中经常将中美两个国家放在一起进行比较,从中发现两个国家、两个民族的差异与特点,在认识美国社会的同时,也对中国社会进行深刻的历史反思。他们的文章中呈现出一种深刻的思想,这种思想一方面来自他们的日常观察与思考,一方面则来自美国散文的影响。

陈衡哲在美国留学多年,写过大量的散文随笔,从中不难发现美国散文对她的影响。陈衡哲曾应朋友的邀请到加拿大参加露营,露营结束后她将加拿大和美国做了一个比较:加拿大居民既少,人民的生活也不及美国的振兴,"美加两国,同洲同文,我留心察看,觉有一根极有力的血脉,在贯串着这两国的生活。这根血脉便是商业。但他们的风俗人情,也有许多不同的地方。大抵加人朴素守旧,美人奋发重利。所以美人说加人蓇旧退化,加人说美人铜臭气"[2]。通过日常生活的观察来发现美国人和加拿大人内在精神特质的差异,概括出美、加两国人的国民性特征,这是作者深入思考的结果。

陈衡哲很少在散文中直接抒发感情,而是善于进行理性思辨,这使得她与一般女性作家的创作呈现出不同的路向。"由于她是一个能够把题材范围,从家庭扩展到社会,从亲情、性爱以及由此而滋生的

---

1 刘尊棋:《美国侧面像》,上海:士林书店,1949年,第56页。
2 陈衡哲:《加拿大露营记》,《陈衡哲散文选集》,天津:百花文艺出版社,1991年,第89页。

关于个人情智上的困扰，推而至于人生和社会问题，而在技巧上则又能舍弃第一人称改用第三人称来描写的女作家，故尽管在创作上正和其他一般女作家一样，仍然有赖于她的那一股炽烈的感情，以为其永不涸竭的源泉；但她之所以显然与一般女作家有所不同者，就是她却能进一步的把这一股炽热的感情，透过严肃的理智，冷静而客观地描写社会和反映人生。她的写作题材，能够扩展到各方面，而不以身边人物与日常琐事为限；而且还能以其卓越的构想，优美的文笔，运用她的类似象征派的手法与接近理想主义的作风，借以表现她在文艺创作上的独特风格。"[1] 陈衡哲在美国接受大学和研究生教育，深受美国教育的影响，对美国的教育理念表示认同与赞赏。1933 年，陈衡哲在加拿大西部的班府参加太平洋国际学会之后，回到美国东部拜访其瓦沙（瓦萨）母校。陈衡哲在毕业 14 年后重回母校，不仅写学校的外貌变化和人事变化，而且对学校的制度、育人政策浓墨重彩地加以叙述，从中体现出美国私立大学的办学理念和办学体制。作者回国后在北京大学任教，也不免将中美两国的大学进行比较，并由衷地大发感慨。

　　20 世纪上半叶的美国，现代科学发展日新月异，新思潮层出不穷，成为中国学习的楷模。但美国是否所有的东西都值得我们学习？作家们对此也有自己的思考。谢扶雅在谈到国家主义与洋化问题时主张，国家主义在促进国家思想、唤醒公民责任方面成效莫大，但它也有其弊端："国家主义之极端，势必成为'凡本国者一切都好，凡外国者一切都坏'的断案。"[2] 这种极端的国家主义并不是我们所需要的。西方社会固然有好的东西，也有不好的东西，"我们应付问题，终应具批判的态度，分析而解剖，抉择而取舍，不可笼统概括，以一手掩尽天下人耳目。我们反对西方，是强权的西方，是帝国主义的西方，是假冒为善的西方；可不是科学方法的西方，与德谟克拉西精神的西

1　陈敬之：《现代文学早期的女作家》，台北：成文出版社，1980 年，第 19—20 页。
2　谢扶雅：《游美心痕》，上海：世界书局，1929 年，第 173 页。

方。青年啊，我们要冷静头脑，分解事理，慎思明辨，然后集中精力，摆开战线，来和世界魔王拼一个你死我活，何如？"[1]谢扶雅的这种观点富有辩证色彩，对于我们处理中国与西方的关系是一个很好的启发与指导。

同样，刘尊棋通过考察美国的社会生活，发现了美国社会中存在的诸多问题，诸如"黑人问题""产业中的歧视""排犹运动""法西斯通病""劳工问题""农民问题""政党问题"等等，作者不是简单地来描述这些问题，而是通过思考发现这些问题的根源，即美国社会本身所存在的诸多矛盾。"在我看来，美国还是一个年轻而天真的民族，有着挽起袖子就干的精神。但是垂死的资本主义制度桎梏着它，腐蚀着它，播散着人与人间仇恨的种子。"[2]作者试图用阶级理论来分析美国社会，用辩证的方法来分析美国社会中存在的问题，在看到美国社会先进的同时，也看到了美国社会中所存在的阶级对立。美国向来标榜新闻自由，许多人也认为美国的新闻是自由的，但作者通过具体考察后却发现"美国没有新闻自由"，"当我在美国观察新闻事业的实际情况时，我总是格外抑制住自己，恐怕我的现地的观察受了'先入为主'的影响。但是我努力探索'新闻自由'的事实之后，依然未能改变这一点认识"[3]。尽管美国的宪法规定每一个公民都享有出版报纸的自由，但在现实生活中仅有极少数的百万富翁才有能力创办报纸，美国众多的报纸主要掌握在极少数大资本家的手中，并且新闻来源也被大资本家所垄断，主要集中在"美联社""合众社"和"国际新闻社"的手中，报纸上所登载的照片和连环画也由这三家所控制。此外，美国报纸上所刊载的新闻呈现出标准化与统属化的特征，标准化是指众多报纸如同工厂里的生产流水线一样，按照统一的标准来生产制作，其

1　谢扶雅：《游美心痕》，上海：世界书局，1929年，第173—174页。
2　刘尊棋：《美国侧面像》，上海：士林书店，1949年，第2页。
3　同上书，第110页。

新闻、照片、连环画、社论、专栏文章等都是一样的,千篇一律,如同一个模子里倒出来的。所谓统属化是指报纸登载什么、不登载什么,全都听命于报纸的财团老板,这些老板根据自己的需要来选择发表什么和不发表什么。作者通过具体的数据分析得出结论:"美国的'新闻自由'不属于一般人民,而只是为大工业服务,首先是为新闻这个大工业本身的老板服务。"[1]

旅美游记的作者具有鲜明的主体意识和明确的写作目的,他们并非走马观花地描写美国的社会,而是通过自己的眼睛来观察美国社会,用自己的大脑来思考问题,力求透过美国社会的表象来发现其本质,从而赋予其作品一种理性特质。

20世纪上半叶中国旅美游记在语言文体上呈现出独特性,即语言质朴、叙述客观、文体风格清新。

如前所述,中国现代旅美游记以纪实性、实用性为旨归,不是一种为艺术而艺术的美文创作,这在很大程度上决定了其语言特征。此类游记主要用质朴平实的语言来记录描述,力求将作者所看到、听到的美国的人、事、物、景客观地呈现在读者的面前。王国辅受四川官方派遣到美国进行考察,写作出了《旅美调查记》一书。他声称:"本书所调查本据事直书,朴质说理,其间沿革,因果自见,无劳再附论文,致嫌蛇足。惟记述时有所刺戟,辄略加评语,发于良知之不得已,阅者谅之。"[2] 作者力求"据事直书""朴质说理",偶有议论抒情,却是不得已而为之,"是一件要请读者原谅的事情"。这种创作风格在当时具有一定代表性,是许多作者的创作追求。

梁朝杰(1877—1958)是康有为的十大弟子之一,维新派成员,曾参与"公车上书",戊戌变法失败后回到故乡讲学,1896年应康有为邀

---

[1] 刘尊棋:《美国侧面像》,上海:士林书店,1949年,第118页。
[2] 王国辅:《旅美调查记·凡例》,上海:商务印书馆,1915年,第2页。

请前往美国，参与保皇会的宣传活动，担任旧金山市华侨开办的《文兴报》（后改名为《世界日报》）的主笔。他在美国自号"出云馆主人"，出版的作品有《出云馆文集》《梅花百咏》《美游诗词存稿》《梁氏小雅存稿》等。他在给伍庄的《美国游记》所作的序言中写道："近于宪盦游记见之，可为中国文界告者：参详今古，观光无隔膜之嫌，融洽中西，论事有会通之妙，功归互助，真个三合而后成；义概多方，何止一言以为智？"[1]他对伍庄的《美国游记》给予了很高的评价："予观书中感触，格外昂藏：执戟相从，上校警田家之卫；整队行礼，先生阅武校之操；偶坐燕居长几，足傲合肥，会搴革命大旗，当为华父；心高望远，气盛言宜，匪曰震惊俗情，直可维持生命。亦有闲情逸致，写入韵言；佚事遗闻，汇通史籍；似使者轺轩之语，经周咨博访而来，藉劳人翰墨之功，备殚见洽闻以献。"[2]梁朝杰指出了伍庄《美国游记》的语言特点——"气盛言宜""似使者轺轩之语"，皆是指其语言平实通俗，能够明确地传情达意。一个地方的名字大多都有其特殊的来历，与这一地方的历史、人物、风俗、人文、地理等有关。对于美国地名，我们一般有三种译法，一是音译，二是意译，三是音译与意译相结合。伍庄在美生活工作多年，加之有美国朋友的陪伴解说，他对美国的地名比较了解，在文章中结合当地的历史、风俗予以解释，可令中国读者对美国的地名、历史、风俗有更为深入清楚的了解。卡罗罅度（Colorado，今译"科罗拉多"）是燕甸（印第安）人语，译意即红河，因河水之色红也。Las Vegas（今译"拉斯维加斯"），译义即畜牧；蔑梳利（Missouri，今译"密苏里"）者，燕甸语，泥涩之意也。编士温也Pennsyvania（今译"宾夕法尼亚"），译义即编之森林也："编，即维廉编（William Penn），英国人；温也Ylvania即森林之义。当日英皇以此地赐维廉编，此地多森林，后将此地改省，名为编之森林以纪念

1　伍庄：《美国游记·梁序》，[美]三藩：世界日报社，1936年。
2　同上。

之。"¹ 7月4日是美国独立纪念日,伍庄此时正在费城参观,并对费城进行了介绍:"费城属编士温也省,原为燕甸之地。Philadelphia之译义,即燕甸语,好兄弟之意也。当一六八二年至一六八三年之间,维廉编与燕甸人立约,各守和平,故编士温也与燕甸人无斗争,其立约之地,在费城之北一小埠。维廉编住费城,燕甸人即以好兄弟名其地,表示和平之意也。美国独立,费城实为首义之区,今所存之独立厅,即当日会议之地。"² 伍庄以朴素的语言来介绍这些地名,尽管其音译与我们今天的音译相差较远(这与其粤式英语发音有关),但它使我们对美国这些地名的来历及含义有了详细的了解,它们不再仅只是一个具有音响的地名符号,而是有了历史底蕴和生命活力。

在旅美作家中,有一部分作家本身就是新闻记者,如伍庄、严仁颖、刘尊棋等,他们在写旅美散文游记时,基本上是以写新闻报道的方式来进行写作,体现出一种平实质朴的文风。

作为新闻记者,伍庄、严仁颖等能够进行深入调查,掌握大量的真实材料,而不是道听途说、闭门造车。他们对美国历史、人物、事物、风景名胜的介绍,大多是用具体的数字、表格来说话,直接明确,不夸张,也不缩小。王国辅的《旅美调查记》本身就是一部严格的调查之作,他深入美国各地,主要对美国的农业生产进行考察调查,以服务于四川省乃至中国的现实需要。作者在美国棉花的主要产地得克萨斯州进行考察,调查了几个重要的棉花市场,在此基础上统计出了美国从1910年到1915年间每年棉花的产量,分析棉花产量、种植面积的变化,作者采用列表的形式,以具体的数字来说话,读者可以很直观地掌握相关的信息,对美国棉花生产的状况有详细具体的了解。书中第四编"旅美见闻随笔",以简约的语言介绍诸如"旅馆"、"火车"等事物,读者可对美国社会有一些基本了解。黄珍吾的《游美考

---

1 伍庄:《美国游记》,[美]三藩:世界日报社,1936年,第112页。
2 同上书,第136页。

察记》以考察美国的军事为主，用具体的数字说话，将美国陆军团的组织构成、车辆武器配备、人员分配等清楚地呈示出来。

伍庄、王国辅、黄珍吾、严仁颖等人的写作体现出新闻体本身的语言特征，服务于现实需要，用具体的数据、表格来说话固然表意清楚明确，但对于一般读者而言却难免枯燥乏味，缺少艺术感染力。

综上所述，中国现代旅美散文游记不是一种为艺术而艺术的创作，也不是一种闲谈草木虫鱼、喝茶聊天的美文创作，而是带有一种明确而又强烈的实用主义目的的文化书写。作家们戴着"有色"眼镜来观察、记录美国社会，将其视为中国学习借鉴的榜样，希望未来的中国能够像美国一样发达繁荣。在他们笔下，美国人、美国社会、美国风景都以陌生新奇的面目出现在中国读者面前，读者可通过这些作品对太平洋彼岸的美国有一个基本的了解。中国作家在描述这些美国事物时，选择把它们美好的一面呈现出来，较少涉及美国社会的黑暗面。究其原因不外乎两个方面：一方面美国是当时世界上最繁荣发达的资本主义社会，物资丰富，人民安居乐业，科学技术先进，代表着未来人类社会发展的方向；另一方面，20世纪上半叶中美关系处于良好的互动时期，尤其在抗战时期，中美两国是同一战线的盟友，美国人对中国的抗战给予了帮助，中国人、中国作家从内心里对美国及美国人存有好感，这使得他们在观察美国时更愿意看到美国社会、美国人好的一面。由于要达到真实记录、客观呈现的写作目的，加之受到美国散文质朴、平实风格的影响，这些作品力求以通俗明了、简洁利落的语言来进行写作，不以华丽的语言为追求。在文体形式上，作家们采用常见的散文游记体，较少在文体形式上进行探索创新，这与同时期的小说、诗歌、戏剧相比，有较大的差异。

主要参考文献

理论著作

1　[美] H. S. 康马杰：《美国精神》，南木等译，北京：光明日报出版社，1988年4月。

2　[美] 埃默里·埃利奥特主编：《哥伦比亚美国文学史》，朱通伯等译，成都：四川辞书出版社，1994年6月。

3　[美] 佩尔斯：《激进的理想与美国之梦》，卢允中、严撷芸、吕佩英译，卢允中校订，上海：上海外语教育出版社，1992年3月。

4　[美] 佩里：《小说的研究》，汤澄波译，上海：商务印书馆，1935年7月。

5　[美] 哈米顿：《小说法程》，华林一译，吴宓校，上海：商务印书馆，1924年。

6　[美] 哈米顿：《戏剧论》，张伯符译述，李天纲主编，上海：上海社会科学院出版社，2017年4月。

7　[美] 亨利·詹姆斯：《小说的艺术：亨利·詹姆斯文论选》，朱雯、乔佖、朱乃长等译，上海：上海译文出版社，2000年10月。

8　[美] 吉欧·波尔泰编：《爱默生集：论文与演讲录》，赵一凡、蒲隆、任晓晋、冯建文等译，北京：生活·读书·新知三联书店，1993年9月。

9　[美] 罗德·霍顿、赫伯特·爱德华兹：《美国文学思想背景》，房炜、孟昭庆译，北京：人民文学出版社，1991年1月。

10 ［美］马尔科姆·考利：《流放者的归来——二十世纪的文学流浪生涯》，张承谟译，上海：上海外语教育出版社，1986年10月。

11 ［美］欧文·白璧德：《文学与美国的大学》，张沛、张源译，北京：北京大学出版社，2011年5月。

12 ［美］乔治·贝克：《戏剧技巧》，余上沅译，北京：中国戏剧出版社，2004年1月。

13 ［美］史黛西·比勒：《中国留美学生史》，张艳译，张猛校订，北京：生活·读书·新知三联书店，2010年6月。

14 ［美］朱迪斯·巴特勒：《性别麻烦：女性主义与身份的颠覆》，宋素凤译，上海：上海三联书店，2009年1月。

15 ［荷兰］D.佛克马、E.蚁布思：《文学研究与文化参与》，俞国强译，北京：北京大学出版社，1996年6月。

16 ［英］保罗·约翰逊：《知识分子》，杨正润、孟冰纯、赵育春、施敏译，南京：江苏人民出版社，1999年。

17 ［英］格雷：《美国文学简史》，北京：高等教育出版社，2014年10月。

18 ［英］约翰·格雷：《自由主义的两张面孔》，顾爱彬、李瑞华译，南京：江苏人民出版社，2002年1月。

19 ［美］方李邦琴：《孙中山与少年中国》，北京：北京大学出版社，2012年6月。

20 ［美］爱德华·W.萨义德：《知识分子论》，单德兴译，北京：生活·读书·新知三联书店，2002年4月。

21 ［美］卡静：《现代美国文艺思潮（上、下）》，冯亦代译，上海：晨光出版公司，1949年3月。

22 ［德］N.R.姚斯、［美］R.C.霍拉勃：《接受美学与接受理论》，周宁、金元浦译，沈阳：辽宁人民出版社，1987年9月。

23 ［美］托马斯·库恩：《科学革命的结构》，金吾伦、胡新和译，北京：北京大学出版社，2003年1月。

24 ［美］苏珊·朗格：《情感与形式》，刘大基、傅志强、周发祥译，北京：中国社会科学出版社，1986 年 8 月。

25 ［美］夏志清：《中国现代小说史》，刘绍铭等译，上海：复旦大学出版社，2005 年 7 月。

26 ［美］夏志清：《新文学的传统》，北京：新星出版社，2005 年 5 月。

27 ［美］李欧梵：《铁屋中的呐喊》，尹慧珉译，北京：人民文学出版社，2010 年 9 月。

28 ［美］李欧梵：《我的哈佛岁月》，北京：人民文学出版社，2010 年 1 月。

29 ［美］李欧梵：《上海摩登：一种新都市文化在中国（1930—1945）》，毛尖译，北京：北京大学出版社，2001 年 12 月。

30 ［美］王德威：《被压抑的现代性：晚清小说新论》，宋伟杰译，北京：北京大学出版社，2005 年 5 月。

31 ［美］王德威：《抒情传统与中国现代性：在北大的八堂课》，北京：生活·读书·新知三联书店，2018 年 1 月。

32 ［美］王德威：《想象中国的方法：历史·小说·叙事》，天津：百花文艺出版社，2016 年 5 月。

33 陈白尘、董健主编：《中国现代戏剧史稿》，北京：中国戏剧出版社，2008 年 10 月。

34 陈大悲：《爱美的戏剧》，上海：上海书店出版社，2011 年 11 月。

35 陈美英编著：《洪深年谱》，北京：文化艺术出版社，1993 年 12 月。

36 崔明芬：《老舍·文化之桥》，北京：中华书局，2005 年 11 月。

37 丁罗男：《中国话剧学习外国戏剧的历史经验》，北京：中国戏剧出版社，1983 年 2 月。

38 丁罗男、陈多、袁化甘、曹树钧编选：《现代戏剧家熊佛西》，北京：中国戏剧出版社，1985 年 12 月。

39 丁罗男主编：《上海话剧百年史述》，桂林：广西师范大学出版社，2008 年 10 月。

40 丁明译辑：《美国文学的作家与作品》，北京：生活·读书·新知三联书店，1950 年 6 月。

41　顾明栋：《原创的焦虑——语言、文学、文化研究的多元途径》，南京：南京大学出版社，2009年8月。

42　郭继德：《美国戏剧史》，天津：南开大学出版社，2011年10月。

43　韩斌生：《大哉，洪深——洪深评传》，北京：中央文献出版社，2000年2月。

44　贺昌盛：《想象的"互塑"——中美叙事文学因缘》，南京：南京大学出版社，2009年8月。

45　洪铃编：《洪深文抄》，北京：人民文学出版社，2005年9月。

46　洪深：《洪深戏剧论文集》，上海：东方出版中心，2011年9月。

47　洪深：《戏剧导演的初步知识》，上海：中国文化服务社，1945年12月。

48　胡经之、张首映编：《西方二十世纪文论选·第二卷》，北京：中国社会科学出版社，1989年9月。

49　黄仁霖：《我做蒋介石"特勤总管"40年：黄仁霖回忆录》，北京：团结出版社，2006年1月。

50　姜义华主编：《胡适学术文集·新文学运动》，北京：中华书局，1993年9月。

51　柯建华：《英美戏剧：传承与发展》，武汉：武汉大学出版社，2015年9月。

52　李达三、罗钢编：《中外比较文学的里程碑》，北京：人民文学出版社，1997年12月。

53　李广宇：《叶灵凤传》，石家庄：河北教育出版社，2003年4月。

54　李今：《二十世纪中国翻译文学史·三四十年代·俄苏卷》，天津：百花文艺出版社，2009年1月。

55　李宪瑜：《二十世纪中国翻译文学史·三四十年代·英法美卷》，天津：百花文艺出版社，2009年1月。

56　连燕堂：《二十世纪中国翻译文学史·近代卷》，天津：百花文艺出版社，2009年1月。

57　梁实秋、侯健：《关于白璧德大师》，台北：巨浪出版社，1977年5月。

58 刘捷、邱美英、王逢振编：《二十世纪西方文论》，北京：外语教学与研究出版社，2009年8月。

59 刘平：《中国话剧百年图文志》，武汉：武汉出版社，2007年11月。

60 刘志学主编：《林语堂自传》，石家庄：河北人民出版社，1991年9月。

61 吕晓明：《张骏祥传》，上海：上海人民出版社，2010年11月。

62 马永波：《九叶诗派与西方现代主义》，上海：东方出版中心，2010年1月。

63 聂珍钊等编：《20世纪的西方文学》，武汉：武汉大学出版社，2009年11月。

64 秦弓：《二十世纪中国翻译文学史·五四时期卷》，天津：百花文艺出版社，2009年1月。

65 赵稀方：《二十世纪中国翻译文学史·新时期卷》，天津：百花文艺出版社，2009年1月。

66 吴福辉编：《二十世纪中国小说理论资料·第三卷·1928—1937》，北京：北京大学出版社，1997年2月。

67 沈永宝编：《钱玄同五四时期言论集》，上海：东方出版中心，1998年10月。

68 盛宁：《二十世纪美国文论》，北京：北京大学出版社，1993年12月。

69 宋宝珍：《中国话剧史》，北京：生活·读书·新知三联书店，2013年8月。

70 宋新伟：《民族主义在中国的嬗变》，北京：社会科学文献出版社，2010年5月。

71 苏关鑫编：《欧阳予倩研究资料》，北京：中国戏剧出版社，1989年1月。

72 孙青纹编：《中国当代文学研究资料丛书·洪深研究专集》，杭州：浙江文艺出版社，1986年2月。

73 谭为宜：《戏剧的救赎——1920年代国剧运动》，北京：人民日报出版社，2009年9月。

74 田本相主编：《中国现代比较戏剧史》，北京：文化艺术出版社，1993年

6月。

75 王友贵：《20世纪下半叶中国翻译文学史：1949—1977》，北京：人民出版社，2015年9月。

76 刘子凌编：《话剧与社会——20世纪30年代中国话剧文献史料辑》，北京：人民出版社，2014年3月。

77 文楚安：《"垮掉的一代"及其他》，南昌：江西教育出版社，2009年12月。

78 伍蠡甫、蒋孔阳、秘燕生编：《西方文论选·下卷》，上海：上海译文出版社，1979年11月。

79 伍蠡甫主编：《现代西方文论选》，上海：上海译文出版社，1983年1月。

80 吴思敬、宋晓冬编：《郑敏诗歌研究论集》，北京：学苑出版社，2011年1月。

81 习贤德：《孙中山与美国》，上海：上海人民出版社，2008年6月。

82 许芥昱：《新诗的开路人——闻一多》，卓以玉译，1982年9月。

83 杨春时、俞兆平主编：《现代性与20世纪中国文学思潮》，桂林：广西师范大学出版社，2005年9月。

84 杨仁敬：《20世纪美国文学史》，青岛：青岛出版社，1999年10月。

85 余上沅：《余上沅戏剧论文集》，武汉：长江文艺出版社，1986年11月。

86 余上沅、熊佛西、田汉：《编剧原理》，上海：上海人民出版社，2016年6月。

87 余上沅编：《国剧运动》，上海：上海书店，1992年12月。

88 乐黛云、王宁主编：《西方文艺思潮与二十世纪中国文学》，北京：中国社会科学出版社，1990年11月。

89 赵家璧：《书比人长寿：编辑忆旧》，北京：生活·读书·新知三联书店，2008年8月。

90 赵家璧：《新传统》，北京：中国国际广播出版社，2013年3月。

91 赵家璧：《今日欧美小说之动向》，上海：良友图书印刷公司，1935年。

92 曾虚白：《美国文学ABC》，上海：世界书局，1929年。

93 赵学勇：《传奇不奇：沈从文构建的湘西世界》，北京：商务印书馆，

2016年12月。

94 张黎编：《表现主义论争》，上海：华东师范大学出版社，1992年8月。

95 张隆溪、温儒敏编：《比较文学论文集》，北京：北京大学出版社，1984年5月。

96 黄殿祺主编：《话剧在北方奠基人之一——张彭春》，北京：中国戏剧出版社，2007年4月。

97 张耀杰：《曹禺：戏里戏外》，上海：东方出版中心，2012年1月。

98 张余编：《中国当代文学研究资料丛书·余上沅研究专集》，上海：上海交通大学出版社，1992年11月。

99 周发祥、程玉梅、李艳霞、孙红、张卫晴：《二十世纪中国翻译文学史·十七年及"文革"卷》，天津：百花文艺出版社，2009年1月。

100 左进：《20世纪美国女性戏剧文学与文化的语用文体研究》，南京：南京大学出版社，2013年12月。

101 左明编：《北国的戏剧》，上海：现代书局，1929年。

102 梁实秋：《梁实秋论文学》，台北：时报，1978年9月。

103 洪钤：《中国话剧电影先驱洪深：历世编年纪》，台北：秀威资讯科技，2011年。

104 伍蠡甫、胡经之编：《西方文艺理论名著选编·下卷》，北京：北京大学出版社，1987年3月。

105 郑春：《留学背景与中国现代文学》，济南：山东教育出版社，2002年9月。

106 朱自清：《新诗杂话》，北京：生活·读书·新知三联书店，1984年10月。

107 谢希德、倪世雄主编：《曲折的历程——中美建交20周年》，上海：复旦大学出版社，1999年1月。

108 ［美］张凤：《哈佛问学录》，重庆：重庆出版集团、重庆出版社，2015年10月。

109 王智毅编：《周瘦鹃研究资料》，天津：天津人民出版社，1993年2月。

110 刘海平：《中美文化的互动与关联》，上海：上海外语教育出版社，

2000 年 11 月。

111 王建开:《五四以来我国英美文学作品译介史 1919—1949》,上海:上海外语教育出版社,2003 年 1 月。

112 郑敏:《英美诗歌戏剧研究》,北京:北京师范大学出版社,1982 年 11 月。

113 赵毅衡:《新批评——一种独特的文论形式》,北京:中国社会科学出版社,1988 年 5 月。

114 [美]周策纵:《五四运动史》,陈永明等译,长沙:岳麓书社,1999 年 8 月。

115 贾植芳、陈思和:《中外文学关系史资料汇编(1898—1937)》,桂林:广西师范大学出版社 2004 年 10 月。

116 陶洁:《灯下西窗——美国文学和美国文化》,北京:北京大学出版社,2005 年 7 月。

117 吴戈:《中美戏剧交流的文化解读》,昆明:云南大学出版社,2006 年 8 月。

118 Hockx, Michel, ed. *The Literary Field of Twentieth-Century China.* Honolulu: University of Hawaill, Press, 1999.

119 Hockx, Michel. *Questions of Style: Literary Societies and Literary Journals in Modern China, 1911-1937*, Leiden: Brill, 2003.

120 Chang, Sung-Sheng Yvonne. *Modernism and the Nativist Resistance: Comtemporary Chinese Fiction From Taiwan.* Durham: Duke University Press. 2014.

121 Chow, Rey. *Woman and Chinese Modernity: The Politics of Reading Between West and East.* Minneapolis: University of Minnesota Press. 1991.

122 Chow, Rew. *Modern Chinese Literary and Cutural Studies in the Age of Theory: Reimagining a Field.* Durham: Duke University Press. 2001.

123 Deeney, John J., ed. *Chinese-Western Comparative Literary: Theory and Strategy.* Hong Kong: The Chinese University Press. 1980.

124 Denton, Kirk A., ed. *Modern Chinese Literary Thought: Writings on Literature, 1893-1945.* Stanford; Stanford University Press. 1995.

125 Grieder, Jerome B. *Hu Shih and Chinese Renaissance: Liberalism in the Chinese Revolution, 1917-1937.* Cambridge: Harvard University Press. 1970.

126 Hanan, Patrick D. *Chinese Fiction of the Nineteen and Early Twentieth Centuries.* New York: Columbia University Press. 2004.

127 Larson, Wendy. *Women and Writing in Modern China.* Stanford: Stanford University Press. 1998.

128 Alfred Kazin. *On Native Grounds: an Interpretation of Modern American Prose Literature*, New York: Reynal & Hitchcock, 1942.

129 Shih, Shu-mei. *The Lure of the Modern: Writing Modernism in Semicolonical China, 1917-1937.* Berkeley: University of California Press, 2006.

130 Loren Baritz. ed. *THE AMERICAN LEFT/Radical Political Thought in The Twentieth Century*, New York/London: Basic Books, INC., Publishers, 1971.

131 Wang-chi Wong. *POLITICS AND LITERATURE IN SHANGHAI: THE CHINESE LEAGUE OF LEFT-WING WRITES, 1930-1936.* Manchester and New York: Manchester University Press, 1991.

作品文集

1 ［美］爱伦·坡:《爱伦·坡集：诗歌与故事》,［美］帕蒂克·F. 奎恩（Quinn, P. F.）编，曹明伦译，北京：北京：生活·读书·新知三联书店，1995 年 3 月。

2 ［美］奥尼尔（E. O'Neill）:《奥尼尔集（上、下）》,［美］特拉维斯·博加德编、汪义群、梅绍武、屠珍、龙文佩、王德明、申慧辉译，北京：生活·读书·新知三联书店，1995 年 5 月。

3 ［美］海明威（E. Hemingway）:《海明威文集》，吴劳译，上海：上海译文出版社，1999年10月。

4 ［美］惠特曼：《草叶集》，楚图南、李野光译，北京：人民文学出版社，1987年。

5 ［美］霍桑：《霍桑集：故事与小品（上、下）》，［美］罗伊·哈维·皮尔斯编，姚乃强等译，北京：生活·读书·新知三联书店，1997年11月。

6 ［美］托马斯·杰斐逊：《杰斐逊集（上、下）》，［美］彼得森注释，刘祚昌、邓红风译，北京：生活·读书·新知三联书店，1993年9月。

7 ［美］尤金·奥尼尔：《奥尼尔剧作选》，欧阳基等译，北京：人民文学出版社，2007年4月。

8 曹禺编：《中国抗日战争时期大后方文学书系·第七编·戏剧（一、二、三集）》，重庆：重庆出版社，1989年6月。

9 曹禺：《曹禺戏剧选》，北京：人民文学出版社，1997年11月。

10 曹禺：《雷雨·日出·原野》，北京：华夏出版社，2008年8月。

11 陈衡哲：《陈衡哲散文选集》，朱维之编，天津：百花文艺出版社，1991年5月。

12 丁涛主编：《二十世纪中国文学大师文库·戏剧卷》，海口：海南出版社，1994年10月。

13 宫玺编选：《冰心七十年文选》，上海：上海文艺出版社，1996年4月。

14 郭沫若：《女神》，北京：人民文学出版社，2001年4月。

15 胡适：《尝试集》，北京：人民文学出版社，1984年2月。

16 胡适：《胡适全集》，季羡林主编，合肥：安徽教育出版社，2003年9月。

17 洪深：《洪深文集》，北京：中国戏剧出版社，1988年11月。

18 孔范今主编：《中国现代文学补遗书系》，济南：明天出版社，1991年7月。

19 刘大白：《刘大白诗集》，北京：书目文献出版社，1983年3月。

20 赵景深原评，杨扬辑补：《半农诗歌集评》，北京：书目文献出版社，1984年8月。

21 茅盾：《茅盾全集》，合肥：黄山书社，2012年9月。

22 梅光迪：《梅光迪文录》，1968年5月。

23　欧阳予倩：《欧阳予倩文集》，北京：中国戏剧出版社，1980年8月。

24　施蛰存：《施蛰存七十年文选》，陈子善、徐如麒编，上海：上海文艺出版社，1996年4月。

25　王卫民编：《中国早期话剧选》，北京：中国戏剧出版社，1989年3月。

26　王文显：《王文显剧作选》，北京：人民文学出版社，1983年10月。

27　徐迟：《徐迟文集》，北京：作家出版社，2014年10月。

28　张伟编：《花一般的罪恶：狮吼社作品、评论资料选》，上海：华东师范大学出版社，2002年1月。

29　杜运燮：《杜运燮六十年诗选》，北京：人民文学出版社，2000年5月。

30　袁可嘉：《半个世纪的脚印——袁可嘉诗文选》，北京：人民文学出版社，1994年6月。

31　张铁荣编选：《浅草—沉钟社作品选》，北京：人民文学出版社，2011年11月。

32　王国辅：《旅美调查记》，上海：商务印书馆，1915年12月。

33　王一之：《旅美观察谈》，上海：申报馆，1919年12月。

34　由云龙：《游美笔谈》，昆明：云南崇文印书馆，1926年。

35　梁朝杰：《美游诗词存稿》，美洲三藩市：世界日报馆，1931年。

36　陶亢德：《欧风美雨》，上海：宇宙风社，1937年7月。

37　伍庄：《美国游记》，美洲三藩市：世界日报社，1936年3月。

38　谢扶雅：《游美心痕》，上海：世界书局，1929年9月。

39　严仁颖：《旅美鳞爪》，1966年10月。

40　黄珍吾：《游美考察记》，重庆：南方印刷所，1940年5月。

41　张其昀：《旅美见闻录》，上海：商务印书馆，1948年6月。

42　刘尊棋：《美国侧面像》，上海：士林书店，1949年2月。

43　费孝通：《费孝通域外随笔》，北京：群言出版社，2000年。

44　［法］托克维尔：《美国游记》，倪玉珍译，上海：上海三联书店，2015年。

刊物

1 《留美学生年报》，1911 年，上海。

2 《留美学生季报》，1914 年，美国、上海。

3 《青年杂志（新青年）》，1915 年，上海、北京。

4 《新潮》，1919 年，北京。

5 《东三省留美学生年报》，1926 年，美国。

6 《现代》，1932 年，上海。

7 《留美学生月刊》，1935 年，芝加哥。

8 《西洋文学》，1940 年，上海。

9 《时与潮文艺》，1943 年，重庆。

10 《留美学生通讯》，1949 年，美国。

后　记

　　关于中国新文学的起源，历来有各种不同说法，近年来许多中国现代文学史教科书基本上形成了一个共识，将胡适于1917年发表的《文学改良刍议》视为中国新文学诞生的标志。众所周知，胡适是在美国留学时写成了这篇文章，那么胡适为何会写这样一篇文章？胡适的文学革命思想与他在美国留学是否有关系？如果有，是一种什么样的关系？如果胡适的文学革命思想与美国文学之间有关联，那么中国新文学与美国文学之间的关系又是怎样的？这是多年前我思考的一些问题。2007年，我受王德威教授的邀请，到哈佛大学东亚系做访问学者，就带着这些问题来到了哈佛，希望能在这儿找到一些答案。

　　来到世界的超一流大学，我面临的是全新的文化环境，每天都会有新的发现和体验。在哈佛大学访学期间，我主要做了三项工作：一是听课，二是参加学术活动，三是泡在图书馆里查阅资料。

　　我选修了王德威、霍米巴巴、李惠仪教授的课，旁听了著名学者的课程，体验了哈佛大学的研究生课堂。王德威教授讲中国现代文学，他的课程"从历史到小说"很有特色，视野开阔，选择一些颇具特色的经典作品让学生阅读，这些作品大多是国内中国现代文学史上很少涉及的，然后在课堂上进行讨论。当时李安导演的电影《色·戒》正在美国首映，王德威教授在课堂上引导学生讨论这部作品，还热情地为学生联系影院，让大家去观看电影，看完之后再进行讨论。霍米巴巴教授讲后殖民主义，他一口印度味的英语，加之所用的大都是正式的书面语，刚开始听起来不太习惯。他的课每周一次，每次课都会给学生留下大量阅读书目，其中既有理论著作，又有文学作品，这对我来说简直是难以承受之重。在课间休息时与那些美国学生交流，问他们是否能读完这么多的书，他们都摇头苦笑，说只能选择其中一部分章节阅读，因为还有其他课程的书要阅读。李惠仪教授讲晚清文学，选读这一时期的中文经典作品，讲课用英语。这些中文经典作品对于国内中文专业的学生来讲也有一定难度，对外国学生来说其难度就可想而知了。她常常一句句地讲解，对某些关键字词进行说明，因此课程进度缓慢。通过听这几门课，我发现哈佛大学的课堂形式灵活多样，不拘一格，每个教授都有自己的授课风格；又有某些相同之处，即强调学生的自主学习，课余有大量的阅读书目，课堂气氛活跃，学生发言踊跃，课堂上会有各种不同观点的交锋。这种授课方式更易于产生新的思想观点。遥想当年，胡适在美国留学时便沉浸在这种课堂氛围之中，这是他能够提出新文学革命主张的一个重要的文化环境。

　　哈佛大学的学术活动非常多，许多教学楼前、走廊里或交通路口都张贴着五颜六色的海报，其中许多是学术活动的海报。我参加过几次东亚系举办的学术活动。这些活动大多在中午，利用中午休息的时间，老师们聚集在小型会议室里，主办者提供一些水果、点心、饮料等作为简单的免费午餐，大家一边吃，一边听讲。有一次听东亚系著名教授宇文所安（斯蒂芬·欧文）讲宋词。他是中国古代文学研究专家，在唐宋文学研究领域成果卓著。宇文所安对宋词中的宴会非常感兴趣，深入分析宋代文人的交游、宴会，讲得眉飞色舞，完全沉浸于宋代的文化氛围中。这期间我受邀参加了一些学术会议，包括由王德威教授牵头，由哈佛大学和耶鲁大学合办的"GLOBALIZING MODERN CHINESE LITERATURE: SINOPHONE AND DIASPORIC

WRITINGS",由哈佛大学和加州大学合办的"Modernism revisited: modernism Chinese literary in Taiwan and beyond",由哈佛燕京学社举办的"全球化语境中的华文文学"等;此外还受邀参加了一些演讲活动:受哈佛中国文化工作坊召集人张凤女士的邀请到北美华文作家协会纽英伦分会作《美国自白派诗歌与中国第三代诗关系探源》的演讲;应大波士顿中华文化协会艺文小集的邀请作《文学中的人性——以鲁迅、张爱玲、白先勇、赵淑侠为例》的演讲,演讲稿全文发表于2008年1月11日的《波士顿新闻》;受波士顿华人教会的邀请作《新时期文学中的泛忏悔意识》的演讲。通过参加这些学术活动,我开阔了学术视野,加深了与美国学界的学术交流,增进了与美国学界朋友的友谊。

哈佛大学有90多个图书馆,是世界上最大的大学图书馆系统,其中校本部就有49个。我经常去的是哈佛-燕京图书馆、WIDENER图书馆和档案图书馆。哈佛-燕京图书馆内收藏了大量中文图书资料,一些原始期刊如《留美学生季刊》等,在国内图书馆较难看到;此外还有一些中国作家捐赠的手稿、书信,如胡适的部分手稿、书信等;馆内还收藏了一些国外学者研究中国文学尤其是中国现当代文学的著作,这为我的研究提供了许多有用的资料。WIDENER图书馆是哈佛大学图书馆的总馆,藏书丰富有许多与我的课题研究相关的书籍;档案馆收藏与哈佛大学师生有关的档案,在里面可以查到胡适(曾在哈佛大学做访问)、赵元任、梅光迪等人的档案,从这些陈年的档案里可以想象它们的主人当年在哈佛求学、工作的情景。在图书馆查阅资料期间,我得到了哈佛-燕京图书馆张凤女士的热心帮助,每当遇到问题时便向她求教,她都细心地给予解答,帮我解决了不少困难,在此谨向张凤女士致谢!

我在哈佛大学的访问收获颇丰〔其间受《侨报周刊》记者邀请撰写的《借哈佛之石攻我之玉》(走近哈佛访问学者系列)发表于《侨报周刊》2008年4月11日〕,不仅开阔了眼界,而且搜集到了一些宝贵的资料，为接下来的研究打下了坚实的基础。回国之后，我以"中国新文学中的美国因素（1911—1949）"为题，申请到了国家社科基金项目，旨在系统地考察研究中国新文学对美国文学、文化的选择与接受，探讨中国新文学与美国文学之间的复杂关系。当时学界在这方面的研究成果还比较少见。随着研究的逐步展开，意想不到的困难接连出现：一是课题研究范围较广、时间跨度较大，加之涉及中美文学两个领域，需要读的东西实在太多；二是相关资料查找有难度，有时为了查找美国方面的相关作家作品及研究成果，我只好拜托在美国的朋友、学生帮忙，在此向明炜兄、宋贺致谢！

在课题结项过程中，我正在办理工作调动。到新单位安顿下来之后，才着手联系书稿的出版事宜。三联书店的黄新萍女士作为本书的编辑做了大量的工作，她认真、严谨、细致的工作态度给我留下了深刻印象。在此谨对黄新萍女士的辛苦付出表示衷心的感谢！

从2007年到哈佛大学做访问学者，到现在书稿出版，中间经历了十多年的时间。在书稿即将出版之际，回望一下过去的研究历程，检讨一下已有的研究成果，自己仍有许多不满之处——因为中美文学之间的关系复杂，涉及诸多领域，本书只是从宏观的角度探讨中国新文学与美国文学之间的内在联系，探讨中国作家对美国文学的选择与接受，许多有价值的微观问题尚未来得及深入探讨，如作家与作家、作品与作品之间的复杂关系等，这些问题只好留待以后做进一步研究。

书稿能够出版，首先要感谢王德威教授，正是缘于他的邀请，我才有机会去哈佛大学做访问学者，这一课题才有萌生的机遇；在哈佛期间，我也曾就某些问题向他请教，对他做过学术访谈，受益良多；在书稿将要出版之际我请他写序言，他欣然应允，并在百忙之中拨冗赐序。在课题研究过程中，我得到了许多朋友的帮助，部分前期阶段性成果在《文学评论》《中国现代文学研究丛刊》《鲁迅研究月刊》《广东社会科学》《首都师范大学学报》《山东师范大学学报》《海南师范大学学报》《世界华文文学论坛》《社会科学辑刊》《福建论坛》《东方论坛》《中国语言文学研究》等刊物上发表，在此谨向诸位师友一并表示衷心的感谢！

2021 年 8 月·青岛